정길운·김례삼 채록 민담집

Series of Korean Literature at China

이 전집은 대산문화재단의 2006년 해외한국문학연구 지원을 받았습니다.

연세국학총서73

중국조선민족문학대계 27

정길운·김례삼 채록 민담집

연변대학교 조선문학연구소
김동훈·허경진·허휘훈 주편

보고사

◉ 권 철

중국 연변대학 조문학부 졸업. 연변대학 조문학부 교수로 재직하며 민족연구소장을 역임하고, 현재 조선문학연구소 고문으로 있다. 저서로『광복전조선민족문학연구』,『중국조선족문학』 등이 있다.

◉ 김동훈

중국 중앙민족대 중문학과 졸업, 중앙민족대와 연변대 교수를 거쳐 현재 상해공상외대 한국어 학부장으로 있다. 연변대조선언어문학연구소 소장, 북경대조선문화연구소 고문 역임. 저서로는『중국조선족구전설화연구』,『조선족문화』,『중국조선족문학사』(공저),『간명한국백과전서』(주필),『중국조선족문화사대계』(총주필) 등이 있다.

◉ 허경진

한국 연세대 국문학과 및 동 대학원 졸업. 목원대 국어교육과 교수를 거쳐 현재 연세대 국문학과 교수로 있다. 2005년부터 중국 연변대 겸직교수로 재직중이다.

◉ 허휘훈

중국 연변대 조문학부 및 동 대학원 졸업. 문학박사. 현재 연변대 조문학과 교수로 있다. 연변대 조선문학연구소 소장, 연변민간문예가협회 이사장이다. 저서로『조선민간문화연구』,『조선문학사』(공저),『중조한일민담비교연구』(주필) 등이 있다.

연세국학총서73

중국조선민족문학대계 27

정길운 · 김례삼 채록 민담집

초판 1쇄 발행_ 2007년 6월 28일

주편자_ 김동훈 · 허경진 · 허휘훈
연변대학교 조선문학연구소

발행인_ 김흥국

발행처_ 도서출판 보고사

등 록_ 1990년 12월(제6-0429)

주 소_ 서울시 성북구 보문동 7가 11번지 2층

전 화_ 922-5120/1(편집) 922-2246(영업)

팩 스_ 922-6990

메 일_ kanapub3@chol.com

홈페이지_ www.bogosabooks.co.kr

ISBN_ 978-89-8433-428-1(94810)
978-89-8433-401-4(세트)

정 가_ 23,000원

간행사

우리 조상들이 중국 땅에 이주해온 이후, 오랜 역사를 통해 탁월한 저력으로 독자적인 문화를 창출해냈고 또한 많은 문화유산을 물려주기에 이르렀다. 그 가운데 우리 조상들의 알찬 삶의 지혜와 다양한 경험들이 축적되어 있다. 바로 이 때문에 문화유산 중 큰 비중을 차지하는 구비문학과 기록문학이 소중하며, 다시 읽어야할 보전(宝典)으로 남게 되었다.

과경(跨境)민족으로서의 중국 조선민족은 19세기 후반이래로 수차의 문화적 격변의 시대를 살아왔다. 이른바 개화기의 격류 속에서는 전통문화와 서구문화사이의 갈등, 한문학과 국문문학 간의 교체를 경험했고, 식민지시대에는 국문문학의 문체혁신과 일제에 의해 책동된 전통문화의 쇄멸 말살이라는 시련을 겪기에 이르렀다. 이런 변화와 역경 속에서도 중국 땅에 망명하였거나 이 땅에서 유·이민 혹은 정착민으로 생활해온 우리 겨레의 지조 있는 애국문인들은 결코 붓을 던지지 않았다. 류인석, 김택영, 신규식, 신채호, 안중근, 리상룡, 김정규, 김소래, 최서해, 염상섭, 주요섭, 최상덕, 강경애, 현경준, 김창걸, 안수길, 박영준, 황건, 김조규, 윤동주, 박팔양, 이육사, 함형수, 리학성, 천청송, 김학철, 윤해영, 채택룡, 설인 등 헤아릴 수 없이 많은 문학도와 시인, 작가들이 바로 필설로 그 시대를 증언해온 대표적인 지성인들이다.

그들 중에는 고국을 떠나 갈바람에 흩날리는 낙엽처럼 정처 없이 떠돌다 두만강, 압록강을 건너와 허허 넓은 만주벌판, 낯선 이국땅 서러운 추녀 밑에서 간도아리랑을 부른 망향시인이 있었고 하늬바람 불어치는 산해관을 넘어 북경, 서안, 상해, 무한 등 천년고도에 떠돌이로 남아 언론매체를 빌어 '천고'를 울리고 '진단'을 노래하고 청구의 '광명'을 만방에 호소한 청년전위가 있었는가 하면 백산, 흑수, 송료, 제로, 태항, 중원의 고전장에서 융마일생을 수놓아 가며 목숨을 바친 무명용사도 있었다. 여순, 나가사끼, 후꾸오까의 감옥에서 단지혈맹의 뜻을 굽히지 않고 다리를 절단해가면서도 끝까지 혁명의 지조를 지켜왔거나 끝내 '한 점 부끄럼 없이' 꽃처럼 피어나는 피를 민족의 제단 앞에 바친 암흑기의 푸른 별들도 있다. 그들은 문자에 앞서 몸으로 지탱해온 삶 그 자체가 더 고결하고 값진 것으로 여겨왔던 것이다. 그들의 피와 땀으로 가꾸어온 문화의 숲은 헌걸찬 우리 민족의 에너지를 부단히 충전시켜 주는 불멸의 혈맥, 끈질긴 생명력의 고동으로 무성하게 자라고 있으며 영광과 비애의 굴곡, 흥망과 성쇠의 기복이 교차되는 수많은 역사 주체의 명멸을 간직한 채 굳건하고 강인한 기백으로 오늘날까지 민족의 정기를 면면히 이어주고 있다.

그들이 남긴 풍부한 문학유산은 그동안 중외(中外)학자들에 의하여 적지 않게 발굴 연구되었으나, 지금까지의 연구는 단편적인 자료에 근거를 둔 것으로서 그 진면목을 체계적으로 파악하기에는 역부족이라고 할 수 있다. 이런 의미에서 중국 조선족과 광복 전 재중 한인, 조선인들의 문학 자료를 체계적으로 발굴, 정리, 출판하는 것은 정체(整体)적인 민족문학연구에서 대단히 중요한 작업이 아닐 수 없다. 그들이 남긴 문학 자료는 지금도 중국각지와 해외의 여러 도서관, 박물관, 문서보관소에 신문, 잡지, 일기, 필사본, 프린트본, 활자본 등 형식으로 흩어져있다. 이런 현실을 감안하여 본 대계는 선배들이 중국 땅에 남긴 문학 자료들을 집대성하여 후세인들로 하여금 문화민족으로서의 자긍심을 갖게 하고 애국애족의 정신을 계승 발양하며 문학, 언어, 역사, 민속, 언론, 사회 등 여러 분야를 망라한 학계인사들에게 21세기 중국 조선민족문화의 새로운 비약을 위한 계통적인 연구 자료를 제공하는데 그 목적과 의의가 있다.

중국조선민족문학의 진수를 정리, 간행하기 위한 계획이나 준비 작업은 연변대학 조선언어문학연구소(현재의 조선문학연구소)의 창립과 더불어 20세기 80년대부터 본격적으로 시작되었다. 권철교수를 비롯한 연변대학 조선언어문학연구소의 조선문학 관계 선배학자들은 1950년대부터 벌써 재중조선인 문학자료 수집에 착수하였고 1990년에는 권철, 조성일, 최삼룡, 김동훈 등 네 연구원의 공동 집필로 된 ≪중국조선족문학사≫를 공개출판하기에 이르렀다. 1992년 연변대학 조선언어문학연구소(현재의 조선문학연구소)는 한국 숭실대학교 인문대학과의 공동연구과제로서 소재영, 권철, 김동훈, 조규익 교수를 중심으로 집필한 ≪연변지역조선족문학연구≫를 펴냈다. 같은 시기에 김영덕, 최문식 교수를 비롯한 연변대학 고적연구소에서는 ≪류린석전집≫, ≪김택영전집≫, ≪윤동주유고집≫, ≪한양가≫, ≪연변조사실록≫ 등 중국지역에서 발굴, 정리한 17권의 민족고전을 출판하였다.

이와 동시에 문학현장의 사실을 증언하기 위해 두 연구소 산하의 수십 명의 연구원들은 연변의 각 현시와 북경의 백림사, 상해의 서가회, 남경의 용반리, 심양시 서류보관소 그리고 하얼빈, 대련, 서안, 남통 등지의 도서관, 박물관 등 중국 국내 수백처의 자료관을 누비면서 우리 민족의 해방 전 문학자료들이 흩어져 실려 있는 ≪천고≫, ≪진단≫, ≪천고≫, ≪진단≫, ≪독립신문≫, ≪민성보≫, ≪북향≫, ≪만선일보≫, ≪카톨릭소년≫, ≪광복≫, ≪신한청년≫, ≪조선의용대통신≫, ≪한민≫, ≪연변문화≫ 등 신문과 잡지, 그리고 지난 세기 초부터 이 땅에서 유전되었던 ≪백두산민담≫, ≪장백산강강지략≫, ≪초등소학수신≫용 우화집과 ≪싹트는 대지≫, ≪재만조선인시집≫, ≪혈해지창≫ 등 최초의 소설집, 시집 및 극본들을 속속 발굴하였으며 무려 1,500만자에 달하는 작가문학 자료와 800여 수의 민요, 2,000여 편의 전설과 민담을 수집하였다. 그들은 하늘을 비상하는 나비가 아니라 발로 땅을 기어 다니는 지네와 같이 지나간 역사와 문화현장에 파고들어 문학현상 자체를 자기의 피부로 촉감하고 확인함으로써 오늘의 이 방대한 민족문학대계의 탄생을 준비하였던 것이다.

본 대계의 출간과 관련하여 우리는 다음과 같은 몇 가지 원칙에서 이 사업을 추진키로 하였다.

첫째, 본 대계에는 중국 조선족 작가와 재중 한국인, 조선인 작가들이 건국(1949년) 이전에 창작한 시, 소설, 일반 산문, 극작품 등 일체의 문예작품들을 수록한다.

둘째, 우리 문학의 세 가지 큰 갈래인 조선문 문학, 한문문학, 구비문학을 통해 역사적으로 이룩한 모든 양식을 함께 수록한다. 먼저 건국 전에 창작된 작품을 30권에 나누어 1차적으로 간행하고 이를 더욱 확대하여 진정한 의미의 문학대계가 되게 한다.

셋째, 구비문학작품은 건국 전에 수집된 것과 건국 후에 수집된 것을 망라하며, 그 내용이 해방 전에 이미 구전으로 전승되었음을 감안하여 이를 모두 1차 간행분에 포함시킨다.

넷째, 언어상으로나 역사적으로 가치가 있는 일부 원전은 원전과 현대어역을 동시에 수록한다. 현대어역을 통하여 한문과 원전의 감상을 가능하게 하고 정확한 원전의 제시로 그 연구의 자료가 되게 한다. 단 일부 한시와 고문은 번역 사업이 미처 미치지 못해 원문만 그대로 싣기로 한다.

다섯째, 건국 전의 작가문헌은 그 문체들이 발생한 시대적 선후를 염두에 두면서 한시, 현대시, 소설, 산문, 희곡 순으로 배열하고 구비문학은 민요, 전설, 민담 순으로 배열한다. 건국 이후의 작품은 대부분 쉽게 찾아볼 수 있는 것들이어서 2차적으로 그 출간을 계획해보려 한다.

1차 간행에 교부된 작품집 목록은 아래와 같다.

제1－3권 한시집
제4－6권 시집(조선문)
제7－13권 소설집
제14－16권 산문집
제17권 희곡집
제18권 민요집
제19권 문헌설화
제20－21권 전설집
제22－27권 민담집
제28－29권 중국에 번역 소개된 문학작품
제30권 별책(색인)

끝으로 본 대계가 편집 출판되는 동안 관심 있는 모든 분들의 협력과 질정을 바라며 어려운 가운데도 이 사업에 동참해주신 편찬위원, 책임편자, 역주자 여러분과 연변대학 고적연구소 임원들에게 감사드린다.

그리고 본 사업의 취지를 이해하고 편집비를 지원해주신 한국 대산문화재단, 2005년도 연세특성화지원금으로 「중국내 한국관련 문헌자료집성사업단」을 지원해주신 한국 연세대학교의 후의에 감사드리며, 아울러 편집과 교정에서 제작에 이르기까지 노고를 아끼지 아니한 보고사 여러분께도 고마움을 표한다.

2005년 12월 26일

중국 연변대학교 조선문학연구소 전 소장 김동훈
중국 연변대학교 조선문학연구소 소장 허휘훈
한국 연세대학교 국학연구원 허경진

편집위원 명단

◉ 일러두기

이 ≪대계≫는 다음과 같은 요령으로 엮었다.

1. 중국 조선족의 기록, 구비문학작품을 비롯하여 재중한인(韓人), 조선인이 중국지역에서 창작한 작품들을 함께 수록하였다.
2. 20세기 전반기에 창작 발표된 문학작품을 일차적 선제대상으로 확정하였다.
3. ≪대계≫ 각권의 출판은 한시, 현대시, 소설, 산문, 희곡, 민요, 전설, 민담 순으로 배열하였다.
4. 한시와 기타 한문(漢文)으로 쓰인 원전은 매 편마다 원문을 앞에 싣고 역문을 뒤에 함께 수록하여 상호 참조하기에 편리하도록 하였다.
5. 원전에 나오는 일부 지명, 인명, 전고, 방언과 알기 어려운 글자, 누락, 오기 등에 대해 필요한 주를 달았다. 주석표기는 원문(혹은 역문)에 번호를 붙이고 해당 면 하단에 각주(脚注)함을 원칙으로 하였다.
6. 고한문 원전은 번체자로 표기하고 이해가 어려운 한자어의 경우에는 괄호 안에 한자를 넣어 병기하였다.
7. 간행사와 일러두기 그리고 해설은 한국에서의, 작품의 맞춤법 · 띄어쓰기 · 외래어 표기는 중국에서의 현행 조선말 규범원칙을 따르되, 어학적 · 민속적 가치가 높은 해방 전 원전은 원문 그대로 수록하였다.
8. 본문은 연변의 표기방식대로 실었으며, 해설은 한국의 표준법에 맞추어서 윤문하였다.
9. 이 ≪대계≫에서 사용한 주요 부호는 다음과 같다.
   1) (　　) : 음이 같은 한자를 병기함.
   2) [　　] : 음은 다르나 뜻이 같을 때나 혹은 풀이한 한문을 병기함.
   3) ≪ ≫ : 책명, 작품명, 대화나 인용을 나타냄.
   4) 〈 ? 〉 : 불확실한 경우를 나타냄.
   5) □ : 원전 또는 원문에서 누락된 문자를 나타냄.
   6) 주석은 ①②로 표시하여 해당 면 하단에 표기함.

차례

천도복숭아

– 김례삼 수집정리

해제

제1세대 조선족 구전설화 채록자들의 업적과 그 역사 문화적 의미

허휘훈

해방 후 조선족 구비문학 채록사업의 개척자, 조선족 제1세대 구비문학채록자들을 대표하는 인물들은 정길운과 김례삼 등이다. 이들은 구비문학 조사수집사업을 "민족의 아름다운 얼굴과 넋을 찾"는 성스러운 일로 간주하고 수십 년간 조선족 구비문학 특히는 구전설화 수집정리에 진력해오면서 값진 구비전승물들을 발굴해냄으로써 민족문화유산을 보다 풍부히 하는 데 큰 기여를 하였다.

정길운(1919~1991)은 조선족 구비문학채록사업의 선구자이며 1950~70년대에 걸쳐 조선족구비문학 채록사업을 이끌어 온 선두주자이다.

그는 한국 충청북도 영동군에서 출생했다. 19세에 서울공업전문학교를 졸업하고 일본에 유학하여 도쿄 고등공업학교에서 토목과를 공부하다가 중퇴하고 일본대학 전문부에 입학하여 정치경제학을 공부했다. 1943년에 귀국하여 소련 유학을 목적으로 러시아어를 공부하던 중 당시 중국에서 장사를 하고 있던 이모사촌형의 주선으로 중국에 건너와 철학공부를 하였다. 그 이듬해 신사군에 입대하였다. 항일전쟁 승리 이후 중국인민해방군 모 연대의 정치위원, 조선인민군 공군신문사 편집부장 등을 역임했다. 1953년 군에서 제대하여 연변에 돌아와 선후로 연변문학예술계련합회 부주석, 중국작가협회 연변분회 부주석 겸 연변민간문예위원회 주석, 연변민간문예연구회 주석, 중국 민간문예가협회 연변분회 주석, 연변조선족민속학회 회장 등 직을 역임했다.

정길운은 일찍 소년시절부터 시인이 되려는 꿈을 키워왔다. 그는 고향에서 소학교에 다닐 때 교가모집에 응모한 적이 있는데, 당시 그가 지은 교가가 일등으로 당선되어 학생들 가운데서 널리 불리였다. 그 후 군에 입대한 뒤에도 계속 문학에 대한 열정을 지니고 수십 편에 달하는 시와 노래를 지었다. 그중 1947년에 지은 가곡 「송화강 칠백리」는 조선족 군인들 속에서 널리 애창되었다.

이처럼 문학에 대한 애착과 재능을 지녔던 정길운은 1950년대 초 연변조선족자치주의 문화사업을 지도하는 문화간부 직을 맡게 되면서 구비문학 채록사업에 몸을 담게 되었으며 이로부터 그와 구비문학과의 운명적인 만남이 시작되었다. 그는 구비문학의 길에 들어서게 된데 대해 그 소회를 이렇게 피력한바 있다.

> "나는 구전문학에 대한 개인 홍취보다는 당의 문예일군으로서의 책임감과 의무감에 구사되어 이 사업에 첫발걸음을 들여놓았으며 또 그 가운데서 우리 민족의 아름다운 얼굴과 넋을 찾으려고 애써 왔습니다."1)

민족문화에 대한 새로운 자각과 사명감으로부터 정길운은 30여 년 동안 민중들 속으로 들어가 구비문학에 대한 조사수집사업을 성과적으로 진척시키면서 수십 차에 달하는 민담구연대회를 조직하고 수백 편에 달하는 구비설화를 채록하였다. 그는 자신이 채록한 구비설화들을 책으로 엮어 선후로 구비설화집 『천지의 맑은 물』(1962), 『인삼처녀』(공동 편찬, 1962), 『백일홍』(1979) 등을 내놓았다. 그리고 또 역사소설 『왕자 호동』등 창작물과 저서 『조선족민속』(1982년) 등과 구비문학 관련 평론과 논문 「민간문학발굴사업을 잘 하자」(1957년), 「민간문학작품들은 청년들을 기다린다」(1957), 「신화에 대하여」(1957), 「전설의 초인간적 역량에 대하여」(1957년) 등도 발표했다.

---

1) 김동훈, "정길운론", 『조선족문학연구』(임범송, 권철 주편), 흑룡강조선민족출판사, 1989.

『천지의 맑은 물』은 해방 후에 출판된 조선족의 첫 구비설화집이다. 이 설화집에는 14편의 설화가 들어있는데 「천수」, 「용천골」 등 연변지역의 향토전설들이 있는가 하면 「봉선화」, 「선량한 바위」, 「나비 한 쌍」, 「신랑신부」, 「목동과 공주」 등 청년남녀들의 사랑을 이야기한 애정설화들도 있고 또한 「힘 센 총각」, 「금송아지」, 「보쌈을 막은 총각」 등과 같이 선과 악의 대결을 보여주는 민담들도 있으며 그리고 「박지형」과 같은 항일설화도 있다.

「천수」는 백두산 천지에 근원을 둔 도문강, 송화강, 압록강 이 세 강의 유래를 이야기하고 있다. 동해에 흘러드는 맑은 물의 근원이 백두산의 천지 물임을 알게 된 동해 용궁과 천상 옥경의 선관, 선녀들이 다투어 그 천수를 구경하러 왔는데 선녀들이 천지 물을 떠서 마시고 그 물맛에 취하여 물 세 바가지를 각각 동쪽, 서쪽, 북쪽에 쏟아 부어서 세 강이 생겨나게 되었다 한다. 동쪽에 부은 물은 땅속으로 스며들어 도망치듯 흘렀다 하여 도망강(도문강)이 되었고, 북쪽에 쏟은 물은 솔밭을 돌며 솔꽃 분이 많이 뜨게 되었다 해서 솔꽃강(송화강)이 되었으며, 서쪽에 던진 물은 앞쪽으로 누비며 다시 서쪽으로 흘렀다 해서 앞누비강(압록강)이 되었다는 것이다. 세 강이 모두 "천수"-천지 물에 근원을 두고 있다는 것이 특색이다.

「용천골」은 용천골이라는 마을의 유래를 통해 이주민들이 용정지역에 삶의 터전을 마련하고 정착하게 된 역사를 이야기하면서 이주초기 조선족들의 행복한 미래에 대한 꿈을 낭만적으로 펼쳐 보이고 있다.

「봉선화」는 한날한시에 태어난 봉선화라는 처녀와 구렁이 소년이 부부의 인연을 맺게 되는 이야기를 서술하고 있다. 이 설화는 구렁덩덩 신선비설화의 변이형태에 속하는 이야기이다. 설화에서 여주인공인 양반명문가의 셋째 딸 봉선화와 구렁이 신랑과의 결합과정이 조선반도에서 전해지던 구렁덩덩 신선비설화와 대체로 비슷하지만 몇몇 화소들에서 변화를 보이는 바, 구렁이 신랑이 공부하러 가는 대목에서 서울로 가는 것이 서당으로 가는 것으로 되고, 봉선화가 떠나간 신랑을 찾아가서 시련을 겪는 대목에서 전처와 후처 두 사람이 재주 비김을 하는 것이 여주인공이 여러 여자들을 상대로 수수께끼 풀기 내기를 하는 것으로 된 것이 주목된다.

「선량한 바위」역시 인간과 신이한 존재의 결연담이다. 이 설화는 바위라는 가난한 소년이 기이한 황금빛 잉어 한 마리를 살려준 덕분에 용궁의 보물을 얻게 되여 미인을 아내로 맞고 잘 살게 되었다는 이야기로 되어 있다. 이 설화는 그 기본구성이 "방리득보(放鯉得寶)" 형 설화의 기본구조와 일치하므로 "방리득보"설화 유형에 속한다 할 수 있다. 그런데 설화의 뒷부분에서 바위 부부와 고을 사도간의 갈등을 통해 선과 악의 대결도 보여주고 있는바, 바위가 아내의 도움으로 나쁜 심보를 품은 사도를 대적하여 이기게 된다. 이는 설화가 "방리득보" 설화의 기본형에 착한 평민과 악한 벼슬아치의 대립을 보여주는 이야기를 결부시킨 "방리득보" 설화의 변이형태의 일종이라는 것을 말해준다.

「나비 한 쌍」은 한 가난한 총각과 우렁이 색시가 아름다운 인연을 맺었다가 포악한 사도의 횡포에 의해 비극적 운명에 빠지게 되는 이야기를 다루고 있다. 이 설화의 서사구조는 "나중미부(螺中美婦)" 설화와 "양산백과 축영대" 설화가 결합된 형태로 되어있다. 이를테면 총각이 논에서 일하다가 말하는 골뱅이를 주어서 물독에 넣는 것, 그 골뱅이 속으로부터 아름다운 처녀가 나와 밥을 지어주고 총각이 그 처녀를 아내로 삼는 것, 사도가 골뱅이색시를 붙잡아가고 남편이 사도에게 맞아 죽어 새로 변하는 것 등은 조선반도에 널리 전승되어온 "나중미부(螺中美婦)" 설화와 비슷하다. 그런데 설화는 그 결말에서 "양산백과 축영대" 설화에 나오는 "투총화접(投塚化蝶)" 모티프를 받아들임으로써 보다 큰 감동을 자아내는 효과를 거둘 수 있었다.

「신랑신부」는 박문수 설화의 일종인데, 결혼식 날 사람을 죽였다는 누명을 쓰고 새신랑이 옥에 갇히게 되자 신부가 남장을 하고 옥에 찾아가 신랑을 내보내고 대신 옥에 남으며, 후에 어사가 사건을 잘 해결하고 이들 부부의 참된 사랑을 널리 알렸다는 이야기이다. 이 설화는 조선반도에서도 많이 전승되고 있는 설화임에도 불구하고 이를 조선족의 삶과 의식을 반영해 새로 창작된 설화로 보는 것은 그 설화에서 설화자가 말하려고 하는 강조점이 신부의 의로운 행동을 칭송하는데 그치지 않고 그 아름다운 행동에서 유래한 민족의 풍속을 높이 평가하는 것에 있기 때문이다[2].

「힘 센 총각」은 놀라운 용력을 지닌 한 대장장이 총각이 한때 장거리를 독판치면서 갖은 행패를 일삼아온 도사를 보기 좋게 혼내준 이야기를 서술하고 있다. 설화에서는 힘장사 총각과 도사 간에 벌어진 선과 악의 대결을 대담한 환상적 수법으로 보여준 바, 도사가 도끼자루 구멍을 손가락으로 눌러서 찌부러지게 해 놓으니 총각이 손가락으로 후벼서 그 도끼자루 구멍을 도로 바로잡아놓는 것이나 총각이 달려드는 도사를 넙적 쳐들고 흔들다가 허공중에 내던지니 멀리 날아가 떨어져 땅에 거꾸로 처박혀 두발만 남아있었다는 것 등이 그러한 대목들이다. 설화는 착한 것은 꼭 이기고 악한 것은 반드시 패한다는 신념을 강조하고 있는 동시에 어떠한 적대적인 자와도 싸워 이길 수 있다는 낙관론도 펴나가고 있는 것이다.

「금송아지」는 한 양반가에서 본처의 자식이 서모(庶母)의 모해를 입어 죽은 뒤 금송아지로 되었다가 공주와 인연을 맺고 사람의 몸을 회복한 뒤 복수를 하는 이야기로 되어있다. 이는 "인간 갈등"형 설화의 일종으로서 처첩설화, 계모설화, 변신(變身)설화 등 여러 가지 설화 요소들이 결합되어 이루어졌으며, 오랫동안 조선족들 속에서 "송아지 사위" 설화 유형으로 전승되어 왔다. 흥미로운 것은 중국의 한족(漢族), 만족(滿族), 회족(回族) 등 민족들 가운데서도 이와 유사한 「송아지 총각」설화가 널리 전승되고 있다는 사실이다.

「박지형」은 20세기 30년대 훈춘지역에서 이름을 떨친 민간의 항일 영웅 박지형이 도끼와 칼을 들고 산속에 들어가 진을 치고 왜놈들과 용맹스럽게 싸워 적들의 간담을 서늘케 한 이야기를 서술하고 있다. 설화에서는 주인공의 영웅적 형상을 그림에 있어서 그 비범성을 낭만적 환상의 수법으로 펼쳐 보이면서 전기(傳奇)적 색채를 짙게 해주고 있으며 주인공의 초인간적인 영웅성을 통해 그의 불타는 애국심과 멸적의 기세를 강조하고 있다.

이처럼 『천지의 맑은 물』은 해방 후에 처음으로 나온 조선족설화집으로서, 비록 설화의 수는 많지 않지만 조선족설화의 유형과 특성을 어느 정도

2) 하미경, "중국조선족 설화 연구", 부산대학교 석사학위논문, 1998년, 33쪽.

가늠할 수 있게 하며, 또한 현지조사에서 얻은 자료들에 윤색을 가하지 않고 거의 원형대로 적었기에 자료적 가치도 크다.

그런데 『천지의 맑은 물』은 그 유례없는 문화적 재난을 몰고 온 "문화대혁명"가운데서 "봉건주의, 자본주의, 수정주의"를 고취한 "독초(毒草)"로 비판당하게 되고, 그 채록자 정길운은 "검은 책", "검은 작품"을 만들어내는 "잡귀신"으로 몰리여 무서운 역경을 치르게 된다.

당시 『천지의 맑은 물』에 실린 설화들 중에서 특히 전설 「천수」와 같은 작품을 "민족 혈통론"을 퍼뜨린 "독초"의 전형적 실례로 삼아 비판의 화력을 집중시켰는바 전설 「천수」의 이른바 "죄상"은 다음과 같았다.

> "「천수」는 소위 '로예인좌담회'에서 벼려진 보이지 않는 칼이다. 「천수」의 자초지종에 관통되여 있는것은 바로 '물'이다. 이 검은 이야기에서는 '그때로부터 천지의 물이 발원되여 한 탯줄에 낳은 강 삼형제(두만강, 압록강, 송화강)가 동, 서, 북으로 사이좋게 흐르게 되였다'고 뻔뻔스럽게 말하였다. '한 탯줄에 낳은 삼형제'라는 이 검은 선에는 어떤 사상감정이 포함되여 있으며 탯줄이란 어떤 탯줄인가? 검은 이야기 자체는 '태'가 바로 피라고 대답하였다. 검은 이야기는 한 탯줄에서 나온 삼형제를 '한 원천을 가진 세 강'으로 비유하였는데 두말할것도 없이 '물'을 피에 비유하고 수원을 혈통에 비유하였다. 여기에서 조국의 령토를 팔아먹고 조국을 배반하고 수정주의에 투항하려고 망녕되게 시도한 연변지구 당내의 자본주의 길로 나아가는 으뜸가는 집권파의 승냥이 심보가 남김없이 폭로되였다."[3]

이리하여 『천지의 맑은 물』은 "민족문화 혈통론"을 고취한 대표적인 "독초"로 비판받고 소각당하는 바람에 거의 절판이 되어 버렸다.

"문화대혁명"이 종말을 고하고 획기적인 개혁개방이 이루어진 새로운 역사시기에 들어서면서 "독초"로 비판받았던 설화집 『천지의 맑은 물』은 죄명을 벗고 제자리를 되찾게 되었다. 그런데 책자가 소각당하여 찾아보기 힘들

3) ≪연변일보≫, 1968년 7월 29일.

었기에 정길운은 『천지의 맑은 물』을 복원하고자 한다. 그러면서도 그는 자기의 설화집이 또 정치적 구설에 오르는 것을 피하기 위해 고심한 바, 『천지의 맑은 물』에 수록했던 설화들을 약간씩 고쳐서 수록하는 한편 또 기타 설화들도 적지 않게 보충하여 새로운 설화집을 엮어 펴내게 된다. 이렇게 나온 설화집이 바로 『백일홍』이다. 다시 말하면 『천지의 맑은 물』이 『백일홍』속에서 부활된 셈이다. 그리하여 『백일홍』에 수록된 설화들은 상당수가 『천지의 맑은 물』과 중복을 보이게 되었다. 그러나 『백일홍』은 비록 중복을 보이면서도 정길운의 1950~60년대 구비설화 채록업적을 잘 보여주는 성과물로 되기에 손색이 없다,

『백일홍』은 정길운의 두 번째 채록 설화집으로서 거기에는 38편의 설화가 수록되어 있다. 원래 『천지의 맑은 물』에 수록되었던 것으로 12편이 있고 새로 보충된 것으로 26편이 들어있다. 그중에는 "해란강", "백일홍", "행주치마", "견우직녀", "임금의 귀는 말귀" 등 5편의 전설과 "별천지", "씨름판에서 있은 일", "어머니의 마음", "올가미 전투", "장찰반장 김봉숙" 등 5편의 항일설화 그리고 "박마누라", "네형제", "새털옷", "같지 않은 사람", "망두석 제판", "룩형제", "혹 달린 두 늙은이", "우물안의 개구리", "류기장집의 야화", "눈", "사흘 사또", "각자는 무상치", " 수화상극", "때 아닌 가을", "주먹재판", "천냥내기 거짓말" 등 민담 16편이 있다.

이 설화집에 수록된 전설들 가운데서 "해란강"은 조선족사회에 널리 유전되고 있는 강천(江川)전설의 하나로서 이주초기 조선족들의 힘겨운 생존투쟁을 형상화하고 있다. 이 전설은 "지하국 대적 퇴치"형 설화의 변이형태로서, 해와 란이라는 총각처녀가 마을사람들을 괴롭히는 괴물을 제거하는 이야기로 엮어졌는데, 여기서 해와 란은 조선족 개척민의 상징적 형상으로 볼 수 있고 악마는 노략과 수탈을 일삼는 만청 봉건 통치자들과 지방토호들의 화신이라 할 수 있다. 따라서 전설에서는 선과 악의 대결에서의 선의 승리를 강조하고 있는 것이다. 전설의 남녀주인공은 괴물을 퇴치한 후 결혼하는 바, 힘을 합쳐 마을의 재난을 몰아낸 것이 결국 개인의 행복에까지 이어지고 결혼이 새로운 세대의 탄생을 준비하는 단계인 만큼, 앞으로 새로운 세대가

태어나 마을을 계속 지키고 번영시켜 가리라는 것을 암시하고 있는 것이다.

"백일홍"은 조선족 식물전설의 대표적 작품의 하나로서 백일홍이 백날동안 피는 원인에 대하여 설명하고 있다. 이 전설은 청년남녀의 참된 사랑과 악세력과의 투쟁을 주제로 하고 있다. 흥미로운 것은 "백일홍"의 서사구조가 프랑스의 유명한 기사 로맨스 "트리스탄과 이졸데"와 비슷하다는 점이다. 물론 수집자 정길운 선생이 밝힌 바와 같이, 이 전설은 19세기 말엽 경상남도 동해안에서 태어난 배선녀 할머니가 소시적에 그의 할머니한테서 들은 것으로서, 전래 설화라기보다는 지역적 특색이 짙은 민족설화로 보는 것이 합당하다.

"행주치마", "견우직녀", "임금의 귀는 말귀" 등은 조선반도에도 잘 알려진 전설들이다. 그중 "행주치마"는 임진왜란 때 있었던 행주산성전투와 관련된 이야기로서, 조선 여성들이 행주치마를 두르게 된 풍속의 유래를 설명하고 있다. 여기서 주목되는 것은 행주치마를 두르는 풍속의 발생을 외적 침입시 온 백성이 힘을 합쳐 싸워 민족의 기개를 떨친 것과 연계시키고 있는 것이다. 민족적인 풍속을 통해 민족적 정체성을 지키고 민족적 자부심을 확인하려는 지향을 강하게 느낄 수 있다.

이 설화집에 들어있는 항일설화들 가운데서 "별천지"와 "어머니의 마음" 두 설화에서는, 일본군에게 쫓기는 부상당한 유격대원 옥란이를 숨겨주는 박로인과 적에게 들키게 된 유격대원을 자기의 사위로 가장시켜 위기를 면하게 한 어머니를 통해 항일유격대와 민중들 간에는 가족과 같은 유대가 맺어져있다는 것을 보여주는 동시에, 민중들이 유격대원의 선전을 통해 자신이 처한 현실을 깨닫게 되고 미래에 대한 희망을 가지게 되면서 유격대를 적극 도와 나섬으로써 항일투쟁에 가담할수 있다는 것을 말해주고 있다.

또한 "올가미 전투"는 항일유격대원들이 교묘한 방법으로 적정을 정찰한 뒤 위만군 병영을 습격해 무기를 탈취하는 이야기를 담고 있다. 설화에서는 기묘한 지략과 전법으로 수적으로 우세한 적들을 궁지에 몰아넣고 승리하는 유격대원들을 축지법을 쓰는 초인적인 존재로 묘사하면서, 그들의 기지와 불패의 기상을 찬양하는 동시에 일제와 그 주구들의 패망상을 풍자적으로 보여주면서, 놈들의 멸망의 불가피성을 형상적으로 확인하고 있다. 그러기에 이 설화는 조선족 항일설화문학에서 항일유격대의 신묘한 전법과 투쟁승리에 대한 자신감을 잘 보여준 대표적인 설화의 하나로 유명하다.

이 설화집에 수록된 민담들 가운데서 우선 주목을 끄는 것은 사회생활에서의 이러저러한 갈등을 다룬 것들인데 "새털옷", "륙형제", "네형제", "혹달린 두 늙은이" 등은 그 대표적 작품들이다.

"새털옷"은 지배자와 피지배자간의 갈등을 다룬 이야기이다. 그에 따르면 한 농부가 이웃집 처녀와 사랑을 약속하였는데 왕이 억지로 그 처녀를 왕비로 삼았다. 처녀는 꾀를 써서 사랑하는 총각이 왕으로 되게 하고 그 대신 원래의 왕을 궁궐에서 쫓겨내게 한다. 이 설화는 민중들의 현실로부터의 해방감을 맛보려는 욕구와 예술적 상상을 통하여 보상적 만족을 느끼려는 욕망을 잘 보여준다. 이 "새털옷" 이야기는 동아시아지역에 광포되어 있는 이야기 유형으로서 중국의 한족(漢族), 챵족(羌,族), 묘족(苗族), 만족(滿族), 장족(藏族), 요족(瑤族) 등 민족들 속에서 널리 전승되고 있으며, 일본에서도 여러 지역에서 전해져 내려오고 있다[4].

"륙형제"이야기에서는 신기한 재주를 가진 여섯 형제가 각각 재주를 부려 억울하게 옥에 갇힌 아버지를 구출하고 백성의 고혈을 짜내기에 혈안이 된 신관사도를 징벌한 이야기를 펼쳐 보이고 있다. 이 설화는 기발한 상상으로 단합하여 힘과 지혜를 발휘하면 그 어떤 강포한 악세력도 이겨낼 수 있다는 것을 형상적으로 잘 보여주고 있어서 설화집에서 정채로운 설화의 하나로 되고 있다. 이런 설화 유형은 중국의 한족, 이족, 묘족, 리족, 징퍼족, 좡족, 리수족, 모난족, 몽골족 등 민족들의 민간전승에서도 찾아볼 수 있다[5]. 중국의 구비문학 연구가 류수화의 <중국민간고사사(故事史)>에 의하면 이 설화 유형에 관한 최초의 기록은 명 나라 시기에 나온 도본준(屠本畯)의 <감자잡저(憨子雜葅)>에 보이는데 그것은 "7형제"라는 제목으로 되어있다[6].

---

4) 류수화 주편, "중국 민간고사(故事) 류형 연구", 화중사범대학출판사, 2002년, 628쪽, 631쪽.

5) 류수화 주편, "중국 민간고사(故事) 류형 연구", 화중사범대학출판사, 2002년, 463쪽.

"네형제"이야기는 앞에서 다룬 "륙형제"이야기와 비슷하면서도 차이를 보인다. 이 설화에 나오는 주인공 네형제는 신비한 재주를 가졌다는 점에서는 "륙형제"이야기의 주인공들과 비슷하다. 그러나 그들은 혈연적으로 이어진 친형제가 아니라 그 어떤 계기로 서로 만나 형제의 인연을 맺은 의형제들이다. 그들은 각각 걸음을 잘 걷고 콧바람이 세고 활을 잘 쏘고 무거운 것을 잘 지는 재간을 갖춘 사람들로서 재주겨루기에서 비뚠 심보를 지닌 공주를 이기고 또 왕이 그들을 해치려고 파견한 군대를 물리친다. 이 설화는 유럽의 <그림동화집>에 실려 있는 "특재 있는 여섯 사나이"와 같은 유형에 속한다고 볼 수 있다.

"혹 달린 두 늙은이"는 일종 권선징악의 윤리적 주제를 다루고 있는 바, 아랫마을 혹부리 영감과 같이 마음씨 착하면 선의 과보를 받아 신세를 고치게 되고 웃마을 혹부리 영감처럼 심술궂고 탐욕스러우면 악의 과보가 주어진다는 것이다. 설화는 착하고 어질면 났던 혹도 떼여 버릴 수 있지만, 심사가 불량하면 혹에 혹을 더 붙이게 된다는 동화적 구상을 통해 민중들의 선악관을 잘 보여준다.

이 설화집의 민담들 가운데서 "바보이야기" 유형에 속하는 것들로는 "사흘 사또", "각자는 무상치", " 수화상극" 등이 있다.

"사흘 사또"에서는 어리석기 짝이 없는 양반집 아들이 부친의 주선으로 고을사도 벼슬자리에 앉았다가 망신만 당하고 사흘 만에 쫓겨나는 희극적 이야기를 서술하고 있다. 이 설화는 "바보이야기"에서 어리석은 남편 이야기 부류에 속하는 바, 천치인 양반 출신 남편과 총명한 평민출신 부인과의 대비를 통하여 비천한 사람이야말로 진짜 총명하고 고귀한 자들이 오히려 어리석다고 보는 민중들의 생활태도를 엿보게 한다.

"각자는 무상치"와 "수화상극"에서는 일생동안 쓸모없는 죽은 글만 읽었기에 실생활 속에서 어처구니없이 무지와 무능을 드러내는 양반 사대부들을 야유조소하고 있다. 전자에 나오는 어린 소와 늙은 소를 가려볼 줄 모르면서

6) 류수화, "중국 민간고사사", 호북교육출판사, 1999년, 472쪽.

도 유식함을 자랑하다가 머슴에게 무안을 당하는 늙은 선비, 후자에 나오는 집에 불이 났는데 책장을 번지면서 그 속에서 불 끄는 법을 찾고 있는 늙은 서생 등은 양반들의 어리석음을 야유하기 위하여 그려진 풍자적 형상이라 할 수 있다. 다시 말하면 어리석은 자가 지배자의 자리에서 우스꽝스레 설치는 모순된 상황과 그에 대한 풍자가 이야기 속에 담겨져 있다는 것이다.

이 설화집의 민담들 가운데서 "주먹재판", "천냥내기 거짓말" 등은 "지혜로운 사람 이야기" 유형에 속하는 대표적 설화들이다.

"주먹재판"은 조선조 때 유명한 인물이었던 리항복의 어린 시절 일화형식으로 되였는데 한 양반 댁에서 자기 집 담장 안으로 뻗어 넘어온 이웃집 감나무 가지에 달린 감을 뜯고는 그것을 자기 집 것이라 우겨대다가 어린 리항복의 꾀를 당하지 못하고 곤경에 빠지게 되는 이야기를 서술하고 있다. 설화는 양반들의 전횡을 꼬집는 동시에 교묘하게 양반대감을 골려주는 어린 주인공의 뛰어난 지혜를 찬양하고 있다. 이처럼 현실생활 속에서의 강자와 약자의 갈등을 전복(顚覆)의 사유로써 뒤집고 역전시킴으로써 풍자적 웃음을 표출시키고 있는 것이다. 설화는 리항복이라는 특정인물을 등장시키고 있지만 그것은 역사적 인물로서보다는 일종 가상적, 상상적인캐릭터로서 흥미와 웃음을 유발하는 데 바쳐지고 있다. 그러기에 이 설화는 전설이라기보다 민담 특히 희극적 민담으로 보는 것이 실상에 맞는 판단이다.

"천냥내기 거짓말"은 한 머슴총각이 거짓말 세 켤레를 하면 돈 천 냥을 준다는 방을 내걸고는 꾀를 부려 남의 옛말을 공짜로 듣는 퇴임한 노정승을 골려준 이야기를 서술하고 있다. 설화에서 노정승은 만년의 무료함을 달래는 방법으로 옛말듣기를 궁리해냈으나 돈을 주기는 아까워 술수를 부리는 야비한 존재로 그려지고 있고, 머슴총각은 비록 가난하여 부잣집 머슴살이로 생계를 이어가지만 결코 자신을 위해남에게 손해를 입히는 일을 하지 않는 정직한 사람인 동시에 잔꾀 잘 부리는 노정승을 아연실색케 하는 뛰어난 지혜를 지닌 인물로 형상되고 있다. 이 설화는 민담에서 흔히 쓰이는 세 번 반복의 수법을 효과적으로 이용하여 흥미를 돋워주고 있는 바, 머슴총각이 거짓말을 세 번 하면서 번마다 노정승을 궁지에 몰아넣는 것을 통해 "천냥내기 거짓말"로 남에게 불이익을 조성한 노정승의 도덕적 파탄과정을 풍자적으로 잘 보여주고 있는 것이다.

상기한 정길운과 더불어 1950~70년대 조선족 구비설화 채록사업에서 중요한 업적을 남긴 이는 김례삼이다.

김례삼(1913~2005)은 조선 함경남도 북청읍에서 출생했다. 신문배달부로 일하면서 보통학교를 마치고 점원, 인쇄공으로도 일했다. 1935년 흑룡강성 목릉현에서 교편을 잡았다가 목단강시로 옮겨가서 간판업으로 생계를 유지했다. 해방초기 목단강문공단 단장, 할빈 로신문예공작단 조선대 대장으로 사업했고 그후에는 선후로 연변문공단 단장, 연변문련 주비위원회 비서장, 연변사범학교 문학교원, 연변인민출판사 문예편집실 주임, 연변군중예술관 관원 등으로 있었다. 2005년에 별세했다. 주요 작품으로는 민담집『천도복숭아』(1963년),『꾀당나귀의 꿈』(1983년) 등이 있다.

『천도복숭아』는 김례삼의 구비설화 채록정리 사업에서의 성과작이다. 이 설화집에는 설화 11편이 수록되어있는데 그 대부분은 윤리적인 주제를 다룬 것들이다.

「꿀꿀돼지」와「거짓말 잘 하는 소년」은 욕심이 과한 나쁜 성품 때문에 돼지로 되어버린 셋째선비와 거짓말을 밥 먹듯이 하다가 늑대에게 물려죽은 양몰이소년에 대한 이야기를 통해 욕심과 거짓말이 큰 화를 부를 수 있다는 것을 교훈적으로 제시해주고 있다.

「두 형제」와「말하는 남생이」는 일종 권선징악의 주제를 다루고 있다.

「두 형제」에서는 두 형제가 함께 장삿길에 나서는데, 심성이 나쁜 형이 재물을 독차지하기 위해 동생을 해쳤다가 도깨비들에게 벌을 받게 되고, 착한 동생은 도깨비들의 도움으로 건강을 회복할 뿐 아니라 또 물 없는 동네에 물줄기를 찾아주고 중병을 앓고 있는 부잣집 무남독녀를 치료해줌으로써 신세를 고치게 된다. 설화에서 착한 사람을 도와주고 악한 사람을 징벌하는 것은 도깨비들인데, 이는 민중들의 소망과 염원을 표현하기 위한 문학적 장치로서, 선이 악을 이길 수 있다는 신념을 환상적으로 표현한 것이다.

이 설화가 형제간의 갈등을 다루면서도 도깨비를 등장시켜 비현실적인 환상의 세계를 펼쳐 보이고 있는 것은 「혹 떼러 갔다가 혹 붙인 이야기」설화와 비슷하다.

「말하는 남생이」는 한 착한 총각이 말할 줄 아는 신기한 남생이를 얻어 복을 누리게 되고 그것을 배 아파하던 박첨지가 남생이를 이용하여 이득을 보려다가 파멸의 운명에 빠지게 되는 이야기를 서술하고 있다. 이 설화 역시 선과 악의 대립을 기본갈등으로 하면서 선의 승리와 악의 파멸을 주제로 하고 있다. 그런데 이 설화는 그 서사구조가 "구경전(狗耕田)" 설화와 비슷하다. 우선 박첨지가 남생이를 빌려서 돈을 벌려 하다가 여의치 못하자 남생이를 죽이는 이야기는 "구경전(狗耕田)" 설화에서 형이 동생의 개를 빌려서 일을 시켰으나 하지 않기에 분김에 개를 죽이는 것과 유사하다. 또 죽은 남생이를 묻은 곳에서 나무가 자라나고 그 나무의 열매가 노총각에게는 금덩이로 되고 박첨지에게는 똥덩이로 되는 이야기는 "구경전(狗耕田)" 설화에서 죽은 개를 묻은 곳에서 자라난 나무로 인하여 동생은 부자로 되나 그것을 모방하던 형은 실패하는 것과 유사하다. 그리고 나무가 불탄 뒤 노총각이 그 재를 뿌려서 죽어가는 노목들을 살려내나 박첨지가 그것을 모방하다가 죄를 짓고 처단되는 이야기는 "구경전(狗耕田)" 설화유형에 속하는 일본의 「꽃을 피운 할아버지」에서, 착한 할아버지가 재를 뿌려 고목에 꽃이 피게 하니 욕심쟁이 할아버지가 그것을 모방하다가 재가 길 가던 나리의 눈에 들어가 옥에 갇혔다는 대목과 비슷하다. 이런 유사성이 나타나게 된 원인에 대해서는 진일보 연구해 볼 바이다.

설화집에 들어있는 「사냥군과 까치」, 「쥐와 꿀벌과 거미」는 동물보은 이야기들이다. 이 설화들은 인간의 구원을 받은 동물들이 다시 위기에 처한 인간을 구원하는 이야기로 되어있으며 그 기저에는 착한 사람은 복을 받게 된다는 민중적인 선악관과 인과보응 관념이 깔려있다. 「사냥군과 까치」는 구렁이에게 잡아먹히게 된 까치새끼들을 구원해준 사냥꾼이 죽은 구렁이의 복수로 생명의 위기에 직면했을 때, 까치들의 보은으로 살아나게 되였다는 이야기인데, 이는 "조류의 보은 이야기" 유형에서 "뱀 퇴치 이야기" 갈래에 속한다. 「쥐와 꿀벌과 거미」에서는 한 과년한 총각이 대홍수가 졌을 때 배를 타고 가면서 쥐, 꿀벌, 거미 등을 건져 구하고 사람도 구하는데, 동물들은 각각 은혜에 보답하나 구원받은 사람은 오히려 은인을 해치려 하다가 벌을 받는다는 이야기를 서술하고 있다. 이 설화는 홍수이야기를 배경으로 주인공에 의한 생명의 구조, 간사한 자의 배은망덕과 음모, 동물들의 보은 등 여러 가지 모티프들로 이야기를 구성하고 있는 바, 그 서사구조는 이 설화유형의 원형인 인도의 『불본생(佛本生) 이야기』에 나오는 「보살이 장자로 되어 자라와 뱀, 여우를 구하다」와 기본상 일치한다. 그런데 설화는 약간의 변이도 보이는 바, 주인공이 동물들의 도움으로 왕이 낸 어려운 수수께끼를 풀고 공주를 부인으로 맞아들이게 함으로써 이야기의 에필로그를 더욱 아름답게 장식하고 있는 것이다.

설화집에 수록된 「천도복숭아」와 「꽃신 한짝」은 난제풀이, 괴물퇴치와 관련된 설화들이다.

「천도복숭아」는 동쪽 나라의 둘째 왕자가 잃어버린 국보 천도복숭아를 찾아오는 이야기로 되었는데, 왕자가 자꾸 금기를 어기는 바람에 연이어 난관과 위기에 맞닥뜨리게 된다. 이를테면 천도복숭아를 훔친 금닭을 쫓아서 서쪽나라에 갔다가 금닭을 곁눈질해 보지 말라는 금기를 어겨 붙잡히게 되고, 또 천리마를 찾으러 남쪽 나라에 갔다가 말안장을 내려놓으라는 금기를 어기고 붙잡히게 되며, 또 공주를 찾으러 북쪽나라에 갔다가 새 초롱을 두고 오라는 금기를 어겨 붙잡힌다. 붙잡힐 때마다 왕자는 생명을 대가로 하는 어려운 과업을 맡게 되는 바, 서쪽 나라에서는 잃어진 천리마를 찾아오라는 명을 받게 되고 남쪽나라로부터는 잃어진 공주를 찾아오라는 명을 받게 되며 북쪽나라에서는 궁궐 앞에 있는 큰 산을 옮기라는 명을 받게 된다. 나중에 왕자는 여우의 도움으로 난관과 위기를 헤치고 자기에게 맡겨진 과업을 완성한다. 이처럼 설화는 주인공의 모험과 시련을 극적인 긴장감속에서 펼쳐 보이면서 사건전개를 고리에 고리를 이은 사슬고리의 연결체 형태처럼 끌고 나감으로써 높은 서사성을 보장하고 있다.

「꽃신 한짝」은 활 잘 쏘는 한 나무군 총각이 머리가 아홉 개인 구두(九頭)

괴물과 싸워 이기고 괴물에게 잡혀간 공주를 구하는 이야기를 서술하고 있다. 설화에서 주인공의 출생과 관련된 이야기대목은 초자연적인 출생을 보여주는 괴이아(怪異兒) 설화유형의 특징을 보여주고 있는 바, 주인공은 "쌀자루처럼 길죽하게 생긴데다 눈도 코도 없이 뻔뻔하게 생긴 두리뭉시리"[7]로 태어난다. 그러나 십년이 지난 뒤 쌀자루 같은 껍질을 벗고 청수한 총각으로 된다. 그 뒤 총각은 활솜씨가 비범한 명궁수로 자라난다. 기이한 탄생으로 하여 출중한 능력을 갖추게 되였다는 것이다. 뒤이어 설화는 총각이 동굴속으로 들어가 구두괴물을 처단하는 과정을 주되는 내용으로 하고 있는데 이 부분에서 괴물에게 잡혀온 공주가 꽃신 한 짝을 떨어뜨려 흔적을 남긴 것, 총각이 괴물을 죽이고 공주를 구한 뒤 나쁜 사람의 모해로 굴속에 갇히게 되는 것, 총각이 산신령의 도움으로 굴속에서 나오는 것, 총각과 공주가 결혼하여 부부로 되는 것 등 이야기들은 세계적으로 널리 전승되고 있는 AT 301 유형에 속하는 "잡혀간 공주"(또는 "하늘에서 떨어진 꽃신") 설화와 기본적으로 일치한다.

그리고 이 설화집에 나오는 「막내딸」은 민간에 널리 전승되고 있는 셋째딸 이야기 유형의 한 종류인데, 늙은 부모를 봉양하는 문제를 다루고 있는 점이 이 설화유형의 다른 각본들보다 특이하다 하겠다.

설화집 『천도복숭아』에 들어있는 설화들은 그 내용들이 교훈적 의미가 심각하고 언어표현이 간결하고 명쾌하며 이야기전개가 굴곡적이고 서사성이 강하다. 그리고 특이한 점은 여러 가지 모티프들을 교묘하게 삽입하고 연결시켜 복합적인 서사구조를 형성한 것인 바, 설화집의 대부분 설화들은 여러 유형의 이야기를 함께 포함하고 있는 것으로 특징적이다.

위에서 살펴본 바와 같이 정길운, 김례삼 등 제1세대 조선족 구전설화 채록자들은 해방 후 일찍 구비설화의 채록사업에 나서서 1950~70년대 조선족 구비문학 조사정리 사업을 이끌고 가면서 값진 성과들을 이루어놓았다. 그들이 펴낸 『천지의 맑은 물』(1962), 『인삼처녀』(공동 편찬, 1962), 『백일홍』

---

7) 김례삼: 천도북숭아, 연변인민출판사, 1980년, 115쪽.

(1979), 『천도복숭아』(1963년), 『꾀당나귀의 꿈』(1983년) 등 설화집들이 그것을 잘 말해준다. 특히 『천지의 맑은 물』(1962)과 『천도복숭아』(1963년)는 1952년 연변 조선족자치주 성립이후 10여 년간의 조선족 구비문학 조사채록 사업에서 거둔 성과를 잘 보여주는 대표적인 업적들이다.

제1세대 채록자들이 남겨놓은 설화집들은 해방 후 조선족구비설화의 기본갈래와 50~60년대의 존재양상을 파악하는 데 중요한 자료로 되고 있다. 이런 성과를 이룩한 정길운, 김례삼 등은 구비설화를 통해 민족문화전통의 끈질긴 생명력을 인식시켜주는데서 구비문학에 뜻을 둔 이들의 귀감이 된다 하겠다.

천지의 맑은 물

– 정길운 채록

천수

아주 오래고오랜 태고적의 이야기이다. 이 땅의 하늘중천에 두둥실 솟아있는 명산이 있었으니 그 산 사시장철 흰눈을 쓰고있다 하여 백두산이라 일렀고, 백두산마루에 수천척 땅속에서 솟아나는 물이 있었거늘 그를 일러 천지라 하였다. 이 천지의 물 동, 서, 남, 북 사방으로 흘러 대하장강을 이룬다. 백두산에는 그가 억조만년 풍운폭우 겪으며 하계를 굽어본 이야기 많고도 많으나 그중에서도 천지물이 발원되여 대하장강 이룰 때의 이야기만은 세세대대 내려오며 지금까지 전해진다.

온 누리를 밝히는 밝은 해빛아래 망망한 바다 있어 그를 동해라 하였으니 맑은 동해바다의 물을 그 어찌 말로 되고 섬으로 말하랴! 그런데 그 많고도 많은 물속에 마치나 모래속에 생금섞이듯 물속에서 물빛을 내는 물이 있었다. 그때 동해바다의 룡왕이 돌속의 청옥 같고 조개속의 진주 같은 그 물을 보고 크게 진귀히 여겨 당석에서 고래정승 불러 그 물의 출처를 알아올리라 분부하였다.

대왕의 분부 듣고 문무백관이 출동하여 사해 수궁에 래왕하고 지상에 렴탐하였다. 마침내 지상계의 동방에 억조만년 이 나라의 기상을 떨치는듯 중천에 거연히 솟아있는 백두산이라는 산이 있고 그 산마루에 천수(하늘물)가 있어 그 물 땅으로 흘러내려 동해바다속에 들어간것이라 함을 알게 되였다.

지상의 백두산에 천상천하 으뜸가는 좋은 물이 있다는것을 알게 된 수궁의 선관선녀들은 물론이요 천상의 신선들까지 그 물 보고싶은 마음 사해바다같더라. 하루는 옥황의 윤허있어 천상의 신선들 기린 타고 혹은 청학 타고 란조 타고 하강하는데 수궁의 선녀들은 별주부 타고 무지개다리 건너 래림하니 그 호화찬란함이 만세에 비김이 없더라. 뭇신선들 지상에 래림하여보니 천리인고 만리인고 눈 모자라게 펼쳐진 청청한 림해속에 이 나라 기염을 자랑하는듯 큰 산이 머리우에 천수를 이고 거연히 솟아있었다. 그 광경 하늘이 낮아진듯 물이 높아진듯 물도 하늘같고 하늘 또한 물과 같아 물과 하늘이 한빛으로 푸르른 속에 천악이냐 만봉이냐 연연한 오색봉이 물속에 잠겼으니 그 령롱하고 장엄함이 천지지간에 둘도 없더라.

신선들 천지에 노닐 때 천상천하 길짐승은 길 멀고 산 높아 못오며 날짐승만 날아들었다. 천상의 봉황이 짝을 지어 날아들고 청조백조 물우에 스쳐놀며 지상이 온갖 새들 또한 날아들어 장끼대로 재간피워 대연을 베풀적에 귀빈맞는 공작이 칠보단장 곱게 하고 황금같은 꾀꼬리는 천수같은 목청으로 맑은 노래 부르더라.

이때 선녀들 구름 없는 하늘 같고 티없는 옥 같은 물을 한바가지 담뿍 떠서 마시고 또 마신후 동쪽 병풍바위에다 던지니 그 물 땅속으로 잦아들더라. 또 한바가지 떠서 북쪽에다 던지니 그 물 달문을 지나 수십길 벼랑에 떨어져 만리 솔밭으로 굽이굽이 돌고 돌아 흐르는데 때는 춘삼월 봄이여서 제철 만난 로송이 피웠던 솔꽃분을 물우에 띄워주니 솔꽃 덮인 천수는 북으로 북으로 굽이돌아 대하장강 동해바다로 흘렀다.

동쪽의 병풍바위에다 던진 물은 물줄기 못 뚫고 땅속으로 스며들어 수십리길 흐르다가 또다시 지상에 솟아나서 해빛 받아 그 또한 동해로 흘러들었다.

서쪽의 협곡에다 던진 물은 산이 가로막혀 앞쪽으로 누비며 휘휘 돌아 다시 서쪽으로 서해바다 향해 흘러갔다.

그때부터 천지의 물 발원되여 한 탯줄에 낳은 강 삼형제가 동, 서, 북으로 사이좋게 흐르게 되였다. 후세의 인간들이 북으로 흐르는 솔꽃 덮인 강을 그 이름 솔꽃강(송화강)이라 부르고 동쪽으로 땅속 삼십리길 도망쳐 흘렀다고 하여 그 강 이름 도망강(도문강)이라 하였으며 앞쪽으로 누비며 서쪽으로 흐르는 물은 앞누비강(압록강)이라 이름지었다 한다.

이로부터 지하 천만척에 뿌리박은 거연한 장백산과 아름다운 천지는 이곳 근로한 사람들에게 자랑의 산으로 노래의 물로 대대손손 전하여지고있다.

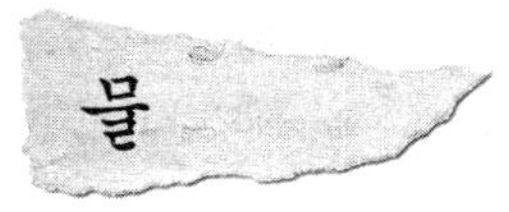

물

화룡현 고성(古城)에서 십 여러 길 올라 가면 동쪽으로 도문강이 청류계곡 구비돌고 서쪽에는 올기강이 기암절벽 감돌아서 아동(亞洞)에 와 손을 잡고 동해바다 향하는데 두 강물이 합한 곳에 논밭 수백 쌍이 두둥실 솟았으니 세상 사람들은 그 땅 일러 원봉벌이라 부른다.

옛날 이 벌판에 사람없고 이름없이 산 짐승만 뛰여 노는 새초밭 때 일이였다. 서울의 한 장수 나라의 역적이란 억울한 루명 쓰고 살곳 찾아 방랑하다 이 새초밭 만나니 물 맑고 땅 좋은 벌 이곳이 피신처라 자리 잡고 앉았다. 장수 이곳에다 자리 잡자 집채 같은 돌 뽑아서 집터 닦아 주추 놓고 락락장송 꺾어 내려 초가 삼간 집 세운 후 우수야 경칩에 도문강판 속 풀리고 양지밭에 아지랑이 하늘하늘 펴오를 때 부시 쳐서 불씨 얻어 새초밭에 불 지르고 한 발 두 발 밭 일구니 천년이냐 만년이냐 풀 썩어 흙된 땅이 그 아니 좋을손가. 감자는 묵침 같고 조 이삭은 황개꼬리 보리 대는 참대로다.

세월이 흘러흘러 이 장수 앉은 곳에 땅 잃고 밥줄 잃은 사람들이 한 집 오고 두 집 모아 집터 닦아 새집 지으니 큰 마을이 이룩됐다.

이 마을 사람들 아들 낳고 딸 낳고 손자 손녀 보아 가며 오곡밥 갈아 먹고 감자떡에 기장술로 잔치하고 명절 쇠며 모여 앉아 사설할 때 말끝마다 외우기를 입쌀밥 먹고 싶은 생각인즉 군함산이 높다한들 이에다 비할소며 동해바다 깊다한들 이같이 답답하랴 소원 한탄 다 하였다. 솜씨 있게 일 잘하는 농사군들 이러할 때 사람 마음 몰라 주는 도문강과 올기강은 옛날이나 지금이나 벌보다 십여길 낮은데서 소리치며 흘러 가니 그 물 어찌 에워 대랴. 로인들 하시는 말 고금천지에 물이란 높은 데서 낮은 데로 흐르는것이지 낮은 데서 높은 데로 올라 가는 역수 없다 하시면서 이 벌에다 물 대려면 천지가 개벽하여 산맥도 새로 뻗고 물 곬이 새로 나야 할 것이니 애당초 궁리 말고 방심하라 하시였다.

로인들 말이 도리인즉 옳으련만 그래도 장수는 이 벌판에 물 댈 마음 꺾지 않고 내래 재고 올리 재고 키로 재며 하는 말이 세 사람이 꾀를 내면 제갈량을 당해 내고 네 사람이 힘을 내면 력발산 항우를 이긴다는데 우리 마을에 제갈량이 얼마이고 항우인들 얼마기에 새 강을 못만들리요. 동아리들 앞에 나서서 사발 공론 함박 공론 모든 궁리 죄다 하다 상대동(上大洞)골짝에서 쇠오줌 줄기 만치 졸졸이 내려 오는 나무뿌리 썩은 물을 막아 들여 논 한배미 풀어 놨다. 땅 파 먹는 농사군이 땅 좋은 것 모르련만 좋은 땅에 물 대여 벼를 심어 가꿔 놓으니 키를 넘는 벼대에 콩알 같은 벼알이 은어알 같이 달려서 가을 바람 소슬 불 때 이리 굼실 저리 굼실 금파도를 일구었다.

진땀 흘려 이밥 맛 본 온 동네 남녀 로소 장수 치사 야단일 때 장수 또한 하는 말이 천지 신명도 애쓰는 사람만을 돕는다는데 우리 앉아서 입에 감 떨어질 것 기다리겠소? 날따라 나갑시다! 주먹을 높이 들고 상대동 골어귀에 큰 룡굴 빼 가지고 천길 만길 땅 속의 좋은 물 뽑아 내서 이 벌판에 논풀자 웨쳤다. 장수의 말 따라 서는 사람들은 괭이 들고 나서고 삽 들고 나서서 열길 땅 파헤치고 스무길 번졌지만 지하천지 흐르는 물 찾아 내지 못하였다.

원봉벌 농민들은 이날부터 축원키를 천지 개벽 새로 하여 도문강 올기강 물 이 벌에 올려 달라 산제 불공 드렸지만 무심토다 신명아 무정토다 물결아 장수님은 눈 감으며 손자에게 하시는 말 할아버지 다 못한 일 명심하라 하시였다.

세월이 류수인고 류수가 세월이냐, 농군들이 원하는 물 몇 대 손손 얼마를 흘렀던고 일월은 바뀌워도 천지개벽 아니 되며 도문강과 올기강은 옛모습 그 자태로 십여길 벼랑 밑에 헛되이만 흘러간다. 장수의 손자들 할아버지 하신 말씀 가슴 속에 새겼는데 강 건너 삼장땅의 서 면장이란 량반님이 바람 타고 건너 간 원봉 농민 소원 듣고 가마 타고 건너 와서 이 세상의 만물 중에 왕명(王命)이면 동티도 안 나는데 나라님의 록을 입은 권세로써 못할일

없다 하며 산신에게 술을 붓고 룡왕에게 축수한 후 올기강물 코 꿰여서 원봉벌에 논 풀겠다 일군들을 내몰았다. 원봉 마을 사람들은 이 벌판에 논 풀리면 대대의 소원이던 이밥 먹으리라 물 도랑 내자고서 벼락바위 까부시고 돌 날라다 물 막는데 장수의 손자는 솔밭에서 솔이 나고 대밭에서 대 난다고 기골은 미력이요 용맹은 사자였다. 어느날 그는 집채같은 바위를 뽑아 굴리다가 아름드리 참나무를 중둥 꺾어 밀대 놓고 세 마리 황소에다 동아줄 늘여 모니 황소는 버둥치나 바위는 움쩍않아 이삼은 륙 여섯 마리 메워 놓으니 겨우 움쩍움쩍 할 뿐이라 삼삼은 구 아홉 마리 메워 끌어 물심을 막아 놨다. 그런데 웬일인가 올기강은 머리를 숙이지 않고 도리여 그일 하던 농군들 이밥은 고사하고 밥술조차 끊어지게 되였다. 웬일인고 그 래력 알아 보니 서 면장은 일군들의 가슴 속을 갉가 먹는 쥐 면장이였더란다. 울분이 치솟은 장수의 손자 만군중 앞에 서서 서 면장의 멱을 잡아 얼굴에다 똥칠해서 삼태기 가마 태워 올기강에 띄우고 말았다.

그때부터 몇 해인가 어느 해 이른 봄날 양지 밝은 산천에는 잠자던 뭇싹들이 봄빛 받아 깨건만 여한은 몸부림쳐 돌개바람 일구며 검은 구름 몰고 왔다. 까마귀 날자 배 떨어졌다더니 청청 하늘에 검은 구름 덮이자 해빛 받아 크는 곡식 더워 몰라 키 안크고 가을 서리 일찍 내려 열매마저 미숙 가서 농부들은 배 주리고 헐벗게 되였다.

이때 한 농부 하는 말이 이 땅 갈아 먹어 몇해인가 땅 낡아서 못쓰니까 새밭 일궈 농사할 곳 찾아 가자 떠나가니 장수의 손자

≪친구들 가지 마오. 중천에 검은 구름 덮이기는 어디나 한자지요.≫

말리면서 지나는데 설상에 가상이고 갈수록 산이라더니 동해 바다 해풍도 검은 구름 싣고 와서 이 고장을 덮어 놨다. 첩첩 구름 덮이여서 밝은 해빛 못보는 때 간물에 젖고 민물에 젖은 이악한 개 한 마리 이 산골에 달아 와서

≪내 이름은 길한 밭(吉田), 고약한 쥐 잡아 없앴으니 날 따르면 이제 잘 살 수 있을 테니 내말 잘 들으시오.≫

하며 원봉벌 상천벌에 물 올려다 길전(吉田) 풀자고 고래고래 소리치며 서 면장의 뒤이어 올기강을 측량하고 층암 절벽 구멍 뚫어 화약 넣고 남포

튀워 바위 깨려 원봉농민 내 몰았다.

장수의 손자 일군들과 ≪원봉벌 논 되면 어쨌든 이밥은 먹으리라≫상론하고 징 들고 망치 들어 천년만년 억조만년 이끼 낀 바위 깨고 심도 깊은 땅 파서 보도랑 내갈적에 기진하고 맥진하여 바위 베고 누웠더니 중천에 채광이 령롱하며 한 선관 구름 타고 하강했다.

어지러운 이 세상에 신선이 하강함은 길조가 있음이라 무릎 꿇고 례하니 선관 웃으며 말하였다.

≪이 바위 부셨대야 원봉벌에 물 댈 수 없으려니 장백산에 들어 가서 청룡백호 불러 타는 힘도 있고 재주 있는 선각자를 찾으시라. 그들만이 천지를 개벽시켜 천갈래 만갈래 산맥도 주름잡고 물줄기도 옮겨 놓아 원봉벌과 상천벌에 물 댈 수 있으리라.≫

장수의 손자 산란한 정신 속에 깨고본즉 꿈이건만 대대손손 품은 념원 그 어찌 버릴손가. 징망치 내던지고 장백산으로 가장 총명하고 가장 힘 센 신선들을 찾아 떠났다.

지성이 감천이면 바위도 허물어진다더니 장수의 손자 날마다 밤마다 선관 선녀 찾고 찾아 얼마인고, 하루는 높고 높은 산마루에 당도하여 굽어보니 하늘이 비꼈는가 물빛이 비치는가 바다 같은 높이 있고 거울 같은 물 속에는 천봉이냐 만봉이냐 연연한 오색봉이 물 속에 비껴 물도 하늘 같고 하늘 또한 물 같은데 갑자기 노기 충천하여 지척분간 어렵더니 지심이 요동할 듯 뇌성이 울리는듯 그 속에서

≪그 누구냐! 이 곳을 무엇하러 왔는고?≫

천계 수문장의 뢰성 같은 고함소리 울리였다. 장수의 손자 부복하여 재배하고

≪어지러운 세상의 미숙한 인간이 고성 농부들의 원한을 짊어지고 한 선관의 인도로써 선경 찾아 왔나이다.≫

라고 전후 사연 낱낱이 보하였다. 수문장 말을 듣자 어디론지 인도하는데 얼마를 갔던지 갑자기 요란한 지동 간데온데 없어지고 청청 하늘 아래 아득한 지상에는 청송의 바다인가 바다 우에 든 배인가 일편 백운 오가는데 천근

짜리 칼을 갈고 만근짜리 몽치 든 선장수들 기린 타고 청룡 타고 백호 타고 오가는듯, 사처에서 모여 오며 만면에 웃음 짓고

≪농사에서 물은 생명이지만 물이 있다 해도 당신들은 이밥 먹을 수 없습니다. 천하 만물은 태양 빛을 받아야 사는데 당신네 하늘에는 흑운이 가렸으니 태양 못본 오곡이 그 어찌 자라리요. 천지간에 가장 찬란한 불씨를 줄터이니 이 불씨 가지고 돌아 가서 만민이 홰불을 들으시라. 그러면 뜨거운 불빛에 검은 구름 사라져 버릴 테니 그 불로 도문강을 올리시오.≫

하면서 뜨겁고 찬란한 불씨를 주었다.

장수의 손자 그 불씨 간직하여 돌아 와서 근로하고 용감한 농부들게 장백산에 들어가 선관 장수 만난 일과 앞일마저 말해 주고 불씨로 불 일구어 만인이 홰불 들었다.

홰불 찬란히 비치자 뜨거운 불 기운에 첩첩 구름 뭉쳐졌다 쓸어지고 갈라졌다 밀리더니 풀잎의 이슬같이 사라져 버렸다.

오래 동안 하늘 가렸던 검은 구름 없어지자 원봉벌 상천벌에 찬란한 빛줄기차게 비치여 백곡이 잘도 자라 풍년가 부르는 놀이판이 야단일 때 천지가 진동하고 지심이 울리더니 원봉벌에 쌍무지개 뿌리 박아 한 쪽 뿌리 천상속의 벽계수 도문강에 다리 걸고 또 한 뿌리 상천벌에 건너 놓더니 칠색찬란한 무지개 다리 건너 오색 채의 몸을 감은 선관 선녀 삼천명이 하강하여 채옥동이 물 담아서 이고 들고 거닐 적에 깎아 세운 작두바위 기암절벽 올기강반에 채광이 령롱하며 산비둘기 떼를 지어 반공에 높이 날고 기러기떼 짝을 지어 물 우에 날으더라.

이해부터 원봉벌과 상천벌의 농부님네 대대손손 소원이던 이밥 먹어 가며 만년 행복 누린다네.

용천골

땅좋고 물좋고 인품좋은 내 고향은 봉황이 짝을 지어 날아들고 산과 들엔 꽃향기 그윽하여 선관선녀 구름타고 하강한다. 이곳에 용천이라는 산골마을이 있으니 용천이라는 그 래력을 알아보자.

룡정에서 동남쪽으로 산골길 오십여리를 올라가면 멀고도 먼 옛날부터 용솟음쳐 솟아나는 맑고도 맑은 샘물이 있으니 이 샘물 천만길 깊은 땅속에서 좋은 물만 솟아나므로 빛깔은 수정같고 물맛은 선경의 불로장생 장명수(長命水)도 비기지 못한다. 이리 좋은 샘물이 생긴지는 오래였건만 옛날 이곳에는 사람도 없었고 골이름도 없었다. 임자없고 이름없는 무인 무명골이였었건만 바람따라 구름가고 절기따라 꽃이 피여 해를 바꿈이 얼마였는지......어느해 봄이였다. 골판에는 방초 우거져 초록색판을 이루었고 앞뒤산봉마다에는 진달래 만발하여 연분홍 꽃무늬 수를 놓았는데 봄을 맞는 비둘기 쌍지어 날다 샘물에 목욕하고 앞서거니 뒤따르면서 창공에 나래치니 때는 가절이요 곳은 절승지였다.

이때 한 초동이 어느곳에나 오는지는 분명치 않으나 물다라 올라오는데 지게에다 괭이와 낫을 가새질러 지고 물줄기 따르며 골판 살피는 품새 정녕 산천경개 좋은 곳을 찾는듯하였다. 물따라 멀고먼 길을 걸어온듯 초동은 기름진 골판에 물까지 끼여있으니 예가 바로 명승지라 일컬으며 거기에다 지게를 벗어놓았다. 초동은 먼지 맑은 샘물에 다 갈한 목을 적신후 물옆의 산기슭에 자리잡고 앉아서 쌍피리에다 절승지를 옮기였다. 옛날 황제 허원씨는 쌍피리를 만들어 봉황 자웅의 울음소리를 합하여 음률을 만들었다 하더니만 초동이 절승지를 노래함은 맑고도 좋은 물과 백화초 무성하는 비옥한 땅에다 이 물 대여 오곡이 너울칠것을 바라보는 마음까지 한데 합해 률을 내니 그 명료하고 청아함이 진주 옥반에서 구을르는듯 그 구성짐은 수심을 뚫고 지심을 울리며 구름을 헤치고 천계에 오르는듯 하더라.

얼마를 불었는지 모르나 그때도 초동이 피리를 불고있을 때였다. 한 선녀 피리소리따라 샘물터에 내리는데 몸에는 채의를 감고 겨드랑이에는 채옥동이를 꼈으니 그 자태월궁의 상아 광하전(广厦殿)에 내린듯 은하수의 직녀성 견우성을 찾는듯하였다. 초동이 인기척에 깬듯 불던 피리를 멈추고보니 샘물가에 주옥으로 새긴것 같은 한 선녀 섰는지라 일어서서 맞이하러 나서니 선녀 공손히 례하기에 초동 또한 따라 답례할 때 비둘기 쌍지어 울창한 청송을 스쳐 창공에 날으며 오리떼 쌍쌍이 샘물에서 놀더라.

쌍피리소리가 매파군 되여 초동과 선녀는 그날로 백년을 가약하고 땅좋고 물좋고 경치마저 좋은 곳에다 청송같이 굳은 절개 꽃같이 고운 마음 샘물같이 솟는 정에 바위같이 든든한 힘 한데다 담뿍 담아 새집을 이루었다.

새신랑 새각시는 샘물가에 터를 닦고 보금자리 일구며 용솟음쳐 솟는 샘물 용천이라 이름짓고 그 물 에워 논밭갈아 씨뿌리니 그 골 이름 용천골이라 불렀다. 그후부터 용천골 감자라면 천하에 알리였고 조이삭은 황개꼬리, 벼알은 앵두같아 후손들은 용천골을 곡굴이라 불렀으니 이름 그대로 솟아나는 샘물같이 날로 번창하고있다.

유병을 구술

박지형

그리 먼 옛날의 일이 아니다. 지금부터 30년 이쪽저쪽 하여 있은 일인데 그때 훈춘현 경신땅에 성은 밀양 박가이고 이름은 지형이라는 젊은 사람이 있었다.

박지형이네 집 살림살이를 놓고 말하면 남이 부러워할만것이라고는 콩짝만한것도 없었지만 단 한가지만은 남달리 동떠여난것이 있었다.

지형이의 기골은 마치 백두산 표범의 다리를 먹은듯, 힘은 천년묵은 산삼을 장복한듯 력발산 항우도 그를 당치못할 장수였다 한다.

어느때였던지 손꼽아 세여보면 똑똑히 알수 있는 일이지만 발바리 왜종자들이 박지형네 고향땅을 삼키려고 기여 들었다. 강건너 바다건너 민물에 젖고 간물에 젖은것들이 이곳에 발발거리자 그와 따라온것은 단짝스러운 냄새였다. 그 비린내가 어찌 독한지 사람들은 밤에 베개를 베지 못하고 낮에 갈길을 마음대로 다닐수 없을뿐더러 숨조차 쉬기 어려웠다.

이때 장수 박지형이는 뜻맞는 송아지동아리들과 쑥덕공론 함박공론하기를

≪우리 땅을 세잠 잔 누에 뽕먹듯 하는 왜종자들을 그저 둘수는 없다. 강도를 묵과한 죄는 하늘이 안다더라!≫

라고 하면서 하늘에 사무치는 분을 오리오리 따져 량손에 도끼 쥐고 칼 들고 회룡봉으로 올라갔다.

장수 박지형이가 이렇게 떠나간즉 왜놈들은 똥뀐놈이 성낸다더니만 저놈들이 저라고 왁작벅적 고아대면서 박지형이를 잡으려 기를 쓰며 갖은 계교를 꾸밈에 동분서주하였다. 그러나 만병 (蠻兵)의 간교는 때마다 단오전 논뚝밑의 물거품으로 큰소리를 치다가 무리죽음을 당하지 않으면 요진통을 맞

아 간이 찌그러지거나 쓸개가 돌아앉아버렸다. 그래도 왜적들은 도정신하지 않고 도리여 딴 술책을 꾸미기에 여념이 없었다. 혹은 숱한 앞잡이를 그물치듯 늘여놓고 이요행 저요행하며 까땍수를 바라는것이였다. 그러던차에 어느날은 추잡한 입을 헐레벌쩍하게 되였다.

옛날옛적 손오공은 천궁에서 천장병들을 일망타진하며 천궁을 휩쓸다 실수하여 천개에게 꼬리를 물렸다 하더니만 박지형이는 지상에서 만장병들을 일망타진하다 잘못 실수하여 놈들의 사냥개에게 물리게 되였다.

왜장들도 박지형의 힘을 모르는바 아니므로 그를 여느사람 다루듯 포승줄로만 묶어놓지 않았다. 지형이의 몸에다 스무발짜리 참바 스무타래를 이어서 감아놓고 손목과 발목에다는 육중한 족쇠수쇠를 채워서 가두었다.

아름다운 련꽃이 물 깊대서 아니 피고 진흙속이라 아니 피며 바람 분다 쓰러지랴. 박지형이는 감방안에서 곰곰이 따져보아야 놈들이 그저 매나 몇개 쳐서 내놓을것 같지 않으므로 이것저것 피신할 궁리를 대다 마침내 묘안을 찾아냈다.

이튿날 아침이였다. 간수놈이 창문으로 아침인둥 만둥한것을 들여보내고 돌아섰다. 밥그릇을 받아든 박지형이는 엉거능측하게 그것을 감방바닥에 내쳤다. 쫠그랑하는 소리에 놀란 간수놈은 총을 꼬나들고 되돌아서며 무슨 일이냐고 소리쳤다. 그때 박지형이는 밥그릇을 가리키며 밥속에 무엇이 들어있다고 하였다. 그러자 간수놈은 엉겁결에 미처 생각지 못했던지 혹은 박지형이의 몸에다 참바 감아놓은 것으로 하여 안심되였던지 감방문을 삐죽이 열고 들어섰다. 그 순간이였다. 박지형이는 ≪맹꽁이자물쇠≫를 채운 주먹으로 간수놈의 관자노리를 내찔렀다. 그러니 어찌 됐으랴! 비호도 앞선다는 그가 산도 밀어놓는다는 힘으로 재치있게 내찔렀으니 그까짓 쭈그링 밤송이 같은 간수놈의 대갈통쯤이야 무엇이랴! 정말 두부모에 침질이였다.

간수놈에게 주먹포를 먹인 지형이는 한쪽발로 놈을 밟고서서 두 주먹을 맞대고 용을 쓰니 ≪맹꽁이자물쇠≫는 찌그덕하고 터져버리는데 그 광경은 사천왕이 악마를 밟아버리는것 같았다. 족쇠를 내던진 지형이는 나가빼드러진 간수놈의 총을 집어들고 감방안의 여러 동아리들을 데리고 놈들의 사무실로 들어갔다. 사무실에서는 장교놈들이 모여앉아 박지형의 사진을 보면서 무엇인가 중얼거리고 있었다. 지형이는 노염이 머리끝까지 치솟아서 총부리를 내대며

≪이놈들 꼼짝 말라! 박지형이 내 여기 왔다!≫

고 감옥이 터질듯 큰소리를 쳤다.

산중의 왕인 사자 우는 소리에 만짐승은 오금이 저려서 떨고만 있다더니 박지형이의 노한 소리에 놀랜 놈들은 오뉴월 염천에 학질 만난놈마냥 오장륙부와 사지를 떨고있을뿐 옆에 세워놓은 총을 들기는 고사하고 오금이 오그라붙어서 일어서지도 못하였다. 그때 지형이는 들고있던 총을 동무에게 맡기고 제 몸에 감기여있던 참바끝을 찾아 한토막 끊어서 놈들중의 가장 높은놈부터 묶었다. 뒤이어 또 한가닥을 끊어서 또 한놈 묶고 세놈, 네놈 몽땅 묶어놓았다.

놈들을 죄다 묶어앉힌후 벽에 세워놓은 총을 무릎에 대고 마치 땔나무나 분지르듯이 뚝뚝 꺾어 내던지고 문을 차고나섰다. 나가는 길에 또 경위대가 들어가서 또 난장판을 만들어놓고 총 열여섯자루를 한쪽 어깨에 메고 대문을 나섰다.

박지형이 있을 때엔 숨도 크게 쉬지 못하던 놈들이 그가 가고나니 불벼락 맞은 정신을 수습해가지고 똥묻은 개낯짝 세우려 우쭐대면서 앉은뱅이 용쓰듯 꽥꽥 소리질렀다.

박지형이는 미친개야 짖으려면 짖으라는듯 돌아보지도 않고 회룡봉으로 사라지는데 그 광경은 실로 장관이였다. 장총 열여섯자루를 메고도 팔간집을 뛰 뛰듯 가로 세로 넘어가는 그의 발자국 끝에서는 선풍이 일고 몸에 감아놓았던 참바 사백발이 풀리여 땅에 끌리지도 않고 공중에 둥둥 떠서 꼬리쳐 날려가는것이 마치 별찌가 흐르는것 같았다.

이렇게 비호같은 박지형이에게 넋통을 먹고 끄슬린 개대가리가 된 왜강도들은 그래도 제 버릇 개 주지 못하고 발광했다. 그후 어느날 지형이는 회룡봉에서 고향마을을 내려다보았다. 그때 산밑길로 왜병 수놈이 백성 한사람을 묶어가지고 옥천동으로 가고있었다. 그것을 본 박지형이는 이를 깨물고 발

을 구르면서

≪저 강도놈들이 또 사람을 잡아간다. 에잇, 이 강도놈들!≫

하고 나는듯 달려내려가 길목의 언덕우에 숨어서 바위돌을 뽑아가지고 장교놈을 내리쳤다. 장교놈은 맑은 하늘에서 돌벼락을 맞고 편포가 되어버렸다. 졸개들은 어쩔줄 모르고 급살맞은 장교놈을 주무르고있었다. 그때 박지형이는 한손에 만근짜리 몽치 들고 또 한손에는 천근짜리 대장도를 휘두른 염라대왕의 사자마냥 왼손에는 도끼 들고 오른 손엔 대장도를 휘두르며 놈들속으로 뛰여내려가는데 그 칼과 도끼 우는 소리가 산천을 울리고 돌개바람을 청하여 놈들을 쓰러뜨렸다. 지형이는 이리 찍고 저리 찔러놓은후 편포가 된 장교놈을 질겅질겅 밟아서 냅다 차버렸다.

그래놓고서야 묶이운 사람에게

≪당신은 뭘 하다 이렇게 붙들렸소? 빨리 달아나오!≫

라고 퉁망스럽게 말했다.

≪동무는 누구십니까?≫

묶이운 사람이 반문하였다.

≪난 왜놈을 잡는 사람이여!≫

≪그럼 동무는 어느 부대입니까?≫

그는 인자스럽게 물었다.

≪부대? 부댄 무슨 부대?≫

박지형이는 고개를 기우뚱해 가지고 그를 훑끔 바라보더니만 또다시 물었다.

≪그럼 당신도 왜놈잡는 사람이란 말이여?!≫

≪그렇습니다!≫

≪야! 그럼 가. 가서 얘기하자구!≫

그는 낙낙하지 않은 말을 내찌르듯 하더니만 널려있는 놈들의 총을 주섬주섬 주어메고 그 묶었던 사람까지 업고서 한길이나 되는 논밭뚝을 훌훌 뛰여올라가는데 마치 심산의 맹호가 바람을 부르는듯 대풍이 일어나는 속으로 사라졌다.

단숨에 회룡봉으로 올라간 그는 대충 눈비나 가릴 정도로 의지해놓은 초막속으로 들어가서야 그를 내려놓고 또다시 물었다.

≪당신은 뭣 하는 사람이여?≫

≪아까도 말한바와 같이 일본놈과 싸우는 사람입니다.≫

≪응- 그럼 나와 같이 있기요!≫

그는 이렇게 밑도 끝도 없는 말을 한마디 던지더니 무슨 생각이 났던지 다시

≪당신도 혼자서 싸우오?≫

라고 물었다.

그제사 그는 차근차근하게 혁명의 대도리를 이야기하여주면서 아무리 난다는 장수라 할지라도 혼자서 우박대고 싸워서는 강한 일본제국주의를 물리칠수 없다는것과 자기는 중국공산당이 령도하는 항일련군이라는것을 이야기하여주었다.

그의 말을 듣자 그렇게 울퉁불퉁하던 박지형이가 다소곳해지면서

≪나도 당신들이 이 산에 있다는 말을 듣고 찾아 왔으나 여태껏 찾지 못했소. 참 잘 만났소, 날 거게 데려다 가주오.≫

라고 간청하였다.

이로부터 박지형이는 항일 부대와 련계를 맺고 후에는 항일련군으로 되였다. 박지형이가 항일 련군으로 된 후였다. 룡에게는 구름이 따르고 범에게는 바람이 따른다더니 힘은 항우도 당치 못하고 날램은 비호도 따르지 못하는 박지형이에는 구름을 불러 타고 바람을 일구어 신출귀몰하는 술이 생겨나서 왜적들은 그 앞에서 구시월 락엽마냥 쓰러졌다 한다.

김승국 재료 제공

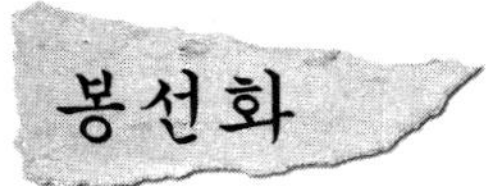

봉선화

봉선화야 봉선화야
담장밑에 피지말아.
담장그늘 해가려서
붉은꽃잎 곱지않다.

이 노래가 불려지기 시작한것은 지금부터 먼 옛적, 아주 가물가하게 먼 옛적의 일이다. 그러나 지금도 이 노래는 불리우고 있으니 뒤울안 담장밑에서만 피던 봉선화는 지금은 넓은 마당의 화원에서 빨갛게 피면서 아름다운 옛말을 전해주고있다.

그 옛날 한 곳에 사방두레 담장안의 네귀에 풍경 달고 동남풍에 월그렁절그렁하는 음관 자손네 집이 있었다. 날짐승도 날기 어지러워하는 담장밑 그늘에 한창 봉선화가 필 때 그 집 셋째딸의 울음소리가 세상에 처음 났다. 그래서 부모들은 셋째딸의 이름을 봉선화라 하였다.

명성높은 가문에 봉선화가 태여날 때 행랑아범의 집에서도 아기의 첫울음소리가 났으니 그 애는 다같이 인간세상에 태여났건만 곱고 귀중한 사람이 아니라 더럽고 추한 구렁이였다.

그래도 행랑어멈은 그것이 제 탯줄 타고난 자식이라 아랫목 한 구석에 거적을 덮어놓고 고이 길렀다.

하루 가고 이틀 지나 달 가고 해 바뀌면서 점점 자라나니 구렁이는 애비어미 일 나간 틈을 타서 봉선화네 뒤울안에 들어가 봉선화꽃속에서 놀았다.

어느날이였다. 대감네 큰딸이 와서 이 집에서 생남했다더니 어떠냐고 묻기에 아랫목에 거적으로 덮어놓았다고 하니 그것을 보자 침을 퉥 뱉으며 ≪애구 더럽게도 구렁이를 낳았구만!≫하고 달아났다. 둘째딸이 또 와서 보더니 역시 침을 뱉고 달아났다. 봉선화의 두 형들은 구렁이를 더럽다고 침을 뱉고 달아났으나 한날 한시에 난 것이 연분이 되였는지 봉선화만은 절을 나붓이 하고는 ≪에구 구룡동동 서선비를 낳셨구만.≫라면서 돌아간 후 매일과 같이 구렁이와 함께 담장밑에서 꽃놀이를 하였다. 이렇게 하루 이틀 지나면서 그들은 점점 자라고 정은 더욱 깊어만 갔다.

세월은 여류하여 어느덧 봉선화에게도 매파군이 드나들기 시작하였다. 그러자 구렁이가 어미 불러하는 말이 봉선화에게 청혼 가보라고 것이였다. 어머니는

≪아이구 이 자식아, 우리가 어찌 그런 댁에 청혼을 하겠느냐. 네가 그 꼴을 해가지고 제 명대로도 살지 못하려고 환장을 했느냐!≫

라고 하였다.

그래도 구렁이는 열길 물속은 들여다보아도 한치 사람속은 알수 없으니 가보아 달라고 자꾸만 졸랐다.

어머니는 하는수 없어서 대감집 마님을 찾아서 ≪마님!≫하고 불렀으나 뒤말이 나오지 않아서 자리가시만 쥐여 뜯다 나니 죄없는 자리만을 반잎이나 뜯고 돌아왔다.

돌아오자 구렁이는 ≪어머니 뭐라고 합디까?≫하고 물었다.

≪애, 말도 말아. 입이 떨어지지 않아서 애매한 자리만 반잎이나 뜯어놓고 돌아왔다.≫

어머니의 말을 듣자 구렁이는 길고 짜른 것은 재여보아야 안다고 하면서 또 가보라고 졸랐다.

어머니는 또 갔으나 아무리 해도 입이 떨어지지 않아서 ≪마님!≫해놓고 이번에는 치마폭의 실오리를 하나 둘 뽑다나니 치마 반폭을 다 뽑아놓고 돌아왔다.

돌아오니 또 졸라서 어머니는 세 번째 만에 가서야 매 맞아 죽을셈 치고 입을 뗐다. 그런데 뜻밖에도 마님은 ≪내 자네 이런 말 할줄 알았네.≫하면서

꿈이야기를 하였다.

≪내 우리 대감과 한날 밤에 같은 꿈을 두 번 꾸었는데 첫꿈은 자네가 태기있을적에 하늘에서 청룡이 하강하여 자네 품안으로 들어가는것을 보았고 두 번째는 간밤인데 하늘에서 청학 한자웅이 내려와 한 마리는 자네 아들을 태우고 한 마리는 우리 봉선화를 태우고 창공에 높이 나는것을 보았네. 그래 오늘 길사가 있을가 하였는데 과연 자네가 청혼하니 내 이 모다 천운배필로 아네.≫

하면서 쾌히 승낙하였다.

이리하여 그후 좋은 날을 택일하여 남몰래 대사를 지냈다. 대감집에서 이런 사위를 삼게 되니 면구스러워서 낯가리기 잔치를 대충 치렀지만 상방만은 굉장히 하여 놋초대에 대초불을 쌍지어 밝혀놓고 갖은 기물 호화롭게 차려놓았다.

초례를 지낸 날 밤이였다. 상방에 들어간 구렁이는 칠보단장에 연지곤지 찍고 앉은 봉선화에게 좋은 간장 한독과 좋은 밀가루 한독, 정결한 랭수 한독을 가져다달라고 하였다. 그런 집에 무엇이 없겠는가. 인차 시녀를 불러 마련해 오자 구렁이는 먼저 간장독안에 들어가서 휘 돌고난후 백설같은 밀가루독에 들어갔다 나와서 다시 랭수독으로 들어가 출렁출렁 씻으니까 구렁이 허물이 벗어지고 세상에 드문 미남자가 되였다.

각시는 한없이 기뻐하는데 신랑은 자기가 벗은 껍질을 똘똘 말아 각시의 회장저고리섶에다 꼭 채워주면서 만일 이것을 몸에서 떼우기만 하면 자기와 같이 살수 없으니 그리 알고 어떤 일이 있든지 꼭 간직하라고 재삼 열당부하였다.

이튿날 해달같은 새 사위를 본 봉선화의 부모들은 너무도 기뻐 재차 잔치를 베푼후 독선생을 앉혀서 새 사위에게 글을 가르치게 하였다.

새신랑의 글재주를 말할진대 글 읽는 소리 진주 옥반에서 구르는듯, 꾀꼬리 청류속에 노래하는듯하고 문장을 말한다면 선생이 운을 떼면 이께 야(也)자를 알고, 뜻을 새길 때는 하늘 천(天)자를 배우면 하늘의 뜻을 알고 따 지(地)자를 배우면 지상의 인간사를 알았다. 그러니 부모일가친척중에서 그를 칭찬 안하는 사람이 없게 되였다.

서선비에게 더럽다고 침을 뱉은 봉선화의 두 언니는 동생을 비웃기만 하였으나 인제 시암이 잔뜩 나서 죽을 지경이였다. 그러다가 마침내는 둘이 함께 그를 해롭히려고 공론하던 끝에 봉선화가 구렁이의 껍질을 간직하고있다는것을 알게 되였다.

하루는 서선비가 서당으로 글 읽으러 나간 사이에 둘이서 동생을 붙들고 그의 몸에 간직한 구렁이껍질을 빼앗아다가 화로에 집어넣었다.

그때 서선비는 서당에서 글을 읽다가 하늘을 쳐다보니 갑자기 천기가 기울어지는지라 이 일을 짐작하고 급기야 달려 들어가 화로에서 그 껍질을 끄집어내고 선자리에서 문을 박차고 나갔다. 봉선화는 뒤따라 나가며 울며불며 말렸으나 그는 사정없이 뿌리치고 그 집을 떠났으며 영영 소식조차 없었다.

신랑 잃은 봉선화는 그달부터 태기 있어서 십삭만에 순산하니 대밭에서 대가 나고 솔밭에서 솔 난다고 아버지를 닮아 호호 귀동 옥동자였다.

세월은 흘러흘러 아이는 벌써 다섯 살이 되였다. 그의 총명하기가 아버지의 혼을 타서 다섯 살에 글을 읽기 시작하여 열 살이 되니 벌써 모르는 글이 없게 되였다. 그러나 그 애에게도 한가지 모를 일이 있었으니 하루는 끝내

≪모친, 천하만물이 어시가 있는데 저만은 어찌 애비없는 아이라 불리우나이까? 바른대로 대여주시지 않으면 애비없는 자식이란 말을 더 듣지 않겠습니다.≫

라고 하였다.

그야말로 아들을 볼때마다 속심정이 타는데다 이런 말을 듣고보니 어머니의 타는 간장 어찌 다 말하랴. 그렇다 하되 이제는 아이도 철이 들어가는데 다시는 더 속일수도 없는지라 지난 사실을 죄다 이야기하여 주었다. 전후사실을 다 들은 아들은 모친께 하소연을 하였다.

≪제 부친이 세상 떴다면 모르오되 살아 생전이라 하신다면 자식된 도리로도 어찌 부친을 찾지 않으오리까! 백난을 무릅쓰고 부친을 찾아뵈려 작정하였으니 모친께서 그리 아시이다.≫

봉선화 이 말을 들으니 못내 서선비를 그리던 마음 물목처럼 터지여 쾌히 승낙하고 아들과 함께 떠날 작정을 하였다.

이리하여 모자는 정처없는 길을 찾아 나섰다.

그들이 낮에는 길을 걷고 밤이면 인가를 찾아들어 봉노방이건 처마밑이건 밤이슬을 피하며 날을 새며 보낸지 얼마인고? 날도 갈고 달도 갈았다. 비오고 바람 부는 날도 쉬지 않고 몯고물으며 앞으로 앞으로만 가고 또 갔다.

이러던 어느 하루 한 곳에 가니 벼모 내는 농군들이 있었다. 봉선화는 농군들에게 물었다.

≪여보시오 농부님네, 이 길로 구룡동동 서선비가 비루먹은 말을 타고 지나가는것을 못 보았습니까?≫

농부들은 이 말을 듣고도 본체만체 머리도 돌리지 않고 그냥 벼모만 주루룩주루룩 심으면서

≪어디로 가는 손님인지 낟알 먹는 사람이면 늦모 한배미 심어주소, 그러면 서선비 간 곳을 알려주오리다.≫

고 하였다.

봉선화와 그의 어린 아들은 이제까지 낟알 먹고 잔뼈 굵었으나 벼모 쥐여보기는 난생처음이라 힘도 들고 심을줄도 모르지만 남편 찾고 아버지 찾을 것을 힘으로 삼아 늦모 한배미 다 꽂았다.

그제야 농부들은 저 앞을 가리키면서 하는 말이

≪논둑길 돌고돌아 가물가물한 저 끝에 가면 주라(목화)밭 매는 기음군이 있을터이니 그들에게 물어보시오.≫

라고 하였다.

봉선화는 지친 몸으로 아들을 데리고 한발 두발 옮기며 가물가물한 그곳을 찾아 걸었다. 거기엔 과연 밭 매는 농군이 있었다. 봉선화는 또 물었다.

≪여보시오 농부님, 여기 이 길로 구룡동동 서선비가 비루먹은 말을 타고 지나가는것을 못 보았습니까?≫

≪어디 가는 손님인지 옷 입고 사는 사람이면 때 늦어가는 이 주라밭 기음 매여주소. 서선비 간 곳을 가르쳐주리다.≫

봉선화는 할수없이 호미를 받아들었다. 비 온 끝의 목화밭은 질기가 찰떡 같은데 바랭이가 밭을 덮어 밭고랑에 범이 새끼 칠 지경이였다. 봉선화는 바랭이 뽑는 손아귀가 터져서 피가 흘렀다. 그래도 이를 악물고 끝내 그 밭을 죄다 매였다. 그제야 농부는

≪저기 저 가물가물한 골짝으로 들어가면 양지바른 비탈밭에서 새 보는 아이가 있을터이니 거기 가서 물어보시오.≫

라고 하였다.

그곳엔 과연 록두밭에서 새 보는 아이가 있었다. 봉선화는 그 아이에게 물었다.

≪저기저기 록두밭에 새 보는 동자야, 여기 이 길로 구룡동동 서선비가 비루먹은 말을 타고 지나가는것을 못 봤느냐?≫

그 아이는 대답도 아니하고 그냥 새만 보고있었다. 다시 물으니 동자는 저의 어머니가 새 볼 때 말을 하면 새가 록두밭에 앉으니 말하지 말라고 하였다고 대답하였다. 그럼 대신 새를 보아줄터이니 대여달라고 하였다. 봉선화는 잘 보겠다고는 하였으나 그가 암만 소리를 쳐도 새들은 그냥 달려들었다. 아무리 해도 안돼서 어떻게 해야 하느냐고 물었더니 아이는 이렇게 노래를 불렀다.

아랫녁 새야 웃녘 새야
우리누님 시집가니
녹두밭에 앉지말아.
녹두꽃이 떨어지면
녹두청포 못만들고
녹두청포 못만들면
우리누님 시집 못간다.

아랫녁 새는 알로 가고
웃녘 새는 우로 가라

두룸박 딱딱 우여-우-

봉선화는 동자가 시키는대로 소리를 지르며 새를 보았다. 그제야 새는 날아가고 그 동자는 앞을 가리키면서 말하였다.

≪저 멀리 가물가물하는 곳에 가면 하늘과 물이 맞닿은 곳이 있는데 거기서 빨래하는 할머니가 있을터이니 그 할머니께 물어보면 대여주리오다.≫

그곳에 가니 과연 호호백발 할머니가 백설같이 흰 빨래를 한함지와 먹장같이 검은 빨래 한함지를 놓고 빨고있었다. 봉선화는

≪할머니! 그 많은 빨래 빨제 이곳으로 구룡동동 서선비가 비루먹은 말을 타고 지나가는것을 못 보았습니까?≫

하고 물었다.

할머니는 이 먹장같은 빨래를 백설같이 다 빨아주면 가르쳐주겠다고 하였다. 봉선화는 여태도록 손에 물을 묻혀보지 못하고 자랐지만 빨래하는것을 본일은 있은지라 있는 힘 다 짜내서 검은 빨래를 하얗게 빨아놓았다.

그제야 할머니는 은술잔 하나를 주며 은술잔을 물속에다 던지고 그것이 가는 곳을 따라가면 구롱동동 서선비를 만날수 있으리라고 하였다.

봉선화는 그 할머니가 시키는대로 은술잔을 깊은 물에다 던졌다. 은술잔은 반들거리며 물속으로 가라앉기 시작하였다. 이때 봉선화는 아들을 재촉하여 치마를 뒤집어 쓰고 물속에 뛰여 들었다. 은술잔이 가는 곳은 천길이냐 만길이냐깊은 물이지만 서기 감돌고 낮과 같이 밝았다. 이렇게 얼마를 갔는지 한곳에 이르니 큰 바위문이 덜컥 열리였다. 그 문속으로 들어가니 때는 대낮 같은 달밤인데 봉선화는 나는듯 살며시 한 계수나무 우에 내려 앉게 되였다. 계수나무우에서 내려다 보니 계화 향기가 천지에 풍기고 그 나무아래 넓으나 넓은 벌판 우에 오만가지 화초들이 아름다움을 다투고 있었다.

그 꽃동산의 한가운데 닐리리 기와집이 네 귀에 풍경 달고 동남풍에 월그렁절그렁하고있는데 집안에서는 글 읽는 소리가 랑랑히 울려나왔다. 그러더니 한참만에 글 읽는 소리가 뚝 그치고 한 선비가 대청으로 나와서 달을 쳐다보며 시를 읊는것이였다.

달도밝고 달도밝다
저기저기 둥근달은
봉선화를 보련마는
나는어이 못보느뇨?

선비는 시를 읊고나자 한숨을 후유 쉬였다. 봉선화는 이 노래를 듣고 기쁨과 서러움이 한데 북받쳐 맞받아 노래를 불렀다.

저기저기 둥근달은
온천지를 비치련만
우리랑군 서선비는
봉선화를 못보시네.

이 노래에 훔칠 놀란 선비는 나무를 쳐다보며 귀신이거든 자취를 감추고 사람이거든 성명을 대라고 웨쳤다. 그때 봉선화는 아들을 먼저 내려보내면서 아버지한테 인사하라 하였다.

아들이 가서 공손히 절을 하며 ≪부친!≫하고 그의 무릎에 엎드렸다. 서선비가 어리둥절할 때 봉선화가 가까이 가면서 ≪가군님!≫하고 불렀다. 이 말에 서선비는 버선발로 뛰여내려와 봉선화를 꽉 붙잡았다.

서선비는 이것이 꿈이냐 생시냐 꿈이거든 제발 이 꿈이 언제나 깨지 말고 있어라고 하면서 그들 모자를 방안으로 인진하였다. 서선비는 눈물겨운 전후사연을 듣고나서야 꿈을 깬것 같았으나 한가지 걱정스러운 일이 생겨났다. 그것은 서선비가 그곳에 오래동안 있는 동안에 그곳 녀자들이 서선비를 사모하고 있었으므로 그들이 서선비를 곱게 놓아줄리 없는 것이였다.

그리하여 서선비는 자기 선생에게 가서 전후사연을 다 이야기하고 어찌할 바를 가르쳐달라고 하였다. 선생은 그의 말을 듣고 머리를 끄덕이며 서선비의 안해 될 사람은 반드시 자기가 내는 수수께끼를 풀수 있을것이니 재주비김을 해서 이기는 사람을 서선비의 참다운 랑자로 정하라고 하였다.

이렇게 되여 선생이 먼저 수수께끼를 냈다.

≪새가운데서 제일 큰 새가 무슨 새냐?≫

선생의 말이 떨어지자 그곳의 여러 녀자들은 제각기 이 새 저 새 온갖 잡새를 다 대는데 한 녀자가 이 새 저 새 크다 해도 새중의 왕은 봉황새라 하며 제딴에는 수수께끼를 제가 푼듯이 우쭐댔다. 그때 인제까지 가만히 있던 봉선화가

≪제 알고 보니 세상의 뭇새가 다 크고 곱다 하되 먹새보다 더 큰 새가 없다고 여쭙니다.≫

라고 대답하였다.

그제야 선생은 고개를 끄덕이며 과연 사람이 먹지 않고는 못 사는 법이니 먹새가 제일 크고 곱고 귀중하다고 하였다.

첫 수수께끼에서는 봉선화가 이겼으나 도사는 두 번째 것을 냈다.

≪꽃중에서 가장 귀중한 꽃은 무슨 꽃인고?≫

여러 여자들이 또 대답했다.

≪꽃중의 왕은 목단이니 목단꽃이 가장 귀중하오이다.≫

라고 하였으나 선생이 머리를 설레설레 흔드니 또 한 여자가

≪꽃잎이 곱다해도 꽃향기 좋은 계화만 못하려니 통천하에 계화가 가장 귀중하나이다.≫

라고 하였다. 그래도 선생은 응답이 없으니 딴 여자들이 숱한 꽃이름을 주어대였다. 이때 봉선화가

≪이꽃 저꽃 다 귀중하다 해도 주라꽃보다 더 귀중한 꽃이 없나이다.≫

고 대답하였다. 선생은 의식(衣食)은 만인의 근본이니 과연 가장 귀중한 꽃은 주라꽃이라고 하였다.

두 번째 수수께끼에서도 진 그곳 녀자들은 다른 내기를 하자고 하였다. 선생은 그에 응낙하고 계수나무를 가리키면서 마지막 재주비김을 내놓았다.

≪저 계수나무에 늘 새가 많이 앉아서 아무리 쫓아도 날아가지 않고 지지굴거리기에 서선비가 글을 잘 읽지 못하니 누가 저 새를 아주 쫓아버릴수 있느냐?≫

그 말이 떨어지자 숱한 여자들이 달려들어 소리치고 나무통 두드리고 돌 던지고 하였으나 새들은 이 가지에서 저 가지로 옮겨앉을뿐 한 마리도 날아가지 않았다. 이때 봉선화가 나서서 새쫓는 노래를 불렀다.

새야새야 고운새야
계수낡에 앉지말아.
계수낡에 새 울며는
서선비가 글못읽고
서선비가 글못하면
우리랑군 못되나니
검은머리 파뿌리라
백년가약 맺은 인연
고심참담 찾은 연분
뉘라서 잊을소냐.
새야새야 고운새야
계수낡에 울지말고
아랫녁 새는 알로 가고
웃녘 새는 우로 가라
두룸박 딱딱 우여-

봉선화의 ≪우여-≫소리가 끝나자 그렇게 지지굴거리던 새떼는 하나 없이 날아가 버렸다.

그제야 선생은 만면에 너그러운 웃음을 짓고 봉선화를 쳐다보았으며 서선비는 봉선화와 아들의 손목을 잡고 맞아들였다.

이리하여 봉선화는 밤낮으로 사모하던 랑군 서선비와 검은 머리 파뿌리가 될 때까지 희희동락하였다.

신랑 신부

솜씨 마음씨 안팎이 고운 우리 애기네들 시집갈 때면 홰대보에 제 마음 송죽명월 새겨놓고 백년해로하자고서 목숨 수자 복 복자 큰 베개에 곱게 수놓고제 손으로 실 날아서 열두새베 짜내설랑 바지저고리 말라내고 보름새는 홍두깨질 열두번 다듬이돌에 스무번 윤기내서 신랑옷 해가는 옛풍속 있는데 대체 이 습관 어떻게 생겼는지 그 래력 알아본즉 이런 미담 담겨있다.

때는 암행어사 출도하면 산천초목도 치떤다는 옛시절의 일이였다. 한 어사 접시같은 마패를 가슴깊이 간직하고 찌그러진 헌 파립에 무명실끈 달아 쓰고 당(줄)만 헌 망건에 노끈 당줄 달아매고 헌 도복에 무명실띠 둘러매고서 방방곡곡으로 다니면서 살인자는 목을 베고 백성의 고혈을 빨아먹는 탐관오리는 엄벌하며 나라엔 충성하고 부모에겐 효성하며 부부간에 지성한자 인간세의 미풍이라 중상금을 주시며 한 동리를 지나자니 울타리새로 늙은이와 젊은이가 주고받는 말소리가 새여나왔다. 어사 가던 길을 멈추고 울타리에다 귀를 기울여 그 말 엿듣자니 오손도손 하는 말은 부자간이 분명한데 애비 하는 말 ≪글쎄 그 량반이 죽기는 분명 죽었다만 어찌 그 사람이 죽였다고야 하겠느냐!...≫고 말꼬리를 거두지 못한채 바람벽이 무너질듯 천정이 내려앉을듯 탄식을 하였다. 그러자 아들 또한 아버지 말을 맞받아

≪딴말할것 있어요! 세상이 어두워 그렇지요!≫

라는 노기띤 대답이였다.

어사 들으니 이는 필시 곡절 있는 말이라 가던 발을 돌려 사립안으로 들어서며 주인장을 찾아 ≪정처없이 지나가는 행객이 갈한 목을 추기고저 합니다.≫라고 하였다. 주인장은 하던 말을 얼버무리면서 어서 들어오시라 하였

다. 어사 마침 목도 갈했던지 랭수 한대접을 마신후 담배대를 들어 담배를 비빗비빗하여 넣어 물면서

≪내 지나가는 난 소문에 듣자니 요새 이곳에 살인이 났다는데 대체 어찌 된 일입니까?≫

고 넌지시 물었다.

그집 아들은 어사의 물음이 마치 화풀이할 동줄이나 생겼다는듯 북두갈고리같은 주먹으로 상앗대질하며 지나가는 행객이면 고이 지나갈것이지 남의 집 사담은 왜 훔쳐듣느냐고 얼락녹을락하였다. 그러니 아버지는 난처하게 되여 아들의 말을 가로채면서 ≪얘야, 남의 말 하기는 피차 일반인데 뭘 그리 야단이냐!≫고 책망해놓고서 일은 여차여차하다고 하였다.

이 동리에는 안팍이 뛰여난 규수가 하나 있었는데 요 며칠전에 먼 곳의 연분으로 대사를 치르게 되였다. 그날 서울 리대감의 자손으로 이 골 수령과 척분간이 되는 락향 량반이 그 집 잔치에 참여하였댔다. 남의 대사에 참여한 그 량반은 차례진 술을 고이 먹고 돌아갈것이지만 말고기자판이 돼가지고 한애비 뼈자랑을 입이 함박만하게 늘어놓았다. 상객으로 왔던 새 신랑의 아비는 그런 꼴을 안보다 보니 눈꼴사나왔던지 그 량반에게 차분차분하게 대하지 않았다. 그런다고 량반은 공연한 일에 이트집저트집 잡으며 걸고들었다. 그가 그렇게 걸고들어도 상객은 화집을 꾹 누르며 피하는것이 세상살이의 단맛쓴맛을 아는 분으로 보였다. 한쪽이 피하니 량반은 똥이 더러워서 피하는 줄은 모르고 제똥에 홍이 살아나서 나중에는 마구 걸고 달려들어 상객의 멱살을 잡았다.

새신랑도 처음에는 참고 있더니만 량반이 아비의 멱살을 틀어쥐니까 달려들어 량반의 손을 확 잡아챘다. 그러자 그 량반은 제 똥 바람에 이리 비씰저리 비씰하다 나가자빠졌다. 자빠진 량반은 웬 일인지 거미발 같은 사지를 후두둑 떨며 목을 몇 번 꿀꺽꿀꺽하더니 그만 그렇게 자랑하던 한애비를 찾아가고 말았다. 이렇게 된즉 대수롭지 않던 일이 크게 벌어지게 되였다. 량반네 문중에서 벌떼같이 일어나 온 골을 뒤엎을듯 야단법석하더니 수령님께 상소하여 새신랑을 살인자라는 죄명을 씌워 하옥하였다. 속담에 홍정은 붙

이고 싸움은 말리란 말과 같이 괜히 트집 잡으며 쌈 거는 것을 말렸을 뿐이지 주먹질 하나도 하지 않았는데 살인죄란 죄명을 쓰게 되니 누가 쌈인들 말릴수 있겠는가! 수령님의 송사풀이는 척분놀음이 아닐수 없으니 이 세상에서야 세도 없는 놈은 방귀를 꿰도 죽어야 하니 어찌 한심한 일이 아닌가고 하였다. 그러더니 다시 부언하기를 오늘내로 일월 같은 암행어사나 출도해야 그 신랑을 살릴수 있겠지만 그거야 하늘의 별따기니까 어찌 함정에 빠진 사슴이라 하지 않을수 있겠는가고 하였다.

어사 과연 그렇겠다고 하며 작별인사를 각진히 한 후 그 집을 떠나 도중에서 하루밤을 보내고 이튿날은 자리조반을 먹고서 오시전으로 현영에 당도하자고 서둘렀다.

어사가 현영 가까이 가자 뒤에서 한 초립동이 두 주먹을 틀어쥐고 구슬같은 땀방울을 뻘뻘 흘리면서 급하게 달려오고 있었다. 산천의 변함도 허수히 보지 않는 어사가 어찌 급해하는 그 초립동이를 그저 앞세워 보내겠는가. 그를 붙들며 ≪새서방님, 어데로 이리 급히 가시오?≫하고 물었다. 그러니 초립동은 급한 말로 오늘 오시에 이 골에서 애매한 사람이 죽게 되기 때문에 그를 구하러 가는 길이니 붙잡지 말이 달라 하였다.

어사 들으니 또한 기괴한 일이라 더욱 단단히 붙잡으며 그 사연을 알자고 하였다. 그러니 초립동은 하는 수 없다는듯 헐레벌떡거리며 전후사연을 대충 엮뭄데 대충 이러하였다.

자기는 며칠 전에 이 골로 신행 왔다가 생트집 쓰며 달려붙는 량반을 말린 것이 죽었다는 것과 그 죄로 하옥되여 죽게 되었었다는 것을 대충 내리엮었다. 어사 도깨비장단에 노는것 같아서 그럼 어떻게 되여 석방됐으며 그런즉 왜 또 달아가며 어떤 사람이 죽느냐고 따져물었다.

그러니 그 신랑 초조히 대답키를 어제 초저녁에 풋면목이나 있어 보이지만 도저히 알아낼수 없는 웬 초립동이가 옥안으로 들어와서 자기 옷을 벗어놓으며 하는 말이 이 옷을 갈아입고 지금 빨리 옥을 나가야 인명을 보존할수 있지 그러지 않으면 죽는다고 재촉하였다. 그가 그처럼 다그칠 때는 딴 생각이 없어서 그 말대로 옷을 갈아입고 나왔댔는데 밤자리에 누워서 그 초립동의 고마움을 곰곰이 생각하니 그가 자기 대신 죽는다는 것을 깨닫게 되였다. 그러니 정신이 버쩍 들어서 죽어도 자기가 죽고 송사를 해도 자기가 하자고 오시전에 현영으로 들어가는 길이라 하였다.

어사 듣고 본즉 자기의 목숨을 걸고 남을 구하자는 사람도 그렇거니와 어린 마음에 미처 생각지 못했다가 다시 깨달은 후 시각을 다투어 되돌아가는 이 초립동의 참된 미덕에 깊이 탄복하여 그를 놓아 주고 자기도 급히 현영으로 들어 갔다. 그때는 벌써 오시가 촉박하여 죄인을 사형장으로 내가고 있었다. 멀리서 그것을 본 초립동이는 너무도 급해서

≪사령님들!! 잠간만 참으시시오. 살인자는 여게 있습니다!≫

라고 소리치며 뒤엎어지면서 달아가고 있었다.

한편 어사는 남문에 들어 서자 암행어사 출도령을 내리니 동헌에 좌정했던 원이 버선발로 달려나와 엎드리고 륙방 관속이 치를 떨었다. 그때 어사 형방 불러 방금 목을 베러 내간 두 초립동을 큰칼 벗겨 대령시키라 호령하였다. 어느 령이라고 거역하랴. 촌푼을 다투어 달려간 형방은 두 초립동을 어사 안전에 대령시켰다.

그 때 어사 원에게 어느 초립동이 정말 살인자냐고 물은즉 대답 두미 없으므로 크게 노하면서 분부키를 전일 죽었다는 놈을 대령시키라고 하였다. 그래놓고 아미를 돌려 오늘 목을 늘이러 나갔던 초립동에게

≪너는 저 사람과 어떤 사지어금이기에 그리 자별하여 제 명을 팔아 살인 죄인을 살리려 하였는고?≫

하고 연유를 알리라 분부하였다. 그 초립동 대답키를

≪아뢥기 황송하오나 소첩은 저이와 삼일 전에 초례상 차려놓고 송죽같은 절개에 기러기같이 쌍 지어 살것을 가약함이라 아뢰나이다.≫

고 하였다. 뜻하지 않던 대답에 놀랜 어사

≪응-그래?! 그렇다면 어찌 남복은 했던고?≫

≪관가를 속인 죄 엄벌을 받아 마땅하오나 저희들 운수 불길하와 제 가랑(家郎)이 쌈을 말리다 억울하게 살인죄로 하옥되옵고 삼일후에는 목을 늘인다 하옵기로 어찌나 가랑을 구하고저 주야장천하였사오나 소녀 정성 부족하

여 방책이 없삽더니 차라리 소녀 대신 죽고 가랑을 구해내면 남아대장부라 할진대 소첩을 생각해서라도 인간세에 좋은 일 많이 할가 하와 대신 죽기를 원했사오나 이런 말을 냈다가는 옥사장도 허락지 않을 터이고 가랑도 막무가낼 것 같사와 소첩 아비의 의복을 갈아입고 가랑을 내보낸 후 가랑의 잘됨을 축원하왔더니 천지신명이 도우셨던지 그 역시 되돌아 왔삽고 일월같은 어사도의 밝으신 분부로 두 어린 목숨이 안전에 대령하였나이다.≫

듣고 있던 사람들 목석이 아닌들 어찌 천심이 동하지 않으랴. 어사 소년 소녀의 참된 사람됨과 지극한 부부의 정에 탄복되였을 때 죽은 시체 대령한다 하였다. 어사 분부키를

≪그놈이 빰 하나 맞지 않고 죽은 체 함은 애매한 사람을 잡자는 흉계일터이니 저놈 형장 백장을 쳐라!!≫

집장사령이 송장에게 곤장 백장을 치자 어사 또한

≪저놈이 전일에는 거짓 죽음일 것이지만 인제는 정말 죽었을 것이니 내가거라!≫

고 분부하였다.

어사 다시 원에게 한 고을의 부모된 자로 소년 부부의 참됨을 모르고 척분에 눈이 어두운 죄 하늘이 알리라고 파직 파면시키고 소년 부부에겐 아름다운 미덕을 인간세에 널리 공명하라 하시였다.

그 때부터 우리 애기네들 시집갈 때면 급한 일 있게 되면 남장하고 나서자는 그 미덕 습관되여 신랑 의복 해갔댔는데 지금은 그 습관이 없어져 버렸다.

정치문 구술

힘센 총각

옛날 한 장거리에 기운이 센 도사가 살고 있었다. 이 도사는 기운이 어찌 센지 온 장판을 좌지우지 독판 치고 있었다.

이 장거리에는 며칠에 한번씩 장이 서는데 그날마다 사방에서 숱한 장군들이 모여들었으나 그 도사의 령이 내리기 전에는 아무도 장을 보지 못하였다.

만일 도사의 령이 내리기 전에 장을 봤다가는 큰일이 났다. 그저 사람의 목을 파리목 떼듯 하였다. 그러니 조만한 사람이 아니고는 도사의 령이 내리기 전에 장을 보지 못하였다.

어느 장날이였다. 그날도 사방에서 장돌림들과 장군들이 모여들어서 장 볼 차비를 해 놓고 도사의 령이 내리기를 기다리고 있었다.

이때 어디서 오는지 키가 구척이요 되고 몸집이 짚동 같고 구리구리한 솔밭 눈썹에 종지 눈, 남산 코, 키 같은 귀가 척 늘어진 대걸 총각이 상기둥 같은 지게 목발에다 태산 같은 짐을 지고 들어 와서 장군들이 많이 모여있는 곳에다 지게를 벗어 놓았다. 그 총각이 지게를 벗어 놓으니 쿵하는 소리와 함께 땅이 음질움질하며 마치 지동이나 하는듯 하였다.

먼저 온 장돌림들은 제가끔 자리를 잡아 놓고서 도사의 령이 내리기를 기다리고 있는 참인데 그 총각이 태산같은 짐을 지고 들어 오니 저 총각은 솜장사인 모양이라고 여기는데 총각은 겁 없이 난전을 벌이려고 하였다. 그러니까 나이나 든직한 한 장돌림이 가까이 가면서

≪여보게나 총각! 이 장에 초행이 아니요?≫

하고 물었다.

≪어째 그러십니까?≫

총각은 괴이쩍어서 까닭을 물었다.

≪이 장거리의 주인은 이곳에 사시는 도사님이라네. 괜히 도사님의 령이 내리기 전에 가게를 벌려 놓았다가는 큰일 나네. 큰일이 나….≫

총각은 들은체 만체 그냥 가게를 볼려고 물건짝을 내려 놓으면서

≪고래로 중이라는거야 절간에서 념불이나 외우는 것이지 괴수 장돌림이 될턱이야 있겠습니까. 걱정들 마시고 장이나 봅시다!≫

라고 하니

≪아니 저 총각이 큰일 날 소리를 하네….≫

≪아니 저 총각이 환장 했나….≫

하며 장군들은 모두들 큰일 났다고 야단이다. 그래도 총각은 낯색조차 변치 않고 그냥 난전을 벌려놓고 있었다. 그런데 짐짝을 풀어놓는 것을 보니 그렇게 태산처럼 지고 온 것이 솜이 아니라 전부 쇠붙이였다. 괭이, 낫, 도끼, 자귀, 작두치 할것 없이 쇠물건을 그렇게 지고 온것을 보니 그 총각도 된고추 장독이나 단단히 먹은 것 같아서 다시 말리지는 않으면서도 도사가 여사여사한다는 것을 고감 꼬지덧 했다.

이러는 사이에 총각은 쇠물전을 죄다 펴 놓았는데 그때야 몸집이 깍지동 같은 도사가 몸을 뒤로 벌쩍 재끼고 좋은 갓신발을 팔자걸음으로 어그적어 그적 옮기면서

≪자, 이제 장들 보아라!≫

고 왜가리같은 소리를 질렀다. 그러다 그 총각의 쇠물전을 보고

≪야, 이놈! 네 이놈 웬놈이기에 내 말이 떨어지기 전에 가게를 폈느냐? 버르장머리 없는 놈이…≫

하며 툭 삐진 눈을 부라렸다. 그러나 총각은 동남풍이 부는가 서북풍이 부는가 들은둥만둥 본체만척하며 그냥 장만 보면서 도사의 말을 맞받아 아귀 센 말을 했다.

≪온전한 중이거든 념불이나 외울거지 괜히 남의 제사에 갓쓰고 달려들어 밤 놔라 대추 놔라 할것 있느냐!≫

그 말을 들은 도사는 노염이 상투끝까지 치받쳐서 어디 이 놈 내힘을 보라는듯 총각이 벌려놓은 쇠물 중에서 도끼대가리를 두 엄지손가락으로 힘껏 누르니 도끼자루구멍이 쭉 찌부러졌다. 그러자 총각은 코웃음치며

≪들은즉 중이라는 것은 절간에서 경을 외우며 사람들에게 좋은 일을 한다고 했댔는데 중놈이 이렇게 세도를 써서 사람들이 장보는 것까지 잡아 휘두르려 하니 이 세상이 망해야 할 세상이 아닌가…≫

라고 욕을 하면서 찌그러진 도끼대가리를 들고 손가락으로 후비후비해서 도끼자루구멍을 도로 바로잡았다. 총각의 힘꼴을 본 도사는 눈이 휘둥그래졌다. 자기도 그렇게 해보겠다고 또 하나 눌러 찌부려 가지고 구멍을 바로잡으려 후볐으나 아무리 해도 일어서지 않았다. 이렇게 되고 나니 도사의 가슴에는 얼음장이 끼였다. 그렇기는 하지만 천하를 독판치던 세도를 어찌랴! 도사는 선손 쓰겠다고 달려들어 총각의 멱살을 틀어쥐고 잡아당겼다. 그러나 잡아당기면 말뚝이고 밀면 태산이라 어쩔수 없는 것은 물론 되려 멱을 쥐운 총각보다 틀어쥔 도사가 더 버둥거렸다. 그러자 꿈쩍도 안하고 서있던 총각의 손이 날쌔게 움찍하더니 깍지동 같은 도사를 넓적 쳐들었다.

그것을 본 장군들은 홍이 나서 ≪내쳐라! 내던져!≫하고 소리를 질렀다. 총각은 그 엄청난 중을 마치 아이들이 공기돌 가지고 놀듯이 두어번 흔들흔들하다가 하늘공중에다 내던지니 중의 장삼자락이 별찌인양 꼿꼿이 달아나는데 어디로 가 어떻게 떨어졌는지 보이지도 않았다.

이때였다. 한 촌사람이 별 볼일도 없이 장구경이나 하자고 늦으막해서 떠나 홀로 흔들거리며 가다가 길가에 좋은 갓신이 한컬레 엎어져있는것을 보았다. 누가 있나 사방을 돌아 보았으나 사람은 보이지 않았다. 그는 숱한 사람이 래왕했으니 웬 장군이 떨군거라 여기고 생각되여 주어다 주인이나 찾아 줄가 해서 엎어진 갓신을 덥석 쥐였다. 그런데 무엇이 걸리는것이 있어서 찬찬히 벗기고본즉 웬 사람이 거꾸로 땅에 박히다 발목이 걸려서 채 다 들어가지 못하고 발목만 남아 있었다. 겁이 덜렁 난 그는 마치 떨어뜨린 귀는 후장날 주어 가겠다는듯 벗긴 한짝 갓신만을 들고 줄달음쳐 장안으로 들어갔다. 그는 장안에 들어가 장수 이야기를 듣고서야 그 영문을 알게 되였다.

그제사 길목에 거꾸로 처박힌 사람의 꼴을 만장에다 이야기하였다. 만 장군들은 그놈이 한때 바로 이 장거리의 주인이라고 떠벌이던 중놈이라 하면서 박장대소하였다.

껄껄거리며 웃던 만장군들은 이제 이 장거리에 고약한 중놈이 시지부지 못하게 되여 세상이 태평스럽게 됐으니 이 장거리를 ≪태평 장거리≫라 하자 하여 후일 사람들이 이 장거리를 태평장거리라 불렀다 한다.

김광희 구술

목동과 공주

옛날 어느 한 곳에 천지지간에는 저녁 노을이 붉게 물들었을 때였다. 강물은 동으로 흐르고 달빛은 서쪽으로 돌아간다더니만 노을 받은 강물이 대하장강으로 흐르는데 푸른 초원에는 양떼 모는 목동이 래일의 밝은 해빛을 맞으려는 영일곡을 불고 있었다. 높고도 류창한 피리소리는 멀고도 먼데까지 울려갔다.

이때인즉 궁궐 안에는 붓으로 그리자니 채색이 없고 옥으로 새기자니 흔적이 있을것 같이 아름다운 공주가 후원 조산을 거닐다가 은은히 들려오는 피리소리에 마음을 주어 친복 불러 하는 말이

≪내 간밤의 꿈결에 일월을 품었기에 오늘 어떤 경사 있을가 하였더니 선적소리를 듣는구나. 저 피리 소리는 정녕코 인간세의 일이 아니라 신선이 하강하여 처소를 알리는 것 같으니 급히 나가 맞아들이게 하라!≫

고 분부하였다.

시녀 분부받고 갔다와 보하되

≪저 피리소리 선적소리 아니옵고 하치않은 한 목동의 죽적(竹笛)쇠리오이다.≫

하고 보하는 것이였다.

공주와 시녀가 이런 말을 나눌 때 피리소리는 더욱 류창하게 울려왔으니 공주 또다시

≪아무리 들어도 선동의 옥적소리 분명하니 지체치 말어라.≫

하고 분부하였다.

시녀 하는 수 없어 분부대로 목동을 찾아 여사여사 하라 하였다.

어느 한 날 밤 목동은 언약한대로 높고 높은 장벽을 명주필 잡고 넘어 공주의 별당으로 들어 갔다. 공주 목동을 반가이 맞아 들인 후 그에게 금의단장 시켜 주니 의복이 날개라 함은 이로부터 생긴 말인지 정의관 쓱 하고 앉은 목동은 그야말로 옥골선풍이요 해와 달 같이 환한 새신랑감이였다. 그러니 공주는 의젓한 신랑감을 놓아 보내고 싶지 않았고 목동 또한 이슬 먹은 앵두 같고 초생에 뜬 반달 같아 웃으면 이속 곱고 앉으면 눈매 곱고 돌아서면 태도 곱고 춤을 추면 맵시 고운 공주를 떠나 돌아가고 싶지 않아 그냥 같이 노는데 목동이 피리를 불면 공주 나비같이 춤을 추는 그 자태 서기 잠긴 중천에 봉황이 날개치듯 원앙이 청류속에 날아들듯 하였다.

속담에 꼬리가 길면 밟힌다더니만 그렇게 오래 놀다나니 그들에게 가을의 설한풍이 휘몰아쳤다.

무남독녀 외딸을 둔 임금은 요새 딸의 거동을 괴이히 여겨 신하에게 그 연고 소매해 올리라 분부하였다. 잠시 후에 보하는 말은 공주의 별당에 웬 초립동이가 있다는 것이였다. 임금은 꿈에도 생각지 않던 일에 대경실색하고 대로하여 분부키를 오늘 밤새로 그를 묶어다 열 두 바다 건너 바닷물 속에다 수장하라 하였다. 어느 령이기에 어길소냐. 목동은 군노들에게 붙잡혀 도마에 놓인 고기가 되여 떠나는데 공주는 비단옷 박비 맞아 젖은 듯 젖은 소매 높이 들고 세상을 한탄하며 이제 가면 언제 오랴 목놓아 울었다. 목동 공주를 만류하며 하는 말이 금년세월 다 지나가고 명춘 삼월 꽃이 피고 잎이 필 제 선간의 쌍가마 타고 와서 공주 모셔가리라면서 떠났다. 군노들은 목동을 묶어 싣고 멀고먼 바다로 갔다. 옛말에 호랑이한테 물려가도 정신을 차리라고 하였으니 목동은 종적없이 죽이려 가는 길로 끌려가면서도 정신을 가다듬으니 제가 지은 죄는 면치 못하나 하늘이 지은 죄는 면할수 있다는 세상살이 도리가 생각나서 이 궁리 저 궁리하는데 며칠 전에 공주가 금의단장 시켜줄 때 저고리 안주머니에다 무엇인지 넣어주며 집에 돌아간 후 급할 때 열어보라고 하던 말이 떠올라 묶이운 손을 비틀듯이 빼내여 간신히 그것을 꺼내보니 누런 생금덩이였다. 목동은 한참동안 생각다가 황금을 군노들에게 내주면서

≪여보시오 사령님네, 죽는 놈이 이것을 가지고 가서 무엇 하겠습니까. 사령님들이나 갖다 쓰십시오.≫

라고 하였다. 때는 황금이면 호랑이 산 눈섭도 뺀다는 시절이라 군노들은 귀가 벌쭉해가지고 서로 눈치를 보고 있었다. 이때 목동은 요진통 설침을 놓았다.

≪옛말에 죽일 소도 물 먹여 죽이라는 말이 있는데 아무리 비천한 사람이라 할지라도 죽기 전의 소원이나 한마디 들어주십시오.≫

라고 하면서 간청을 드렸다. 간청인즉 물에다 밀어 넣을 때 묶은 것이나 끌러서 넣어주면 수중고혼이 된후라도 편안하겠노라는 것이였다. 만일 그러지 않으면 물귀신이 된 후 물가에 나서는 궁궐 량반들을 죄다 끌어가겠다고 가새질렀다. 군노들은 황금에 목젖이 꿀꺽거릴뿐만 아니라 한편 후환이 겁나서 간청대로 묶은 것을 끌러서 물에다 넣고 돌아갔다.

물에 빠진 목동은 창해의 나뭇잎이라 파도에 밀리고 밀리면서도 정신을 잃지 않고 헤염을 쳐서 자그마한 섬우에 오르게 되였다. 그렇지만 이 섬은 사람커녕 길짐승 한 마리도 없는 섬이였다. 다만 집채같은 바위사이에 풀포기와 이름 모를 작은 나무들이 드문드문 있을 뿐이였다. 그러니 먹을것은 물론이요 입을것이 있을리 없었다. 만분지 다행으로 살아서 섬에 오르기는 하였으나 그도 또한 죽은 몸과 매 마찬가지였다. 목동은 천가지 생각과 만가지 걱정을 하며 살아나갈 길을 찾다 며칠 전에 새 옷을 갈아입을 적에 공주가 채워주던 꽃주머니를 풀어보았다. 꽃주머니속에는 실바늘과 한손의 부시와 부시깃이 들어있었다. 목동은 그것이 칠년 대한 가문 날에 비방울을 만난듯이 기뻐서 인차 바늘은 휘여서 낚시를 만들고 실은 부벼서 낚시줄 늘여 고기를 낚기 시작했다. 바다에는 고기도 많거니와 낚시도 좋아 순식간에 고기를 많이 낚아놓고 나무 해다 불 일구어 구워먹었다.

목동은 이날부터 물고기를 량식 삼아 세월을 보내며 배 지나가기를 기다리고 기다렸다. 하루 지나 이틀이요 해 보내고 달 바꾸어 어느 날이였다. 물우에 웬 큰 새둥지가 둥실둥실 떠서 섬 가까이로 밀려 오고 있었다. 목동이 그를 건지여 본즉 둥지 속에는 학새끼 한 자웅이 길다란 모가지를 기웃거리고 있었다.

산 같은 파도만을 벗삼아오던 목동은 날짐승이라 할지언정 숨을 가진 것이라 일가친척이나 만난듯이 기뻐서 인차 고기를 낚아 학새끼들에게 먹였다.

이제는 학을 벗으로 날을 보내고 달을 바꾸니 학도 점점 커서 세상에서 볼수 없는 큰 학이 되였다. 학이라는 것은 날짐승이니 섬에만 가만히 있으려하지 않았다. 날마다 먼데까지 훨훨 날아다니다간 해가 저물면 되돌아와서 같이 잤다.

어느 하루였다. 학 두 마리가 끝없는 바다 저 멀리까지 날아간 후 어둡도록 돌아오지 않았다. 기다리고 기다리던 목동이 어찌 말 못하는 짐승이기로 그처럼 매정하게 날아가고 말았느냐고 홀로 쓸쓸함을 이기지 못하고 있을 때였다. 하늘가 저편에서 학들이 날아왔다. 그런데 어찌된 일인지 수놈은 입에다 옥피리를 가로물고 돌아왔다. 목동은 학의 등을 쓰다듬으며 너희들이 어찌 내 마음 내 소원을 알고 있느냐고 하면서 기특히 여기다 기쁜 김에 옥피리로 한곡 내뽑았다. 옥피리소리는 바위에 부딪치는 파도소리를 짓누르고 쨍쨍 울리였다. 학들은 피리소리에 맞추어 큰 날개를 너울거리면서 너펄너펄 춤을 췄다.

어느 날 저녁이였다. 전날과 같이 멀고먼 곳에 날아갔다 돌아온 학들은 껑충한 다리를 옴추리고서 목동의 앞에다 등을 내대였다. 영문을 모르는 목동은 네 등에 업히란 말이냐고 물은즉 학은 고개를 끄덕끄덕하였다. 목동이 등에 업히지 학은 지체치 않고 하늘높이 날아올랐다. 그날 밤인즉 월색은 고요하여 낮과 같이 밝은데 학은 꽃향기 무르녹아 취흥이 그윽한 곳으로 훨훨 날개저어 열두 바다 삼천리 모래방 삼천리 산을 넘어 삼천리, 구천리를 지나 큰집 지붕우를 휘휘 돌아 그집 마당에다 목동을 내려놓았다. 내리고 본즉 그곳은 바로 옛정이 잠기여 있는 공주의 별당이였다. 그러자 학은 머물지 않고 멀고먼 곳으로 날아가 버렸다.

때마침 방에서 나오던 공주는 목동을 보고 자지러지게 놀라면서 반갑게 맞아들여주었다. 오래만에 만난 그들의 자상스러운 사정이야 어찌 지필묵으로 다 말할수 있으랴만 공주는 마주앉자마자 우리의 정이 끝장인가 한탄하며 이 세상에서 못 이룬 정 저 세상에 가서 만날가 하였더니 지성이 감천하였는지 천지신명이 우리 연분 가긍히 여겨 도우셨는지 이 세상에서 또다시 만났으나 래일인즉 부왕의 령을 거역하지 못하여 김정승네 집으로 시집가는 날이라고 하면서 간밤의 꿈이야기를 하였다. 간밤 공주는 애달피 울다가 풋잠이 들었는데 꿈에 목동이 하늘에서 청학을 타고 옥피리를 불며 하강하더니 자기 품에 들기에 놀라 깬즉 덧없는 꿈이였다. 그래도 행여나 하여 문을 열고 나서니 과연 그리고 그러던 이가 오셨다고 하면서 옥피리를 달라 하였다. 목동은 옥피리를 공주에게 주었다. 옥피리를 받아들자 공주는 목동에게 래일 김정승네 집에 와서 잔치구경을 하면 알 도리가 있을 터이니 분주한 이곳에서 지체치 말고 빨리 떠나라 하였다.

공주의 별당에서 나온 목동은 깊은 밤 갈 곳도 없어 밤하늘의 찬이슬을 맞으면서 배 주고 속 빌 일이 아니 되랴 쓸쓸한 로숙을 하고 이튿날 김정승네 집으로 갔다.

목동은 구경군이 인산인해를 이루고 있는 속에 끼워서서 잔치구경을 하는 척하고 있었다.

공주를 며느리로 맞는 김정승은 대연을 베풀고 삼정승 륙판서 이름있는 문무백관들을 죄다 초빙하였다. 시각을 알리는 징소리가 울리자 넓은 마당에는 청송 록죽 량쪽에 세워놓고 기러기 자웅에 소담한 초례상 차려놓은 동쪽으로 사모관대의 거룩한 신랑이 나서고 서쪽으론 신부가 족두리 장옷에 인진받아 나섰다. 미구에 병풍 걷고 분향 사례 드린 후 청실홍실 늘인 술잔 오고가려는 때였다.

신부 품안에서 옥피리를 내여 들고

≪사람들에게는 천상의 연분이 있나니 나의 배필인즉 이 옥저를 불수 있는분이거늘 만인들 앞에서 불기를 원하노라.≫

고 하는것이였다.

많은 귀객들은 그야 틀림없이 김정승의 아들이라고 법석하였다. 인진은 옥피리를 신랑에게 갖다 주었다.

옥피리를 받아든 김정승의 아들은 두 손으로 마주 들고 공경히 입에다 댔으나 웬 일인지 아무리 해도 음률은 고사하고 소리조차 나지 않았다. 신랑은 애를 쓰다쓰다 피대돋은 얼굴을 숙이지 않을수 없었다.

공주는 고개를 설레설레 흔들면서 이 옥저는 선적이기로 오늘 옥적소리가 나지 않으면 이집 뿐만아니라 나라에 대환이 있을 터이니 주객을 막론하고 모든 사람들에게 돌려 불게 하라고 하였다.

몸채에 있어서는 아무도 옥피리 소리를 내는 사람이 없어서 행랑채로 내보냈다. 마지막에사 목동에게 차례가 돌아갔다. 그는 받아들자 불기 시작하는데 원래 자기 손에서 때묻은 피리라 거침없이 얼사곡으로 청청하게 불어대니 그 큰 집안이 찌렁찌렁 울리였다. 그렇게 되니 잔치는 고사하고 귀빈들과 구경군들은 각기 공주의 거동만 보고 있었다.

공주는 피리 부는 목동을 가리키면서 저 분이 비록 의복은 람루하나 자기의 천상지배필이라 하면서 나섰다. 온 집안은 법석법석하게 떠들며 공주의 거동에 따라 이리 흔들 저리 흔들 쓸리였다. 그러자 목동을 잡아 목을 치라는 호령이 추상같이 내렸다.

이때였다. 하늘 공중에서 큰 학 두 마리가 날아와서 한 마리는 공주를 업고 또 한 마리는 옥피리 부는 목동을 업고서 하늘 높이 쌍지어 날아가는데 즐겁고 홍겨운 옥피리소리는 그치지 않고 청청하게 창공에 울리더라.

최상화 구술

선량한 바위

옛날 옛적 갓날 갓적에 세 살에 어미 잃고 열살에 아비 잃은 바위라는 아이가 있었다. 어린 바위는 부모를 잃자 먹고 살아 갈 길마저 잃게 되였다. 바위의 아버지는 일평생 남의 집에서 번 돈 겨우 세 푼을 아들에게 물려주고 이 세상을 떠났기 때문이였다. 철없는 고것이 단돈 세푼을 가지고 어떻게 살랴. 할 수 없이 아버지에게서 배운 남의 집살이로 들어 갔다.

옛날이나 지금이나 열살 내기가 숙성하다면 얼마이고 일을 한다한들 몇푼짝이나 할가만 주인은 그것도 제밥 먹인 일군이라고 날마다 나무 지게를 지워 내 보냈다. 호사집 자식이면 아직 엉석질 할 때지만 바위는 주인이 시키는대로 산으로 올라갔다.

착한 바위는 온 종일 애써서 나무 한 단을 해 지고 돌아왔다. 주인은 긴긴 해에 겨우 나무 한 단 해 왔다고 야단을 치더니 나무를 한 단 했으니까 저녁도 한 술만 준다 하였다.

이튿날 아침 바위는 또 밥 한 술을 먹고 산으로 올라가며 신세 타령을 했다.

어떤아이 부모있어
좋은밥도 골라먹고
이내몸은 부모없이
나무하고 굶주리나

모질도다 우리주인

개떡밥도 한술주네
악착하다 이세상아
어이홀로 살아가랴

그날은 요행 삭다리 밭을 만나 나무 두 단을 해 가지고 돌아왔다. 주인은 나무 두 단을 했으니까 밥도 두 숟가락 준다고 하였다. 사흘만에는 나무 석 단을 해오니까 주인은 밥 세 숟가락을 주었다.

바위는 제 나이 먹고 나무도 많이 하면 배불리 먹을 수 있으리라고 나흘, 닷새, 열흘 지나면서 나무 열단을 했다. 그러니 주인은 밥 열 숟가락을 주었다. 그 후 나무 열 한단을 해 왔는데도 주인은 그냥 밥 열 숟가락만 주었다. 스무 단을 해도 열 숟가락, 쉰 단을 해도 열 숟가락, 백단을 해도 열 숟가락만 주었다.

바위는 분통이 터져서 그 집을 하직하고 밥이라도 배불리 먹을 수 있는 곳을 찾아 떠났다. 머나 먼 길을 떠나가다 한 곳에서 큰 강을 만났다. 강변에 당도하고 보니 강가에서 주인집 작은 도령님들이 웬 큰 금잉어 한 마리를 잡아 놓고 둘러 앉아서 세 토막을 낼가 네 토막을 낼가 하고 있었다. 그런데 그 금잉어의 눈에서는 눈물이 뚝뚝 떨어지고 있었다. 바위는 아이들에게 돈 세푼을 주고 그 잉어를 사서 물에다 던졌다. 금잉어는 령물인지라 마치 사례나 하듯 고개를 힐끗 돌리고 아가미를 벌쭉벌쭉하더니 꼬리를 치면서 물속 깊이 들어 가고 말았다.

잉어를 물에 넣은 바위가 정처없는 망망한 앞길에 가로 놓인 대강을 건너갈 방책이 없어서 다만 앞을 내다 보면서 그 자리에 앉아 있노라니 한참 전에 금잉어 들어간 곳에서 큰 별주부 한 마리가 헤우적 거리고 나왔다. 때는 별주부도 말하는 시절인지라 그 별주부 바위에게 인사를 극진히 하였다.

바위 영문 몰라 그 연고 물은즉 별주부 대답하는데

≪수정궁 룡왕의 신하로서 대왕의 분부 받고 손님을 모시러 나왔소이다.≫

고 하였다.

바위 그 말 듣고 놀라 물은즉 별주부는

≪방금 손님이 돈 세 푼 주고 사서 강물에 넣은 그 금잉어인즉 바로 수정궁 룡왕의 셋째 공주온데 룡궁의 법을 어겨 잠시 하상에 거처하다 불칙한 아이들에게 붙들려 죽게 됐던 차에 인간세의 착한 어른을 만나 천명을 보존하였으므로 룡왕과 공주 그 은공을 갚고자 신을 보내와 귀빈을 모시러 나왔사오니 지체지 마옵소서.≫

하고 대답하였다.

≪나는 인간세의 하치않은 천인으로 어찌 황송하여 룡궁으로 들어가겠습니까?≫

≪대왕께서 분부키를 어지러운 인간세의 근로하고 선량한 분을 급히 모시라 하였으니 지체지 마옵소서.≫

이리하여 바위 사양하다 못해 별주부의 등을 타고 앉으니 순식간에 해저 수정궁에 도달하였다. 수정궁에서는 천상 선관 선녀까지 혹은 봉황 타고, 기린 타고, 구름 타고 하강하여 인간세의 근로하고 정직한 바위를 맞으며 좌우로 벌려섰고 고은 물색 좋은 패물 향기가 진동하며 풍악이 랑랑하였다.

바위는 호호 찬란한 수정궁 처 대문에 당도하니 호박문 기둥에 백옥주추 산호 주렴 광채 찬란한 대문 동량 우에 웬 나무 밥죽 하나가 걸려 있는 것이 보였다.

첫 대문을 들어서니 룡왕의 셋째 공주 친히 나와 영접하였다. 반가이 맞이하는 공주 바위에게 귀틈키를 후일 자기 부왕이 어떤 소원이 있느냐고 묻거든 모든 것 다 싫다하고 첫 대문에 걸린 나무 밥죽이나 달라하라 하였다.

바위는 공주와 궁녀들에게 인진 받아 룡왕 계하에 엎드렸다. 룡왕 버선발로 달아 내려와 바위의 손을 잡아 주었다.

이날부터 수정궁에 머무는데 음식을 들일 적엔 청옥상에다 화류 소반 산호잔 호박대며 자하주 련엽주에 기린포를 안주하여 한번 마시면 영생 불로한다는 감로주를 들이였다.

며칠 후 바위는 인간 세상으로 되나오자 하니 룡왕 과연 무슨 소원이 있느냐고 물었다. 바위는 공주가 귀띔해준대로 금은 보화 죄다 싫으니 대문에 걸어 놓은 나무밥죽이나 달라 하였다. 룡왕은 한참 생각하더니 그것이 중한

것이지만 인간세의 은인의 요구이니 가히 승낙할 수 있겠다고 하였다.

바위는 그 밥죽을 얻어 가지고 인간 세상으로 다시 돌아 나오는데 때는 춘삼월이였다.

선경의 하루는 인간세의 십년이라 그 동안 몇 십년광음 지났는지 강산도 변하여서 당초에 낮 모를 곳이지만 방초는 우거지고 만화 방창하여 꽃향기 중천에 덮인 속에 빈 집 한 채 있는 데로 나오게 되였다. 바위가 그 집에 들어가 밥죽을 걸어 놓고 하루밤을 새우니 동쪽 하늘에 아침해 솟아옴과 같이 아랫방에 김이 무럭무럭 나는 아침상이 한창 차려져 있었다.

점심 때가 되자 그 나무밥죽 속에서 뚜닥뚜닥하는 소리가 나더니만 갖은 진미 맛갈스러운 밥이 또 한상 차려져 나왔다. 저녁도 그렇고 이튿날도 그렇더니만 사흘이 되는날 오시가 되자 기러기 한쌍에 청송 록죽 양귀에 세워 놓고 청실홍실 느린 술잔 갖추어 놓은 초례상이 나오더니 뒤이어 몸에는 큰 옷 입고 머리에는 족두리 쓴 한 새 각시 나오는데 그 용모 청수하기를 붓으로 그리자니 채색이 없고 옥으로 새기자니 흔적이 있을 것 같으며 입으로 말하자니 합당한 말이 없더라. 각시 나오자마자 초례상 서쪽에 서서 바위에게 공손히 절하려 하므로 바위 또한 동쪽에 서서 먼저 재배하니 그 각시 맞받더라.

이로 하여 바위는 그 각시와 백년을 가약하고 참께 쏟아지듯 재미 있게 살았다.

이렇게 지내는데 어느날 이집 문앞으로 고을 사도가 행차하여 온 집안에 광채가 찬란함을 보다가 바위의 안해를 곁눈질 하였다. 사도 고을에 환귀한 후 즉시 바위를 불렀다. 바위는 관명을 거역하지 못하고 고을로 들어 갔다. 사도 꾸짖어 하는 말이

≪이놈 너는 총망지신인데다 용모가 그리 흉한 놈이 천하일색의 미인을 데리고 산다는 것은 필경 어떤 흉측한 연유가 있을 터이니 종 실고하라!≫

고 호령하였다.

바위 기가 차서 사본 여사하다는 전후 사실을 죄다 엮었다. 다 들은 사도 또한 대로하여 호령하였다.

≪이놈 그런 거짓말이 어데 있단 말이냐? 들으니 거짓말을 잘하는 놈 같은데, 정말 거짓말을 잘 한다면 내 친히 너의 재주를 보고야 용서할 터이다. 래일 안으로 거짓말 석섬서말을 바쳐라. 그래야 그 미인이 네 녀편네라고 인정하리라.≫

집에 돌아 온 바위는 식음을 전폐하고 근심걱정만 하고 있었다. 그것을 본 그 안해 무슨 일이 생겼냐고 물었다. 안해의 물음에 관가에 갔다 온 전후 사실을 죄다 이야기하였다. 자세히 들은 그 안해 한참 생각더니

≪사도는 백성을 천치로만 알 뿐이지 물은 바다로 흐르고 달빛은 서쪽으로 돌아가는 법을 알리 없을 것입니다. 걱정말고 저녁을 드시시오.≫

하고 권하며 이어

≪관가에는 거짓말이 삼천 삼백석도 더 있을 것입니다. 우리가 그것을 꿔올 수는 없지만 사도에게 바칠 거짓말 석섬 서말쯤이야 못 마련하겠습니까.≫

이튿날 바위는 고을로 들어가서 안해가 여사여사 하라고 대준대로 거짓말을 하기 시작했다.

≪사도께 아룁니다. 어떤 사람이 목 떨어질 쇠께다 멍에 없는 술기를 메워 참바 세 발을 처매 가지고 나무하러 갑니다.≫

≪그래서?!≫

사도 노염있는 대답.

≪그 사람은 나무 열닷 단을 해서 바 세 발로 올리 감고 내리 감고 둘러 감고 나니 그래도 바 세 발이 남았더랍니다. 그는 나무를 싣고 돌아오다 길가에서 큰 집을 만났습니다. 그런데 그 집에는 문이 하나도 없더랍니다.≫

≪이놈 그래서 어쨌단 말이냐?!≫

사도의 노한 말.

≪큰 집에 문이 없기에 연목 가달 밑을 쳐다 보니 송곳 하나가 꽂혀 있더랍니다. 그래 그 송곳으로 벽에 구멍을 뚫고 들어 갔습니다. 들어 가고 보니 빈집인데 오그랑죽이 오그랑오그랑 끓고 있더랍니다. 그 사람은 배고픈 판에 오그랑죽을 만나서 배불리 먹고 생각하니 반찬을 안 먹었더랍니다. 그래 두루 찾다 천정을 쳐다보니까 쇠고기 한 근이 걸려 있더랍니다. 그 사람은

그 쇠고기를 구워 먹자고 부엌을 들여다 보니까 불은 없고 얼음장이 꽉 덮여 있었습니다. 그래서 쇠고기를 얼음 우에다 놓고 나무를 찾다 보니 그새 쇠고기는 싹 다 타버렸습니다. 그 사람은 오그랑죽 한 사발을 제형 갖다 주려고 그릇을 찾으니 그릇이라는것은 바가지 깨진 것도 없어서 쇠코고리에다 퍼 넣어 가지고 집에 가서 죽을 푸려고 하니 오그랑이는 죄다 빠져버리고 쇠코 물만 흐르고 있더랍니다.≫

사도는 자기가 졌다는 것인지 노발대발 하면서

≪이놈! 관가를 속이는 죄는 하늘이 아느니라. 당장에 천번 죽어 마땅하되 한번 더 용서하니 래일 안으로 너희들 루추한 몸에 많은 벼룩 석 섬, 빈대 석 섬을 가져와야 용서하리라.≫

고 하였다.

바위는 돌아 와서 또 걱정하고 있는데 그 안해 묻기에 대답하니 그 말이

≪관가에는 백성의 피를 빨아 먹는 벼룩과 빈대가 수삼천석 있되 그것을 꿔 올 수는 없으나 장만할 수까지 없겠습니까. 걱정말고 저녁이나 잘 잡수시오.≫

라고 하였다.

이튿날 바위는 안해가 주는 검은 기장이 가득 담긴 검은 병 하나와 메밀을 가득 담은 모난 병 하나를 가지고 사도 앞에 가서 그 두 병마개를 열어놨다. 그러니 검은 기장은 벼룩이 돼서 홀짝홀짝 뛰여 오고 메밀은 빈대가 돼 가지고 살살 기여서 사도에게 새까맣게 달려 붙었다. 사도는 급해서 ≪여봐라!!≫ 고 호령하였다. 숫한 장수들이 창칼 들고 모여 왔으나 대장도로 벼룩의 목을 치자니 사도를 다칠 것 같고 창으로 빈대를 찌르자니 사도가 위험하여 어찌 할 수 없어서 동분서주 하는데 벼룩과 빈대가 그들에게도 달려 붙으니 그만 삼삼오오로 도망치고 말았다. 사도는 석 섬의 벼룩과 빈대가 한꺼번에 달려 들어 피를 다 빨아 먹고 뜯어 먹어서 파리 빨아 먹은 흰죽마냥 허여멀숙하게 되어 자빠지고 말았다.

그후 바위는 그 절세의 미인과 부귀 공명하며 오래오래 살았다 한다.

황정익 구술

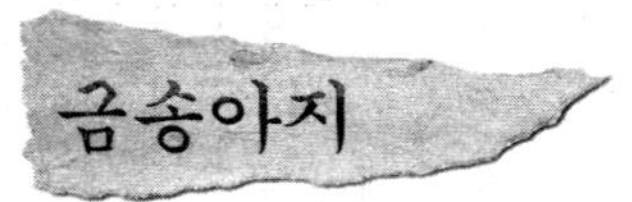

금송아지

옛날 한 곳에 리좌수[◉]라는 사람이 있었는데 그는 나이 사십이 넘도록 아들딸 간에 후손이 없었습니다. 그는 아들이 없는 것을 몹시 한탄하며 늦게나마 소실을 얻어 절름발이 자식이라도 얻으려고 하였습니다. 그런데 웬 일인지 한해 두해 지나도 소실에게서까지 태기를 보지 못했답니다. 그래 관자노리까지 뻗친 내 천자를 풀지 못하고 있는데 뜻밖에도 단산했다고 생각했던 본부인의 몸에 태기가 있어서 열달 채워 순산하니 그가 바라고바라던 귀동자요 옥동자였더랍니다. 그러니 리좌수는 물론이요 온집안이 떠들썩하였답니다.

리좌수는 그놈을 젖은 자리 마른 자리 골라가며 손에 들고 키우다시피 하는데 아이는 삼일 지나 열흘이요, 달을 갈아 석달 열흘 백날 잔치할 때는 엎치락뒤치락 하였습니다.

리좌수는 아들놈을 볼 때마다 흡족했고 그러니 집안에 영채가 도는것 같았습니다.

어언간 첫돌이 돌아올 때 아장아장 한발 두발 옮기면서 엄마 아빠 부르는 것이 귀동자요, 옥동자요 온집안에 훈풍이 떠돌았답니다. 속담에 부부간의 정은 늙어갈수록 더 깊어간다더니만 리좌수는 나이도 나이거니와 갓 마흔에 첫 보선을 얻은 셈으로 귀동자를 얻었으니 본부인에 대한 늙어가는 정이야말로 여간 아니였답니다. 게다가 아들의 정까지 함께 받드는데 끔찍하기가 대단했답니다.

◉ 좌수(座首)-옛날 향촌의 우두머리.

그러나 소실에게는 태기조차 없었습니다. 그러니 자연히 그를 돌봄이 적어지게 되였습니다. 리좌수가 첩을 그렇게 대할수록 첩의 눈에는 그 아이가 가시처럼 거슬려서 못 견디였답니다. 첩은 그 아이만 없으면 리좌수의 정을 저 혼자 몽땅 가질것 같았더랍니다.

바로 이때 리좌수는 관가의 일로 먼 길을 떠나게 되였답니다. 떠나는 날 리좌수는 부인과 소실을 청해 놓고 자기가 없는 동안 부디부디 아이를 잘 키우라고 천 당부 만 당부하고서 길을 떠났습니다.

이 틈이 첩에게는 삼눈을 잡는 좋은 날받이였더랍니다. 첩은 오만가지 꾀를 꾀하다 한가지를 택했답니다. 첩은 새삼스럽게도 좋은 술과 안주를 장만해가지고 본부인을 공대하면서 아들 난 어머니에게 드리는 잔치라느니 무엇이니 하며 갖은 너스레를 다 떨었습니다. 사연을 모르는 부인은 한편 여우같은 첩의 아양이 번페스럽기는 하였으나 바깥량반이 없을 적에나 옥동자를 낳은 기쁨을 마음껏 누려보려는 뜻으로 쾌히 응대하였습니다. 그런데다 음식조차 맛갈스러워서 한잔 두잔 하다 보니 그만 혼혼하여져서 나중에는 아들을 옆에다 눕혀놓은채 정신을 잃고 말았답니다. 이 새에 첩년은 솖이 서리병아리 채가듯 부인의 품에서 아들을 채안고 집 뒤에 있는 깊은 늪으로 갔습니다. 늙은 여우 닭 차가는듯 흘금흘금 엿보면서 아이를 안고 연늪가에 간 첩년은 다짜고짜 아이를 물속에 처넣으려고 하였습니다. 어린것의 눈에도 검푸른 물이 보였던지 아이는 작은 어머니한테서 떨어지지 않으려고 울면서 매달렸습니다. 그러니까 그년은 아이의 입을 틀어막으면서 물속에다 집어넣고 말았답니다. 깊은 물에 텀벙 빠진 어린것은 두어번 허우적거리다 그만 물 우에 둥둥 뜨고 말았습니다. 숨어서 지키고 섰던 첩년은 얼른 그를 건져가지고 되돌아오면서 실뚱머룩하게도 제가 먼저 아우성치고 몸부림치면서 죽겠다느니 살겠다느니 뒤설레를 쳤습니다. 그제사 술기운이 걷힌 본부인이 악몽인줄 알고 깨려고 애를 썼으나 실상은 꿈이 아니였더랍니다.

가장도 없는 새에 이런 봉변을 당한 부인은 된 벼랑에서 떨어진듯 하늘땅이 뒤엎어져 그저 죽은 자식만을 끌어안고 이리 딩굴 저리 딩굴 땅이 꺼지도록 애원 통곡할뿐이였습니다. 그러나 무슨 소용이 있었겠습니까! 그는 죽은 자식을 끌어안고 몸부림을 치다가 그만 기절하여 자식과 같은 길을 가고 말았습니다. 그러니 한 집안에 쌍초상이요 인간 못볼 역상이였습니다.

먼곳에 관가의 일을 보러 갔던 리좌수는 뜻 아니 한 부고를 받고 수백리길을 뉘 정신에 닿았는지 해 동갑하여 집에 들어섰습니다. 리좌수는 량반 체면 다 버리고 처자의 시체를 그러안고 대성통곡하였습니다만 무슨 소용이 있겠습니까! 그야말로 죽은 자식 나 세기였더랍니다.

리좌수는 여러 사람들의 말림으로 다시 정신을 차렸으나 아무리 생각해도 자식과 부인이 죽은것 같지 않아서 그를 자기가 거처하는 방 뒤문 밖에다 묻어놓고 아침저녁으로 통곡을 하였습니다.

하루는 울다울다 애절하여서 자식이 죽은 곳이나 한번 가보자고 늪가로 가니 웬 청개구리 한 마리가 늪 속에서 홀짝홀짝 뛰여나와 새말간 눈으로 말똥말똥 쳐다보면서 ≪아버지. 아버지≫하고 부르더랍니다. 리좌수는 ≪내 자식 죽은 넋이 인도 재생 못 이루고 청개구리 되였느냐. 이 세상에서 나를 아버지라 부르는 사람이 없더니 네가 나를 섬기누나. 비록 미물짐승이라 할세 네 마음 가엽고나!≫라고 하면서 청개구리를 안아다 자기의 침처에다 두었답니다. 그러니 그것이 온 방을 뛰여다니면서 ≪아버지 아버지≫하며 따랐습니다. 그럴수록 리좌수는 그를 기특히 여기며 아들같이 소중히 여겼습니다.

첩년은 청개구리가 리좌수를 아버지라고 부르는 것이 미워났습니다. 그리고 도적놈 제발 저리다더니 청개구리가 말하는 것을 보면 마치 바늘방석에 앉은 것 같아 그저 둘 수가 없었습니다. 어느날 그는 리좌수가 문밖출입을 나간 틈을 타서 청개구리를 잡아가지고 돌에다 짓찧어서 개에게 먹였습니다. 리좌수가 돌아와 본즉 아들의 넋으로 여겼던 청개구리가 없어졌으므로 급히 찾았더니 앙뚱하고 방자한 첩년은 개가 집어 먹었다고 꾲아 바쳤답니다. 화가 상투끝까지 북받친 리좌수는 죄 없는 개를 죽어라고 때리니까 개는 너무 급해서 똥을 확 싸고 달아나 버렸습니다.

개가 똥을 싼 똥무지에서는 눈깜짝새 피 한포기가 나서 금시 무성하게 자라났습니다. 리좌수는 그것을 무심히 보지않고 아침저녁으로 손질하면서 가꿨습니다.

맨망스러운 첩년은 정녕 그 피에도 무슨 영문이 있는 것 같아서 또 좌수가 없는 틈을 타서 암소를 끌어다 그 피를 뜯어 먹여 버리고 말았습니다.

피포기를 뜯어먹은 암소는 이상하게도 그달부터 새끼를 뱄는데 달을 채워 낳은것은 반질반질하게 기름기가 돌고 빛이 황금같은 금송아지였습니다. 리좌수가 금송아지를 귀히 여겼더니 그 금송아지가 또 ≪아버지 아버지≫하고 부르더랍니다. 그럴수록 리좌수는 송아지를 더욱 귀히 여기고 대단히 기뻐하였습니다.

오만스러운 첩년은 그 금송아지도 미워나서 그조차 없애치울 묘책을 꾸몄습니다. 첩년은 큰 약방을 찾아가 돈을 많이 내놓고 의원과 약조하여 계교를 꾸몄습니다. 그리고 돌아온 첩년은 당장에 급살병이 났다고 이리 호돌 저리 호돌 호돌갑을 떨면서 당장 죽는다고 아우성 소리를 질렀습니다. 집안에 죽은 사람 때문에 진저리가 난 리좌수는 그것이나마 죽을가봐 어디가 아프냐고 급히 물은즉 그년은 여사여사하니 빨리 약을 써달라고 번폐스럽게 호돌갑을 부렸습니다. 고지식한 리좌수는 부랴부랴 약방으로 찾아갔습니다. 이미 다 짜고 있은 의원은 그 병에는 금송아지 생간밖에 아무 약도 없으니 사람을 구하려면 빨리 서두르라고 하였습니다. 리좌수는 터벅터벅 되돌아왔으나 금송아지를 잡을 마음이 들지 않았습니다. 그래 근심걱정하고 있는데 첩년의 아우성소리는 점점 더 커졌습니다. 첩년이 어찌나 뒤설레를 쳤던지 리좌수는 그만 어리둥절해가지고 제 정신없이 금송아지를 잡으라고 하였습니다.

일군들은 송아지를 몰고 뒤늪 옆으로 나가자 금송아지는 놔 버리고 그 대신 개를 잡아서 개간을 들여보냈습니다. 첩년은 그것을 먹는 체하고 자리 밑에다 감추어 버리고 부시시 일어나면서 금송아지 간을 먹었더니 병이 씻은듯이 나았다고 하였습니다.

이때 서울에는 하늘에서 큰 종이 하나 내려 왔습니다. 그것은 그 종을 울리기만 하면 나라가 태평하여진다는 태평종이였습니다. 그런데 나라에서는 그 신기를 높이 달아놓고 쳤으나 아무리 애를 써도 종은 울리지 않더랍니다. 각처에서 힘센 사람들을 뽑아다 종을 치게 하였으나 그래도 종은 울리지 않왔습니다.

임금은 온 천하 방방곡곡에다 신기를 울리는 사람이 있다면 그는 하늘에서 제수한 사람일터이니 큰 벼슬을 주어 국가의 동량◉으로 삼겠다는 방을 내걸었습니다. 그래도 태평종을 울릴 수 있는 사람이 없었으므로 근심이 태산 같았습니다.

이때 금송아지가 서울로 올라가서 뒤발로 태평종을 찼습니다. 그러니 종은 ≪웅-≫하고 통천하에 울리였습니다. 임금은 그 종소리를 듣고 급히 나와 본즉 누각 우에 황금 같은 송아지가 올라가서 뒤발로 종을 차서 울리고 있더랍니다. 임금은 그 송아지를 그저 보지 않고 자기 딸더러 고이 먹이라고 하였습니다. 공주는 금송아지를 하늘에서 준 귀인이라 여기고 극진히 공경하였습니다.

어느 날 공주는 어느 한 재상집 대사에 갔다 돌아오다 대청 마루 밑에 웬 금송아지껍질이 있는 것을 보았습니다. 놀란 공주가 그것을 걷어쥐려고 하는데 방안에서 의젓한 동자가 나와 공주를 맞으며 말했습니다.

≪억울한 모해를 입은 몸이 어린 탓으로 때를 기다렸다 이제 탈을 벗었으니 겁내지 말으시오.≫

공주가 이 사연을 인차 부왕께 알리고 같이 뵈오니 임금은 크게 기꺼워하고 길일을 택하여 그를 부마로 맞이하였습니다.

임금은 부마에게 친령으로 암행어사의 중적을 주어 방방곡곡을 순찰하게 하였습니다.

어사는 변장하고 암행하면서 백성의 고혈을 빨아먹는 관속은 릉지처참하고 공로 있는 자는 나라에 상소하여 중히 쓰게 하면서 고향땅에 당도하였습니다. 어사 고향에 출도하자 리좌수의 첩을 잡아다 성문 루각에 매달아놓고 공고문을 내걸었습니다. 그러니 오가는 사람들은 그 죄행을 보고 치를 떨며 ≪작첩하는 것은 요사스럽고 악착스러운 짓이다.≫라고 하면서 그에게 침을 뱉고 매를 쳐서 죽이더랍니다.

◉ 동량-한 나라의 중임을 맡은 인재.

그때부터 사람들은 ≪일부이처는 인간 못할 짓이다.≫라고 하였답니다.

그제사 잠을 깬 리좌수는 아들을 다시 만나 여생을 잘 보냈다고 합니다.

박경주 구술

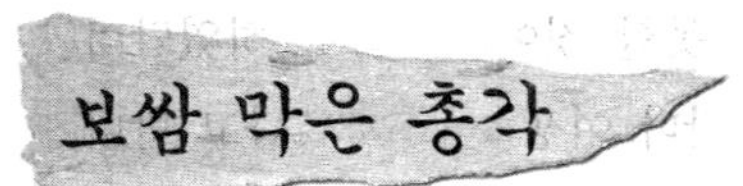

보쌈 막은 총각

옛날 어느 한 산골에 기운이 센 총각이 있었다. 이 총각은 청룡백호의 혼을 타고 났던지 기골이 장대함은 사자의 다리를 삼킨것 같고 담량이 큰은 악어의 염통을 먹은것 같았다. 그는 생김새만 그럴 뿐아니라 수수팔떡이 안팎이 없듯 힘꼴도 그렇게 세서 그가 산으로 올라가면 산중의 왕인 사자조차 너구리굴에다 대가리를 쑤셔 박고 바다로 가면 바닷물을 돌이쳐 삼키는 고래도 물속으로 깊이 숨어 버린다 한다.

어느 해 동지섣달 대한이 소한네 집에 문안 갔다 얼어 죽었다는 때였다. 눈이 지붕 락수터에 남실거리게 와서 심산속의 대호도 토끼 한 마리 쥐지 못하여 사람 사는 동네로 어슬렁어슬렁 내려왔다. 때마침 그 총각은 마을 갔다가 사랑집 돼지우리옆에 달린 뒤간에 쪼그리고 앉았는데 대호란 놈이 돼지를 먹겠다고 앞발을 널름거렸다. 그것을 본 총각은 미처 어쩔새 없어서 한손으로 바지춤을 추면서 한손으로 대호의 뒤다리를 잡아채서 언 땅에다 뙈기쳤다. 대호는 ≪아웅!≫하는 소리를 산천이 따개지게 지르고 뻐드러졌다.

한손으로 범을 잡은 후였다. 이 장수 총각네 옆집에는 이웃 사촌이라고 친형제같이 지내는 사람이 있었는데 서울 장안에 일보러 간 후 오리무중이 되였다. 총각은 그 이웃사촌의 시신이라도 찾겠다고 두루 렴탐하다가 그가 서울 어느 대감댁의 보쌈에 걸려서 물귀신이 됐다는 소식을 들었다. 그 소문을 들은 총각은 분이 머리끝까지 치올라서 당장 집을 떠나 서울로 향했다. 그는 서울에 가기는 했지만 워낙 서울 장안은 큰 곳이여서 어쩔 도리가 서지 않았다. 소도 언덕이 있어야 비빈다고 끈덕이 있어야 잡으나 패나 하겠는데 밑도 꼬리도 없는 송사를 어디다 붙일 곳도 없어서 이 골목 저 골목으로 우정 천치처럼 하고 어정거렸다.

어느 날 해가 지고 어슬어슬할 때 한 정자나무 옆을 지날 때였다. 갑자기 뒤에서 도깨비 오줌 싸는 소리가 나더니 벙거지 쓴 놈들이 돌개바람처럼 달려들어 다짜고짜 그를 묶었다. 총각은 놈들을 풍지박산 시키려다 우정 못이기는체하고 묶이우는데 놈들은 저희끼리 이만하며 인물도 새 서방감이 넉넉하다고 쑥덕거렸다.

얼마 후에 총각은 가죽포대를 벗기우고 큰집 내당으로 인진 받아 들어갔다. 방안에 들어서고 본즉 노란 놋쇠 촉대에다 쌍초불을 낮과 같이 밝혀놓고 감실거리는 두리상 우에는 목숨 수(壽), 복 복(福)자를 새긴 청주잔에 잔대를 받쳐놓고 산해진미를 차려놓은 것이 영락없는 신랑 신부의 상방이였다. 그러자 문이 열리더니 족두리에 큰 비녀 찌르고 연지곤지 찍은 새각시가 인진에 부둥켜서 장옷소매로 내리뜬 눈시울을 가리우고 외씨 같은 버선발로 사뿐사뿐 걸어 들어오더니 아랫목에 살며시 앉았다. 그래 놓고 인진은 나가 버리고 문이 닫혔는데 문밖에서는 망을 보는 인기척이 완연하였다.

총각은 모르는 척하고 차려놓은 주효를 혼자서 부어라 마시여라 하였다.

얼마를 지났는지 밤이 깊어졌는데도 각시는 눈 한번 떠보지 않고 돌부처 같이 앉아 있더니 닭이 부두둑거리며 꼬끄-하고 울자 부시시 일어나서 나가려 하였다. 총각은 얼른 나가려는 새 각시를 막아서면서

≪여보시오 부인, 이 세상의 법이 잔치를 지내야 상방을 꾸리고 상방에 드는 것은 신랑 신부뿐이라 하였으며 부부가 된 후에는 남편의 말이 천명과 같다 하였는데 어찌하여 말없이 나가려 합니까?≫

라고 하였다. 그러니 새 각시 노하여 하는 말이

≪내 천운이 불길키로 잠시 운수땜을 한것이지 어찌 초망지신과 대사를 이루겠는고. 그대와는 행로지인(行路之人)이려니 속히 길을 냄이 가당하리라!≫

고 하며 총각을 밀치고 나가려 하였다. 그러니 총각 그 말을 들을리 없다. 문에 가로 막아 서며 나가지 못하게 하니 각시 ≪여봐라≫하고 사람을 불렀

다. 그러자 문밖에 대기하고 섰던 력사들이 륙모방망이를 내두르며 잔말 말고 아씨를 내보내라고 호통쳤다. 그럴수록 총각 역시 언성을 높여 각시를 꼼짝달싹 못하게 붙들고 서서 호령했다.

≪이 요망한 년! 네 잘 되자고 청춘이 만리 같은 대장부를 물귀신 만들잔 말이지, 너희들이 잘못 봤다. 내 너희들한테 죽으러 온 것이 아니라 생사람 잡는 버릇을 떼러 왔다.≫

그러자 밖에서도 호령이 났다.

≪이놈! 예가 어데라고 함부로 지껄이냐!≫

≪알만하다, 제 딸 잘살게 하려고 남의 귀동자 죽이는 점쟁이 밑구멍인 강도놈의 소굴인줄 안다.≫

총각이 맞불질하자 내당은 물론이요 사랑과 행랑채까지 떨쳐 일어나 온 집안이 떠들썩하였다. 사랑 대청에서는 당장 그놈의 키를 낮추라는 호령이 추상같이 내달아왔다. 그러자 벙거지 쓴 력사들이 방망이를 휘두르며 총각에게 달려들었다. 총각은 붙잡혀 버둥치는 각시의 가랑이를 거꾸로 들고 내둘렀다. 그러다 새 각시를 마당에다 내동댕이치고 큰 마당에 나서면서

≪이놈들 제 딸 중한 것만 알고 남의 귀동자 소중한줄 모르는 인간백정들아, 고약한 보쌈질을 또 하겠느냐? 또 했다가는 하늘을 무너뜨리겠으니 그리 알라!≫

고 가새질러놓고 대문 차고 나갔다.

이렇게 되니 이 일이 조정에까지 미치게 되고 온 서울장안이 떠들썩하게 되였다.

그후 어느날 밤이였다. 총각이 또 강변을 거니는데 시시닥거리는 말소리가 들려오기에 달아가 본즉 그 역시 력사 세 놈이 한 젊은이를 가죽보에다 싸서 메고 강으로 가는데 묶이운 사람은 살려달라고 애걸하고 있었다. 총각은 그것을 빼앗아놓고 력사놈들을 묶어서 팔매치듯 내던졌다.

맨 먼저 던진 놈은 그날 밤에 운수땜을 했으니 이제는 시집가도 상부할 걱정이 없다고 좋아하는 규중처녀의 방문을 차고 들어가서 그의 숨통을 쳐놓았다. 둘째 놈은 자기 딸의 팔자에 있는 동화를 피하게 했으니 이제는 명문

거족의 아들을 사위로 삼게 됐다고 단꿈을 꾸고있는 그 어미의 큰 방문을 뚫고 들어가서 그만 거미같이 늙은 년은 뼈다귀가 제각기 세간나고 말았다.

셋째 놈은 나라의 법으로써 보쌈을 지켜나가려는 그 아비의 늙은 상투꼭대기를 내려 눌렀기에 산호 동곳이 숫구멍을 뚫고 들어갔다.

이튿날 조정에서는 야단이 났다. 금상님이 친림하시여 보쌈질하다 판서의 딸이 죽었고 정승네 식구가 죄다 죽었으니 다시 이런 짓을 했다가는 엄벌을 면치 못하리라는 어명이 나렸다. 이리하여 생사람 잡는 고약한 보쌈질이 없어졌다 한다

안영욱 구술

도적질 잘 하는 사람

아득한 옛날의 일이 아니랍니다. 서울 장거리 밖의 한 사람이 무녀독남 외아들을 두어 금이야 옥이야 하고 길렀답니다. 그는 아들이 커가자 기골이 장대해서 힘꼴이나 쓸것같으니

≪이제 저놈이 커서 일하게 되면 살림에 쪼들린 허리를 좀 펼수 있으리라≫

고 생각했습니다. 그런데 아버지가 바라는 바와는 딴판으로 아들은커가면서 도적질을 하기 시작하는데 그것도 명문거족의 가문에 진귀히 간직해두는 귀물들만을 했답니다. 그래 아버지는 날마다 관가에 붙잡혀가서 주리를 틀리고 매맞는것을 부자집 밥먹듯 했답니다.

아버지가 그처럼 고초를 당해도 아들은 제 버릇 개 못준다고 그냥 도적질만 했습니다.

아버지는 자식 난 것이 이런 죄로 된다면야 누가 자식을 낳겠느냐고 한탄도 했지만 그래도 그것이 제 자식이라 철이 들면 나아지려니 하고 하루이틀 참으면서 목젖이 닳도록 타이르기도 하고 때로는 몽둥이 뜸질을 하기도 하였습니다. 그래도 아들의 버릇은 황개꼬리 굴뚝에 삼년 두어도 그 꼴이 그꼴인거와 같았답니다.

참고 참다못해 화가 상투끝까지 치솟은 아버지는 너무 기가 막혀서 그만 자식 안 낳은 셈 치겠다고 하면서 아들을 집에서 내쫓아버렸습니다. 그래도 아버지는 ≪귀여운 자식 려행을 시키라≫는 옛속담도 있으니만큼 객지타관에 돌아다니면 보는 것도 많고 듣는 것도 많을 것이고 만고풍상을 겪을 터이니까 자연 사람이 될수 있으리라고만 생각했습니다.

세월은 물과 같이 흘러 어느덧 십년이라는 길고긴 세월이 지났습니다. 어

느날 아버지 가슴에 못이 되여 있던 아들이 돌아왔답니다. 기쁜 아버지는 속으로 ≪십년이면 산천도 변한다는데 인제는 나이도 있으니까 변함이 많으리라!≫고 생각했답니다. 그래서 찾아온 아들을 붙잡고 락루하며

≪내 자식아! 인제는 너도 세상을 알았겠구나!≫

라고 하면서 기뻐하였습니다.

≪예, 과연 세상살이를 더욱 잘 알게 되었습니다.≫

아들이 이런 대답을 하자 아버지는 자기 마음에 드는 말을 한다고 대단히 기뻐하면서

≪얘야! 네가 인제는 사람이 된거로구나! 그런데 그동안 무엇을 하며 살아 왔기에 그런 것을 알게 됐느냐?≫

고 물었답니다. 그러니 아들은 전에 배운것을 더욱 잘하게 되였고 또 어떤 것을 훔쳐야 한다는 것을 똑똑히 알았다고 대답하였습니다.

≪아니 이놈아, 그럼 지금도 도적질을 한단 말이냐?≫

아버지는 너무도 뜻밖의 일이라 놀라서 뒤로 물컥 주저앉아 버렸답니다. 그러나 아들은 아버지를 일으키면서

≪아버지, 제가 하는 짓이 량반들과 갑부에게는 도적질로 되지만 우리같은 사람들에게는 살아나갈 궁리로 되는데 왜 그리 놀라십니까?≫

라고 하였습니다. 아들의 름름한 대답에 락담한 아비는 노발대발하면서

≪이놈! 네가 정말 도적질을 그리 잘한다면 서울장안 례배당에서 례배 보고있는 서양 목사를 훔쳐올 수 있겠느냐? 만일 훔쳐올수 있다면 도적질을 하더라도 내 자식이라 하겠다.≫

라고 호령하였습니다.

아들은 한참 생각하더니 대답했습니다.

≪예, 그런것은 가히 훔칠수 있는 것입니다. 훔쳐올수는 있는데 돈이 좀 있어야 하겠습니다.≫

≪이놈아 도적질 하는 놈이 돈도 없단 말이냐!≫

≪예, 아까 말한 바와 같이 도적질을 골라서 하다 보니 고생은 더 막심합니다.≫

아버지는 분김에 아들이 돌아오면 물려주려고 한푼두푼 모아두었던 돈을 내던져주었습니다. 아들은 돈을 받아들자 두말없이 나갔답니다.

집을 떠난 아들은 장안 큰 주단 포목점으로 들어가서 서리발 같은 명주 한필을 사가지고 머리에서 발끝까지 뒤집어쓸수 있는 흰 도복 한 벌을 만들고 큼직한 산호지팽이와 진주보석으로 장식한 큰 망태 하나를 샀습니다. 그리고 새끼손가락만큼한 양초와 산 게를 수십마리 샀습니다. 이런것을 죄다 장만한 그는 례배 보는 날 중에서 그믐 밤이 되기를 기다렸습니다.

기다리던 날이 돌아왔습니다. 바로 기독교신자들이 례배당에서 찬송가를 부르고 있을 때였습니다. 그는 례배당 옆에 있는 신자들의 공동묘지로 가서 수많은 게 등에다 양초불을 붙여놓고 례배당으로 들어갔습니다.

때는 서양에서 온 목사가 한창 하느님 아버지를 외우면서 례배 보고있을 때였습니다. 그는 좋은 도복을 입고 산호지팽이를 짚으며 서서히 례배당으로 들어가서 선장을 절렁절렁 흔들면서 호령을 했습니다.

≪여봐라! 네 어찌 기도를 드렸기에 하느님 아들을 하나도 하늘로 올려보내지 못했느냐?≫

한참 엎드려서 ≪하느님아버지시여...≫하고 기도를 드리던 목사는 호령을 듣고 돌아다 보니 하느님의 사자(使者)가 나려와 있더랍니다. 놀랜 목사는 ≪주여, 죄많은 이 자식을 용서하시옵소서≫라고 하며 다시 엎으렸습니다. 그때 그는

≪네 문을 열고 저것을 보아라! 저들이 얼마나 안타깝기에 저렇게 헤매고 있겠느냐! 네 하느님의 아들을 저렇게 만들었으니 천벌을 받아 열두지옥으로 감이 마땅하느니라!≫

라고 하면서 또 산호지팽이를 절겅절겅 흔들었습니다. 이 호령에 례배 보던 신자들은 물론이요 목사까지 벌벌 떨면서 사자가 가리키는대로 밖을 내다보니 공동묘지에는 과연 숱한 혼령들이 불을 켜들고 이리저리 헤매고 있더랍니다. 그것을 본 목사는 천벌을 받아 무서운 지옥으로 갈것을 기다렸답니다. 그때 눈치를 본 그는

≪네 내말을 명심해라! 너는 하느님 아버지의 분부를 받고 동양 사람들을

살리려고 바다 건너 이 땅에 온 자로서 이 땅의 아들을 천당길로 인도하기는 커녕 저렇듯이 무덤길에서 헤매게 하였은즉 네 지은 죄 그 얼마인지 모르겠다. 그러니 천벌을 받아 마땅하리라!≫

고 하였습니다.

≪예-과연 끓는 기름 솥에 삶아 죽여도 죄가 남겠습니다.≫

목사는 떨고만 있었습니다.

그는 이렇게 을러 놓고 보니 인제는 어떤 말을 해도 고분고분 들을것 같아서 다시 호령했습니다.

≪네 죄를 보아서는 당장 열두 지옥으로 보낼 일이다만 원체 부족한 재주에 그래도 하느님 아들들을 천당으로 올려 보내려고 애는 무척 썼으니 하느님아버지께서는 너의 지성을 보아 한번 용서하신다 하시였다.≫

≪네-미숙한 이 자식의 죄를 한번 용서하시옵소서. 아멘-!≫

≪네 지성이 감천하여 하느님아버지께서 너를 데려다 공부를 더 시켜 다시 이 곳에다 보내시겠다고 하시여서 내가 왔나니 그리 알어라!≫

≪예-미련한 이 자식의 죄를 용서하시옵고 이 땅의 사람들을 구하기 위하여 이 자식을 데려다 가르쳐 주옵소서, 아-멘-!≫

꼴을 보니 인제는 어떤 말이라도 들을 것 같았습니다. 그래 그는

≪네 하늘로 가는 길을 모르리니 이 천교자에 앉아 나를 따라 떠나도록 하여라!≫

고 하면서 꽃망태기를 벌렸습니다. 이 땅의 사람을 구하려 서양에서 온 목사는 합장하고 조심조심히 진주로 장식한 망태속으로 들어갔습니다. 목사가 들어가자 망태를 둘러매고 교당을 나가니 신자들은 목사가 하늘로 올라간다고 엎드려서 축원하는 기도만 드리고 있더랍니다.

그는 망태기를 메고 한참 가다 성문을 나서자 땅에다 내려놓고 줄줄 돌밭이니 가시밭 할것 없이 올리 끌고 내리 끌었습니다. 망태속의 목사는 쓰리고 아프기는 하였지만 감히 말을 못하고 기도만 드리고 있었는데 나중엔 참다 못해

≪주여, 하늘에 가는 길이 어찌 이다지도 험하나이까?≫

라고 하였습니다. 이 말에 그는

≪이놈! 네 그렇게 무지하니 이고장의 사람들을 구하지 못함이 분명하다. 성경에 이르기를 천당은 좋지만 가는 길은 험하다고 하신 것을 모르느냐!≫

라고 하였습니다.

≪무지한 자식을 용서하옵소서, 아멘!≫

목사는 더는 다시 말도 못하고 그저 이리저리 끌려다니면서 아플수록 ≪아멘! 아멘!≫만 점점 더 부르고 있더랍니다.

이 고장 사람을 구원하려 왔다던 서양목사를 망태에다 홀과 메고 돌아온 아들은 망태를 길가에 있는 큰 나무에다 달아매여놓고 아버지를 찾았습니다.

목사를 훔쳐왔단 말에 아버지는 너무 어처구니 없어서 망태를 내려본즉 망태안에는 머리가 노란 목사가 눈을 감고 멀쭉한 코와 당나귀 귀같이 큼직한 귀를 헤물쩍거리면서 두 손을 합장한채

≪주여! 하느님아버지시여, 아멘!≫

만 외우고 있더랍니다.

그것을 본 아버지와 동네사람들, 길 가던 행인들은 모두 이런 도적질은 해야 한다고 크게 웃었습니다. 그러나 사람들의 웃음소리를 들은 목사는

≪하느님아버지시여! 무지하고 무도한 이 자식을 웃지말아주옵소서! 아멘-≫

하더랍니다.

소는 어째 《이라》하면 가는가?

멀고 먼 아득한 옛날 소가 말하는 시절의 일이였다.

한 곳에 과년한 처녀가 있었다. 옛날도 처녀는 시집 가는 법이라서 그 처녀도 좋은 날을 택일하여 시집을 갔다.

우리 민족의 옛 법에는 시집간 새 각시가 시집 간지 삼일이든가 그렇지 않으면 이레, 이레를 놓치면 보름, 보름도 비끼면 한달, 한달도 지나면 석달, 석달도 여의치 않으면 일년만에야 친정에 가서 ≪아버지의 뼈를 타고 어머니의 혈육을 빌어서 이제는 의젓한 어른으로 되었습니다.≫라고 인사를 하는 법이였다.

이 새 각시도 례외가 아니라서 이럭저럭 하다나니 시집 간지 일년이 되여 친정에 가게 됐다. 오랜만에 친정에 가게 되니 작은 동고리에는 엿 달여서 가득 담아 할아버지, 할머니, 아버지, 어머님께 식구마다 세여 담고 중간 동고리에는 과실 담고 떡 해 담고 큰 동고리에는 국수 눌러 가득 담은데다 돼지 잡아 저미여 넣고 목 긴 병에 술 담아서 황소 등에 잔뜩 싣고 친정길을 떠났다.

일년만에 낯익은 고향산천을 찾아가는 새각시의 마음은 한없이 설레여서 걸음을 재촉하나 무거운 짐 실은 황소는 색각시의 마음을 알리 없어 어시렁거리기만 하였다.

황소는 길을 못 걸어도 해는 지체없이 제 갈대로 걸어서 동산봉에 돋으신 해 서산봉에 걸리게 되였다. 그러니 앞길이 많은 새각시의 마음이야 여북하랴. 젊은 녀자가 로상에서 혼자 밤을 새울수도 없는 일이라서 황소에게 빨리 재촉했다. 그런데 일은 엎치고 덮치노라고 황소는 맥이 없어 못가겠다 하더니 길가에 누워버렸다. 새각시는 황소 보고 어떻게 하나 빨리 가자고 당부하였으나 늙다리 황소는 새각시의 말을 들어주지 않았다.

예나 지금이나 근로한 우리 아낙네들 이음질 잘하고 그 힘이 장사이라 급한 새각시는 황소 앞뒤다리를 쥐여 집어 이고 걸음아 길 밝히라고 내달렸다. 그런데 이운 황소는 각시의 머리가 배를 올려 찌르고 무거운 짐이 등에서 내리 누르는 바람에 배창자가 편포 되는 것 같아서 견딜 수 없었다. 그래서 황소는 참다못하여 ≪내 걸어 가겠으니 제발 내려 놓아 주시우≫하고 애원하였다. 그 말을 들은 새각시는

≪오-네 걸어가겠니?≫

하고 내려놓았다.

황소는 걷기 시작하였으나 시간이 지날수록 점점 맥진해서 낑낑거렸다.

새각시는 황소의 걸음걸이를 보고 또 물었다.

≪황소야! 내 또 이라니? 응, 이라?≫

황소는 이웠다가는 더 견딜것 같지 않아서 힘을 내여 걸었다.

한참 가다 황소는 또 주춤거렸다. 그러니 새각시는 또

≪이라니. 응! 이라?≫

하고 물었다.

황소는 ≪이라≫는 소리를 듣고 또 힘을 내여 걸었다.

황소가 걸어가면 새각시는 ≪오-네 가겠냐?≫라고 안심했다. 각시가 ≪오-≫하고 안심하면 소는 주춤거렸다. 소가 주춤거리면 새각시는 또 ≪이라?≫라고 하였다. 그러면 황소는 가고 소가 가면 각시는 ≪오-≫하고 안심했다. 각시가 ≪오-≫하며 안심하는 것을 들은 소는 또 주춤거렸다. 그러면 각시는 또 ≪이라?≫하고 물었다. 그러면 소는 걸었다. 이날 새각시는 이렇게 소를 몰고 친정에 갔다.

이때부터 소는 ≪이라≫하면 가고 ≪오-≫하면 선다고 한다.

나비 한쌍

옛날 어느곳에 한 총각이 있었는데 그는 늦도록 장가를 들지 못하였다. 부모 형제도 없는 외톨이 굴밤알인데다 살림살이까지 구차하다 보니 아무도 그에게 딸을 주려고 하지 않아서 늦도록 혼자서 살았다. 어느 해 삼복철인 한여름 날이였다. 그 날도 일하러 나간 총각은 논두렁에다 지게를 벗어놓고 지게목발을 걸타고 앉아서 약이 올라 검실검실한 벼를 바라보며 혼자말로

≪없는 놈은 장가도 못 가는 세상에 이 나락을 이리 가꿔 누구하고 먹을가나!≫

라고 신세타령을 하였다.

총각이 말을 마치자 어디서인지 아름다운 처녀의 말소리가 들려왔다.

≪누구하고 먹겠어요! 나하고 먹지!≫

총각은 아닌 밤중에 홍두깨 내밀듯 불쑥하는 대답에 놀라서 사방을 둘러보니 아무도 보이지 않았다. 행여나 하고 온 논배미를 죄다 돌아다니면서 찾았으나 사람은커녕 그림자도 없었다.

총각은 하도 이상해서 논뚝에 우두커니 선채 이 수수께끼를 풀 양으로 또 한번 그 말을 외우고 곰곰이 살펴보았다. 그랬더니 등잔밑이 어둡다고 바로 자기가 서 있는 논두렁 밑 벼포기사이에서 물방울이 보르륵보르륵 올라오면서 ≪누구하고 먹겠어요 나하고 먹지!≫하는 말소리가 들려왔다. 총각은 더욱 괴이쩍어서 눈이 둥그래 들여다 보니 벼포기 사이에서 아주 희귀한 큰 골뱅이가 딱지를 발딱발딱하면서 말하는 것이였다.

총각은 두 팔을 걷고 들어가 골뱅이를 건져보니 물속을 들여다 볼 때와는 달리 엄청나게 컸다. 말하는 골뱅이를 처음 본 총각은 다정한 동무나 만

난 것처럼 몹시 기뻐하며 집에 가져다 정주간 물독 안에다 넣고 또 일하러 나갔다.

한나절 혼자서 논을 맨 총각은 점심때가 돼서 예전과 같이 점심을 끓여먹으려고 집으로 돌아왔다. 집에 들어서자 그는 놀라지 않을수 없었다. 웬 일인지 온 집안에 화기가 돌고 정주의 솥전이 반질반질할뿐더러 온 정주가 환하였다. 그저 일이 아니라고 여긴 총각은 솥뚜껑을 열고보니 글쎄 누가 지었는지 김이 무럭무럭 나는 새하얀 입쌀밥이 혼자 먹으리만치 끓여 있고 부엌안에는 뚝배기에서 장이 보골보골 끓고 있었다. 그럴 뿐만 아니라 방안에는 가마잡잡한 고추장과 사곰사곰하게 잘 삭은 열무김치마저 한종지 떠놓고 수저를 닦아 외상을 차려놓았다.

총각은 너무나 어이 없는 일이라 몇 번이고 집안을 돌아다니며 사람을 찾으려고 하였으나 아무리 해도 찾아 낼수가 없어서 할수없이 혼자서 밥술을 들었다.

점심을 먹은 총각은 밥술을 놓자마자 설겆이는 젖혀놓고 저녁나절의 일이 기다리고있는 논으로 나갔다. 그날 해도 저물자 하루 일을 끝마친 총각은 또 오두막살이집으로 돌아왔다. 집안에는 낮에 먹은 밥상은 간데 없고 점심때처럼 또 저녁을 차려 놓았었다. 더욱 신기롭게 여긴 총각은 기를 쓰고 찾으며 혹은 불러보기도 하였으나 여전히 사람은 나오지 않았다. 총각은 찾다찾다 물독을 들여다보면서 말하는 골뱅이에게 어떤 사람이 왔더냐고 물었다. 골뱅이는 모른다고 대답할뿐이였다.

이렇듯 하루 가고 이틀 지났는데 날마다 때마다 반찬은 달라져도 사람은 끝내 볼수 없었다. 나중에는 벗어놓은 옷마저 빨아놓고 기워놓고 이불마저 꾸며 놓는 것이였다. 총각은 궁리하고 궁리한 끝에 한 꾀를 생각했다. 하루는 일하러 나가는 체하며 마당을 한바퀴 돌고 도로 살금살금 돌아 들어 와서 키를 쓰고 정주구석에 숨어 동정을 살피였다.

기다리고 기다리다 점심때가 거의 될 무렵이였다. 물독 가장자리가 환하게 채광이 일더니 그 안에서 신선같은 처녀가 창포같은 머리태를 곱게 빗어 단장하고 새하얀 행주치마를 분홍치마에 받쳐입고 아장아장 걸어나와서 밥을 지어 차려놓고는 도로 물독 안으로 들어가는 것이였다.

그제야 수수께끼가 풀리기는 하였으나 총각은 뜻하지 않던 일에 부딪쳐 어쩔 방도가 나지 않아서 쭈물거리다나니 그만 처녀를 놓쳐 버리고 말았다. 다시 물독 속을 들여다 보았을 때는 골뱅이는 여전히 골뱅이대로 있었다.

사연을 알게 된 총각은 이튿날 또 키를 쓰고 숨어있다가 점심을 다 해놓고 들어가려 하는 그 처녀를 붙잡았다. 그러나 처녀는 총각을 살짝 뿌리치고 웃음만 생글 웃음만 남기며 자취를 감추고 말았다. 총각은 또 저녁때를 기다리고 있는데 해가 너울너울하자 여전히 물독 우에 서광이 비치고 온 정주에 홍조가 끼더니 그 안에서 꽃같은 처녀가 나와서 저녁밥을 짓고있었다. 총각은 벌떡 일어나서 우선 먼저 골뱅이껍질을 깨여버리고 나서 처녀를 붙잡았다. 처녀는 당황해하면서 골뱅이 속으로 들어가려다가 껍질이 깨진 것을 보고는 할수 없이 말을 하였다.

≪우리는 이미 배필로 맺어졌는데 일을 너무 조급하게 처리해서 앞으로 화가 있을 것이 근심됩니다.≫

그러나 일이 이렇게 된 바엔 한 마음 한뜻으로 살면서 어떤 일이 있더라도 청송같이 굳은 절개 록죽같이 변치 말고 하늘같이 맑은 마음 기러기같이 살자고 하면서 물독안을 더듬더니 진주 하나를 건져 총각에게 주며

≪이것을 깊이 간수하세요≫

라고 하였다. 이날부터 일 잘하는 총각과 인물 고운 처녀는 한 쌍의 기러기 맑은 늪에 노니는듯 봉황이 선계에 노니는듯 원앙이 충류에 날아들듯 하였다.

날마다 신랑이 일하러 나가면 새각시는 점심밥 지어 이고 논밭으로 나가서 논뚝에다 상을 놓고 마주앉아 밥술을 들 적에 한술 뜨고 바라보고 두술 뜨고 웃으면서 권하고 받으면서 먹으니 그 밥이 살로 가서 일군의 힘이 되여 일손은 재빠르고 곡식은 무성하여졌다.

이러던 어느날 새각시는 예전과 같이 점심밥을 해서 이고 논으로 나가다 공교롭게도 사도행차를 만나게 되였다. 새각시는 사도행차에 어찌 여자가 지나 가랴 하고 급히 피해서 논뚝밑에 엎드려 행차 지나가기를 기다렸다.

그런데 사도가 지나다 보니 웬 일인지 논뚝밑이 환하게 광채가 나는지라 행렬을 멈추게 하고 하는 말이 해와 달이 떨어졌나 칠성별이 떨어졌나 사연을 알리라고 분부하였다. 전배가 되돌아와서 해와 달이 떨어진것도 아니요 칠성별이 떨어진것도 아니오라 웬 미녀가 논둑밑에 밥함지를 이고 앉아 있노라고 아뢰였다. 사도 보하는 말을 듣고 ≪온 들판에 서기 떠도는 것을 보아 정녕 인간세의 사람이 아닐시 분명하니 그런 분이 어찌 이런 곳에 있겠느냐. 한시 급히 모시도록 하여라!≫고 분부하였다.

새각시는 이 난국을 피하려고 갖은 애를 썼으나 아무 곳에 숨어도 그 광채가 찬란히 빛나므로 그들에게 발각되여 억지로 끌려가게 되였다.

한편 신랑은 논에서 기다리고 기다리다 점심때가 훨씬 넘어 집으로 돌아가서야 안해가 관가에 잡혀갔다는것을 알게 되였다. 애통한 신랑은 천지신명도 무심타고 통곡하다 사생결단하고 각시 찾아 떠나서 삼문밖에 갔으나 그가 어데라고 들어가랴, 할수 없이 사도의 집 높은 담장밖에서 아래우로 빙빙 돌며 어떻게나 자기의 안해를 만나려고 애를 썼다. 그렇지만 날개 없어 날지 못하니 어찌할수 없었다.

사도에게 붙들려간 새각시는 주야장철 마음 먹음이 어떻게 하든지 랑군을 만나려고 애를 썼다. 그러나 그의 앞에는 나는 새도 어렵다는 높은 성벽이 가로막혀있으므로 담장밖에서 울고 다니는 랑군의 모습을 볼수 없었다.

담장을 맴돌던 신랑은 큰 맘 먹고 사도의 문안으로 들어갔으나 벙거지 쓴 사령들께 붙잡혀 곤장을 백장 맞고 원한에 잠긴 가슴을 움켜쥔채 성벽밑에서 죽고 말았다. 그가 죽은 원한의 넋은 그 세상의 설중새로 재생하였다. 날개 있는 설중새는 훨훨 날아 사도네 집 뒤울안에 있는 큰 고목 우에 앉아서 밑을 내려다보고 울었다.

그때 마침 달 밝은 밤이여서 새각시도 수심 깊은 가슴을 풀어놓을데가 없어서 뒤울안에 나와 앉아 슬픈 회포를 풀고 있었다.

저기저기 밝은달아
우리랑군 비치련만

이내몸은 무슨죄로
영문안에 갇히워서
우리랑군 못보느뇨.
달아달아 둥근달아
거울같은 네얼굴로
이내랑군 비쳐다오.

설중새는 그 노래를 알아듣고 맞받아 불렀다.

달아달아 밝은달아
거울같은 네얼굴로
우리랑자 비춰줄때
이내몸도 비춰다오.

뒤뜨락에 앉아있던 새 각시 또한 그 새의 동정 알고 얼른 맞받아 불렀다.

새야새야 울지말아
안그래도 속타는데
남편잃은 원앙새라
비웃지를 말아다고.

이세상에 원한많아
우리랑군 못만난들
저세상에 가서서야
그대어찌 못만나리.

설중새는 나무우에 앉아서 새 각시의 말을 듣고 눈물을 뚝뚝 떨구다 물고 갔던 진주를 새 각시의 품안에다 떨어뜨려주었다.

새각시는 진주를 받아들고 보더니만 자기의 원혼인 것을 알자 랑군이 세상을 떠났다는 것을 알게 되였다. 새 각시는 하늘이 무너져서 머리를 누르는 듯하므로 하염없이 눈물만 흘리는데 설중새는 또한 같이 서러워하다

≪지지굴지지굴 우리 눈물 한데 합쳐 바닷물이 된다 한들 울어서 쓸데 있나 서러워하니 소용있나, 울지 말고 정신차려 이 진주 묻어다오.≫

라고 하고는 멀리멀리 날아가 버렸다. 설중새 날아간 후 새 각시는 혼자서

원쑤로다 원쑤로다
이성벽이 원쑤로다
우리랑군 날찾다가
성밖에서 죽었구나

랑군잃은 청춘과부
뉘를믿고 살겠느냐
원쑤로다 원쑤로다
이세상이 원쑤로다

라고 슬피 울다 마음을 가다듬고 한 궁리를 생각했다.

사도 신선같이 고운 아씨를 얻은 후로 갖은 방도를 내여 그의 마음을 사려하였으나 도저히 마음 돌아서지 않으므로 하루 이틀 근심하며 기다리는 때였다. 새 각시는 사도께 청 들기를 죽은 랑군의 혼백인 이 구슬을 뒤동산 양지쪽에 잘 묻어주고 사모제를 지내주면 그 후부터는 모든 수청 다 들겠다고 하였다. 그 말에 귀가 솔깃한 사도는 당장에 사람을 내여 뒤동산 양지쪽에다 그 구슬을 고이 묻고 성분을 크게 만들어 놓았다.

그후 삼일만에 새 각시는 소복단장 정히 하고 사모제를 지내러 가는데 그뒤에 사도도 따라 나섰다. 새 각시는 뒤동산에 오르자 머리를 풀고 봉분앞에 엎드려 대성통곡하였다.

이때 동쪽 하늘에서 설중새가 슬피 울며 날아 오더니 검은 구름이 하늘을

덮으며 갑자기 천지를 뒤집어 엎을듯 뢰성벽력이 울고 번개불이 번쩍하며 사도가 나가 넘어가고 그 봉분이 쩍 갈라졌다. 그러자 이때까지 엎드려서 꿈쩍달싹 안하던 새 각시가 벌떡 일어서서 설중새와 함께 번개같이 봉분 속으로 뛰여들어갔다. 뒤미처 봉분은 도로 깜쪽같이 닫혀버리고 말았다. 봉분이 닫히자 그렇게 소란스럽던 날씨는 씻은듯이 깨끗하여지고 분묘 주위에는 난데없는 오만가지 꽃이 만발하여 그 향기 중천에 풍기는 속에 나비 한쌍이 이 꽃에서 저 꽃으로 꽃잎에서 꽃잎속으로 나풀거리며 날아 다니였다.

백일홍

– 정길운 채록

천수

아주 오래고오랜 태고적의 이야기이다. 이 땅의 하늘중천에 두둥실 솟아있는 명산이 있었으니 그 산 사시장철 흰눈을 쓰고있다 하여 백두산이라 일렀고, 백두산마루에 수천척 땅속에서 솟아나는 물이 있었거늘 그를 일러 천지라 하였다. 이 천지의 물 동, 서, 남, 북 사방으로 흘러 대하장강을 이룬다. 백두산에는 그가 억조만년 풍운폭우 겪으며 하계를 굽어본 이야기 많고도 많으나 그중에서도 천지물이 발원되여 대하장강 이룰 때의 이야기만은 세세대대 내려오며 지금까지 전해진다.

온 누리를 밝히는 밝은 해빛아래 망망한 바다 있어 그를 동해라 하였으니 맑은 동해바다의 물을 그 어찌 말로 되고 섬으로 말하랴! 그런데 그 많고도 많은 물속에 마치나 모래속에 생금섞이듯 물속에서 물빛을 내는 물이 있었다. 그때 동해바다의 룡왕이 돌속의 청옥 같고 조개속의 진주 같은 그 물을 보고 크게 진귀히 여겨 당석에서 고래정승 불러 그 물의 출처를 알아올리라 분부하였다.

대왕의 분부 듣고 문무백관이 출동하여 사해 수궁에 래왕하고 지상에 렴탐하였다. 마침내 지상계의 동방에 억조만년 이 나라의 기상을 떨치는듯 중천에 거연히 솟아있는 백두산이라는 산이 있고 그 산마루에 천수(하늘물)가 있어 그 물 땅으로 흘러내려 동해바다속에 들어간것이라 함을 알게 되였다.

지상의 백두산에 천상천하 으뜸가는 좋은 물이 있다는것을 알게 된 수궁의 선관선녀들은 물론이요 천상의 신선들까지 그 물 보고싶은 마음 사해바다같더라. 하루는 옥황의 윤허있어 천상의 신선들 기린 타고 혹은 청학 타고 란조 타고 하강하는데 수궁의 선녀들은 별주부 타고 무지개다리 건너 래림하니 그 호화찬란함이 만세에 비김이 없더라. 뭇신선들 지상에 래림하여보니 천리인고 만리인고 눈 모자라게 펼쳐진 청청한 림해속에 이 나라 기염을 자랑하는듯 큰 산이 머리우에 천수를 이고 거연히 솟아있었다. 그 광경 하늘이 낮아진듯 물이 높아진듯 물도 하늘같고 하늘 또한 물과 같아 물과 하늘이 한빛으로 푸르른 속에 천악이냐 만봉이냐 연연한 오색봉이 물속에 잠겼으니 그 령롱하고 장엄함이 천지지간에 둘도 없더라.

신선들 천지에 노닐 때 천상천하 길짐승은 길 멀고 산 높아 못오며 날짐승만 날아들었다. 천상의 봉황이 짝을 지어 날아들고 청조백조 물우에 스쳐놀며 지상이 온갖 새들 또한 날아들어 장끼대로 재간피워 대연을 베풀적에 귀빈맞는 공작이 칠보단장 곱게 하고 황금같은 꾀꼬리는 천수같은 목청으로 맑은 노래 부르더라.

이때 선녀들 구름없는 하늘 같고 티없는 옥 같은 물을 한바가지 담뿍 떠서 마시고 또 마신후 동쪽 병풍바위에다 던지니 그 물 땅속으로 잦아들더라. 또 한바가지 떠서 북쪽에다 던지니 그 물 달문을 지나 수십길 벼랑에 떨어져 만리 솔밭으로 굽이굽이 돌고돌아 흐르는데 때는 춘삼월 봄이여서 제철 만난 로송이 피웠던 솔꽃분을 물우에 띄워주니 솔꽃 덮인 천수는 북으로북으로 굽이돌아 대하장강 동해바다로 흘렀다.

동쪽의 병풍바위에다 던진 물은 물줄기 못 뚫고 땅속으로 스며들어 수십리 길 흐르다가 또다시 지상에 솟아나서 해빛 받아 그 또한 동해로 흘러들었다.

서쪽의 협곡에다 던진 물은 산이 가로막혀 앞쪽으로 누비며 휘휘 돌아 다시 서쪽으로 서해바다 향해 흘러갔다.

그때부터 천지의 물 발원되여 한 탯줄에 낳은 강 삼형제가 동, 서, 북으로 사이좋게 흐르게 되였다.

후세의 사람들이 동쪽으로 흐르는 물 땅속 삼십리길을 도망쳐 흘렀다고 하여 그 강 이름 도망강(도문강)이라 하였으며 앞쪽으로 누비며 서쪽으로 흐르는 물은 앞누비강(압록강)이라 불렀고 북으로 흐르는 솔꽃 덮인 강은 솔꽃강(송화강)이라 부르게 되였다 한다.

이로부터 지하 천만척에 뿌리박은 백두산과 천지는 이 나라 근로한 사람들에게 자랑의 산으로 노래의 물로 대대손손 전하여지고있다.

해란강

룡드레촌(지금의 룡정진)에서 맑고맑은 강을 따라 서남쪽으로 한참 올라가면 강을 사이두고 오른쪽에는 비암산이 우뚝 솟아있으며 왼쪽에는 주암산이 창공을 떠이고 서있다.

아득한 옛날 강을 사이두고 비암산과 주암산 기슭에는 의좋게 사는 두 마을이 있었다. 량쪽 마을 사람들은 모두 이 강물에 에워 농사짓는 사람이 아니면 고기를 잡아사는 어부였으므로 이 강물을 제 목숨처럼 아꼈다.

비암산기슭마을에는 인물이 곱고 고기그물 잘 뜨는 란(蘭)이라는 처녀가 있었고 주암산기슭마을에는 힘이 세고 농사일 잘하는 해(海)라는 총각이 있었다.

해와 란은 늘 함께 배를 타고 고기를 잡거나 밭에 나가 일도 같이하군 하였다. 그들은 일터에서 정이 들어 날따라 그 정이 두터워져갔다.

어느해 늦가을이였다. 두 마을 사람들은 지은 곡식을 산처럼 쌓아놓고 강에서 잡은 고기를 알뜰히 말리여 두름지어 쟁여놓고 엄동설한을 보내려 하였다.

그런데 어느날 갑자기 하늘에 먹장구름이 내리덮이고 번개와 우레가 요란하더니 폭풍우속에서 웬 악마가 나타났다. 악마는 대가리에 뿔이 두개 나고 온몸은 털로 덮여있었다. 험상궂은 악마는 말을 타고 천근짜리 장도를 한손으로 휘두르며 달려와서 대성질호하였다.

≪천하의 땅은 모두 내것이로다!≫

악마는 량식과 말린 고기를 모두 떨어가고 또 두 마을에서 미녀까지 랍치해갔다. 마을사람들은 이 힘꼴 센 악마를 물리칠 궁리가 금시 나지 않아 그저 바람처럼 날아가는 악마를 보고만 있었다.

겨울이 왔다. 마을사람들은 량식이 떨어져 얼음을 끄고 고기를 잡아 목숨을 부지하려 했으나 고기는 한마리도 잡히지 않았다. 어부들이 물속을 기웃이 들여다보았더니 거울처럼 맑던 강물이 들죽처럼 흐렸으니 고기인들 어떻게 흐린 물속에서 살수 있으랴! 고기들은 어디론가 진작 달아났던것이다.

이듬해가을이 돌아오자 포악한 악마는 또 달려와서 량식과 미녀를 빼앗아갔다. 그때로부터 이 두 마을 사람들의 가슴에는 흐린 물이 흘러들기 시작하였다. 그들은 올해나 래년이나 하고 기대를 걸었으나 해마다 모조리 빼앗기고 먼지만 털고 나앉았다. 참을래야 참을수 없게 된 마을사람들은 그 악마를 죽이고자 목숨을 걸고 판가리싸움을 하기로 하였다. 마침내 농민들은 호미를 들고 어부는 노를 들고 일떠났고 힘장사 해는 서슬푸른 장검을 비껴들고 사람들의 앞장에 나섰다.

어느날 악마는 또 천근짜리 장도를 휘두르며 달려왔다. 용감한 해는 날쌔게 뛰여나와 대성질호하며 악마에게로 달려들었다.

악마는 감때사납게 히히 웃으며 서슴없이 덮쳐들었다. 해는 장검을 번개치듯 휘두르며 그놈을 맞받아 나갔다. 해와 악마는 강가에서 번쩍번쩍 칼부림을 하였는데 해의 장검이 악마의 목에 닿을가 하면 악마의 천근짜리 장도가 막군하였다. 싸움은 해가 뜰 때부터 해가 서산봉에 기울어질 때 까지 계속되였으나 끝내 승부가 나지 않았다. 호미를 들고 노를 든 사람들은 해가 지기전에 악마를 찍어죽이라고 해에게 기세를 돋우어주었다. 후원의 웨침과 더불어 해의 칼이 번쩍하더니 악마의 대가리가 털썩하고 강가에 떨어졌다.

마을사람들은 헐떡거리며 땀을 훔치는 해를 둘러쌌다. 그들의 환성은 천지를 진감하였다. 그런데 이때 강가에 떨어져 펄떡펄떡 뛰던 악마의 대가리가 목에 다시 붙었다. 악마는 되살아나서 눈을 흡뜨며 해에게 달려들었다. 해는 하루종일 싸운터에 기운이 점점 약해져갔다. 사람들속에서 또 천지를 진감하는 웨침소리가 터졌다. 그 후원소리에 기운을 얻은 해는 노한 사자마냥 달려들어 단칼에 놈의 모가지를 또 내리쳤다. 그러나 떨어진 놈의 대가리는 또 인차 되붙었다. 박투는 다시 벌어졌으나 더욱 격렬해졌다. 그런데 해는 이미 기진맥진해졌다. 마을사람들은 큰소리로 해를 후원하면서 올가미를 악마의 목에 뿌렸다. 악마가 올가미를 번개같이 벗기려는 순간 해의 장검이 번쩍하고 악마의 모가지를 잘랐다. 악마의 대가리가 또다시 붙으려고 풀떡풀떡 뛰는 위기일발의 찰나에 란이 나는듯이 달려와 치마폭에 싼 매운재를 악마의 모가지에다 확 쳤다. 악마의 대가리는 다시 붙으려고 펄떡였으나 매운재 때문에 다시 붙지 못하고 그 흉측스러운 몸뚱이는 쿵하고 땅에 자빠졌다. 그러자 마을사람들은 일시에 달려들어 악마의 시체를 강물속에 처넣어 버렸다.

두 마을 사나이들은 용감한 해를 추켜들고 아낙네들은 령리한 란을 둘러싸고 승리의 환성을 높이높이 올리였다. 이날부터 강물은 이전처럼 맑아지고 고기들도 떼지어 오락가락 헤염치였다.

악마와 싸워 이긴 강변에서 용감한 해와 총명한 란의 혼례식이 거행되였다. 신랑신부는 꽃과 소나무로 장식된 룡배속에 앉아있었고 두 마을 사람들은 잔에 미주를 따라 들고 그들의 행복을 축하하였다.

용감한 해와 총명한 란이여, 해란이여!

그제부터 이 강 이름도 해란강이라 불리여졌다고 한다.

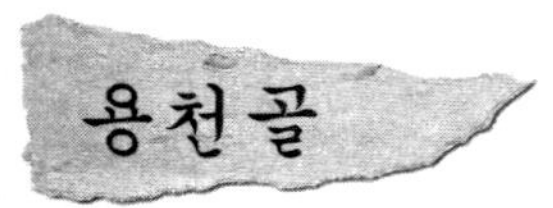

용천골

땅좋고 물좋고 인품좋은 내 고향은 봉황이 짝을 지어 날아들고 산과 들엔 꽃향기 그윽하여 선관선녀 구름타고 하강한다. 이곳에 용천이라는 산골마을이 있으니 용천이라는 그 래력을 알아보자.

룡정에서 동남쪽으로 산골길 오십여리를 올라가면 멀고도 먼 옛날부터 용솟음쳐 솟아나는 맑고도 맑은 샘물이 있으니 이 샘물 천만길 깊은 땅속에서 좋은 물만 솟아나므로 빛깔은 수정같고 물맛은 선경의 불로장생 장명수(長命水)도 비기지 못한다. 이리 좋은 샘물이 생긴지는 오래였건만 옛날 이곳에는 사람도 없었고 골이름도 없었다. 임자없고 이름없는 무인 무명골이였었건만 바람따라 구름가고 절기따라 꽃이 피여 해를 바꿈이 얼마였는지……. 어느해 봄이였다. 골판에는 방초 우거져 초록색판을 이루었고 앞뒤산 봉마다에는 진달래 만발하여 연분홍 꽃무늬 수를 놓았는데 봄을 맞는 비둘기 쌍지어 날다 샘물에 목욕하고 앞서거니 뒤따르면서 창공에 나래치니 때는 가절이요 곳은 절승지였다.

이때 한 초동이 어느곳에나 오는지는 분명치 않으나 물다라 올라오는데 지게에다 괭이와 낫을 가새질러 지고 물줄기 따르며 골판 살피는 품새 정녕 산천경개 좋은 곳을 찾는듯하였다. 물따라 멀고먼 길을 걸어온듯 초동은 기름진 골판에 물까지 끼여있으니 예가 바로 명승지라 일컬으며 거기에다 지게를 벗어놓았다. 초동은 먼지 맑은 샘물에 다 갈한 목을 적신후 물옆의 산기슭에 자리잡고 앉아서 쌍피리에다 절승지를 옮기였다. 옛날 황제 허원씨는 쌍피리를 만들어 봉황 자웅의 울음소리를 합하여 음률을 만들었다 하더니만 초동이 절승지를 노래함은 맑고도 좋은 물과 백화초 무성하는 비옥한 땅에다 이 물 대여 오곡이 너울칠것을 바라보는 마음까지 한데 합해 률을 내니 그 명료하고 청아함이 진주 옥반에서 구을르는듯 그 구성짐은 수심을 뚫고 지심을 울리며 구름을 헤치고 천계에 오르는듯하더라.

얼마를 불었는지 모르나 그때도 초동이 피리를 불고있을 때였다. 한 선녀 피리소리따라 샘물터에 내리는데 몸에는 채의를 감고 겨드랑이에는 채옥동이를 꼈으니 그 자태월궁의 상아 광하전(廣厦殿)에 내린듯 은하수의 직녀성 견우성을 찾는듯하였다. 초동이 인기척에 깬듯 불던 피리를 멈추고보니 샘물가에 주옥으로 새긴것 같은 한 선녀 섰는지라 일어서서 맞이하러 나서니 선녀 공손히 례하기에 초동 또한 따라 답례할 때 비둘기 쌍지어 울창한 청송을 스쳐 창공에 날으며 오리떼 쌍쌍이 샘물에서 놀더라.

쌍피리소리가 매파군되여 초동과 선녀는 그날로 백년을 가약하고 땅좋고 물좋고 경치마저 좋은 곳에다 청송같이 굳은 절개 꽃같이 고운 마음 샘물같이 솟는 정에 바위같이 든든한 힘 한데다 담뿍 담아 새집을 이루었다.

새신랑 새각시는 샘물가에 터를 닦고 보금자리 일구며 용솟음쳐 솟는 샘물 용천이라 이름짓고 그 물 에워 논밭갈아 씨뿌리니 그 골 이름 용천골이라 불렀다. 그후부터 용천골 감자라면 천하에 알리였고 조이삭은 황개꼬리, 벼알은 앵두같아 후손들은 용천골을 곡굴이라 불렀으니 이름 그대로 솟아나는 샘물같이 날로 번창하고있다.

솜씨 마음씨 안팎이 고운 우리 애기네들 시집갈 때면 홰보에 제 마음 송죽명월 새겨놓고 백년해로하자고서 목숨수자 복복자 큰 베개에 곱게 놓아 가져간다. 그뿐아니라 손수 실 날아서 열두새베 짤깍짤깍 곱게 짜서 바지저고리 말라내여 홍두깨질 열두번 다듬이돌에 스무번 윤기내서 신랑옷 해가는 옛풍속 있다. 대체 이 습관 어떻게 생겼는지 그 래력 알아본즉 이런 미담이 담겨있다.

때는 암행어사 출도하면 산천초목도 벌벌 떤다는 옛시절의 일이였다. 박어사 접시같은 마패를 가슴깊이 간직하고 찌그러진 헌 파립에 무명실끈 달아 쓰고 당줄 달아매여 헌 도복에 무명실띠 둘러매고서 방방곡곡으로 다니였다. 가는 곳마다에서 살인자는 목을 베고 백성의 고혈을 빨아먹는 탐관오리는 엄벌하며 나라엔 충성하고 부모에겐 효성하며 부부간에 지성한자 인간세의 미풍이라 중상금을 주며 한 동리를 지나자니 울타리새로 늙은이와 젊은이가 주고받는 말소리가 새여나왔다. 어사 가던 길을 멈추고 울타리에다 귀를 기울여 그 말 엿듣자니 오손도손하는 말은 부자간이 분명하다. 아버지 하는 말이

≪글세 그 량반이 죽기는 죽었다만 그야 제풍에 죽은것이지 어찌 그 사람이 죽였다고야 하겠느냐!≫

고 말꼬리를 가두지 못한채 바람벽이 무너질듯 천정이 내려앉을듯 탄식을 토하였다. 그러자 아들 또한 아버지 말을 맞받아 하는 말이

≪딴말할것 있어요! 세상이 어두워 그렇지요!≫

라는 노기띤 대답이였다. 박어사 들으니 이 말엔 필유곡절이라 가던 발걸음을 돌려 사립안으로 들어서며 주인장을 찾아

≪정처없이 지나가는 행객이 갈한 목을 추기고저 합니다.≫

라고 하였다. 주인장은 하던 말을 얼버무리면서 어서 들어오라 하였다. 어사 마침 목도 갈했던지라 랭수 한대접을 마신후 담배대를 들어 담배를 비빗비빗 넣어 물면서

≪내 지나다 뜬소문에 듣자니 요즘 이곳에 살인이 났다는데 대체 어찌된 일입니까?≫

고 넌지시 물었다. 그집 아들은 박어사의 물음에 마치 화풀이할 동줄이나 생겼다는듯 북두갈고리같은 손으로 상앗대질하며 지나가는 행객이면 고이 지나갈것이지 남의 집 사담은 왜 훔쳐듣느냐고 얼락녹을락하였다. 그러니 아버지는 난처하게 되여 아들의 말을 가로채면서

≪얘야, 남의 말 하기는 피차 일반인데 뭘 그리 야단이냐!≫

고 책망해놓고서 일은 여차여차하다고 하였다.

이 동리에 한 집이 있는데 가세는 넉넉지 않았으나 그 집의 딸만은 아뀌이 뛰여났었다. 그 규수는 요 며칠전에 먼곳의 연분으로 대사를 치르게 되였다. 그날 이 동리에 사는 서울 리대감의 후손으로서 이 골 수령과 척분간이 되는 량반이 그 집 잔치에 참여하였댔다. 남의 대사에 참여한 그 량반은 차례진 술을 고이 먹고 돌아갈것이 아니라 말고기지반이 돼가지고 할애비 자랑을 입이 함박만하게 늘어놓았다. 상객으로 왔던 새 신랑의 아버지는 그런 꼴을 안보다 보니 눈꼴사나왔던지 그 량반이라는 괴물을 차분차분하게 대하지 않았다. 그런다고 이 량반은 공연한 일에 이트집저트집 잡으며 걸고들었다. 그가 그렇게 걸고들어도 상객은 화집을 꾹 참으며 피하는것이 세상살이의 단맛쓴맛을 아는분으로 의젓하게 보였다. 한쪽이 피하니 량반은 똥이 더러워서 피하는줄은 모르고 제똥에 홍이 살아나서 나중에는 마구 걸고 달려들어 상객의 멱살을 잡아뜯으며 행악질하였다.

새신랑도 처음에는 참고있더니만 아버지가 그놈에게 봉변을 당하니 달려들어 량반의 손을 홱 잡아챘다. 그러자 그 량반은 제똥바람에 이리 비츨 저리 비츨하다 나가자빠졌다. 자빠진 량반은 웬 일인지 거미발같은 사지를 후두둑 떨며 목을 몇 번 꿀꺽꿀꺽하더니 그만 그렇게 자랑하던 할애비를 찾아가

고말았다. 이렇게 되자 대수롭지 않던 일이 크게 벌어지게 되였다. 량반네 문중에서 벌떼같이 일어나 온 골을 뒤엎을듯 야단법석하더니 수령에게 상소하여 신행온 새신랑을 살인자라는 죄명을 씌워 하옥하였다. 속담에 홍정은 붙이고 싸움은 말리란 말과 같이 괜히 트집 잡는것을 말렸을뿐이지 주먹질 하나도 하지 않았는데 살인죄란 죄명을 쓰게 되니 누가 싸움인들 말릴수 있겠는가! 수령의 송사풀이는 척분놀음이 아닐수 없었다. 이 세상에서야 세도 없는놈은 방구를 뀌여도 죽어야 하니 어찌 한심한 일이 아닌가고 하였다. 그래놓고 한숨을 하늘이 무너져라고 후유 쉬고는 다시 부언하기를 하루이틀 내로 일월같은 암행어사나 출도해야 그 신랑을 살릴수 있겠지만 그것은 하늘의 별따기니까 어찌 함정에 빠진 사슴이라 하지 않을수 있겠느냐고 탄식하였다. 박어사 그 사연을 다 듣고서 과연 억울한 일도 있다고 하며 작별인사를 간직히 한후 그 집을 떠나 도중에서 하루밤을 보내고 이튿날은 자리조반을 먹고서 오시전으로 현영에 당도하자고 서둘렀다.

박어사가 현영 가까이 가자 뒤에서 한 초립동이가 두주먹을 틀어쥐고 구슬같은 땀방울을 뻘뻘 흘리면서 급하게 달려오고있었다. 산천의 변함은 허수히 보지 않는 박어사인지라 급해하는 그 초립동이를 그저 앞세우지 않았다. 그를 붙들면서

≪새서방님, 어데로 이리 급히 가시오?≫

라고 물었다. 그러니 초립동이는 급한 말로 오늘 오시에 이 골에서 애매한 사람이 죽게 되기 때문에 그를 구하러 가는 길이니 붙잡지말라고 하였다. 박어사 그 말을 들으니 또한 기괴한 일이라 더욱 단단히 붙잡으며 그 사연을 캐고물었다. 그러니 초립동이는 헐떡거리면서 전후사연을 대충 엮었다.

자기는 며칠전에 이 골로 신행왔다가 생트집 쓰며 달려붙는 량반을 말렸다는것과 그가 죽은탓으로 자기가 살인자라는 루명을 쓰고 하옥되여 죽게 되었었다는것을 대충 내리엮었다. 박어사 들으매 점점 도깨비장단에 노는것 같아서 그럼 어떻게 되어 석방됐으며 그런즉 왜 또 달려가며 어떤 사람이 죽느냐고 캐고들었다. 그러니 신랑 초조히 대답키를 어제밤에 풋면목이나 있어보이지만 도저히 알아볼수 없는 웬 초립동이가 옥안으로 들어와서 자기

옷을 벗어놓으며 하는 말이 이 옷을 갈아입고 지금 빨리 옥을 나가야 인명을 보존할수 있지 그러지 않으면 죽는다고 하였다. 그가 그처럼 다그칠 때는 어리벙벙해서 그저 산다는 것으로 하여 옷을 갈아입고 나왔댔는데 밤에 자리에 누워서 그 초립동이의 고마움을 곰곰이 생각하니 그가 자기 대신 죽는다는것을 깨닫게 되였다. 그러니 정신이 버쩍 들어서 죽어도 자기가 죽고 송사를 해도 자기가 하자고 오시전에 현영으로 들어가는 길이라 하였다.

박어사 듣고본즉 자기의 목숨을 걸고 남을 구하자는 사람도 그렇거니와 어린 마음에 미처 생각지 못했다가 다시 깨달은후 시각을 다투어 되돌아가는 이 초립동의 참된 미덕에 깊이 탄복되여 그를 놓아주고 자기도 급히 현영으로 들어갔다. 그때는 벌써 오시가 촉박하여 ≪죄인≫을 형장으로 내가고 있었다. 멀리서 그것을 본 초립동이는 너무도 급해서

≪사령님들 잠간만 기다리시오! 진정 살인자는 여게 있습니다!≫

라고 소리치며 뒤엎어지며 달려갔다.

한편 박어사는 남문에 들어서면서 암행어사 출도령을 내리니 동헌에 좌정했던 원이 버선발로 달려나와 엎드리고 륙방관속이 치를 떨었다. 그때 어사 형방 불러 방금 목을 베러 내간 초립동이를 큰칼 벗기고 ≪죄인≫을 찾아온 초립동이 잇을터이니 그도 같이 대령시키라 엄명하였다. 어느 령이라고 거역하랴. 촌품을 다투어 형방이 달려가보니 형장에서는 ≪죄인≫을 찾아와서 자기가 진정 ≪살인자≫라고 하는 초립동이를 붙잡고 야단을 치는데 회자수 놈들은 칼춤을 추기 시작했다. 회자수의 시퍼런 칼이 오르내리면서 목을 치려는데 칼을 거두라는 형방의 급한 소리가 들리며 뒤미처 당도했다.

아차하는 촌각을 면하여 두 초립동이는 박어사의 안전에 대령하였다. 박어사 원에게 어느 초립동이 정말 ≪살인자≫냐고 물은즉 대답이 두미 없으므로 크게 노하면서 분부키를 전일 죽었다는놈을 대령시키라고 하였다. 그래놓고 아미를 돌려 오늘 목을 늘이러 나갔던 초립동에게

≪너는 저 사람과 어떤 사지어금이기에 제 명을 팔아 살인죄인을 살리려 하였느냐? 그 연고를 알리라!≫

고 분부하였다. 그 초립동이 대답키를

≪아뢰기 황송하오나 소첩은 저이와 삼일전에 초례상 차려놓고 송죽같은 절개에 기러기같이 쌍지어 백년해로하자고 언약했음을 아뢰나이다.≫

고 하였다. 뜻하지 않던 대답에 박어사는

≪응-그래?! 그렇다면 어찌 남복은 했던고?≫

≪관가를 속인 죄 엄벌을 받아 마땅하오나 저희들 운명이 불길하와 제 가랑이 쌈을 말리다 억울하게 살인죄라는 루명을 쓰고 하옥되옵고 삼일후에는 목을 늘인다 하옵기로 어찌나 가랑을 구하고저 주야장철하였사오나 소녀 정성 부족하여 방책이 없사와 차라리 소녀 대신 죽고 가랑을 구해내면 남아 대장부라 할진대 소첩을 생각해서라도 인간세에 좋은 일 많이 할가 하여 대신 죽기를 원했사오이다. 그러하오나 이런 말을 냈다가는 옥사장도 허락지 않을터이고 가랑도 막무가낼것 같아서 소첩 아비의 의복 갈아입고 가랑을 내보낸후 가랑의 잘됨을 축원하왔더니 천지신명이 도우셨던지 그역시 되돌아왔삽고 일월같은 어사또의 밝으신 분부로 두 어린 목숨이 안전에 대령하였나이다.≫

듣고있던 사람들 목석이 아니어니 어찌 천심이 동하지 않으랴. 어사 소년 소녀의 참된 사람됨과 지극한 부부의 정에 탄복되였을 때 죽은시체 대령한다 하였다. 어사 분부키를

≪그놈이 뺨 하나 맞지 않고 죽은체함은 애매한 사람을 잡자는 흉계일터이니 저놈 형장 백장을 쳐라!!≫

집장사령이 송장에게 곤장 백장을 치자 어사 또한

≪저놈이 전일에는 거짓죽음일것이지만 이제는 정말 죽었을것이니 내가거라!≫

고 분부하였다.

어사 다시 원에게 한 고을의 부모된자로 소년 부부의 참됨을 모르고 척분에 눈이 어두운 죄 하늘이 알리라고 파직파면시키고 소년 부부에겐 아름다운 미덕을 인간세에 널리 공명하라 하시였다.

이때부터 우리 애기네들 시집갈 때면 급한 일 있게 될 때 남장하고 나서자는 그 미덕 습관되여 신랑의 옷을 해간다고 한다.

이라

멀고먼 옛날 소가 말하는 시절의 일이였다.

한 곳에 과년한 처녀가 있었다. 옛날에도 처녀는 시집가고 총각은 장가드는 법인지라 그 처녀도 합당한 자리 있어서 좋은 날 택일하여 시집을 갔다.

우리 민족의 옛법에는 시집간 새각시가 시집간지 삼일이든가 그렇지 않으면 보름, 보름을 놓치면 한달, 한달도 비끼면 석달, 석달도 여의치 않으면 일년만에야 친정에 가서 ≪아버지의 뼈를 타고 어머니의 혈육을 빌어서 이제는 의젓한 어른으로 되었습니다.≫라고 인사를 한다.

이 새각시도 옛법을 잊지 않고 시집간지 일년만에 오늘 친정에 가는 길이다. 오랜만에 친정에 가게 되니 차림도 여간만 하지 않았다. 넉넉지는 않은 살림이지만 그래도 있는 힘을 다하여 작은 동고리에는 엿 달여서 가득 담아 할아버지, 할머니, 아버지, 어머님께 몫몫이 세여 담았다. 중간동고리에는 과실 담고 떡 해 담았으며 큰 동고리에는 감자 국수 눌러 담고 돼지 잡아 저미여 넣었다. 목 긴 병에는 청주 담아서 황소등에 잔뜩 싣고 친정길을 떠났다.

일년만에 잔뼈 굵으며 정든 고향산천을 찾아가는 새각시의 마음은 한없이 설레여서 걸음을 재촉하였다. 그러나 무거운 짐 실은 황소는 색각시의 마음을 알려줄리 없어 그냥 뚜벅뚜벅 어슬렁거리기만 하였다. 황소는 잘 걷지 않아도 해는 지체없이 제 갈대로 동산봉에 돋은 해 서산봉에 걸리게 되였다. 그러니 아직도 앞길이 먼 새각시의 마음이야 여북하랴. 젊은 녀자가 로상에서 혼자 밤을 새울수도 없는 일이요 설혹 새울수 있는 합당한 곳이 있다쳐도 한시 빨리 가서 친정식구들을 보고픈 마음이 태산같은지라 도저히 쉴수 없는 일이여서 황소를 재촉했다. 그런데 일은 엎친데 덮치노라고 황소는 맥없어 못가겠노라고 길가에 누워버렸다. 새각시는 황소보고 어떻게 하나 힘을 내서 빨리 가자고 당부하였다. 늙다리 황소는 새각시의 말을 들어주지 않았다.

예나 지금이나 근로한 우리 아낙네들 이음질 잘하고 그 힘이 장사이다. 급해난 새각시는 황소 앞뒤다리를 집어이고 걸음아 길 밝히라고 내달았다. 황소 처음에는 이우면 좀 나을가 하였던것이 정작 이우고보니 죽을 지경이였다. 각시의 내리누르는 바람에 배창자가 편포되는것 같아서 견딜수 없었다. 그래서 황소는 참다못하여 걸어가겠으니 제발 내려달라고 애원하였다. 그 말을 들은 새각시는

≪오-네 걸어가겠냐!≫

하며 내려놓았다.

황소는 걷기 시작하였으나 시간이 지날수록 점점 맥진해서 낑낑거렸다.

≪황소야! 내 또 이라니? 응, 이라?≫

새각시는 또 황소에게 물었다. 황소는 또 이웠다가는 견딜것 같지 않아서 힘을 내여 걸었다. 한참 가다 황소는 또 주춤거렸다. 그러니 새각시는 또

≪이라니. 응, 이라?≫

하고 물었다. 황소는 ≪이라≫하는 소리를 듣고 또 힘을 내여 걸었다. 황소가 걸어가면 새각시는

≪오-네 가겠냐?≫

라고 안심했다. 새각시가 ≪오-≫하면 황소는 또 주춤거렸다. 소가 주춤하면 새각시는 또 ≪이라?≫라고 물었다. 그러면 황소는 가고 소가 가면 각시는 ≪오-≫하고 안심했다. 각시가 ≪오-≫하고 안심하는것을 들은 황소는 또 주춤거렸다. 그러면 각시는 또 ≪이라?≫하고 물었다. 그러면 황소는 또 걸었다. 이날 새각시는 이렇게 소를 몰고 친정에 갔다.

이때부터 소는 ≪이라≫하면 가고 ≪오-≫하면 선다고 한다.

행주치마

일 잘하고 솜씨 좋고 마음씨 고운 우리 아낙네들은 아름다운 치마저고리를 날씬히 입고 일할 때는 허리에다 저고리고름과 치맛자락을 매는 앞치마 두르는데 그를 행주치마라 한다. 그를 앞치마라 하지 않고 행주치마라 하는 데는 우리 아낙네들의 고귀한 정신을 담은 이야기가 전하여지고있다.

이야기는 지금부터 약 사백년전 섬나라 오랑캐놈들이 대륙을 엿보고 조선에 건너왔을 때의 일이였다. 이것이 흔히 전하여져 듣는 임진왜란이다. 왜놈들은 수륙 이십만군을 동원하고 선발대로 다섯 장군이 오만군을 이끌고 신식무기인 조총(지금의 보총과 비슷함)을 가지고 부산에 상륙하였다. 조선에서 명나라에 구원을 청하였다. 명나라에서는 제독 리여송에게 사만대군을 거느리고 출병케 하였다. 조선과 명나라군대가 합력하여 왜병을 짓부시니 왜병들은 서부전선에서 평양을 버리고 도망을 쳤다. 놈들은 서울에서도 쫓겨나서 남은 대군이 선후하여 남쪽으로 달아날 때였다. 조선의 한 장군이 서울 서북쪽 행주산성의 길목에다 진을 치고 놈들을 삼켜버리려고 대기하고 있었다. 만산편야로 쏘다니며 갖은 횡포한짓을 다 하던 왜병놈들은 평양에서 명군에게 쫓기워 행주땅에 들어서자 불의의 습격을 받아 주검사태를 이루었다. 함정에 빠지게 된 놈들은 남은 병졸을 수습해가지고 죽을내기로 달려들었다. 싸움은 격렬하게 되었는데 조선편의 군졸들은 화살을 탕진했다. 화살이 없으니 돌싸움이 벌어지게 되였다. 화살이 없음을 안 왜병들은 남은 병력을 수습하여 죽기로써 살길을 헤치자 하였다. 팔매 잘치는 남자들이 돌팔매질로 달려드는 왜놈들의 낯판대기를 겨누어 갈겨칠 때 아낙네들은 치마작락에다 돌을 싸서 날라다 섬겼다. 치마작락이 째져서 돌을 나를수 없게 되니 삼베보건 삼베자루건 할것없이 앞치마처럼 둘러대고 돌을 담아 날라 끝내 원쑤 왜적에게 무리죽음을 안겼다. 승리한 우리 아낙네들의 앞치마가 얼마나 판나고 돌인들 얼마 넣었겠는가! 원쑤 왜놈들의 주검에는 돌담불락이 쌓여져있었다.

이로부터 용감하고 솜씨있는 우리 아낙네들은 일할 때마다 앞치마를 두르는것이 습관이 되었고 우리 아낙네들 왜적을 물리치는데 공세웠기에 그 치마 일러 행주치마라 하여 오늘까지 대대손손 아름다운 이야기를 엮으며 전하고 있다.

힘센 총각

옛날 한 장거리에 기운이 센 도사가 살고있었다. 이 도사는 기운이 어찌 센지 온 장판을 좌지우지 독판치고있었다.

이 장거리에는 며칠에 한번씩 장이 서는데 그날마다 사방에서 숱한 장군들이 모여들었다. 장날마다 모여든 장군들은 그 기운이 센 도사의 령이 내리기전에는 아무도 장을 보지 못하였다. 만일 그 도사의 령이 내리기전에 장을 봤다가는 큰일이 났다. 적게 쳐서 곤장 백장이고 자칫하면 파리모가지 떨어지듯 머리가 잘라지는 판이였다. 그러니 조만한 사람이 아니고는 이 패왕의 령이 내리기전에 감히 장볼 궁리도 하지 못하였다. 사처에서 장보러 온 장군들은 물론이거니와 그 소문을 들은 사람들 치고 그를 고약한 중놈이라고 욕하지 않는 사람이 없었다.

어느 장날이였다. 그날도 사방에서 장돌림들과 장군들이 모여들어서 장볼 차비를 해놓고 도사의 령이 내리기를 기다리고있었다. 이때였다. 어디서 오는지 키가 구척이나 되고 몸집이 짚동같고 구리구리한 솔밭 눈썹에 종지같은 눈, 남산코에 키같은 귀가 척 늘어진 대걸 총각이 상기둥 많이 모여있는 곳에다 지게를 벗어놓았다. 그 총각이 지게를 벗어놓으니 쿵하는 소리와 함께 땅이 흔들리는데 마치 지동이나 치는듯하였다. 먼저 온 장돌림들은 제가끔 자리를 잡아놓고서 도사의 령이 내리기를 기다리고있었다. 그때 총각이 태산같은 짐을 지고 들어오니 모두들 생각하기를 저 총각은 솜장사인 모양이라고 여겨댔다. 그런데 그 총각은 겁 없이 난전을 벌리려고 서둘렀다. 그러자 나이 든직한 한 장돌림이 가까이 가면서

≪여보게나 총각! 이 장에 초행이 아니요?≫

라고 물었다.

≪예, 초행입니다. 어째 그러시오?≫

총각은 괴이쩍어서 까닭을 물었다.

≪이 장거리의 주인은 이곳에 사는 도사라네. 괜히 도사의 령이 내리기전에 가게를 벌려놓았다가는 큰일 나네. 큰일 나….≫

총각은 그러냐 할 대신 코웃음을 치면서 그냥 가게를 볼양으로 물건짝을 내려놓으면서

≪여러분들! 이게 글쎄 우스운 일이 아닙니까! 자고로 중이라는거야 절간에서 념불이나 외우는것이지 괴수 장돌림이 될턱이야 있겠습니까! 그러니 웃을 일이 아니고 무엇입니까! 자, 걱정들 마시고 장이나 봅시다!≫

라고 소리쳤다. 그러자 숱한 장군들 장돌림들 할것없이 모두 도리는 옳다 하면서도 후환이 두려워서 말리는체하였다.

≪총각, 아니 그게 무슨 소리인가! 큰일 날 소리를 하지 말게….≫

≪총각, 제발 말을 주의하게….≫

라고들 권고하였다.

≪속담에 <입은 가로 째졌어도 말은 바르게 하랬다>고 그래 내 말이 사리에 맞지 않는단 말입니까?≫

총각이 이렇게 말하니 장군들이나 장돌림은 사리야 옳은 일이지만 이제 장도 못 보게 한다고 야단이였다. 그래도 총각은 낯색조차 변치 않고 그냥 난전을 벌리고있었다. 그런데 짐짝을 풀어헤치는것을 보니 그렇게 태산처럼 지고온것이 솜이 아니라 전부 쇠붙이였다. 괭이, 낫, 도끼, 자귀, 작두, 마치 할것없이 몽땅 쇠붙이였다. 보아하니 총각은 야장쟁이인데 된 고추장독이나 단단히 먹은것 같아서 다시 말리지는 않고 되려 도사가 여사여사하다는것을 곶감 꼬지듯 하나하나 대주었다.

이러는 사이에 총각은 쇠물전을 죄다 펴놓았다.

이때였다. 몸집이 깍지동같은 도사가 몸을 뒤로 버쩍 재끼고 좋은 갓신발에 팔자걸음으로 어그적어그적 옮기면서

≪자, 이제 장들 보아라!≫

고 왜가리같은 소리를 질렀다. 그러다 총각의 쇠물전을 보더니

≪야, 이놈! 너 웬놈이기에 내 말이 있기전에 가게를 폈느냐? 죽일놈이로구나!≫

하며 툭 삐진 눈알을 부라렸다. 그러나 총각은 동남풍이 부느냐 서북풍이 부느냐는듯 들은둥만둥 본체만척하며 그냥 장만 보면서 중의 말을 맞받아아귀 센 대꾸를 하였다.

≪온전한 중이거든 념불이나 외울거지 괜히 남의 제사에 갓쓰고 달려들어 밤 놔라 대추 놔라 할것 있느냐!≫

그러니 중은 노여움이 상투끝까지 치밀어 붉으락푸르락하면서 제 힘을 보라는듯 총각이 벌려놓은 쇠물중에서 도끼대가리를 두 엄지손가락으로 힘껏 누르니 도끼자루구멍이 쭉 찌부러졌다. 총각은 그를 보자 코웃음치며 큰소리로

≪듣건데 중이라는것은 절간에서 경을 외우며 사람들에게 좋은 일을 한다고 했댔는데 중놈이 이렇게 세도를 써서 사람들이 장보는것까지 잡아휘두르려 하니 이 세상이 망해야 할 세상이 아닌가.≫

라고 욕을 하면서 중이 찌그러뜨린 도끼대가리를 들고 손가락으로 후비후비해서 도끼자루구멍을 도로 바로잡았다. 총각의 힘꼴을 본 중은 눈이 휘둥그래졌다. 그도 총각같이 해보겠다고 다시 하나 찌부려가지고 구멍을 바로잡으려 후볐으나 아무래도 되지 않았다. 이렇게 되고나니 중의 가슴에는 얼음장이 끼였다. 그렇기는 하지만 한때 천하를 통판치던 세도를 어찌랴! 중은 선손쓰노라 달려들어 총각의 멱살을 틀어쥐고 잡아당겼다. 그러나 잡아당기면 말뚝이고 밀면 태산이라 어쩔수 없었다. 되려 멱살을 쥐운 총각보다 중놈이 더 버둥거렸다. 그러자 꿈쩍도 안하고 서있던 총각의 손이 날쌔게 움찍하더니 깍지동같은 중놈을 넓적 쳐들었다. 그것을 본 장군들은

≪내쳐라! 내던져!≫

하고 소리를 질렀다. 총각은 그 엄청난 중을 마치 아이들이 공기를 가지고 놀듯이 두어번 흔들흔들하다가 하늘공중에다 내던지니 중의 장삼자락이 별찌인양 꼿꼿이 달아나는데 어디로 가 어떻게 떨어졌는지 보이지도 않았다.

이때였다. 한 촌사람이 별 볼일도 없이 장구경이나 하자고 늦으막해서 떠나 홀로 흔들거리며 가다가 길가에 좋은 갓신이 한컬레 엎어져있는것을 보았다. 그는 생각키를 오늘은 장날이라 숱한 사람이 래왕했으니 웬 장군이 떨군거라고 생각되여 주어다 임자를 찾아주려고 엎어진 갓신을 덥석 쥐였다. 그런데 무엇이 걸리는것이 있어서 찬찬히 벗기고본즉 웬 사람이 거꾸로 땅에 박히다 발목이 걸려서 채 다 들어가지 못하고 발목만 남았던것이다. 그는 그것을 보자 겁이 더럭 나서 마치 떨어진 귀는 후장날에 주어가겠다는양으로 벗긴 한짝 갓신만을 들고 장달음쳐 장안으로 들어갔다. 장안에 들어가서 장수이야기를 듣고서야 그 영문을 알게 되였다. 그제사 길목에 거꾸로 처박힌놈의 꼴을 만장에다 이야기하였다. 만장군들은 그놈이 한때 바로 이 장거리 주인이라고 떠벌이던 중놈이라 하면서 박장대소하였다.

껄껄 웃던 만장군들은 이제 이 장거리에 고약한 중놈이 횡행 못하게 되어 세상이 태평스럽게 됐으니 이 장거리를 ≪태평장거리≫라 하자 후일 사람들이 이 장거리를 태평장거리라 불렀다 한다.

박마누라

계절로 말하면 양춘가절 만화방창하는 시절이였다.

만천하에서 명인을 구하여 선치선덕을 베풀자는 암행어사 박문수는 서리 옥졸 단속하고 당만 남은 파립을 눌러 쓴데다 실랭기 도포를 두르고 뫼산(山)자 보따리를 느지감치 걸머지고서 선장 아닌 지팽이에 의지하여 마른땅에다 새을(乙)자를 그으며 산천초목도 눈여겨보면서 걸었다. 길은 계곡을 흐르는 청류를 따라 굽이굽이 돌았는데 그 길을 곰배곰배 쉬여가노라니 맑고 맑은 하늘이 갑자기 변덕을 부리기 시작하였다. 맑던 하늘에 검은 구름장이 모여들어 주먹같은 비방울을 뿌려 먼지바닥에다 콩마당질을 하면서 천지를 깰뜻한 뇌성을 울리였다. 박어사는 천지신명의 조화를 탄하며 발걸음을 조여 피신할 곳을 살피는데 비줄기는 창대처럼 점점 더 굵어만 갔다. 그럴 때 마침 골물가에 산막같은 외딴집이 있어서 주인을 찾지도 않고 처마밑으로 들어섰다. 그러자 천지를 쪼갤듯 요란스럽던 하늘에선 박비가 내렸다. 박어사는 산막같은 집 추녀밑에 웅크리고 서서 부연 비발을 굽어보고있었다.

물에 빠진 사람은 지푸라기도 쥔다더니 피신할 집을 찾을 때는 딴전을 보지 못했댔는데 정작 그 집 추녀밑에 들어서서 비를 피하자니 메추리꼬리같은 처마끝에서 뿌리는 비가 옷을 적시므로 딴 집이 없는가 하여 두루 살펴보니 맞은쪽 언덕밑에도 새로 틀어얹은 룡마루가 보이였다. 그래 그 집을 기웃거리며 나가볼가 하였지만 비가 너무 쏟아지는 바람에 주춤거리고있는데 그 집에서 웬 녀인이 아이 부르는 소리가 났다.

≪애 돌이야! 그 방비를 가져오너라!≫

그러니 이쪽 집안에서

≪비가 오는데 비자루를 어떻게 가져가요?≫

라는 아이의 대답소리가 났다.

≪그래도 가져와야 보리를 쓸어넣지. 빨리 가져오너라!≫

그들의 말을 듣고보니 언덕밑의 집은 물방아간인것같은데 아이는

≪엄마, 그럼 개를 불러요!≫

라고 했다.

≪비자루를 가져오라는데 개는 왜 부르라느냐?≫

고 어미는 자못 나무라는 어조였다.

≪글세 불러요!≫

애어미는 마치 네놈에게 졌다는듯 ≪워리워리!≫하며 개를 불렀다. 어미가 개를 부르니 애는 정주문을 쫙 열었다. 그러니까 등에다 비자루를 동여맨 개 한 마리가 물방아간으로 뛰여갔다. 추녀밑에서 주인집 모자간에 주고받는 말을 다 듣고있다가 개등의 비자루를 본 박어사는 고개를 끄덕끄덕하면서 탄복하는 말이

≪북데기속에 낟알이 있다더니 과연 허언이 아니로구나!≫라고 혼자말을 중얼거렸다.

세상 만물의 도리는 흑운이 오래 가지 못하는 법인지라 그렇게 소란스럽던 소낙비는 잠시후에 속거천리하고 하늘은 되려 맑게 개였다. 그러자 한 중년 사나이가 나무를 한짐 해가지고 와서 마당가에다 벗어놨다. 지게목발 벗어놓는 소리가 나자 정주문을 열고 한 남자아이가 쫄락거리며 쥐꼬리만한 머리태를 대롱궁거리면서 달려와서

≪아버지, 인제 오세요?≫

라고 하며 비는 어데서 피했기에 옷도 젖지 않았느냐고 종알거렸다. 그제사 보니 이제 겨우 일곱 살이 아니면 많이 먹었대야 아홉 살이나 될가말가한 어린놈이였다. 박어사는 조런놈이 그런 꾀를 썼구나라고 생각하니 기특하기 짝이 없어서 아들에게 마중을 받아 들어오는 주인에게 인사를 걸었다.

≪주인장이십니까?≫

≪예, 그렇습니다.≫

≪지나가는 행객이 주인장 계시지 않는데 처마밑에 들어서서 비를 피하여 욕을 면했습니다.≫

≪천만에 말씀입니다. 집은 루추하지만 그래도 들어가서 쉬실것이지 처마밑에서 피하시다니요. 제가 없어서 그랬습니다. 이놈이 집안에 있었지만 철부지라서….≫

하고는 아들을 책망이나 하듯 바라보았다. 인사를 나누고보니 인품도 청수같고 품덕도 열두폭이라는것을 알았다. 박어사는 인사를 다한 연후에 아이를 가리키며

≪이 애가 자제이십니까?≫

고 물었다. 주인은 아들의 머리를 쓰다듬으며 그렇다고 하였다. 박어사는 고개를 끄덕이면서

≪내 저 애한테 한가지 물어볼것이 있는데 물어보아도 좋겠습니까?≫

고 물었다. 그러니 애 아버지는

≪아이구! 이것한테 무엇을 물어보시겠습니까? 이놈이 나이는 여덟살이나 되지만 이런 산골에서 자라다보니 본것이 없고 또한 제가 이렇게 주제없이 살다보니 글 한자 가르칠 방법이 없어서 배운것도 없는데 이것한테 무엇을 물어보시겠습니까?≫

라고 하였다. 박어사는 얼핏 보아도 그 애가 령리할것 같다고 하였다. 그러니 주인장은 소원대로 어서 물어보라 하여서 박어사는

≪너 이리 좀 오너라!≫

하며 나비손질을 하였다. 그 애는 주저치 않고 오졸오졸 걸어서 박어사앞으로 왔다. 박어사는 박비가 씻어간 마당에다 지팽이로 청송 한그루를 척 그려놓고 소나무가지에다는 매 한마리를 그리고 소나무밑에다는 백발로인이 손을 쳐들고 매를 부르는 형용을 그려놓고서

≪얘, 너 이 로인의 년세가 금년에 얼마나 되는지 알수 있느냐?≫

고 물었다. 그러니 애는 돌담 울안의 새양쥐눈알같이 새까만 눈으로 박어사를 올리훑고 내리 재더니만

≪예, 알만합니다.≫

라고 하였다. 박어사는 너무 기차기도 하고 또한 마음속으로 기쁘기도 하여
≪그럼 너 어디 말해보아라 응!≫
하고 재촉하였다.
≪이 할아버지의 년세는 여든 한살 같습니다.≫
박어사는 너무나 어처구니가 없고 어안이 벙벙하여서
≪여든 한살이라는것을 네가 어떻게 아느냐?≫
고 물었다. 그러니 그애 대답하기를
≪이 할아버지가 매를 부르시느라고 손을 쳐들었으니 틀림없이 구구, 구구하시지 않았겠습니까? 그러니 구구는 팔십일이 아닙니까?≫
라고 하였다. 박어사는 그녀석이 어떤 대답을 하겠는가 하여 자못 초조하였지만 그렇게 소견있는 대답이 나오리라고는 생각지도 못하여서 놀라듯 무릎을 탁 치면서
≪과연 북데기소에 난알이 있고 개천에서 룡이 났구나!≫
라고 하면서 기뻐하였다. 집주인인 아버지는 영문을 몰라 기뻐하는 손님을 벙벙히 바라보기만 하는데 박어사 다가서며 자기의 신분을 이실직고하고서 애를 자기에게 맡겨달라고 간청하였다. 그러면 서울로 데려가서 공부를 시켜 장차 나라의 동량지재로 되게 하겠다는것이였다. 그 애아버지 역시 쾌히 승낙하여 그날 밤을 쉬게 되는데 보리밥에다 감자떡을 정렬하게 해주어서 먹고 이튿날 길을 떠났다.

박어사는 그 애를 앞세우고 뒤따르면서 보니 쥐꼬리만한 노란 머리태를 대롱거리며 아기작거리는것이 과연 귀여웠다. 그런데 그놈이 소견은 그리 넓을지언정 걸음이야 빨리 걸을리 없었다. 아기장거리다 곰배곰배 쉬다나니 무인지경에서 날이 저물게 되였다. 날은 점점 어두워오는데 앞을 내다보아도 첩첩산이요 뒤를 돌이켜봐도 험한 산길이라 막막한 처지에 처하였다. 그래도 혹여나 산골마을이 있는가 하여 다듬다듬 앞으로 걷는데 마침 먼곳에서 불빛이 반짝반짝하였다. 박어사는 인촌이 있는거라 생각되여 부나비인양 찾아가보니 외딴집 한채가 있었다. 아무튼 인가라 담장도 사립도 없는 집의 마당에 들어선 그들은

≪주인장 계십니까?≫

라고 주인을 찾았다. 그러자 관솔불을 밝혀들고 내다보는것은 사나이가 아니라 녀인인데 마치나 련당안의 련꽃같이 아름다운 그 각시는 누구를 찾느냐 하였다.

≪지나가는 행객이 날이 저물어서 하루밤 류숙코저 합니다.≫

한즉 그 각시는 용모가 그러할뿐만아니라 마음씨 또한 그러하여 선히 대답하면서 방문을 열어주었다. 박어사는 체면차릴 처지가 못되므로 주인댁이 인진하는대로 방안에 들어가 앉아 담배를 한대 눌러물었다. 그런데 그 담배 한 대도 채 타지 않았는데 저녁상이 들어와 받아놓고 수저를 들고보니 반찬은 소담하지 않으나 정결하게 지은데다 반주까지 받쳐서 겸상을 차려왔었다. 박어사는 생각키를 저녁을 지을 새가 없었는데 웬 일인가 하였지만 남의 유부녀에게 수다스레 물어볼수도 없고 또한 시장하기도 하여 술을 들었다. 반주를 두어잔 하며 보니 반찬도 맛갈스러워서 저녁을 맛있게 먹었다. 박어사는 저녁상을 물린후 로독이 나서 옆으로 기대여 누웠으나 의심도 들고 취흥도 나서 문틈으로 내다본즉 수수한 몸차림을 한 각시는 아랫목에 앉아서 등불을 밝혀놓고 침선질을 하고있었다. 산천초목도 허수히 보지 않는 암행어사인지라 그는 혼자서 여러 가지 생각을 하였다. 대체 이 꽃같은 각시가 어째서 이런 산속에서 홀로 사는지? 남편이 있다 하면 어데로 뭘 하러 갔기에 이리 늦게까지 돌아오지 않는지? 그 연유를 알수 없었다. 그래도 아이만은 옆에서 쌕쌕 잠들고있었다. 박어사는 연유를 모르고 그냥 잘수 없으므로 생각 끝에 어쩌나 보자고 문틈으로 내다보면서

≪마누라, 마누라!≫

하고 넌지시 불러보았다. 젊은 부인은 마누라라는 말소리를 들었겠는데도 마이동풍이라더니 들은둥만둥 마치 어디서 무슨 바람이 불었느냐는듯 그냥 그대로 앉아서 바느질만 하고있었다. 박어사 생각키를 그렇게 실없는 부인이 아닌걸 괜히 쓸데없는 말을 했다고 자책하고있는데 밖에서 쿵하는 소리가 났다. 그러자 그때까지 그렇게 요지붕동하던 부인이 바느질하던것을 놓고 벌떡 일어나서 문을 열고 나가면서

≪오늘은 어째 이리 저물었나요?≫

라고 하였다.

≪하, 큰놈을 만나서 그놈과 싸우다나니 좀 저물었소!≫

박어사는 ≪큰놈≫이라는 말과 ≪싸웠다≫는 말에 귀를 도사리고있는데 각시가

≪돼지얘요?≫

하고 물었다.

≪돼지라기보다 검은 황소라고 해야겠소!≫

그는 몹시 어지러운양 밖에서 옷을 툭툭 털더니만 정지문으로 들어오는데 문쪽으로 내다보니 한심하지 않을수 없었다. 키는 구척인데다 깍지동같은 몸집을 움적거리며 들어왔다. 면상을 볼진데 잔솔밭같이 구리구리한 눈썹밑의 종지눈에서는 해달같은 정기가 났고 남산코에 호수같은 입이 쭉 째졌으니 생김생김을 보기만 해도 사천왕같은 장사였다. 박어사는 그를 보자 가슴에 얼음장이 떨어졌다. 일은 젊은 부인의 도량이 넓어서 입을 떼지 말아야지만일 마누라라고 했다는 말만 하면 그가 그저 있을것 같지 않았다. 그러니 부인의 입을 바라볼수밖에 딴 방도가 나지 않아서 조바심을 금치 못하고있는참인데 젊은 부인이 밥상을 차리면서

≪여보, 오늘 당신 저녁이 좀 적어요.≫

라고 했다. 부인의 말을 들으니 가슴이 덜컥 내려앉는것 같았으나 어쩔 방책이 나지 않아서 그냥 누워있는데 주인이 부인의 말을 되받아

≪왜 적게 했소?≫

라고 물었다.

≪아니요, 저녁이야 제대로 했는데 지나가는 손님이 하루밤 묵어가겠다 하기에 들어오시라 했어요. 들어오시는 손님을 보니 온종일 길을 걸은것 같고 끼니도 제대로 받은것 같지 않기에 당신 저녁을 좀 덜어서 손님대접을 했어요.≫

≪하, 그래서야 되오. 어쨌든 내집에 들은 손님인데 새로 해서 대접하지 않고서….≫

라고 부인을 자못 질책하는것이였다. 그 말을 들으니 주인의 인품도 생김새와 같이 큰함지인것 같음이라 다소 한숨이 나왔다.

≪그럼 좋소, 저녁이 작으면 술을 가져오오.≫

라고 하였다. 부인은 대양푼에다 찰랑찰랑하게 갖다주었다 .그는 술양푼을 받아들더니 잔이나 사발에다 떠서 마시는것도 아니고 그냥 그 양푼채 들고 꿀떡꿀떡 마시는데 단숨에 다 마셔버렸다. 그러자 밥그릇을 올려놓는데 적다는 밥이 옹배기에 그득하였다 그는 술양푼을 놓자 숟가락을 들어 가래질하듯 이모저모 탁탁 쳐서 한옹배기의 밥을 몇술에 다 퍼먹었다. 박어사 누워서 내다보며 들으니 일은 생각할수록 난감하였다. 보기만 해도 장사인데 아무리 엄행어사라 할지언정 서리옥졸을 이 산속에다 단속한것도 아니므로 법은 멀고 주먹은 코앞에 있으니 이 일을 어쩌겠는가 사시불통이였다. 말은 이미 했으니 엎질러진 물이라 걷어담을수도 없는 일이라서 그앞에서의 생사여부는 오직 그 분인의 입에 달려있었다. 그래 간이 콩쪽만해서 그냥 누워있는데 부인은 밥상을 치우면서

≪여보, 오늘 내 별소리를 다 들었어요!≫

라고 하였다. 박어사 그 말을 들으니 가슴이 조여들며 더욱 조마조마 하였다.

≪무슨 말을?≫

하고 물으니 부인은

≪아 글쎄 웃방에서 쉬는 손님이 저녁을 자신후에 날보고 마누라라고 부르지 않겠어요! 그 말을 들으니 너무나 창피해서 어쩔 방도가 나지 않기에 그냥 못들은척했더니 다시는 또 말이 없습디다!≫

박어사 그 말을 들으니 오장륙부가 한꺼번에 내려앉는것 같았다.

≪흥! 그런놈이 어데 있나! 지나가는놈이면 고이 하루밤 쉬여갈것이지 남의 유부녀를 희롱한단 말이냐! 그런놈을 그저 살려두어서 무엇에 쓰겠냐! 그까짓놈이야 독안에 든 쥐지 갈데 있나! 그 칼 가져오오!≫

주인은 노기등등하였다. 주먹으로 때려도 박살이 날것같은데 칼까지 찾으니 박어사는 사지가 오그라들어서 옴짝달싹못하고있었다. 부인은 몇번 말리

다 할수 없다는듯 칼을 갖다주었다. 주인인 그 장사는 칼을 받다 숫돌에다 썩썩 갈고있었다. 칼을 가는 소리가 썩-하자 박어사의 사대삭신이 오그라들어서 일어나앉지도 못하여 그냥 그대로 꼼짝 못하고 누워있었다. 주인은 칼을 다 갈자 담배를 한대 피워물고 일어섰다. 미구에 박어사의 목이 떨어질 찰나에 옆에 누워서 쌕쌕하며 자던 그 아이가 박어사의 귀를 잡아 다니더니 여차여차하라고 귀속말을 하였다. 그 애의 말을 들은 박어사는 대뜸 한숨이 후유하고 나왔다. 이때 아랫방에서는 주인이 칼을 들고 웃방 문고리를 쥐려고 할 때였다. 그때 박어사는 아이가 시켜준대로

≪마누라! 마누라!≫

하고 불렀다. 문고리를 쥐려던 주인은 생각키를

≪이놈이 내가 돌아온것을 알터인데 감히 또 마누라라고 불러?≫

하여 오른손에는 칼을 쥐고 왼손을로 웃방 문고리를 쥔채 서서 들으려니 또

≪마누라, 마누라야! 일어나 오줌 누고 자거라 응!≫

하였다. 그러자 아이가 부스스 일어나더니 밖에 나가며 오줌을 쫄쫄 누고 들어왔다. 정지에서 이 모든 것을 엿들은 주인은 칼을 방바닥에 내던지면서

≪세상에 녀편네 말을 안 듣는 장수 없다 하지만 녀편네 말을 곧이듣는놈같이 미련한놈은 없다. 괜히 큰일 낼번했군!≫

라고 혼자말로 중얼거렸다. 그리고는 ≪여보! 술상차리오!≫라고 노여운 소리를 하고는 되려 방문을 열고서

≪손님, 쉬십니까?≫

하였다. 박어사 모르는척하고서 일어나니 주인이 먼저

≪내 이집 주인이올시다. 사냥을 갔다가 이렇게 늦어졌습니다.≫

라고 인사를 청했다. 박어사는

≪주인장이십니까? 저는 밀양박가올시다. 주인장이 계시지 않는데 부인한테서 이렇게 후한 대접을 받아 감사함을 이루 다 여쭐수 없습니다.≫

라고 하였다.

≪아, 거 무슨 말씀입니까! 제가 없어도 날이 저물면 쉬여가셔야지요. 그

런데 저 앤 누구입니까?≫

≪예, 그 애는 제 손자올시다.≫

≪예, 그럼 동자도 일어나라 하시지요.≫

박어사는 자는 애를 깨웠다. 그러자 그 애는 눈을 부비부비하면서 부스스 일어났다. 주인은 그 애를 보고

≪어 곤한 모양이로군! 야 너 성이 무엇이냐?≫

라고 물으니 그 애는

≪박가요!≫

라고 대답했다.

≪박가라, 이름은 무엇이냐?≫

≪마누라애요.≫

≪박마누라라, 야! 이름도 허허허….≫

주인은 너털웃음을 웃었다. 그때 주안상이 들어와서 주객간에 술을 나누며 세상살이를 서로 주고받으면서 하루밤을 보냈다.

이튼날아침 대접을 잘 받은 박어사는 주인과 인사를 나눈후 그 애를 데리고 떠났다.

박어사 또 그 애를 앞세우고 뒤를 따르면서 생각하니 자기는 그래도 각종 묘리를 써서 만천하에 선치선덕을 베푸는 어사라고 해서 팔도강산에 이름이 나기는 했지만 시골산골에서 자란 여덟살 먹은 애만한 궁리도 없다고 자탄했다. 그러는데 그 애가 돌아서며서

≪나는 도로 돌아가겠어요!≫

라고 하였다. 박어사는 놀라며 어째 그러느냐고 하니 그 아이 대답키를

≪나는 생각하기를 어른께서는 묘리로써 선치선덕을 베푸는 암행어사라 하시니까 따라가면 배울것이 많을가 했더니 어제밤에 보니 그런것조차 처사치 못하는데 따라가서 뭘 배우겠습니까?≫

라고 하면서 돌아섰다. 박어사 생각하니 말릴수 없을것 같아서 할수없이 되돌아가는 그 애의 뒤등만 멍하니 바라볼뿐이였다.

만천하에 철철이 철따라 피는 꽃은 모두 며칠동안만 피건만 여름부터 찬바람이 불 때까지 장독대 가장자리에서 백일동안이나 피는 꽃이 있으니 우리 조선족인민들은 그 꽃을 일러 ≪백일홍≫이라 부른다.

우리 인민들은 어째서 이 꽃을 ≪백일홍≫이라 부르며 왜 하구많은 꽃중에서 하필 백일홍을 장독대 가장자리에다 심는가? 백일홍이 제일 곱다 하여 그러는것도 아니고 백날동안 오래 핀다는것으로만 그러는것도 아니다. 물론 오래 핀다는것도 있으련만 그보다 백일홍이 피는 곳에는 독사가 얼씬하지 못하기때문이란다. 그러기에 우리 민족의 아낙네들은 자기네 솜씨 마음씨를 알린다는 장독대 두리에다 백일홍을 심는다. 그럼 독사는 어째 백일홍이 피는 곳에 얼른거리지 못하느냐? 여기에는 우리 인민의 근로하고 용감하며 성실한 이야기가 전하여지고있다.

멀고먼 옛날 이 땅에 백일홍이 생기기전의 일이였다고 한다.

푸르창창한 동해바다가에 한 어촌이 있었는데 마을의 동쪽집에는 근로용감하고 힘이 센 어선의 키잡이 총각이 있었고 서켠집에는 마음씨 솜씨 안팎이 고운 현철한 처녀가 있었다. 그들은 어릴 때부터 배전에서 같이 컸고 커가면서부터는 단 정도 같이 자랐다. 어느날 바다가에 나간 그들은 배머리에서 맑고 깊은 바닷물처럼 백년해로하자고 가약하였다.

그후부터 처녀는 택일한 날을 손꼽아기다리며 자기의 솜씨 마음씨 함께 담은 지참품 마련에 바삐 서둘렀고 총각은 기쁜 마음으로 새별지고 바다로 나가고 달을 이고 집으로 돌아오며 고기잡이에 전 힘을 기울였다.

어기여차 어기여차
고기배가 떠나간다.
만경창파 헤가르며
고기배가 떠나간다.

어기여차 어기여차
고기많이 잡아다가
우리어촌 만백성들
호의호식 하게하세.

어느날, 그날도 총각은 어부들과 같이 배노래도 구성지게 부르며 고기잡으러 나갔다. 큰 고기떼를 찾아다니는 그들은 만경창파 헤치며 열두바다 건너 한 바다가운데서 큰 고기떼를 만났다. 어부들이 기뻐하며 막 그물을 늘이는 때였다. 갑자기 광풍이 불어치며 바닷물을 수십길이나 휘감아올렸다. 어부들은 이것이 웬 일인가 자세히 살펴보니 검푸른 바닷물속에 대가리가 세개 달린 이무기가 고기떼를 쫓아버리는 작간을 부리고있었다. 그러니 거센 풍랑이 일어 고기배가 파선될 지경이여서 어부들은 고기를 잡기는 고사하고 풍랑과 더불어 박투하며 구사일생으로 겨우 살아 돌아왔다. 사람은 그야말로 구사일생으로 살아 돌아왔지만 앞일은 난감하기 짝이 없었다. 그제부터 그 흉악한 삼두이무기가 바다를 돌아치며 행악하기 때문에 자유롭게 고기잡이하던 어부들은 다시는 바다로 나가지 못하게 되였다. 그날부터 그물이 헛간에 처박혔으니 고기잡이로 살아가던 어촌사람들의 생활은 뽕이 나서 날마다 곤궁하여져갔다. 그러니 어른들은 장탄식하고 어린것들은 배고프다고 졸라만댔다. 어부들은 한가할수는 없는 일이지만 그렇다하여 뾰족한 계책도 얼씬 나지 않았다.

이때 어선의 키잡이총각이 자진해나서면서

≪여러분들! 우리는 이렇게 손을 동여매고 앉아서 장탄식만 하고있어서는 안되겠습니다. 우리는 힘을 단합하여 흉악한 삼두이무기와 싸워서 우리 생

활의 화근을 없애버려야 하겠습니다!≫

라고 하며 앞을 다투어 나섰다. 마을 사람들은 의논하여 한다하는 장사들과 재간있는 젊은이들을 뽑아냈다. 솜씨있는 야장쟁이들은 번뜩이는 장검과 도끼를 베려내고 목수들은 배를 든든히 단속하였다. 아낙네들과 처녀들은 용사들의 옷과 행전을 마련하고 마른음식 장만하여 배에다 실었다.

출정하는 날 마을사람들은 무사로 단장한 용사들을 전송하면서 승리의 개선을 예축하였다. 서쪽집 처녀는 어려운 싸움터로 앞장서나가는 총각을 바래고 바래며 부디부디 몸조심하라고 열스무번 당부하였다. 동쪽집 총각은 만리창파속으로 삼두이무기와 싸우러 가니 생사를 결단하지 않을 수 없었다. 하여 그는 눈물을 흘리는 처녀에게

≪서러워 마오! 원쑤를 죽이지 않으면 우리 어촌사람들이 살아갈수 없소. 그러니 만백성을 위해서 원쑤와 싸우러 가는것은 마땅한 일이고 빛나는 일이요! 우리는 꼭 승리하고 돌아올것이요...≫

라고 하면서 품안에서 거울 하나를 꺼내주면서 말을 이었다.

≪이 거울이 맑고 그속에 흰 돛대가 보이거든 내가 무사한줄 알고 만일 붉은 돛대가 보이다 거울이 흐려지거든 잘못된줄로 아오!≫

라고 하였다. 처녀는 총각에게 말을 더 못하게 하였다. 총각은 또 처녀를 위안하다 배에 올랐다. 배는 북소리 징소리를 하늘높이 울리면서 창파를 헤가르고 멀고먼 바다로 떠났다.

용사들을 떠나보낸 어촌사람들은 그들이 원쑤 이무기와 싸워이기고 돌아올것을 축원하였고 그 처녀는 날마다 거울을 들여다보았다. 날은 걷잡을수 없이 하루하루 지나가고 거울면은 그냥 동해바다같이 맑고 돛대도 새하얗게 보였다. 처녀는 기쁨을 금치 못하여 집집마다 돌아다니며 희소식을 전하였다.

용사들이 떠나간지 달포도 넘는 어느날이였다. 갑자기 거울에 파도가 일면서 흐려지다가 되려 맑아지고 맑아졌다가 또 흐려지는것이였다. 처녀는 바늘방석에 앉은것처럼 조마조마하게 애태우고있었다. 이윽고 거울은 다시 맑아졌다. 처녀는 안도의 한숨을 후-내쉬였다. 한참 지난후였다. 처녀가 거

울을 들여다보려니 갑자기 거무충충한 돛대가 하나 나타났다. 처녀의 가슴은 덜컹 내려앉았다. 처녀는 괴로워 눈물만 흘리면서 며칠동안 그냥 거울만 지켜보고있었다. 그래도 거울면에 나타난 거무충충한 붉은 돛대는 희여질줄 모르고 여전히 검붉은 그대로였다. 처녀는 애태우고 태우면서 거울을 안고 바다가로 나가 출렁거리는 바다를 하염없이 바라보며 울고울다가 저 바다 멀리 있는 이무기에게 증오를 쏘아보냈다. 기다리고 기다려도 사랑하는 님은 돌아오지 않고 거울에 나타난 검붉은 돛대는 점점 더 충충해질뿐이였다. 처녀는 그만 거울을 안은채 용감한 총각에 대한 사모와 원쑤에 대한 증오의 불길로 그 자리에 쓰러진채 영영 잠들고말았다.

어촌사람들은 비장한감을 금치 못하여 처녀를 바다가 보이는 양지쪽에다 고이 묻었다. 그런데 이상하게도 처녀의 장례를 지낸 이튿날 그 무덤우에 울긋불긋 꽃들이 피였는데 그중에는 류달리 크고 붉은 꽃 한떨기가 탐스럽게 피여나더니 오래도록 시들지 않고 그냥 곱게곱게 피여있었다.

이 이름모를 꽃이 백날되는 날이였다. 바다 멀리로부터 파도소리와 함께 징소리가 울려오는데 그는 이무기와 싸우러 갔던 용사들의 개선가의 전고소리였다. 날마다 바다가에서 눈이 멀도록 기다리던 마을사람들은 환성을 올리며 기뻐날뛰였다. 배가 부두에 닿을즈음에 용감한 총각은 배머리에 서서 마을사람들에게 환영의 답례를 하였다. 배가 부두에 닿자 총각은 성큼 뛰여내려 사람들에게 흉악한 삼두이무기를 죽였다는 승리의 소식을 전달하면서 이제는 마음놓고 바다로 고기잡으러 갈수 있게 되였다고 하였다. 환호소리는 천지를 진감하였다. 총각은 사람들속에서 사랑하는 처녀가 보이지 않음을 괴이쩍게 생각하며 다그쳐물었다. 마을사람들은 할수없이 실정을 그대로 알려주었다. 총각이 그제야 돛대를 쳐다보니 돛대에는 검붉은 피가 묻어있었다. 알고보니 그 흉악한 이무기의 첫째목을 베였을 때 뿌려진 더러운 피가 돛대에 묻었으므로 처녀의 거울에 검붉은 돛대가 나타났던것이였다. 총각은 자기를 사모하여 그리며 애달파하다 죽은 처녀를 생각하여 비통을 금치 못하였다. 총각은 애통한 마음으로 처녀의 무덤으로 뛰여갔다. 처녀의 무덤에는 커다란 붉은 꽃이 아름답고 탐스럽게 피여있었다. 총각은 꽃속에 엎드려 애달픈 눈물을 짓다가 몽롱한 의식속에서 불현듯 어촌사람들을 위하여 용감히 싸워 이긴 자기를 기쁘게 맞아주는 처녀의 모습을 방불히 보았다. 모여섰던 마을사람들은 정신을 잃은 자기들의 용사를 황급히 흔들어깨웠다. 총각이 정신을 차리고 몸을 일으키려는데 갑자기 그 백날동안 피여있던 꽃잎이 우수수 지며 삽시간에 시들어버렸다.

그때부터 해마다 여름이면 처녀의 무덤우에 이 이름모를 꽃이 가득가득 피여났고 또한 어김없이 백날을 피였다가 지군 하였다. 그래서 사람들은 그 꽃이름을 ≪백일홍≫이라 불렀다 한다. 처녀가 이무기의 원한을 품고 죽었기에 그의 넋인 ≪백일홍≫가까이에는 그의 원쑤인 뱀이라는것은 얼씬거리지 못한다 한다.

그제부터 어촌의 아낙네들은 장 잘 담그는 솜씨있고 마음씨 고운 그 처녀를 기념도 하고 더러운 독사의 침해도 방지하고저 해마다 ≪백일홍≫을 장독대가장자리에 심었다 한다.

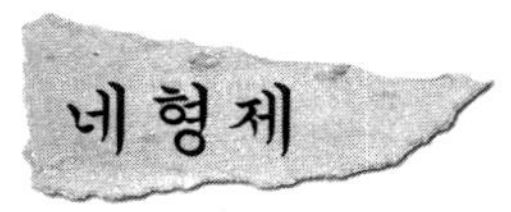

네 형제

옛날 한 나라의 왕이 늦게야 무남독녀 외딸을 두었는데 그는 용모가 아름다울뿐만아니라 재간이 출중하여 세상 못하는 일이라곤 없었다. 게다가 걸음걷는 재간은 그중에도 으뜸이라 하루에 오백리길도 멀다 하지 않았다. 부왕은 그 딸을 불면 날을가 쥐면 꺼질가 하며 애지중지 길러 이팔청춘 꽃시절이 되였다. 부왕은 온 천하에서 딸과 같이 재간이 특출한 인재를 탐문해내서 부마로 삼고 나라의 후대를 이어가게 하자고 생각하였다. 그래 방(광고)을 널리 내걸었다. 방이 천하에 통달되자 이렇다는 난객들이 궁중으로 구름 모이듯 모여들어 인산인해를 이루었다. 천하의 글 잘 쓰고 활 잘 쓰며 말 잘하는 재간둥이들은 제각기 공주가 내놓는 재간비김을 하였지만 누구 하나 그를 따를만한 총각이 없었다.

이때 산골안에서 땅 파먹고 살던 한 덜먹총각이 그 소문을 들었다. 이 산골총각은 산넘고 물건너 다니는 걸음질이 룡마를 가히 따를수 있었다. 그런 재간둥이가 서울을 찾아 떠났다. 그는 귀밑머리에 바람소리가 나게 걸어가는데 길가의 물방아간에서 물없는 물레방아가 빙빙 돌아가며 방아가 쿵쿵 찧어지고있었다. 그가 이상하게 여기고 이생각저생각하며 산비탈길을 올라가노라니 어떤 사람이 나무토막우에 앉아서 한쪽 코구멍을 막고 한쪽 코구멍으로 코김을 내고있었다. 그는 괴상스러워 무얼 하는 사람이냐고 물은즉 그가 대답키를 코김으로 물레방아를 돌리고있다고 하였다. 그제야 괴상야릇하게 여기던 사연을 알게 되었고 동시에 그의 재간도 이만저만이 아니라는 것을 알게 되어 서로 인사를 나누었다. 자기는 룡마를 릉가할수 있는 걸음걷는 재간이 있기에 서울 공주와 비김하러 가는 길이라 하였다. 그역시 코김

비김을 하러 가는 길이라 하면서 동무하자고 하였다.

그들 둘이 길동무가 되어 가는데 또 한사람이 활을 만궁으로 벌리더니 높이 뜬 독수리를 겨누고 시위을 놓았다. 씽하는 소리를 내며 올라간 화살은 독수리대가리에 박히고 독수리는 땅에 떨어졌다. 그를 본 이들은 생각하기를 그의 활재간도 여간이 아닌것 같아서 그를 청하였다. 그는 말하기를 자기는 날짐승을 쏠 때 눈을 쏘아맞혀 떨구어야지 다른 곳을 맞힌것은 떨군걸로 치지 않는다 하였다. 그도 청하니 역시 동감인지라 같이 가기로 해서 이제는 셋이 길을 걸어 한 산마루에 올라가 쉬고있었다.

그들 셋이 서로 지나온 이야기를 하며 쉬고있는데 웬 사람이 집채같은 나무통을 지고 슬렁슬렁 걸어올라와서 같이 쉬려고 하였다. 그들은 나무통을 지고 온 사람에게 그 통에 무엇을 담았느냐고 물었다. 그는 대답키를 술을 담았는데 술도가에 술이 적어서 조금밖에 못 지고 온다 하였다. 재간있는 세 총각은 이도 자기네 못지않은 힘장사이니 같이 갈수 있다고 생각하였다. 그래서 걸음 잘 걷는 총각이 인사를 걸었다. 이분은 코김이 세고, 저분은 활을 잘 쏘며 자기는 걸음을 잘 걷는다 하면서 같이 동행할것을 청했다. 그역시 쾌히 승낙하더니 큰 나무박에다 독한 소주를 찰랑찰랑 넘치게 쏟아놓고 하는 말이

≪우리가 여기서 이렇게 만나게 된것도 천상연분인것 같습니다. 그러하니 우리는 이 한박의 술을 똑같이 나누어 마시고 이 술같이 깨끗하고 변치 않는 형제로 될것을 결의합시다.≫

라고 하였다. 세 총각은 응낙하고 나이와 생일을 따져 걸음 잘 걷는 총각이 맏이가 되고 코김 센 총각이 둘째가 됐으며 활 잘 쏘는 총각이 셋째이고 짐 잘 지는 총각이 넷째로 되어 천지신명께 맹세하는 절을 하고 그 한나무박의 술을 순서대로 마시였다. 결의형제 네 재간둥이는 맏이를 따라 걷고 또 걸어 그 나라의 공주를 찾아가서 방을보고 내기비김을 왔다고 청했다.

대왕이 보매 천하의 명인들이 와서도 비김에 다 지고 갔는데 그 하찮은 총각들이 무슨 재간이 있으랴 하였지만 방을 보고 왔다 하니 할수없이 비김할것을 윤허하면서 비김에 진다면 키를 낮추겠노라 하였다. 그리고 비김을

냈는데 아침을 먹은후 물동이같은 나무통을 가지고 백리밖에 가서 바위틈으로 솟아나는 장생불로하는 약수를 길어오되 점심전으로 돌아오라는것이였다.

비기는 날 아침후 대왕은 비김터로 마련해놓은 차일속에 만조백관들에게 옹위되여 앉아서 경주할 령지를 내렸다.

호화롭고도 산뜻하게 차린 공주는 만조백관앞에 나섰다. 삼베수건을 질끈 동여맨 사형제패의 맏이도 옆으로 나섰다. 이윽고 대왕의 령지를 받아 세번 징소리가 울리니 제각기 길을 떠났다. 차일앞에서는 삼현 륙각을 울리고 길 좌우에는 구경군들이 인산인해를 이루었다. 키다리 총각이 한식경이 되기도 전에 물을 담아 지고 돌아오며 보니 공주는 겨우 물길러 가는중이였다. 총각은 너무도 가소로와 좀 쉬려고 하였다. 그래서 잠간 쉬여간다는것이 그만 길가에 있는 차돌을 베고누워 잠이 들어버렸다. 그동안 물을 긷고 돌아오던 공주가 뒤따라 와서 잠든 총각의 물통의 물을 쏟아버리고 지나갔다. 이때 맏이를 떠나보낸 셋째가 높은 산마루에 올라서서 비김질을 노려보고있었는데 이 광경을 보니 일이 딱하게 되였다. 그래서 그는 활로 맏이가 베고 누운 차돌을 겨누어 쏘았다. 맏이는 돌이 튀는 바람에 놀라 잠을 깼다. 깨고보니 물통에 물이 없으므로 다시금 급히 뛰여가서 담아가지고 걸음을 재우쳤다. 이리하여 맏이는 성안을 한 오십리 앞두고 공주를 따라잡아 삼십리 앞서 성안으로 들어갔다. 차이가 많지 않게 진 공주는 분하였지만 그래도 속짐작이 있었으나 난감해하는것은 그의 부왕이였다. 대왕으로서 방을 내돌렸으니 천하가 다 아는것이라 속일수 없고 그렇다고 정처없이 떠돌아다니는 덜먹총각에게 딸을 줄수도 없는 일이였다. 공주를 준다는것은 나라를 준다는거나 다름없는 일이므로 부왕은 네 총각을 청하여 연회를 잘 베풀고 얼리였다.

≪너의 재간으로 말하면 훌륭하다. 그러나 너 혼자의 재간으로 된것이 아니라 둘의 재간을 합쳐서 이긴것이니 부마를 삼을수 없다. 그대신 너희들이 짊어질수 있을만큼 금은보화를 줄터이니 그걸 가지고 가서 잘사는것이 어떠냐?≫

라고 하였다.

네 형제는 대답하기를 지당한 말이라 하면서 금을 요구했다. 그들은 소가죽 넉장을 물에 퍼지워가지고 이어서 큰 주머니를 만들었다. 그것으로 대왕의 창고에 있는 금은보화를 죄다 퍼담았다. 그러니 국고가 텅 비게 되였다. 국고가 텅 빈것을 본 국왕은 그들을 내보내면서 장군들을 시켜 없애치우라고 하였다.

넷째는 낟가리같은 가죽주머니를 지고 일어나더니 빈몸같이 걸어가는데 대문을 나서자 순식간에 멀리 사라졌다. 그들 넷이 나간후 만조는 창황하여졌고 국고가 일조에 빈궁하여졌다. 왕은 장군에게 정예한 마병 삼천명을 주어 그들을 추격하여 금은보화를 되찾게 하였다.

네 형제가 넓은 벌을 지나 한 산마루에 쉬고있는데 멀리서 군마떼가 달려오고있었다.

≪대왕이라는것은 비단보속이 개똥이구나. 체면조차 없는 놈들이다!≫

둘째는 성이 날대로 나서 마군이 가까이 오기를 기다렸다가 한쪽 코구멍을 막고 힘껏 내불었다. 그러자 갑자기 광풍이 일며 자갈돌이 막 날리고 작은 나무가 뿌리채 뽑혀 날리면서 천지가 까마득하게 되였다. 그속에서 군마들은 눈을 뜨지 못하는데 돌에 맞고 나무쪼각에 얻어맞으며 날려가버렸다.

군마를 쓸어버린 그들 네형제는 자유로이 제갈길을 걸어갔다.

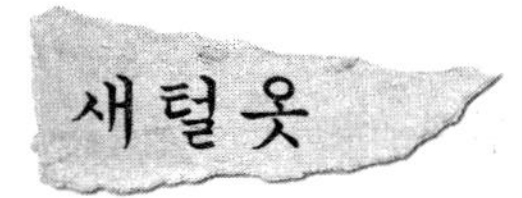

새털옷

천마준령 높은 봉엔 락락장송 울창하고 구름봉을 타고 내린 양지바른 기슭에는 사시장철 푸른 참대 울밀하게 들어섰고 참대밭을 등에 지곤 산간마을 있었는데 앞뒤집 사이두고 앞집에는 외동아들 마당이가 있었고 뒤집에는 무남독녀 꽃분이가 있었다.

마당이와 꽃분이는 동갑의 정 되었던지 아장아장 걸음발 타고 소꿉질 때부터 딱친구로 사이좋게 자랐다.

마당이가 열 살이면 꽃분이도 열 살인데 가절이라 봄이였다. 어느날 마당이가 아버지의 지게뒤에 따라서 버덕의 장에 갔다 돌아온후부터였다. 참대베서 활 만들고 촉 만들어 수수대목 잘라서 화살 끝에 꽂아 서로 활쏘는 장난하기때 굶기가 례사였다. 날이 새여 눈비비며 화살들고 나서며는 이산에서 저산으로 저산에서 골을 넘어 뛰다니며 활쏘다가 땅거미가 돌아와서 험한 밥도 달게 먹고 그 자리에 쓰러져서 꿈속에서도 승리한듯 큰소리로 웨치였다.

그러던 어느날 석양이였다. 덤불우위 새떼 겨누어 쏜 화살 참새 한 마리 떨구었다.

새 한 마리 잡은것이 불꽃되여 일어난 마당이 눈보라 휘몰아도 쉬는 날이 없었다. 때마다 활을 들고 화살 메고 문밖을 나서며는 몰이군은 꽃분이요 명사수는 마당인데 가랑잎에 숨은 꿩도 빼지 않고 날리며는 마당이의 화살맞이 날짐승은 떨어지고 길짐승은 자빠졌다.

새 들고 돌아가면 새껍질은 고이 벗겨 매운재 살짝 쳐서 아랫목에 깔아놓고 고기는 가랑잎에 똘똘 싸서 화로불에 묻어놓고 마당이와 꽃분이는 둘이 마주앉았다.

부엌앞과 화로옆에 둘러앉아 불덩이를 뒤적이는 날이 가고 달이 지나 해를 갈아 몇 번인고. 옛속담에 이르기를 티끌 모아 태산이라 몇해동안 잡은 새의 껍질인들 얼마이며 그 색인들 얼마이랴, 가지각색 고운 껍질을 잇고 무어 빚어 놓으니 새가죽이 훌륭했다.

꽃과 같은 꽃분이의 그지없이 고운 솜씨 정성들여 다독다독 빚어낸 가죽으로 새털옷을 말라내여 곱게곱게 지어서 마당에게 주었다.

이때부터였다. 새잡이에 정 쌓였던고, 새털옷이 정 주었던고, 화살같이 빠른 광음 꽃분이와 마당이에게 이팔청춘 갖다주어 사랑도 꽃피였다.

그 이듬해 봄이였다. 아지랑이 아질아질 피여나는 이 봄날 사방둘러 송림속에 남쪽받이 초원있어 록음방초 승화시라 뾰족뾰족 싹돋는데 양지바른 초원에서 괭이날이 번쩍임은 다름아닌 마당이요. 마당이의 괭이날은 천년인고 만년인고 풀썩어 거름되고 거름쌓여 흙되였냐 검고검은 흙덩이를 한괭이 파헤치고 두괭이 찍을적에 버들틀은 호드기소리 락락장송 스쳐가고 산울림 울려줌은 꽃바구니 옆에 끼고 님도볼겸 나물캐는 처녀인즉 꽃분이라.

만화방창 호시절에 송림속에 마주앉아 쑥덕쑥덕 말도많고 산채캠도 가관이다. 마당이 앞에 서서 말랑말랑 고사리요 너펄너펄 지보라고 뜯어주고 받은것은 꽃분이니 나비한쌍 날으면서 이 꽃에서 저 포기로 꽃잎삭을 찾는듯 한발두발 옮겨감은 초록장의 수양버들 미풍맞아 구미는듯 심심산중 꾀꼬리는 이들 사랑 노래하냐 꾀꼴꾀꼴 노래했다.

이들이 이러할 때 동산봉에 돋으신 해 점심때가 다 되어서 앵도같은 꽃분이는 먼저 내려가련다. 꽃바구니 옆에 끼고 아장아장 걸어가니 새밭속에 핀 꽃이냐 꽃중의 왕 목단인가. 꽃분이는 마당이의 지게옆을 지날적에 가슴에서 무엇인지 살짝 내여 지게등태우에 놓고 쏜살같이 내려갔다. 꽃분이 바래주고 등태우에서 가진것은 꽃분이의 태양이라 마당이는 태양들고 곰곰이 생각하니 그의 뜻을 알만했다. ≪석가무니, 공맹도덕 남녀칠세 부동석이라 그 법이 통치는데 우리 나이 이구십팔 어찌하여 같이 다닐수 있으리요. 그렇다고 천길만길 깊은 정을 갈라놓고 살겠는가. 그 <경전> 그법 있어 백일천하

못 만나니 이 화상 대신 보고 나를 본듯 여기다가 저기 저 해 저물거든 우리 사랑 서로 만나 보고싶던 말 다하자.≫는 뜻이였다.

마당이는 화상 들고 그 뜻 새겨보고 바다같이 깊은 정 태산같인 높은 뜻 담겨진 화상을 고이 싸서 호주머니 안속에다 넣고서 일터에서나 나무하러 가서나를 물론이요 그 화상 내여보곤 꽃분이와 같이 있는듯 기뻐할 때 그 기쁨 힘되여서 괭이질은 높아지고 낫바람은 빨라졌다.

어느날 마당이는 지게 지고 산에 올라 일궈가는 새밭에다 지게 먼저 벗어 놓고 호주머니 안속에서 그의 사랑 꽃분이의 화상 내여 한번 보고 다시 본후 사방둘러 송림이고 오솔길도 없는데니 인간래왕 없으리라 생각하여 보고본 그 화상 지게등태우에 논채 괭이날을 휘둘렀다. 이때여라 밭일구는 괭이바람 광풍질풍 되었느냐 하늘에서 내려왔나 땅속에서 솟아났나 벼락구풍 일어나서 온 밭을 휩쓸더니 지게우에 놓아둔 꽃분이의 화상 감아 하늘높이 올라갔다. 마당이는 당황하여 두발 벗고 나섰지만 날개 있어 날을가나 신선이나 구름타랴 무슨 재주 있겠는가? 성벽같이 둘러싼 푸른 송전 앞길마저 가리워서 하늘높이 뜬 화상 볼수조차 없게되니 마당이는 넋 잃은듯 우두커니 서있었다.

마당이 돌아와서 꽃분이에게 그 사연 알려준후 둘이 서로 근심할 때 세월은 그냥 그대로 흘러흘러 달포도 썩 지난 어느 한 장날 저녁이였다. 늦장보고 돌아와서 저녁상을 받아들은 마당이의 아버지 하는 말이

≪우리 읍내 칙사들이 출도했는데 그 칙사들 임금에게 천사한 배필화상 들고서 그 미인 찾으려고 팔도강산 다 다닌다더라.≫

고 하면서 천사(天賜)가 무엇이냐 또 뉘집딸 망친다고 한숨쉬였다. 마당이 그 말 듣자 귀밑속에 가시같이 거슬림은 천사라니 무슨 천사이고 미인이라니 누구일가? 곰곰생각 다 해봐야 마음놓을수 없음이라 그즉시에 꽃분이를 찾아갔다.

량반아닌 마당이와 꽃분이의 부모들 의논키를 앞뒤집에 살면서 서로 다 잘알고 저희들도 다정하니 사돈삼자 정해놓고 올해농사 잘 지어서 햇곡식 걷어들여 감자떡에 술 빚어서 으뜸가는 사위 삼고 천하일색 며느리 맞을 날

택일도 해논지라 저희끼리 쑥덕이면 모른채 외면하며 기뻐한지 한두번이 아니였다.

멀지 않은 앞날에는 청송록죽 세워논데 청실홍실 늘여놓고 맞절하러 나설 그들 마주앉아 하는 말이 하늘에서 하사했다는데 하늘 칙사 바람인가 그 화상이 누구일가? 아무래도 심상찮아 가보기로 약정했다.

그 이튿날 이른색벽 마당이는 신발매고 관가호출 아닌길을 설레이며 달려가서 관가앞에 세워논 광고판을 쳐다보메 어찌 아니 놀랠손가! 그 화상이 틀밈없이 그의 사랑 꽃분이의 태양이였다. 망지소조 되돌아와 꽃분에게 알리고 량친들과 모여앉아 사발공론 함박공론 모든 궁리 다 했으나 좋은 방책 없었다. 하늘인들 믿을소냐 대감인들 믿을손가 실오리만치라도 믿을길 있다는건 임금의 칙사들은 큰길없고 인촌없는 이 산골엔 안 오리라 여기면서 나날을 보내였다.

이야기는 지난날로 되돌아가겠다. 천마준령의 한 봉인 구름봉 뻗어내린 양지바른 밭머리에서 꽃분이의 화상훔쳐 싸고돌던 광풍은 불고불면서 서울 창공까지 날아가 꽃분의 화상 임금의 룡상앞에다 떨구어놓았다. 호호찬란한 룡상에 좌정했던 임금은 광풍이 갖다준 태양 들어 한번 보고 두번 보며 이모저모 뜯어봐야 해와 달이 떨어진듯 칠성별이 떨어진듯 천하에 다시 없는 일색이였다. 미인 태양 손에 든 임금은 그 기쁨 금치 못하여 즉석에서 령하기를 ≪짐의 덕행 천하에 이르러 천제께서 짐에게 선녀를 보내시였나니 시급히 하강한 선녀의 처소를 찾아 아뢰라!≫하였다.

칙령 받은 승지들이 그 엄령을 어길소냐, 당자에 온 나라의 명화장들 불러다가 미인상을 그리는데 귀밑머리 틀릴가봐 도정신해 그려냈다. 미인화상 다 그리니 기다리던 칙사들이 팔도강산 골골 찾아 떠나갔다.

미인 태양 들고 떠난 칙사들은 자기 맡은 골로 가서 하강한 선녀 찾을 때 소문 높은 마을이요 명문갖고 가문이라 빠짐없이 찾았으나 빛도 없고 자취 없이 허송세월 보내면서 정처없이 다니였다. 이 골 저 마을 온 천지를 홀딱 들춘 칙사 마지막에 렴탐키를 천마준령 내린 곳에 화전농민 몇호 있다 하였으나 천상에서 하사하신 임금의 배필이 어찌 화전민네 집에 있으랴 하였지만 그렇다고 어찌 안 가보랴, 말탈 길도 못 되어서 두주먹을 틀어쥐고 험산준령을 잡아들어 오르고 올라 산간마을 찾아와서 둘러보니 산비탈에 귀틀집들이 산막같이 쪼그리고 앉았으니 높은 량반 낮은 량반 체면 어찌하고 루추한 집 들을소며 주인장을 찾을거냐. 가까스로 점잔 차려 되돌아가려다가 담배대나 피우자고 대문없는 마당에서 ≪여봐라≫고 불렀다. 그 집인즉 꽃분이네 집이라 량반 아닌 꽃분이 흔히 없는 낯선 말 듣고 내다보다 엉거주춤하고 섰는 칙사의 눈과 마주쳤다. 칙사는 주춤터니 되나가서 화상 한번 다시보고 정의관 다시 한후 ≪주인장 계시나이까!≫찾는것이였다. 꽃분이의 아버지 일수가 불길하냐 천운이 이뿐이냐 딸 둔것이 죄이려나 할수없이 나가 통성명하고 딸 둔 사실과 앞집 총각 마당이와 백년가약 정했다고 전후사실을 죄다 이야기하였다. 칙사들 그 말 듣고 규수 만나보자 하여 꽃분이 불러내서 문열고 나서니 온 골안에 채광이 이는듯 그야말로 천하일색 손에 들은 그 화상과 다식이냐 그판이냐 분별하기 어려웠다. 꽃분이를 한번 보고 그 칙사들 맨봉당에 부복하여

≪소신들이 불민하와 이제 와 아뢰나니 그 죄 죽고도 남음이 있나이다. 중전마마께서 소신들의 중죄 대사하시고 한시바삐 상경하옵소서!≫

하고 애걸하였다. 꽃분이는 그 말조차 모를 일이라 방안으로 피신한후 곰곰이 새겨가며 생각하니 일은 심상찮아 마당이를 찾아갔다. 그의 사랑 마당이와 상론했건만 무슨 묘책 있으리요, 갈래야 길이 없고 건늘래야 배가 없고 오를래야 날개없는 실로 딱한 사정이였다. 그들 둘뿐이 아니라 앞뒤집 부모네들 다 모여서 피신할 궁리 하였으나 나갈 길 찾지 못하는데 밖에는 한나라 임금의 칙사들이 로숙하며 지키였다. 밤새도록 부여잡고 천지신명이 무심하냐 우리 사랑 이뿐이냐 세상만사 원망하며 한탄할제 시각은 갈대로 가서 어제 해 또 돋았다.

첩첩산중 이 산골에 해살이 퍼지자 동구가 요란하더니 말탄 량반들 질나라비 앞세우고 소리치며 올라오더니 칙사들고 인사하고 꽃분이 아버지께 인사 올리는데 뒤이어 호화찬란한 꽃가마 올라왔다. 독교타고 말타고 문무량반 오더니만 꽃분이 어서 가자 재촉이다. 재촉받은 꽃분이 생각하니 높은

산엔 송전이요 낮은 산엔 죽림이라 문전엔 수양버들 실이실실 늘어진 곳에 맑은물 스쳐지나는데 그 물 먹고 자라며 십팔년 그 물가에서 마당이와 속삭임이 얼마였던고! 그렇지만 이고장 떨어져선 살수 있어도 천마준령같이 높은 사랑, 내물같이 맑은 사랑, 바다같이 깊은 사랑 마당이를 떨어져서 어데로 간단 말이냐! 천하산천 개벽후에 이런 일이 얼마 있더냐! 눈앞이 캄캄하여 앞길이 보이지 않았다.

칙사들과 문무량반 라졸들 떠날길 재촉는데 맨손인 화전민들 무슨 방책 있으련가. 꽃분이는 땅을 치며 천지신명 무심하다 통곡하며 천지개벽 새로 하여 산줄기 물줄기 인간살이 새로 되어 우리 사랑 만나게 하여달라 외우면서 꽃가마에 끌리워 탔다.

서울로 올라가 궁궐안에 들어가니 눈에도 호화롭고 입어도 호화로운데 임금은 천하천상 으뜸가는 미인 얻자 아침조회 끝마치면 꽃분이의 옆에 앉아 저녁인사 파할 때까지 달래며 타이르며 웃음으로 지내더라. 임금은 이렇다만 꽃분이는 딴전이네. 호화롭고 찬란한 생활 그 무엇이 쓸데있나. 꽃과 같이 고운 맵시 마음씨인들 다를소며 송죽같은 굳은 절개 무엇으로 꺾을손가! 그 사랑을 만나려고 주야장철 일신 공부 꿈나라면 마당이와 뒤동산 새밭에서 감자보리 가꾸었고 백주이면 그의 모습 눈앞에 새물거려 할 일조차 없거니와 활기마저 없어지고 비수같이 새파랗고 얼음같이 차고차서 손붙일 곳 없게 하는 꽃분이의 나날보냄 임금에게 근심걱정 갖다줬다.

꽃분이를 쳐다보며 갖은 방도 대던 임금 가슴에 못이 박혀 꽃분이를 부여잡고 부귀영화 부족하냐 무슨 소회 못풀어서 웃는 빛이 없음이냐 다짐받자 하올적에 꽃분이 대답키를

≪만백성을 거느리신 상감님께 아뢥니다. 소녀몸에 살있으니 살풀이해주어야 웃고놀고 하오리다.≫

≪살이라니 무슨 살이고 어떤 방도 대야 하며 그 소원이 무엇이냐 어서 빨리 아뢰여라.≫

≪소녀 어릴 때부터 날짐승 많이 잡은 그탓으로 이 몸에 새원귀 업히워서 새입같이 뾰로통하니 이 원귀를 물려주옵소서.≫

≪새원귀 물리자면 무슨 방책 해야는고. 그 원을 아뢰여라!≫

≪새원귀 뗄 방도는 만천하의 명궁수들 빠짐없이 청해들여 백날동안 궁수잔치 베풀으면 그 화살이 무서워서 차차 원귀힘이 줄어들다 백날후이면 소녀몸에 있던 원귀 뜰터이나 거룩하신 어전에서 그 어찌 하오리까. 속만 탄다 아뢰나이다.≫

임금 그 말 듣고 꽃분이 몸에 좋다 하면 무엇인들 다하려다. 당석에서 승지에게 통천하의 궁수잔치 베풀라고 칙령을 내리였다. 온 천하 방방곡곡에 임금의 칙령으로 궁수 위한 잔치한다 게시하고 이름있는 칼잡이요 소문난 숙두이며 모여놓고 매일매일 소잡고 돼지잡아 목기접시 가득하게 가지가지 차려놓고 작은독엔 맑은 청주 큰독엔 거른 탁주 독마다 채워놓고 궁수잔치 해나간다.

이럴 때 중전마다 어지시여 만백성을 생각하여 궁궐에다 잔치차려 궁수들을 청한다는 그소문 높고 넓어 금수강산 골골마다 벽촌까지 퍼져갔다.

꽃분이는 단정하여 날마다 밤마다 그날 잔치 맞을 때까지 잔치청에 나가 앉아 게시보고 소문듣고 모여드는 명궁수들 성명을 읽어보고 용모도 자세히 살펴보며 그의 사랑 마당이가 오기를 기다리고 기다렸다.

궁수잔치 차린지 날가고 달바뀌여 석달열흘 다 지내고 마지막 하루 정오까지 기다리고 기다려도 마당이는 빛도 없고 자취없었다. 꽃분이는 속심깊이 근심걱정 더욱 깊어

≪마지막 이날도 안오시니 이를 어찌 할손가? 어려운것을 억지로써 궁수잔치 차리여서 그와 상봉 바랐더니 석달 열흘 다 지내고 이 한날에도 안오시니 무슨 연유 생겼는고? 두메산골 벽촌이라 소식몰라 안오시나 길이 멀어 못오시나 그때 그날 날 보내고 애통하다 원혼되여 못오는가. 좋은 배필 다시 만나 백년가약 거느렸나, 천지신명 무심하여 우리 연분 이뿐인가, 무슨연고 생겼기에 어이하여 안오시나.≫

숨은 한탄하고있을 때였다.

온종일 비치던 해 오늘빛은 다 비쳤나 래일을 약속하듯 서산봉에 걸렸는데 그 빛 받으면서 마지막 궁수 들어오니 그 모습 희귀하다. 온몸을 가리운

옷 비단옷도 아니요 아흐래베도 아니고 꽃잎같은 붉은색과 생금같은 누런색 갈 수심같은 남색이라 가지각색 새털로써 옷만들어 입은 궁수 두 활개를 흔들면서 부산하게 들어왔다. 꽃분이 그를 보자 구름꼈던 얼굴에 무지개가 서는듯 대성대소하였다. 그날 해 넘을것을 기다리던 임금은 꽃분이가 기뻐함을 보고서 생각하건대 백날동안 궁수잔치 베풀어 오늘 마지막 해도 다 갔으니 살귀 풀리여서 그런다고 기뻐했다. 임금이 그러할 때 꽃분이가 아뢰기를

≪상감마마께서 아뢰나이다. 저 옷인즉 새털이옵고 저 옷이 소녀옆에 있사온즉 살귀가 다시 범접 못할라 하옵나이다.≫

꽃분이의 변한 모습 임금의 마음 기쁘게 하여 즉석에서 새털옷 입음 명궁수를 이 자리에 대령시키라 하였다. 어느 령이라 거역하랴. 새털옷 입은 궁수 임금앞에 엎드리니 그 임금 령하기를 좌우승지 도승지요 통인마저 내보내고 세사람만 남았다.

큰 궁안에 세사람만 남았을 때 임금은 왕관왕 벗어놓고 어인마저 꽃분에게 넘겨주며 새털옷을 벗겨입고 춤을 추기 시작했다. 꽃분이가 새털옷 입은 임금 춤추는 거동보고 맞장구를 치니 임금 더욱 기뻐할 때였다. 꽃분이는 왕관왕의 얼른 들어 마당이에게 입히고 어인마저 들려주고서

≪여봐라-석달 열흘 궁수잔치 오늘인즉 백날이요 날도 갔고 달도 차서 더없는 귀물 새털옷도 보았기에 내 몸에 업히웠던 살귀신도 풀렸으니 이시각을 어기지 말고 어떤 궁수 할것없이 당장 어전에서 내보내라!≫

고 호령하였다.

새털옷을 입고 춤을 추던 임금은 즉석에서 사령들게 붙들려서 쫓겨나게 되였다. 임금은 새털옷을 입은채 호통을 치나 무슨 소용 있으랴! 평소에 엎드려서 고개들지 못한 사령들 임금얼굴 알리 없고 중전마다 거룩하게 좌정하고 엄령는데 칙령을 거부할소냐, 륙모방망이 휘둘러 끌어내니 무슨 계책 있으리요. 방망이에 얻어맞고 끌리여나갔다.

궁궐에서 쫓겨난 새털옷 입은 구임금은 이집저집 문전에 찾아가 하소연하였으나 누가 그 말을 들으리요. 미친놈이 발광한다 쫓아내며 밥술마저 주지 않았다. 쫓겨난 구임금은 옛날생각 하소연하다 병들어 죽었다.

구임금이 죽은후 그 넋이 인간세상에 재생하였으나 인도재생 못하고 날짐승으로 태여났다. 구임금은 제 살던 옛세상 잊지 못해서 앙콜한 주둥이와 독스러운 눈깔로 새 세상을 노려보다 백성들 없는 틈 타서 병아리를 채가려고 덮치였다. 그럴 때마다 천마산의 명궁수요 집지키는 주인공인 마당이의 화살이 무서워서 달아났다.

구임금은 쫓겨나고 새 임금이 좌정한후였다. 새 임금과 중전마마 대연 베풀어 백년가약 맺은후 어진 마음 고운 솜씨 한데 합쳐 국사를 돌보시니 나라에선 선치하고 만백성은 떠받들어 온 나라의 경사이라 간곳마다 웃음으로 태평세월 누리였다.

보쌈 막은 총각

옛날 어느 한 산골에 기운이 센 총각이 있었다. 이 총각은 청룡백호의 혼을 타고 났는지 기골이 장대함은 사자의 다리를 삼킨것 같고 담량이 큰은 악어의 염통을 먹은것 같았다. 그는 생김새만 그럴뿐아니라 수수팔떡이 안팎이 없듯 힘꼴도 그렇게 세서 그가 산으로 올라가면 산중의 왕인 호랑이조차 너구리굴에다 대가리를 틀어박았다 한다.

어느해 동지섣달 대한이 소한네 집에 문안갔다 얼어죽었다는 때였다. 눈이 지붕 락수터에 남실거리게 와서 심산속의 대호도 토끼 한 마리 쥐지 못하여 사람 사는 동네로 어슬렁어슬렁 내려왔다. 때마침 그 총각은 마을 갔다가 사랑집 돼지우리옆에 달린 뒤간에 쪼그리고 앉았는데 대호란놈이 돼지를 먹겠다고 앞발을 널름거렸다. 그것을 본 총각은 미처 어쩔새 없이 한손으로 바지춤을 추면서 한손으로 대호의 뒤다리를 잡아채서 언 땅에다 패기쳤다. 대호는 ≪따웅!≫하는 소리를 산천이 터지게 지르고 뻐드러졌다.

한손으로 범을 잡은후였다. 이 장수총각네 옆집에는 이웃사촌이라고 친형제같이 지내는 사람이 있었는데 서울 장안에 일보러 간후 종무소식이였다. 총각은 그 이웃사촌의 시신이라도 찾겠다고 두루 렴탐하다가 그가 서울 어느 대감댁의 보쌈에 걸려서 물귀신이 됐다는 소식을 들었다. 그 소식을 들은 총각은 너무도 원통하여 당장 서울로 올라갔다. 서울은 워낙 큰 곳이라 그는 어데 가서 어쩔 도리가 나지 않았다. 속담에 소도 언덕이 있어야 비빈다고 무슨 건덕지가 있어야 잡으나 패나 하겠는데 밑도 끄리도 없는 송사를 어디라 붙일 곳도 없어서 이골목저골목으로 우정천치처럼 어정거렸다.

어느날 해가 지고 어슬어슬할 때 한 정자나무옆을 지날 때였다. 갑자기

뒤에서 도깨비 오줌싸는 소리가 나더니 벙거지 쓴놈들이 돌개바람처럼 달려들어 다짜고짜 그를 묶었다. 총각은 놈들을 풍지박산시키려다 우정 못 이기는체하고 묶이우는데 놈들은 저희끼리 이만하며 인물도 새 서방감이 넉넉하다고 쑥덕거렸다.

얼마후에 총각은 가죽포대를 벗기우고 큰집 내당으로 인진받아 들어갔다. 방안에 들어서고본즉 노란 놋쇠 촉대에다 쌍초불을 낮과 같이 밝혀놓고 감실거리는 두리상우에는 목숨수, 복복자를 새긴 청주잔에 잔대를 받쳐놓고 산해진미를 차려놓은것이 영락없이 신랑신부의 상방이였다. 그러자 문이 삐죽이 열리더니 족두리에 큰 비녀 찌르고 연지곤지 찍은 새각시가 인진에 부둥켜서 장옷소매로 내리뜬 눈시울을 가리우고 외씨같은 버선발로 사뿐사뿐 걸어들어오더니 아랫목에 살며시 앉았다. 그래놓고 인진은 나가버리고 문이 닫혔는데 문밖에서는 망을 보는 인기척이 완연하였다. 총각은 모르는척하고 차려놓은 주효를 혼자서 부어라 마셔라 하였다. 얼마를 지났는지 밤이 깊어졌는데도 각시는 눈 한번 거들떠보지 않고 돌부처같이 앉아있더니 닭이 푸드득거리며 꼬꼬하고 울자 부스스 일어나 나가려 하였다. 총각은 얼른 나가려는 새각시를 막아서면서

≪여보시우 부인, 이 세상의 법이 잔치를 지내야 상방을 꾸리고 상방에 드는것은 신랑신부뿐이라 하였으며 부부가 된후에는 남편의 말이 천명과 같다 하였는데 어찌하여 내말없이 나가려 합니까?≫

라고 하였다. 그러니 새각시 노하여 하는 말이

≪내 천운이 불길키로 잠시 운수땜을 한것이지 어찌 초망지신과 대사를 이루겠는고. 그대와는 행로지인(行路之人)이려니 속히 길을 냄이 가당하리라!≫

고 하며 총각을 밀치고 나가려 하였다. 그러자 문밖에 대기하고 섰던 력사들이 륙모방망이를 내두르며 잔말 말고 아씨를 내보내라고 호통쳤다. 그럴수록 총각 역시 언성을 높여 각시를 꼼짝달싹 못하게 붙들고 서서 호령했다.

≪이 요망한년! 네 잘되자고 청춘이 만리같은 대장부를 물귀신 만들잔 말이지, 너희들이 잘못 봤다. 내 너희들한테 죽으러 온것이 아니라 생사람잡는

버릇을 떼러 왔다.≫

그러자 밖에서도 호령이 났다.

≪이놈! 예가 어데라고 함부로 지껄이느냐!≫

≪알만하다, 제딸 잘살게 하려고 남의 귀동자 죽이는 점쟁이 밑구멍인 살인강도놈의 소굴이라는것을 안다!≫

총각이 맞불질하자 내당은 물론이요 사랑과 행랑채까지 떨쳐 일어나 온 집안이 벌떼같이 떠들썩하였다. 사랑대청에서는 당장 그놈의 키를 낮추라는 불호령이 추상같이 내달아왔다. 그러자 벙거지 쓴 력사들이 방망이를 휘두르며 총각에게 달려들었다. 이에 총각이 제 손에 붙잡혀 버둥거리는 각시의 가랑이를 거꾸로 들고 내두르니 웽웽 소리가 났다. 그러다가 각시를 마당에 내동댕이치니 박살이 됐다. 그리고나서 총각은 마당에 썩 나서며

≪이놈들 제딸 중한것은 알고 남의 귀동자 소중한줄 모르는 인간백정들아, 고약한 보쌈질을 그냥 하겠으면 해보아라! 또 했다가는 하늘을 무너뜨리겠으니 미리 알린다!≫

고 가새질러놓고 대문을 차고 나갔다. 총각이 나가자 그를 잡으려고 숱한 놈들이 뒤따라 나왔으나 되려 총각에게 붙들리기만 하면 다리가 분질러지고 팔이 분질러져서 마당에 나가 뒹굴었다. 그러니 감히 따라가는놈이 없었다.

이렇게 되니 이 일이 조정에까지 미치게 되고 온 서울장안이 떠들썩하게 되였다.

그후 어느날 밤이였다. 총각이 또 강변을 거니는데 시시닥거리는 말소리가 들려오기에 달려가본즉 그역시 력사세놈이 한 젊은이를 가죽보에다 싸서 메고 강으로 가는데 묶이운 사람은 살려달라고 애걸하고있었다. 총각은 그것을 빼앗아놓고 력사놈들을 묶어서 팔매치듯 내던졌다.

맨 먼저 던진놈은 그날 밤에 운수땜을 했으니 이제는 시집가도 상부할 걱정이 없다고 좋아하는 규중처녀의 방문을 차고 들어가서 그의 숨통을 쳐놓았다. 둘째놈은 자기 딸의 팔자에 있는 동화를 피하게 했으니 이제는 명문거족의 자손을 사위로 삼게 됐다고 단꿈을 꾸고있는 그 어미의 큰 방문을 뚫고 들어가서 그만 거미같이 늙은년은 뼈다귀가 제각기 세간나고말았다.

셋째놈은 나라의 법으로써 보쌈을 지켜나가려는 그 아비의 늙은 상투꼭대기를 내리눌렀기에 산호동곳이 솟구멍을 뚫고 들어갔다.

이튿날 조정에서는 야단이 났다. 보쌈질하다 판서의 딸이 죽었고 정승네 식구가 죄다 죽었으니 큰일났다고 범인을 잡으라는 척지를 내렸다. 한편 고관대작들은 후환이 겁나서 그 괴상한짓을 금하지 않을수 없었다.

이리하여 생사람잡던 고약한 보쌈질이 없어지게 되었다.

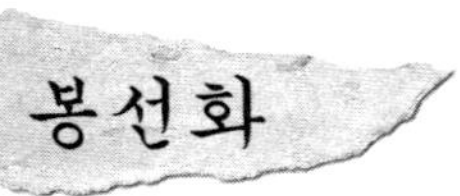

봉선화

봉선화야 봉선화야
담장밑에 피지말아.
담장그늘 해가려서
붉은꽃잎 곱지않다.

이 노래가 불려지기 시작한것은 아주 가물가물하게 먼 옛적부터라 한다. 그렇게 먼 옛적의 일이지만 이 노래는 지금도 불리우고 뒤울안 담장밑에서만 피던 봉선화는 넓은 마당의 화원에서 빨갛게 피면서 아름다운 옛말을 전해주고있다.

그 옛날 한 곳에 사방두른 담장안에 네귀에 풍경달고 동남풍에 월그렁절그렁하는 은관 자손네 집이 있었다. 높고높은 담장밑 그늘에 봉선화가 한창 필 때 그 집 셋째딸의 첫 울음소리가 세상에 났다. 그 부모네는 셋째딸을 봉선화 필 때 낳았다 하여 그 이름 봉선화라 불렀다.

명성높은 가문 봉선화가 태여날 때 그 집 행랑아범의 집에서도 아기의 첫울음소리가 났다. 그 애는 다같이 인간세상에 태여났건만 곱고 귀중한 사람이 아니라 더럽고 추한 구렁이였다. 그가 꼴은 그래도 행랑어멈의 마음이야 다를리 없다. 그것이 제 탯줄 타고난 자식이라고 아랫목 한 구석에다 누데기 덮어놓고 고이 길렀다.

하루 가고 이틀 지나 달 가고 해 바뀌면서 점점 자라나니 구렁이는 애비어미 일 나간 틈을 타서 봉선화네 뒤울안에 들어가서 봉선화꽃속에서 놀았다.

어느날이였다. 은관네 큰딸이 와서 이 집에서 생남했다더니 어떠냐고 묻

기에 아랫목에 누데기로 덮어놓았다고하니 그것을 보자 침을 퉤퉤 뱉으며

≪애구 더럽게도 구렁이를 낳았구만!≫

하고는 달아났다.

둘째딸이 또 와서 보더니 역시 침을 뱉고 달아났다. 봉선화의 두 언니들은 침을 뱉고 달아났으나 봉선화만은 절을 나붓이 하고는

≪에구 구룡동동 서선비를 낳셨구만.≫

라고 하였다. 그후부터 봉선화는 매일과 같이 담장밑에서 서선비와 꽃놀이를 하였다. 이렇게 하루 이틀 지나면서 그들은 점점 자라고 정은 더욱 깊어만 갔다.

세월은 여류하여 어느덧 봉선화에게도 매파군이 드나들기 시작하였다. 그때였다. 어느날 구렁이가 어미 불러하는 말이 봉선화에게 청혼 가보라고 하였다. 어머니는 놀라며 하는 말이

≪아이구 이자식아, 우리가 어찌 그런 댁에 청혼을 하겠느냐. 네가 그 꼴을 해가지고 제 명대로도 살지 못하려고 환장을 했느냐!≫

라고 하였다. 어머니의 책망에도 아들은 아들의 도리를 댔다.

≪속담에 열길 물속은 들여다보아도 한치 사람속은 알수 없다는데 혹 어떻겠는지 가보시오.≫

하고 졸라댔다.

어머니는 아들을 나무라다가 그 말에 도리가 있는지라 하는수 없어서 큰댁 마님을 찾아서 ≪마님!≫하고 불렀다. 그랬으나 뒤말이 나오지 않아서 자리가시만 쥐여뜯다나니 죄없는 자리만을 반잎이나 뜯고 돌아왔다. 어머니가 돌아온것을 보자 아들이

≪어머니 뭐라고 합디까?≫

라고 물었다.

≪애, 묻지도 말아라. 입이 떨어지지 않아서 애매한 자리만 반잎이나 뜯어놓고 돌아왔다.≫

어머니의 말을 듣자 아들은 또 권하였다.

≪어머니, 내 봉선화만 못한것이 무엇이요. 속담에 길고 짜른것은 재여보

아야 안다는데 말이나 해보시오!≫

라고 졸랐다.

어머니는 마지못해 또 갔으나 아무리 해도 입이 떨어지지 않아서 ≪마님!≫해놓고 치마폭의 실오리를 하나 둘 뽑다나니 치마 반폭을 다 뽑아놓고 돌아왔다. 돌아오자 아들이 또 졸라서 할수 없이 이튿날 또 가서 매맞아 죽을셈 치고 입을 뗐다. 그런데 뜻밖에도

≪내 자네 입에서 그런 말이 나올줄로 짐작했네.≫

라고 하면서 꿈이야기를 하였다.

≪내 우리 령감과 한날 밤에 같은 꿈을 두 번 꾸었는데 첫꿈은 자네가 태기있을적에 하늘에서 청룡이 하강하여 자네 품안으로 들어가는것을 엄연히 보았고 두 번째는 간밤인데 하늘에서 청학 한자웅이 내려와 한 마리는 자네 아들을 태우고 한 마리는 봉선화를 태우고 창공에 높이 나는것을 보았네. 그래 오늘 길사가 있을가 하였는데 과연 자네가 청혼하니 내 이 모다 천운배필로 아네.≫하면서 쾌히 승낙하였다.

이리하여 그후 좋은 날 택일하여 대사를 지냈다. 비록 지금 벼슬살이를 하는 대감집은 아니라 하지만 그래도 명성이 있는 집에서 그런 사위를 삼게 되니 면구스러워서 낯가리기 잔치를 대충 차렸지만 상방만은 제대로 차려서 놋초대에 대초불 쌍지어 밝혀놓고 갖은 기물 호화롭게 차려놓았다.

초례를 지낸 날 밤이였다. 상방에 들어간 서선비는 칠보단장에 연지곤지 찍고 앉은 봉선화에게 좋은 간장 한독과 좋은 밀가루 한독, 정결한 랭수 한독을 가져다달라고 하였다. 새각시는 시녀 불러 그를 마련해 왔다. 그러자 서선비는 간장독안에 들어가서 휘 돌고난후 백설같은 밀가루독에 들어갔다 나와서 다시 랭수독으로 들어가 출렁출렁 씻으니까 구렁이 허물이 벗어지고 세상에 드문 옥골선풍이 되였다.

각시는 한없이 기뻐하는데 신랑은 자기가 벗은 껍질을 똘똘 말아서 각시의 휘장저고리섶에다 꼭 채워주면서 하는 말이 이것을 몸에서 떨구지 말라고 열두번 당부하고 다짐하였다. 이 껍질을 잃어버리는 때에는 자기와 같이 살수 없게되니 그리 알라고 재삼 열당부하였다.

해달같은 새 사위를 본 봉선화의 부모들은 너무도 기뻐서 이튿날 새로 잔치를 베풀었다.

잔치를 치른후 독선생을 앉혀서 새 사위에게 글을 가르치게 하였다. 그러니 새신랑의 글재주를 말할진대 글 읽는 소리 진주 옥반에서 구르는듯, 꾀꼬리 청류속에 노래하는듯하고 문장을 말한다면 선생이 운을 떼면 이께야(也)자를 알고, 뜻을 새길 때는 하늘천(天)자를 배우면 하늘의 뜻을 알고 따지(地)자를 배우면 지상의 인간사를 알았다. 그러니 일가친척중에서 그를 칭찬 안하는 사람이 없게 되였다.

서선비를 더럽다고 침 뱉던 봉선화의 두 언니는 이제야 시암이 잔뜩 나서 죽을 지경이였다. 그러다가 마침내는 둘이 함께 그를 해롭히려고 공론하던 끝에 봉선화가 구렁이의 껍질을 간직하고있다는것을 알게 되였다. 하루는 서선비가 서당으로 글 읽으러 나간 사이에 둘이서 동생을 붙들고 그의 몸에 간직한 구렁이껍질을 빼앗아다가 화로에 집어넣었다.

그때 서선비는 서당에서 글을 읽다가 하늘을 쳐다보니 갑자기 천기가 기울어지는지라 이 일을 짐작하고 급기야 달려들어가 화로에서 그 껍질을 끄집어내고 선자리에서 문을 차고 나갔다. 봉선화는 뒤따라 나가며 울며불며 말렸으나 그는 아랑곳하지 않고 그 집을 떠나 어디로 갔는지 영영 소식조차 없었다.

신랑 잃은 각시는 그달부터 태기 있어서 십삭만에 순산하니 대밭에서 대가 나고 솔밭에서 솔 난다고 아버지를 닮아 호호 귀동 옥동자였다.

세월은 흘러흘러 아이는 벌써 다섯 살이 되였다. 그의 총명하기가 아버지의 혼을 타서 다섯 살에 글을 잡혀 열 살까지 읽으니 벌써 모르는 글이 없게 되였다. 그러나 그 애에게도 한가지 모를 일이 있었으니 하루는 어머니앞에 꿇어앉아서

≪모친, 천하만물이 죄다 어시가 있는데 저만은 어째 애비없는 아이라 불리우나이까? 바른대로 대여주시지 않으면 애비없는 자식이란 말을 더 듣지 않겠습니다.≫

라고 하였다.

봉선화는 아들을 볼 때마다 구곡간장 다 타는데다 아들에게서 이런 말을 듣고보니 어머니의 타는 간장 어이 다 말하랴. 이제는 아이도 철이 들어가는데 다시는 더 속일수도 없는지라 지난 사실을 죄다 엮어놓았다. 전후사연을 다 들은 아들은 모친께 하소연하였다.

≪제 부친이 이 세상을 떠나셨다면 모르오되 이 천하의 어느곳에 살아 생전이라 하신다면 자식된 도리로도 어찌 부친을 찾지 않으오리까! 만리운산이 앞을 가리우고 대하장강이 앞을 막는다 하와도 백난을 무릅쓰고 부친을 찾아뵈려 떠나겠사오니 모친께서 그리 아사이다.≫

봉선화 아들의 말을 들으니 못내 서선비를 그리던 마음 물목처럼 터지여 쾌히 승낙하고 아들과 함께 떠날 작정을 하였다.

이리하여 모자는 정처없는 길을 찾아 나섰다. 낮에는 길을 걷고 밤이면 인가를 찾아들어 봉노방이건 처마밑이건 밤이슬을 피하여 날을 새며 보낸지 얼마인고? 날도 갈고 달도 갈았다. 비오고 바람부는 날도 쉬지 않고 몬고물으며 앞으로 앞으로만 가고 또 걸었다.

이렇게 걸고걷다 한 곳에 가니 벼모 내는 농군들이 있었다. 봉선화는 농군들에게 물었다.

≪여보시오 농부님네, 이 길로 구룡동동 서선비가 비루먹은 말을 타고 지나가는것을 못 보았습니까?≫

농부들은 이 말을 듣고도 본체만체 머리도 돌리지 않고 그냥 벼모만 주루룩주루룩 심으면서

≪어디로 가는 손님인지 날알 먹고 사는 사람이면 늦모 한배미 심어주소, 그러면 서선비 간 곳을 알려주오리다.≫

라고 하였다.

봉선화와 그의 아들은 이제까지 날알 먹고 잔뼈 굵었으나 벼모 쥐여보기는 난생처음이라 힘도 들고 심을줄도 모르지만 남편 찾고 아버지 찾을것을 가슴에 품고 늦모 한배미 다 꽂았다.

그제사 농부들은 저앞을 가리키면서 하는 말이

≪논둑길 돌고돌아 가물가물한 저 끝에 가면 주라(목화)밭 매는 기음군이

있을터이니 그들에게 물어보시오.≫

라고 대주었다.

봉선화는 지친 몸으로 아들을 데리고 한발 두발 옮기며 가물가물한 그곳을 찾아 걸었다. 거기엔 과연 밭 매는 농군이 있었다. 봉선화는 또 물었다.

≪여보시오 농부님네 여기 이 길로 구룡동동 서선비가 비루먹은 말을 타고 지나가는것을 못 보았습니까?≫

≪어디 가는 손님인지 옷 입고 사는 사람이면 때 늦어가는 이 주라밭기음 매여주소. 그러면 서선비 간 곳을 가르쳐주리다.≫

봉선화는 할수없이 호미를 받아들었다. 비 온 끝의 목화밭은 질기가 찰떡같은데 바랭이가 밭을 덮어 밭고랑에 범이 새끼 칠 지경이였다. 봉선화는 바랭이 뽑는 손아귀가 터져서 피가 흘렀다. 그래도 이를 악물고 끝내 그 밭으 죄다 매였다. 그제야 농부는

≪저기 저 가물가물한 골짝으로 들어가면 양지바른 비탈밭에서 새 보는 아이가 있을터이니 거기 가서 물어보시오.≫

라고 하였다.

봉선화는 아들을 데리고 그곳으로 가서 보니 과연 녹두밭에서 새 보는 아이가 있었다. 봉선화는 그 아이에게 물었다.

≪녹두밭에 새 보는 동자야, 여기 이 길로 구룡동동 서선비가 비루먹은 말을 타고 지나가는것을 못 봤느냐?≫

그 아이는 대답도 아니하고 그냥 새만 보고있었다. 다시 물의니 동자는 저의 어머니가 새 볼 때 남과 말을 하면 새가 녹두밭에 앉으니 말하지 말라고 하였다고 대답하였다. 그럼 새를 보아줄터이니 대여달라고 청했다. 봉선화는 잘 보겠다고는 하였으나 정작 새를 암만 소리를 쳐도 새들은 그냥 달려들었다. 아무리 해도 안돼서 어떻게 해야 하느냐고 물었더니 그 동자는 이렇게 노래를 불렀다.

아랫녁 새야 웃녁 새야
우리누님 시집가니

녹두밭에 앉지말아.
녹두꽃이 떨어지면
녹두청포 못만들고
녹두청포 못만들면
우리누님 시집 못간다.

아랫녁 새는 알로 가고
웃녘 새는 우로 가라
두룸박 딱딱 우여-우-

봉선화는 동자가 시키는대로 소리를 지르며 새를 보았다. 그제야 새는 날아가고 그 동자는 앞을 가리키면서 말하였다.

≪저 멀리 가물가물하는 곳에 가면 하늘과 물이 맞닿은 곳이 있는데 거기서 빨래하는 할머니가 있을터이니 그 할머니께 물어보면 대여주리오다.≫

봉선화는 아들을 손잡고 또 그곳으로 갔다. 과연 호호백발인 할머니가 백설같이 흰 빨래를 한함지와 먹장같이 검은 빨래 한함지를 놓고 빨고있었다. 봉선화는 그 할머니에게 인사하고서

≪할머니 그 많은 빨래를 빠실제 이곳으로 구룡동동 서선비가 비루먹은 말을 타고 지나가는것을 못 보았습니까?≫

하고 물었다.

할머니는 대답하기를 보기는 봤는데 이 먹장같은 빨래를 백설같이 되게 다 빨아주면 가르쳐주겠다고 하였다.

봉선화는 여태도록 손에 물을 묻혀보지 못하고 자랐지만 빨래하는것을 본적은 있은지라 있는 힘 다 짜내서 검은 빨래를 하얗게 빨아놓았다.

그제야 할머니는 은술잔 하나를 주면서 그 은술잔을 물속에다 던지고 그것이 가는 곳을 따라가면 구룡동동 서선비를 찾을수 있느니라고 하였다.

봉선화는 그 할머니가 시키는대로 은술잔을 깊은 물에다 던졌다. 은술잔은 반들거리며 창해에 동동 떠가는데 그 할머니는 빨래하던 큰 함지를 내주

면서 그를 타고 은술잔을 따르라 하였다. 봉선화는 아들을 재촉하여 함지배에 올라타고 은술잔을 따르니 얼마를 갔는지 모르나 천길만길 깊은 물우에서서 감도는데 아츨한 벼랑바위앞에 다달았다. 그러자 물우의 큰 바위문이 스르르 열리니 은술잔은 그속으로 반들거리며 들어갔다. 그들도 그속으로 따라 들어갔다. 그 바위문속으로 들어가니 때는 대낮 같은 달밤인데 백화만발하여 꽃향기 그윽하였다.

봉선화는 아들을 데리고 재빨리 한 계수나무속에 몸을 감추었다. 그리고 사방을 둘러보니 계화향기가 온 누리에 풍기고있었다.

그 꽃동산의 한가운데 늴리리 기와집이 네귀에 풍경달고 동남풍에 월그렁절그렁하고있었다. 집안에서는 글 읽는 소리가 랑랑히 울려나왔다. 그러자 글 읽는 소리가 그치더니 한 선비가 대청으로 나와서서 소풍을 하는양 달을 쳐다보며 시를 읊는것이였다.

달도밝고 달도밝다
저기저기 둥근달은
봉선화를 보련마는
나는어이 못보는고?

서선비는 시를 읊고나서 한숨을 후유 쉬였다. 봉선화는 이 노래를 듣고 기쁨과 서러움이 한데 북받쳐 맞받아 노래를 불렀다.

저기저기 둥근달은
온천지를 비치련만
우리랑군 서선비는
봉선화를 못보시네.

이 노래에 흠칫 놀란 서선비는 계수나무를 쳐다보면서 귀신이거든 자취를 감추고 사람이거든 주소 성명을 대라고 웨쳤다. 그때 봉선화는 아들을 먼저 내려보내면서 아버지한테 절인사하라 하였다.

아들이 가서 공손히 절을 하며 ≪부친!≫하고 그의 무릎에 엎드렸다. 서선비가 어리둥절할 때 봉선화가 가까이 가면서 ≪가군님!≫하고 불렀다. 이 말에 서선비는 버선발로 뛰여내려와 봉선화를 맞이하였다.

서선비는 이것이 꿈이냐 생시냐 꿈이거든 제발 깨지 말라고 하면서 그들 모자를 방안으로 인진하였다. 서선비는 그들 모자간의 눈물겨운 전후사연을 듣고나서야 꿈을 깬것 같았으나 한가지 걱정스러운 일이 있었다. 그것은 서선비가 그곳에 오래동안 있는 동안에 그곳의 여자들이 서선비에게 정을 보냈으니 서선비를 곱게 놓아줄것 같지 않았다.

서선비는 생각 끝에 선생을 찾아가서 전후사연을 다 이야기하고 어찌할바를 가르쳐달라고 하였다. 선생은 그의 말을 듣고 잠시동안 생각더니 서선비의 배우자는 자기가 내는 수수께끼를 풀수 있을것이니 재주비김을 해서 이기는 사람을 서선비의 참다운 랑자로 정하겠다고 하였다.

이렇게 약속하고 선생이 먼저 수수께끼를 냈다.

≪새중에서 제일 큰 새가 무슨 새냐?≫

선생의 말이 떨어지자 서선비를 사모하는 그곳의 여러 여자들은 제각기 이 새 저 새 온갖 잡새를 다 대는데 한 여자가 이 새 저 새 크다 해도 새중의 왕은 봉황새라고 하면서 수수께끼를 자기가 풀었다고 야단이였다. 그때 여태까지 말없이 남의 말만 듣고있던 봉선화가

≪선생님과 여러분에게 아뢉니다. 제가 세상사를 좀 지내고보니 세상의 뭇새가 다 곱고 크다 하지만 먹새보다 더 큰 새가 없다고 여쭙니다.≫

라고 대답하였다.

그제야 선생은 고개를 끄덕이며 과연 사람이 먹지 않고는 못 사는 법이니 먹새가 제일 크고 곱고 귀중하다고 하였다.

선생과 봉선화의 말이 사리에 맞으니 누구 하나 부르튼 말을 낼수도 없었다. 그래 첫 수수께끼에서는 봉선화가 이겼고 선생은 두 번째 수수께끼를 냈다.

≪꽃중에서 가장 귀중한 꽃은 무슨 꽃인고?≫

여러 여자들은 또 종알댔다.

≪꽃중의 왕은 목단이니 목단꽃이 가장 귀중하오이다.≫

라고 하였으나 선생은 머리를 설레설레 흔드니 또 한 여자가 눈치차린듯이

≪목단이 꽃잎은 곱다해도 꽃향기 계화만 못하오니 통천하에서 계화가 가장 귀중하다고 아뢥니다.≫

라고 하였다. 그래도 선생은 응답이 없으니 딴 여자들이 숱한 꽃이름을 주어대였다. 이때 봉선화가

≪선생님께 아뢰나이다. 소첩이 인간사를 좀 지내고보니 세상에서 이꽃저꽃 다 귀중하다 해도 주라꽃보다 더 귀중한 꽃이 없다고 여기나이다.≫

라고 대답하였다. 선생은 의식(衣食)은 만인의 근본이니 과연 가장 귀중한 꽃은 주라꽃이라고 하였다.

두 번째 수수께끼에서도 진 그곳의 여자들은 다른 내기를 하자고 하였다. 선생은 그에 응낙하고 계수나무를 가리키면서 마지막 재주비김을 내놓았다.

≪저 계수나무에 늘 새가 많이 앉아서 아무리 쫓아도 날아가지 않고 지지굴거리기에 내 제자 서선비가 글을 잘 읽지 못하나니 누가 저 새를 아주 쫓아버릴수 있는가?≫

라고 물었다. 선생님의 말이 떨어지자 숱한 여자들이 달려들어 소리치고 나무통을 두드리며 돌을 던지기도 하였으나 새들은 이 가지에서 저 가지로 옮겨앉을뿐 한 마리도 날아가지 않았다. 이때 봉선화가 나서서 새쫓는 노래를 불렀다.

새야새야 고운새야
계수나무에 앉지말아.
계수나무에 새울며는
서선비 글못읽고
서선비 글못하면
우리랑군 못되나니
검은머리 파뿌리라

백년가약 맺은인연
고심참담 찾은연분
뉘라서 잊을소냐.
새야새야 고운새야
계수나무에 울지말고
아랫녁 새는 알로 가고
웃녘 새는 우로 가라
두룸박 딱딱 우여-

봉선화의 ≪우여-≫소리가 끝나자 그렇게 지지굴거리던 새떼는 한 마리도 없이 날아가버렸다.

그제야 선생은 만면에 너그러운 웃음을 짓고 봉선화를 쳐다보았으며 서선비는 봉선화와 아들의 손목을 잡고 맞아들였다.

이리하여 봉선화는 밤낮으로 사모하던 랑군 서선비와 검은 머리 파뿌리가 될 때까지 희희동락하였다 한다.

같지않은 사람

아주 오래고오랜 옛날 산중에 여러 짐승이 욱실거릴 때의 일이였다. 어느 한 산기슭마을에서 두사람이 지게에다 토끼와 낫을 꽂아지고 산속으로 들어갔다. 이 산속에도 여러 가지 맹수들이 많아서 그들 둘은 나무할 때 한곳에서 같이 해가지고 서로 나누어가지며 만일 어떤 일이 생기면 도끼를 무기삼아 다같이 싸우자고 굳은 약속을 하였다.

산속으로 들어간 그들이 한곳에서 강다리를 하다 한 사람이 보니 큰곰 한 마리가 자질구레한 나무들을 휘여재끼면서 기여오고있었다. 그는 저쪽 사람에게 곰이 오니 한데모여 싸우자고 소리쳤다. 그리고보니 그 사람은 벌써 높은 나무우로 바라올라가고있었다. 그러니 이제는 혼자서 그 육중한 곰과 싸울수도 없고 달아나지도 못하게 되였다. 하늘이 무너져도 솟아날 구멍이 있다더니 이 찰나에 곰은 죽은것을 다치지 않는다는 말이 피뜩 떠올라 그는 강다리옆에 쭉 엎어져 죽은체하였다. 곰이 옆으로 오자 눈을 감고 숨을 죽였다. 곰이 다가와서 냄새를 맡으니 머리 전내, 땀내가 뒤섞여 퀴퀴한 내가 났다. 곰은 그 내를 맡더니 대가리를 쳐들고 흔들거리며 지나가버렸다. 곰이 지나가자 교활한 사람이 나무에서 내려와 물었다.

≪이 사람, 왜 나무로 올라오지 않았나?≫

≪우리가 곰에게 발각됐는데 나까지 올라가면 곰이 나무로 올라올것이 아닌가?≫

라고 대답하니 비겁한 사람이 또 물었다.

≪내 나무우에서 볼라니 곰이 자네 귀에 대고 무슨 말을 하는것 같던데 무어라고 하던가?≫

≪곰이 나에게 당부하기를 참된 동무라는것은 위급할 때에 생사를 같이하는것일세. 교활하고 비겁한 사람은 말만 잘하지만 위험한 일에 봉착하면 저 혼자만 살 궁리를 하니 이후에는 그런 추잡한 사람과는 동무로 사귀지 말라고 신신당부하고 가데!≫

이 말을 듣자 비겁한 사람은 얼굴이 빨개지면서 대답거리를 못 찾고 멍하니 서있을뿐이였다.

목동과 공주

옛날 어느 한곳에 천지지간에는 저녁노을이 붉게 물들었을 때였다. 강물은 동으로 흐르고 달빛은 서쪽으로 돌아간다더니만 노을 받은 강물이 대하장강으로 흐르는데 푸른 초원에는 양떼모는 목동이 래일의 밝은 해빛을 맞으려는 영일곡을 불고있었다. 높고도 류창한 피리소리는 멀고도 먼데까지 울려갔다.

이때 궁궐안에 붓으로 그리자니 채색이 없고 옥으로 새기자니 흠집이 있을것 같은 아름다운 공주가 후원 조산을 거닐다가 은은히 들려오는 피리소리에 마음을 주어 친복불러 하는 말이

≪내 간밤의 꿈결에 일월을 품었기에 오늘 어떤 경사가 있을가 하였더니 저 선적소리를 듣는구나. 저 피리소리는 정녕코 인간세의 일이 아니라 신선이 하강하여 처소를 알리는것 같으니 급히 나가 맞아들이게 하여라!≫

고 분부하였다.

시녀 분부받고 갔다와 보하되

≪저 피리소리 선적소리 아니옵고 하치않은 한 목동의 죽적(竹笛)쇠리오이다.≫

라고 했다.

시녀가 공주에게 이렇게 고할 때 피리소리는 더욱 류창하게 울려왔다. 공주 그 피리소리 듣고 또 듣다가 하는 말이

≪아무리 새겨들어도 선동의 옥적소리 분명하니 지체치 말어라.≫

라고 분부하였다.

시녀 하는 수 없어 분부대로 목동을 찾아가서 여사여사하라 하였다.

어느날 밤 목동은 언약한대로 높고 높은 장벽을 명주필 휘휘청청 감아쥐고 넘어 후원 공주의 별당으로 들어갔다. 공주 목동을 반가이 맞아들인 후 그에게 금의단장 시켜주니 의복이 날개라 함은 이로부터 생긴 말인지 정의관 쓱 하고 앉은 목동은 그야말로 옥골선풍이요 해와 달 같이 환한 새신랑감이였다. 그러니 공주는 의젓한 신랑감을 놓아보내고 싶지 않았고 목동 또한 이슬 먹은 앵두 같고 초생에 뜬 반달 같아 웃으면 이속 곱고 앉으면 눈매 곱고 돌아서면 태도 곱고 춤을 추면 맵시 고운 공주를 버리고 떠날 생각이 없어서 그냥 같이 노는데 목동이 피리를 불면 공주 나비같이 춤을 추는 그 자태 서기 잠긴 중천에 봉황이 날개치는듯 원앙이 청류속에 날아드는듯 하였다.

속담에 꼬리가 길면 밟힌다더니만 그렇게 오래 놀다나니 그들에게 가을의 설한풍이 휘몰아쳤다.

무남독녀 외딸을 둔 임금은 요새 딸의 거동을 괴이히 여겨 신하에게 그 연고 소매해올리라 분부하였다. 잠시 후에 보하는 말은 공주의 별당에 웬 초립동이가 있다는 것이였다. 임금은 꿈에도 생각지 않던 일에 대경실색하고 대로하여 분부키를 오늘밤새로 그를 묶어다 열두바다 건너 바닷물속에 수장하라 하였다. 어느 령이기에 어길소냐. 목동은 군노들에게 붙잡혀 도마에 놓인 고기가 되어 떠나는데 공주는 비단옷 박비 맞아 젖은듯 젖은 소매 높이 들고 세상을 한탄하며 이제 가면 언제 오랴 목놓아 울었다. 목동 공주를 만류하며 하는 말이 이 세상이 야속하여 우리 정분 리별하나 금년세월 다 지나고 명춘삼월 꽃피고 잎이 필제 선간의 쌍가마타고 와서 공주 모셔가리라면서 다시 바라지 못할 길을 떠났다. 군노들은 목동을 묶어싣고 멀고먼 바다로 갔다. 옛말에 호랑이한테 물려가도 정신을 차리라고 하였으니 목동은 종적없이 죽으러 가는 길로 끌려가면서도 정신을 가다듬으니 제가 지은 죄는 면치 못하나 하늘이 지은 죄는 면할수 있다는 세상살이도리가 생각나서 이궁리 저궁리하다 며칠전에 공주가 금의단장 시켜줄 때 저고리안주머니에다 무엇인지 넣어주며 집에 들아간후 급할 때 열어보라고 하던 말이 떠올랐다. 그는 묶이운 손을 비틀듯이 빼내여 간신히 그것을 꺼내보니 그것은

누런 생금덩이였다. 목동은 한참동안 생각다가 황금을 군노들에게 내주면서

≪여보시오 사령님네, 죽는놈이 이것을 가지고 가서 무엇 하겠습니까. 사령님들이나 갖다쓰십시오.≫

라고 하였다. 때는 황금이면 호랑이 산눈섭도 뺀다는 시절이라 군노들은 귀가 벌쭉해가지고 서로 눈치를 보고있었다. 이때 목동은 요진통 설침을 놓았다.

≪옛말에 죽일 소도 물 먹여 죽이라는 말이 있는데 아무리 비천한 사람이라 할지라도 하늘이 낸 죄로 죽게 되었는데 죽기전의 소원이나 한마디 들어주시오.≫

라고 하면서 간청을 드렸다. 그 간청인즉 물에다 밀어넣을 때 묶은것이나 끌러서 넣어주면 수중고혼이 된후라도 편안하겠노라는것이였다. 만일 그러지 않으면 물귀신이 된후 물가에 나서는 궁궐량반들을 죄다 끌어가겠다고 가새질렀다. 군노들은 황금에 목젖이 굴꺽거릴뿐만아니라 한편 후환이 겁나서 간청대로 묶은것을 끌러서 물에다 처넣고 돌아갔다.

물에 빠진 목동은 창해의 나뭇잎이라 파도에 밀리고 밀리면서도 정신을 잃지 않고 헤염을 쳐서 자그마한 섬우에 오르게 되였다. 그렇지만 이 섬은 사람커녕 길짐승 한 마리도 없는 숨없는 섬이였다. 다만 집채같은 바위사이에 풀포기와 이름 모를 작은 나무들이 드문드문 있을뿐이였다. 그러니 먹을 것은 물론이요 입을것이 있을리 없었다. 만분의 다행으로 살아서 섬에 오르기는 하였으나 그도 또한 죽은 몸과 매마찬가지였다. 목동은 천가지 생각과 만가지 궁리를 하며 살아나갈 길을 찾다가 며칠전에 새옷을 갈아입을적에 공주가 채워주던 꽃주머니를 풀어보았다. 꽃주머니속에는 바느실과 한손의 부시와 부시깃이 들어있었다. 목동은 그것이 칠년대한 가문 날에 비방울을 만난듯이 기뻐서 인차 바늘은 휘여서 낚시를 만들고 실은 부벼서 낚시줄 늘여 고기를 낚기 시작했다. 바다에는 고기도 많거니와 낚시도 좋아 순식간에 고기를 많이 낚아놓고 나무 해다 불일구어 구워먹었다.

목동은 이날부터 물고기를 량식 삼아 세월을 보내며 배 지나가기를 기다리고기다렸다. 하루 지나 이틀이요 날 보내고 달 바꾸어 어느날이였다. 물

우에 웬 큰 새둥지가 둥실둥실 떠서 섬 가까이로 밀려오고 있었다. 목동이 그를 건지여본즉 둥지속에는 학새끼 한 자웅이 길다란 모가지를 기웃거리고 있었다.

산 같은 파도만을 벗삼아오던 목동은 날짐승이라 할지언정 숨을 가진것이라 타향에서 일가친척이나 만난듯이 기뻐하면서 인차 고기를 낚아 학새끼들에게 먹였다.

이제는 학을 벗으로 날을 보내고 달을 바꾸니 학도 점점 커서 세상에서 볼수 없는 큰 학이 되였다. 학이라는 것은 날짐승이니 섬에만 가만히 있으려하지 않았다. 날마다 먼데까지 훨훨 날아다니다간 해가 저물면 되돌아와서 같이 잤다.

어느 하루였다. 학 두 마리가 끝없는 바다 저 멀리까지 날아간후 어둡도록 돌아오지 않았다. 기다리고 기다리던 목동은 말 못하는 짐승이기로 어찌 그처럼 매정하게 날아가고 말았느냐고 홀로 쓸쓸함을 이기지 못하고있을 때였다. 하늘가 저편에서 학들이 날아왔다. 그런데 어찌된 일인지 수놈은 입에다 옥피리를 가로물고 돌아왔다. 목동은 학의 등을 쓰다듬으며 너희들이 어찌 내 마음 내 소원을 알고있느냐고 하면서 기특히 여기다 기쁜김에 옥피리로 한곡 내뽑았다. 옥피리소리는 바위에 부딪치는 파도소리를 짓누르고 쨍쨍 울리였다. 학들은 피리소리에 맞추어 큰 날개를 너울거리면서 너펄너펄 춤을 췄다.

어느날 저녁이였다. 전날과 같이 멀고먼 곳에 날아갔다 돌아온 학들은 껑충한 다리를 옴추리고서 목동의 앞에다 등을 내대였다. 영문을 모르는 목동은 네 등에 업히란 말이냐고 물은즉 학은 고개를 끄덕끄덕하였다. 목동이 등에 업히지 학은 지체치 않고 푸르릉 하늘높이 날아올랐다. 그날 밤인즉 월색은 고요하여 낮과 같이 밝은데 학은 꽃향기 무르녹아 취홍이 그윽한 곳으로 훨훨 날개저어 열두 바다 삼천리, 모래방 삼천리, 산을 넘어 삼천리, 구천리를 지나 큰집 지붕우를 휘휘 돌아 그집 마당에다 목동을 내려놓았다. 내리고본즉 그곳은 바로 옛정이 잠기여있는 공주의 별당이였다. 그러자 학은 머물지 않고 멀고먼 곳으로 날아가버렸다.

때마침 방에서 나오던 공주는 목동을 보고 자지러지게 놀라면서 반갑게 맞아들여주었다. 오랜만에 만난 그들의 자상스러운 사정이야 어찌 필묵으로 다 말할수 있으랴. 공주는 마주앉자마자 우리의 정이 끝장인가 한탄하며 이 세상에서 못 이룬 정 저 세상에 가서 만날가 하였더니 지성이 감천하였는지 천지신명이 우리 연분 가긍히 여겨 도우신지 이 세상에서 또다시 만났으나 래일인즉 부왕의 령을 거역하지 못하여 김정승네 집으로 시집가는 날이라고 하면서 간밤의 꿈이야기를 하였다.

간밤이였다. 공주는 애달피 울다가 풋잠이 들었는데 사몽비몽간에 목동이 하늘에서 청학 타고 옥피리를 불며 하강하더니 자기 품에 들기에 놀라 깨고본즉 꿈이였다. 그래 행여나 하여 문을 열고 나서니 과연 그리고그러던 이가 오셨다고 하면서 옥피리를 달라 하였다. 목동은 옥피리를 공주에게 주었다. 옥피리를 받아들자 공주는 목동에게 래일 김정승네 집에 와서 잔치구경을 하면 알 도리가 있을터이니 분주한 이곳에서 지체치 말고 빨리 떠나라 하였다.

공주의 별당에서 나온 목동은 깊은 밤 갈 곳도 없어 밤하늘의 찬이슬을 맞으면서 배 주고 속 빌 일이 아니되랴 쓸쓸한 로숙을 하고 이튿날 김정승네 집으로 갔다.

목동은 구경군이 인산인해를 이루고있는 속에 끼워서서 잔치구경을 하는 척하고있었다.

공주를 며느리로 맞는 김정승은 대연을 베풀고 삼정승 륙판서는 물론이요 문무백관들을 초빙하였다.

시각을 알리는 징소리가 울리자 넓은 마당에는 청송록죽 량쪽에 세워놓고 기러기 자웅에 소담한 초례상 차려놓은 동쪽으로 사모관디띤 거룩한 신랑이 나서고 서쪽으론 조두리 쓰고 장옷 입은 신부가 인진받아 나섰다. 미구에 병풍걷고 분향사례드린후 청실홍실 늘인 술잔 오고가려는 때였다.

신부 장옷품안에서 옥피리를 내여들고

≪사람들에게는 천상의 연분이 있나니 나의 배필인즉 이 옥저를 불수 있는분이거늘 만인들앞에서 불기를 원하노라.≫고 하는것이였다.

많고많은 귀객들은 그야 틀림없이 김정승의 아들이라고 법석하였다. 인진은 옥피리를 금쟁반에 받아들어다 신랑에게 주었다.

옥피리를 받아든 김정승의 아들은 두손으로 마주들고 공경히 입에다 댔으나 웬 일인지 아무리 불어도 음률은 고사하고 소리조차 나지 않았다. 신랑은 애를 쓰다쓰다 피대돋은 얼굴을 숙이지 않을수 없었다.

공주는 고개를 설레설레 흔들면서 이 옥저는 선적이기로 오늘 옥적소리가 나지 않음녀 이집뿐아니라 나라에 대환이 있을터이니 주객을 막론하고 모든 사람들에게 돌려불게 하라고 하였다.

몸채에 있어서는 아무도 옥피리를 내는 사람이 없어서 행랑채로 내보냈다. 마지막에사 목동에게 차례가 돌아갔다. 그는 받아들자 불기 시작하는데 원래 자기 손에서 때묻은 피리라 거침없이 얼사곡으로 청청하게 불어대니 그 큰집안이 찌렁찌렁 울리였다. 그렇게 되니 잔치는 고사하고 귀빈들과 구경군들은 각기 공주의 거동만 보고있었다.

공주는 피리 부는 목동을 가리키면서 저분이 비록 의복은 람루하나 자기의 천상지배필이라 하면서 나섰다. 그러니 온 집안이 법석법석하게 떠들며 공주의 거동에 따라 이리 흔들 저리 흔들 쓸리였다. 그러자 목동을 잡아 목을 치라는 호령이 추상같이 내렸다.

이때였다. 청청한 하늘공중에서 큰 학 두 마리가 날아와서 한 마리는 공주를 태우고 또 한 마리는 옥피리 부는 목동을 태우고서 하늘높이 쌍지어 날아가는데 즐겁고 홍겨운 옥피리소리는 그치지 않고 청청하게 창공에 울리였다.

망두석 재판

옛날 한 사람이 오월 단오를 기회삼아 장사차로 서울에 가서 비단 이십필을 사가지고 돌아오는 길이였다. 여러날 보행을 해서 로독도 나고 더욱이는 단양 태양이 몹시 더워서 좀 쉬여가자고 솔밭속으로 들어갔다. 그곳에는 어느 집 선산인지 망두석이 있어서 그곳에다 비단짐을 놓고 옆의 소나무 그늘에서 낮잠을 잤다.

그가 한숨을 자고 깨여본즉 비단짐이 없어졌다. 참 기막히는 일이였다. 남의 돈을 빚어 내여 천여리를 곱돌아 거의 와서 잃었으니 이 일을 어찌한단 말인가. 속태우고 울었대야 소용없는 일이였다. 그는 생각다가 고을로 들어가서 원님에게 상소하였다.

원은 그 보따리곁에 무엇이 있더냐고 물었다. 그 장사군은 뉘집 선산인지는 모르나 망두석이 있을뿐 딴것은 없었다고 하였다. 그러니 원은 즉석에서 사령들을 불러 그 망두석을 붙잡아 대령시키라고 령을 내렸다. 어느 령이라고 거역하랴, 망두석은 바에 칭칭 감겨서 끌려왔다.

그날은 고을의 원이 망두석을 묶어다놓고 재판한다는 소문이 나서 온 읍내의 사람들이 구경하러 구름처럼 모여들었다.

원은 사람들이 들어온후 사대문을 채우게 한 다음 재판을 시작했다.

≪너 이놈 망두석아, 저 사람이 너한테 비단보따리를 맡기고 잤다는데 너는 서있었으니 자지는 않았을터이다. 그러니 너는 그 보따리를 어느놈이 가져간것을 알것이다. 본대로 직고해라!≫

그러나 망두석이 말을 할리 만무하였다. 그러니 원은 안되겠다고 하면서 집장사령을 불러 곤장 한아름 안아다놓고 치게 하였다. 집장사령은 우습기

짝이 없었으나 령을 거역 못하여 할수없이 곤장을 치는데 이면치레로 허풍을 부리며 쳤다. 원은 그를 보자 노기 대발하여 다른 집장사령을 불러서 단번에 곤장이 부러지게 한 십동을 치라고 하였다. 그제사 곤장은 대번에 부러지여 공중으로 날아갔다. 원은 돌아앉으면서 노발대발하면서

≪네가 이래도 본대로 말을 안할터이냐!≫

고 낯을 붉히며 야단쳤다. 그러니 군중들은 그만 웃어댔다. 원은 사령군노들에게 명하여 대문을 단단히 걸어 잠그게 하고 그들을 죄다 옥에 가두라고 하였다.

≪고약한놈들! 나는 고을의 원이다. 원은 민지부(백성의 아버지)라 불쌍한 사람의 재물을 찾아주려고 애를 쓰는데 너희들은 도리여 가소롭다고 웃어대니 너희들 죄가 더 크다. 망두석은 물리쳐라.≫

하고는 군중들을 옥에다 가두었다.

이튿날이였다. 옥에 갇힌 사람들의 자손들이 원에게 상주하기를 단오명절이 되었으니 속죄하여달라 애원하였다. 원은 대답하기를 비단 한필을 바치는자는 놓아주겠다고 하였다.

그 말을 들은 자손들은 애를 써서 곳곳에 렴탐하여 비단을 사서 바치였다.

이튿날부터 비단필이 들어왔다. 원은 그 상인에게 바쳐온 비단필을 보이면서 이 비단이 옳은가고 물었다. 그는 단번에 알아보고서 자기가 잃어버린 비단이 틀림없다 하였다.

그제사 비단필을 바친 사람들을 하나하나 불러다 그 비단을 어데서 샀느냐고 물었다. 그들은 모두 똑같은 한집에서 샀다고 하였다.

원은 그 상점주인을 잡아들여 그 비단의 래력을 대라고 하였다. 그는 아무곳에 있는 아무개에게서 비단 스무필을 샀다 하였다. 원은 다시 그 비단이 다 있느냐고 물으니 그는 어제 열아홉필은 필로 다 팔고 한필은 해척해서 팔았다 하였다.

원은 당장에서 도적놈을 붙잡아다 족치니 그놈은 도적질한 사실을 죄다 내불었다.

원은 옥안에 가두었던 사람들을 내놓고 그앞에서 상인에게 스무필 비단값

을 죄다 주고 비단 열아홉필을 같이 돌려주었다.

그제사 백성들은 원이 망두석을 붙잡아다 곤장을 친 연유를 알게 되었다.

나비 한쌍

옛날 어느곳에 한 총각이 있었다. 그는 조실부모하고 형제도 없는 외톨이 굴밤알인데다 살림살이까지 구차하여서 늦도록 장가를 들지 못하고 혼자서 살았다. 그러나 일솜씨만은 남달라서 남의 논마지기나 얻어부치는 것으로 혼자입을 겨우 건져나갔다. 어느해 한 여름인 삼복지절의 어느날이였다. 그 날도 일하러 나간 총각은 논두렁에다 지게를 벗어놓고 지게등태를 걸타고 앉아서 약이 올라 검실검실한 벼를 바라보며 혼자말로

≪없는놈은 장가도 못 가는 세상에 이 나락을 이리 가꿔 누구하고 먹을가나!≫

라고 신세타령을 하였다.

총각이 말을 마치자 어디서인지 웬 여자의 말소리가 들리는데 그 맑은 소리는 진주가 옥반에서 구는듯하였다.

≪누구하고 먹겠어요! 나하고 먹지!≫

총각은 아닌밤중에 홍두깨 내밀듯 불쑥하는 대답에 놀라서 사방을 둘러보았으나 사람이라곤 도무지 보이지 않았다. 행여나 하고 온 논배미를 죄다 돌아다니면서 숨을만한 곳은 다 찾아보았으나 사람은커녕 그림자도 없었다. 총각은 하도 이상야릇해서 논뚝에 우두커니 선채 이 수수께끼를 풀양으로 또 한번 그 말을 외우고 곰곰이 살펴보았다. 그랬더니 등잔밑이 어둡다고 바로 자기가 서있는 논두렁밑의 벼포기사이에서 물방울이 뽀르록뽀르록 올라오면서

≪누구하고 먹겠어요 나하고 먹지!≫

하는 말소리가 들려왔다. 총각은 더욱 괴이쩍어서 눈이 둥그래 그곳을 보

니 벼포기사이에 아주 희귀한 큰 골뱅이가 하나 있는데 그 딱지가 팔딱팔딱 하면서 말소리가 울려나오는것이였다. 총각이 두팔을 걷고 들어가 골뱅이를 건져보니 물속을 들여다 볼 때와는 달리 엄청나게 컸었다. 말하는 골뱅이를 처음 본 총각은 다정한 동무나 만난것처럼 몹시 기뻐하며 그즉시 집으로 가져다가 정지간 물독안에다 넣고 또 일하러 나갔다.

한나절 혼자서 논을 맨 총각은 점심때가 돼서 예전과 같이 점심을 끓여먹으려고 집으로 돌아왔다. 집에 들어서자 그는 놀라지 않을수 없었다. 웬 일인지 온 집안에 화기가 돌고 정지의 가마전이 반질반질할뿐만아니라 온 정지가 환하게 영채났다. 그저일이 아니라고 여긴 총각은 솥뚜껑을 열고보자 더욱 놀랐다. 누가 지었는지 김이 무럭무럭 나는 새하얀 이밥이 한사발 말밥으로 담겼는데 부엌안의 뚝배기에서는 장이 보골보골 끓고있었다. 뿐만아니라 방안에는 빨간 고추장과 사곰사곰하게 잘 삭은 열무김치마저 한종지 떠놓고 수저를 닦아 깨끗이 외상을 차려놓았다. 총각은 너무나 어처구니없어서 몇번이고 집안팎을 돌아다니면서 사람을 찾았으나 도무지 찾아낼수가 없어서 할수없이 혼자서 밥술을 들었다. 밥술을 들고보니 간장새도 맛갈스러워서 맛있게 먹고 상을 물렸다.

점심을 먹은 총각은 밥술을 놓자마자 예전처럼 설거지는 젖혀놓고 저녁나절의 일이 기다리는 논으로 나갔다. 그날 해도 저물자 하루일을 끝마친 총각은 또 오막살이집으로 돌아와서 저녁을 지어먹으려 하였다. 그런데 신기한 것은 점심밥상은 간데 없고 그대신 점심때처럼 또 저녁을 차려놓았다. 갈수록 더욱 이상궂게 생각한 총각은 기를 쓰고 찾으며 불러보았으나 여전히 사람은 나오지 않았다. 총각은 찾다못해 물독을 들여다보면서 말하는 골뱅이에게 어떤 사람이 왔더냐고 물었다. 골뱅이는 모른다고 대답할뿐이였다.

이렇게 하루 가고 이틀일 가는데 때마다 날마다 반찬은 달라져도 사람은 볼수 없었다. 나중에는 헌 옷마저 기워놓고 이불마저 빨아서 알뜰히 기워놓았다. 총각은 궁리하고 궁리한 끝에 한 꾀를 생각해냈다. 하루는 일하러 나가는체하며 마당을 한바퀴 돌고서 도로 살금살금 돌아들어와서 정지구석에 키를 쓰고 숨어서 동정을 살피였다. 기다리고기다리다 점심때가 거의 될무렵이였다. 갑자기 물독 가장자리에 환하게 채광이 일더니 그안에서 선녀같은 처녀가 창포같은 머리태를 곱게 빗어 단장하고 분홍치마에 새하얀 행주치마를 받쳐입고 아장아장 걸어나와서 밥을 지어 차려놓고는 도로 물독안으로 들어가는것이였다.

총각은 그제야 수수께끼가 풀리기는 하였으나 뜻하지 않던 일에 부딪쳐 어쩔 방도가 나지 않아서 쭈물거리다나니 그새 처녀는 그만 물독으로 들어가버렸다. 물독안을 들여다보니 골뱅이는 여전히 골뱅이대로 있었다.

사연을 알게 된 총각은 이튿날 또 키를 쓰고있다가 점심을 다 해놓고 들어가려는 그 처녀를 꼭 붙잡았다. 그러나 처녀는 총각을 살짝 뿌리치고 웃음만 빵긋 남기며 자취를 감추고말았다. 총각은 또 안타까이 저녁때를 기다렸다. 과연 해가 너울너울 기울어지자 다시 물독우에 서광이 비치며 온 정지에 홍조가 끼더니 그안에서 꽃같은 처녀가 나와서 저녁을 서둘고있었다. 총각은 벌떡 일어나서 우선 먼저 골뱅이껍질을 깨여버리고나서 처녀를 붙잡았다. 처는 당황해하면서 골뱅이속으로 들어가려다가 껍질이 깨진것을 보더니 할 수 없다는듯

≪우리는 이미 배필로 맺어졌는데 일을 너무 조급하게 처리하셨습니다.≫

라고 자못 총각의 성급함을 질책이나 하는듯하였다. 그러나 일이 이렇게 된바엔 청옥같은 마음 한뜻으로 살면서 어떤 일이 있더라도 청송같이 굳은 절개 록죽같이 변치 말자고 하였다. 그러면서 물독안을 더듬어 진주하나를 건져 총각에게 주면서

≪이것을 깊이 간수하세요!≫

라고 하였다.

이날부터 일잘하는 총각과 솜씨있고 인물 고운 처녀는 새 생활을 하는데 그 정 그 뜻을 무엇에다 비길손가! 논일 나가면 기러기 맑은 물에 노니는듯, 밭일 나가면 원앙이 청류에 날아드는듯 집안에 들어서면 봉황이 선계에서 노니는듯 하였다. 날마다 신랑이 일하러 나가면 새각시는 알뜰하고 맛있게 점심밥 지어 이고 논밭으로 나가서 논뚝에 마주앉아 밥함지를 밥상 삼고 해논 일을 돌아보며 래일 일을 상론하니 그 밥이 살로 가서 일군의 힘이 되어

일손은 재빠르고 곡식은 무성하였다.

이렇듯 그들의 일터에서 맺어진 정 일터에서 자라고 깊어가는데 예다 쐐기치는놈이 있었다.

어느날 새각시는 예전과 같이 점심밥을 이고 논으로 나가다 공교롭게도 사또행차를 만나게 되였다. 새각시는 사또행차를 앞질러 지나갈수 없어서 급히 피하여 논뚝밑에 엎드려 행차 지나가기를 기다렸다. 사또가 지나다보니 웬 일인지 논뚝밑에서 광채가 환히 나므로 행렬을 멈추고 하는 말이 저기저 논뚝밑에 해와 달이 떨어졌나 칠성별이 떨어졌나 광채가 환하니 그 사연을 알리라고 분부하였다. 분부받고 전배가 갔다 되돌아와서 고하는 말이 해와 달이 떨어진것도 아니요 칠성별이 떨어진것도 아니옵고 하찮은 한 농부의 계집이 행차를 보중해 논두렁밑에 엎드린것이라고 아뢰였다. 그 말을 들은 사또

≪온 들판에 서기 떠도는것을 보아 정녕 인간세의 사람이 아니니라. 선계의 분부받고 하강한 선녀가 하치않은 농부의 계집으로 분장하고 내 행차를 기다림이 분명하니 한시급히 모시도록 하여라!≫

고 호령하였다.

새각시는 이 난국을 피하려고 갖은 애를 써가며 유부녀 강탈하는 죄는 무엇이냐 도리를 따졌으나 무도한 사또에게 도리가 있을리 없고 도망을 친들 그속에서 어데로 가리. 그야말로 백약이 무효라더니 정말 백책이 수포여서 할수없이 끌리여가게 되였다.

한편 신랑은 논에서 기다리고기다리다 점심때가 훨씬 넘어 집으로 돌아가서야 안해가 관가에 잡혀갔다는것을 알게 되였다. 분하고 애통한 신랑은 천지신명도 무심하여 남의 유부녀 강탈하는놈에게 마른벼락을 내리지 않는다고 통곡하다 사생결단하고 각시를 찾으러 떠났다. 그는 단숨에 삼문밖까지 달려갔으나 게가 어데라고 들어갈수 있단 말인가! 매를 맞고 할수없이 높은 담장밖에서 아래우로 빙빙 돌며 무도한 세상을 증오하면서 그래도 혹시나 하고 무진 애를 썼다. 그렇지만 날개 없어 날지 못하니 어찌할수 없었다.

사또에게 붙들려간 새각시는 주야장철 마음 먹음이 어떻게 하든지 랑군을

만나려고 무진 애를 썼다. 그러나 그의 앞에는 나는 새도 어렵다는 높은 성벽이 가로막혀있으므로 담장밖에서 증오와 울분으로 돌아다니는 랑군의 모습을 볼수 없었다. 담장을 맴돌던 신랑은 사지맹서하고 삼문안으로 들어갔으나 벙거지 쓴 사령들게 붙잡혀 곤장을 백장 맞고 원한에 찬 가슴을 움켜쥔채 성벽밖에서 원한의 세상을 뜨고말았다. 그가 죽은 원한의 넋은 날개있는 설중새로 재생하였다. 날개있는 설중새는 훨훨 날아 사또네 집 뒤울안에 있는 큰 고목우에 앉아서 밑을 내려다보며 울었다. 그때 마침 달밝은 밤이였는데 새각시도 수심깊은 회포를 풀어놓을데가 없어서 뒤울안에 나와 수심에 잠긴채 앉아있었다.

달아달아 둥근달아
저기저기 밝은달아
우리랑군 비치련만
이내몸은 무슨죄로
영문안에 갇히워서
우리랑군 못보느뇨.

달아달아 둥근달아
온세상을 비추는달
거울같은 네얼굴로
이내랑군 비쳐다오.

설중새는 그 노래를 알아듣고 맞받아 불렀다.

달아달아 밝은달아
거울같은 네얼굴로
우리랑자 비춰줄때
이내몸도 비춰다오.

각시 또한 설중새를 동정하여 얼른 맞받아 불렀다.

새야새야 울리말아
안그래도 속타는데
짝을잃은 원앙이라
비웃지를 말아다오.
이세상에 원한많아
우리랑군 못만난들
저세상에 가서서야

그대어찌 못만나리.

설중새는 나무우에 앉아서 각시의 마을 듣고 눈물 뚝뚝 떨구다 물고갔던 진주를 각시의 품안에다 떨어뜨려주었다. 각시는 진주를 받아들고 보더니만 자기의 원혼인줄 알고 또한 랑군이 세상을 떴다는것을 알게 되였다. 각시는 하늘이 무너져서 머리를 누르는듯하므로 하염없이 눈물만 흘리는데 설중새는 또한 같이 서러워하다가

≪지지굴지지굴 우리 눈물 한데 합쳐 바다된다 한들 울어서 쓸데있나 서러워한들 소용있나, 울지 말고 정신차려 이 진주 묻어다오.≫

라고 하고는 멀리멀리 날아가버렸다. 설중새 날아간후 각시는 혼자서

원쑤로다 원쑤로다
이성벽이 원쑤로다
우리랑군 날찾다가
성밖에서 죽었구나

랑군잃은 청춘과부
뉘를믿고 살겠느냐

원쑤로다 원쑤로다
이세상이 원쑤로다

라고 슬피 울다 마음을 가다듬고 한 궁리를 생각했다.

사또 신선같이 고운 각시 얻은후로 갖은 애를 써서 그의 환심을 사려 했으나 도저히 마음 돌아서지 않으므로 하루이틀 근심하며 기다리는 때였다. 각시는 사또께 청들기를 세상을 뜬 랑군의 시체를 찾아서 양지쪽에다 잘 묻어주고 사모제를 잘 지내주면 그후부터는 모든 수청을 다 들겠다고 하였다. 그 말에 귀가 솔깃해난 사또는 당장에 사람들을 시켜 구렁창에다 내던졌던 신랑의 시체를 찾아다 뒤동산 양지쪽에다 그 구슬과 함께 고이 묻고 성분을 크게 만들어놓았다.

그후 삼일만에 새각시는 소복단장 정히 하고 사모제를 지내러 가는데 그 뒤에 사또도 따라나섰다. 각시는 뒤동산에 오르자 머리를 풀고 봉분앞에 엎드려 대성통곡하며 한많은 세상을 한탄하였다. 이때였다. 갑자기 동쪽하늘가에서 설중새가 슬피 울며 날아오더니 검은구름이 하늘을 덮으며 천지를 뒤엎을듯 뇌성벽력이 울고 번개불이 번쩍하며 사또가 넘어가고 그 봉분이 쩍 갈라졌다. 그러자 이때까지 엎드려서 곰짝달싹 안하던 각시가 벌떡 일어나서 설중새와 함께 번개같이 봉분속으로 뛰여들어갔다. 봉분이 닫히자 그렇게 소란스럽던 날씨는 씻은듯이 깨끗하여지고 분묘주위에는 난데없는 오만가지 꽃이 만발하여 그 향기 중천에 풍기는 속에 나비 한쌍이 이 꽃에서 저 꽃으로 꽃잎에서 꽃잎속으로 나풀거리며 날아다니였다.

륙형제

이 이야기는 아득한 옛날 호랑이 담배피우던 때의 일이다.

어느 한곳에 재주가 비상한 규수가 있었다. 그 규수의 솜씨는 번개불에 콩을 닦아내는 날램이였다. 어찌나 솜씨가 날랬던지 아침밥을 안쳐 불을 지펴놓고 나간 뒤 삼밭에 달려가서 생삼을 쪄다가 껍질을 벗기고 앗아서 머리칼같은 실을 뽑아 명주같은 보름새 삼베를 짜놓고나면 그새 아침밥이 되였다 한다. 그러면 아침밥을 퍼서 함지에 덮어가지고 일터로 나간 사람들의 아침을 날라가군 하였다.

속담에 발없는 말이 천리 간다더니 일잘하는 처녀의 소문은 온 천하에 쫙 펴져서 원근방 할것없이 그를 모르는 사람이 없게 되였다. 소문이 이렇게 펴지자 그에 따르는것은 중매군인데 래왕하는 사람이 어찌나 많던지 영문을 모르는 사람은 그집 마당에 장이 섰느냐고까지 말하게 되였다. 그도그럴것이 누구나 장남한 아들 가진 사람 치고 마음씨 곱고 솜씨 좋아 안팎이 환한 며느리를 삼으려는 심사가 없을리 없었다. 그리하여 집문턱에 불이 날 지경이였지만 웬 일인지 처녀는 고개돌이만 할뿐 거뜰떠보지도 않았다. 이집 가문으로 놓고보아서 고관대작인 명문거족의 문벌에서 찾아온 사람은 없었다. 그렇지만 그래도 고을에서는 손을 꼽는 량반들도 내집에 들어오면 량반이 되느니라 하면서 어려운 길을 걷기도 했다. 그래도 처녀는 애당초 말문도 열지 않았다. 그럼 대체 이 처녀가 시집을 안 갈 작정이냐하면 그런것도 아니였다. 오직 자기에게 짝지지 않느 출중한 솜씨가 있는 랑군을 맞으려는것이였다. 세상에 이런 솜씨를 가진 배짝이 어디 그리 흔할수 있겠는가!

이리하여 하루이틀 날을 보내다나니 그해도 봄철이 다가고 초여름이 되였다. 그때인즉 천하의 대본은 농사라고 하니까 아들 가진 사람도 며느리 맞는 대사를 잠시 밀어놓지 않을수 없게 되어서 처녀의 집으로 드나드는 사람이 적게 되였다.

그런데 농사철로 놓고 말하면 이제 이종을 시작하는 때였는데 하루는 웬 총각이 찾아와서 인사를 드렸다. 그는 창포같은 머리태를 둘둘 감아얹고 삼베수건으로 질끈 동여맨 대걸총각이였는데 그가 하는 말이 자기가 직접 청혼하러 왔다는것이였다. 그러면서 자기의 재주는 하루식전에 벼모 열마지기를 낼수 있다고 하였다. 처녀는 당사자를 직접 만나본것도 처음이거니와 하루식전에 벼모 열마자기를 혼자 다 꽂는 솜씨가 있다는것도 처음 들은 말이라 귀가 솔깃해서 그와 솜씨겨룸질을 해보고 대사의 가부를 정하자고 말을 뗐다.

약속한대로 이튿날 총각은 날이 희붐해지자 써레질해놓은 논배미에 들어섰다. 모춤을 쥐고 모를 꽂는 총각의 손바람이 어찌나 빠른지 쪼록쪼록하는 소리가 나는것이 아니라 그 소리가 이어져서 찌익하였다. 그리하여 총각은 논두렁의 풀에 맺힌 이슬이 채 마르기도전에 얼마지기의 벼모를 죄다 꽂고 논뚝에 올라섰다. 그때 처녀도 생삼을 쪄다 벗겨서 짠 삼베로 밥함지를 덮어이고 논가에 당도했다. 처녀는 총각에게 아침을 권하고서 논배미를 돌아다니며 보았다. 다 돌아보니 한 논배미 구석에 삿갓이 놓여져있는데 그 삿갓밑에 벼모 열포기가 꽂히지 않았었다. 그를 보자 처녀는 락심을 하며 되돌아 밥함지있는데로 가더니 잠자리날개같은 새 삼베 밥부재를 들고 해살에 비추면서 자기가 지은 밥과 삼베를 보라 하였다. 과연 티하나 보이지 않았고 실한오리 굵고 가는것이 없었다. 그리고 총각에게 하는 말이 그대의 솜씨는 범상치 않으나 재간이 있는 사람일수록 침착해야지 그렇지 않고는 그 재간이 되려 큰 화를 빚어내기 마련이요라고 하면서 총각의 청혼을 거절하여버렸다.

총각은 분하기는 하였으나 미리 언약한바 있고 또한 그 처녀의 참다운 도리앞에서는 어쩔수 없었다. 그렇기는 하지만 그래도 마음에 내키지 않아 검으락푸르락하면서 그 자리를 떠나고말았다.

이 일이 있은 바로 이튿날이였다. 또 어제 왔던 총각과 짝지지 않는 총각이 찾아와서 그도 하루식전에 벼모 열마지기를 꽂을수 있다고 하였다. 처녀는 역시 비김을 쾌히 승낙하였다.

그 총각도 이튿날 동틀무렵에 모춤을 들고 써레놓은 논배미에 들어섰는데 그 손바람이 어찌나 빠른지 어제 총각의 모꽂는 소리가 찌-익하였다면 오늘 이 총각은 째액하였다. 이 총각도 처녀가 논배미에 채 당도하기전에 마지막 포기를 꽂고 털털 털며 논뚝에 올라섰다. 처녀는 그를 보자 다소 미소를 띠우며 아침밥을 권하고서 또 논배미를 돌아보러 나섰다. 그런데 작은 논배미 한가운데 벼포기 한 대가 물에 동동 떠있었다. 처녀는 당장 미소를 거두고 어제말과 같이 그대의 솜씨는 범상치 않으나 재간이 있는 사람일수록 침착해야지 그렇지 않고서는 그 재간이 되려 큰 화를 빚어내기 마련이요라고 하면서 청혼을 거절하여버렸다.

이 총각은 언약한 사리에 졌으니 남을 탓할것이 못되니만큼 할수없다 하면서 떠나가고말았다.

그처럼 재간있는 두 총각이 처녀에게 청혼했다 퇴박맞고 돌아간후부터는 웬만한 사람은 청혼을 들수 없어서 중매군조차 없어지고말았다.

그후 날을 보내던 처녀는 내 어찌 내 입에 감이 저절로 떨어지기를 기다리겠는가 복은 자기스스로 일구는 법이지 남이 가져다주는것이 아니며 설혹 있다 쳐도 그는 제것이 아니라면서 남장을 하고 집을 떠났다. 그래 발길 가는대로 정처없이 다니며 자기 마음에 꼭 맞는 사람을 찾았다. 정처없이 가는 길이란 세상살이 모든 길과 매한가지라 결코 탄탄대로마 있는것이 아니라 소로길도 있고 험준한 준령을 톺아올라야 할 가파로운 길도 있었다. 그는 모든 길을 다 걸어가고 또 가다가 하루는 험산준령이 뻗어내리다 갑자기 칼로 끊어놓은것 같은 낭떠러지에 굽이굽이 새을자로 뻗어오른 길이 있는지라 곰배곰배 쉬여가며 가파로운 령마루에 올라섰다. 그러자 저쪽에서도 마주보고 올라서는 한 덜먹총각이 있었다. 처녀는 그 절벽우에서 앞에 나타난 덜먹총각과 같이 쉬게 되였다. 무인지경에서 서로 만나 같이 쉬게 된 그들은 자연 통성명을 하게 되었고 또한 서로의 갈길을 통탐학 되였다. 덜먹총각은 처녀에게서 아무곳에서 온다는 말을 듣자 귀가 솔깃하여 쳐다보면서 그곳에 여사여사히 재간있는 처녀가 있다는데 아느냐고 물었다. 처녀는 총각이 묻는 것이 바로 자기인지라 아미를 돌려 자세히 보니 그가 다름아닌 어느때 하루식전에 벼모 열마지기를 꽂고 삿갓밑을 꽂지 않아서 퇴혼을 당하고 간 그 총각이라는것을 알수 있었다. 처녀를 본 총각 역기 대뜸 그를 알아보았다.

총각으로 말할진대 처녀에게 퇴박을 당하고 돌아간 원한이 있는지라 원쑤 외나무다리에서 만난다더니 바로 이런 편벽한 령마루에서 만났으니 순순히 지내보내려 하지 않았다.

≪오-자세히 보니 네년이 바로 그년이고나! 잘 만났다!≫

총각은 이렇게 생각하며 처녀에게 걸고들었다. 그러나 처녀도 말주변으로 보든가 재간이나 힘으로 보더라도 그리 만만치 않았다. 두사람은 네 그르니 내 옳으니 옥신각신하다 나중에는 밀치락닥치락하였다. 이때 총각이 올라온 쪽에서 또 덜먹총각이 올라오면서 위험하니 제발 이런 싸움을 하지 말라고 소리쳤다. 그래도 듣지 않고 계속 밀치고닥치니 그 총각은 가파른 올림길을 줄달음쳐 올라갔다. 올라오자 숨돌릴 사이도 없이 두사람을 떼놓으면서

≪무슨 일인지는 모르나 언짢은 일이 있으면 말로 할것이지 이런 낭떠러지에서 이러다 실수나 하면 어찌자고 그러십니까!≫

라고 하였다. 그제야 먼저 온 총각은 붉으락푸르락 처녀를 손가락질하며

≪저것이 남자가 아니라 여자요. 내 저년에게 청혼하러 갔다가 하루식전에 벼모 열마지기를 꽂아주고도 삿갓밑을 잊고 몇포기 못 꽂았다 하여 망신을 당하였소! 세상에 그런 놈의 일이 어데 있소!≫

라고 을러메였다. 그러니 후에 올라온 총각이 처녀를 아래우로 훑어보더니 자기도 그런 봉변을 당했다면서 법은 법대로 하고 사리는 사리대로 해야 하는 법인데 사내대장부가 언약에 졌으면 졌지 무슨 일언이 언할것이 있느냐, 더구나 좀 노여웁다 하여 이런 곳에서 밀치고닥치는것은 옳지 않다고 하였다. 그런데도 성질이 급한 총각은 벌떡 일어나서 처녀를 벼랑에다 밀어 던져버렸다. 후에 올라온 총각은 그를 몹시 꾸짖으면서 잡아끌고 번개같이 달아내려갔다.

속담에 소도 언덕이 있어야 비빈다고 처녀가 재간이 아무리 좋은 허망랑간으로 굴러떨어지는데 무슨 방도가 있으랴!

그런데 수십길 되는 벼랑밑에는 한 대장간이 있었다. 이때 대장간에는 한 총각이 뚱땅뚱땅하며 낫을 벼리고 있었는데 산우에서 우—하는 소리가 나므로 머리를 들고 쳐다보니 수십길 되는 벼랑으로 웬 사람이 뒹굴어떨어지고 있었다. 대장 생각키를 그저 두면 영낙없이 죽는 사람인데 죽는 사람을 그저 보고만 있는것은 살인죄와 매한가지였다. 그렇다고 나가 받으려니 키짝 하나 없고 있다 쳐도 그것으로야 쏜살같이 내려오는 사람을 받아낼수 없는고로 어쩔수가 없었다. 그렇지만 어쨌든 살려야 하겠는데 얼핏 생각난것은 든든한 광주리가 있으면 사람을 다치지 않게 받아낼수 있을것 같았다. 그는 벼리던 낫을 번개같이 벼려가지고 백두산기슭의 싸리밭으로 달려가서 쭉쭉 뻗은 싸리나무를 한단 큼직이 베여가지고 달려오면서 큰 광주리를 결어 벼랑밑에 들이댔다. 총각은 금시 땅에 떨어지려는 처녀를 얼른 광주리로 받아안았다. 처녀는 큰 광주리에 받기운채 한참동안 정신을 잃었었다.

이윽고 처녀가 정신을 차려 눈을 떠보니 자기는 확실히 살았는데 웬 대장간 궤풀무우에 누워있고 옆에는 웬 총각대장이 앉아서 입에다 찬물을 떠넣어주고있었다. 그제사 처녀는 꿈같은 일을 생각하며 그에게 어떻게 된 영문이냐고 물었다. 총각대장쟁이는 그 자초지종을 시시콜콜 이야기하여주었다. 전후사실을 죄다 들은 처녀는 너무도 민망스러워서 자기의 경과사를 대충 엮고는

≪이것이 연분이라 하겠는지 당신이야말로 내가 찾는 진정한 사람입니다.≫

라고 하였다. 대장쟁이 역시 마음에드는 처녀를 구하던차였던지라 두말없이 쾌히 승낙하였다. 그들은 곧 대장간에서 정성들여 정결한 랭수 떠다놓고 초례상 삼아 부부일가를 이루었다. 그후 그들은 신근한 로동으로 함께 나날을 보냈다. 솜씨있는 신랑신부는 손을 맞잡고 일하기를 게을리하지 않았다. 그들은 남다른 솜씨에다 부지런히 일하였으므로 같은 땅에서도 남다른 소출을 거두었는지라 차츰 넉넉한 생활을 꾸려나갔다. 그리고 얼마 안되여 그들

은 첫아들을 낳았는데 내외간의 기쁨이란 한량이 없었다. 기쁜 그들이지만 낫놓고 기역자도 모르는지라 아들의 이름을 무엇이라 지었으면 좋을지 몰라 그저 맏동이라고 불렀다.

맏동이는 날이 가고 달이 가며 해가 바뀜이 몇해였던지 고뿔 한번 안하고 자라는데 대밭에서 대나고 솔밭에서 솔난다고 그놈은 부모의 재주를 한데 모았던지 천하의 세상사를 모르는것이 없이 총명과인하였다. 너무나 기쁜 그들은 아이꼴 보고 이름 단다저니 그놈의 이름을 천하의 일을 다 안다 하여 ≪천문지덕≫이라 불렀다.

뒤이어 그들은 두 번째로 또 생남을 하였다. 둘째놈의 재주 또한 남달리 신통하였다.

하루는 부부가 보리밭을 매고 돌아와보니 광에다 잠궈놨던 자물쇠가 열려져있었다. 그래 애어머니는 큰놈을 불러놓고 광의 열쇠를 어떻게 열었느냐고 욕하면서 캐고물었다. 그러니 ≪천문지덕≫이는 대답하기를 제가 연 것이 아니라 동생이 열었다고 하였다. 애어머니는 그 말이 믿어지지 않아서 작은놈에게다 잠근 자물쇠를 주면서 어디 한번 열어보라고 하였다. 작은놈은 자물쇠를 받아들자 주물주물 하더니만 딸깍하고 열었다. 그 광경을 본 그들은 너무도 희한하여 기쁜김에 작은놈에게 ≪딸깍열쇠≫라는 이름을 달아주었다.

≪딸깍열쇠≫를 키우자 뒤이어 셋째, 넷째, 다섯째, 여섯째 아들을 낳았는데 모두 재주가 남달리 비상하여 그들은 아들들에게 제각기 재주에 따라 이름을 달아주었다. 그래서 셋째놈은 ≪베도 돋음이니≫요, 넷째놈은 ≪더워도 차거우니≫요, 다섯째는 ≪깊어도 얕으니≫요, 여섯째는 ≪무거워도 가벼우니≫라 불렀다.

세월은 류수같이 흘러 이 재간둥이들인 륙형제는 제법 어른티가 나게 되였다. 원래 부모가 솜씨있어 애들은 많아도 험한 음식이나마 배고픈 고생을 몰랐댔는데 게다가 아들들까지 벌게 되니 살림은 개미 금탑 쌓듯 나날이 늘어만갔다.

이때 고을에는 구관이 올라가고 신관사또가 부임하였다. 신관사또인즉 서울장안의 소위 명문거족으로 글 잘 짓고 활 잘 쏘는 문무가 겸비한 ≪호걸≫이였다. 겉으로 보기에는 위무당당하고 인의도덕을 부르짖었으나 실상 내속은 썩을대로 썩어서 부화사치하고 음탕하며 한갓 백성의 고혈을 빨아먹는 한심한자였다. 그는 도임하는 첫날로 륙방관속 현신한후 향수대령시키라고 호령하였다.

말이 향수이지 백성의 고혈을 짜내는것이였다. 눈칫밥으로 사또의 혀노릇을 하는 호방놈이 이것을 알아차리고 제 밥술이나 먹는 사람들을 차례로 부르는데 나중에는 재간있는 아들의 아버지 대장쟁이도 불리우게 되였다. 관가의 령이니 아니 갈수 없어서 부른 날에 동헌마루밑에 엎드렸다. 사또란놈은 무턱대고 ≪이놈 네 죄를 모르느냐!≫고 첫마디부터 추상같은 호령을 내렸다. 대장쟁이는 짐작할만한 일이지만 무슨 연고인지 모르겠다고 딱 잡아떼니 사또는 대로하여 관가를 속이는 죄 하늘이 안다면서 하옥시키라고 호령하였다.

이 소식을 맏아들 ≪천문지덕≫이가 듣자 생각하니 아버지가 관가에서 몇마디 말대꾸도 하지 않았는데 관가를 속인다는 억울한 죄명을 들씌우는것은 다름아니라 엽전을 바치라는것임을 알았다. 그래 재주있는 륙형제가 모여앉아서 아버지를 구할 방책을 여러 가지로 생각하였다. 상의 끝에 꽂밭에 불을 지르는 사또놈의 행실은 고약하지만 아버지의 고생을 덜고 또한 후환을 생각하여 그놈의 아가리를 다소라도 막지 않을수 없었다. 그들은 형편이 닿는데까지 돈을 주선해가지고 동헌으로 들어갔다. 사또놈은 전대가 크지 않은것을 보자 역증을 내면서 보라는듯 그즉시로 아버지를 끌어내다 매를 쳤다. 아버지가 모진 욕을 당하는것을 보고 돌아간 륙형제는 또 모연앉아서 상론하기를 이제는 재주로써 싸워서 아버지를 구하는수밖엔 딴 도리가 없다고 하였다.

그날 저녁 ≪천문지덕≫이가 생각해본즉 밤중에 옥사장과 옥졸들이 모두 술마시러 갈것만 같았다. 그는 둘째인 ≪딸깍열쇠≫와 막내동생인 ≪무거워도 가벼우니≫를 감옥으로 보내면서 여사여사히 하라고 알려주었다.

형의 말을 들은 ≪무거워도 가벼우니≫가 둘째형을 업고 눈깜짝새에 옥문앞까지 갔다. 과연 그때 옥졸들은 어디론가 가고 없었다. ≪딸깍열쇠≫가 강아지만한 옥문 자물쇠를 이리저리 만지작거리니 과연 딸깍하고 열렸다. 그러자 막내가 아버지와 둘째형을 업고 급히 집으로 돌아갔다.

그들이 집에 채 닿기 바쁘게 뒤에서 소란스러운 말발굽소리가 나더니 포도대장과 옥졸들이 질풍같이 달려들어 아버지를 결박하여 끌고갔다. 사또는 륙형제의 아버지가 옥문을 부시고 탈옥했다는 죄명으로 래일 목을 자른다는 것이였다.

이날 저녁 ≪천문지덕≫이는 이 일을 알고 즉시 ≪무거워도 가벼우니≫에게 ≪딸깍열쇠≫와 ≪베도 돋음이니≫를 업혀보내면서 사분여사여사하라 하였다.

옥에 당도한 그들은 또 ≪딸깍열쇠≫가 옥문을 열고 아버지 대신 ≪베도 돋음이니≫를 옥에다 남겨두고 돌아왔다.

이튿날 사또는 아버지 목을 자르려고 끌어내놓고본즉 아버지가 아니라 그의 아들이였다. 사또는 대로하여 그놈부터 먼저 목을 베고 아버지를 잡아들이라고 불호령하였다.

사또가 동헌에 앉아서 그의 목을 쳤다는 보함을 기다리려니까 잠시후 군노가 황급히 달려와 보하는 말이 회자수가 분명히 칼춤을 췄는데 웬 일인지 목을 베면 인차 또 돋아나고 또 베면 또 돋아나서 회자수가 질겁을 하고말았다는것이였다. 사또는 그게 무슨 소리냐고 대로하여 친히 형장으로 나가보매 과연 목을 베여도 돋아나고 또 돋아났다. 그 광경을 본 사또는 대경실색하여 그놈은 목을 잘라서는 죽일수 없으니 빨리 수감하라고 호령하였다.

그날 밤에 ≪천문지덕≫이가 생각하여보니 래일은 사또놈이 동생을 불에 태워 죽일것이라는 짐작이 갔다. 이 일을 알자 그 밤새로 ≪더워도 차거우니≫를 옥으로 보내고 ≪베도 돋음이니≫를 데려왔다. 이튿날 사또는 과연 그를 도가니에다 넣고 태워죽이려 하였다. 사또는 도가니가 새빨갛게 달도록 풀무질을 시킨후

≪이제야 제놈이 무쇠인들 견딜수 있겠느냐!≫

고 하면서 도가니뚜껑을 열라고 분부하였다. 그런데 웬 일이냐, 새빨갛게

단 도가니뚜껑을 열어제치고 본즉 도가니속에는 서리가 하얗게 끼였고 고드름이 주렁주렁 달려있었으며 ≪더워도차거우니≫는 추워서 덜덜 떨고있었다. 그를 본 사또는 대경하여

≪그놈을 태워서 죽일수도 없은즉 수화상극이라 물에다 수장을 해서 죽일수밖에 없다.≫

라고 하였다.

그날 밤 그것을 알아챈 ≪천문지덕≫이는 또 ≪깊어도 얕으니≫를 보냈다.

이튿날 사또는 ≪깊어도 얕으니≫를 단단히 묶어서 큰 강물에다 처넣게 하고는 ≪이번에다 무슨 재간에 되살아날 수 있겠느냐!≫고 흡족해하였다. 그런데 웬 일이냐. 그처럼 깊은 강물에 처넣은 ≪깊어도 얕으니≫는 발목도 채 다 적시지 않은채 물속에서 찰싹찰싹하며 왔다갔다하였다. 이것을 본 사또는 당황실색하여 그 집의 온 가족을 죄다 잡아들이라고 불호령을 내렸다. 그들은 목을 베여 죽일수도 없고 불에다 태워 죽일수도 없으며 물에다 빠지워 죽일수도 없으니 이번에는 온 식구를 한곳에 묶어놓고 큰 바위돌로 눌러 죽이라고 호령하였다. 그랬더니 ≪무거워도 가벼우니≫가 집채같은 바위를 번쩍 떠받아가지고 동헌마당에다 가로 세워놓고 온 식구를 데리고 아무일없이 집으로 돌아가버렸다.

옛말에 동으로 흐르는 대하장강은 거꾸로 올리 흐를수 없다더니만 사또는 천방백계로 방법을 다했으나 끝내 재간있는 륙형제를 굴복시키지 못하였다. 번마다 대패한 사또는 이제는 다시 더 그들과 싸울 계책이 나지 않았다. 그렇다고 그만두자니 그 큰 체면이 똥묻은 개낯짝이 되므로 진퇴량난에 처하게 되였다. 그런데 커다란 바위가 앞을 가로막고있어 재간있는 륙형제네 온식구는 보이지 않았다. 그러니 차라리 잘되였다는 심사라

≪놈들이 보이지 않는걸 보니 이 바위에 죄다 눌리워 죽었으리라….≫

고 하면서 억지로 써늘한 웃음을 짓고는 구렁이 담넘어가듯 스르르 꼬리빼고말았다.

혹달린 두 늙은이

옛날 한곳에 아래웃마을이 있었는데 이 두 마을에는 각기 늙은이가 한분씩 있었다. 그 두 늙은이는 같은것이 세가지 있었고 같지 않은것이 한가지 있었다. 같다는것은 첫째로 나이 정동갑이요, 둘째로는 기골과 모색이 비슷했고 셋째로는 그들이 중년때부터 우연히 목에 혹이 나서 똑같이 자랐다. 같지 않다는것은 마음속이였다.

웃마을의 늙은이는 성질이 괴벽하여 심술궂고 욕심많음이 남달랐다. 그의 성질은 천성이여서 어릴 때부터 류달랐다. 그는 호박 한포기를 심어놓고도 남의것만 못한것 같은며 생똥거름까지 퍼다주는 등으로 기습 쓰다가 남의 호박이 먼저 열리면 호박에다 말뚝을 박아놓는 심술쟁이였다. 그는 원래 아랫마을에 살아댔는데 아래라는 말이 듣기싫다 해서 끝내 웃마을의 맨 위쪽에다 새집을 짓고 이사했다.

아랫마을의 늙은이는 웃마을 늙은이와는 정반대로 솜씨있고 일잘하고 마음씨는 함지같이 큰데다 비단같이 고왔다.

이런 연고로 이 두 늙은이에 대한 소문이 가근방에 자자하게 되어 웃마을 혹늙은이라 하면 욕심많고 심술궂은 늙은이라 도장 찍어놓고 아랫마을 혹늙은이라 하면 마음씨 비단같고 일솜씨 재빠르다는것을 정해놓았다.

어느해 여름이였다. 아랫마을 혹늙은이는 논밭의 세벌김을 다 매놓고 논뚝도 다 깎고 밭머리도 멀끔하게 쳤다. 그래놓고 낫고 숫돌을 지게에다 짊어지고서 생풀거름 장만하자고 성초따라 산속으로 들어갔다. 그는 성초 좋은 곳에다 막을 쳐놓고 풀을 베서 쟁여나갔다.

어느 하루 날이 저물자 막으로 돌아온 그는 저녁을 먹은 후 소풍하려는데 때마침 달이 낮과 같이 밝아서 달을 쳐다보니 자연 노래가락이 쏟아져나왔다.

달도밝다 달도밝다
저기저기 저달속에
계수나무 박혔다니
오강은 계화주들리.
예가만일 달속이면
계수나무 이숲인가
이 물이 계화주면
내가바로 오강일다.

그는 원래 목청도 좋고 노래엮음도 제법 했다. 그런데다 오늘은 일솜씨까지 홍이 나서 낫바람을 내고 왔으니 그 역시 홍이였다. 그래 회포를 내엮으면서 목청을 돋구어 가락을 길게 넘기니 산천이 쩌렁쩌렁하였다.

그는 노래를 얼마 불렀던지도 모르나 이제는 목도 갈해서 담배를 피우려고 옆을 보니 어디서 어느때 왔는지 숱한 도깨비들이 쓸어와서 혹은 나무를 껴안고 혹은 숲속에서 조용히 노래소리를 듣고있었다. 그는 놀라면서

≪너희들은 무슨 일로 이 밤중에 산중으로 왔느냐?≫

라고 물었다.

≪로인께서는 놀라지 마십시오. 우리는 로인의 노래소리가 어찌나 류창한지 그 소리를 찾아오다나니 이곳까지 왔습니다.≫

≪그럼 무슨 일이 있느냐?≫

≪없습니다. 로인께서는 어떻게 되어 노래를 그리 류창하게 잘 부르십니까?≫

로인은 대답할 말이 없으니 빙글빙글 웃으며 목의 혹을 슬슬 만지면서

≪잘 부르기야 뭘 그리 잘 부르겠느냐만 내게는 남달리 목에 이 노래주머니가 있어서 이 속에서 나온것이다.≫

라고 하면서 껄껄거렸다. 그 말을 듣자 괴수도깨비가 로인앞으로 다가와서 공손히 절인사하고나서

≪로인께서는 년세도 많은데 그 노래주머니를 저들에게 주십시오. 그러면 로인께서 여생을 편안히 사실수 있는 보화를 드리겠습니다.≫

라고 간청하였다.

그놈의 말을 들은 로인은 너무도 어처구니 없는 말이라 그저 껄껄거리고 웃어댔다. 로인의 웃는 모습을 본 도깨비들은 그가 만족해하는줄 알고 로인께 달려들어 혹을 감쪽같이 떼더니 쌍베개같은 생금덩이와 은덩이를 놓고는 히히적거리며 달아나버렸다. 이튿날 로인은 거뿐한 몸으로 또 풀을 베놓자 저녁때가 되어 생금덩이와 은덩이를 지게에다 짊어지고 집으로 돌아왔다.

아랫마을 사람들은 그를 만나자 이상스러워서 혹을 어떻게 뗐느냐고 물었다. 그 로인은 혹을 떼게 된 전후사연을 죄다 이야기하였다.

발없는 말이 천리가는데 아래웃마을의 일이야 오래갈리 없었다.

그 소식을 들은 웃마을의 혹늙은이는 밤중에 뛰여내려와서 그 사연을 곰곰이 캐고물었다. 아랫마을로인은 자초지종을 그시지 않고 죄다 이야기하여 주었다.

욕심많은 혹늙은이는 그날 밤이 새기를 기다렸다가 아랫마을의 혹늙은이와 똑같은 차림새르 하고서 그 산속으로 들어갔다. 그는 청초를 베지도 않고 그냥 날저물기를 기다렸다. 여름의 긴긴해가 다 가자 그는 달밝은데 나앉아서 우정 혹을 내밀면서 목청껏 노래를 불렀다. 얼마동안 부르자 과연 도깨비들이 모여왔다. 욕심많은 혹늙은이는 곁눈으로 그들을 보자 대단히 기뻐하면 노래를 부르면서 생금덩이를 찾으려고 흘금거렸다. 그러다 노래를 그치니 괴수도깨비가 슬금슬금 옆으로 오며

≪로인은 어떻게 되어 노래를 그렇게 잘 부르십니까?≫

라고 물었다. 그 늙은이는 괴수도깨비의 말이 채 끝나기도전에 혹을 어루만지면서

≪아 그건 이 노래주머니에서 나오는것이다.≫

라고 대답하면서 혹을 떼가기 좋게 내밀었다. 그 늙은이의 대답을 듣자

괴수도깨비는 성을 발칵 내면서

≪이놈의 늙은이가 또 거짓말을 하는구나. 옛다, 이 주머니까지 되가져가거라!≫

라고 하면서 혹이 없는쪽에다 혹을 찍 붙여놓고는 어디론지 달아나버렸다.

혹떼러 갔다가 혹을 붙인 웃마을의 욕심많은 늙은이는 두손으로 목 량쪽의 혹을 쥐고 찡그리고 앉아있다 일어서면서

≪하나면 어찌고 둘이면 어쨌단 말이냐!≫

라고 구시렁거리며 산을 내려왔다.

임금의 귀는 말귀

멀고먼 옛날에 있은 이야기다.

어느 한 나라의 왕은 두 공주를 두었을뿐 태자를 보지 못했다.

그 왕은 이것이 나라의 대사라고 갖은 방책을 다 대어 태자를 얻으려 애썼으나 끝내 얻지 못했다.

왕은 또 생각하기를 부마를 맞이하여 그에게 후위를 기탁할수밖에 없다고 여겼다. 그렇게 하자니 또 한가지 난감한 일이 있었다. 부마를 맞이하자면 의례 큰공주의 부마를 맞이해야겠는제 큰공주의 얼굴이 어찌 흉측스러웠던지 그의 부마가 되면 장차 왕이 된다는것을 번연히 알면서도 청혼하는 사람이 없었다.

왕은 자기로 명문거족의 후손인 웅겸이라는 사람을 골라냈다.

왕은 웅겸을 불러놓고 청혼할 때 어느 공주가 마음에 드느냐고 물었다. 웅겸은 음흉한 생각이 있어서 왕이 청하는대로 순응하겠다고 대답하고서 궁궐을 나오자 자기의 스승인 도림사 중을 찾아가서 그 말을 했다. 그의 스승은 한참 생각하더니

≪네가 못난 큰공주를 얻겠다고만 하면 세가지 좋은 일이 생길것이다.≫

라고 하였다.

며칠후 웅겸은 왕의 룡상앞에 꿇어앉았다.

≪상감마마에게 아뢰나이다. 황공하오나 신은 맏공주에게 뜻이 있나이다.≫

라고 마음에 없는 말을 했다.

왕과 왕후는 웅겸의 말을 듣자 대단히 기뻐하며 즉석에서 일관을 불러

날택일하여 호화로운 혼례를 지냈다.

큰공주의 부마를 맞이한후 얼마 안되여 왕은 웬 일인지 중병에 걸려 백약이 무효라서 끝내 상천하고말았다.

선왕이 상천한후 응겸은 그뒤를 이어 왕위에 올랐다.

응겸이 즉위하자 인물이 고운 둘째공주를 후궁으로 맞이하였다.

이렇게 되어 응겸은 도림사 중이 말한바와 같이 큰공주의 부마로 되고 얼마 안되여 왕이 됐으며 또한 일찍부터 사모하던 둘째공주를 후궁으로 맞이하는 등 세가지 좋은 일이 있었다.

응겸에게 세가지 좋은 일이 있은후였다. 웬 일인지 그의 몸이 변하는데 나중에는 귀가 자라서 말귀같이 되였다. 왕의 귀가 말귀로 되니 그 얼마나 흉측스러운 일인가! 왕은 그를 감추기 위하여 무척 애를 썼다. 왕관을 크게 만들어서 귀까지 푹 눌러쓰고 밤낮으로 벗지 않았다. 임금을 시중하는 궁인 궁녀들까지도 자기의 윤허가 없이는 자는 침상 근처에도 못 오게 하였다.

왕후와 궁녀들에게는 감출수 있었으나 오직 한사람에게는 도저히 감출수 없었으니 그는 한달에 한번씩 백호를 치는 복두장(리발사)이였다.

왕은 복두장 한사람을 구해온후 그를 궁안후원의 외딴집에다 가두어두고서 어떤 사람과도 만나지 못하게 하였다. 자기 집 식구들과도 왕래 못하게 하였다. 이렇게 그 복두장은 말귀인 임금의 머리를 깍는외에는 아무것도 하지 않았다. 그는 나다니지도 못하고 사람도 만나지 못하며 말도 할 곳이 없었다. 이렇게 쓸쓸한 세월을 보내니 수심이 병으로 되였다.

복두장이 병이 들어 머리를 깎을수 없게 되자 임금은 그를 불러 엄한 다짐을 하였다.

≪짐의 귀가 이렇다는것을 입밖에 내는 때에는 구족을 참하리라.≫

리발사는 이렇게 되어 그렇게 진저리나는 생활을 면하게 되였다.

사람이란 속에 있는 말을 해야 속이 시원해지고 몸도 거뻔해지지만 속에 있는 말을 못하고 속에다 썩이면 그것이 화근으로 되어 병이 나는 법이다.

왕궁후원에서 놓여나온 리발사는 하고싶은 말이 있었지만 구족을 참한다는 왕의 엄명이 있어서 그 말을 할수 없었다. 그러니 병이 점점 더해져서

죽을 지경에 처했다. 그는 큰마음을 먹고 혼자서 큰 오동나무 중턱에 난 구멍에다 입을 대고

≪임금의 귀는 말귀다. 임금의 귀는 말귀다.≫

라고 웨쳤다. 그렇게 소리를 치고나니 속이 시원해지고 몸도 좀 상쾌해졌다. 그러나 중병에 걸린 그의 몸이 인차 좋아질수는 없었다.

그는 더 살수 없다는것을 느끼자 도림사뒤의 넓은 참대밭속으로 들어가서 허리띠를 풀어놓고 큰소리로

≪임금의 귀는 말귀다. 임금의 귀는 말귀다.≫

라고 웨치고는 그 자리에서 죽었다.

복두장이 원한많은 세상을 뜬후였다. 도림사참대밭에 바람이 불면

≪쉬-임금의 귀는 말귀다. 쉬-임금의 귀는 말귀다.≫

라는 소리가 났다.

이것이 왕의 귀에까지 들어가게 되였다. 왕은 당황하여 많은 사람들을 시켜서 도림사뒤의 넓은 참대밭의 참대를 뿌리채 파버리게 하였다. 그리고는 키가 작은 수유나무를 심게 하였다. 그런데 수유나무밭에서는

≪사그락사그락 임금의 귀는 말귀다. 사그락사그락 임금의 귀는 말귀다.≫ 라는 소리가 났다. 임금은 그 말을 듣자 수유나무도 파버리라 하였다.

그후였다. 궁안에서는 왕을 모시고 만족백관과 궁인 궁녀들까지 참석한 대음악회가 있었다. 음악회의 첫 절목은 수십종의 악기합주였다. 지휘하는 사람의 손이 놀자 오동나무로 만든 타악기와 현악기 그리고 대나무로 만든 관악기들이 일제히 소리를 냈다.

≪쿵자자쿵자자 임금의 귀는 말귀다. 쿵자자쿵자자 임금의 귀는 말귀다.≫

라는 소리가 울리였다.

왕관을 깊이 눌러쓰고 맨앞에 앉아있던 왕은 얼마나 놀랐던지 뒤로 벌떡 자빠졌다. 그바람에 여태껏 임금의 말귀를 푹 덮고있던 왕관이 쑥 벗어졌다. 그리하여 오래동안 감추고있던 임금의 말귀가 만인들앞에 드러났다.

왕은 그 흉측스러운 말귀를 쫑긋해가지고있을뿐 다시는 감추지도 못하였다.

견우 직녀

우리 민족의 옛말에는 칠월 칠석날 견우와 직녀가 은하수에 놓여진 오작교를 건너 만난다는 이야기가 전하여지고있다. 이 오작교는 지상에 있는 까막까치 그중에도 주로는 까치가 날아올라가서 견우와 직녀의 상봉을 위하여 은하수에다 다리를 놓아준다고 한다. 때문에 이날만은 지상에 까치가 없다고 하며 까치의 대가리가 희끗희끗해진것은 견우와 직녀에게 밟히여서 그렇다 한다. 때문에 우리 민족은 까치를 령물로 소중히 여긴다.

이날 아침에 비가 오면 그는 견우와 직녀가 은하수 가로놓고 건느지 못하여 슬픔에 우는 눈물비라 하고 점심때의 비는 오작교 건너 만나니 기쁨의 눈물이라 하며 저녁때의 비는 리별의 눈물이라고 한다.

이야기는 지상계의 일이 아니라 별나라에서 생긴것이다. 맑은 밤 하늘을 쳐다보면 금싸래기 뿌려놓은것 같이 반짝이는 뭇별속에 흰구름같이 남북으로 가로놓여진 은하수가 있으니 여기서 생긴 일이다.

별나라에는 일잘하고 소 잘 먹이는 총각이 있었는데 천계에서는 그를 견우라 불렀다. 견우의 이웃에는 길쌈질 잘하고 솜씨 마음씨 안팎이 아름다운 처녀가 있었는데 그를 직녀라 하였다.

견우와 직녀는 어릴 때부터 일터에서 함께 자라면서 그 정 또한 더욱 깊어져 끝내 백년해로하자 언약하였다.

발없는 말이 천리를 간다더니 견우와 직녀간의 사정이 한입 건너 두입지나 옥황상제까지 알게 되였다. 그를 안 옥황은 대로하여

≪남녀 칠세면 자리를 같이하지 않나니(男女七歲不同席)다 큰 남녀가 어찌 마음대로 노니냐, 행위 괘씸하노라!≫

고 욕하며 대하장강 은하수 동서쪽에다 갈라놓았다. 그러되 일년의 칠월 칠석날 하루만은 만나라고 윤허하였다.

상제의 엄명을 거역할수 없어서 견우와 직녀는 안타까운 제 가슴을 쥐여뜯다 석별의 눈물을 흘리며 견우는 은하수의 동쪽으로 직녀는 서쪽으로 제각기 쫓겨갔다.

동서쪽으로 멀리 쫓겨간 견우는 직녀의 건강과 행복을 빌면서 소를 부리며 다시 만날 그날을 손꼽아기다렸다. 직녀는 서쪽에서 견우의 건강과 행복을 빌면서 베를 짜며 그날을 기다렸다.

세월은 은하수같이 흘러 어느새 일년이 되였다. 견우와 직녀는 제각기 은하수를 향하여 동서에서 걸음을 걷기 시작했다. 그들이 거의 같은 시각에 은하수의 동녘과 서녘물가에 당도하였다. 칠월 칠석날 별나라에도 아침해가 솟아올라오자 삼라만상은 해빛에 비치여 아름다우니 마치나 두사람의 만남을 축복하는것 같았다. 은하수에 비끼여있던 아침안개가 걷히니 량쪽의 강언덕이 서러 보이였다. 두사람의 모습이 보이자 그들은 서로

≪직녀!≫

≪견우!≫

하고 불렀다. 견우와 직녀는 서로 멀리 보이는 모습을 보고 손짓하면서 부르고 또 부르면서 애달픈 눈물을 흘리였다.

안타까운것은 유유히 흐르는 넓고 깊은 은하수였다. 일년만에 만나는것이니 그동안 그립던 이야기와 고생스럽던 일 보고 겪은 모든 것 쌓이고 쌓인것들을 정답게 나누고싶었지만 원쑤놈의 은하수는 아랑곳하지 않고 그냥 그대로 도도히 흐르기만 하였다.

물가에 선 두사람은 가슴을 쥐여뜯을뿐 그 넓고 깊은 은하수를 건늘수 없었다. 견우와 직녀는 목마르게 서로 부르며 하염없이 눈물을 흘리였다.

견우와 직녀가 흘리는 눈물이 지상계에는 큰비가 되어 산태가 나고 전답이 떠내려가는 홍수가 되였다. 지상계에서 이를 알게 된 까치들은 견우와 직녀를 도와 만나게 하여주고 지상계의 장마도 그치게 하자고 은하수로 날아가서 날개에 날개를 이어 다리를 놓았다. 견우와 직녀는 까치다리우에서

서러움과 기쁨이 서로 엉키여 부둥켜안았다.

까치의 은덕으로 견우와 직녀는 다시 만나게 되었고 지상계에서는 수재를 면하게 되였다. 이때로부터 칠월 칠석날에는 까치들이 구중천으로 올라가서 다리를 놓기 때문에 그날만은 까치를 볼수 없다 한다.

우물안의 개구리

옛날 어느 바다에서 멀지 않은 곳에 우물이 하나 있었다. 이 우물속에 개구리 한 마리가 살고있었다. 개구리는 이 작은 우물속에서 물벌레들을 잡아먹으면서 자유롭게 살았다. 개구리는 우물속에서 높고 푸른 하늘을 쳐다보며

≪이 세상이라는것은 내가 사는 물우에 저같이 높고 넓은 하늘이 있는것이로다. 이 물과 하늘에는 나보다 더 크고 강한자는 없다.≫

라고 생각하면서 자기의 삶을 자못 자랑스러워하였다.

그런데 하루는 졸연히 창 하는 물소리와 함께 우물안이 뒤덮일듯하였다. 개구리는 깜짝 놀라 헐떡거리고있었다. 얼마후 요란스럽던 우물이 잔잔해져서야 개구리는 정신을 가다듬고 주위를 살펴보았다. 어디서 왔는지 우물을 거의 덮을것 같은 큰놈이 쭈크리고 앉아있었다. 생전 처음 보는놈으로 저보다 몇곱절 큰놈이여서 더럭 겁이 났다. 놀란 가슴을 가다듬고 한참 생각하여보니 이 세상에는 저보다 더 센자가 없겠는제 웬놈이가 하여 그앞으로 뛰여나가면서

≪이놈아, 너는 어떤놈이기에 내 허락도 없이 이 나라로 왔느냐?≫

라고 꾸짖었다. 개구리의 꾸짖음이 너무 어처구니 없고 또한 가소롭기 짝이 없다고 여긴 거북은 잠잠히 눈만 꺼벅거리다 한발을 덥석 들어 개구리를 누르면서

≪이 당돌한놈아! 네가 무슨 주인이란 말이냐?≫

라고 욕을 했다. 개구리는 거북의 한쪽발에 눌리워서 배가 터질것같고 숨도 쉴수가 없어서 제발 살려달라고 애걸하였다. 거북은 그제서 다리를 들어

그를 놓아주었다. 놓여난 개구리는 혼비백산하여 다시는 더 어쩔 엄두도 못 내고 그앞에 꿇어앉아 빌면서 공손히 물었다.

≪대왕께서는 이 나라 하늘에서 오셨는지요? 존함은 뉘댁이십니까?≫

≪내가 무슨 대왕이란 말이냐! 나는 하늘에서가 아니라 바다에서 왔는데 거북이라 한다.≫

거북의 말을 듣고 개구리는 우물안을 한바퀴 휘 돌아다니고서 큰소리로 물었다.

≪거북님이 대왕이 아니라면 당신이 사는 그 바다라는 곳은 어데 있으며 그 바다는 이 나라보다 더 큽니까? 그리고 당신보다 더 힘센자가 있단 말입니까?≫

거북은 너무 어이없어서 뾰족한 대가리를 찔룩거리며 랭소하였다.

≪이것이 무슨 나라란 말이냐! 이는 륙지에 있는 우물이다. 륙지의 우물이란것은 세상에 비하면 이 우물속의 물 한방울만도 작은것에 불과하다. 내가 사는 바다는 륙지보다도 세배나 더 크다. 그런데 륙지아 바다에는 나같은것을 한입에 열 마리 백마리라도 통째로 삼키는 큰 짐승이 있을뿐만아니라 네가 사는 우물을 백개라도 마시는 거물들이 부지기수이다.≫

개구리는 거북의 말을 듣고 한참 눈알을 꺼벅거리면서 무엇인지 생각하였다.

≪세상에 제 사는 곳을 자랑하지 않는자 없고나...≫

개구리는 이렇게 혼자말하면서 세상이 크고 괴물이 수다하다는것을 곧이 듣지 않았다. 거북은 너무 어처구니없어서

≪네놈은 이 우물안에서만 살다나니 이 우물안밖에 모른다. 네게다 아무리 말해주어도 너는 이 우물에다 비할뿐이다. 그러니 너에게 넓은 세상을 보여줄터이니 내게 업혀라!≫

고 하였다.

개구리는 할수없이 거북의 등에 업혔다. 거북은 돌틈을 톱으며 우물밖으로 나와서 개구리에게 말했다.

≪우리가 지금 있는 곳은 륙지다. 그리고 저 끝없이 출렁거리는 물은 바다

라 한다.≫

개구리는 과연 제가 살던 우물에다 비할바없이 넓고 크므로 놀라서 거북에게 물었다.

≪이 큰 륙지를 며칠이면 다 다녀볼수 있습니까?≫

거북은 하도 같잖아서 앙천대소하였다. 그러는데 뱀한마리가 개구리를 노리고 구불거리며 기여왔다. 거북은 개구리에게

≪저 뱀이 너를 잡아먹으려 오니 빨리 피하라!≫

고 하였다.

≪저렇게 가느다랗고 팔다리가 없는놈이 나를 어떻게 잡아먹겠습니까?≫

≪너를 한입에 통째로 삼킨다.≫

그러는 새에 뱀은 벌써 가까이에 왔다. 그러나 거북이 때문에 달려들어 물지는 못하고 혀만 날름거렸다. 개구리는 그제야 뱀이 자기를 먹자고 한다는것을 알고 도망치려하니 거북이 개구리를 붙잡았다. 그러는데 큰 황새 한마리가 날아와서 긴 주둥이로 뱀의 목을 꾹 집어물고 훨훨 날아나버렸다.

그를 본 개구리는 쪼그리고 앉은채 눈알을 떠룩거릴뿐 아무 말도 못했다.

금송아지

옛날 한곳에 리좌수라는 사람이 있었는데 그는 나이 사십이 넘도록 아들딸간에 후손이 없었습니다. 그는 아들이 없는것을 몹시 한탄하며 늦게나마 소실을 얻어 절름발이 자식이라도 얻으려고 하였습니다. 그런데 웬 일인지 한해 두해 지나도 소실에게서까지 태기를 보지 못했답니다. 그래 관자노리까지 뻗친 내천자를 풀지 못하고있는데 뜻밖에도 단산했다고 생각했던 본부인의 몸에 태기가 있어서 열달 채워 순산하니 그가 바라고바라던 귀동자요 옥동자였더랍니다. 그러니 리좌수는 물론이요 온집안이 떠들썩하였습니다.

리좌수는 그놈을 젖은자리 마른자리 골라가며 손에 들고 키우다싶이 하는데 삼일 지나 열흘이요, 달을 갈아 석달 열흘, 백날잔치할 때는 엎치락뒤치락하였습니다.

리좌수는 아들놈을 볼 때마다 흡족했고 그러니 집안에 영채가 도는것 같았습니다.

어언간 첫돌이 돌아올 때 아장아장 한발 두발 옮기면서 엄마아빠 부르는 것이 귀동자요, 옥동자요 온집안에 훈풍이 떠돌았습니다. 속담에 부부간의 정은 늙어갈수록 더 깊어간다더니만 리좌수는 나이도 나이려니와 갓 마흔에 첫 보선을 얻은 셈으로 귀동자를 얻었으니 본부인에 대한 늙어가는 정이야말로 여간 아니였답니다. 게다가 아들의 정까지 함께 받드는데 끔찍하기가 대단했답니다.

그러나 소실에게는 태기조차 없었습니다. 그러니 자연히 그를 돌봄이 적어지게 되었습니다. 리좌수가 첩을 그렇게 대할수록 첩의 눈에는 그 아이가 가시처럼 거슬려서 못 견디였답니다. 첩은 그 아이만 없으면 리좌수의 정을 저혼자 몽땅 가질것 같았더랍니다.

바로 이때 리좌수는 관가의 일로 먼길을 떠나게 되었답니다. 떠나는 날 리좌수는 부인과 소실을 청해놓고 자기가 없는 동안 부디부디 아이를 잘 키우라고 천당부 만당부하고서 길을 떠났습니다.

이 틈이 첩에게는 삼눈을 잡는 좋은 날받이였더랍니다. 첩은 오만가지 꾀를 꾀하다 한가지를 택했답니다. 첩은 새삼스럽게도 좋은 술과 안주를 장만해가지고 본부인에게 공대하면서 아들난 어머니에게 드리는 잔치라느니 무엇이니 하며 갖은 너스레를 다 떨었습니다. 사연을 모르는 부인은 한편 여우같은 첩의 아양이 번폐스럽기는 하였으나 바깥량반이 없을적에나 옥동자를 낳은 기쁨을 마음껏 누려보려는 뜻으로 쾌히 응낙하였습니다. 그런데 음식조차 맛갈스러워서 한잔두잔하다나니 그만 혼혼하여져서 나중에는 아들을 옆에다 눕혀놓은채 정신을 잃고말았답니다. 이새에 첩년은 솖이 서리병아리 채가듯 부인의 품에서 아들을 채여안고 집뒤에 있는 깊은 늪으로 갔습니다. 늙은 여우 닭차가는듯 흘금흘금 엿보면서 아이를 안고 연늪가에 간 첩년은 다짜고짜 아이를 물속에 처넣으려고 하였습니다. 어린것의 눈에도 검푸른 물이 보였던지 아이는 작은 어머니한테서 떨어지지 않으려고 울면서 매달렸습니다. 그러니까 그년은 아이의 입을 틀어막으면서 물속에다 집어넣고말았습니다. 깊은 물에 텀벙 빠진 어린것은 두어번 허우적거리다 그만 물우에 둥둥 뜨고말았습니다. 숨어서 지키고섰던 첩년은 얼른 그를 건져가지고 되돌아오면서 실뚱머룩하게도 제가 먼저 아우성치고 몸부림치면서 죽겠다느니 살겠다느니 뒤설레를 쳤습니다. 그제사 술기운이 걷힌 본부인이 악몽인줄 알고 깨려고 애를 썼으나 실상은 꿈이 아니였더랍니다.

가장도 없는 새에 이런 봉변을 당한 부인은 된 벼랑에서 떨어진듯 하늘땅이 뒤엎어져 그저 죽은 자식만을 끌어안고 이리딩굴저리딩굴 땅이 꺼지도록 애원통곡할뿐이였습니다. 그러나 무슨 소용이 있었겠습니까! 그는 죽은 자식을 끌어안고 몸부림을 치다가 그만 기절하여 자식과 같은 길을 가고말았습니다. 그러니 한 집안에 쌍초상이요 인간 못볼 역상이였습니다.

한편 먼곳에 관가의 이를 보러 갔던 리좌수는 뜻아니한 부고를 받고 수백리길을 뉘 정신에 닿았는지 해동갑하여 집에 들어섰습니다. 리좌수는 량반 체면 다 버리고 처자의 시체를 그러안고 대성통곡하였습니다만 무슨 소용이 있겠습니까! 그야말로 죽은 자식 나세기였더랍니다.

리좌수는 여러 사람들의 말림으로 다시 정신을 차렸으나 아무리 생각해도 자식과 부인이 죽은것 같지 않아서 그를 자기가 거처하는 방 두문밖에다 묻어놓고 아침저녁으로 통곡을 하였습니다.

하루는 울다울다 애절하여서 자식이 죽은 곳이나 한번 가보자고 늪가로 가니 웬 청개구리 한 마리가 늪속에서 홀짝홀짝 뛰여나와 새말간 눈으로 말똥말똥 쳐다보면서

≪아버지! 아버지! 아버지!≫

하고 부르더랍니다. 리좌수는

≪내 자식 죽은 넋이 인도재생 못 이루고 청개구리 되었느냐. 이 세상에서 나를 아버지라 부르는 사람이 없더니 네가 나를 섬기누나. 비록 미물짐승이라 할세 네 마음 가엽고나!≫

라고 하면서 청개구리를 안아다 자기의 침처에다 두었답니다. 그러니 그것이 온 방을 뛰여다니면서

≪아버지! 아버지!≫

하며 따랐습니다. 그럴수록 리좌수는 그를 기특히 여기며 아들같이 소중히 여겼습니다.

첩년은 청개구리가 리좌수를 아버지라고 부르는것이 미워났습니다. 그리고 도적놈 제발 저리다더니 청개구리가 말하는것을 보면 마치 바늘방석에 앉은것 같아 그저 둘수가 없었습니다. 어느날 그는 리좌수가 문밖출입을 나간 틈을 타서 청개구리를 잡아가지고 돌에다 짓찧어서 개에게 먹였습니다. 리좌수가 돌아와본즉 아들의 넋으로 여겼던 청개구리가 없어졌으므로 급히 찾았더니 앙똥하고 방자한 첩년은 개가 집어먹었다고 일러바쳤답니다. 화가 상끝까지 북받친 리좌수가 죄없는 개를 죽어라고 때리니까 개는 너무 급해서 똥을 확 싸고 달아나버렸습니다.

개가 싼 똥무지에서는 눈깜짝새 피 한포기가 나서 금시 무성하게 자라났습니다. 리좌수는 그것을 무심히 보지않고 아침저녁으로 손질하면서 가꿨습

니다.

맨망스러운 첩년은 정녕 그 피에도 무슨 영문이 있는것 같아서 또 좌수가 없는 틈을 타서 암소를 끌어다 그 피르 뜯어먹여버리고말았습니다.

피포기를 뜯어먹은 암소는 이상하게도 그달부터 새끼를 뱄는데 달을 채워 낳은것은 반질반질하게 기름기가 돌고 빛이 황금같은 금송아지였습니다. 리좌수가 금송아지를 귀히 여겼더니 그 금송아지가 또 ≪아버지! 아버지!≫하고 부르더랍니다. 그럴수록 리좌수는 송아지를 더욱 귀히 여기고 대단히 기뻐하였습니다.

오만스러운 첩년은 그 금송아지도 미워나서 그조차 없애치울 묘책을 꾸몄습니다. 첩년은 큰 약방을 찾아가 돈을 많이 내놓고 의원과 약조하여 계교를 꾸몄습니다. 그리고 돌아온 첩년은 당장에 급살병이 났다고 이리 호돌 저리 호돌 호돌갑을 떨면서 당장 죽는다고 아우성소리를 질렀습니다. 집안에 죽은 사람 때문에 진저리가 난 리좌수는 그것이나마 죽을가봐 어디가 아프냐고 급히 물은즉 그년은 여사여사하니 빨리 약을 써달라고 번폐스럽게 호돌갑을 부렸습니다. 고지식하 리좌수는 부랴부랴 약방으로 찾아갔습니다. 이미 다 짜고있은 의원은 그 병에는 금송아지 생간밖에 아무 약도 없으니 사람을 구하려면 빨리 서두르라고 하였습니다. 리좌수는 터벅터벅 되돌아왔으나 금송아지를 잡을 마음이 들지 않았습니다. 그때 근심걱정하고있는데 첩년의 아우성소리는 점점 더 커졌습니다. 첩년이 어찌나 뒤설레를 쳤던지 리좌수는 그만 어리둥절해가지고 제정신없이 금송아지를 잡으라고 하였습니다.

일군들은 송아지를 몰고 뒤 늪옆으로 나가자 금송아지는 놔버리고 그대신 개를 잡아서 개간을 들여보냈습니다. 첩년은 그것을 먹는체하고 자리밑에다 감추어버리고 부스스 일어나면서 금송아지간을 먹었더니 병이 씻은듯이 나았다고 하였습니다.

이때 서울에는 하늘에서 큰 종이 하나 내려왔습니다. 그것은 그 종을 울리기만 하면 나라가 태평하여진다는 태평종이였습니다. 그런데 나라에서는 그 신기를 높이 달아놓고 쳤으나 아무리 애를 써도 종은 울리지 않더랍니다. 각처에서 힘센 사람들을 뽑아다 종을 치게 하였으나 그래도 종은 울리지 않았습니다.

임금은 온 천하 방방곡곡에다 신기를 울리는 사람이 있다면 그는 하늘에서 제수한 사람일터이니 큰 벼슬을 주어 국가의 동량(한 나라의 중임을 맡은 인재)으로 삼겠다는 방을 내걸었습니다. 그래도 태평종을 울릴수 있는 사람이 없었으므로 근심이 태산같았습니다.

이때 금송아지가 서울로 올라가서 뒤발로 태평종을 찼습니다. 그러니 종은 ≪웅-≫하고 통천하에 울리였습니다. 임금이 종소리를 듣고 급히 나와 본즉 누각우에 황금같은 송아지가 올라가서 뒤발로 종을 차서 울리고있더랍니다. 임금은 그 송아지를 그저 보지 않고 자기 딸더러 고이먹이라고 하였습니다. 공주는 금송아지를 하늘에서 준 귀인이라 여기고 극진히 공경하였습니다.

어느날 공주는 어느 한 재상집 대사에 갔다 돌아오다 대청마루밑에 웬 금송아지껍질이 있는것을 보았습니다. 놀란 공주가 그것을 걷어쥐려고 하는데 방안에서 의젓한 동자가 나와 공주를 맞으며 말했습니다.

≪억울한 모해를 입은 몸이 어린탓으로 때를 기다렸다 이제 탈을 벗었으니 겁내지 말으시오.≫

공주가 이 사연을 인차 부왕께 알리고 같이 뵈오니 임금은 크게 기꺼워하고 길일을 택하여 그를 부마로 맞이하였습니다.

임금은 부마에게 친령으로 암행어사의 중적을 주어 방방곡곡을 순찰하게 하였습니다.

어사는 변장하고 암행하면서 백성의 고혈을 빨아먹는 관속은 릉지처참하고 공로있는자는 나라에 상소하여 중히 쓰게 하면서 고향땅에 당도하였습니다. 어사 고향에 출도하자 리좌수의 첩을 잡아다 성문루각에 매달아놓고 공고문을 내걸었습니다. 그러니 오고가는 사람들은 그 죄행을 보고 치를 떨며 ≪작첩하는것은 요사스럽고 악착스러운짓이다.≫라고 하면서 그에게 침을 뱉고 매를 쳐서 죽이더랍니다. 그때부터 사람들은 ≪일부다처는 인간 못할 짓이다.≫라고 하였답니다.

그제사 잠을 깬 리좌수는 아들을 다시 만나 여생을 잘 보냈다고 합니다.

류기장[◉]집의 야화

봉이 까치둥에 들었다는 속담은 어디서 나온것인지는 모르지만 상상놈인 류기장네 집에 신관사또가 래림하였으니 어찌 봉이 까치둥에 들었다 하지 않을수 있겠는가!

여기 이런 이야기가 있다. 이야기는 어느날 저녁부터 벌어진다. 고을의 벙거지 쓴 사령이 서간 한 장을 들고 와서 류기장네 집 사위를 찾아 그 서간을 정중히 바쳤다. 류기장은 무슨 영문인지 몰라서 백죄 떨었다. 그도그럴것이 관가의 서간이라면 류기장은 고사하고 어지간한 량반들까지도 불리워가서 곤장을 맞는것이 례사인것이였기때문이였다.

그런데 류기장네 사위는 태연하게 앉아서 그 서간을 받아보고서 사령에게

≪알만하니 너도 여기서 쉬도록 하여라!≫

고 제법대로 분부하는것이였다.

얼마후 그들은 저녁상을 치우고 한편으로는 닭을 잡아 안쳤는데 사또가 행렬도 없이 단기말에 몇몇 군노들의 호위를 받아 다달았다. 류기장네 식구들은 마당에 엎드렸고 그집 사위만이 마당끝까지 나가 마상에서 내린 사또를 반가이 맞아들였다.

≪집이 루추하지만 허물치 말고 어서 들어가세.≫

≪그를 허물할 처지인가. 집도 좋아질 때가 왔네.≫

류기장이 그냥 부복한채 영문을 몰라 떨고만 있는데 사또가 방안에 들어서자 딸이 안전에 가까이 가서 부모를 대신하여 인사를 올리고 사죄하였다.

◉ 류기장(柳器匠)은 버들로 고리방구리같은것을 만드는 사람을 말하는데 계급신분이 제일 낮은 사람이다.

사또는 친구 부인을 대하는 례절로 대하고 류기장네 내외를 불러 그간 리교리를 보살피노라 수고했다고 치하하였다. 그제야 자기 사위가 일반량반이 아니라는것을 알게 되였다.

류기장네 식구를 물러보낸후 그들은 주안상을 가운데 놓고 마주앉아서 이야기를 시작했다.

≪자네 떠날 길일을 택했는가?≫

라고 물었다.

≪아직도 정하지 않았네!≫

≪될수록 빨리 상경하는것이 좋을것 같은데...≫

≪좀 더 두고 생각하여보겠네.≫

그들은 이렇게 상경할 일을 주고받다가 말머리를 돌리여 리교리가 락향할 때의 기구한 운명을 내리엮었다.

일은 이렇게 된 사연이였다.

리교리는 당대 문신들중에서도 이름있는 문신이였다. 그런데 그때 궁궐안에는 개국공신들을 내쫓으려는 악당이 생겨서 량파간의 싸움이 격렬하여 란잡한 일이 많았다. 선왕이 별세한후 왕자가 즉위하니 그는 력대에 드문 폭군으로서 정사는 물리치고 주색방탕에 탐욕하니 충신의 목은 구중천에 날고 간신은 득세하였다.

원래 이 젊은 폭군의 생모였던 선왕의 비는 우승상◉과 사통하며 밀모계교를 꾸미였다. 그때 왕은 신변에 있던 개국공신들의 후예들인 승상과 좌승상에게서 진언을 받자 대로하여 즉석에서 밀모에 참여한 우승상이하 신팔들을 릉지처참하고 왕비는 추방시켜 자결하게 하였다.

이 폭군은 객국공신들의 간곡한 진언을 되려 원쑤로 치부하다 간신들의 밀모를 받아서 자기 생모의 원쑤를 갚는다는 것으로 충신들을 모조리 잡아 참하였다. 이렇게 되니 리교리는 개국공신의 후예로서 그 운명이 풍전등화가 아닐수 없었다. 그 외에 리교리는 또 폭군의 음란한 행위 때문에 자기의

◉ 우승상(右承相)은 정부의 세 번째 우두머리다. 지금에 비하면 제2부총리격이다.

귀여운 처까지 죽였다. 그것은 또 이러하였다. 폭군의 신변에서 아첨하며 아양을 떠는 간신들이 폭군에게 리교리의 처는 세상에 드문 미인으로서 황홀하기 그지없다고 쪼아리였다. 어지간한 임금이라면 부인을 입시시키라는 령을 내릴수 없을것이다. 그러나 눈에 달이 오른 이 폭군은 ≪리교리의 부인을 입시시키라≫는 만인이 공노하고 앙천대소할 어명을 내렸다.

아무리 어명이라 할지라도 방책을 대면 피할수 있으련만 고지식한 리교리는 무슨 일인지 몰라 바삐 서둘러 처를 궁궐로 보냈다.

그런데 그의 처를 태워 돌아온 교군군이 리교리앞에 부복하여 아뢰였다.

≪령감께 아뢰나이다. 소인들이 부인을 모시지 못하와 귀댁중에 가마속에서 그만….≫

하고는 부들부들 떨었다. 그말을 들은 리교리는 크게 놀라더니

≪이놈!≫

하며 이를 깨물었다. 교군군들은 그 소리에 놀라 사시나무 떨듯하면서

≪죽어 마땅하오이다.≫

라고 하였다.

리교리는 일어서서 무엇인지 생각다 교군군을 돌려보내고 시녀들을 불러 부인의 시체를 안방에 모시게 한후 모든 사람들을 다 내보냈다. 리교리는 자기 혼자서 아직 굳지도 않은 부인의 시체를 다루어 옷을 갈아입힌후 끌어안고서 통곡하였다. 그는 누구도 알아들을수 없는 말로 구시렁거리며 한바탕 통곡하고나서 시녀를 불러

≪듣거라! 사람은 이왕지사 죽었으니 집에다 오래 둘 필요 없다. 래일로 감장하도록 주선하여라!≫

고 하였다.

시체를 입관한후 그날 밤 리교리는 문상온 손님들에게도 나가지 않고 그냥 처의 시체옆에 앉아서 술만 마시며 깊은 사색에 잠기여 뜬눈으로 새웠다. 이튿날아침 그는 집안의 가장기물을 점고하고서 귀중품을 행랑채 한곳에 모여놓게 하였다. 그리고는 장례를 서둘렀다. 행상이 나가는데도 따라나서지 않고 그냥 안방안에 앉아서 술만 마시면서 온집안의 하녀들까지 따라가게

하였다.

행상은 산소에 갔으나 상주가 오지 않아서 매장하지 못하고 기다리는데 그때사 리교리는 단기말을 타고 달려왔다.

장례가 끝나자 문상온 손님들은 보내고 집안과 종들과 남게 하였다. 그는 약간 있는 문서와 귀중품들을 내놓고

≪그간 너희들은 우리 집 일을 보살피노라 고생들 했다. 이제는 너희들도 우리와 같은 사람이 되어라. 많지는 않으나 재산을 너희들에게 주니 이를 가지고 제 갈곳으로 가서 잘살아라. 집은 불에 타고 없으니 가지 말아라. 나도 내갈길을 가겠다.≫

하고는 땅문서와 귀중품들을 나누어주었다. 그리고는 부인의 묘에다 또 술 부어놓고

≪여보 부인! 내 술 한잔 더 받으시오. 그리고 우리는 각기 제 갈길로 갑시다. 여보 부인, 지하에서라도 충신이 역적으로 되고 역적은 충신으로 되는것이 어찌되는지 잘보시오.≫

라고 하고는 말우에 올랐다.

여기까지 이야기한 리교리는 취홍의 도움도 있어서 당시 궁궐안의 악정을 증오하였다. 게다가 애처까지 잃은 생각을 할 때는 분노로 하여 이를 깨물었다. 사또 역시 같은 운명으로 추방되던 이야기를 엮었다. 그들 둘은 초불을 갈아붙이고 또 술을 마시며 이야기를 이었다.

이렇게 되어 리교리는 자기의 어리석음을 한탄하여 이름을 우극(愚極)이라 개명하였으며 조정의 간신들을 물리치고 원한을 풀수 있는 정도(正道)의 밝음이 올것이라 믿으면서 그때까지 살아야겠다고 피난의 길을 떠났던것이다. 그리하여 밤이면 돌을 베개삼고 찬이슬을 맞으며 새우잠을 잤고 낮에는 산속의 오솔길로 헤매면서 정처없이 떠돌다가 이곳까지 왔다.

일반 도리로 말하자면 교리가 신바닥에 흙을 묻히며 걸음을 걸을리 없다. 그러나 리교리는 홀몸에 뫼산자 보따리를 짊어지고서 걸음아 날 살려라 하고 정처없는 길을 다그치고있었다.

오뉴월 염천은 땅을 태울것 같이 내리쪼이는데도 리교리는 벼락걸음을

걷다나니 쉴수도 없었다. 그러니 온몸에 땀이 줄줄 흘러내리고 목은 화가마 같이 말라들었다. 그는 랭수라도 한사발 마셨으면 좋겠다고 생각하였으나 바람소리와 풀잎의 사그락거리는 소리에도 놀라게 되는 처지로서 대낮에 인가를 찾아 들어갈수 없는고로 타는 목을 삼키면서 정처없는 길을 터벅터벅 걸었다. 이렇게라도 목을 달고있는것이 다행인것이지만 앞길이 막연하여 자연 발을 멈추게 되였다. 그러니 갈한 목은 더욱 물을 찾게 되어 사방을 두리번거렸다. 마침 인촌에서 좀 떨어진 곳에 수양버들이 한그루 늘어져있고 그밑에서 물을 푸고있는 촌계집애가 있었다. 리교리는 거기 가서 물을 얻어먹자고 조심성있게 그 샘물터로 갔다. 가보니 과연 생각과 같이 둥글둥글한 돌로 쌓아올린 우물인데 우물안의 돌에는 파란 물이끼가 끼여있는 샘물이였다.

≪아가씨, 길손입니다. 날이 더워 목이 말랐으니 물 한바가지 얻어먹읍시다.≫

라고 청했다.

전 같으면 벽하사상 산호병의 산린처사 송엽주를 금잔옥잔에 접대바쳐 올렸을터이나 오늘의 신세는 쪼그랑바가지가 되어서 말조차 공손하여졌다. 계집애는 짐직해하지 않고 선뜻 맑은 물을 한바가지 찰름찰름하게 뜨더니 무슨 생각인지 수양버들가지에서 푸른 잎을 한웅큼 훑어서 바가지에다 띄워가지고 권하였다. 그는 바가지를 받아들고 생각하기를 물에다 버들잎을 띄우는것이 심술궂은 행위 같지는 않은데 무슨 영문일가? 의문스럽기는 하나 목이 갈한데 언제 이것저것 가릴새 없어서 버들잎을 훌훌 불어가면서 물을 마셨다. 리교리는 바가지를 돌려주면서 계집애의 얼굴을 자세히 뜯어보았다. 보아하니 나이가 십팔구세가량 되어보이는데 어딘가 인품이 있는 모색이였다.

≪고맙습니다. 물을 잘 마셨습니다. 하찮은것을 묻는것 같습니다만 아까 물바가지에다 버들잎을 띄우는것은 무슨 뜻입니까?≫

라고 인사를 하고 물었다.

계집애는 머리를 살래살래 흔들면서 아무 뜻도 없노라고 수집게 대답하였다. 리교리는 어째서 그랬느냐고 다시 묻게 되어서 자연히 말이 오고가게 되였다. 계집애는 묻는 말에 주저주저하더니 천천히 말을 했다.

≪별로 딴 뜻은 없습니다. 보아하니 손님은 대단히 피로하신것 같은데 어른들께서 들으매 그럴 때에 물을 급하게 마시면 잘 체한다 하옵기에 부질없는짓을 했습니다.≫

리교리는 생각할수도 없는 대답이였다. 이런 벽촌의 하찮은 계집애 입에서 그런 말이 나올줄이야 꿈에도 생각못할 일이였다. 리교리는 너무나 무안하고 한편은 기뻐서

≪그랬습니까! 그렇게 돌봐주어서 대단히 감사합니다.≫

라고 사례하면서 생각하였다.

≪어떤 가문의 후손일가? 비록 촌구석에 살지만 틀림없이 신분좋고 인품있는 가문의 규수일것이다.≫

이렇게 생각한 리교리는 계집애의 소행을 알고저

≪실없는 말 같으나 댁은 어디오며 어떤 가문의 규수이시고 량친께선 무엇을 하시는지요?≫

라고 또다시 물었다.

계집애는 부끄러운 기색도 없이 몸을 돌려 마을밖의 시내물가에 홀로 나앉은 외딴집을 가리켰다.

≪저 집이 저의 집입니다. 저의 아버지는 류기장인 천한 몸입니다.≫

라고 서슴지않고 대답했다.

이때는 문무농상공의 순차차별이 심하여 류기장이라면 상민중에서도 상상민으로서 평민들과는 임의로 거래할수도 없는 시대였다. 류기장의 딸이라 들었을 때 리교리는 자기가 헛듣지 않았나 의심하였다. 그렇게 천하고도 가장 천한 류기장의 집안에서 이렇게 현철하고 영특하고 어여쁜 처녀애가 생기리라고는 생각조차 닿지 않았다.

생사존망이 초로같은 인생이 되었으니 발펴고 자는 류기장보다 무엇이 나으랴고 생각한 리교리는 느물데리고 그 계집애에게 청탁하였다.

≪오랜 걸음에 시달려서 촌보난감이올시다. 혹시나 그댁에 이삼일 신세를

질수는 없겠는지요?≫

리교리의 말을 듣자 그 계집애 또한 천만뜻밖의 말이였다. 일반적인 사람은 류기장이란 말만 들어도 돌아서 갈터인데 이 길손은 묵게 해달라는 청탁이였다. 계집애는 자기들을 평민처럼 대해주는것이 고마웠다.

≪어지러운 집이라도 좋으시다면 저를 따라오십시오.≫

계집애는 두말없이 승낙하고 그 길손을 모시고갔다.

류기장의 부부간은 딸을 따라 들어온 낯선 사내를 영문을 몰라 게면쩍게 대하다 딸에게서 자세한 사연ㅇ르 듣자 환대하였다. 그들 부부는 생각하기를 그 낯선 방랑객이 차림차림은 루추하나 관을 쓴 사람인데 류기장네 집에 왔다는것이 생후 처음 당하는 일이라 성의껏 환대하였다.

리교리는 못 이기는체하고 그들이 모시는대로 그 집에다 허리를 붙였다. 신분이 천한 류기장네 집에 묵는것은 그가 숨어있기에 좋은 곳이기도 하였다.

며칠간 묵어있는 기간에 리교리는 그 계집애의 아름다운 마음이며 착실한 인품이며 부지런한 일손에 모름지기 정들어갔다. 계집애의 량친들도 처음에는 신분이 다른 길손이라 무슨 일에나 어려워서 주저주저하였으나 인제는 곧장 념려없이 흉금을 털어놓게 되였다. 하루는 류기장부부가 리교리에게 상담할것이 있다더니 그는 다름아닌 혼담이였다. 딸을 줄터이니 맡아달라는것이였다. 리교리는 두말없이 쾌히 승낙하였다.

이렇게 한바가지의 물이 연분이 되어 리교리는 류기장의 사위로 되였다. 분에 넘치는 사위를 맞았다고 기뻐하던 류기장의 부부는 ≪부자간에도 일이 사랑이라≫는 속담과 같이 세월이 갈수록 일할줄 모르는 이 사위에게 진저리가 났다. 버들을 베오고 벗기는 일들에서 사위가 거들어주기는 하였으나 일하는것 같지 않았다. 이렇게 되어 장인은 자연히 잔소리를 하게 되였다.

≪허! 세상에 저렇게 쓸모없는놈이 어데 있겠느냐! 이거야 밥이 남아서 사위를 삼은것 같구나!≫

일 못한다고 잔소리함이 하루이틀 날이 갈수록 심하여지며 나중에는 성까지 내고 딸에게 사위놈의 밥을 절반 줄이라고까지 말했다.

그러나 딸만은 각별하였다. 자기 남편은 꼭 훌륭한분이라고 생각하면서 성의껏 섬기였다.

이렇게 달을 갈고 해를 바꾼지도 세 번이 되였다. 리교리는 풍편에 서울에서는 세상이 뒤바꾸여 고을에서도 구관은 쫓기우고 신관사또가 부임했다는 것을 들었다.

이 기간 서울에서는 폭군을 방축하고 그가 시행하던 일련의 극단적인 악정들을 폐기하였으며 그를 따라 못된짓을 많이 한 대관들도 처단해버리고 개국공신의 후예들이 높은 벼슬을 차지했다.

류기장의 집에서는 일년에 한번씩 관가에 류세품을 바치는것이 상례였다. 그날이 되자 리교리는 장인에게

≪오늘은 제가 관가에 류세품을 바치러 가겠습니다.≫

라고 했다.

장인은 사위가 집일을 근심하는데 대하여 기쁘기는 하였으나 한편 어처구니없었다. 자기도 가도 군졸놈들에게 괄시를 받고 류세품을 절반이나 되돌림당하였는데 천치같은 사위가 가서야 무슨 일을 저지를지 근심되여 인차 응답하지 않았다. 이때 딸이 나서면서 제 남편을 보내도 근심없이 처사할것이라고 간청했다. 딸의 권함을 받아서야 갔다오라고 승낙하면서 류세품 바치는 방법을 세세히 일러주었다.

리교리는 지게에다 류세품을 짊어지고 관가로 갔다. 땀을 흘림 관가로 간 그는 서슴지않고 삼문을 지나들어가서 동헌으로 갔다. 그때 뒤에서

≪이놈, 섰거라! 예가 어디라고 류기장놈이 들어왔느냐!≫

라는 수문사령들의 야단치는 소리가 났다. 그는 못 듣는척하고 그냥 잰걸음으로 동헌마루앞까지 가서 뻣뻣이 선채 동헌마루를 쳐다보며 큰소리로

≪류기 수납하러 왔나이다!≫

라고 소리쳤다. 그러자 사령들이 달려들어 륙모방망이를 내흔들면서 내쫓으려고 야단쳤다. 그래도 류기장은 꼿꼿이 선채 동헌만 바라보고 소리쳤다.

동헌에 있던 신관사또가 웬 소리인지 몰라 내다보니 거기에는 리교리가 지게에다 류세품을 지고 서서 사령놈들과 밀치닥거리고있었다.

≪아니, 이게 리공이 아니요!≫

사또는 어찌 놀랍고 반가운지 보선발로 달음질쳐 나와 수문사령들을 물리치고 리교리를 내당으로 모셔드렸다.

신관사또는 리교리와 오랜 벗이였다. 몇 년 격해있다가 상봉한 구우들의 반가움은 진지한 이야기를 낳아 서로 묻고 되묻고 하였다. 사또는 서울소식을 대충대충 이야기하였고 리교리는 락향한후의 과거사를 대략 엮었다. 전후 과거사를 대충 들은 신관사또는 리교리에게 간곡히 권하였다.

≪하여간 빨리 상경하는것이 좋을것 같네. 조정에서도 공의 일로 근심하며 찾고있는중일세.≫

≪급할것 없네. 어쨌든 돌아가서 천천히 생각하겠네.≫

≪어찌나 조속한 시일내로 떠나도록 하게!≫

리교리는 사또와 같이 내당에서 술을 마시다 해가 서산에 기울어졌을 때에야 그냥 지게를 지고 집으로 돌아왔다.

빈 지게를 지고 돌아온 사위를 본 장인은 근심에 싸여서 그에게 물었다.

≪이 사람, 갔던 일이 어찌되였나?≫

≪예, 무사히 수납시켰습니다. 금년의 류세품은 각별히 잘 만들었다고 칭찬까지 합디다.≫

라고 어물쩍 대답하였다. 사위한테서 술내까지 나니 무슨 영문인지 몰라서 어리둥절하다 딸에게 가만히 분부하기를

≪얘야, 오늘저녁은 그 사람에게 한상 잘 차려 들여가거라!≫

고 하였다.

여기까지 이야기한 그들은 이구동성으로 껄껄 웃으며 술잔을 권했다.

초는 또 갈았건만 말은 그칠줄 몰랐다.

≪세월은 어지러웠으나 내 처복은 타고난 명복인것 같네.≫

리교리가 선처의 정절함을 엮은후 지금의 처를 일렀다.

≪자네의 처복은 명복같으네만 시복이 없으면 명복도 악정(惡情)으로 되는것이 아닌가?≫

≪자네의 권을 알만하네.≫

≪그럼 떠날 날을 어느날로 정하겠는가?≫

≪어쨌든 가기는 가겠네마 좀 더 생각해야겠네. 인간칠십고래희(人間七十古來稀)라 내 나이 반 고래희가 넘었고 풍랑도 겪었으며 정사라는것에도 다소 눈을 뜨게 되었으니말일세...≫

이들이 이렇게 주고받는 사이에 닭우는 소리가 들려오고 동녘하늘이 밝아왔다. 그제야 사또는 일어섰다.

그들은 밝아오는 아침하늘을 바라보며 석별의 인사를 나누었다.

눈

아주 오래고 오랜 옛날 일이랍니다. 세상에 여러 동물들이 처음 생겼을 때의 이야기입니다. 그때 모든 동물들은 눈이 없어서 마음대로 다닐수도 없고 좋은것을 찾아 먹을수도 없었답니다.

어느날 령민한 꽃사슴과 빠른 말이 이리저리 다니다 먼곳에 갔습니다. 그런데 그곳은 참 좋은 곳이였습니다. 자기네 있는 곳은 맵짜게 추웠지만 그곳은 아주 따뜻했습니다. 그뿐만이 아니였습니다. 먹을것도 많거니와 맛좋은것도 많았습니다. 꽃사슴과 말은 그 맛있는것이 어떻게 생겼으며 또한 어떤 곳인지 보고싶었습니다만 유감스럽게도 볼수 없었습니다. 꽃사슴과 말은 그냥 더 따뜻한 곳을 찾아다니며 맛좋은 열매와 풀을 많이 먹었습니다.

날을 보내고 달을 갈며 나날을 보냈습니다. 그런데 웬 일이겠습니까! 하루는 얼굴 위쪽 가죽이 쪽 째지더니 앞에 있는것들이 보였답니다. 하늘엔 태양이 환하게 빛을 내고있고 산과 들에는 백가지 천가지 꽃과 나무 열매들이 많고도 많은데 그것들은 보기도 좋고 맛도 좋았습니다. 꽃사슴과 말은 한량없이 기뻤습니다.

령민한 꽃사슴과 빠른 말은 좋은 일과 맛있는것을 자기들만 보고 먹으려 하지 않았습니다. 인차 되돌아가서 여러 동물들에게 알려주어 같이 가자고 했습니다. 여러 동물들은 모두 꽃사슴과 말을 따라나섰지만 지렁이는 곰과 돼지에게 말했습니다.

≪얘! 미련한 곰과 돼지야, 남의 말을 듣지 말라. 보기는 무엇을 본다고 그러느냐! 거기라고 뭘 그리 좋은것이 많겠느냐? 좀 추워도 제 사는 곳이 제일이니 적게 먹고 가는 똥 싸자. 그러니 가지 말고 같이 있자!≫이렇게

말렸습니다. 지렁이의 말을 듣고 곰과 돼지는 씩씩거리고 꿀꿀거리며 그곳에서 그냥 놀고만 있었습니다.

다른 동물들은 할수없이 지렁이와 곰, 돼지를 버리고 먼저 가면서 후에 따라오라 했습니다. 곰과 돼지는 지렁이와 같이 그냥 그곳에서 놀고만 있는데 다른 짐승들은 그새 눈을 달고 와서 좋아 야단이였습니다. 그러면서 곰과 대지와 지렁이들을 가자고 끌었습니다. 곰과 돼지는 씩씩거리고 꿀꿀거리며 여러 동물들에게 끌려가는데 지렁이만은 끝내 아니 가겠다고 땅속으로 파고 들어갔습니다.

지렁이는 여러 동물들을 따라가지 않고 홀로 땅속으로 파고들었기 때문에 영영 눈을 달지 못했고 곰과 돼지는 그때 좀 늦게 서둘렀기 때문에 다른 동물들보다 눈이 작답니다.

의적

아득한 옛날의 일이 아니랍니다. 서울 장거리밖의 한사람이 무녀독남 외아들을 길러 금이야 옥이야 하고 길렀답니다. 그는 아들이 커가자 기골이 장대해서 힘꼴이나 쓸것같으니 이제 저놈이 커서 일하게 되면 쪼들린 허리를 좀 펼수 있으리라고 생각했습니다. 그런데 십년공부 남무아미타불이라고 아들은 커가면서 도적질을 하기 시작하는데 그것도 명문거족의 진귀한 귀물들만을 훔쳤답니다. 그래 아버지는 날마다 관가에 붙잡혀가서 주리를 틀리고 매맞는것을 부자집 밥먹듯했답니다.

아버지가 그처럼 고초를 당해도 아들은 제버릇 개 못준다고 그냥 도적질만 했답니다. 아버지는 자식 둔것이 이런 죄로 된다면야 누가 자식을 낳겠느냐고 한탄도 했지만 그래도 그것이 제 자식이라 철이 들면 나아지려니 하고 하루이틀 참으면서 목젖이 닳도록 타이르기도 하고 때로는 몽둥이찜질을 하기도 하였답니다. 그래도 아들의 버릇은 황개꼬리 굴뚝에 삼년 두어도 그꼴이 그꼴인거와 같았습니다. 참고참다못해 화가 상투끝까지 치솟은 아버지는 너무 기가 막혀서 그만 자식 안 낳은 셈 치겠다고 하면서 아들을 집에서 내쫓아버렸습니다. 아버지는 ≪앉은 영웅이 나들이 머저리만 못하다≫는 속담도 있으니 객지타관에 돌아다니면 보는것도 많고 듣는것도 많을것이고 풍상을 겪을터이니까 자연 사람이 될수 있으리라고만 생각했습니다.

세월은 류수와도 같아 어느덧 십년이라는 길고긴 세월이 흘렀습니다. 어느날 뜻밖에도 아버지 가슴에 못처럼 배겼던 아들이 돌아왔습니다. 아버지는 속으로 기뻐하면서 ≪십년이면 산천도 변한다는데 인제는 나이도 있으니까 변함이 많으리라!≫고 생각했답니다. 그래서 찾아온 아들을 붙잡고 락루

하며

≪내 자식아! 인제는 너도 세상을 알았겠구나!≫

라고 말끝을 흐리웠습니다.

≪예, 과연 세상살이를 더욱 잘 알게 되었습니다.≫

아들이 이런 대답을 하자 아버지는 자기 마음에 드는 말을 한다고 기뻐하면서

≪얘야! 네가 인제는 사람이 된거로구나! 그런데 그동안 무엇을 하며 살아왔기에 그런것을 알게 됐느냐?≫

고 물었답니다. 그러니 아들은 전에 배운것을 더욱 잘하게 되었거 또 어떤것을 훔쳐야 한다는것을 똑똑히 알았다고 대답하였습니다.

≪아니 이놈아, 그럼 지금도 도적질을 한단 말이냐?≫

아버지는 너무도 뜻밖의 일이라 놀라서 뒤로 벌렁 주저앉아버렸답니다. 그러나 아들은 아버지를 일으키면서

≪아버지, 제가 하는것이 량반들과 갑부들에게는 도적질로 되지만 우리같은 사람들에게는 살아나갈 궁리로 되는데 왜 그리 놀라십니까?≫

라고 하였습니다. 아들의 름름한 대답에 락담한 아버지는 노발대발하면서

≪이놈! 네가 정말 도적질을 그리 잘한다면 서울장안 례배당에서 례배보고있는 목사를 훔쳐올수 있겠느냐? 만일 훔쳐올수 있다면 도적질을 해도 내 자식이라 하겠다.≫

라고 호령하였습니다. 아들은 한참 생각하더니 서슴지않고 대답했습니다.

≪예, 가히 훔칠수 있습니다. 그런데 돈이 좀 있어야 하겠습니다.≫

≪이놈아! 도적질하는놈이 돈도 없단 말이냐!≫

≪예, 아까 말하다싶이 도적질을 골라서 하다보니 고생은 더 막심합니다.≫

아버지는 분김에 아들이 돌아오면 물려주려고 한푼두푼 모아두었던 돈을 내던져주었습니다. 아들은 돈을 받아쥐고 두말없이 나갔습니다.

집을 떠난 아들은 장안 큰 주단포목점으로 가서 서리발같은 명주 한필을 사가지고 머리에서 발끝까지 뒤집어쓸수 있는 흰 도복 한 벌을 만들고 큼직한 산호지팽이와 진주보석으로 장식한 큰 망태 하나를 샀습니다. 그리고 새

끼손가락만큼한 양초와 산 게를 수십마리 샀습니다. 이런것을 죄다 장만한 그는 례배보는 날중에서 그믐날 밤이 되기를 기다렸습니다.

그가 기다리는 날이 돌아왔습니다. 바로 기독교신자들이 례배당에서 찬송가를 부르고있을 때였습니다. 그는 례배당옆에 있는 신자들의 공동묘지로 가서 수많은 게 등에다 양초불을 붙여놓고 례배당으로 들어갔습니다. 그때는 서양에서 온 목사가 한창 하느님아버지를 외우면서 례배보고있을 때였습니다. 그는 좋은 도복을 입고 산호지팽이를 짚으며 서서히 례배당으로 들어가서 선장을 절렁절렁 흔들면서 호령을 했습니다.

≪여봐라! 네 어찌 기도를 드렸기에 하느님아들을 하나도 하늘로 올려보내지 못했느냐?≫

그때 한창 엎드려서 ≪하느님아버지시여...≫하고 기도를 드리던 목사는 호령에 놀라 돌아다보니 하느님의 사자가 내려와 엄연히 서있더랍니다. 놀랜 목사는

≪주여, 죄많은 이 자식을 용서하여주옵소서.≫

라고 코가 땅에 닿도록 빌며 엎드려버렸습니다. 목사가 엎드려 빌자 신자들도 따라서 죄다 엎드려버렸습니다. 그때 그는

≪네 문을 열고 저것을 보아라! 저들이 얼마나 안타깝기에 저렇게 헤매고 있겠느냐! 네 하느님의 아들을 저렇게 만들었으니 천벌을 받아 열두지옥으로 감이 마땅하느니라!≫

라고 하면서 또 산호지팽이를 절렁절렁 흔들었습니다. 이 호령에 례배보던 신자들은 물론이요 목사까지 벌벌 떨면서 사자가 가리키는대로 밖을 내다보니 공동묘지에는 과연 숱한 혼령들이 불을 켜들고 이리저리 헤매고있었습니다. 그것을 본 목사는 천벌을 받아 무서운 지옥으로 갈것만 같았습니다. 이 눈치를 차린 그는

≪네 듣거라! 너는 하느님아버지의 분부를 받고 진세의 사람들을 살리려고 바다건너 이 땅에 온자로서 하느님의 아들들을 천당길로 인도하기는커녕 저렇게 무덤길에서 헤매게 하였은즉 그 죄 얼마인지 모르니라! 그러니 천벌을 받아 마땅하리라!≫

고 또 한번 동침을 놨습니다.

≪예-과연 끓는 기름솥에 삶아죽여도 죄가 남겠습니다. 아멘-≫

목사는 사시나무떨듯 떨고만 있었습니다. 목사의 꼴을 보는 신자들은 더욱 어쩌지 못하고 꼼짝도 안하고 엎드려만 있었습니다.

이렇게 을러메고보니 인제는 어떤 말을 하든지간에 고분고분 들을것 같아서 다시 호령했습니다.

≪네 죄를 보아서는 당장 열두지옥으로 보낼것이다만 네가 재주가 부족해서 그렇지 하느님아들들을 천당으로 올려보내려고 애는 무척 썼느니라. 그래 하느님아버지께서는 너의 지성을 보아 한번 용서하신다 하시였다.≫

≪네-미숙한 이 자식의 죄를 한번 용서하시옵소서. 아멘-!≫

≪네 지성이 감천하여 하느님아버지께서 너를 데려다 공부를 더 시켜 다시 보내겠다고 하시면서 나를 보내왔으니 그리 알아라!≫

≪예-미련한 이 자식의 죄를 용서하시옵고 하느님의 아들들을 구하기 위하여 이 자식을 데려다 가르쳐주옵소서, 아-멘-!≫

꼴을 보니 인제는 다 된듯싶었습니다. 그래 그는

≪네 하늘로 가는 길을 모르려니 이 천교자에 앉아 나를 따라 떠나도록 하여라!≫

고 하면서 꽃망태기를 벌렸습니다.

조선사람을 구하려 서양에서 왔다는 목사는 합장하고 조심조심히 진주로 장식한 망태속으로 들어갔습니다. 목사가 들어가자 망태를 둘러매고 교당을 나가니 신자들은 목사가 하늘로 올라간다고 엎드려서 축원하는 기도만 드리고 있더랍니다.

그는 망태기를 메고 한참 가다 성문을 나서자 땅에다 내려놓고 돌밭이니 가시밭이니 할것없이 올리 끌고 내리 끌고 줄줄 끌었습니다. 망태속의 목사는 쓰리고 아팠지만 감히 말을 못하고 기도만 드리고있었는데 나중엔 참다 못해

≪주여, 하늘로 가는 길이 어찌 이다지도 험하나이까?≫

라고 하였습니다. 이 말에 그는

≪이놈! 네 그렇게 무지하니 이고장의 사람들을 구하지 못함이 분명하다. 성경에 이르기를 천당은 좋지만 가는 길은 험하다고 하신것을 모르느냐!≫

고 호령하였습니다.

≪무지한 자식을 용서하옵소서, 아멘!≫목사는 더는 다시 말도 못하고 그저 이리저리 끌려다니면서 아플수록 ≪아멘! 아멘!≫만 점점 더 부르고있더랍니다.

조선사람을 구원한다고 왔다던 서양목사를 망태에다 졸라메고 돌아온 아들은 망태를 길가에 있는 큰 나무에다 달아매놓고 아버지를 찾아갔습니다.

목사를 훔쳐왔단 말에 아버지는 너무 어처구니 없어서 망태를 내려본즉 망태안에는 머리가 노란 목사가 눈을 감고 멀쭉한 코와 당나귀 귀같이 큼직한 귀를 헤물쩍거리면서

≪주여! 하느님아버지시여, 아멘!≫

만 외우고있더랍니다.

그것을 본 아버지와 동네사람들, 길가던 행인들은 모두 이런 도적질은 해야 한다고 크게 웃더랍니다. 사람들의 웃음소리를 들은 목사는

≪하느님아버지시여! 무지하고 무도한 이 자식을 웃지말아주옵소서! 아멘-≫

라고 하더랍니다.

사흘 사또

옛날 서울에 한 대감이 있었다. 그는 무녀독남 외아들을 두었는데 그 아들이 자라면서 대감에게는 딱한 일이 생기게 되였다. 다름아니라 그 명문거족의 가문을 상속해야 할 외아들이 두미없는 시라소니라 대감으로 보면 딱한 일이 아닐수 없었다. 아들이 그렇기는 하나 그렇다 하여 친자식을 두고 양자를 들일수도 없는것이여서 이 일을 어쩌겠는가고 주야장철 근심걱정하면서 이궁리 저궁리를 하게 되었던것이다. 그러는데 세월은 흘러 그 아들이 장남하여서 이제는 며느리감을 구해야 되였다. 원래의 도리로 말한다면 의례 내직으로 있는 문무량반들중에서도 골라서 매파군을 띄울것이지만 당사자인 아들이 그 모양이니 하는수 없어서 량반도 아닌 평민중에서 고르되 사리가 밝고 인물이 고운 규수만을 택하기로 하였다.

대감이 이렇게 하는 계교는 가문이 훌륭하지 않아도 자기 집에 들여오기만 하면 같은 량반으로 된다는것이고 또한 그보다 더 바라는것은 모름지기 자식의 후원선생노릇을 하라는것이였다.

대감으로 요만한 내심계교야 성사시키지 못할리 없었다. 과연 시골의 한 농민의 딸로서 인품이 함지같고 영특한 며느리를 맞이하게 되였다. 며느리를 맞이한 대감은 원래의 계교를 달성하려 하였다. 그 계교라 함은 다름아니라 그 가문을 상속해야 할 아들에게 어찌 벼슬자리를 주지 않을수 있느냐는 것이였다. 그래 우선 자그마한 고을로 벼슬자리를 주어서 내려보내기로 하였다.

대감은 아들을 떠나보내기 전날 그를 불러놓고

≪네 듣거라, 원이라는것은 한 고을의 수령이니 민지부요, 그러니 정사를

잘 다스려야 하느니라. 그러나 어떤 일이든지 네 혼자서 처사치 말고 부디 네 안해와 상의한후에 처사하도록 하여라!≫

라고 대감으로서의 훈시 겸 아들에게 대한 당부를 자세히 하였다.

며느리에게는 아들과 딴 당부를 하여서 내려보내기로 하였다.

떠나는 날이 되였다. 그는 선산과 사당에 알묘하고 부모에게 하직한후 행렬을 띄웠다.

어쨌든간에 그는 신관사또의 행차이므로 앞에서는 삼현륙각을 띠띠때때 울리며 ≪어라 쉬-사또행차하옵신다≫하고 륙모방망이를 내저으면서 호화찬란하게 부임하였다.

부임한 첫날은 범례대로 륙방관속 아련받고 기생점고까지 하여서 이날은 제법대로 되였다.

그런데 일은 이튿날부터 생기였다. 그는 부명을 거역치 않으려 식전에 부인에게 탐문하였다. 부인은 시종여일하게 세세히 일러주었다. 부인의 일러줌을 받은 사또는 정의관하고 조배받으러 나갔다. 그래도 신관사또이니 좋은 도포에다 통량갓 눌러쓰고 동헌대청에 나가 좌정하였다.

륙방관속의 조배가 끝난후였다. 그 고을의 농군 두사람이 상소를 드리였다.

전후사연을 알리라 한즉 한사람이 상소하는 사연을 엮었다. 그 일은 이러하였다.

한 농군이 남의 소를 빌어서 후치질을 하다가 점심때가 되어서 청초가 좋은 밭머리에다 소를 매놓고 점심을 먹고 와서 보니 소가 풀을 따라 뜯어먹다가 언덕에 떨어져 죽어버렸다. 이렇게 되어 일이 난감하게 되였다. 소임자는 당장 소를 사내라고 야단이다. 소를 빌어쓰던 사람은 소를 살 돈이 있다면 뭣 때문에 남의 소를 빌어썼겠느냐고 하면서 물어줄 방책을 대지 못하였다. 이렇게 되어 소임자는 당장 대소를 사내라느니, 소를 빌어쓰던 사람은 차차 벌어서 물겠다느니 하면서 서로 옥신각신하다 신관사또께서 현명한 처사를 받자고 상소하여왔다.

상소자가 전후사연을 죄다 엮어 아뢴후였다. 수하 관속들과 상소자는 신

관사또의 현명한 판결이 내릴것을 기다리는데 사또는 두미없는 말로

≪야들아, 게 좀 있거라!≫

하고는 부스스 일어나더니 엉기적거리면서 내당으로 들어갔다.

그는 이를 어떻게 처사해야 좋을지도 몰랐거니와 집을 떠날 때 애비의 당부가 있었으므로 부인에게 문의하러 들어간것이다.

≪여보시오 부인, 이런 상소가 들었는데 이를 어떻게 처사하라오?≫

라고 물었다. 부인은 너무나 답답하다는듯

≪아니 원 그것도 처사 못하겠습니까! 그들 두사람의 말이 다 옳습니다. 소를 잃은 사람이야 어찌 소값을 내라고 하지 않겠습니까. 그리고 남의 소를 빌어쓴 사람이 무슨 돈이 있어서 당장 소를 사주겠습니까. 죽은거야 이왕지사 죽었으니 가죽은 벗겨서 나라에 바치고 고기와 뼈는 팔아서 그 돈으로 자그마한 송아지 한 마리를 사서 소 빌어쓰던 사람이 키워가지고 이담에 큰 소를 대체하게 하라고 하시오!≫

라고 핀잔삼아 자상스레 일러주었다.

사또는 부인의 가르침을 듣고 돌아나와서 그대로 외웠다.

≪여봐라 듣거라! 죽은거야 이왕지사 죽었으니 가죽은 벗겨서 나라에 바치고 고기와 뼈는 팔아서 그 돈으로 자그마한 송아지를 사 키워서 큰소를 대체하도록 하여라!≫

부임한 이튿날의 송사풀이는 그래도 부인의 가르침을 들었기에 그렇게라도 처사하여 면무식이나 겨우 했다.

그런데 일이 생긴것은 부임한지 사흘째되는 그 이튿날이였다. 또 송사가 들었는데 그 사연은 이러하였다.

한 마을에서 두 로인이 장기를 두었는데 한 로인은 성질이 팩하고 다른 한 로인은 그와 반대로 성질이 든직하였다. 두 로인이 장기를 두다가 성질이 팩한 로인이 통수에 걸렸다. 그러니 그 로인은 한수만 물려달라고 하였다. 그런데 성질이 든직한 로인은 꾹 누르고앉아서 안된다고 하였다. 두 로인은 물려달라느니 안된다느니 하며 서로 옥신각신하였는데 통수에 걸린 그 성질이 급한 로인이 부아가 나서 장기판을 벌떡 들어 성질이 든직한 로인의 면상

에다 들씌웠다.

일이 잘못 되느라고 그 로인은 장기판에 맞아서 뒤로 벌렁 자빠지더니만 몇 번 꿀꺽꿀꺽하더니 숨을 거두고말았다.

일이 이렇게 되니 장기판은 수라장으로 되였다. 죽은 로인의 아들이 야단을 치며 ≪아이고 아이고≫곡을 하더니만 즉시 원에게 송사를 올렸다.

신관사또는 상소를 받자 그를 부인에게 물어서 처사했더면 그럭저럭 이면치례라도 했을것이다. 그런데 그 주제에도 생각이 있어서 또 부인에게 물어보았다간 핀잔을 들을것 같고 또한 어제 소죽은것을 처사한 일이 있음으로 하여 그대로 하면 되리라 생각하였다. 그래 에험하고 큰가래를 떼고는

≪여봐라 듣거라! 죽은거야 이왕지사 죽었으니 가죽은 벗겨서 나라에 바치고 고기와 뼈는 팔아서 그 돈으로 자그마한 아이를 사서 키워가지고 애비를 대체하도록 하여라!≫

라고 외웠다.

이렇게 되니 관가로 놓고보면 그들의 무지함을 여실히 폭로하였지만 상주에게는 더없는 모욕으로 되였다. 그 말을 듣자 상주는 분이 치솟아서 더욱 엉엉 울며 달아나갔다. 상주가 삼문밖에 나서서 그 말을 하자 모였던 사람들이 모두 분개하여

≪신관사또란놈은 그런놈인가! 그런놈을 어찌 그저 둘수 있느냐!≫

라고 웨치면서 쇠스랑, 낫, 도끼, 괭이 할것없이 손에 잡히는대로 들고 삼문안으로 쳐들어가 신관사또를 삼태기에 태워서 내다던졌다.

이리하여 그는 겨우 사흘밖에 사또노릇을 못했다한다.

각자는 무상치◉

옛날 한곳에 소시적부터 글로 평생을 보낸 한 늙은 선비가 있었다. 그는 론어(論語), 맹자(孟子), 중용(中庸), 대학(大學)과 서전(書傳), 시전(詩傳), 주역(周易) 사서삼경(四書三經)까지 많은 책을 읽었다. 그는 이로하여 세상만사를 무불통달한다고 생각하였다.

어느 여름날이였다. 꼴머슴이 밖에서 여물을 썰다 들으니 로선비가 서재에서 글을 읽는데

≪각자는 무상치≫라는 글귀를 읽어내려가고있었다. 얼마동안 글을 읽던 로선비는 서재에서 나오며 무슨 말인지 남이 알아듣지 못할 말을 입안에서 중얼거렸다. 평복에다 관만 쓰고 나오는것을 보아서는 외출하려는것이 아니고 집울안에서 소풍하려는것이 분명하였다.

로선비는 정원을 한바퀴 돌더니 행랑채 있는데로 나갔다. 행랑채에는 머슴들이 다 일 나가고 상머슴만이 집안일을 돌보고있었다. 그날은 무슨 바람이 불었던지 로선비는 외양옆의 거름밭에 매논 큰 부림소옆으로 가더니 소가 풀을 먹고있는것을 물끄러미 바라보았다. 그러다 상머슴을 불렀다.

≪여봐라! 너도 이제는 나이 적지 않은데 아무리 무식다 한들 저만한 일조차 모르느냐!≫

라고 첫마디부터 핀잔이였다. 상머슴은 무슨 영문인지 몰라서

≪예-샌님, 무슨 분부이신지요?≫

하고 물었다.

◉ ≪각자는 무상치(角者無上齒)≫란 뿔을 가진 짐승은 웃이가 없다는 말이다.

≪야, 듣거라. 경서에 이르기를 경자는 역축이 좋아야 함이라 했나니라. 그런데 저런 로우로 어떻게 농사를 잘할수 있겠느냐! 그러니 저 소를 속히 개비하도록 하여라!≫

≪예이-분부대로 하겠나이다.≫

상머슴은 주인인 로선비가 힘쓰고 부리기 좋은 황소의 무엇을 보고 개비하라는지는 몰랐지만 그는 세상만사를 통달한다는 학자이므로 자기들이 보지 못한것이 있는거라고 생각하였다. 또한 주인이 친히 분부한것이니 할수 없어서 아까운대로 그 소를 팔고 대신 부림새 좋을것 같은 소를 사왔다.

그후 며칠이 지난 어느날이였다. 로선비는 또 소풍하러 나왔다. 그는 전일 자기가 시킨것을 제대로 했는가 생각났던지 행랑채로 와서 마당에 매논 소를 자세히 들여다 보았다. 그러더니 노여움이 나서

≪야, 이 무식한놈아, 어째 또 이런 로우를 사왔느냐?!≫

라고 꾸짖었다. 상머슴은 역시 무슨 영문인지는 모르나 ≪로우≫라는데 무슨 영문이 있는것 같아서

≪예이-샌님, 이 소는 이제 나릅이올시다.≫

라고 하였다.

≪나릅이라니? 무식한놈들, 사세면 사세고 네 살이면 네 살이지 나릅이 무엇이냐!≫

로선비는 상머슴을 무식한자라고 자못 조롱하는것이였다. 그러면서 다시 말을 이어

≪사세고 삼세고간에 웃이가 다 빠지고야 어떻게 초를 먹을수 있느냐는것이다. 그러니 저리 우물거리는것이 아니냐? 초를 많이 먹지 못하는 소가 어찌 일을 많이 하겠느냐!≫

라고 노해하였다.

상머슴은 그제사 로선비가 나릅에 나는 소를 늙었다고 하는 뜻을 알게 되였다. 너무나 어처구니없는 말이라 대답도 해석도 못하고 속으로만 웃을 뿐이였다. 그때 꼴머슴이 꼴을 베여 지고 돌아왔다. 그는 로선비의 말을 듣고 있다가

≪샌님! 소인들은 무식하오나 어느때 샌님께서 글 읽으시는것을 들은적 있습니다.≫

라고 하였다.

≪당돌한놈 같으니 무슨 글귀를 엿들었느냐?≫

≪예이, 죄송하오이다. 그때 샌님이 서재에서 글을 읽으시는데 <각자는 무상치>라고 하시는 말을 들었습니다.≫

≪뭣이라냐? 그렇다, <각자는 무상치>라 하였느니라!≫

로선비는 무안당한듯 종발걸음으로 서재로 들어가 고서를 뒤적이더니 쳐들고서서

≪각자는 무상치! 각자는 무상치!≫

라고 외우다가

≪옳다, 뿔있는 자는 웃이가 없느니라!≫

라고 할뿐 다시는 행랑채로 나오지 못하더라 한다.

수화상극

옛날 한 곳에 소년에 급제하여 한림학사로 지내다 로년에 은퇴하여 국록으로 세월을 보내는 한 로학자가 있었다.

그는 재질이 뛰여나서 소년에 등과하였는데 이제는 정사를 버리고 오직 글읽기와 글짓기로 여생을 보내고있었다.

어느날이였다. 그날도 글읽기로써 광음을 보내고있었다. 그날 그는 침실에서 글을 읽었댔는데 담뱃불이 이불에 떨어져서 금침이 타기 시작했다. 금침에 불이 붙었어도 이 로학자는 모르고 그냥 글만 읽고있었다. 그러다 솜타는 냄새가 방안에 가득 차며 코를 찌르자 비로소 불이 난것을 알게 되였다.

불이 난것을 알자 로학자는 벌떡 일어나서 급히 서재로 달려갔다. 그는 서재에 들어서면서부터 책을 한책 들고 번지며 읽어내려갔다. 그는 그 많은 책을 한 장씩 번지면서

≪불, 불, 불화.≫

하며 급해하였다. 그러면서 불이 났을 때는 어떻게 해야 한다는것을 찾으려 했으나 좀체로 찾아내지 못했다.

학자가 이렇게 급해하는데 불은 솜과 비단 안팎 할것없이 점점 더 타들어가고있었다. 연기가 온 집안에 풍기게 되어 큰 방에 있던 부인이 그 냄새를 맡고 뚱기적거리며 가서 방문을 열었으나 역시 불을 끌 방책이 나지 않아서 아우성만 치고있었다. 그러다 학자에게로 달려가서

≪대감! 저 불을 어찌겠습니까. 빨리 꺼야지요.≫

라고 목멘 소리를 했다. 급한 학자는 그냥 책만 번지면서

≪부인! 부인! 말마시오. 지금 찾는중이요.≫

라고 했다.

그때였다. 정주에서 일하던 시녀가 그 소리와 솜타는 냄새를 맡고 달아와 보니 그런 꼴이라서 되달아나가 물 한동이를 들고 들어와 이불에다 쳤다. 그러니 불은 칙칙하며 꺼져갔다.

이때에사 글재질이 좋아서 세상사를 모르는것이 없다하던 ≪로학자≫가 비맞은 중마냥 중얼거리며 달려나왔다. 그는 시녀가 동이에다 길어온 물을 치는것을 보자 놀라면서

≪아니, 너 글을 언제 읽었느냐? <수화상극>(水火相克)이라. 과연 물과 불은 상극이니라! 네 학자로구나. 너는 언제 글을 그렇게 읽었느냐?≫

라고 하면서 쳐다보았다.

시녀는 아연실색하고있는 주인을 어처구니없다는듯 물끄러미 바라보았다.

때아닌 가을

옛날 한 마을의 큰댁 샌님이 해마다 머슴을 두는데 그때마다 새경도 푼푼히 주고 늦은 봄철에는 홑옷 한 벌과 늦가을에는 솜옷 한 벌에다 버선, 머리수건까지 해주겠다고 언약했다.

이 집에서 이렇게 후하게 주겠다는데도 가근방의 머슴살이들은 그 집으로 들어가는 사람이 없었으니 거기에는 이런 이야기거리가 있다.

그는 다름이 아니다. 그 집 샌님의 성미가 괴상얄궂어서 상반년에는 보름달처럼 환하다가 하반년에 들어서면 어두워지기 시작하여 날이 갈수록 점점 더 어두워지기 때문이다.

이로 해서 이 집에는 해마다 원처의 머슴군만이 들어서게 되였다.

어느해도 큰댁 샌님은 햇세월이 썩 지난후에야 거처없이 떠돌아다니는 머슴군을 잡게 되어 반가이 맞이하였다. 그런데 꼴보고 값친다더니만 사람을 보아하니 울뚝밸은 좀 있을것 같으나 일솜씨는 남다를것 같아서 새경도 류달리 주기로 피차간에 언약하였다. 그러고나니 영문 모르는 머슴은 좋아서 일손바람을 내는데 어지간한 일군들은 그 언저리도 가지 못할것 같았다. 그러니 주인샌님은 높은 새경값을 넘기는것 같아서 날마다 머슴을 칭찬하였다. 그럴수록 머슴도 점점 솜씨를 더 내였다. 그는 모철에 허리 굽을것도 아랑곳하지 않고 이종을 다하고 다잡아 애벌 매고 두벌 세벌을 훌치고나니 검디검은 벼가 겨드랑밑을 찔렀다.

논에서 발을 뺀 머슴은 이어 논뚝을 깎기 시작하였다. 이때부터 주인샌님의 버릇이 도지기 시작하였다. 주인샌님의 버릇을 모르는 머슴은 늙은이 망녕이라고만 여겼댔는데 하루이틀 갈수록 산이라 원래 류다른 울뚝밸이 솟아올랐다. 하루는 논뚝을 깎으면서 잔뜩 벼르고있는데 주인 샌님이 나와서 장한 벼를 곰곰이 돌아보다가 논에서 피 한 대를 보더니 언턱거리가 생겼다는 듯 단박에 얼굴이 붉으락푸르락 얼룩지면서

≪이놈아. 저것이 뭐냐! 이렇게 일을 하다가는 일년농사를 폐농하겠다.≫

라고 야단을 쳤다.

머슴은 부아가 상투끝까지 치밀어서 논뚝을 가로타고 앉은채 맞불질을 했다.

주인늙은이는 머슴이 맞불질하는 꼴을 보더니 잘못했다가는 물귀신이 될것 같았던지

≪이놈, 집에 가서 보자!≫

라고 이앓는 개처럼 끙끙거리면서 꼬리 빳빳이 달아들어갔다. 머슴도 말뚝같은 밸이 삭지않아서 주인늙은이가 억파기만 하면 뒤엎어놓으려고 벼르면서 돌아들어갔는데 웬 일인지 늙은이는 집에 움도 싹도 없었다.

이튿날새벽이였다. 주인 늙은이는 긴 담배대를 거뜩거리면서 행랑채로 오더니

≪이놈아, 남의집살이하는놈이 새벽잠을 그렇게 자고서야 무슨 일을 하겠느냐, 남의 농사를 폐농시킬 작정이 아니냐!≫

고 언거번거하였다. 머슴은 일어나지도 않고 그냥 누운채

≪정 폐농하려면 엉구럭부리시요!≫

라고 맞장구쳤다. 그러니 주인늙은이는 노발대발하면서

≪이놈아, 그렇게 하려면 당장 나가거라! 나가!≫

라고 하면서 주머니끈을 끄르더니 한달 품값도 안되는 돈을 내던져주었다. 머슴은 돈은 못 본체하고

≪나가라면 나가지요. 못 나갈줄 압니까!≫

라고 맞불질했다.

≪그럼 당장 나가거라!≫

≪당장 나가라면 나갈터이니 말리지나 마오!≫

≪안 말릴터이니 나가거라!≫

≪안 말리나 보자!≫

머슴은 무슨 생각인지 낫과 숫돌을 지게에다 지고 대문을 나갔다. 머슴이 나가는것을 본 주인늙은이는 혼자말로

≪응-밸이 센놈이 더 헗구나.≫

하고 엉구럭부리다 다행이라는듯 대꼭지만한 상투를 끄덕거렸다.

머슴을 내쫓은 늙은이는 아침상을 방금 받아들었는데 머슴이 지게에다 장한 청초를 집채같이 짊어지고 들어왔다. 영문을 모르는 늙은이는 머슴이 소꼴을 베다놓고 나가려는줄로 알고 내다보니 마당에다 한단 두단 내려쟁이는것이 꼴이 아니라 배불러기 된 통통한 벼였다. 늙은이는 앞이 안 보이는양 기는듯 뛰는듯 문턱을 넘어서자 마루장을 구르면서

≪이놈아, 패지도 않은 벼는 왜 베왔느냐?!≫

라고 고래고래 소리질렀다.

≪종래로 머슴이라는것은 봄에 씨를 뿌리고 여름에 기음을 매서 가을을 다 해놓고야 나가는 법인데 샌님이 지금 나가라 하니 가을을 앞당겨 할수밖에 없어서 서둘렀습니다.≫

라고 하였다. 그리고는 또 지게를 짊어지고 나가려 하였다. 그러니 마루를 구르던 늙은이는 버선발로 뛰여내려 와서 푸른 벼단을 안고 쌉쌀개처럼 머슴의 다리에 매달리면서

≪이 사람 잘못했으니 참아주게, 살려주게.≫

라고 하며 애걸복걸하였다.

머슴은 중의가랭이에 매달려서 싹싹 비는 언청샌님의 상판대기를 벼락치듯 쏘아보면서

≪서로간에 사람을 잘못 봤소!≫

라고 하였다.

주먹재판

옛날 한 곳에 장난꾸러기로 소문이 자자한 아이가 있었다. 아이들로서 장난 안하는놈이 있으련만 이 리항복이라는 아이는 남달랐다.

항복이의 집옆에는 큰 량반댁이 있었고 그 집 담장을 사이두고는 아침저녁 끼니도 겨우 이어가는 두 늙은이가 살고있었다.

두 늙은이는 마당구석의 토담옆에다 한그루의 감나무를 심어놓고 그를 고이 길렀다.

늙은이들은 매년 봄이 되면 잎피고 꽃피는것을 기쁨으로 느끼면서 가을이 되면 가지마다에 주렁주렁 달리는 붉은 감을 류달리 소중히 여겼다.

몇 년전부터였다. 감나무 큰가지 중턱에서 새 순이 무성하게 돋아나서 옆으로 쭉쭉 벌어지면서 량반댁 울안으로 뻗아갔다. 그러자 매년 주렁주렁 달리던 묵은 가지들은 마르고 순에서만 달리였다.

이것을 본 량반댁 사람들은

≪감나무그루야 담밖에 있지만 감은 우리 집 울안에 열렸으니 우리의것이 틀림없다.≫

라고 하면서 감을 죄다 따버렸다.

해질무렵 감나무집 늙은이들이 밭에서 돌아와 감나무를 쳐다보자 푹 꺼진 눈이 튀여나올듯이 둥그래졌다. 눈을 비비며 이리저리 살폈으나 잘못 본것은 아니였다. 감을 뜯기웠을뿐더러 가지마저 꺾어졌었다. 저 집에서 한짓이로구나 하며 넘어다보았으나 담넘엔 높은 량반댁이므로 어찌할수 없었다. 늙은이는 분한 말조차 못하고 그만 한숨을 쉬다가 마당에 풀썩 주저앉아버렸다. 늙은이는 고개를 숙이고 곰곰이 생각했으나 다음해가을을 기다리는수밖에 다른 방도가 나지 않았다.

새해가 되어 봄에 감나무에는 여전히 족두리같은 흰꽃이 만발하였으나 가을이 되니 작년과 다름없이 또 감을 뜯기웠다.

삼년째 되는 가을이였다. 그해도 감을 잃어버린 늙은이는 다시는 더 참을 수 없어서 분김에 도끼를 메고 감나무에 달려들어 당장 찍어버리려고 하였다. 늙은이는 분김에 도끼를 쳐들기는 하였으나 막상 내려치려 하니 자식같이 어루만지던 감나무껍질과 접목해서 자래워 꽃피우던 일이 왈칵 생각나서 찍지 못하고 그냥 그대로 서있었다.

이때였다. 장난꾸러기 리항복이 털털거리고 뛰여왔다. 불한당같은놈이라고 불리우는 항복이는 제 동무도 없는 이 늙은이네 집으로 곧잘 다니였다. 그날도 퉁퉁걸음으로 달아온 항복이는 도끼를 메고서 감나무를 꺾어지게 바라보는 늙은이를 보자 의아해서 다가들며 다그쳐 물었다.

≪할아버지, 왜 그래요?≫

≪네가 알아서 뭘 하겠느냐?≫

늙은이는 책망하듯 대답하더니만 이윽고 들었던 도끼를 내리고 얼굴을 항복이게로 돌렸다. 다급하게 물어대는 항복이의 성화같은 독촉에 못이겨 늙은이는 한말두말 하다나니 가슴에 맺혔던 원한을 싹 다 말하게 되였다. 그리고서야 늙은이는 속이 시원해진듯 곰방대를 꺼내들었다.

항복이는 늙은이의 말을 새겨듣고나더니 머리를 갸우뚱거리며 무엇인가 한참 생각하는것 같더니만 조그마한 입을 열었다.

≪할아버지, 걱정 마세요. 내가 해제끼겠어요.≫

≪네 말은 고맙다만 저 댁이 어떤 집이기에….≫

≪글세 걱정 말아요.≫

항복이는 말대답을 하면서 달아나듯 뛰여가버렸다.

밤이 되였다. 큰댁 량반은 큰 서재에다 쌍초불 밝혀놓고 글을 읽고있었다.

그때였다. 수채구멍으로 기여들어간 항복이는 발뒤꿈치를 고이고 살금살금 걸어 그 집 주인량반의 방문에 다닫자 푹하는 소리와 함께 주먹을 창문으로 들여밀었다. 별안간에 깜짝 놀란 량반은

≪어느놈이 이리 당돌하게 노느냐?≫

고 질책했다.

≪항복입니다.≫

그 집 량반도 리항복이가 불한당같은 장난꾸러기라는것을 알고있었다.

≪이놈, 예가 어디라고 버릇없이 그런 장난을 하느냐!≫

그는 놀란 가슴을 누르며 가까스로 점잔을 차렸다.

≪장난이 아닙니다. 물어볼것이 있어서 왔습니다.≫

≪이놈! 물어볼것이 있으면 그저 물어볼것이지 창문으로 주먹은 왜 들이미느냐? 버르장머리없는놈!≫

그는 혀를 차며 꾸지람하였다. 항복이는 창문으로 들이민 주먹을 흔들면서

≪이 주먹이 누구의 주먹입니까?≫

라고 물었다. 주인량반은 어처구니없다는듯 껄껄거리면서

≪이놈아, 거야 네 주먹이지….≫

라고 대답하였다.

≪지금 이 주먹은 어르신네 계시는 방안에 들어가있는데도 내 주먹입니까?≫

≪그야 어디 들어갔든 네 팔에 달린 이상 네 주먹이지 그렇다고 내 주먹이겠느냐. 대체 그 주먹이 어쨌단 말이냐?≫

주인량반은 그놈의 말이 철모르는 아이의 말이기는 하지만 무슨 연유가 있음직해서 되물었다.

≪꼭 그래요? 틀림없이 내 주먹이지요?≫

≪백번 말해도 같으니라!≫

≪어떤 사람이 내 주먹이 아니라 해서 잡아뜯으면 어떻게 됩니까?≫

≪이놈, 그런 허실한 일이 어디 있단 말이냐. 누가 그런 말을 하더냐?≫

≪아닙니다. 쥐여뜯긴 사람이 있습니다.≫

이 말을 듣자 주인량반은 항복이의 말에 무슨 사연이 있는것 같아서 항복이를 달래여 방안으로 데리고 들어갔다. 항복이는 조그만 눈을 크게 떴다 감았다 하며 이웃집 늙은이들 가슴속에 서린 원한을 주르르 말하고는

≪창문으로 들어온 주먹이 정녕 내 주먹이라면 담장을 넘어온 가지에 달린 감도 이웃집 로인데 감이 틀림없겠지요!≫

라고 물었다. 다그쳐 따지는 항복이의 야무진 말에 주인량반은 어쩌지 못하고 수염만 만지작거리면서 책상우에 얹어놓았던 감그릇을 어물쩍해 치우려다가 그만 방바닥에다 쏟고말았다. 항복이의 앞에서 감을 치우려다 들킨 주인량반은 관자노리를 박박 긁고만 있을뿐 입을 열지 못했다.

천냥내기 거짓말

옛날 한 량반이 있었는데 그는 소년에 등과하여 그냥 내직으로 돌다가 나중엔 정승살이까지 했다. 그러다나니 살림은 요부하고 나이도 있어서 은퇴하게 되였다. 그는 은퇴하였는데 남은 여생을 어떻게 보낼가 생각하였다. 생각 끝에 궁리해낸것이 옛말이나 듣자는것이였다. 그래서 방◉을 내걸기를 거짓말 세컬레를 하면 돈 천냥을 준다고 하였다.

천냥부자부터는 하늘이 안다는 때인데 거짓말 세컬레만 하면 돈 천냥 준다는 말이 나붙자 팔도강산의 난객들이 물밀듯 모여들어 거짓말을 하는데 그야말로 가관이였다.

어떤 사람은 금강산에 선녀가 하강하여서 자기와 여사여사하였다고 거짓말을 왕거미 밑구멍에서 거미줄 늘이듯 줄줄이 늘어놓았다. 그리면 주인인 로정승은 다 듣고난 연후에 껄껄거리면서

≪옳아, 그때 그런 일이 있었는데 그 사람이 바로 자네였네.≫

라고 맞장구를 쳤다. 그러면 거짓말이 아니라 정말로 되였다.

이와 같이 누가 어떠한 거짓말을 하든지간에 다 듣고난후에는 그런 일이 있었다고 하니 모두 정말로 되고말았다.

팔도강산은 다 돌아다녔다는 난객들이 모두 이 집에 와서 며칠씩 묵으며 세상을 팔방돌이하면서 듣고본것들을 수없이 주어댔다. 그랬건만 늙은 정승은 때마다 껄껄거리며 좋아할뿐 그것이 거짓말이라는것을 승인하지 않았다. 그러니 모두 이 늙은 정승의 소일에다 웃음을 보태여줄뿐이였다.

◉ 방-지금의 광고와 같다.

이러고나니 발없는 말이 천리간다고 이 소식이 사람이 희소히 래왕하는 벽촌까지 퍼져서 천하의 사람이 다 알게 되였다.

이때 한 벽촌에서 남의집살이로 돌아다니는 덜먹총각이 이 소문을 들었다. 총각은 그 소문을 듣자 다짜고짜로 하는 말이

≪내 가서 그 어구럭부리는 언청샌님을 곯려주고 오겠다.≫

고 하면서 떠날 차비를 했다. 같은 동아리들중에서는 한다하는 난객들도 어쩌지 못한다는데 갔다가 괜히 고생이나 한다고 말리는 사람도 없지 않았다. 그러나 총각은 듣지 않고 창포같은 머리태를 둘둘 감아 얹고서 삼베수건으로 질끈 동여매고 행전을 치고 떠나서 지게목발을 두드리며 올라갔다. 총각은 묻고 또 물어가며서 끝내 그 집을 찾았다.

총각이 대문을 들어서니 그를 내다본 로대감은 그가 말줌도 잘할것 같지 않아보였던지 무슨 일이 있느냐고 하였다. 총각은 주저없이 방을 보고 거짓말하러 왔다고 대답하였다. 대감은 하찮고 같잖아 보였지만 방을 보고왔다 하니 할수 없다는듯 마지못해 들어오라 하였다.

총각은 대감댁 사랑채의 객실에 들었다. 그러자 저녁상이 나왔는데 반주까지 있어서 시장기를 풀었다. 그는 상을 물리자

≪대감께옵서 듣나이까, 저녁상도 물렸으니 제 시작하겠습니다.≫

라고 하였다.

≪응-해라, 네 무슨 말을 하겠느냐?≫

늙은이는 그를 업신여겨 긴 대답을 뺐다.

로정승이 시답지않게 여긴다는것을 눈치차린 총각은 말투부터 허풍을 쳤다.

≪대감께옵서 보시다싶이 소인은 이처럼 호강스럽게 삽니다.≫

라고 하였다. 늙은 정승이 들으매 총각놈이 거짓말을 해도 엉터리없는 거짓말을 했다. 남의집살이를 하는놈이 호강은 무슨놈의 호강이며 여직껏 장가도 못 간녀석이 무슨 호강이냐고 생각됐지만 호강스럽게 사는것 같지 않다고 했다가는 거짓말을 했다는것을 승인하는 것으로 되기에

≪응-그러냐! 어서 이야기해라!≫

고 하였다. 그러니 총각은 말꼬리를 이었다.

≪예-제가 이렇게 호강스럽게 살게 된것은 남다른방법으로 소를 먹이기 때문입니다.≫

라고 하였다.

≪응-그래 소를 어떻게 먹이느냐?≫

≪예-저는 소를 궤짝속에다 넣고 먹입니다. 나무로 소옷을 만들어 입히고는 옆구리에다 구멍을 뚫어놓고서 좋은 먹어리를 쉴새없이 먹입니다. 그러면 소가 살이 부둥부둥 찝니다.≫

≪응-그러냐 어서 이야기해라!≫

≪예-소는 나무옷속에서 살이 찝니다만 나무옷이 딱 맞아서 살이 나갈데 없으니 한쪽으로 밀리여서 옆구리에 내는 구멍으로 소고기가 미죽미죽 나옵니다. 소인은 칼만 들고 서서 련속 나오는 소고기를 베서 팔기도 하고 먹기도 하여 이렇게 호강스럽게 삽니다.≫

총각이 너무도 허풍을 치니 로정승은 그만 참지 못하고 호통을 쳤다.

≪야 이놈아! 허풍을 쳐도 분수가 있지 그런 허풍이 어데 있느냐. 네 꼴이 어디를 보아서 호강스럽게 사는놈이라고 하겠느냐!≫

라고 하였다. 그러니 총각은 얼씬 맞받아서

≪예, 그럼 제 거짓말을 한마디 했습니다.≫

라고 하며 시침을 뚝 뗐다. 그러고보니 대감은 거짓말했다는것을 승인한 것이여서 안달아하게 되였다.

첫말은 그놈의 허풍에 놀아서 할수없이 거짓말이라는것을 승인했지만 이제부터는 무슨 말을 하든지간에 그런 일이 있다고 할 작정이였다. 총각은 로대감이 어구럭부리는것을 가찰하자 또 말을 걸었다.

≪그럼 소인이 또 이야기하겠습니다.≫

≪응-하게.≫

로대감은 안달아서 말조차 달라졌다. 그런데 총각은 거짓말을 하기 시작했다.

≪대감께서 아시다싶이 소인이 어릴 때 글을 잘 읽지 않았습니까!≫

로정승이 들으니 그놈의 말은 시작부터 거짓말이였다. 낫놓고 기역자 하나도 알것 같지 않은데 글을 잘 읽었다 하니 그는 거짓말인것이 환하지만 그런것 같지 않다고 해서는 또 거짓말이라는것을 승인하는 것으로 되기에 할수없이 그저 끙끙거리면서

≪어서 이야기하게.≫

라고 어성을 높였다.

≪예-그것도 소생이 대감께서 글을 배우지 않았습니까! 그때 소생이 글을 어찌나 잘 읽었던지 대감께서 소생의 머리를 슬슬 쓰다듬어주시면서 너 글을 참 잘 읽는구나. 네가 크면 내 셋째딸을 주마, 라고 하시지 않았습니까! 소생이 이제는 글도 다 읽고 이처럼 장남했으니 따님을 주시지요?≫

라고 하였다. 로대감에게는 과연 젖먹이딸이 있고 또 지금 명문거족으로서 착실한 사위감을 구하는중이였다. 그런데 그 총각놈이 애지중지하는 딸을 달라 하니 노여웁기 짝이 없었다. 그렇기는 하지만 일은 또 난감하게 되였다. ≪그런 일이 없다≫고 하면 거짓말이라는것을 승인하는 것으로 되고 또한 ≪그런 일이 있다≫고 하면 딸을 그놈에게 줘야 했다. 그러니 분이 나서

≪야, 이놈아! 내 언제 그런 말을 했느냐?!≫

라고 하였다. 그러자 그 총각은 얼른 받아서

≪예-그럼 소인이 거짓말을 두마디를 했습니다.≫

라고 하였다. 로대감은 또 승인 안할수 없었다. 거짓말이라는것을 두 번이나 승인하고나니 로대감은 안달복달하게 되였다. 이제는 한번밖에 없는데 이번부터는 무슨 말을 하든지간에 ≪그런 일이 있었네.≫라고 대답할 심산을 단단히 하였다.

총각은 늙은 대감이 안달아하는 기색을 눈치차렸지만 시치미를 뚝 떼고 또 걸었다.

≪그럼 소인이 또 하겠습니다.≫

≪응, 하오.≫

≪소인이 젊었을 때 황화장사를 했습니다.≫

늙은 대감이 들으니 또 거짓말이였다. 이제 스무나문살 된놈이 젊고 늙을

것이 있는가? 그렇기는 하지만 허풍이라고 할수 없어서

≪응-계속 이야기하오.≫

라고 하였다.

≪예-소인이 황화짐을 지고 돌아다니다 충청도 보은에 갔습니다. 그때 그곳에는 여러길 되는 벼락바위가 있었는데 그 바위우에는 큰 대추나무가 주르르 서있었습니다. 그 대추나무에는 대추가 조롱조롱 달려있었지만 아무도 올라갈수 없어서 따지 못하였습니다. 소인도 그 대추가 욕심은 났지만 날개 없어 올라가지 못하여 이궁리저궁리 하던 끝에 고춧가루 세가마니를 구해다가 벼락바위틈에다 쏟아넣었습니다. 그랬더니 바위가 매워서 재치기를 칵칵 하는 바람에 대추나무가 떨면서 대추가 다 떨어졌습니다.≫

로대감이 들어본즉 엄청난 거짓말이였지만 거짓말이라 하지 못하여

≪응-그래 어서 이야기하오.≫

라고만 하였다.

≪예-계속하겠습니다. 그래서 소인이 그 대추를 주으니 수십오쟁이 잘되였습니다. 그 대추를 전부 서울로 실어올렸습지요. 마침 좋은 때를 만났는지 그때 서울 장안에는 글쎄 나라님의 약에 쓸 대추조차 없었습니다. 그래서 대추 한오쟁이에 돈 천냥씩 했습니다.≫

로대감이 들으니 들을수록 기막힌 거짓말이였다. 아무리 대추값이 높다한들 대추 한오쟁이에 돈 천냥 할 리가 없는 일이였다. 그렇기는 하나 그런 일이 없다고 했다가는 거짓말 세마디를 승인하는 것으로 되니 그러면 돈 천냥을 줘야 하겠기에 어찌나 그런 일이 있었다고 할수밖에 없었다.

≪응-그랬어. 그때 그런 일이 있었네. 나도 그때 대추를 그렇게 비싸게 주고 사다 쓴 일이 있었네.≫

라고 부언하였다.

≪예-그때 대감께서 소인의 대추 세오쟁이를 외상으로 가져오신 일이 있지 않습니까! 이제 묵은 장부를 치르도록 하시지요!≫

라고 하고는 시치미를 뚝 뗐다.

로대감은 이 말을 듣자 어찌했으면 좋을지 몰랐다. 그런 일이 있었다고

하기 위하여 자기도 그때 그렇게 비싼 대추를 사다 쓴 일이 있다고까지 말했는데 ≪그런 일이 있다≫고 하면 돈 삼천냥을 줘야 할것이고 ≪그런 일이 없다≫고 하면 거짓말 세마디를 승인하는 것으로 되니 그러면 돈 천냥을 주어야 했다. 가만히 생각해보니 그래도 천냥 주는 편이 나을것 같았다. 그래서 로대감은 노기등등하여

≪이놈아! 내 언제 네 대추를 외상으로 먹은 일이 있느냐?≫

라고 고래고래 소리질렀다. 그러자 총각은

≪예-그럼 거짓말 세마디를 했습니다. 돈 천냥을 주시지요!≫

라고 태연하게 말했다.

로대감은 방을 내기는 냈고 또 내기에 지기는 졌지만 순순히 돈 천냥을 내놓을리 만무하였다. 그래서 세도로 그를 누를 차비를 했다. 이를 알아차린 총각은

≪로대감! 나는 당신네같이 남의 등을 처먹지 않소. 더러운 그 돈을 준대도 가지고싶지 않소. 오직 당신네들의 소행이 밉살스러워서 온것이요. 젊었을 때는 그랬다손 쳐도 늙어서나 좀 사람답게 지내시오!≫

라고 하고는 도로 지게목발을 두드리면서 훨훨 떠나갔다.

로대감은 아연실색하여 멀어져가는 총각을 바라보고있을뿐이였다.

별천지

때는 소위 ≪만주국≫등국초기인 어느해 봄날이였다.

이날도 박로인은 식전부터 채찍을 휘두르며 한지주네 양을 몰고 풀을 따라 까치봉으로 올라갔다. 해가 새끼나절이나 거의 되자 명주풀을 량껏 뜯어먹은 양들은 배도 부르거니와 맥도 지쳐서 까치봉중턱에 푸른 비단자리 깔고 모록모록 둘러앉아 쉬는 참이였다. 양들이 쉴 때는 양몰이군도 쉴 때이므로 박로인은 갖저고리 삼아 걸치고다니던 양가죽을 풀우에 깔고앉았다. 그는 툭 꺼진 오른쪽 박죽뼈에다 채찍을 기대세우고 곰방대에 담배를 한 대 눌러물었다. 그때 흰 바닥에 검은 줄이 줄줄이 간 늙은 얼룩양은 텁석부리 아래턱을 우물우물 새기면서 넓고넓은 훈춘벌을 뻔히 내려다보는양이 마치도 ≪야속도다 이 세상아, 넓고넓은 저 벌판엔 어찌하여 내 먹을것이 없어서 눈이 오고 바람 불어도 이 산봉엘 올라와야 하느냐!≫라고 원망이나 하는듯하였다. 박로인은 부시깃이 눅눅해서 겨우 담뱃불을 붙여물었다. 그는 양들을 돌아보며 자기도 한길맞잡이라는듯이 까치봉이 울리게 후유하고 한숨을 내쉬면서 벌판을 내려다보았다. 고래등같은 한지주네 기와집옆에 게딱지같이 쪼그라 붙은듯한 자기 오막살이를 보았다. 그러던 그는 먼곳에 무엇이 보이는지 고개를 끼웃거리며 두리번거렸다. 그것은 자기 집의 씨암탉 두 마리와 장닭 한 마리를 찾는것이였다.

박로인은 당년 칠순이였다. 그는 젊어서부터 인생갑자 한고개를 넘도록 지주네 집에서 궂은일 마른일 다 주물다 늙고 맥없게 되니 남의집살이조차 못하게 되였다. 그렇다고 실오리만치 남아있는 목숨을 끊을수도 없는 일이였다. 하기에 깍다귀판인 세상을 한탄하고 원망도 했지만 속수무책이라 할수없이 한지주를 찾아가 늙은 목숨을 건져달라고 빌붙었다. 한지주는 오랜 정으로 돌봐준다는것이 양몰이를 허락했다. 한지주의 이런 불도의 선심으로 하여 입에 풀칠은 하게 되었으나 또한 걱정은 몸에 걸친것이였다. 해와 달을 산등에서 지고 다니니 가죽옷이라도 단물에 뭉청뭉청 나가는 판인데 무엇으로 몸을 감을것인가 걱정이 태산같았다. 이궁리 저궁리 끝에 생각해낸것이 닭치기였다. 하늘의 도움인지 땅의 보살핌인지 닭치기가 뜻대로 되어서 가을이면 닭을 팔아 옷벌이나 바꾸어 입었다. 금년봄에도 지간 가을에 씨암탉으로 남겨놓은것이 알을 잘 낳아서 그를 여간 잘 보살피지 않았다. 그런데 한지주네 무리개들이 어찌 이악스러운지 늘 마음을 놓지 못하였다. 박로인은 이 근심 때문에 거리가 멀어 보이지도 않는 곳의 자기 오막살이를 살피는 판이였다.

바로 이때였다. 갑자기 흰구름이 몰키더니 중천에 서기 감돌고 칠색 령롱한 속으로 한 선녀 청학타고 하강한다. 그 선녀 머리엔 화관을 쓰고 몸에는 오색채의를 감고 손에는 계화를 들었다. 박로인은 어지러운 세상에 신선이 하강함은 길조가 나타남이라는 옛말을 들은바 있으므로 황홀한 정신을 가다듬고 달아오라가니 그 선녀 손에 든 계화를 휘둘러 그곳에다 백화를 만발시켰다. 그 선녀 박로인을 보자 공손히 절인사 드리고 그를 인진하여 꽃구경을 시키는데 선녀 가는 곳마다 손에 든 계화를 휘두르니 황페한 산에도 아름다운 꽃들이 만발하였다. 박로인은 선녀의 놀라운 조화에 감탄하고 눈앞에 벌어진 눈부신 별천지의 할홀함에 잠기여 선녀 작별을 고하는것도 모르고있었다. 로인은 선녀와 작별하기 애석했지만 할수무가내라 선녀의 영상만을 물끄러미 바라보노라니 선녀는 차차 지난해여름부터 서로 알고 지내는 유격대처녀 옥란이로 변모해 갔다. 그래서 박로인은

≪옥란이 함께 가기요!≫

하고 힘껏 소리치려 했지만 갑자기 목구멍이 칵 막히워서 도무지 소리칠수 없었다. 그래서 로인은 무등 안간힘을 쓰다 저도 몰래 손에 쥔 채찍을 ≪딱!≫쳤는데 그 딱 소리에 놀라 깨고보니 남가일몽이였다.

≪원 꿈도 얄궂기도...≫

박로인은 맹랑한 생각에 입을 쩝쩝 다시며 혼자말로 중얼거리는데 밖에서 ≪땅! 땅!≫하는 소리가 소란스레 들려왔다. 그는 벌떡 일어나서 눈을 비벼봤으나 땅 소리만은 꿈이 아니였다. 그리고 본즉 자기는 ≪딱≫소리에 깬것이 아니라 ≪땅≫소리에 깬것이였다.

그런데 총소리는 연방 울리면서 점점 가까워오고있다. 동창은 밝아오나 성냥갑같은 집안은 아직도 컴컴하였다. 로인은 얼른 일어나 앉아서 귀를 후비고

≪꿈은 길몽인데 세사은 왜 이리 산란한고?≫

하며 옷을 걸치고 정지문에 가서 바깥동정을 살피였다. 대지는 아직 채 밝지 않았는데 게다가 훈춘강의 아침안개까지 짙게 껴놔서 먼곳은 도무지 보이지 않는다. 박로인은 쌩하고 총알 날아가는 소리에 놀라서 얼핏 문을 닫았다. 그러자 문틈벽틈사이로 급한 발자취소리가 들리더니 ≪아이≫하는 비장한 소리가 귀전에 들려왔다. 련달아 ≪아이! 아이!≫하는 젊은 녀성의 신음소리가 났다. 박로인은 다시금 돌아서서 문틈에다 눈을 대고 이쪽저쪽 숨어보다 자기도 모르게 엥하고 소리를 치며 놀랐다. 자기 집 마당에 쓰러진 젊은 여자의 허벅다리에서는 선지피가 흘러 바지를 물들이고있다. 그런데도 그 여자는 일어서려다 꼬꾸라지고 또 일어서려다 엎어졌다. 박로인은 무슨 힘이 났는지 문을 확 열고 달아나가면서

≪아니 이게 옥란이 아닌가!≫

라고 하면서 그를 덥석 끌어안았다.

≪할아버지, 빨리 들어가세요! 놈들이 가까워옵니다!≫

처녀는 어떤 결심과 각오가 있다는듯 권총을 내들고 이를 깨문채 박로인을 떠밀며 권하는것이였다.

≪옥란이, 이 집이 내 집인줄 몰랐댔나?≫

≪모르다니요, 그 말은 그만두시고 빨리 피신하세요!≫

≪피하다니? 그게 될 말인가!≫

박로인은 천부당만부당하다는듯 고개를 설레설레 흔들었다.

≪할아버지, 이러다간 둘이 다….≫

≪죽어도 같이 죽고 살아도 같이 살자!≫

박로인의 울적한 마음에서 나온 말이였다. 그러면서 옥란이의 어깨를 끌어안았다. 칠순이 이마에 붙은 로인에게 힘이 있으면 얼마랴! 그러나 륙십여년 일터에서 굳어진 뼈가 힘을 내는듯 옥란이를 껴안아 집안으로 씽 들어갔다.

≪할아버지, 어쩌자고 이러십니까?≫

≪어쩔것 있나!≫

박로인은 옥란이의 말을 꾹 누르며 그를 헌 옷궤짝에다 감추었다. 박로인은 옷궤짝 문고리를 가새질러놓고서야 안도의 숨을 후유 내쉬며 정지문을 닫으려 하였다. 그러면서 보니 밝아오는 정지바닥에는 피방울이 방울방울 줄지어 떨어져있었다.

≪아이쿠, 이걸 어쩐다?!≫

놀란 박로인은 어쩔줄 몰라서 정주바닥을 맴돌다 화로를 넓적 들어 재를 피방울에다 뿌려놓고 비자루로 이리저리 쓸어 나갔다. 궤짝 있는데서 정지문턱안까지 쓸고보니 피는 집안에만 떨어져있는것이 아니라 문밖마당에도 떨어졌는데 옥란이가 쓰러졌던 곳에는 피가 엉키여있었다. 로인은 급한 마음을 가다듬고 부삽에다 부엌의 재를 푹 떠 들고 나가다가 그만 문지방에 붙은듯 서버렸다. 그의 가슴은 벌떡거리고 삽에 떠 들었던 재는 소리없이 보슬보슬 떨어져내렸다. 희붐한 안개속으로 원쑤 왜병놈들이 총창을 꼬나들고 가까워오고있었다. 이제는 재를 뿌려봤댔자 삼태기 쓰고 아웅하는 격이 아닐수 없었다. 그런데 원쑤놈들은 총창을 들고 각일각 가까워만 오고 마당의 피방울은 더욱 똑똑히 드러나보였다.

≪이 일을 어쩐다?≫

박로인은 되돌아 들어가 정지바닥을 맴돌다가 옷궤짝에다 입을 대고

≪옥란이, 놈들이 가까이 왔다.≫

라고 하였다. 말 한마디 해놓고 또 정지문으로 달아가서 문틈으로 내다보니 원쑤놈들은 가까워오고 시각은 한초한초 지나만 가는데 마당의 선지피는 없어지지 않고 더욱 똑똑히 보였다. 박로인은 또 정지바닥을 한바퀴 돌다가

땅바닥에 엎드리더니 허공에다 절하고 천정을 쳐다보며

≪령험한 천지신명이시여, 옥란이를 살게 해주옵소서!≫

라고 빌었다. 그러다 벌떡 일어나서 옥란이가 웃궤를 두드리면 내놔달라는 곳으로 가서 잠근것을 열려다가

≪옥란이, 안된다. 그 몸으로는 안된다.≫

하고는 또 정지문으로 가서 내다보았다. 그러다 닭우리옆에 세워놨던 도끼를 높이 들고 정지문뒤에 섰다.

≪하늘이 무너져도 정신을 차려야 솟아날 구멍이 있다는데 이 늙은것이 왜 이리도 헤덥비냐.≫

그는 혼자말하면서 뛰는 가슴을 억누르고 진정하려 애쓰는데 옥란이는 자꾸 궤문을 열어달라고 뚜드린다. 이런 급한 시각에 정지간구석에 있는 닭우리속에서 장닭이 ≪꼬꼬-≫하고 홰를 쳤다. 옛시인이 계명에 각성이라 하였더니 박로인은 닭우는 소리에 무엇이 생각났던지 도끼를 놓고 식칼을 찾아들자 닭우리로 달아갔다. 닭우리에다 팔을 푹 걷어넣고 로인은 잡히는대로 닭 한 마리를 잡아내서 단칼에 목을 끊어 마당에 내던졌다. 놈들은 마당가까이에 왔다. 로인은 되돌아서서 닭을 또 한 마리 잡아서 옥란이가 쓰러졌던 곳에다 내던지고는 피묻은 칼을 들고 마당으로 나갔다. 단칼에 생목이 떨어진 닭은 온 마당에다 피를 뿌리면서 푸득푸득 뛰였다. 두 번째 닭의 숨이 채 끊어지기도 전에 놈들이 달려들었다.

≪어이 고라(이놈), 공산비적 못 봤소까?!≫

≪예, 예, 이 이 늙은것은 집안에서 닭을 잡다나니 보지는 못했습니다만 쿵쿵거리는 발자국소리가 저 큰댁 있는데로….≫

박로인은 닭피 묻은 칼로 한지주네 집쪽을 가리켰다. 놈들은 눈에다 명태껍질을 붙이지 않았으니 자세히 보면 피를 분간할수 있었으련만 제눈으로 퍼덕거리며 마당에다 피를 뿌리는 닭을 보았고 또한 급하기때문이였던지 마당에 떨어진 피에는 의심사지 않고 집안만 휘돌아보고는 참새 물방아간 지나듯하였다. 박로인은 굴뚝옆에 붙어서서 놈들이 밭고랑을 엎치락뒤치락하며 한지주네 집뒤로 돌아가는것을 바라보며 안도의 숨을 길게 내쉬였다. 로

인의 어두운 눈에는 장명등이 비치는듯 그의 마음은 궤짝속으로 들어갔다가 까치봉으로 번개쳐 올라갔다. 그의 눈앞에 옥란이를 처음 만나던 때 일이 어제일처럼 선히 떠올랐다.

지난해 여름이였다. 박로인은 그날도 양을 몰고 까치봉으로 올라갔다. 그가 자욱한 안개속을 지나려는데 바위우에 월궁의 상아 구름타고 하강한듯한 처녀가 서서

≪할아버지, 수고하십니다.≫

라고 깍듯이 인사하는것이였다. 박로인은 놀라서 대답도 못하고 멍하니 서서 쳐다보니 그 처녀 키는 그리 크지 않으나 차돌같이 여무지고 두눈은 야광주마냥 빛나고있었다. 로인은 너무나 의외의 일이여서 그저 서슴벅거리기만 하였다. 처녀는 웃으며

≪할아버지, 어느 툰에서 오셨습니까?≫

라고 생글거리며 묻는것이였다.

≪예, 늙은것이 아무것도 몰라서...한나리댁의 양을 먹이려 올라왔습니다.≫

≪할아버지, 겁나하지 마세요. 저는 할아버지의 손녀와 같습니다.≫

≪허-당치 않은 말씀이외다.≫

≪아닙니다. 저는 일본제국주의를 반대하여 싸우는 항일유격대의 전사입니다. 왕옥란이라고 불러요. 우리 유격대는 인민을 구하는 군대인데 어찌 할아버지네 손자, 손녀가 아니겠습니까! 그러니 겁나하지 마십시오.≫

박로인은 너무나 엄청난 말이여서 자기의 귀가 어벙벙해지지나 않았는가 하여 서먹거리고있었다. 로인이 서슴거리는것을 본 처녀는 권총을 만지작거리면서

≪할아버지, 사람은 천차만별이라는 말이 있지 않습니까. 이는 인민을 위하는 총합니다. 겁나하지 마십시오. 할아버지에게 좀 물어볼것이 있을뿐입니다.≫

이 말에 박로인의 얼었던 마음은 봄볕에 얼음녹듯 스르르 풀려버렸다. 그제사 박로인도 몸에 걸쳤던 양가죽을 깔고 그를 앉으라 청했다. 이날 박로인

은 그가 묻는대로 한지주네 집안일과 동네의 민심 등을 자세히 말해주었다.

이런 일이 있은후부터 그들은 왕래가 잦아졌다. 어느날 박로인은 예전과 같이 가근방의 정황을 줄줄이 말한후

≪옥란이네 있는 곳은 어데요?≫

라고 물었다.

≪어째 그러십니까?≫

≪먼저번에 옥란의 말을 들은후부터는 이 늙은것도 지탑쥐던 힘이 되살아나는것 같아서 한번 가보고싶소.≫

옥란이는 빙그레 웃다 무엇인가 잠간 생각하더니

≪할아버지 말씀이 옳습니다.≫

라고 하면서 혁명의 도리를 자상스럽게 해석하여주었다. 박로인은 옥란이의 말을 들은후부터는 웬 일인지 여생에 대한 성수가 났으며 꿈결에 그 앞날을 그려본 일도 한두번이 아니였다. 그때부터는 사람들이 모이는 사랑출입까지 하였으며 어떤 때는 한지주와 맞서보고싶은 마음도 있었으나 법은 멀고 주먹은 가깝다는 탓으로 채찍이 무서워서 주저앉군 하였다.

≪그 별천지를 내눈으로 볼수 있을가?≫

≪걱정 마십시오. 꼭 보실수 있습니다.≫

≪그렇긴 하오. 물은 바다로 흐른다는 옛말이 있으니 올 세상은 기어이 오고야말련만 나이가 한탄이란 말이요.≫

박로인은 굴뚝옆에 서서 이처럼 지난날의 한토막 회상에 잠겼다가 버쩍 새 정신이 들었다. 그의 눈앞에는 다리에 상처입은 왕옥란의 파리한 얼굴이 떠올랐다. 그는 급히 집안으로 달려들어가 옷궤짝문을 열었다.

≪옥란이, 빨리 나오우!≫

≪할아버지 왜놈들이 갔어요? 할아버지, 참 위험한 일을 했어요….≫

≪응-갔어, 갔어!≫

옥란이는 그제야 수류탄의 안전장치를 단속하고 권총을 싸서 가슴에다 꽂았다. 옥란이를 부축해 내놓고 그의 상처를 만지는 박로인의 우묵한 눈에서는 샘물이 솟는듯 뜨거운 물방울이 인중으로 흘러 방바닥에 뚝뚝 떨어졌

다. 상처의 고통을 참으며 이를 깨물고있던 옥란이는 박로인의 뜨거운 눈물을 보았다.

≪할아버지, 너무 상심 마세요. 범을 잡자면 범의 굴로 들어가야 한다는 말이 있지 않아요. 범의 굴에 들어간 사람이 어찌 명주털 하나 다치지 않겠습니까!≫

≪글세 그야 그렇기는 하오. 죄없는 상처는 탈이 없고 봄날의 싹은 움돋는 법이라는 말이 있으니 인차 나을것이나 아픔을 어찌 참겠나!≫로인은 눈물을 문지르며 부뚜막옆의 옹배기속에서 된장 한줌을 떼내다 피흐르는 상처 량쪽에다 붙이고 싸맸다. 그래놓고 옷궤짝속에서 물색 치마저고리 한 벌을 꺼내여 옥란이 앞에 놓았다.

≪이것을 갈아입소!≫

≪이건 웬 옷이예요?≫

≪죽은 로친네가 시집올 때 입고 온것이요. 큰 보물같이 아끼다 별로 입지도 못하고말았어….≫

로인은 뒤말을 얼버무리며 인차 옥란의 겉옷을 갈아입혀 아랫목에다 눕혀놓고 옷궤짝을 부셔서 치워버렸다.

한편 왜놈들은 한지주네 집뒤로 가보니 그놈 집뒤는 뻔뻔한 벌판인데 날은 거의다 밝아서 멀리까지도 환하게 보였다. 그리 멀리까지 가지 못했으리라 여긴 놈들은 한지주네 집을 둘러싸고 들추었다.

눈치를 차린 한지주는 놈들을 청해들여서 대접을 잔뜩 했다. 한지주의 대접을 받고 돌아나오던 놈들은 아까 그 닭 두 마리에 의심이 생겨서 박로인네 집으로 쭐럭거리며 몰려들었다. 박로인은 그러잖아도 옥란이의 말에 뒤일이 미심하여 가끔 바깥동정을 살피던중이였다.

≪옥란이, 옥란이 말이 옳소. 저놈들이 또 이리로 온다니!≫

순간 두사람은 말없이 마주보았다. 옥란이는 상처의 아픔을 참느라고 그러는지 원쑤에 대한 증오 때문에 그러는지 이를 꼭 물고 골똘히 생각더니

≪할아버지, 우리는 죽을 때까지 싸워야 합니다.≫

라고 하면서 수류탄 두 개의 안전장치를 빼놓고 권총을 빼들었다. 박로인

은 집안을 둘러보았으나 열자 나무를 휘둘러도 걸칠것 하나도 없는 집안이다. 여기서 어떻게 피신할수 있단 말인가? 소도 언덕이 있어야 비빈다고 피신할만한 곳이 있어야 숨을것이 아닌가! 그렇다고 그저 있을수는 없는것이다. 싸운다 해야 놈들은 수자도 많고 무기도 강하다. 옥란이는 무거운 다리를 끌고 문턱을 의지하여 싸울 태세를 취했다. 박로인은 도끼를 들고 옥란이뒤에 바싹 붙어섰다. 그는 이를 옥문채 집안을 둘러보다가 시선이 솥에 멈추어섰다. 로인은 재빠르게 그리로 가서 솥을 살짝 쳐들고 옥란이에게 눈짓했다. 옥란이는 낯으로 눈가리기라는듯 그냥 싸울 각오를 하였다. 그러자 로인은 두말없이 옥란이를 제꺽 안아다 솥후렁에 넣고 솥을 제대로 살짝 걸어놓았다. 그리고는 솥에다 물을 펑펑 퍼붓고 가시가 앙상한 나무를 아궁이 미여지게 지펴놓았다. 그때 놈들이 문을 차고 달려들었다.

≪늙다리 아까 거짓말 했소다! 빨갱이 내놔라!!≫

놈들은 다짜고짜 로인의 귀뺨을 이쪽저쪽 후려갈기며 행패를 부렸다. 박로인은 그 자리에 쓰러졌다.

≪예, 예, 이 늙은것이 눈깔이 잘 보이지 않아서….≫

≪거짓말 말아! 네가 감췄지? 대라!≫

≪제 집은 보시다싶이 독 하나 큰것도 없습니다.≫

이러는 사이에 부엌의 불이 타들어가기 시작했다. 박로인은 일어서며 비칠거리는척하면서 불꽃을 밟아버렸다. 놈들은 방바닥을 몇 번 쿵쿵 굴러보더니 도마우의 닭 두 마리를 집어들고 고래고래 호통쳤다.

≪이건 왜 잡았니?≫

≪예-좀 쓸 일이 있어서요.≫

≪산에 가져가려고 잡았지? 바른대로 말해라!≫

≪예-≫

≪오-응-그럼 어디서 만나기로 했나? 빨리 말해!≫

놈은 이를 악물며 칼을 쑥 뺐다.

≪아니올시다. 오늘인즉 우리 로친의 제삿날이올시다. 그래서 하나는 집에서 쓰고 또 한 마리는 산소에 가서 쓰려고 그럽니다.≫

≪거짓말?!≫

박로인이 산소에 가겠다는 말을 하니 놈은 빼들었던 칼로 상기둥같이 집안을 받치고있는 팔뚝만한 기둥을 갈겼다. 기둥이 뭉청 끊어지니 천정의 흙이 우시시 떨어지면서 용고새가 삐쭉삐쭉거렸다. 그러니 놈들은 쥐였던 닭을 들고 뛰여나가버렸다.

박로인은 안개속으로 멀리 사라지는 놈들의 꾀죄죄한 꼴을 지켜보다가 기둥을 받쳐놓고 솥을 들었다.

≪옥란이, 나와! 인젠 영 가버렸어.≫

≪할아버지….≫

옥란이는 로인의 품에 안기여 감격의 눈물을 떨구었다. 박로인은 옥란이를 구들에 눕혀놓고 아침밥을 짓기 시작했다.

이윽해서 박로인은 옥란이와 밥상을 마주하고 앉아서 간밤의 꿈이야기를 하고는 자기도 옥란이를 따라가겠다고 하였다.

≪할아버지는 그곳으로 꼭 가시겠어요?≫

≪가고말고, 꼭 가야지...≫

박로인과 젊은 유격대원은 합창이나 하듯 다같이 희망에 찬 웃음을 터뜨렸다.

≪할아버지, 제가 인도하겠습니다.≫

≪암! 유격대가 있는 곳으로 데려다주오!≫

박로인의 음성은 지축을 울리는듯 우레가 울리는듯하였다. 이날 밤 천지는 지척을 분간할수 없이 어두웠다. 이 어둠을 헤치고 박로인도 길을 떠났다. 로인은 젊은 유격대의 한쪽다리가 되어 이 먹장구름 덮인 밤에 먼길을 떠났다. 그의 눈앞에는 꿈에서 본 그 대화원의 별천지가 방불히 보여서 옥란이를 따라 한걸음두걸음 앞으로앞으로 걸어갔다.

씨름판에서 있은 일

우리 민족 북방의 옛습관에는 오월 단오를 한 명절로 쇠는데 그 행사가 여러 가지이다. 그중에서 가장 번화로운 행사는 백중놀이다. 이 습관의 꼬리가 지금까지도 다소간 류전되고있다.

이 이야기는 지금부터 약 사십년전의 단오날 화룡현 두도구 씨름판에서 생긴 일이다. 그때는 큰 동네들에서는 애기씨름판이 벌어지고 좀 큰거리에서는 완씨름판이 벌어졌다.

그때 화룡현 두도구라 하면 이름있는 거리여서 그만큼 씨름판도 크게 벌리게 되였다. 그런데 그 두도구 씨름판을 앞두고 국자가의 한 갑부가 조선에서 ≪은진미륵≫이라는 별호 붙은 씨름군을 사다 매일 몸보신을 시키면서 두도구는 물론이거니와 가근방 씨름판의 소를 몽땅 몰아가겠다고 벼른다는 소문이 돌았다. 그러자 두도구의 평강벌 갑부도 목단강에서 산중지왕 ≪비호≫라는 씨름군을 사다 소갈비짝을 걸어놓고서 국자가 갑부와 겨누고있다는 소문이 났다. 이렇게 되니 가장 큰 목씨름판은 두도구였다. 그러니 두도구 씨름판의 소는 국자가 가느냐, 두도구 제바닥에 매여있게 되느냐는 것으로 되였다. 이런 소문이 퍼지면서부터 촌에서 힘꼴이나 쓴다는 씨름군들은 소는 고사하고 광목필조차 넘겨볼 낫이 없을것 같았다. 요행 ≪은진미륵≫이나 ≪비호≫를 넘기고 소를 탄다 해도 그는 되려 우환거리가 될것 같아서 ≪고래싸움에 새우등 터진다≫고 하면서 애당초 나설념도 하지 않고 싸움판이나 구경하자는것이였다. 그것도 그럴것이 두도구 갑부를 놓고보면 평강벌 땅을 통차지하다싶이한 대지주이니 그 세력이 평강벌뿐아니라 가근방에까지 뜨르르한 부자였다. 한편 국자가 갑부는 ≪신흥≫재벌로서 일본수비대를 업은자였다. 때문에 세도가 아직 그리 넓게 퍼지지는 않았다 해도 누구나 그를 다칠 엄두도 내지 못했다. 이렇게 되고보니 씨름판의 소를 가진다는것은 부자들끼리 누구의 힘이 더 세냐는 세력다툼으로 되였다.

어언간 단오날이 되였다. 씨름판은 해란강과 장인강물이 합수되는 곳인 강변에다 닦았다. 씨름판두리에다는 통나무로 개상을 층대로 만들어서 구경군들이 올라앉아 볼수 있게 하고 동서 량쪽에다 문을 냈다. 국자가 갑부는 며칠전부터 아래쪽에다 터를 닦고 큰 천막을 쳐놓고서 자동차로 의자를 실어온다 음식만들 가구들을 실어온다 하며 번지르르하게 차리였다. 한편 두도구 갑부도 위쪽에다 큰 차일을 쳐놓고 그안에다 멍석을 깔고 병풍까지 쳐놓았다. 단오전날 저녁무렵이 되자 아래쪽 천막속에서는 대고와 소고, 나팔, 손풍금 등 양악기를 울리면서 야단이였다. 그럴수록 우쪽 차일속에서는 징, 장구에다 새납, 쌍피리 소리를 울리며 야단이였다.

단오날 씨름판은 원근방에서 모여든 사람들로 인산인해를 이루었다. 씨름판에는 애기씨름부터 시작하여 쭉쭉 올라가서 나중에는 ≪은진미륵≫과 ≪비호≫가 판을 쳤다.

비교를 뽑는 날이 되였다. 그날도 애기씨름이 벌어지자 차차 올라갔는데 과연 ≪은진미륵≫과 ≪비호≫가 뽑혔다. 비교에는 어디서 온 사람들인지도 모르는 촌씨름군 아홉이 들기는 했지만 ≪은진미륵≫과 ≪비호≫에다 겨눠보기 허우대를 보나 차림새를 보나 그들과는 하늘에 장대겨누기인것 같아보였다. 그러나 구경군들속에서는 쉬수벅거리며 이러저러한 말들이 많아졌다. 구경군들속에서 밀짚모자를 푹 내려쓴 한 젊은 사람이

≪대중이 명절을 즐겁게 보내자고 씨름판을 벌렸는데 부자놈이 예까지 와서 세도를 부린단 말이지!≫

라고 욕설을 퍼부었다. 그러자 저쪽에서도 또 한 젊은이가

≪없는 사람은 씨름도 못하는가!≫

라고 맞받았다. 수다한 구경군들은 그 젊은이들의 말이 옳다고 하면서 고개를 끄덕이였다. 그러니 량쪽문을 지키고있던 놈들이 천막속으로 들어갔다. 그러자 개화장몽둥이 든 놈들이 몇놈 흔들거리며 나와서

≪방금 떠든놈이 어떤놈이냐?≫

라고 소리쳤다. 군중은 못 들은척하며 대꾸도 안했다. 그러니까 놈은 점점 더 우쭐거리면서

≪이자 욕설한놈이 어느놈인지 나오너라! 그런놈은 이 씨름판에 둘수 없다.≫

라고 하였다. 그래도 말이 없으니 먼저 문을 지키고 서있던놈이 손가락질을 하였다. 그러니 힘줌이나 쓸것 같아 보이는 건달놈이 개화장몽둥이를 들고 우쭐거리며 올라가서 아까 부자놈들의 세력다툼판이라던 젊은 사람의 가슴을 내지르면서

≪이놈아, 예가 어디라고 떠드느냐! 너같은놈은 당장 나가거라!≫

고 호통쳤다. 밀짚모자 쓴 젊은이는 그냥 앉은채 놈의 개화장몽둥이를 턱 받아쥐고서

≪나는 입장료를 내고 들어왔는데 왜 나가라고 하오. 제 입 가지고 말도 못한단 말이요!≫

라고 맞받았다. 그러니 건달놈은 개화장몽둥이를 잡아당기였으나 어찌된 셈인지 꿈쩍도 안해서 그냥 서서 허우적거렸다. 그러는데 저쪽에서 맥고모자를 쓰고 앉은 사람이

≪개화장이라는것은 짚고 다니는것이지 사람을 치는것이 아닌데 사람치는놈을 저 바깥에 집어던져버리오.≫

라고 하였다. 그러니 인산인해를 이루고있는 구경군들이

≪옳소. 그놈을 치워버리고 씨름구경이나 합시다.≫

라고 하였다. 판이 이렇게 되니 우줄렁거리던놈들은 앞뒤를 흘금거리면서 뒤걸음질쳤다. 그때야 개화장을 쥐고있던 그 젊은이가 개화장을 확 밀어버리니 놈은 씨름판에 뒤로 번드러졌다. 그러더니 털털 털고 일어나가면서

≪응, 이놈 보자!≫

하고 을러멨다.

개다리놈들이 물러나간지 얼마 안되여서였다. 두도구 경찰분국에서 무장한 경찰 네놈이 와서 량쪽 출입구에 서고 그옆에 몽둥이 든 알망나니들

이 욱실거렸다. 이렇게 되어 질서는 좀 잠잠하여지고 비교씨름은 시작되였다. 비교에는 도합 열한사람이 올랐는데 제비를 뽑고보니 공교롭게도 ≪은진미륵≫이 부전승이 되였다. 그렇게 되니 구경군들은 더욱 쉬수하며 야단이였다.

씨름판은 결승전으로 들어갔는데 먼저 ≪비호≫가 나섰다. 그는 적수와 맞붙자 잽싼 손바람으로 안팎빰을 치다 왼빰 오른빰을 치면서 돌리였다. 그바람에 어지간한 사람은 빰마지기를 하다 쓰러졌다. 그러니 씨름판 위쪽의 차일속에서는 지화자 소리에 징, 장구 소리가 울려나왔다. 뒤이어 ≪은진미륵≫도 붙게 되었는데 워낙 허우대가 큰지라 ≪비호≫같이 빠르지는 못하나 일어서면서 ≪웅!≫하는 소리와 함께 배잡이로 떠서 빙 돌리다 놓군 하였다. 그러니 천막속에서 대고, 소고, 나팔 등 소리에 얼씨구 좋다는 춤노래가 벌어졌다.

마지막 결승판인즉 세사람이 남았다. 하나는 장수 ≪은진미륵≫이요 다른 한 적수는 ≪비호≫이고 또 한사람은 성이 김씨라는 젊은이였다. 젊은이는 그리 크지 않은 중키에 가슴이 쩍 바라진 덜먹총각이였다. 삼베수건으로 머리를 질끈 동여맸고 이르르한 홍안에는 부리부리한 새별같은 눈이 정채도는데 샅바 건 다리와 베적삼소매로 나온 팔은 마치도 크고작은 쇠덩이들을 이어놓은것 같이 다기찬 젊은이였다.

이제는 이 세사람들중에서 1, 2, 3등이 결정날 판이였다. 많은 사람들은 한낱 이름없는 총각이 장사씨름군들과 결승전까지 맞다들어 겨뤄보게 된다는 것으로 하여 그에게 이목이 쏠리였다.

마지막 제비를 뽑고보니 먼저 ≪비호≫와 총각이 맞붙게 되였다. 그러자 차일속에서는 풍악을 울리대면서

≪비호가 쇠덩이를 돌린다.≫라고 소리치며 야단법석이였다. 샅바를 끼고 총각과 맞선 ≪비호≫는 심판자의 신호와 함께 발딱 일어서면서 총각의 안다리빰을 힘차게 쳤다. 그러니 차일쪽에선

≪비호가 황소를 물고 챈다!≫라고 고래고래 소리치며 야단법석이다. 그런데 구경군속에서 그 밀짚모자를 눌러쓴 사람과 욕질하던 사람이 앉은채

≪닭알로 쇠뭉치를 치는구나!≫라고 소리쳤다. 과연 총각은 ≪비호≫의 안빨을 맞고도 꿈쩍않고 쇠말뚝처럼 버티고 서있다. ≪비호≫는 안걸이로 안아도 보고 덧걸이로 감아도 보면서 노리다 되려 안걸이를 거는척하며 범이 곰을 물어넘기듯 목덜미에 힘을 낭창 써서 팔매뜨기를 했다. 그때 버티고 섰던 총각은 한쪽으로 낚아채며 살짝 비끼면서 ≪비호≫의 목덜미를 슬쩍 눌러주니 ≪비호≫는 제김에 모새방에다 낯짝 사진을 찍고말았다. 구경군들은 낯모를 총각에게

≪장하다, 참 잘한다!≫

≪과연 재치있는 장사로다!≫

라고 칭송을 보냈다. 아래쪽 천막속에서도 적수가 꺼꾸러졌다는 것으로 하여 악대를 울리였다. 결승은 삼판량승이라 또 붙었으나 ≪비호≫는 벌써 기가 꺾이여서인지 일어서자마자 총각에게 띄웠다. 이렇게 되어 ≪비호≫는 완전히 패하고말았다.

한참 숨을 돌린후 이번에는 ≪은진미륵≫과 ≪비호≫가 맞붙게 되였다. ≪은진미륵≫은 뚝심으로 배잡이로 떠서 ≪비호≫를 넘겼다. 이렇게 되어 ≪비호≫는 2전2패로 총각에게 패하고 1승2패로 ≪은진미륵≫에게 져서 결국은 삼등으로 되고말았다.

상결판전의 휴식이 선포되였다. 천막속에서는 ≪은진미륵≫을 데려다가 땀을 씻어주며 부채질까지 해주고 생닭알을 마시게 하는 등 야단법석이였다. 그런데 총각은 구중들앞에 가서 아무 말없이 버티고앉았다.

얼마후 두 장사가 나서자 천막속에서는 악대가 쿵쿵거리며 야단이다. 군중들도 총각에게 보내는 찬송이 여간 아니였다. 륙척키꼴에 짚동같은 ≪은진미륵≫은 뛰우뚱거리며 거만하게 나와 서서 출입구밖의 황소를 내다보고 있다. 붉은 천을 두른 황소는 앞발로 모래방을 긁어뿌리면서 영각을 한다. 천막속에서는

≪황소가 <은진미륵>더러 빨리 몰란다.≫

라고 소리치며 기세를 돋구어준다.

두 장사 샅바를 걸고 엎드렸다. 심판자의 손신호에 따라 씨름이 벌어졌다.

그런데 웬 일인지 두 장사는 엎드린채 그냥 버티고있을뿐 일어나지 못하고 있다. ≪은진미륵≫은 일어나려고 무등 애를 쓰는것 같았다. 그런데 무엇에 눌리우기나 한듯 일어서지 못하고 싱갱이만 치고있다. 얼마나 바빴던지 그의 몸에선 주먹같은 땀이 맺혀 흘러내려왔다. 그러다 무엇인지 풀렸던지 일어나면서 웅! 하며 배잡이로 총각을 떠서 오른쪽으로 돌리니

≪떴다, <은진미륵>이 쇠덩이를 떴다≫

라고 소리를 지르며 악대소리가 요란스럽게 났다. ≪은진미륵≫은 배잡이로 총각을 떠올린후 왼쪽으로 재끼려고 하는데 총각이 움쩍움쩍하다가 왼쪽으로 쓰러지는척하더니 오른다리로 ≪은진미륵≫의 모둠가래를 싸걸고 허리를 왼쪽으로 잡아채니 그큰 ≪은진미륵≫이 쿵하고 나자빠졌다. 그러니 군중들은 함성을 지르며 칭송을 보내였다. ≪은진미륵≫은 두 번만에도 졌다. 삼판량승이기에 씨름은 결론되였다. 그러니 군중들은 개상우에서뿐만아니라 씨름판으로 뛰여내려가서 총각을 들어올렸다. 그러는데 천막속에서 몽둥이를 든 놈들이 쓸어나오면서

≪오판삼승이다. 오세판이다!≫

라고 소리치며 야료를 부려댔다. 이리하여 씨름판은 그런 일이 없다느니 있다느니 하며 수라장이 되였다. 씨름판에는 국자가패거리가 드센데다 경찰놈들까지 한편이 되었기에 심판은 할수없이 오판삼승이라고 소리쳤다. 총각은 자진하여 나서면서 군중을 향하여 오판삼승이면 오판삼승으로 하자고 하였다. 군중들은 총각의 말을 듣자 그가 자신있어 하는 말이라고 여겼던지 주저앉았다.

세 번째 판이 벌어졌다. ≪은진미륵≫은 처음부터 씩씩거리며 나섰다. 심판의 신호와 함께 일어선 ≪은진미륵≫은 감히 배잡이로 뜨지 못하고 덮치며 잡아누르기 시작했다. 워낙 체통이 커서 ≪은진미륵≫이 누르는것은 마치 바위가 내려누르는것 같았다. 총각은 잠깐동안 비비적거리다가 웅!!하는 소리와 함께 그 큰 ≪은진미륵≫의 량쪽 허벅다리를 쥐고 뜨면서 그를 어깨너머로 집어던졌다. 그러자 땅이 오그라들기나 하는듯 쿵하였다. ≪은진미륵≫은 일어서지도 못하고 누운채 눈만 꺼벅거렸다. 이렇게 되자 천막패놈

들은 ≪은진미륵≫을 일으키면서 갖은 행패를 부리기 시작했다. 군중들은 장사 총각의 편이 되어 맞받아 떠들었다. 경찰놈들은 국자가편에 서서 군중을 위협하기 시작했다. 그때였다. 밀짚모자를 꾹 눌러쓰고있던 그 젊은 사람이 개상높은데 올라서서 소리쳤다.

≪여러분들! 저 천막패놈들이 노는짓이 옳습니까? 저놈들은 똥뀐놈이 성내는 격입니다. 단오씨름은 우리 민족의 풍속인데 금년 단오는 지주, 자본가놈들이 자기네 세력다툼판으로 만들려 했습니다. 그러다 두도구 지주는 국자가 자본가에게 먹혔고 왜놈을 등에 업은 자본가놈은 인민에게 지게 됐습니다.≫

라고 하였다. 천막과 차일속의 망나니들과 경찰놈들이 그 젊은이를 붙들려고 야단이였다. 그러나 놈들은 분노한 군중들에게 포위되여 허우적거리다 총과 몽둥이를 빼앗기고말았다. 이렇게 되자 기미가 좋지 않다고 느낀놈들은 슬슬 빠져나가서 두도구로 뛰려고 하였다. 밖에 나서서 망을 보고있던 사람들이 놈들의 목떨미를 쥐고 끌어다 씨름판에 엎어놨다. 물에 빠진 개처럼 최최하게 된 놈들은 사시나무 떨듯했다. 그때 개상우에 섰던 젊은이가 권총을 꺼내들고

≪여러분들! 우리는 일본놈들과 싸우는 항일유격대입니다. 여러분이 보신바와 같이 우리의 힘은 무진장합니다. 우리는 오늘 씨름하듯이 악질적인 지주, 자본가놈들과 그놈들의 상전인 일본놈들의 무장을 죄다 해제하고 우리 인민을 해방하겠습니다. 이 힘은 오직 우리 인민들이 단합하여 싸워야만 있을수 있습니다. 단합하면 할수록 우리의 힘은 더욱 더 강해집니다.

여러분! 우리는 다같이 힘을 합하여 일본침략자와 그 주구들을 이 땅에서 모조리 쓸어버립시다!≫

이렇게 되니 자본가놈들과 그의 앞잡이들은 개대가리도 쳐들지 못하고 벌벌 떨고만 있었다.

항일유격대전사들은 군중들과 작별인사를 하고 경찰들의 무장만을 빼앗아가지고 ≪이라!≫하며 소고삐를 풀어 몰았다. 군중들은 환송의 눈시울을 적시였다. 유격대들은 건너산으로 서서히 걸어올라갔다.

어머니의 마음

장백산 준령이 뻗어내린 양지바른 산골에 흔한 나무찍어 귀틀집 지어놓고 괭이로 화전 일구어 감자 보리 심어먹으면서 사는 화전민들이 여기저기에 땅 따라 자리잡고 살고있었다.

이 화전민들의 맨 윗집에는 늙은 량주가 과년한 무남독녀 외딸을 데리고 세 식구가 살았다.

이 산막살이하는 세식구는 좋은 음식은 먹지 못할망정 그래도 감자떡과 보리밥으로 굶지 않고 지냈다. 그런데 어느해 버덕의 관가에서 오라는 호출장이 왔다. 무슨 일인지 몰라서 관가에 가보니 생뚱같이 남의 땅을 부쳐먹으며서 소작료를 물지 않는다는것이였다.

그들은 관청 호출을 받은후부터는 억울하기는 하지만 땅없는것이 죄인지 할수 없어서 매년 진땀 흘려 지은 곡식을 꼬박꼬박 땅임자라는자에게 져다 바쳤다. 이해부터 험난것은 고사하고 량식조차 모자라서 배를 움켜쥐게 되였다. 이렇게 근근득식으로 세월을 보내는 어느날이였다. 령감은 나무하러 나가고 없는데 어디서 오는지 끌끌한 젊은 사람 셋이 와서 좀 쉬고 가자고 하였다.

어머니는 그들의 모습을 잠간 훑어보았지만 차림새를 본다든가 말이나 행동거지를 본다든가 어느 모로 보아도 나쁜놈 같지 않아서 쉬이 응낙하고 모녀간에 서둘러 성의껏 대접하였다.

이런 일이 있은후부터 그 젊은 사람들은 이곳으로 왕래가 잦아졌다. 한번 두 번 들랑거리면서 바깥로인과도 통성명하게 되었으며 그럴수록 서로간에 정도 들고 마음도 주고받게 되어서 이 집 세식구는 그들이 혁명자들이라는

것을 알게 되였다. 뿐만아니라 그들에게서 자기들은 일본놈과 지주놈들 때문에 잘살지 못한다는것까지 듣게 되였다.

그후부터 이 집 세식구는 늙은 마음 젊은 마음 합치여서 혁명자들에게서 들은 우리의 앞날을 그려보았고 그럴수록 일본제국주의와 지주놈들에 대한 증오의 복수심이 생기게 되였다.

이렇게 지나던 어느해 초겨울이였다. 이 산속에서도 잠간 빛만 보이던 가을은 지나가고 겨울이 찾아들어 백설이 보슬보슬 내리는 어느날 저녁무렵이였다. 자주 왕래하는 그 젊은이들중에서 한사람이 어데 가서 어떤 중한 일을 하고 왔는지 몹시 피곤해보이는데 잠간 쉬여가자 하였다. 그날따라 령감은 겨울 소금을 마련하려고 감자가루를 지고 버덕으로 내려가서 집에서는 모녀간이 겨울준비를 서두르고있었다. 다정한 손님을 맞은 어머니는 그를 방안에서 쉬게 하고 누더기이불속에서 딸의것만 빼놓고 늙은이들의 큰이불과 베개를 내려주면서

≪늙은이냄새가 날것이오만 허물치 말고 덮으시오.≫

라고 하였다.

≪어머니의 마음이신데 무슨 냄새가 있겠습니까!≫

젊은이는 어머니의 따뜻한 정에 감복되여 한마디 부언하였다.

손님을 쉬게 한 어머니는 그가 쉬는 새에 험한 밥이지만 새 저녁을 해서 먹여보내려고 막 불을 지피는데 밖에서 개짖는 소리가 나기에 부지깽이를 쥔채 내다보았다. 웬 사람 다섯이 마당가에 와섰는데 차림새를 봐야 여느 백성같지 않았다. 왜놈의 앞잡이라는것이 한눈에 알리였다.

어머니는 놈들을 보자 가슴이 뭉클하였지만 태연자약하게 지피던 나무를 그냥 밀어넣으면서 정신을 가다듬고 생각하니 일은 난감하였다. 지금 그를 깨웠자 달아날수도 없는 형편이였다. 귀틀집이라는것은 남쪽에는 문이 있지만 북쪽에는 문도 없다. 문이 있다 한들 지금 어찌랴. 일은 그혁명객인 젊은이를 죽이느냐 구하느냐는 것으로 다급한 순간이였다. 이때 어머니는 호랑이 물어가도 정신을 차려야하고 하늘이 무너져도 살아날 구멍이 있다는듯 당황한 정신을 가다듬고 태연스럽게 정지문을 열고 개를 쫓는척하였다. 그

러면서 정지방으로 올라가며

≪야들아, 손님이 오셨다. 일어들 나라.≫

고 우정 큰소리를 쳤다. 그리고 방을 치우는척하면서 딸을 방안으로 밀고 들어갔다. 그래놓고 정지방문을 열어제치며 비자루로 먼지를 훌훌 내보내면서 그 불청객들을 들어오라 권했다. 놈들은 밖에서 주인 늙은이가 저들을 맞기 위해서 방의 먼지를 털고 쓸어내니까 그속으로 들어갈수 없어서 먼산 두리벙이마냥 먼데만 눈여겨보고있다가 청하는대로 정지방에 들어섰다. 그 집 어머니는 인차 화로에다 이글이글한 불을 떠내다 놓으면서

≪어찌다 오신 손님인데 저녁이 시산해서 어찌겠습니까? 시장하시겠지만 좀 참고계십시오. 보리밥이라도 새로 짓고 닭이라도 잡겠습니다.≫

라고 급한양 하면서 방문을 비스듬히 열고

≪얘, 빨리 일어나거라. 귀한 손님이 오셨다.≫

라고 하고는 또

≪이 사람, 빨리 일어나서 닭이나 쫓아보게.≫

라고 핀잔주듯 말하였다. 놈들은 어머니뒤에 서서 방안을 들여다보았다. 어둠컴컴한 방안에는 머리를 쪽진 ≪각시≫가 부끄럽다는듯 이불속에다 얼굴을 파묻고 ≪신랑≫은 큰 베개를 벤채 태연스럽게 누워있다가 부스럭거리며 일어났다. 놈들이 묻기전에 어머니는

≪딸애와 사윕니다. 산골에서 자란것들이라서 부끄러워 나오지도 못한답니다.≫

라고 하며 빙그레 웃었다. 놈들도 ≪신랑≫ ≪각시≫가 누웠다 일어나는 것을 보았기에 다른 말없이 빈정거리기만 하다가 급하다면서 차려준 감자술을 몇잔 마시고 저녁을 퍼먹었다. 그것도 그럴것이 해는 서산에 얼굴을 감추기 시작했으니 산속에서 한가하게 닭잡아 먹으며 있을수 없었기때문이였다. 놈들은 저녁상을 물려놓고 일어서면서

≪늙은이, 공산군놈들이 오면 인차 알려야 하오.≫

라고 하고는 뒤를 돌아다보며 꼬리를 빳빳이 빼고말았다.

어머니는 놈들을 마당앞까지 따라나가 보낸후 돌아들어와서

≪젊은이, 큰일 날번했네...≫

라고 하였다.

≪예! 어머니의 바다같은 덕분으로 범의 아가리에서 벗어났습니다.≫

젊은 유격대원은 빼들었던 권총을 든채 어머니를 물끄러미 쳐다보다가 그 집 딸을 뒤돌아보았다. 어머니는 그제야 안도의 숨을 쉬고서 만면에 웃음을 지었으며 딸은 정지바닥에 서서 머리태를 만지면서 무엇인가 생각에 잠기여 있었다.

올가미전투

연길현 개산툰에서 도문강을 따라 삼십리를 올라가면 호청개라는 곳이 있다.

이야기는 도문강변에 자리잡고있는 이 호청개라는 곳에서 생겼다.

그때로부터 어느덧 사십여년이란 세월이 흘렀지만 이 이야기는 지금까지도 우리 인민들속에 널러 전해지고 있다.

그때 이 호청개에는 위만군보안단 한 개 중대가 인민을 보위한다는 미명밑에 주둔하고있었다. 명색이 보안단이지 사실인즉 항일군을 잡는다는 구실로 인민의 등을 처먹는 모리배였다. 가근방 인민들은 소위 보위한다는 그들에게 ≪징미환≫과 기장밥을 대느라고 허리가 구부러질 지경이였다. 그뿐만 아니라 이피탈저피탈의 각종 세금을 바쳐야 하고 심지어는 땔나무까지 이어대야 하니 그 부담이야말로 무겁기가 태산같았다. 때문에 이 부근 농민들은 누구나 다 놈들을 앓는 이발처럼 미워했다.

어느해 가을 팔월 한가위를 지난지도 거의 보름이 되는 날이였다. 점심이 지난지도 썩 후에 보안단 중대부 병영문에 나이 삼십좌우 돼 보이는 남자둘이 나타났다. 한사람은 작달만한 키에 풀물이 최최한 베중의 적삼을 입었고 머리에다는 베수건을 질끈 동여맸는데 그 차림새를 보매 첫눈에 보아도 두메산골의 화전민이라는것이 뚜렷하였다. 앞에 나서서 말을 하는 사내는 검은 쏘과에다 검은 중의를 입었는데 옷차림을 보아서는 한족사람같았다. 차림새를 봐서는 두사람의 생활이 한길맞잡인것 같았다. 베중의 적삼을 입은 사내는 북두갈구리같은 손에다 소고삐를 서려서 들고있는데 필경 그 소고삐에 무슨 문서거리가 있는것 같았다. 그런데 그는 말없이 소고삐만 내들고 초조해하고 쏘과를 입은 사람이 병영문 보초에게 고삐를 쳐들어 보이며 사연을 이야기하는것이였다. 들어가라는 허락을 받은것 같았다. 병영안으로 들어선 그들은 촌닭 관청에 잡아다 놓은것 같다더니 어리둥절해했다. 그들 두사람은 어느 병실을 찾는지 들어서자 첫 병실을 들여다보면서

≪장관나리가 여기 계십니까?≫

고 물었다.

≪아니다. 저쪽이야!≫

고 호통을 치며 욕하는 바람에 그들은 ≪예, 예-≫하면 문을 닫고 또 그옆의 병실로 갔다.

≪장관나리가 여기 계십니까?≫

그들은 그 병실에 가서도 같은 말로 물으면서 끼웃거리다가 또 욕을 먹었다.

그 두 농민은 병실마다 주르르 세워놓은 보총과 걸어놓은 수류탄 그리고 험상스럽게 받쳐논 경기관총이 무섭지도 않은지 이쪽에서 쫓겨나면 저쪽 병실로 다니면서 련장을 찾았다. 그러다보니 온 병영을 죄다 돌고나서 마지막에야 련장이 있는 곳을 찾았다. 련장의 사무실에 가서는 류달리 서슴거리면서 바지가랭이를 내리우느라고 그러는지 엎드려보기도 하고 량소매를 털기도 하면서 사방을 흘끔거리고나서야 문을 열고 들어갔다.

≪장관님께 송사할 일이 있어서 왔습니다.≫

라고 하면서 두사람은 같이 인사를 하였다. 련장놈은 쏘과 입은 사람을 훑어보더니

≪무슨 일이냐?≫

라고 소리치다가 다시 한발자국 떨어져 서있는 사람을 흘겨보면서

≪저건 누구냐?≫

하고 퉁명스레 물었다.

≪예-이 사람이 오늘아침나절에 골안밭에서 일을 하고 점심먹으러 올 때 밭머리의 풀이 좋기에 게다 소를 매놓고 점심을 먹고 가보니 소는 간데온데 없고 고삐만 한동가리 남았더랍니다. 이 사람은 소 한짝을 세워놓고 거게다

목숨을 걸다싶이 지내고있습니다. 죄송하오나 장관께서 이 소를 찾아주실것을 송사하러 왔습니다.≫

련장은 그들의 말이 채 끝나기도전에 듣기 싫다는듯 호통을 쳤다.

≪공산비적들의 올가미수작인데 어떻게 할수 있느냐! 공산당종자를 없애기전에는 안된다. 빨리 물러가!≫

련장놈의 추상같은 호령에 억눌린듯 두 농민은 다시 더 말도 안고 ≪예-예-≫하며 물러섰다.

련장놈에게서 욕을 먹은 두사람은 할수 없다는듯 그길로 꿋꿋이 병영을 나섰다.

이런 일이 있은 그날 밤이였다. 그날사말고 북방의 가을 강바람이 불어 밤이 깊어갈수록 소슬바람은 더욱 쌀쌀하여졌다.

보안련의 영문에 선 보초병은 첫닭울무렵이 되자 졸읍고 배가 고픈데다 아슬아슬한 강바람마저 솔솔 불어서 문지방에 기대여서서 바람을 피하다 그만 꼬박 잠에 취해버렸다.

그때였다. 난데없이 회오리바람처럼 장정 두사람이 핀뜻 나타나더니 보초에게로 번개같이 달려들며 요진통을 한 대 질렀다.

보초서던놈은 그야말로 밤중에 홍두깨질에 맞아서 찍소리도 못하고 네활개를 벌리고 쓰러졌다. 그러자 하늘에설 떨어졌는지 땅속에서 솟아났는지 머리에 수건을 동인 사람, 중절모를 쓴 사람 가지각색의 의복을 입은 사람들이 손에 칼과 도끼를 들고서 병영으로 달아들어갔다. 홍수같이 병영문을 넘어들어선 그들은 몇패로 쭉 갈라져서 잠자고있는 병실들의 문뒤에 붙어섰다. 먹을 갈아 부은것 같은 병영의 한 방에만은 불빛이 반짝거렸다. 그곳은 괴수보안 련장놈의 침실이였다. 손에 권총을 든 두사람이 불빛이 있는 련장놈의 문밖에 붙었다. 앞장선 사람이 문틈으로 방안을 훔쳐보고나서 온 병영을 한바퀴 휘둘러보는데 딴 병실들에서는 벌써 무기를 내가는것이 알리였다.

이때였다. 영문앞 직일실에서 직일서던 하사관놈이 뒤숭숭한 소리에 잠을 깨고 내다보다가 보초놈이 나가자빠지고 어두운 병영에 인기척이 있으니 인차 개산툰에다 비상전화를 걸고서는 나오지도 못하고 쥐죽은듯 쑤셔박혀있었다.

이들은 놈들 병영숙직실에 전화가 있다는것을 잊었던지 거기엔 주의를 돌리지 않고 그냥 총과 탄약들을 내갔다. 이때 련장실을 노리고있던 두사람은 갑자기 문을 박차고 들어갔다. 련장놈은 놀라서 일어나지도 못한채 머리맡에 놓았던 권총을 쥐면서 소리질렀다.

≪누구냐!≫

놈의 웨침소리와 함께 달려들어 쥐였던 권총을 빼앗아낸 사람이

≪이놈아! 떠들지 말고 일어나라!≫

고 호령하였다. 련장놈은 두 권총이 저를 겨누고있는것을 보자 사시나무 떨듯 벌벌 떨면서 어쩌지 못하고 엉기적거려 일어났다.

≪이놈아, 우리를 봐라! 면목이 있겠지?≫

권총을 든 사람이 호령했다. 놈을 떨면서 천근이나 되는듯 무거운 대가리를 쳐들었다.

≪모르겠습니다.≫

≪몰라?! 모르기도 할것이다. 나는 항일유격대다. 오늘 오후 소를 찾아달라고 소송왔던 사람이다. 그래도 모르겠느냐!≫

≪알겠습니다.≫

놈은 그제야 놀라는듯 알겠다고 얼버무렸다.

≪이놈아! 인민의 소도 찾아주지 못하는놈이 보안은 누구를 보안하느냐! 네놈은 소를 찾아주지 못하지만 우리는 찾아준다. 이놈아! 다시한번 말해보아라! 공산당종자를 없애버린다 했지?! 옳다. 종자를 없애버릴 때가 왔다. 공산당이 너같은 종자를 없애버릴 날이 왔으니 빨리 나서라!≫

항일유격대원은 놈을 묶어가지고 병영 문턱을 나섰다. 그뒤에는 놈들의 졸개들이 탄약과 군수품, 군량 등을 짊어지고 따라섰다.

유격대들이 동구를 채 벗어나기도전이였다. 개산툰에서 일본놈의 기병대가 질풍을 일구며 쓸어왔다. 놈들은 빈 병영을 휩쓸다가 쥐죽은듯 쑤셔박혔던 직일하사관놈의 말을 듣고 악이 올라 유격대를 추격하였다.

이 호청개 위쪽에는 북쪽 산속에서 흘러나오는 자그마한 개울이 있는데

이 개울을 사이두고 놈들은 유격대를 따라잡고 불질하기 시작했다. 어두운 밤 호청개 위쪽에서는 한참동안 불빛이 줄달았고 총소리는 콩볶듯하였다. 총소리에 잠을 이루지 못한 그곳 농민들은 날이 새자 총소리 나던 곳으로 달려가보았다. 물이 찰랑찰랑 골안 개울가에는 일본수비대놈들이 걸채에다 뻣뻣한 송장을 주어담느라고 낑낑거릴뿐 항일유격대는 하늘로 날았는지 수정궁으로 들어갔는지 발자취마저 보이지 않았다. 그 정황을 목격한 농민들은

≪그러면 그렇지! 우리 유격대장은 축지법을 쓴다는데 일본놈들이 말이 아니라 자동차를 타고 따라간들 따라잡을수 있겠는가! 유격대는 여게서 축지법을 썼소. 여기까지 발자국이 있고는 감쪽같이 없어졌구만!≫

라고 하면서 찬탄을 금치 못하였다.

며칠후였다. 그곳 농민들은 골안의 밭으로 일하러 갔다가 그 개울가로부터 많은 발자국이 산으로 넘어간것을 발견하였다. 그것을 본 농민들은

≪이것을 보오. 그날 유격대는 호청개에서 축지해서 오리나 넘는 이곳까지 한발에 왔단 말이요!≫

라고 자랑을 금치 못하였다.

박지형

이 이야기는 사십여년전 훈춘땅에서 있은 일이다. 그때 훈춘현 경신땅에 성은 밀양 박가이고 이름은 지형이라는 젊은 사람이 있었다.

박지형이네 집 살림살이를 놓고 말하면 남이 부러워할만것이라고는 콩짝만한것도 없었지만 단 한가지만은 남달리 동뛰여난것이 있었다.

지형이의 기골은 마치 백두산 표범의 다리를 먹은듯, 힘은 천년묵은 산삼을 장복한듯 력발산 항우도 그를 당치못할 장수였다 한다.

어느때였던지 손꼽아 세여보면 똑똑히 알수 있는 일이지만 한번은 왜종자들이 박지형이네 마을까지 기여들었다. 강건너 바다건너 민물에 젖고 간물에 젖은놈들이 이곳에와 발발거리자 그에 따라온것은 비린 냄새였다. 그 비린내가 어찌 독한지 사람들은 밤에 베개를 베지 못하고 낮에 갈길을 마음대로 다닐수 없을뿐더러 숨조차 쉬기 어려웠다.

이때 장수 박지형이는 뜻맞는 송아지동아리들과 쑥덕공론 함박공론하기를

≪조선을 침략하고 이 땅에까지 와서 세잠 잔 누에 뽕먹듯하려는 왜종자들을 그저 둘수는 없다. 강도를 묵과한 죄는 하늘이 안다더라!≫

라고 하면서 하늘에 사무치는 분을 으리으리 따져 량손에 도끼 쥐고 칼들고 회룡봉으로 올라갔다.

장수 박지형이가 이렇게 떠나간즉 왜놈들은 똥뀐놈이 성낸다더니만 저놈들이 저라고 왁작벅적 고아대면서 박지형이를 잡으려 기를 쓰며 갖은 계교를 꾸밈에 동분서주하였다. 그러나 만병 (蠻兵)의 간교는 때마다 단오전 논뚝밑의 물거품으로 큰소리를 치다가 무리죽음을 당하지 않으면 요진통을 맞아 간이 찌그러지거나 쓸개가 돌아앉아버렸다. 그래도 왜적들은 도정신하지

않고 도리여 딴 술책을 꾸미기에 여념이 없었다. 혹은 숱한 앞잡이를 그물치듯 늘여놓고 이요행 저요행하며 까땍수를 바라는것이였다. 그러던차에 어느날은 추잡한 입을 헐레벌쩍하게 되였다.

옛날옛적 손오공은 천궁에서 천장병들을 일망타진하며 천궁을 휩쓸다 실수하여 천개에게 꼬리를 물렸다 하더니만 박지형이는 지상에서 만장병들을 일망타진하다 잘못 실수하여 놈들의 사냥개에게 물리게 되였다.

놈들은 이렇게 되어 헤벌쩍하게 되었지만 박지형의 힘을 모르는바 아니므로 그를 여느사람 다루듯 포승줄로만 묶어놓지 않았다. 지형이의 몸에다 스무발짜리 참바 스무타래를 이어서 감아놓고 손목과 발목에다는 육중한 족쇠수쇠를 채웠다.

아름다운 련꽃이 물 깊다고 아니 피고 진흙속이라 아니피며 바람분다 쓰러지랴. 인민을 사랑하고 원쑤를 증오하는 박지형이는 감방안에서 곰곰이 생각해보아야 놈들이 그저 매나 몇 개 쳐서 내놓을것 같지 않으므로 이것저것 피신할 궁리를 대다 마침내 묘안을 찾아내였다. 이튿날아침이였다. 간수놈이 창문으로 아침인둥만둥한것을 들여보내고 돌아섰다. 밥그릇을 받아든 박지형이는 능청스레 그것을 바닥에 내쳤다. 쨜그랑하는 소리에 놀란 간수놈은 총을 꼬나들고 되돌아서며 무슨 일이냐고 소리쳤다. 그때 박지형이는 밥그릇을 가리키며 밥속에 무엇이 들어있다고 하였다. 그러자 간수놈은 엉겁결에 미처 생각지 못했던지 혹은 박지형이의 몸에다 참바 감아놓은 것으로 하여 안심되였던지 감방문을 삐죽이 열고 들어섰다.

이 순간이였다. 박지형이는 ≪맹꽁이자물쇠≫를 채운 주먹으로 간수놈의 관자노리를 내리쳤다. 그러니 어찌 됐겠는가! 비호도 따라잡고 산도 밀어놓는다는 힘으로 재치있게 내리쳤으니 그까짓 쭈그렁 밤송이 같은 간수놈의 대갈통쯤이야 무엇이랴! 정말 두부모에 침질이였다. 놈은 찍소리도 못하고 나가자빠졌다. 간수놈에게 주먹포를 먹인 지형이는 한쪽발로 놈을 밟고서서 두주먹을 맞대고 용을 쓰니 ≪맹꽁이자물쇠≫는 찌그덕하고 터져버리는데 그 광경은 사천왕이 악마를 밟아버리는것 같았다. 족쇠를 내던진 지형이는 나가빼드러진 간수놈의 총을 집어들고 감방안의 여러 사람들을 데리고 놈들의 사무실로 들어갔다. 사무실에서는 장교놈들이 모여앉아 박지형의 사진을 보면서 무엇인가 쑥덕공론하고있었다. 지형이는 상투밑까지 치솟아 총부리를 내대며

≪이놈들 꼼짝 말라! 박지형이 내 여기 왔다!≫

고 감옥이 터질듯 큰소리를 쳤다.

산중의 왕인 대호 우는 소리에 만짐승은 오금이 저려서 떨기만 한다더니 박지형이의 노한 소리에 놀랜놈들은 오뉴월 염천에 학질 만난놈마냥 사지를 떨고있을뿐이였다. 놈들은 옆에 세워놓은 총을 들기는 고사하고 오금이 오그라붙어서 일어서지도 못하였다. 지형이는 들고있던 총을 동무에게 맡기고 제몸에 잠기여있던 참바끝을 찾아 한토막 끊어서 가장 높은놈부터 묶었다. 뒤이어 또 한가닥을 끊어서 한놈 묶고 세놈 네놈 몽땅 묶어놓았다. 놈들을 되다 묶어앉힌후 벽에 세워놓은 총을 무릎에 대고 마치 땔나무나 분지르듯이 뚝뚝 꺾어 내던지고 문을 차고나섰다. 그틈에 또 경위대가 들어가서 마구 짓부셔놓고 총 열아홉자루를 한쪽 어깨에 메고 대문을 나섰다.

박지형이 있을 때엔 숨도 크게 못 쉬던놈들이 그가 사라지자 불벼락맞은 정신을 차츰 수습해가지고 똥묻은 개낯짝 세우려 우쭐대면서 앉은뱅일 용쓰듯 꽥꽥 소리질렀다.

박지형이는 미친개야 짖으려면 짖으라는듯 돌아보지도 않고 회룡봉으로 사라지는데 그 광경은 실로 장관이였다. 장총 열아홉자루를 메고도 어지간히 큰 나무는 뛰뛰듯 넘어뛰여가는 그의 발끝에서는 선풍이 일고 몸에 감아놓았던 참바 사백발이 풀리여 땅에 끌리지도 않고 공중에 둥둥 떠서 꼬리쳐 날려가는것이 마치 별찌가 흐르는것 같았다.

이렇게 비호같은 박지형이에게 넋통을 먹고 끄슬린개대가리가 된 왜강도들은 그래도 제 버릇 개 주지 못하고 발광하였다.

그후 어느날 지형이는 회룡봉에서 집마을을 내려다보았다. 그때 산밑길로 왜병 몇놈이 백성 한사람을 묶어가지고 옥천동으로 가고있었다. 그것을 본 박지형이는 이를 깨물고 산이 꺼지라 발을 구르면서

≪저 강도놈들이 또 사람을 잡아간다. 에잇, 이 강도놈들!≫

하고 나는듯 달려내려가서 길목의 언덕뒤에 숨었다가 바위돌을 뽑아가지고 장교놈을 내리쳤다. 장교놈은 맑은 하늘에서 돌벼락을 맞고 편포가 되어버렸다. 졸개들은 어쩔줄 모르고 급살맞은 장교놈을 주무르고있었다. 그때 박지형이는 한손에 만근짜리 몽치 들고 또 한손에는 천근짜리 대장도를 휘두른 염라대왕의 사자마냥 량손에 도끼와 대장도를 휘두르며 놈들속으로 뛰여내려가는데 그 칼과 도끼 우는 소리가 산천을 울리고 돌개바람을 청하여 놈들을 쓰러뜨렸다. 지형이는 이리 찍고 저리 찍은후 이를 갈면서 편포가 된 장교놈을 질렁질렁 밟아서 냅다 차버렸다. 그래놓고서야 묶이운 사람에게

≪당신은 뭘 하다 이렇게 붙들렸소? 빨리 달아나오!≫

라고 퉁명스럽게 말하는품이 그놈들을 다 죽였지만 그래도 분이 내려가지 않은것 같았다.

≪동무는 누구십니까?≫

묶이운 사람이 반문하였다.

≪난 왜놈을 잡는 사람이요!≫

≪그럼 동무는 어느 부대입니까?≫

그는 반가운 어조로 물었다.

≪부대? 부댄 무슨 부대?≫

박지형이는 고개를 기우뚱하고 그를 쳐다보더니만 또다시 물었다.

≪그럼 당신도 왜놈잡는 사람이란 말이여?!≫

≪그렇습니다!≫

≪야! 그럼 가서 얘기합시다!≫

그는 낙낙치 않은 말을 내찌르듯 하더니만 널려있는 놈들의 총을 주섬주섬 주어메고 그 묶었던 사람까지 업고서 한길이나 되는 밭뚝을 훌훌 뛰여올라가는데 마치 심산의 맹호가 바람을 부르는듯 대풍이 일어나는 속으로 사라졌다.

단숨에 회룡봉으로 올라간 그는 통나무를 찍어서 대충 눈비나 가릴 정도로 의지해놓은 초막속으로 들어가서야 그를 내려놓는데 안쪽에다는 왜놈에게서 빼앗아온 장총 수십자루를 한데 묶어서 세워놓았었다. 지형이는 그를

내려놓기 바쁘게 또다시 물었다.

≪당신은 대체 뭣 하는 사람이요?≫

≪예, 아까도 말한바와 같이 일본제국주의놈들과 싸우는 사람입니다.≫

≪음, 그럼 이 총을 가지고 나와 함께 싸우기요!≫

박지형이는 이렇게 밑도 끝도 없는 말을 한마디 던지더니

≪당신도 혼자서 싸우오?≫

라고 물었다. 그제야 그 사람은 혁명의 대도리를 차근차근 이야기하여주면서 아무리 난다는 장수라 할지라도 혼자서 우격쓰고 싸워서는 강한 일본제국주의와 싸워이길수 없다는것과 자기는 중국공산당이 령도하는 항일유격대라는것을 낱낱이 이야기하여주었다.

그의 말을 다 듣자 그처럼 우락부락하던 박지형이는 다소곳해지면서

≪나도 공산군인 항일유격대의 말을 듣긴 들었소. 그래서 그 유격대를 찾으려고 이 산속으로 들어와서 놈들의 총을 빼앗아놓고 여태껏 찾았지만 찾지 못했소. 참 잘 만났소, 나를 데리고 가주오. 나는 당신들과 함께 싸우겠소.≫

라고 간청하였다.

이렇게 되어 박지형이는 항일유격대에 참가하였다. 박지형이가 항일유격대에 참가한후부터는 새로운 힘과 재주가 생겼다. 룡에게는 그름이 따르고 범에게는 바람이 따른다더니 힘은 항우도 당치 못하고 날램은 비호도 따르지 못하는 박지형이는 구름을 불러타고 바람을 일구어 신출귀몰하면서 구시월 락엽마냥 왜놈들을 쓸어버렸다 한다.

정찰반장 김봉숙

이 이야기는 항일무장투쟁이 더욱 확대될 때의 일이다. 유격대의 확대와 무장장비의 강화로 하여 규모가 비교적 활동이 전개되였다. 이런 것으로 하여 일본놈들에게 주는 타격은 점점 커갔다. 그런데 이런 큰 활동에는 소규모 활동때보다 더욱 면밀주도한 정찰이 수요되였다. 여기에 바로 영용무쌍한 미담이 전하여지고있으니 그는 정찰영웅 김봉숙의 활동이야기이다.

어느해 겨울이였다. 김봉숙 정찰반장이 소속되여있는 부대는 남만일대에 가서 활동하게 되였다. 부대가 도착하자 그곳 인민들은 유격대와 손을 잡고 항일활동을 내외로 활발하게 진행하였다. 그러니 놈들도 소거점을 없애고 소부대는 나다니지도 못하였다. 항인현소재지의 위만경비 사령이라는놈은 겁에 질린 나머지 심양에다 일본부대를 증원보내달라는 청을 했다. 심양사령부에서는 급히 가메다(龜田)라는 사령을 파견하여 항일부대를 몽땅 소멸하라고 명령하였다. 일군사령관 가메다란놈이 심양에서 기차에 올라앉자마자 이곳의 항일부대들은 이 정보를 받게 되였다. 가메다란놈은 항인에 도착하자마자 일본사령관이라는 본때를 보여주겠다는 심산으로 각종 계획을 작성하였다. 그것을 알아차린 항일부대에서는 정찰반장인 김봉숙을 보내서 구체적정찰을 해오라고 명령하였다.

김봉숙은 당년 이구십팔 한창 꽃피는 나이로서 정찰에 있어서는 영용무쌍하고 용의주도하였다. 침착하기는 악어의 담량을 먹은듯하였고 기민하기는 청룡백호가 구름을 부르고 바람을 일구어 천화만변하는것 같은 재간이 있었다. 그런데다 그의 용모로 말하면 백두산천지에 오색채의 입고 칠색무지개 타고 하강한 월궁의 상아인듯 그야말로 천하일색으로서 안팎이 환하였다.

게다가 한어를 한다 하면 누구나 한족처녀인가 하였다.

어느날 명령을 받은 김봉숙이는 한족녀성들이 입는 꽃저고리를 입고 머리를 납작하게 쫓여 붙인데다 꽃빈침을 꽂고 귀에다는 금귀걸이요 손목에다는 은팔찌를 끼고 나서니 한족 새각시가 친정에 가는듯하였다.

변장을 한 김봉숙이가 산림속으로부터 신작로에 나섰다. 이때 일본놈들은 항일유격대와 대처하기 위하여 산을 봉한다면서 길가에는 오리마다 크고작은 거점을 만들어놓고 위만군을 세워놓았다. 그랬지만 봉숙은 놈들의 눈을 감쪽같이 피해가며 현소재지를 향하여 주저없이 걸었다. 이리저리 피하면서 가는데 갑자기 날씨가 변덕을 부리기 시작하였다. 진눈깨비가 흩날리면서 철없는 뢰성을 울리였다. 봉숙이는 눈에 눈이 들어가서 당초에 눈을 뜰수가 없고 또한 새옷을 적실수 없어서 피신처를 찾는데 마침 길가에 오막살이집이 한채 있어서 거침없이 문을 열고 들어갔다.

알고보니 이 집의 성은 곽씨인데 두 늙은이가 무남독녀 외딸을 데리고 살고있었다. 딸의 이름은 옥란이라 하는데 인물이 어찌나 곱던지 가근방사람들은 옥란이를 천상의 선녀가 곽씨네 두 늙은이의 적적함을 생각하여 하강했다고들 하였다. 그런데 봉숙이가 들어서고보니 놀랄 일이 생겼다. 문열고 들어선 봉숙이나 방안에 앉아있는 옥란이나 키를 보든가 용모를 보든가간에 봉숙이가 옥란이 같고 또한 옥란이가 봉숙이 같아서 누가 누군지 분간하기 어려운 쌍둥이였다. 그런데 이상한것은 웬 일인지 낯모를 사람이 들어갔는데도 어떤 사람이냐는 말 한마디 없었다. 아버지는 정지바닥의 나무통에 걸터앉은채 담배만 빽빽 피우고있었다. 천갈래만갈래 밭고랑이 주름진 그의 얼굴에는 수심이 잔뜩 끼여있었다. 어머니는 산발이 된 딸을 쓰다듬고 있었다. 보아하니 옥란이는 어머니 무릎에 엎드려 울다가 인기척이 나니 일어나 앉은것 같았다. 어쨌든 무슨 큰일이 생긴 모양이였다.

눈치빠른 봉숙이는 잠간 서서 동정을 살핀후 로인들 앞으로 다가가서

≪아버지, 어머니! 저는 친정에 가는 길에 날씨가 변덕을 부려서 잠간 피해가려고 들렸습니다. 들어오고보니 집에 무슨 변고가 있는것 같으신데 지나가는 몸으로 묻기는 죄송합니다만 대체 무슨 일이 생겼습니까?≫

고 물었다. 그래도 바깥로인은 말없이 담배만 피우고있는데 어머니가

≪어데로 가는 색시인지 기쁜 걸음 같은데 우리 집 일을 묻지 말고 빨리 떠나가오. 이 집은 머무를 곳이 못되오.≫

라고 하면서 땅이 꺼지도록 한숨을 쉬는것이였다. 그러자 령감은 무슨 생각이 떠돌았던지 솥뚜껑을 와르르 열어제끼고는

≪자, 말 좀 자작하고 퍼놓소!≫

라고 하였다. 로친은 마지못해 밥을 퍼다놓고 솥에다는 물 퍼부을념도 하지 않고 또 딴솥에서 닭고기를 한밥통 퍼다놓았다. 그러나 세식구 누구 하나 수저를 들려고 하지 않고 그저 묵묵히 앉았는데 딸이 ≪엉, 엉≫통곡하면서 참지 못하여 어머니품에 얼굴을 파묻었다. 아버지는 딸의 울음에 찢어지는듯 아픈 가슴을 참지 못하여 우묵한 눈에서 주먹같은 눈물방울을 뚝뚝 떨구며

≪듣기 싫다. 빨리 먹기나 해라! 빨리 먹고말자!≫

라고 하며 맥없이 숟가락을 들었다. 봉숙이는 이 음식에 무슨 영문이 있는것만 같아서 급히 달려들어 로인의 수저를 잡아채며

≪잡숫지 마세요!≫

라고 하였다. 로인은 맥없이 그 자리에 앉은채 고개를 푹 수그렸는데 코마루 따라 눈물이 소나기 쏟아지듯 줄줄이 떨어질뿐 아무 대꾸도 하지 않았다. 봉숙이는 밥그릇을 치우고 정지문쪽으로 가서 밖을 내다보더니 되돌아와서

≪큰아버지, 큰어머니, 무슨 일이 생겼습니까? 저는 일본놈과 싸우는 항일유격대원입니다. 무슨 일이든 저에게 알려주시면 힘껏 도와드리겠습니다. 저 혼자서 돕지 못할일이면 우리 부대에서 도와드릴것입니다.≫

라고 하였다. 어머니는 봉숙이의 말을 듣고 그를 찬찬히 훑어보더니 그 말이 진실이라는것을 느꼈던지 딸을 끌어안고 울던 눈물을 훔치면서 흐느끼며 하는 말이

≪뉘집 새사람인지 더 묻지 마오. 우리 집은 이것이 사자밥이요….≫

하고는 말을 채 잇지 못하였다.

원래 이런 일이였다. 며칠전 항인현 경찰서서장이라는 놈이 소위 순찰하

러 이곳으로 왔다가 옥란이를 보고간 일이 있었다. 그때 놈은 옥란이네 집에 찾아들어 선웃음치며 이러쿵저러쿵 지껄이며 이런 산속에서 생활이 곤난하겠다는등 고양이 쥐생각하듯 몇 번이나 곱씹었다. 그 수작이 웬일인가 하였더니 그놈이 돌아간 이틀후 촌장놈이 경찰놈과 같이 와서

≪곽늙은이, 인제는 신세를 고치게 됐네. 서장어른이 늙은이네가 이런 산골에서 고생한다 하여 성내로 데려가겠다하시데. 저-그리고 먼저 옥란이를 셋째마님으로 맞겠다 합데그려, 축하하네. 헤, 헤헤!≫

라고 지껄여댔다. 그러더니 십원짜리 지화 몇장을 내놓으면서 이달 그믐께 신행을 맞으러 오겠다고 하였다. 곽로인은 너무 기가 막혀 말도 못하다가 놈이 지화를 내놓고 날자까지 정하니 지화를 돌려주면서 그렇게 할수 없다고 딱 잡아뗐다. 그러자 놈은 낮에 똥색을 올리며

≪늙은이, 서장어른의 말씀은 법일세. 그런줄 알고 준비하게!≫

라고 하고는 거들거리며 달아나버렸다.

이 일로 곽로인네 세식구는 앞이 캄캄하여 어쩔 방도도 나지 않아서 통곡하며 그저눈물로 날을 보냈다. 딸을 키워서 어찌 그런놈의 첩으로 줄수 있단 말인가! 천지신명이 무심하여 밝은 빛이 없고 갈 길이 없으니 이것이 우리의 마지막삶이라고 한탄하였다. 로인은 독한 마음을 먹고 오늘아침 집에 있는 닭을 다 잡아서 가마에 안치고 독약을 쳐놓았다. 그러니 이 밥이 이 집 세식구의 마지막 ≪사자밥≫이였다.

봉숙이는 잠간 옥란이를 바라보면서 무엇인지 생각더니 머리를 끄덕이며 얼굴에 희색을 띠우고 그 사자밥을 치우면서

≪죽다니 그게 무슨 말씀입니까! 응당 죽을놈은 그 일본놈과 한간놈들이지요. 우리 가난한 사람들은 기어코 살아서 놈들과 싸워야 합니다!≫

라고 하였다. 옥란이는 봉숙이의 목에 매달리면서

≪언니, 나를 살려주어요! 우리 집을 구해주어요….≫

라고 하며 엉엉 울었다.

≪울지 마오. 내가 못 구하며 우리 항일유격대에서 구해줄터이니 안심하오!≫

봉숙이는 옥란이를 달래는 한편 로인들에게

≪로인들께서 근심 마십시오. 이 일은 제가 맡아서 처리할터이니 마음놓으시고 제가 하라는대로만 하십시오.≫

라고 위안하였다.

≪그렇다면 무슨 일인들 못하겠소!≫

어머니는 눈물을 훔치면서 약간 안도의 숨을 내쉬였다.

≪오늘부터 세분은 우울한 기색을 싹 거두고 잔치준비를 하십시오. 돈이 부족하거든 촌장놈한테 가서 꾸어다 옥란이의 옷은 물론 로인들 옷까지 안팎을 다 새로 지으십시오. 그럼 사흘후에 제가 오겠습니다. 이것을 꼭 지켜줘야 합니다.≫

봉숙이는 로인들에게 신신당부를 해놓은후 부대로 되돌아갔다. 그날 저녁이였다. 봉숙이는 유격대대장에게 전후사연을 죄다 보고한후 자기의 생각과 계획을 보고하였다. 대장은 일일이 듣고 깊은 사색에 잠기더니 봉숙이의 밀계를 대담히 비준하였다.

약속한 사흘이라는 날자는 눈깜짝할새에 지나갔다. 택일한 날이였다. 경찰서장이라는 외눈통이 친히 새각시를 인진하러 왔다. 가마앞에는 악대가 섰고 뒤에는 기병 경찰대가 따라서서 제딴엔 아주 의기양양하였다. 한편 옥란이네 집에서도 분주하였다. 로인들은 경찰서장을 사위삼는다면서 굉장하게 차리고 청한 사람들도 적지 않아서 부산하던 집안이 떠들썩하였다. 색시는 분세수 단정히 하고 신랑인 서장놈이 보내준 비단옷을 입고 앉았으니 그 자태야말로 주옥으로 새긴것 같고 봉이 까치둥에 내린듯 월궁의 상아광한전에 내린듯하였다. 서장놈은 그를 보자 째진 입을 다물지 못하며 그옆에 와앉았다. 간단한 례식을 지낸후 인차 신행이 뜨기로 하였다. 그러자 상객으로 갈 사람들은 술을 적게 마시고 빨리 떠날 준비를 하라고 권했다.

눈칫밥에 이골이 난 교활한 경찰서장인 외눈통은 촌장놈을 불러 사람들을 조사하게 하였다. 더욱이 상객으로 갈 사람들을 엄밀히 조사케 하였다. 그런데 많은 사람들중에 친척이라는 사람들과 상객이라고 따라서는 젊은 사람들은 모두 생소한 사람들이였다. 촌장놈은 눈깔을 부라리면서

≪너들은 어디서 왔느냐? 응!≫

라고 높이 소리질렀다. 곽로인은 떳떳하게 나서서 젊은이들을 가리키면서

≪원래 내 친형제로는 륙남매였댔는데 이 애는 내 맏생질이고 저것이 둘째외다. 그리고 저기 서있는 저 애는 내 처형의 맏이니까 옥란이하고는 이종남매간이올시다. 그리고 저 애는….≫

라고 하면서 당사촌, 고종, 이종사촌들이라고 소개하였다. 그러니 곽로인의 맏생질이라는 젊은이가 아니꼽다는듯 팔소매를 거두면서 달려들었다.

≪어째 무엇이 잘못되였소? 아니 그래 내 누이동생이 서장님의 처로 된다는것을 모르오? 그래 동생의 길사에 우리가 못 올 사람들이요?≫

라고 하며 매우 성급한듯 걸고 들었다. 그러니 여러 사람들이 형님이니 사돈이니 하면서 누이동생의 길일인데 좀 서운한 일이 있더라도 오늘만은 참아야 할것이 아니냐고들 말리였다. 그럴수록 그는 더욱 걸고들면서

≪외삼촌을 모시고 우리 친척들이 따라가서 우리 동생을 어떻게 대하는가 봅시다.≫

라고 하였다. 곽로인과 다른 젊은이들은

≪아니 글쎄 젊은이들이야 갔다가 오늘 돌아올수 있지만 로인이야 어떻게 가시겠소. 누이동생을 보아서라도 오늘만은 참아야 하지 않겠소!≫

라고들 말리였다.

외눈통은 괜히 더 지체했다가는 좋을것 같지 않다고 여겼던지 촌장을 불러

≪저 사람이 너무 고지식하다니, 길사에 사람이 없어서야 되나, 이런 대사에도 친척이 안 올리 있나, 기쁜김에 술먹기 마련이니 이젠 그만하고 신행이나 빨리 떠나게 하오!≫

라고 재촉했다.

이렇게 되어 신행이 떠나는데 신부가 가마에 오르자 악대가 요란히 울리고 뒤에는 신부의 오빠들이 줄레줄레 따라나서고 그뒤에 기병경찰놈들까지 늘어서니 행렬이 굉장하였다.

행렬은 해동갑하여 현성안으로 들어갔다. 새 첩을 맞으려고 새로 마련한 경찰서 뒤울안의 새집에는 붉은 초롱불이 낮과 같고 방에는 붉은 주단에다

찬란하게 차려놓았다. 손님들도 많은데 그속에는 형장이요, 위수사령이요, 일본놈 한간 할것없이 대소두목들이 죄다 모여들었는데 가메다까지 와서 축하를 한다는것이였다. 방안에는 벌써부터 잔치상들이 다 차려져있었다. 새각시는 서장놈과 가지런히 앉았다. 그 량옆에 가메다와 현장놈, 그리고 위수사령 등 차례차례 앉았는데 간단한 례식이 있은후 술잔이 돌기 시작하였다. 다른 칸에는 상빈들과 경찰놈들이 마주앉았다. 이때 신랑인 서장과 가메다 위수사령관 할것없이 놈들은 씨원씨원한 새각시의 권함에 한잔 두잔 몇순배를 돌고나니 술이 술을 청했다. 신랑을 축하한다는것으로 한잔이요, 새각시를 영접한다는것으로 또 한잔이라, 나중에는 가메다 사령관을 맞이한다는것까지 또 한잔이고 앞으로의 승리를 위하여 한잔 등등 이구실저구실 술잔이 돌다나니 놈들은 벌써 운무중에서 신선이 놀듯하였다.

이때 앞간에서 경찰들과 마주앉은 상빈들사이에서도 야단이 났다. 그런데 신부가 떠날 때 외눈통과 맞서서 걸고 들던 성급한 그 곽로인의 맞생질이 술기운을 빌어서 말이 많아졌다. 우선 상빈같이 모시지 않는다느니, 매부의 인사가 없다느니 하면서 야단을 쳤다. 매부를 찾아보아야겠다면서 신부방으로 들어가서 주정을 했다. 각시가 돌아가며 인사를 시켰다. 그러니 취한놈들은 또 그턱으로 한잔씩 더 하게 되였다. 그런는데 다른 젊은 상빈이 들어와서

≪형님, 취해가지고 이러지 말고 나가기요. 매부를 보아야지, 점잖은분들이 있는데 주정해서야 되오. 자 이만하면 됐으니 나가기요.≫

라고 끌었다. 그러나 그는 상우의 그릇과 술병을 뒤엎으면서

≪그래 매부라는자가 상빈에게 인사도 안한단 말이냐?≫

라고 하며 걸고들었다. ≪이만하면 됐다≫는 말을 듣자 새각시는 상우에 뛰여올라서면서 앞가슴에 감추었던 권총을 량손에 꺼내들고

≪꼼짝 말고 손들엇! 나는 항일유격대정찰원 김봉숙이다. 밖의 경찰들은 다 무장해제시켰다!≫

라고 으름장을 놓았다. 그러자

≪이만하면 됐다≫던 젊은이와 놈들과 걸고들던 젊은이가 재빠르게 놈들의 무장을 다 벗겼다. ≪상빈≫으로 갔던 젊은이들이 놈들을 죄다 묶었다.

사실이 이러하였다. 봉숙이가 부대로 돌아가서 상의한후 곽로인네 집에 와서 생질이요, 이종이요, 사촌이요 한 젊은이들은 모두 김봉숙 정찰반의 정찰원들이였다. 그들은 ≪상빈≫으로 따라와서 두목놈들이 운무중에서 놀 때 밖의 무장을 먼저 해제하고서 밖의 정황을 새각시로 변장한 봉숙이에게 보고하러 들어가서 ≪이만하며 됐다≫고 암시했던것이다.

이렇게 되어 항일부대를 몽땅 ≪토벌≫하겠다던 사령관가메다를 비롯하여 두목들을 죄다 생포하고 소위 토벌작전 계획까지 손에 쥐게 되였다.

승리한 그들은 포로와 무기, 탄약, 군수품, 량식들을 세자동차에 싣고 떠났다.

그들은 곽로인네 마을에 오자 벌써 다 준비하고있던 곽로인네 세식구까지 차에 모시고 감쪽같이 산속으로 사라졌다. 놈들의 추격부대가 뒤를 따랐는데 산속의 들어설 때는 자동차 세대만이 불에 타서 앙상하게 남아있을뿐이였다.

천도복숭아

– 김례삼 수집정리

꿀꿀돼지

돼지는 자나깨나 꿀꿀거리는데 ≪꿀꿀≫하는 그 사연을 알고보면 그것이 그 선조때부터 전습되여온 꿀 찾는 소리랍니다. 어떻게 되어 돼지는 그처럼 꿀을 찾게 되었는지 여기 이런 이야기가 있답니다.

참 오래고도 오랜 옛날이였답니다. 나이 젊은 세 선비가 깊은 산속으로 들어가서 도를 닦게 되었답니다. 그들은 산속에서 생활하면서 서로 밥을 지어먹게 되었지요.

첫째 선비가 밥을 지을 때면 의례 자기 밥식기는 곯게 담았지만 두 선비의 밥식기에다는 복주깨가 덮이지 않을만큼 잔뜩 담군 하였구요, 둘째 선비가 밥을 지을 때면 어느 밥식기나 많고 적은것없이 똑같이 담군 하였답니다.

그런데 셋째 선비가 밥지을 때면 의례 두 선비의 밥식기보다 자기의 밥식기에다 더 많이 담았답니다.

이렇게 지내면서 세 선비가 오랜 세월을 두고 공부하던 끝에 도를 닦는 일이 끝나게 되자 하늘의 옥황상제께서 세 선비의 품덕을 고찰하시고나서 제각기 나갈길을 제시해주게 되었더랍니다.

첫째 선비에게는 사람됨됨이 어느때나 자기보다 남을 첫 자리에 놓고 남을 돌봐주는 미덕이 높다하여 그한테는 신선이 될 길을 열어주었구요, 둘째 선비는 그 사람됨됨이 매사에서 내남이 분별이없이 골고루 돌보는 아름다운 품덕이 있다하여 그한테는 앞으로 백성을 다스리는 나라일 보는 길을 제시해주었더랍니다.

그러나 셋째 선비만은 그 사람됨됨이 매사에서 남이야 어쨌든 자기 배속만 채우면 된다는 심보가 더러운 욕심꾸러기라고 하여 그에게만은 돼지가 될 미물짐승의 길을 제시해주었답니다.

이런 세갈래 운명의 길앞에서 두 선비가 생각하니 참 기막히는 일이였습니다. 글쎄, 공부하러 들어올 때에는 셋이 다 똑같은 사람의 신분으로 함께 들어왔건만 오늘 헤여질 날을 앞두고 셋째 선비만은 욕심많고 추잡한 돼지의 운명에 떨어지게 된것입니다. 그러니 어찌 애타고 가슴아픈 일이 아니겠습니까?

두 선비는 셋째 선비가 돼지의 운명에 떨어지게 되는것은 셋째 선비의 욕심많은 그 더러운 성품때문이기는 하지만 셋이 같이 들어와 도를 닦는 마당에서 자기들이 셋째 선비한테 올바른 길로 나가도록 제때에 이끌어주지 못한데도 잘못이 있는것이라고 깊이 뉘우치게 되었습니다. 그래서 두 선비는 셋째 선비가 잠든 틈을 타서 가만히 의논들을 하였었지요.

그들은 셋째 선비를 다시 시험해보아서 그가 만약 그 욕심주머니를 버리기만 한다면 옥황상제한테 상소하여 새사람으로 될 길을 다시 제시받게 하자는 의논을 하였더랍니다.

이렇게 의논한 두 선비는 셋째 선비를 불러놓고 빈 자루 하나를 내여주면서 산에 가서 도토리를 주어오라고 하였습니다. 그랬더니 셋째 선비는 산에 가서 가둑나무숲속을 싸다니면서 도토리를 주어 까는족족 자기 입에다 홀딱홀딱 처넣기만 하였습니다. 이렇게 그는 실컷 먹고 제 배가 불룩하게 된 다음에야 자루에다 한알 두알 주어넣기 시작하였습니다. 제 배가 부른 그는 그것마저 싫증이 나서 더 주을념을 하지 않았습니다. 남보다 자기만을 생각하는 셋째 선비는 이미 제 배가 부를대로 불렀으니깐요. 그는 홀쭉한 자루를 둘러메고 어슬렁어슬렁 집으로 돌아오고말았습니다. 그는 그래도 두 선비한테

≪산에 도토리가 어찌나 많은지 보는족족 주어 까먹다나니 그만 배가 너무 불러 허리를 굽히기 가빠나서 요것만 주어왔소.≫

라고 체면없이 떠벌이는것이였습니다.

이를 보는 두 선비는 참 어이도 없었거니와 부아도 났습니다. 두 선비는 그한테

≪옥황상제가 자네를 사람도 아니고 짐승가운데서도 가장 더러운 돼지로

되게 한것은 자네의 욕심 많은 그 심보때문이였는데 또 제 배만 먼저 채우고 이렇게 훌쭉한 자루를 메고 돌아왔은즉 허욕이 아무리 많기로 체면도 좀 생각해야 하지 않겠는가!≫

하고 내심하게 잘 타일러주었습니다. 셋째 선비는 크게 뉘우치기나 한듯이 이제 나도 사람이 될 결심을 하고있으니 한번만 더 시험해 봐달라고 사정하는것이였습니다.

두 선비는 다시 의논한 끝에 또 자루를 내여주면서 산에 가서 잘 익은 돌배를 따오라고 시켰습니다. 이번만은 셋째 선비가 단단히 결심할것이라고 믿었습니다.

그런데 돌배따러 갔다온 셋째 선비를 보니 웬걸 그냥 그 꼴이였습니다. 따온것은 역시 겨우 몇알밖에 안되는데 잘 익은 돌배는 자기가 따는족족 다 먹어치우고 따왔다는것은 익지 않은 시퍼런 돌배뿐이였습니다. 그는 이발이 시도록 먹고나니 그만 배가 불러서 더는 먹을수 없었고 더 따자니 숨이 가빠서 더 따지 못했노라는것이였습니다.

두 선비는 애타는 마음으로 거듭 일깨워주면서 그래도 행여나 그 더러운 심보를 고칠가 하는 생각에서 거듭 시험해보았습니다. 이렇게 몇 번이나 타일러주면서 그 몇 번이나 시험해보았는지 모릅니다. 그러나 셋째 선비는 번번이 입에 침이 마르도록 다시는 그러지 않겠노라고 다짐하고 다짐했으나 그 버릇은 좀체로 고치지 못하는것이였습니다.

두 선비는 애를 쓰다못해 인제는 더 할수 없게 되니 옥황상제가 제시한 그대로 할밖에 딴 도리가 없다고 울면서 갈림길에서 제각기 갈라지지 않으면 안되였습니다.

두 선비와 갈라진 돼지는 제 갈데로 가게 되었지요. 돼지는 혼자서 제 심보를 고치지 못한 자기 잘못을 뉘우칠 대신 주둥이가 잔뜩 나와 툴툴거리면서 행방없이 처처 가다나니 한 배나무가 서있는 곳을 지나게 되었습니다. 배나무밑에서 주렁주렁 달린 돌배를 노려보고있던 꼬마토끼들이 그를 보고 반가와하면서

≪아저씨! 아저씨! 저 돌배를 좀 따주세요!≫

라고 간청하는것이였습니다.

≪오냐, 오냐! 념려말아, 내 따주마!≫

하고 선선히 대답한 돼지는 꼬마토끼들을 물러서라고 한 다음 커다란 바위돌을 냉큼 안아다가 배나무 중둥이를 힘껏 갈겼습니다. 배나무가 한바탕 되게 몸부림치더니 싯누런 돌배들이 와그르르 떨어졌습니다. 나무밑에는 돌배들이 쫙 깔렸습니다. 이를 본 꼬마토끼들이 기뻐서 냠냠 먹겠다고 깡충깡충 뛰여들어오는것을 본 돼지는 또 그 욕심이 치밀어 두팔을 쩍 벌리고 서서

≪안돼, 안돼! 이건 다 내 딴거다!≫

라고 하면서 꼬마토끼들을 막 쫓아버리는것이 아니겠어요. 그리고는 널린 돌배들을 죄다 끌어모아놓고 제혼자 게걸스럽게 처먹고있었습니다.

돼지한테 쫓기운 꼬마토끼들이 모두 울며 돌아서는데 꿀벌이 앵하며 날아왔습니다. 꿀벌은 꽃밭에 갔다오던 길에 돼지하는 짓을 보았었지요. 꿀벌은

≪울지 말아! 울지 말아! 돌배보다 더 달고 더 맛좋은 꿀 먹으러 우리 집에 가자!≫

라고 하면서 꼬마토끼들을 자기 집으로 데려갔습니다.

돌배를 혼자서 실컷 먹고난 돼지는 그제야 꿀벌이 하던 말이 피뜩 생각났지요.

≪돌배보다 얼마나 더 달고 맛좋은것일까?≫

바싹 구미가 동한 돼지는 배부른 비둔한 몸을 뜨직뜨직 움직이면서 꿀벌이네 집으로 갔습니다. 꼬마토끼들은 모두들 기뻐하면서 한창 꿀을 냠냠 먹고있었습니다. 돼지는 자기도 꿀을 먹겠노라고 ≪꿀꿀≫하고 덤벼들었습니다. 꿀벌들은 얄미운 돼지의 행실이 괘씸하여 꿀을 주지 않았습니다. 이에 그만 부아가 난 돼지는 무턱대고 꿀통에 막 덮쳐들었습니다.

꿀통을 지키고있던 꿀벌들은 그만 성이 왈칵 치밀어 사나운 불길처럼 돼지한테 덥벼들어 막 쏘아댔습니다. 눈코뜰새없이 꿀벌한테 쏘이게 된 돼지는 그만 질겁하여 도망쳤습니다. 그러나 벌떼들은 그냥 ≪왕-≫하고 따라가면서 침으로 연신 돼지의 주둥아리를 마구 쏘아댔습니다. 돼지는 어찌나 바빴던지 도망치다못해 어느 낟가리밑에다 주둥아리를 틀어박고 막 바쁜 비

명을 질렀습니다.

이때 마침 일밭에서 점심먹으러 집으로 돌아오던 농군들이 이것을 보고 얼른 모여들어 든든한 참바로 돼지의 사지를 꽁꽁 묶었습니다.

이로부터 울에 갇히운 욕심많은 돼지는 꿀벌이네 집에 가서 먹어보지 못한 그 꿀맛이 두고두고 잊히지 않아 ≪꿀꿀≫, 자나깨나 ≪꿀꿀≫, 놀면서도 ≪꿀꿀≫, 먹다가도 ≪꿀꿀≫거리고 꿀벌한테 혼쌀먹던 일이 하도 몸서리쳐 자면서도 주둥이를 감추노라고 북데기속에 틀어박고 ≪꿀꿀≫한답니다. 그래서 사람들은 그를 불러 ≪꿀꿀돼지≫라 한답니다.

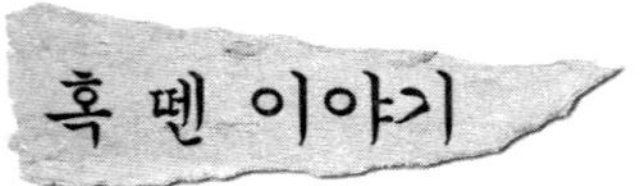

혹 뗀 이야기

옛날 어느 한 곳에 김가성을 가진 한 농사군 로인이 살았는데 그의 마음씨는 비단같이 고왔다 합니다. 그런데 그에게는 날 때부터 목 오른쪽에 조롱박같은 혹이 하나 달려있어 일하거나 잠잘 때마다 어찌나 말째였던지 자나깨나 혹 때문에 속태웠더랍니다.

령감로친이 자식 하나 없이 살아가는 형편인데 로친은 젊어서 지주두상한테 채인 허리가 낫지 않아 늘그막에도 허리병으로 신음하며 지내왔습니다. 김로인은 로친의 신병에 쓸 약재 때문에 속태우던중 김철이 지난 농한기의 어느날 약재캐러 식량과 남비를 장만해가지고 산속으로 들어갔습니다.

하루종일 약재를 캐고 해질무렵에야 산막으로 돌아온 김로인은 저녁식사를 끝낸후 노곤해진 몸을 마른 북데기우에 던지고 드러누워 하루의 곤기를 풀고있었습니다.

달밝은 밤이였습니다. 말할 친구도 없는 호젓한 산막안에서 달을 바라보며 혼자 고달픈 신세타령을 하게 되었습니다. 김로인은 본시 목청이 곱고 건들어지게 가락을 잘 넘기는 노래군으로 동네방네에 소문났더랍니다. 심란한 그의 노래소리는 달밤의 숲속에서 멀리 퍼져갔습니다.

한창 노래에 정신이 팔려 목청껏 부르노라니 난데없이 한 괴물이 자기앞에 와 서있는것도 몰랐습니다. 인기척이 나기에 가슴츠레 떴던 눈을 바로 뜨고 보던 김로인은 화뜰 놀라 ≪으악!≫하고 소리를 질렀습니다. 앞에 와 서있는것은 사람같은 모양에 엉성한 머리가 덮인 좁은 이마에는 뾰족한 붉은 두 뿔이 있었습니다. 퉁방울같이 툭 두드러진 그 눈아래 귀밑까지 쭉 올리째진 큰 입귀 량쪽에는 버드렁이발이 드러나보였습니다. 본시 담이 큰 김로인은 그를 보고 놀라지 않을수 없었습니다.

그 괴물은 꾸부정하게 서서 김로인을 바라보며 싱글벙글 웃고있는것이였습니다. 그가 노래를 그냥 부르라는듯이 손시늉하는 것으로 보아 자기를 해치려는것 같지 않았습니다. 김로인은 바로 이것이 도깨비라는 괴물이겠다고 생각하였습니다.

그제야 마음을 안정한 김로인은 계속 노래를 불렀습니다. 맑고도 아름다운 그의 노래는 깊어가는 야밤중의 삼림속으로 멀리 퍼져갔습니다. 어느새 모여왔는지 이 노래소리에 정신이 팔린 숱한 도깨비들이 발돋음으로 살금살금 김로인을 둘러싸고 서서 조용히 귀를 기울이며 듣고있는것이였습니다. 그들은 싱글벙글하며 서로 마주보고 머리를 끄덕거리기도 하고 엄지손가락을 내들어 서로 눈짓하기도 하는것이였습니다. 그러자 그중의 괴수도깨비가 로인앞에 나서면서 묻는것이였습니다.

로인님! 로인님!
노래명창 로인님!
아름다운 그노래는
어디에서 나는가요?

마음씨 곧은 김로인은 부르던 노래를 멈추고 대답하였습니다.

이 노래는 목청에서
울려나는 노래웨다.
이내신세 고달파서
신세타령 하였지요.

괴수도깨비는 세상에서 처음 들어보는 아름다운 노래인지라 로인의 아래우를 이모저모 훑어보더니 로인의 목에 달린 혹을 가리키면서 말했습니다.

마옵소서 마옵소서
거짓말은 마옵소서
노래소린 틀림없이
그혹에서 나겠지요.

금은보화 드릴테니
보배단지 혹을파소
얼마든지 드릴테니
그혹만은 내게파소.

김로인은 괴수도깨비의 말에 너무도 어처구니없어서 사실대로 노래는 혹에서 나오는것이 아니라 자기의 목청에서 울려나오는건데 어찌 몸에 달린 것을 팔수 있겠느냐고 말했습니다. 그러나 괴수도깨비는 정직한 로인의 말을 혹 팔기 아까와서 하는 말인줄로 생각하고 기어이 팔라고 졸라대는것이였습니다. 이야말로 딱하기 그지없는 일이였습니다. 참, 딴 물건도 아니고 목에 붙은 혹을 떼 팔라는 일은 세상에 있을수도 들을수도 없는 일이라 더 말도 못하고 멍해졌습니다. 그런데 어느새 괴수도깨비는 눈앞에 와서 얼른거리더니만 눈깜짝할새에 로인의 목에 달린 혹을 감쪽같이 뚝 떼여 자기 목에다 척 붙여놓는것이였습니다. 참 세상에 별일도 보겠지요. 틀림없이 자기의 혹을 떼여갔는데도 뗀 자리는 아무런 흔적도 없고 아프지도 않았지요. 로인은 정말 신기한 일도 있다고 생각하면서 혹이 떨어진 자리를 손바닥으로 슬슬 어루만져보았습니다. 이게 아마 꿈인가부다고 손끝으로 살며시 꼬집어도 보았습니다. 그러나 틀림없이 따끔해나는 것으로 보아 역시 꿈도 아니였지요. 그러는데 그의 졸개도깨비가 로인한테 두손으로 무엇인가 받들어 쑥 들이미는것이였습니다. 영문도 모르고 어망간에 받아들고 보니 이게 또 웬 일인가! 눈부신 광채를 뿌리는 금은보화며 진주, 보석, 산호가 수두룩이 담긴 은쟁반이였습니다. 이게 정말 나한테 주는것인가고 다시 머리를 들고 쳐다봤을 때는 이미 그들은 물밀듯이 욱 쓸어나갔습니다. 어느새 그들이

≪히히히! 하하하!≫하고 웃어대면서 지절대는 소리가 멀리 숲속으로 사라져가고있었습니다.

김로인은 앓던 이발 뺀건처럼 혹이 없어진일만 해도 반갑기 그지없는데 세상에서 볼수 없던 진귀한 금은보화며 산호 진주까지 차례지게된 일이 아무리 생각해도 정말일같지 않았습니다.

너무도 기쁜김에 뜬눈으로 밤을 새운 김로인은 동녘이 희붐하게 밝아오자 널어놓았던 약재들을 거두어가지고 날개나 돋친듯 가벼운 마음으로 뻔질나게 집으로 돌아왔습니다.

김로인은 기뻐서 어쩔바를 몰라하는 로친과 의논하고 보물을 팔아 찰떡을 치고 돼지를 잡았습니다. 그리고 술과 안주를 갖추어 상다리 불러지게 음식을 푸짐히 차려놓고 동네사람들을 청해다 대접하였습니다.

김로인이 혹을 떼고 재물까지 얻었다는 소문은 날개라도 돋친듯 어느새 동네방네 짜하게 퍼졌더랍니다.

바로 아래동네에는 김로인의 성품과는 판 다르게 성미가 고약하고 허욕이 많기로 소문이 짜한 못된 지주가 살았습니다. 이 지주두상도 왼쪽목에 커다란 혹이 하나 달려있는데 어찌나 컸던지 걸을 때마다 보기 흉하게 흔들흔들거렸습니다.

김로인이 산에 갔다가 혹도 떼고 재물도 얻었다는 소문을 듣자 그의 배속에선 허욕이 막 굼틀거려났습니다. 속이 안달아난 지주두상은 그만 밤잠도 잊고 밥맛까지 잃게 되었지요. 어떻게 하면 나도 저런 호박판을 만날 수 있을가고 두고두고 생각한 끝에 무릎을 툭 치며 한가지 꾀를 생각했지요. 자기집 머슴을 시켜 김로인한테 가서 혹떼고 재물을 얻게 된 경과를 옴니암니 캐물어보게 하자는것이였습니다. 그의 허욕대로 말한다면 당장이라도 웃마을 김로인을 찾아가 물어보고싶었지요. 그러나 그의 마음 한구석에 자기로도 마음내키지 않는 일이 있었습니다. 그도그럴것이 김로인과 지주두상 두 사이는 원쑤지간이였으니깐요.

워낙 김로인 두 내외는 지주두상네 머슴살이를 하였답니다. 어느해 가을이였지요. 김로인이 고된 고역살이 끝에 그만 지치고 지쳐 중병으로 드러누워 앓게 되었답니다. 그러나 약 한첩은 고사하고 죽 한사발도 바로 제때에 차례지지 않았습니다.

로친이 속태우던 끝에 하루는 주인마누라 몰래 더운 죽 한사발 떠다 앓는 령감한테 대접하려다가 그만 들키우고말았지요. 주인마누라는 눈알을 부라리며 부지깽이로 김로인의 로친을 사정없이 후려갈기고있었습니다. 이때 밖에 나갔다 돌아온 지주두상이 이 정경을 보게 되었지요. 그는 큰소리로 ≪음, 도적년!≫하고 을러대면서 갖신신은 발로 사정없이 허리를 걷어차 넘어뜨리고 짓밟아놓았습니다. 놈들은 그래도 시원치 않았던지 그날로 김로인 내외를 엽전 한잎 주지 않고 빈주먹바람으로 내쫓고말았던것입니다. 그후 김로인의 로친은 허리앓이 종신병을 얻게 되었는데 이것은 풀릴수 없는 원한의 매듭으로 되었던것입니다.

머슴을 시켜 김로인의 혹뗀 경과를 알아온 지주두상은 때를 놓칠세라 서둘러 이튿날 저녁밥을 마련해가지고 그 산막으로 어슬렁어슬렁 찾아들어갔습니다.

산막에 자리를 잡은 지주두상은 가을날 긴긴 하루해를 무료히 보내면서 밤이 오기를 기다렸습니다. 눈이 빠질 지경이 되도록 기다려서야 해가 겨우 지고 하늘에 별이 반짝이기 시작하였습니다.

이렇게 기다리고기다리는 그의 마음속에서는 별의별 생각이 다 굼틀거렸습니다.

≪그렇지, 나야 머저리 그녀석보다 홍정을 잘하고 수판알을 잘 튕기는 솜씨가 있으렸다. 어째서난 그놈의 혹보다 더 비싼값을 받아야지! 내 혹이 더 큰데야 더 말할나위 있겠는가. 한다하는 사람들도 내 수판알앞에서는 두손 바싹 쳐드는데 그까짓 우둔한 도깨비쯤이야 얼려넘기기가 식은죽먹기지! 허, 내야말로 오늘밤 홍정만 잘되고보면 일확천금은 문제없지! 그러고보면 천석군이 아니라 만석군이 되는것도 문제없지!≫

이렇게 깨고소한 닭알낟가리를 쌓던 지주두상은 산속에 어둠이 깊어져오자 ≪그렇지, 인제는 장사를 시작해야겠군!≫하고 중얼거리고나서 그 큼직한 혹을 슬슬 어루만지면서 노래를 부르기 시작하였습니다. 목청을 돋우어 노래를 부르면서도 두귀만은 강구어 주위의 동정을 엿들었습니다. 얼마동안이나 불렀던지 밤도 적이 깊어가는데 아니나 다를가 멀리 숲속으로부터 중얼중얼하면서 쓸어오는 검은 무리가 희미한 달빛에 어슴푸레 보였습니다. 속으로 ≪됐다!≫하고 기뻐하면서 지주두상은 더 흥을 돋우어 노래를 계속 불러댔습니다. 과연 괴수도깨비를 앞세운 도깨비 ≪손님≫들이 무리지어 밀려오더닌 발돋음으로 살금살금 지주두상앞에 와 모여섰습니다. 그렇게도 목이 빠지게 기다리던 ≪손님≫이건만 그들의 험상궂은 얼굴을 본 지주두상은 막 기절해 나자빠질 지경이였습니다. 머리칼이 곤두서는듯 몸서리나면서 목소리는 목안에서 말라붙는듯 자꾸만 잦아들어갔습니다. 그러나 그는 다시 없을 이 좋은 기회를 어째서난 놓쳐서는 안되겠다고 아득바득 애를 썼습니다. 그는 바싹 용기를 내여 떨리는 목소리를 진정해가면서 계속 노래를 불러대였습니다. 이때 괴수도깨비는 아무런 흥미도 없는듯 잠자코 서서 노래를 듣고있었습니다. 그러더니 자기 목에 달린 혹을 어루만지면서 지주두상의 혹을 더 유심히 살피는것이였습니다. 그러자 그는 험상궂은 얼굴을 쑥 내밀고 말하는것이였습니다.

령감님! 령감님!
노래하는 령감님!
울려오는 그노래는
어디에서 나는가요?

지주두상은 속으로 ≪옳지, 이제 정말 흥정이 시작되는구나!≫하고 너무 기뻐 웃음주머니를 흔들흔들하면서

들어보소 들어보소
이 내말을 들어보소
방금들은 그노래는
이혹에서 나오지요.

하고 혹을 슬슬 주물러보였습니다. 그리고나서 슬슬 말에 양념까지 쳐가며 말했지요.

한손으로 이 혹을랑
슬렁슬렁 주무르면
간드러진 노래소리
은은하게 울리지요.
두손으로 이혹을랑
힘더주어 주무르면
흥이나는 노래가락
성수나게 울리지요.

지주두상은 바로 때가 왔다고 입에 침이 마를세라 바싹 얼러수를 더 써가면서 말치장을 하여댔습니다. 그러나 여전히 흥취없이 보고 서있던 괴수도깨비는 퉁방울눈우의 이마살을 잔뜩 찌프린채 머리만 설레설레 젓고있는것이였습니다. 그러더니 버드렁이발을 들먹이면서 털이 난 꺼칠한 손으로 지주두상의 혹을 가리키면서 말하는것이였습니다.

령감님! 령감님!
입담좋은 령감님!
자랑많은 그노래를
한가락만 들려주소.

괴수도깨비의 청을 받은 지주두상은 마음속으로 홍정이 잘되여간다고 기뻐했지요. ≪그래 그렇지! 틀림없이 내 수단에 걸려들었지!≫하고 기뻐하면서 계속 너스레를 떨었습니다.

들어보소 들어보소

이노래를 들어보소
이혹에서 울려나는
새노래를 들어보소.

지주두상은 왼손으로 그 혹을 슬렁슬렁 주무르면서 어디 한번 내 솜씨를 보란듯이 또 한가락 뽑았습니다. 제딴에는 제일 잘 부른다는 노래 한가락으로 홍정을 맺어보려는 속심이였지요. 그런데 지주두상의 혹만 자세히 눈여겨보던 괴수도깨비는 퉁방울눈을 굴리면 버럭 소리를 질렀습니다.

못된놈의 령감두상
네얼림에 들줄아냐?
마음나쁜 령감두상
당장버릇 떼줘야지!

바짝 성이 난 괴수도깨비는 졸개들을 향해
≪저 거짓말쟁이 령감두상을 당장 혼내줘라!≫
하고 호령하였습니다. 그러자 그중 키큰 졸개가 ≪예이!≫하고 앞에 나서더니 지주두상의 상투를 틀어줘였습니다. 천만뜻밖에도 상투를 잡히운 두상은 ≪아으, 아으—≫하고 연신 비명을 질렀습니다. 그러나 졸개도깨비는 그 손을 놓지 않았습니다. 더구나 그 도깨비의 키는 볼수록 자꾸만 높아져가는 것이였습니다. 그 졸개도깨비의 키는 쑥쑥 늘어나면서 전선대처럼 높아졌습니다. 그러자 그의 손에 상투를 거머쥐운 지주두상의 몸은 허공에 대롱대롱 매여달렸습니다. 두상은 팔다리를 버둥거리면서 비명만 질렀지요.
≪아으, 아으! 사람 살리우—≫하는 비명소리는 야밤의 산속에 울렸습니다. 그러나 무인산중에서 도와줄 사람은 없었지요. 다만 도깨비들의 기뻐날뛰는 웃음소리만 요란했습니다. 뒤이어 다른 한 졸개도깨비가 또 나섰습니다. 그는 두상의 두 다리를 거머쥐더니 ≪늘어나라 늘어나라!≫하고 중얼거렸습니다. 참 괴상하게도 두상의 두 다리가 마치나 엿처럼 늘어나면서 땅에

가 닿았습니다. 그제야 지주두상의 비명소리는 좀 뜸해졌지요. 그의 꼴을 보는 도깨비들은 재미난다고 ≪하하! 호호!≫하고 웃어대면서 좋아들하고있었습니다.

그러자 또 한 졸개도깨비가 나섰습니다. 그는 아찔하게 키가 높아진 두상의 짧은 두팔을 덥석 올리쥐더니 ≪늘어나라, 늘어나라!≫하고 중얼대였습니다. 두상의 두팔은 쭉쭉 늘어나면서 마치나 두오리의 바오래기처럼 늘어났습니다. 그러자 두팔을 새끼꼬듯이 비비꼬는데 두팔이 꼬일때마다 두상의 비명소리는 높아만 갔습니다. 그러나 두상에 대한 형벌은 아직 끝나지 않았습니다. 또 다른 졸개도깨비가 나서더니 독수리발톱같은 손톱으로 두상의 혀를 꼭 집어당기였습니다. 역시 ≪늘어나라! 늘어나라!≫하는 소리와 함께 그 혀도 빨래줄처럼 늘어나는것이였습니다. 내리드리운 혀바닥은 두상이 비명 지를 때마다 보기 흉하게 흔들리였습니다.

이때 괴수도깨비가 나서면서 호령하였습니다.

≪나쁜놈두상아, 바른대로 말해라! 그래 네놈의 노래는 어데서 나는거냐?≫

더는 어쩔수없이 죽을지경이 된 지주두상은 그제야 홍정이고 난장이고 모르겠다고 단념하였지요. 어째서나 살아야겠다고 생각한 두상은 바른 말을 하지 않을수 없었습니다. 그가 말하려고 애를 썼지만 혀대목이 훌럭거릴뿐 말이 안나왔습니다. 그를 본 괴수도깨비가 졸개를 보고 명령하였습니다.

≪저놈의 혀를 제대로 돌려놔라!≫

그러자 졸개도깨비가 중얼거리는 소리가 나더니 두상의 혀는 처음 그대로 그의 입안에 다 들어갔습니다. 그제야 훌럭훌럭하기만 하던 두상의 말소리는 알려졌습니다. 그는 신음소리를 치면서

≪그저 죽을 죄를 졌습니다. 노래는 혹에서 난게 아니라 이 주둥아리에서 난거웨다! 으흥! 으흥!≫

하고 실토정을 한것입니다.

≪음!?≫

하고 외마디 소리를 치고난 괴수도깨비는 그제야 졸개들한테

≪두상놈의 팔다리를 제대로 돌려놔라!≫

하고 명령하였습니다. 먼저 키 큰 졸개가 자기의 키를 낮추면서 ≪줄어들라 줄어들라!≫하고 중얼거리니 두상의 키가 제대로 줄어들었습니다. 다른 졸개들도 련달아 중얼거려서야 지주두상의 팔다리도 다 줄어들었습니다.

지주두상의 온몸은 무서운 신고 끝에 물자루처럼 되어 땀물이 줄줄 흘러내렸습니다.

괴수도깨비는 독살스럽게 두상을 노려보며 호령하였습니다.

≪이 두상놈아, 네가 감히 우리한테 헌 수작을 피우다니 괘씸한놈! 내가 웃동네 김로인 혹을 살 때에는 노래가 혹에서 나는것이 아니라 목청에서 난다고 하는것을 내가 우겨 산거다! 네놈은 노래가 혹에서 난다고 얼렁수를 쳤겠다? 좋다, 정직한 김로인의 이 혹은 네놈이나 더 가져라!≫

그러나 눈깜짝새로 자기 목의 혹을 뚝 떼여 ≪자, 옜다!≫하면서 두상의 오른쪽 목에다 척 붙여놓았습니다. 그러자 어느새로 지주두상의 혀를 잡아채더니 ≪혹값으로 거짓말 잘하는 이 혀나 떼가지자!≫하면서 뚝 잘라냈습니다.

≪아!!!≫소리와 함께 쓰러졌던 지주두상이 다시 정신을 차렸을 때는 멀리 숲속으로 사라져가는 도깨비무리들의 ≪하하하! 호호호!≫하는 웃음 소리만 은은하게 들려왔습니다.

쌓고쌓던 닭알가리가 일시에 허물어지고만 지주두상은 혹 하나 더 가진데다가 혀까지 잘리우고말았습니다. 그는 두손으로 량쪽 목에서 흔들거리는 혹을 어루만지면서 신음소리와 함께 탄식하였습니다.

≪참, 세상에 이런 기막힌 일도 있담?≫

그는 땅이 꺼지게 한숨만 풀풀 쉬였습니다.

이때로부터 이 지방에서는 지주두상을 비웃는 노래가 이입저입 옮겨가며 퍼졌다 합니다.

욕심많은 지주령감
허욕끝에 눈어두워

혹을팔아 득보려다
혹을하나 더얻었네

쌍통이야 쌍통이야
욕심끝에 쌍통이야
혀를그만 잘린데다
쌍둥혹이 차례졌네.

거짓말 잘하는 소년

옛날 어느 한 곳에 양몰이하는 한 소년이 있었는데 이 소년은 늘 남과 거짓말하기를 좋아하였답니다. 글쎄 그 소년은 하루라도 거짓말을 하지 않고서는 견디지 못하였답니다.

어느 초여름철의 일이였습니다. 양몰이소년은 뒤산으로 양을 몰고 나갔습니다. 야들야들한 풀들이 쫙 깔린 야산에 흰구름떼처럼 널리여 풀을 뜯어먹고있는 양떼를 지켜보던 소년은 기왕 하던 본새대로 또 답답증이 나서 속이 곪아날 지경이였습니다.

그는 산아래 비탈밭에서 김매고있는 농민들에게 들으란듯이 새된 소리로 웨쳤습니다.

≪승냥이 왔어요. 승냥이 왔어요! 사람 살려요!≫

그 소리에 산아래 비탈밭에서 김을 매고있던 농민들은 깜짝 놀라 하던 일을 그만두고 호미자루를 거머쥐면서 산으로 치달아 올라갔습니다. 그런데 그 소년은 바위우에 올라앉아 땀을 뻘뻘 흘리면서 헐떡헐떡 뛰여올라간 농민들을 내려다보다가 손벽치며 깔깔 웃는것이였습니다.

그제야 농민들은 뛰여가던 발걸음을 멈추고 속히웠다는 괘심한 생각에 노발대발하며 양몰이소년을 훈계하였습니다.

≪에이, 고약한놈! 사람을 얼려도 분수가 있지…. 다시 한번 그따위 거짓말했다만봐라. 단단히 혼쌀 먹일테다!≫

그러나 양몰이소년은 제가 잘한듯이 ≪흥!≫하면서 일밭으로 내려가고있는 농민들의 뒤에 대고 깔깔 웃어대였습니다.

며칠 지난 어느날, 그날도 농민들은 저마다 밭고랑을 가로타고 땀을 뻘뻘 흘리면서 다그쳐 김을 매고있었습니다. 그런데 야산쪽에서 또 새된 비명소리가 들려오는것이였습니다.

≪사람 살려요. 정말 승냥이 왔어요. 승냥이 왔어요!≫

다급한 비명소리를 들은 농민들은 김매던 일손을 멈춘채 귀를 강구고있는데 한 젊은 농민이

≪저놈자식 오늘 또 그 본새를 피우나?≫

하면서 일손을 멈추지 않은채 그냥 매여나가고있었습니다. 그러나 한 늙은 농민은 마음이 놓이지 않아 걱정하면서

≪그래도 세상일은 모르네! 한번 속히우기 례상사이니 가봐야 하네! 정말 승냥이가 왔다면 어찌나?≫

하고 호미자루를 거머쥐고 앞장서 뛰여가니 나머지 농민들도

≪정말 승냥이가 왔다는데 얼른 가보세!≫

라고 하면서 늙은 농민의 뒤를 따라 헐떡헐떡하며 뛰여올라갔습니다. 그런데 웬걸 양몰이소년은 전날 하던 그 본새로 뛰여올라간 농민들을 말끄러미 보더니만 제딴에는 재미난다고 또 바위우에서 깔깔대고있는것이였습니다. 상투밑까지 잔뜩 부아가 치민 농민들은 그의 행실이 하도 괘씸하여

≪이 망할놈의 덜된 자식아, 한번도 아니고 또 그따위 거짓말을 해? 이제 다시 또 거짓말을 했다만 봐라 정강이를 뚝 꺾어놓을테다!≫

고 호미쥔 팔을 들어 연신 상앗대질하였습니다. 괘씸한 생각같아서는 당장 호미자루로 단단히 혼쌀을 내주고싶었지만 내남이 다 자식을 키우는 어시들 마음이라 꾹 참고 일밭으로 내려가고말았습니다.

≪내 말이 옳지 않은가 봐요! 덜된놈의 자식한테 속히우다보니 일손만 밑졌지요!≫

라고 두덜거리였습니다.

이런 일이 있은 바로 그 이튿날이였습니다. 하늘이 잔뜩 찌프린 흐린 날씨라 농민들은 금방 비가 올듯하여 연송 하늘을 쳐다보면서 매던 고랑이나 얼른 끝낼양으로 바지런히 일손을 다그치고있었습니다. 그런데 또 야산에서 갑작스레 비명소리가 들려왔습니다.

≪승냥이 왔어요. 사람…살려요, 사람…살려요!≫

이 소리를 들은 농민들은 몇 번 속히운 일이 괘씸했던지라

≪저놈의 자식, 오늘 또 저 지랄이야! 모르고 한번이지 또 네놈한테 속힐 줄 알아?≫

하고 뇌까리면서 비명소리는 귀등으로 넘기고 김매기만 다그쳤습니다.

양몰이소년의 비명소리는 끊어도지고 가늘어도지더니 더는 아무 소리도 들리지 않고말았습니다.

농민들은 오늘만은 소년한테 속지 않는다고 생각하였습니다. 그러나 그 소년의 거짓말에 속히워오던 농민들은 이번만은 거짓말이 아니였다는것을 알턱이 없었습니다.

이날 양들이 널린 야산뒤 삼림이 우거진 컴컴한 숲속에서 난데없이 뛰쳐나온 굶주린 승냥이 한 마리가 바위우에서 졸고있는 소년한테 덮쳐들었던것입니다. 소년이 놀라 깨여 바쁜 소리를 질렀지만 승냥이는 어느새 소년의 목줄띠를 물었던것입니다. 양몰이소년은 누구 하나 구해줄 사람이 없는 야산에서 끝내 승냥이한테 그만 물려죽고말았습니다.

거짓말이란 어느때나 해로운것입니다. 남한테도 해롭거니와 자기한테도 해로운것입니다. 양몰이소년은 승냥이한테 죽었지만 결국 자기가 자기를 죽인것으로 됩니다. 그의 거짓말버릇이 그렇게 한것입니다. 그러므로 거짓말이란 또한 굶주린 승냥이보다 더 무서운것이기도 합니다.

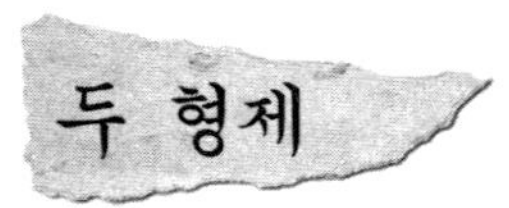

두 형제

옛날 어떤 곳에 부모를 일찍이 여의고 제각기 품팔이로 살아가는 두 형제가 있었답니다. 같은 부모의 한피줄을 타고난 두 형제이건만 사람됨이 둘다 같지 않아서 형은 일하기 싫어하는 게으름뱅인데다 술먹기를 좋아하였고 마음씨까지도 고약하였습니다. 그러나 동생만은 워낙 타고난 성품이 부지런한데다 마음씨도 어찌나 곱고 순박하였던지 누구나 그를 칭찬하지 않는 사람이 없었더랍니다. 그는 속이 굳은 사람이라 어째서나 한잎돈도 맹탕 쓰지 않고 쪼개여 쓰다싶이 아끼고 아끼면서 살림밑천을 마련하려고 애썼는지라 한잎두잎 모은 푼돈밑천이 있었답니다.

이것을 잘 아는 그의 형은 언녕부터 동생의 이 밑천에 독을 들였답니다.

어느날 형은 동생을 찾아와서 입에 침이 마를세라 동생을 추어받들면서 찾아온 사연을 말하였습니다.

≪동생, 자네도 이미 철이 다 든 나이인데 이젠 제구실도 해야 하지 않겠는가, 내 장사 구멍수를 알아뒀는데 나귀나 둬마리 사게나. 둘이서 같이 장사하여 뭉치돈이나 쥔다면 자네도 성가하지 않겠는가?≫

졸라대는 형앞에서 동생은 오래도록 머리숙인채 곰곰이 생각한 끝에 마지못해 형의 청대로 말을 끊고말았습니다.

첫번 장사에서 약간한 소득을 보게 된 두 형제는 다음번 장사는 좀더 크게 하였습니다. 동생의 마음을 사기 위한 형은 그렇게 잘 먹던 술마저 한잔도 안 먹는체하면서 마치나 달라진 사람처럼 동생을 홀려내기에 별별 수단을 다 썼습니다.

두번째 장사에서 더 큰 재미를 보게 된 뒤 형은 세번째 장사는 좀더 크게 하기 위해 더 먼길을 가자고 하였습니다. 이 장사는 무인지경의 산속 고개길을 넘나들어야 하였습니다.

두 형제는 앞뒤에서 짐 실은 나귀를 몰고 산길을 돌고돌아 한 고개마루밑에 이르렀습니다. 이때 앞에서 가던 형이 갑자기 배를 그러안고 아프다고 비명을 지르면서 대굴대굴 딩구는것이였습니다.

이를 보는 동생은 무인지경 산속에서 야단났다고 어찔바를 몰라하였습니다. 형이 안달아하는 동생을 보며

≪동생! 내 이 병엔 딴 약이란 없다네. 꿈에 어머니가 하시는 말씀이 아무 고개를 넘다가 급한 병이 생기면 딴 약이 없은즉 어째서나 사람의 생눈알을 먹어야 낫느니라고 일러주시네. 그러니 이 산속에서 내 병이야 죽으라는 병이지 무슨 별도리가 없지….≫

하면서 금방 막 죽을듯이 딩굴며 돌아가는것이였습니다.

안달아하던 동생이 형의 말을 듣고 생각하였습니다. (형님 병은 급한데 약이라야 내 눈밖에 없으니 이를 어쩐담? 내가 눈알을 뺀다 해도 죽지는 않을것이니 위급한 형님부터 먼저 구하고 보자.)

이렇게 생각하는 동생은 서둘러 자기의 왼쪽 눈을 빼내서 피가 뚝뚝 떨어지는 눈알을 형한테 내주었습니다. 형은 측은해하는 기색이 하나없이 얼른 받아 치우고나서

≪생눈알 하나 먹었더니 병이 좀 덜리네. 하나 더 먹어야 다 나을테인데 이를 어찌나?≫

하고 걱정하면서 또 배를 그러안고 딩구는것이였습니다.

동생은 형의 병이 방금 눈알 하나로 하여 좀 덜린다는 말에 눈을 뺀 자기의 고통은 생각지 않고 너무도 반가와서 더 생각할 겨를도 없이 또 오른쪽 눈마저 빼내여 형한테 주었습니다. 그러자 형은 그 눈도 받아 얼른 치우고나더니 아까와는 판 달라진 목소리로

≪엑기, 미련한놈아, 네 눈을 먹긴 누가 먹어, 네 재물 때문에 네 눈을 뺀거다!≫

고 독살스레 내뱉더니 ≪나는 간다≫하면서 눈이 아파 신음하는 동생을

돌아보지도 않고 두 나귀를 부리나케 몰고 오던 길로 되돌아가고말았습니다.

두 눈을 잃은 동생은 눈이 빠진 고통도 고통이려니와 그보다도 한피줄을 타고난 친형이 그적은 재물 때문에 동생의 생눈을 빼앗고도 눈 잃은 동생을 무인지경 산속에다 팽개치고 달아나는 독하고도 더러운 심보를 생각하니 분이 치밀어 혼자 펄펄 뛰기만 하였습니다.

≪원, 이렇게 험악한 일도 있는가?≫고 넉두리하는 동생의 원통한 울음소리는 사람없는 산골짜기에서 처량히 울려퍼졌습니다.

동생은 이미 눈은 잃었지만 우선 살도리를 마련해야겠다는 생각이 들자 아까 올 때 절벽아래 양지쪽에서 본 산막이 퍼뜩 떠올라 아직도 피가 흐르는 눈을 한손으로 부둥켜쥐고 다른 한손으로 손더듬하며 기고기였습니다. 그의 얼굴은 온통 피투성인데다 땀따가 물처럼 흘러내려 보기도 끔찍하였습니다.

한 곳에 이르러 손을 더듬어보니 벽이며 기둥이 알리기에 ≪됐다!≫고 산막안으로 들어갔습니다. 손더듬으로 한쪽 으슥한 자리를 찾으니 북데기가 있기에 그것을 깔고 누웠습니다. 누워서 생각하니 형의 일이 생각할수록 괘씸하여 속이 풀리지 않았습니다.

≪그런것도 형이라고 눈까지 빼주다니?≫이렇게 생각하니 생각할수록 원통하기 그지없었습니다.

밤중이 되었는지 산새들이 지저귀던 소리도 멎은지 이슥한데 다만 멀리에서 산개울 흐르는 소리가 은은하게 들려오고 가까이에서는 풀벌레들의 울음소리가 들려왔습니다.

그런데 갑자기 무엇인가 떠들썩 고아대면서 산막안으로 쓸어들어오는것이 알렸습니다.

≪무슨 일일가?≫눈으로는 볼수 없어 정신을 가다듬어 두귀로 엿들을라니 그들 말소리가 차츰 알려졌습니다. 동생은 속으로

≪지나가던 행객들이 여기서 밤을 묵어갈 작정인가? 무슨 사람들인지 나를 불쌍히 생각하여 구해줬으면 얼마나 좋을가!≫

하고 생각하면서 계속 그들의 말에 귀를 기울였습니다. 그런데 그중 한사람이

≪오늘 인간세상에서 본 일인데 저 앞 고개밑에서 형이라고 하는놈이 동생 재물이 욕심나서 동생의 눈을 빼먹고 동생 재물을 가지고 도망치더라!≫

고 하는것이였습니다.

동생이 가만히 듣고보니 오늘 자기 형제간에 생긴 일을 말하는것이 틀림없는데 이들이 ≪인간 세상≫이라고 하는 말투로 봐서는 도깨비무리가 틀림없겠다고 생각되였습니다. 이때 한 도깨비가 격한 목소리로

≪그 형이란놈은 인간세상에다 그냥 두지 못할 괘씸한놈이로군!≫

라고 말하니 다른 도깨비가

≪하, 거참 불쌍한 동생이로군!≫

라고 동정하는것이였습니다.

도깨비들은 또 인간세상에 대한 이러저러한 괴상한 이야기들을 하기 시작하였습니다. 어느 마을에서는 동구밖 산둔덕아래 서있는 천년 묵은 로목만 베면 그 밑퉁에서 맑은 샘물이 막 터져나오겠는데 그것도 모르고 십리밖의 물을 길어먹으며 물고생을 하니 참 답답하다는것이며 또 어느 마을 한 집의 무남독녀는 중병으로 앓아누웠는데 백가지 약이 다 효험없고 다만 그 집 지붕 기와밑에 있는 왕지네만 잡아 없애면 병이 나을텐데 그것도 모르고있으니 참 불쌍하기 그지없다는것이였습니다.

이때 갑자기 한 도깨비가

≪가만있자! 참 이상하구나, 이 무인지경 산속에 사람이 없겠는데 아까부터 사람냄새가 나는것이 별일이야!≫

라고 하니 그 말을 받아 또 한 도깨비가

≪옳아, 옳아! 사람내 틀림없구나! 이안을 뒤져보자!≫

하고 뿔뿔이 일어서더니 산채안을 뒤집기 시작하였습니다.

그러자 맨뒤구석 덤불속에 누운 동생앞에서 한도깨비가 소리쳤습니다.

≪있다, 있다! 여기 사람 하나 있다!≫

도깨비들은 욱 그리로 모여들었습니다. 그중에서 제일 나이 있음직한 괴수도깨비가 동생을 내려다보며

≪당신은 누구요?≫

하고 물었습니다. 동생은 가슴이 선뜩해났지만 이들의 말을 들어봐서는 자기를 해칠것 같지 않아 마음을 진정하면서 대답하였습니다.

≪나는 눈을 빼앗기고 앞을 못보는 가련한 사람이웨다!≫

그러자 한 도깨비가 가까이 와 보고나서

≪오, 옳아! 틀림없어, 이 사람이 오늘 인간세상에서 자기 형한테 눈과 재물을 빼앗겼던 바로 그 동생이야!≫

라고 하니 곁에서 보고섰던 숱한 도깨비들이 이구동성으로

≪야! 참 불쌍하구나! 인간세상에 이런 일도 있다니?≫

라고 하면서 모두들 동생을 동정하는것이였습니다.

≪음? 그 형놈을 그냥 살려두다니?≫괴수도깨비가 분에 떨며 말하더니 친절한 목소리로 차근차근 알려주는것이였습니다.

≪이보게! 눈빠진데는 좋은 약이 있지! 이 산막뒤쪽 절벽아래로 가면 묘하게 생긴 바위돌 하나 있는데 그것을 흔들어 뽑으면 그밑에서 옥같은 샘물이 흘러내릴것이네. 그리고 그 바위아래쪽에 천도복숭아 한알 달린 나무가 있을것이네. 그 샘물로 두눈을 깨끗이 씻은 다음 그 천도복숭아를 따가지고 두눈확을 살살 문대고나서 그것을 샘물에다 잘 씻어 먹기만 하면 눈이 아프지도 않고 인차 밝아질것이네.≫

동생은 너무도 반갑고 고마운 생각에 거듭 사례하면서 명심하여 그대로 꼭 하겠노라고 대답하였습니다.

도깨비들은 밤이 이슥해지자 욱 쓸어나가더니 사위는 잠잠해지고말았습니다.

동생은 그들의 말을 꼭 믿을수는 없었지만 그래도 막다른골목에 처해있는지라 요행을 바라는 생각에 심한 고통을 찾아가면서 그들이 하던 말들을 다시다시 곰곰이 생각하며 한밤을 지새웠습니다.

멀리에서 장꿩이 우는 소리가 들려오고 가까이에서 산새들이 지저귀는 소리가 요란해지자 이미 날이 밝은것이 틀림없겠다고 생각한 동생은 지난밤 도깨비들이 말하던대로 그곳을 찾아나섰습니다. 못보는 눈으로 허둥지둥 헤매면서 갖은 애를 써서 겨우 그 자리로 찾아갔을 때는 지치고 지친 온몸이

땀투성이 되고 목은 말라 불이 날 지경이였습니다.

과연 말하던 그 바위돌이 더듬는 손 끝에 알려지는데 흔들어보니 움쭉거리기에 안간힘을 다하여 잡아빼였습니다. 그러자 그 자리에서 쪼록쪼록 흐르는 맑진 물소리가 들렸습니다. 동생은 너무도 반가운김에

≪야, 이게 정말이구나! 인제 나도 살게 되었다!≫

고 혼자 중얼거리면서 두손으로 샘물을 움켜떠들고 두눈확을 연신 씻었습니다. 그러자 참 묘하게도 그렇게 아파나던 두눈의 고통이 덜리기 시작하더니 씻고씻는 가운데 고통은 자기도 모르는 사이에 사라지고말았습니다.

≪옳지 됐다!≫동생은 기쁜김에 그 바위 아래쪽을 더듬어 찾아보니 통통한 나무 한그루가 있는것이였습니다. 올리쓸어 더듬어보니 과연 그들의 말 그대로 높지 않은 나뭇가지에 둥글둥글한 열매 한알이 손에 닿는것이 틀림없는 천도복숭아라고 생각되였습니다. 너무도 반가운김에 두손으로 조심조심 잡아떼였습니다. 그 복숭아에서는 참말로 그윽하고 신선한 향내가 코를 찔렀습니다.

복숭아를 떼여든 동생는 두 눈확에 대고 엇갈아 한참 문질렀습니다. 그랬더니 시원하면서도 차츰 근질근질해나던 두눈확에서는 무엇인가 솟아나는 것만 같았습니다. 한참동안 문지르고난 다음 샘물에다 잘 씻은 복숭아를 먹기시작하였습니다. 참 향기롭고도 달콤한것이 정말 세상에 별맛이였습니다.

한입 떼여 먹자부터 눈확에서 눈알이 돌기 시작하면서 눈물이 자꾸만 흘러나오는것이였습니다.

두입 떼여먹으니 캄캄하던 눈앞이 차츰 깊은 안개속에서 내다보는듯 앞이 희미하게 밝아져오는것이였습니다.

세입 떼여먹으니 희미하던 눈앞이 환히 밝아져왔습니다. 그 큰 복숭아를 다 먹고났을 때는 눈앞이 완전히 환하게 밝아지면서 두리의 산천초목과 푸른 하늘의 아침해가 눈부시게 보였습니다.

≪야, 내가 새눈을 가지게 되었으니 이게 정말 꿈같구나!≫동생은 너무도 기쁜 생각에 춤이라도 덩실덩실 추고싶은 마음이였습니다. 복숭아를 먹은탓인지 지치고지쳤던 온몸에 날기라도 싶을만치 새힘까지 무럭무럭 솟구치는

것만 같았습니다.

그제야 복숭아나무를 다시 살펴봤더니 ≪아, 이게 웬 일일가?≫복숭아나무는 간데온데없이 보이지 않고 그 샘물은 살펴봤지만 샘물도 온데간데 없어졌습니다.

≪참, 신기한 일도 있구나, 돌아가신 어머니께서 나를 도우셨는가보구나!≫고 중얼거리면서 가벼워진 걸음으로 그 자리를 떠났습니다.

그제야 동생은 어제밤에 도깨비들이 주고받던 그 물없는 동네 이야기며 무남독녀가 앓는다는 그집 이야기들을 다시 생각하게 되었습니다. 그들의 말 그대로 내 눈이 밝아졌으니 그 두곳의 일도 틀림없겠다고 생각하면서 앞을 향해 내처 걸어갔습니다. 부지런히 걸음을 재우치노라니 쪼이는 여름해 별에 목이 탈지경으로 갈증도 나고 배도 출출해났습니다. 멀리 바라보니 한 마을이 눈앞에 나타났습니다.

동생은 그 마을에 들어서자 한집을 찾아

≪지나가던 행객이 물 한그릇 얻어먹자고 왔습니다!≫

고 사정했더니 집안에서 한 부녀가 나와서 하는 말이

≪여기가 어떤 곳인줄 알고 물을 찾으십니까?≫

고 대답하는것이였습니다. 동생이 그 까닭을 물으니 그 부녀가 대답하는 말이

≪이곳은 죽어가는 사람도 목을 추길 물이 그리울 지경이랍니다.≫

고 하였습니다.

동생은 이곳이 과연 말 그대로 물이 귀한 동네라고 생각하면서 마을뒤 동구밖을 내다보니 산둔덕아래 서있는 천년 묵은 로목이 바라보였습니다. 로목이 서있는 곳에 가서 두리를 자세히 살펴본 동생은 이 마을의 좌상로인을 찾아

≪듣자하니 이 동네에 물이 매우 귀하다고 하는데 물을 해결할 방도가 저한테 있사오니 제 말씀대로 해보실 의향은 없으시온지요!≫하고 의논하였습니다. 이 말을 들은 로인은 너무도 반가와 펄쩍 뛰면서

≪아니, 처음 뵙는 길손인데 무슨 좋은 수가 있겠는지요, 어서 좋은 방도

를 말씀하시우다!≫고 말하는것이였습니다.

동생은 동구밖 산아래에 선 천년묵은 로목을 가리키면서

≪방도란 다름아니라 저 로목에 물줄기가 쓸려있사온데 그 나무를 베기만 하면 이 동네 물고생은 틀림없이 면하게 될것입니다!≫

고 하니 로인은 너무도 끔찍한 소리란듯이 눈이 휘둥그래지며

≪하, 그건 안되지요. 그 나무는 령험한 로목인데 베다니요? 온 동네가 천벌받을라구요?≫

하면서 좀체 믿으려하지 않았습니다. 동생은 그럴수 없다고 잘 해득시켜 말한다음

≪만약에 그 로목을 베여 천벌받거나 물이 나오지 않을 때에는 제 목을 잘라도 좋습니다. 정녕 저를 못 믿으신다면 저를 결박해두고서라도 제 말씀대로 해보십시요! 도망이야 치지 못할것이니깐요!≫

라고 해서야 로인은

≪초행 손님이 무턱대고 헛말 하실수야 없겠지요. 정녕 그렇다면 우리 함께 가서 베보도록 합시다.≫

고 하고는 온 동네 장정들을 불러 연장들을 마련해가지고 로목을 베기 시작하였습니다. 한참 역사질한 끝에 로목이 기우뚱하며 하늘공중을 쓸기나 하듯 허우적거리더니만 쾅하고 쓰러지는데 그 밑둥에서 물줄기가 쭉 올리솟으면서 맑은 물이 금시로 도랑물처럼 콸콸 소리치며 흘러내리는것이였습니다. 이 놀랍고도 반가운 광경앞에서 마을의 남녀로소가 모두 뛰쳐나와 덩실덩실 춤추며 기뻐날뛰였습니다.

물 때문에 그렇게도 고생이 막심하던 마을 사람들은 천하에 반가운 길손의 은혜를 잊을수 없다고 하면서 이집저집에서 있는 그대로 은전이며 엽전을 가져왔습니다.

돈을 한짐 가득 짊어지고 물이 귀하다던 동네를 떠난 동생은 또 그길로 앓고있다는 무남독녀의 집을 찾아 길을 재우쳤습니다.

한 마을에 이르러 고래등같은 기와집을 쓰고 사는 그 집을 찾아가니 의사들이 그 집 사랑채에 가득 모여앉아 걱정하고있었습니다. 이 집에서 밥한끼

얻어먹고난 동생은 주인을 찾아 자기도 의사이니 환자를 보자고 청하여 환자를 보고난 다음 주인한테 여쭈었습니다.

바깥에다 큰 가마 하나를 걸어놓고 기름을 졸이게 한 다음 힘쎈 장정 네사람을 시켜 큰 집게를 가지고 지붕우에 올라가서 기와장밑에서 큰 왕지네 한마리를 집어냈습니다. 집게에 집히운 왕지네는 숱한 발들을 제가끔 버둥거리며 대가리의 한복판에 박힌 외눈을 뚝 부릅뜬것이 보기만 해도 몸서리칠만치 으쓱하였습니다. 끓는 기름가마에 들어간 왕지네는 발악하다못해 그만 빳빳하게 쭉 늘어지고말았습니다.

왕지네를 죽이고난 다음부터 환자의 병은 돌아서기 시작하더니 며칠새로 환자는 미음을 먹게되면서 종이장같던 낯색이 차츰 불긋불긋해지고 운신도 하게 되었습니다.

외동딸의 중병이 완쾌해진 이 집에서는 꿈같은 일에 너무도 기뻐서 딸을 구한 그 은혜를 차마 잊을수 없다고 동생을 보고 제발 자기 집 사위로 되어 달라고 간청하였더랍니다. 이리하여 의지가지 없던 동생은 신세를 고치게 되었답니다.

발없는 말이 천리를 간다고 말 그대로 눈 빼앗겼던 동생이 산막집에서 겪은 이야기며 물이 귀한 동네에서 물을 찾게 한 이야기며 무남독녀를 죽을 병에서 구하고 신세를 고쳤다는 이야기를 형도 얻어들었습니다.

욕심이 많고 심보가 고약한 형이 이 소문을 듣자 자기도 신세를 고쳐보려고 동생의 눈을 빼앗던 고개밑으로 찾아갔답니다.

술이며 안주며 잔뜩 장만해가지고 간 그는 고개밑에서 마음껏 마시고 먹은 다음 늘여져 한잠 자면서 해지기만 목이 빠지게 기다렸다가 해가 지자 산막집으로 들어가 마른북데기를 깔고 드러누웠습니다. 워낙 취할대로 취한 형인지라 밤이 깊어 자기를 기다리다못해 그만 산막집 용마루가 들썽들썽하게 코를 드렁거리며 깊은 잠에 곯아떨어지고말았습니다.

한밤중이 되자 그 ≪손님≫들이 또 이 산막집으로 쓸어들었습니다. 막안에 들어선 그들은 서로 돌아보며 ≪이게 무슨 소릴가?≫고 코고는 소리를 따라 살금살금 가더니

≪여기 사람이 있구나!≫

하고 소리쳤습니다. 한 ≪손님≫이 찬찬히 들여다보더니

≪응, 이놈이 바로 그놈이로구나!≫

하면서 제 동생 눈을 빼앗고 재물을 앗아간 그놈이라고 왁작 떠들어대였습니다. 그 소리에 욱 모여든 ≪손님≫들은 코를 한창 골고있는 형의 네각을 와락 거머쥐더니 건뜩 들어옮겼습니다.

그바람에 깜짝 놀라 깨여난 형이 취한 눈을 번쩍 뜨고보니 뻘건 낯색에, 좁은 이마에 뿔이 나고 버드렁이발이 량쪽 입귀에 내뻗은 흉물들이 퉁방울 눈을 굴리면서 왁작 고아대는것이였습니다. 질겁한 형은 그만 비명을 치며 쓰러졌습니다.

그러자 한 괴수가 형앞에 다가오더니 보기만해도 험상궂은 툭 삐여진 퉁방울눈을 잔뜩 치뜨고

≪천하에 괘씸한놈! 인간세상에서 동생의 의리도 모르고 악한짓을 하는 너같은놈을 우리는 용서 안할테다!≫

라고 하더니 자기 졸개들을 돌아보며 ≪이놈을 단단히 혼내줘라!≫고 호령하였습니다.

명령을 받은 한 졸개가 격분하여 나서면서

≪이런 고약한놈은 목대를 콱 비틀어 죽이고 말아야지요!≫

라고 하니 괴수가 손가락마디에 날카로운 손톱이 뻗은 꺼칠한 손을 휙 쳐들어 제지하였습니다. 형이 속으로 ≪옳지 그대도 나를 죽이지는 않겠군!≫하며 제좋은 생각을 하고있는데 괴수도깨비가 또 호령하는것이였습니다.

≪죽여서는 안돼! 이놈을 둬두되 인간세상에서 나쁜놈들이 이놈의 꼴을 보고 겁이 나서 치를 벌벌 떨게 만들어야 하고 다른 하나는 이놈이 살아서 두고두고 심한 고통을 받으면서 살아가게 해야 한다!≫

그 말을 들은 형은 ≪아뿔사, 이를 어찌나?≫하고 당황실색하여 ≪사람살려 주시오!≫하고 비명을 치다못해 엎드려 엉엉 목놓아 울며 두손을 싹싹 비비면서 애걸복걸 용서를 바라기 시작하였습니다.

도깨비괴수는 더욱 험상궂은 낯을 돌리면서 졸개에게 명령하였습니다.

≪먼저 제 동생의 눈을 빼도록 꼬여낸 이놈의 혀부터 잘라라! 다음은 남의 좋은 말이 들어가지 않는 이놈의 귀를 당나귀 귀만큼 크게 만들어라! 그다음은 눈빠졌을 때 동생의 고통을 알게끔 이놈의 두눈을 뽑아던져라!≫

그 말에 앞에 나섰던 그 졸개가 고함치고있는 형의 혀바닥을 끄집어 당기더니 마치나 칼로 자르기나 하듯 손톱끝으로 툭 잘랐습니다. 혀를 잘리운 형은 비명소릴를 치며 땅바닥에서 데굴데굴 굴렀습니다.

모여섰던 도깨비들은 모두다 이 꼴을 보며 깨고소하여 ≪히히히! 하하하!≫ 웃어대면서 손벽치며 좋아하였습니다.

그 졸개가 또 형의 두귀를 잡아쥐고 올리 당기니 비명소리와 함께 쭉쭉 늘어나는데 한참 지나 당나귀 귀처럼 뻴쭉하게 일어서는것이였습니다.

또 일장 웃음판이 벌어지는데 그 졸개는 또 형의 눈언저리를 슬슬 어루만지더니만

≪요 못된놈아! 네가 동생의 눈을 빼버렸으니 우리도 네놈의 두눈을 뽑아치울테다!≫

고 하면서 독수리 발톱같은 날카로운 손톱으로 두눈을 빡빡 뽑아 팽개쳤습니다. 눈까지 빼앗긴 형이 막 죽겠다고 발악치는데 괴수도깨비는 손을 들어 졸개들을 모아놓고

≪자, 인간세상의 나쁜놈을 또 하나 징벌했으니 우리는 그만 돌아가세!≫

라고 하였습니다. 졸개들은 모두 신이 나서 괴수도깨비를 따라 우 쓸어나가는데 삼림속 멀리까지 ≪히히히! 하하하!≫하는 웃음소리가 계속되였습니다.

동생을 해치던 형은 그만 이런 기막힌 신세로 되고말았는데 이 소문을 들은 사람들은 누구나 없이 속시원해하더랍니다.

막내딸

옛날 서울 장안에서 나라일을 보는 한 교리에게 딸 삼형제가 있었다 합니다. 그는 삼형제 딸중에서도 맨 막내딸을 가장 사랑하였더랍니다. 막내딸이 어찌나 귀여웠던지 눈속에 넣어도 아프지 않을만큼 끔찍이 사랑하였더랍니다.

어느날 이 교리는 딸 삼형젤을 불러놓고 먼저 맏딸에게

≪너는 이 아버지를 어느만큼 소중하게 생각하느냐?≫

라고 물었습니다. 맏딸이

≪소녀는 아버지를 세상에서 가장 귀하고 귀한 보석보다도 더 소중하게 생각하옵니다!≫

라고 대답하면서 아양을 떠는것이였습니다. 이 대답을 자못 흡족하게 들으면서 연신 머리를 끄덕이는 늙은 아버지의 얼굴에는 감출수 없는 기쁨이 가득하였습니다.

다음은 둘째딸을 바라보며

≪얘, 둘째야! 너는 아버지를 어느만큼 소중하게 생각하느냐?≫

라고 물어보았습니다. 둘째딸은 별의별 아양을 다 떨어가면서 아버지의 목을 끌어안고

≪저의 가장 소중하신 아버지! 소녀는 아버지를 세상에서 가장 값이 가는 금은보화보다도 더 끔찍하게 생각하고 아끼옵니다!≫

라고 대답하였습니다. 아버지는 만면에 밝은 웃음을 띠우고 손바닥으로 연신 자기 무릎을 툭툭 도닥이고는

≪음! 음! 과연 이 애비의 귀한 딸들이 분명하구나!≫

라고 하면서 다음은 막내딸을 더욱 사랑스러운 눈길로 바라보며

≪요 귀여운것아! 그래 너는 이 아버지를 어느만큼이나 소중하게 생각하느냐?≫

라고 물어보았습니다. 그런데 원 천만뜻밖에도 그의 대답이란

≪소녀는 아버지를 세상에서 소금보다도 더 끔찍하게 생각하옵니다!≫

라고 하는것이 아니겠습니까.

기가 딱 막히는 막내딸의 대답을 듣고난 아버지는 마음 한구석에 저으기 섭섭한 생각도 들었지만 그래도 자기 손끝에서 노리개처럼 어루만지우며 구슬같이 귀엽게 자라온 막내딸이라 제 애비앞에서 아직도 응석을 부려 엇매끼는 말이겠다고만 생각되여 여전히 웃음을 걷우지 않고 싱글싱글 웃으면서

≪요 귀염둥아! 그래 세상에서 소중하다는 아버지를 겨우 소금에다 비긴단말이냐?≫

고 재삼 그 원인을 따져 물었습니다. 막내딸은 그냥 새초롬히 아버지를 쳐다보며

≪소녀한테는 아버지가 소금보다도 더 끔찍하게 소중하옵니다!≫

라고 같은 말로 대답하는것이였습니다.

귀여운 막내딸의 대답에서 서운한 마음이 풀리지 못한 아버지는 밤새 이리저리 돌아누우면서 무거운 생각에 잠을 이룰수 없었습니다.

더 흡족한 대답을 들을가하여 아버지는 다음날 또 막내딸을 불러놓고 여전히 웃는 낯으로 지켜보면서

≪그래 이 귀여운것아! 오늘도 같은 대답으로 이 애비의 마음을 섭섭하게 할 차비냐?≫

하고 좀 능청스럽게 물어봤지요. 그러나 막내딸은 낯색하나 변하지 않고 같은 대답을 그냥 되풀이하는것이였습니다.

막내딸의 이튿날 대답에서도 아버지의 낯색은 좀 흐려졌지만 그래도 입가에는 여전히 웃음꼬리를 띠운채 ≪음?!≫하고 쓴입만 다시고말았습니다.

그다음날 아버지는 또 막내딸에게 어제말 그대로 물어봤습니다. 아버지는 마음속으로 은근히 응석받이 막내딸이 오늘만은 애비의 심정을 알아주어 과

히 섭섭한 대답은 하지 않을것이라고 생각하였지요.

그러나 사흗날에도 판에 찍은듯한 똑같은 대답을 듣게 되어 아버지의 가슴은 마치 무엇이 쾅! 하고 허물어지는듯하였습니다. 아버지는 서운하고 허전한 생각에 그만 실망하고말았습니다.

지난날 막내딸은 아버지의 무릎우에 앉아 하냥 재롱을 부려가며 ≪아버지는 이만이 이만이 고와요.≫라고 앵두같은 입으로 제비새끼처럼 종알거리면서 그 고사리같은 포동포동한 두주먹을 펴들며 커다랗게 하늘만치 땅만치 둥그러미를 그려보이며 재롱부리던 딸이 아닌가? 그럴 때마다 아버지는 그것이 너무도 귀엽고 귀여워서 볼긋볼긋한 뺨에 대고 입을 맞추며 정겹게 바라보군 하였답니다. 그런데 그 딸이 철이 든 지금에 와서는 아버지를 계속 소금에다 비기니 마침내 참아오던 마음은 노여움으로 돌아서고말았습니다.

아버지는 참지 못할 울분에 부들부들 떨면서 그만 불호령을 내렸습니다.

≪에익, 고약한년 같으니라구. 금지옥엽같이 애지중지 무릎우에서 키워왔더니 배은망덕도 분수가 있지. 그래 인제 와선 제 애비한테 그게 무슨 괄시란 말이냐, 엉?≫

아버지의 파랗게 질린 주름잡힌 얼굴에선 반백이 된 수염이 한참이나 푸들푸들 떠는것이였습니다.

듣고있던 막내딸은 여전히 낯색을 변하지 않고 성난 아버지를 쳐다보면서

≪아버지! 저의 이 말씀은 아버지를 노엽히거나 배은망덕으로 드린 말씀이 아니오이다! 소녀는 아버지가 하도 소중하옵기에 소금에다 비겼을뿐이웨다!≫

라고 하면서 안타까운 한숨만 쉬는것이였습니다.

그러나 막내딸의 진심을 알지 못하는 아버지는 펄펄 뛰면서

≪이년 듣기 싫다. 정녕 배은망덕하려거든 당장 내 집에서 썩 물러가거라.≫

하고 불호령쳤습니다.

워낙 그 성미가 사나와 말하면 말한대로 하고마는 아버지의 성품을 잘 아는 어머니는

≪여보! 령감, 그 철없는 애들 말을 탄하지 말고 한번만 용서하시구려≫

라고 애걸복걸 사정도 해보고 막내딸을 돌아보고는

≪얘야! 어쩌면 그리도 철딱서니 없느냐, 아버지 속이 풀리게 씨원히 말이나 하렴!≫

라고 얼리고 닥치기도 하였습니다.

그러나 노여움이 터져 하늘에 닿을 지경이된 아버지는 자기가 한 말을 걷어들이지 않았습니다. 그의 마누라는 울며불며 하였지만 어쩌는수없이 짐을 꿍져 막내딸에게 안겨주고보니 그 딸도 울면서 할수없이 부모의 정든 품을 떠나지 않으면 안되였더랍니다.

세월은 물처럼 사정없이 흘러 그럭저럭 막내딸이 떠나간지도 열 몇해 잘 되였습니다. 집에 있던 두 딸도 차례로 다 시집가고 인제는 령감 로친 단 두 식구가 외롭게 살아가게 되었습니다. 어머니는 매양 집을 떠나간 막내딸을 생각하며 꿈에도 잊을세라 근심걱정으로 울며불며 속태우더니 끝끝내 눈까지 먼채로 세상을 뜨고말았지요. 그런데다 당시 임금의 포악한 정사를 반대하는 폭란에 가담했던 아버지는 폭란이 실패하자 도망쳐 시골로 내려가 자기의 신분마저 감추고 평민 신분으로 파묻혀 살아가게 되었더랍니다. 외톨이 된 늙은 아버지의 신세란 형편없이 기막힌 고생살이였더랍니다.

서리발을 머리우에 더부룩이 떠인 늙은 아버지는 지팡이에 의지하여 집집을 찾아다니면서 문전걸식하는 불행한 운명에 떨어졌는지라 오랜 세월 소식없이 지내오던 딸 자식들을 생각하게 되었답니다.

그의 맏딸은 아버지를 세상에 귀한 보석보다 더 소중하다 하였고 둘째딸은 세상에 귀한 금은보화보다도 아버지를 더 소중하게 생각하고 아낀다 하였으니 그 딸들을 찾아간다면 이 애비를 얼마나 반갑게 맞아줄것인가고 생각하니 간절한 딸들 생각에 밤잠도 오지 않았습니다.

먼저 맏딸부터 찾았습니다. 지팡이 신세로 돌아다니는 기진맥진한 힘에 겨우 맏딸네 집을 찾았습니다. 그러나 맏딸은 람루한 행색에 초라한 비렁뱅이 신세된 자기 아버지를 보더니만 쌀쌀한 목소리로

≪야유, 기막혀라, 이런 람루한 꼴을 해가지고 어떻게 사위집을 찾아다니

세요? 사위 낯이 깍기겠어요!≫

라고 쏘아붙이면서 문앞에서 아버지를 돌려 보냈습니다.

맏딸의 랭대를 받고 돌아서는 아버지는

≪세상에 귀한 보석보다도 더 소중해한다던 아버지를 이렇게 문전 박대를 하다니? 하늘이여, 이게 정말입니까?≫

라고 탄식하면서 뜨거운 눈물을 삼키며 발길을 돌렸습니다.

행여나 하는 어시의 생각으로 다음은 둘째딸을 찾았습니다. 아버지는 지팽이를 끌고 찾아다니던 끝에 겨우 둘째딸을 만났습니다. 둘째딸은 초라한 행색으로 꾸부정히 서있는 아버지를 어둠속으로 물끄러미 보더니만

≪아유 망측해라. 이렇게 더러운 꼴을 해가지고 어떻게 사위집을 찾아오나요. 사위가 보기전에 얼른 돌아가세요!≫

라고 하면서 둘째딸도 아버지를 문밖에서 막아버렸습니다. 아버지는 떨리는 다리를 겨우 움직이면서

≪참 기막히구나, 네년도 똑같구나! 세상에 가장 귀한 금은보화보다도 더 소중하다던 제 애비를 이렇게 박대하다니!≫

하고 눈물을 좔좔 흘리며 그 자리를 떠났습니다.

너무도 원통한 아버지는 별빛만 반짝이는 캄캄한 밤하늘을 향해 두주먹을 올리 지르면서

≪하느님 맙소사! 세상에 이런 불효자식도 있다니?≫

라고 저주하면서 하염없이 흐르는 눈물만 훔치고 또 훔쳤습니다.

이런 딱한 처지에 떨어진 늙은 아버지는 ≪소금보다 더 소중하다!≫고 하던 막내딸 생각이 불현듯 나게 되었습니다. 그러나 이 애비한테 쫓겨나간 소식을 모르는 딸이란것을 생각하니 앞이 캄캄해났습니다. 막다른골목이라 죽어가는 처지에서 그래도 살아 생전에 막내딸을 한번 만나보고 죽는다면 원이 없겠다는 간절한 생각에 큰마음 먹고 막내딸을 찾아떠났습니다.

비렁뱅이 신세인데다가 아직 신분을 감추고 피해 돌아야 하는 처지이다보니 막내딸 찾기란 그 곤난이 말이 아니였습니다. 사처에 수소문하여 수태 돌아다녀서야 어데서 어떻게 살아가고있다는 소식을 겨우 얻어들었습니다.

막내딸을 찾아가는 길이란 멀고도 무인지경인 험한 길이였습니다. 진종일 한고개 넘어가도 마을이란 볼수 없고 두고개 넘어가도 마을이란 볼수 없는 아득하고 기막힌 먼길이였습니다.

때는 바로 만화방초 한창 피여나고 꽃떨기마다 서로 빛을 다투는데 록음이 짙어가는 나뭇가지에선 새들이 아름다운 노래를 부르는 꽃시절이였습니다. 배고프고 지칠대로 지친 늙은 아버지에겐 세상에서 아름답고 귀한것이란 하나 없고 오직 눈앞에 얼른거리는것이란 아버지의 무릎우에 앉아 제비새끼처럼 조잘대던 어린시절 막내딸의 그리운 얼굴뿐이였습니다.

지친 걸음에 배고프면 길가의 산나물을 뜯어 요기하고 목이 마르면 개울물을 찾아 갈한 목을 추기였습니다. 가다가다 해가 지면 나무밑이거나 바위밑에서 밤이슬을 피해야 하였습니다.

세 번째 고개를 겨우 넘어서서야 가불가불 해질무렵의 저녁 연기 나는 한 마을을 멀리 바라보게되였습니다. 묻고 물어 겨우 막내딸 집앞에 이르니 어느결에 알았던지 막내딸은 신도 못신은채 맨발바람에 뛰여나와 늙은 아버지의 손을 잡으며

≪아이구, 아버지! 이게 웬 일이시옵니까?≫

하는 그의 두눈에서는 뜨거운 눈물이 하염없이 쏟아졌습니다.

아버지의 슬하를 떠난후 여러해만에 처음으로 만나는 아버지의 람루한 옷차림을 보는 막내딸의 마음은 너무도 기막혀 칼로 에여내는듯 아프고 쓰렸습니다.

≪아버지 어서 들어가세요! 로정에 얼마나 지치셨나요?≫

막내딸은 지칠대로 지쳐 비칠거리는 늙은 아버지를 살뜰히 부축하여 들어가서 윗자리에 모셔앉히고 얼른 세수물을 떠다 세수하고 발을 씻게한 다음 장궤에서 새옷 한 벌을 꺼내여 아버지에게 갈아입히고는 농민 행색의 사위를 비롯한 외손들의 인사를 받게 하였습니다.

생각밖에 막내딸의 극진한 접대를 받은 아버지는 눈 뜨고 꿈을 꾸는듯 어리둥절하여 한참은 아무 말도 못하였습니다. 시장기가 바싹 동한 아버지는 그제야 체면도 무엇도 돌볼새없이 막내딸을 돌아보며

≪얘야! 이왕지사는 뒤에 말하기로 하고 우선 나한테 컬컬한 된장국 한사발 가져다 다구! 돌아다니면서 산나물만 뜯어먹었더니 속이 막 싱거워나서 못견디겠다!≫

고 청하였습니다.

막내딸은 부리나케 서둘러 어느새 김이 무럭무럭 이는 푸짐하게 차린 저녁상을 들어다 아버지 앞에 공손히 놓고 곁에 앉아서 잡숫는 시중을 해드리면서

≪아버지 그새 얼마나 고생하셨어요. 저는 집을 떠났어도 자나깨나 아버지 어머니를 잊은적이 없었어요! 저는 지금도 세상에서 아버지를 소금보다 더 소중하게 생각하옵니다!≫

라고 하면서 새삼스럽게 지나간 옛일을 더듬으면서 눈물을 훔치는것이였습니다.

아버지는 부들부들 떨리는 손에 국그릇을 받쳐 들고 훌훌 불면서 토장국을 들이마시였습니다.

≪얘야! 속이 참 시원하구나. 이제야 살것같다. 네가 하던 그 말이 과연 오늘에야 알리는구나! 참 너를 다시 대할 면목은 없다만 그래도 내 죽기전에 너를 만나게 되었으니 내 마지막 소원은 껐구나!≫

라고 말하는 늙은 아버지의 주름잡힌 두눈에선 뉘우침과 참회의 뜨거운 눈물이 하염없이 쏟아져내렸습니다.

늦어서야 아버지에 대한 막내딸의 깊은 마음속의 진심을 알게 된 아버지는 입에만 기름칠한 맏이와 둘째딸의 가살스런 말을 진심으로 믿어온 지난날의 어리석은 자기를 깊이 뉘우치고 어느때나 진심으로 아버지를 위하는 효성이 지극한 막내딸의 봉양을 받아가면서 여생을 행복하게 살아갔다 합니다.

천도복숭아

옛날 한 곳에 네 나라가 있었는데 동국, 서국, 남국, 북국이라 불렀답니다. 동국을 제쳐 놓은 세나라들은 이웃나라에서 서로 훔쳐가기를 잘 했답니다.

동국 임금에게는 두 왕자가 있었습니다. 맏왕자는 술과 도박을 몹시 즐긴데다가 마음씨까지 부정한 위인이였지요. 둘째왕자는 인물이 잘난데다가 마음씨 착하고 용맹하기에 임금의 총애를 받았습니다.

이 동국의 궁성안에는 세상에 진귀한 천도라는 복숭아나무 한 대가 있었는데 일년에 세알밖에는 더 열리지 않았습니다. 임금은 이 천도복숭아를 몹시 소중히 여겼답니다. 그런데 어느날 밤, 천도복숭아 한알이 없어졌답니다. 임금은 파수병들을 시켜 도적을 붙잡게 하였습니다. 그러나 아무런 종적도 알아내지 못하고말았습니다.

그래서 임금은 맏왕자를 불러다 도적을 잡으라고 시켰으나 밤내 술만 마시다나니 도적의 종적을 알아내기는커녕 도리여 두알 남은 천도중에서 또 하나를 잃게 되었습니다.

임금은 하는수없이 둘째왕자에게 남은 천도를 지키고 도적을 잡으라고 분부하였습니다. 매사에 충직한 둘째왕자는 뜬눈으로 밤을 새는데 바로 동틀무렵이였습니다. 갑자기 서국쪽 하늘이 금빛으로 환하게 밝아지면서 눈부신 금닭 한 마리가 훨훨 날아와서는 천도복숭아나무에 살며시 앉더니 하나 남은 천도복숭아를 똑 떼여물고는 서국쪽으로 날아갔습니다. 둘째왕자는 이 일을 부왕한테 아뢰고 서국을 찾아갈 결심을 아뢰였습니다. 그러나 부왕은 도리질하더니 맏왕자를 불러 금닭이 훔쳐간 천도복숭아를 찾아오라고 분부하였습니다.

맏왕자가 부왕의 엄명을 받고 서국을 향해 산넘고 물건너 걸어가는 도중 어느 숲속에서 난데없는 여우 한마리가 냉큼 뛰여나오더니 왕자를 보고

왕자님! 왕자님! 왕자님이 가는길에
술을팔며 도박하는 큰루각이 있사온데
녀인들이 끈다하여 그집에는 드지마소
밤을묵어 가시려면 토막집에 쉬여가소.

라고 하는것이였습니다.

맏왕자는 방정맞은 여우라고 당장 때려서 쫓아 버렸습니다. 도중에 과연 큰 누각이 있었는데 아름다운 녀인들이 화려한 루각에 들라고 청하였습니다. 술과 도박을 즐기는 맏왕자는 루각으로 들어가더니만 종시 나올줄을 몰랐습니다.

임금은 한달이 되도록 맏왕자의 소식이 없는지라 기다리다못해 둘째왕자를 불러놓고 서국으로 갔다오라고 분부하였습니다.

둘째왕자는 서국을 향해 산넘고 물건너 멀고먼 길을 가면서 도중에서 여우를 만났습니다. 그는 여우가 시켜주는 그대로 농민의 토막집에서 하루밤을 묵고 이튿날 또 길을 떠나갔습니다.

가는 도중에 또 여우가 냉큼 뛰여나와 하는말이

왕자님! 왕자님! 서국으로 가시거던
금닭있는 그곁간에 천도세알 있사온데
천도만은 가져올세 금닭만은 보지마소.

라고 귀띔하며 어찌어찌하라고 일러주고는 훌 사라지고 마는것이였습니다.

서국에 다달은 둘째왕자는 여우의 귀띔대로 궁성을 찾아갔습니다. 때는 바로 한낮이라 여우의 꾀로 성문지기 파수병들이 조는 틈을 타서 궁성안으

로 들어갔습니다. 한곳에 가니 화려한 궁궐이 나타났는데 눈부시게 환한 서광이 문밖으로 쏟아지는 밝은 황실이 눈에 띄였습니다. 그집안에는 과연 금닭이 있고 옥쟁반우에 천도복숭아 세알이 놓여있었습니다. 둘째왕자는 얼른 천도복숭아 세알을 집어가지고 나왔습니다. 그런데 금닭앞을 지날 때 눈부신 금닭이 어찌나 아름다운지 여우의 귀띔을 까맣게 잊어버리고 곁눈질해보았습니다. 그러자 금닭이 ≪꼬끼오!≫하고 높은 소리를 지르는바람에 둘째왕자는 깜짝 놀랐습니다. 그 소리에 놀라 깬 궁성안에서는 금닭이 울었으니 나라에 무슨 변고가 생겼다고들 고아대며 물밀듯 숱한 군사들이 쓸어나오는 통에 그만 둘째왕자는 붙잡히고 말았습니다.

둘째왕자를 붙잡은 서국의 신하들은 나라의 보배를 훔치러 온 도적이니 당장 국법에 좇아 목을 따야 한다고 국왕에게 상소했습니다. 곰곰이 생각하던 국왕은 이 도적이 물샐틈없는 궁성안으로 뛰여드는것을 보니 그 재간이 비범할터인즉 내가 잃은 천리마를 되찾아오게 하되 만일 찾아오면 사형을 면제하는 외에 천도와 금닭을 주기로하고 그렇지 못하면 키를 낮추게 함이 경들의 생각엔 어떤가 하고 하였습니다.

신하들은 모두 이구동성으로 참 좋은 묘안이라고들 극구 찬성하면서 둘째왕자더러 남국에 가서 천리마를 찾아올것을 명령하였지요. 이 명령을 거역한다면 당장 목이 떨어질것이고 목이 떨어지고보면 부왕의 엄명을 리행 못하게 되는지라 둘째왕자는 결심을 내리고 남국을 향해 떠나가게 되었습니다.

가는 도중에 왕자는 뜻밖에 또 여우를 만났습니다. 여우가 질책하여 하는 말이

왕자님! 왕자님! 남국가는 왕자님!
어인일로 왕자님은 마다는일 하셨나요
이번만은 내당부를 명심하여 잊지마소
남국나라 궁성안에 천리마가 있사온데
천리마는 가져오나 안장만은 두고오소.

라고 하면서 어디로 어떻게 가서 어떻게 하라는것을 자세히 일러주고는 또 훌 사라지고말았습니다.

산넘고 물건너 남국땅에 다달은 둘째왕자는 궁성안에 살짝 들어가 서광이 쏟아져나오는 한 마구간앞에 갔습니다. 안을 들여다보니 금빛 천리마가 서 있는데 말갈기며 꼬리에서 무지개같은 금빛채운이 눈을 들부셨습니다. 사뿐 뛰여들어가서 말고삐를 풀어쥐고 막 돌아서 나오려는데 말이 투레질하면서 뒤발로 땅바닥을 두어번 허비더니만 머리를 쳐들고 요란하게 호용하는것이였습니다. 둘째왕자는 여우의 말을 깜박 잊고 말안장을 말등에서 내리우지 않았던것입니다. 천리마가 요란하게 호용하는통에 낮잠자던 궁성안은 홀딱 뒤집힐듯이 사람들이 일떠나서 소동을 쳤습니다. 그바람에 둘째왕자는 천리마를 몰고 빼소니칠 겨를도 없이 옴짝달싹 못하고 잡히였습니다.

이 나라에서도 임금의 보배를 훔치려던 도적이라하여 국법에 좇아 죽여야 한다는 공론이 자자했는데 국왕은 신하들에게

≪이 도적이 물샐틈없는 이 궁성안으로 들어온것을 보아 그 재간이 비범할터인즉 그한테 내딸 공주를 북국에 가서 찾아오게 하되 찾아오면 살리고 그렇지 못하면 키를 낮춰 없애치우라!≫

고 하였습니다.

신하들은 모두가 그것이 과연 좋은 묘안이라고 이구동성으로 찬성하면서 둘째왕자를 북국으로 보내는것이였습니다.

왕자는 여우가 귀띔해주던대로 리행못한 잘못을 뉘우치면서 또 북국으로 향해 걸어갔습니다. 도중에서 그는 또 여우를 만났습니다. 여우는 왕자를 보고

왕자님! 왕자님! 북국가는 왕자님!
어찌하여 귀띔한일 그리명심 못하나요
이번만은 잊지말고 명심하여 행합소서
북국나라 궁실안에 남국공주 계시온데
그 공주를 데려오되 새초롱은 두고오소.

라고 귀띔하면서 이번까지 일을 그르치면 더는 딴 방도가 없으니 부디 명심하라고 재삼 당부하고는 또 가뭇없이 사라지고말았습니다.

둘째왕자가 아흔아홉산을 넘고 아흔아홉강을 건너 멀고먼 북국땅에 이르니 멀리 커다란 바위산이 가리운 그 너머로 궁성이 바라보였습니다.

왕자는 여우가 시키는대로 파수병이 조는 틈을 타서 궁성안으로 감쪽같이 들어갔습니다. 그가 공주의 후원별당으로 찾아가보니 꽃으로 단장한 부벽사창의 수정같은 방안에서 꽃같이 아름답고 달같이 환한 공주가 눈물을 흘리면서 새초롱속의 앵무새와 애타는 사정을 이야기하고있는것이였습니다.

왕자는 정원의 나무밑에 숨어서 나직한 목소리로

남국나라 공주시여 울지말고 내말듣소.
공주님을 구하고저 불원천리 내왔으니
지체말고 빈몸으로 나를따라 나옵소서.

라고 속삭였습니다.

공주가 가만히 내다보니 청수한 귀동자가 자기보고 하는 말인데 두손가락을 입에 대고 눈짓손짓하는품이 말 말고 가만히 나오라는 뜻인것 같았습니다. 공주는 반가운김에 새초롱을 벗겨들고 막 뛰여나왔습니다.

왕자는 새초롱을 두고 나오라고 일러주고싶었으나 이 바쁜 시각에 이말저말 할 새가 없어서 두말없이 공주를 이끌고 막 나서려는 참인데 초롱속의 앵무새가 무엇에나 찔린듯이 비명을 지르는것이였습니다. 이 소리에 놀라 깨여난 시녀들이 발을 구르며 아우성을 치는통에 모여온 사람들한테 또 잡히우고말았습니다.

둘째왕자는 이 나라 국법에 걸린 도적의 몸이 되어 사형장에 나서게 되었지요. 그런데 이 북국 나라의 국왕도 또 한가지 큰 걱정거리가 있어서 근심해오던터이라 신하들을 불러놓고

≪이 범인이 우리 궁성으로 뛰여든 솜씨를 보아 비범한 재간이 있은즉 우리 궁성앞을 막아선 저 앞산을 옮겨 앞을 확 티워 해 짧은 겨울날을 더

길어지게 한다면 오죽 좋겠는고? 그런즉 그가 산을 옮긴다면 살려주는 동시에 남국의 공주도 돌려주고 그렇지 못하면 키를 낮추어 없애치우도록 함이 경들의 생각엔 어떠한고?≫

라고 하였습니다.

신하들도 이것이 오랜 숙망이였던지라 모두들 한입처럼 찬성하여 태자에게 명령하였었지요.

둘째왕자는 명령대로 하는수밖에 없었습니다. 이로부터 태산같은 시름으로 침식까지 잊고 속태우던 왕자는 그제야 정말 여우가 귀띔하던대로 하지 못한 자기의 잘못을 깊이 뉘우치게 되었던것입니다. 그러나 뉘우침은 컸으되 이미 쏟아놓은 물이나 다름없는 형편이라 더는 딴 방도가 없었습니다.

기한은 이미 이틀이나 지났습니다. 사흘째되던 날 왕자는 바람을 쏘이러 정원으로 나왔다가 숲속에서 뛰여나온 여우를 만났습니다. 여우를 만난 왕자는 여우의 귀띔을 명심못한 자기 잘못을 뉘우치면서 한탄하였습니다.

이때 여우는 웃음지어

왕자님! 왕자님! 인제옳게 뉘우쳤소
뉘우침이 크고보면 시름길도 열리는법
오늘밤에 저산옮겨 태자공을 세울테니
일후에는 이런일이 다시없게 명심하소.

라고 하면서 더 귀띔해주기를 남국에 가서는 어찌어찌하며 서국에 가서는 어찌어찌하라고 자상하게 말해주고나더니 또 가뭇없이 사라지고마는것이였습니다.

이튿날아침 눈뜨자 얼른 창문 열고 앞산을 내다보았더니 과연 탐탐하게 앞을 막아섰던 그 앞산이 감쪽같이 없어지고 환하여졌는지라 만백성들이 너무도 신기하고 오랜 숙망이 이루어진 기쁨으로 물끓듯 들끓고있었던것입니다.

이때 임금을 앞세우고 이 나라 신하들이 줄지어 쓸어와서 왕자의 위력앞에 머리숙여 치하와 감탄들을 하고나서 이어 국연을 베풀어 왕자를 환영하였습니다. 그리고 약속한 그대로 남국의 공주를 도로 내주면서 떠나는 그들을 몇십리밖까지 환송해주었습니다.

산넘고 물건너 다시 남국에 이르니 이 나라에서는 공주를 구한 사람이 온다는 소식을 듣고 임금과 신하를 비롯한 만백성들이 마중나와서 공주를 맞아들이고 약속한 그대로 금안장 메운 천리마를 도로 내주었습니다. 그리고 공주가 왕자를 마음에 들어하니 그도 함께 보내기로 하였습니다.

둘째왕자는 포효하는 천리마우에 높이 올라앉아서 임금과 신하들에게 하직인사를 한 다음 공주를 말우에 올려앉히고 채찍을 가하며 삽시에 서국에 다달았습니다. 둘째왕자는 임금에게 천리마를 내여주고 천도복숭아와 금닭을 받아안고 공주와 함께 먼길을 떠났습니다. 그리고 왕자는 올때 들렸던 농민의 토막집에서 하루밤을 묵으면서 도박빚으로 루각집에서 종살이하고 있는 맏왕자의 빚을 갚아주고 그와 함께 부왕이 계신 궁성을 향해 걸음을 재우쳤습니다.

얼마를 오노라니 난데없이 여우가 또 나타나서 둘째왕자에게

왕자님! 왕자님! 복누리실 왕자님!
왕자님을 하직하러 마감길을 왔나이다.

라고 하면서 자기의 신상에 대해서 말하기를 자기는 옥황상제의 셋째왕자였으나 부왕한테 지은 죄로 미움받는 여우로 되었는데 인간세상에서 선덕을 쌓아 속죄승천하기로 되었으므로 왕자의 일도 돕게 되였다는것입니다. 그리고 이젠 백사람을 적선하고 속죄승천하게 되어 고별의 인사하러 왔다는것입니다. 여우의 말에 둘째왕자가 백배 사례하는데 여우가 자기 뒤통수를 탁 치며

≪아뿔사, 깜박 잊을번했군! 내가 보물을 줄테니 누구에게도 알리지 말고 명심하게.≫

라고 하면서 은바늘 하나를 옷섶에 꽂아주고 가장 위험한 고비에서 이

보물을 써야 하는데 한번밖에 못쓴다고 알려주면서 여차여차하라고 하였습니다. 이때 풍악소리가 울리더니 여우는 채운이 서린 하늘로 솟아올라가고 말았습니다.

일행은 걷고 걸어서 동국 궁성이 바라보이는 큰 강가에 이르게 되었습니다. 강가 바위굽에는 큰 소용돌이가 있었는데 맏왕자는 그 소용돌이를 바라보면 쉬여가자고 했습니다. 그래서 그들은 이곳에 머물러 쉬게 되었는데 둘째왕자는 남국의 공주와 같이 강역에서 이야기하면서 아름다운 풍경을 바라보고있었습니다. 바로 이때였습니다. 맏왕자는 둘째왕자를 물속에 콱 떠밀어 넣었습니다. 둘째왕자는 세찬 물살에 휘감겨 기진맥진하여 어쩔수 없게 되었습니다. 이 위급한 고비에 둘째왕자는 여우가 주던 은바늘을 뽑아 입으로 훅 불었습니다. 그러자 푸른 날개가 펼쳐지면서 둘째왕자를 싸고 하늘공중 날았습니다.

맏왕자는 금수탉과 천도복숭아를 안고는 머리를 풀고 대성통곡하는 공주를 데리고 부왕이 고대하고 있는 궁성으로 돌아왔습니다. 부왕은 맏왕자가 국보를 찾아오니 극구 치하하고는 둘째왕자를 못봤는가고 물었습니다. 그러니 맏왕자 하는 말이 둘째왕자는 부왕의 엄명을 어기고 북국으로 도망가고 자기는 천신만고를 겪으며 국보를 찾아왔으며 오는 도중에 호랑이에게 물려가는 규수를 구했는데 이제 정신차리면 정신없는 말을 할테니 조용한 별장에 눕혀놓고 안정시키는것이 좋겠다고 여쭈었습니다.

바로 이때였습니다. 하늘에서 청천벽력같은 호령소리가 들려왔습니다.

≪모두들 하느님의 말을 듣거라! 거기 맏왕자가 있느냐? 네 하느님앞에서 거짓말을 하다니 웬 말이냐? 내 당장 네놈에게 천벌을 내릴지라, 그래 사실대로 말 못하겠느냐?≫

맏왕자는 얼굴이 흙빛이 되어 사시나무떨듯하며 죽어가는 소리로 자초지종을 이야기하였습니다. 맏왕자가 둘째왕자를 물속에 처넣은 말을 할 때였습니다. 맑은 하늘이 갑자기 흐려지면서 하늘이 두쪽으로 갈라지는듯 요란한 벽력소리가 울리더니만 맏왕자는 벼락을 맞아 죽고말았습니다.

그러자 둘째왕자가 나타나서 대성통곡하는 공주를 부축하여 부왕한테 절을 시키고 맏왕자가 앗아갔던 금수탉과 천도복숭아 세알을 부왕한테 올렸습니다. 부왕은 기뻐하며 고개를 끄덕였습니다.

그후 둘째왕자는 왕위를 이어받아 공주를 왕후로 삼고 이웃나라와는 화목을 도모하고 백성들에게는 선치선덕을 베풀었다 합니다.

사냥군과 까치

옛날 어느 한곳에 활을 잘 쏘기로 날아예는 새도 영낙없이 눈을 맞혀 떨군다 하는 이름난 사냥군이 있었답니다.

하루는 사냥하러 갔다가 돌아오는 길이였습니다. 강언덕 오솔길을 걸어오는데 갑자기 자지러지게 울어대는 까치의 울음소리가 들려왔습니다. 발걸음을 멈춘 사냥군은 이 소리나는쪽을 자세히 살펴보니 강역에 서있는 높은 나무우에서 까치 두 마리가 깍깍거리며 무엇인가 막 쪼아대고 있는것이였습니다.

손채양으로 저녁해빛을 가리면서 자세히 바라보니 보기도 끔찍한 큰 구렝이 한 마리가 까치둥지의 새끼를 잡아먹으려고 독을 들이며 나무우로 올라가는것이였습니다.

≪하, 그런 까닭이였군! 미물인 저 짐승들도 제 새끼를 구하려고 저렇게 아우성치는게로구나!≫

이런 생각이 피뜩 떠오른 사냥군은

≪괘씸한 구렝이같으니라구!≫

하고 혼자 뇌까리면서 재빠른 솜씨로 전통에서 화살 한 대를 뽑아내여 활시위에다 메워들자 활등이 둥근달형이 되도록 힘을 주어 당기였다가 내쏘았습니다. 화살은 하늘을 째는듯한 쌩하는 소리와 함께 날아가더니 면바로 구렝이의 대갈통에가 꽂히였습니다. 구렝이는 화살과 함께 흘러가는 강물에 철썩 떨어지더니 사품치는 물살에 휩싸여 들어가고말았습니다.

그제야 요란하던 까치들의 울음소리는 잠잠해졌습니다. 그러자 사냥군은 시름놓인 마음으로 활을 되 어깨에 걸치고 집을 향해 걸음을 재우쳤습니다.

그는 걸으면서도 줄곧 생각하였습니다. 이두 어시까치가 비록 철없는 짐승이긴 하지만 그처럼 흉악한 구렝이와 죽기내기로 맞서 싸울수 있게 된 그 힘은 다름아닌 제 새끼에 대한 지극한 사랑이라는것을 새삼스럽게 느끼게 되었더랍니다.

구렝이를 쏘아죽인 이런 일이 있은 몇해후였다고 합니다. 사냥군네 집에는 뜻밖에도 불행히 닥쳐들었습니다.

그날 사냥군네 집에서는 민물고기를 사다가 생선국을 끓였는데 생선의 중간토막을 뜬 국사발은 사냥군의 밥상에 놓였고 생선대가리는 아들의 국사발에 담겨져있었습니다.

사냥군의 아들은 어느때나 물고기를 먹을 때면 이리뒤적저리뒤적 수저로 뒤적이면서 뼈들의 생긴 모양을 깐깐히 캐여보고나서야 먹군 하였답니다. 이날에도 아버지가 상을 물릴 때까지 그냥 고기대가리를 뒤적이고있던 아들이 갑자기

≪아버지! 물고기대가리에 활촉이 있어요!≫

라고 웨쳤습니다.

고기대가리에 활촉이 있다는 아들의 웨침에 아버지는 신기한 생각이 들어 아들의 저가락끝에서 그 활촉을 받아들고 등불아래에 가서 이모저모 자세히 살펴보았습니다.

≪웬! 참 신기한 일도 있지! 어떻게 되어 생각지도 않은 물고기대가리에 내 활촉이 꽂혔을가?≫라고 중얼거리면서 곰곰이 생각하고 생각한 끝에야 ≪오, 그렇지!≫하고 몇해전에 있은 일을 아슴푸레히 생각하게 되었습니다. 그러고보니 이 활촉은 다름아닌 까치둥지로 올라가던 그 구렝이의 대가리에 박혔던 자기의 활촉이 분명하였습니다.

≪그런즉 내가 방금 먹은것은 생선국이 아니라 물고기로 환생한 구렝이국이였군! 이미 다 먹은 내야 할수 없지만 아무도 그 국에다 술도 대지 말아야 하오!≫라고 집안식구들한테 타이르던 사냥군은 불시에 구역질이 나서 밖으로 뛰여나가더니 토하기 시작하였습니다. 열물이 나올 때까지 토하고 토했으나 구역질은 좀체 멎지 않아 장밤을 계속 토하고 토했습니다.

이런 일로 하여 드러눕게 된 사냥군의 온몸은 차츰 부어오르기 시작하였습니다. 의사를 불러다 보이니 구렝이의 독이 이미 온몸에 다 퍼졌다는것이였습니다. 부은 몸은 물이 차서 숨을 쉬기조차 어려울지경이라 날이 갈수록 병자의 고통은 더 심해만 가는데 좋다하는 약은 다 써봤지만 모두 헛일이였습니다. 백약을 쓰노라니 모셔온 의사인들 그 얼마이랴만 의사마다 하는 말이 더는 희망이 없다면서 도리질하는 형편이다보니 병은 때가 지나 오늘래일을 다투게 되는 위험한 고비에 이르렀답니다.

그런데 세상에는 참 묘한 일도 있었더랍니다.

이 집 식구들은 이제 더는 환자에 대한 그 어떤 희망도 요행도 바랄수 없게 된 딱한 처지였습니다. 미리 상수감까지 다 마련해놓고 다만 운명하는 시간을 기다리던 그 어느날의 일이였다고합니다. 환자가 누워있는 사랑채 문밖에 갑자기 무리까치들이 울어대는 요란한 소리가 들려왔습니다.

예로부터 아침에 울면 그날 기쁜 일이 있다고 하지 않습니까? 그런데 이런 딱한 환자가 있는 이 집 처지에서는 오히려 불길한 징조라고만 생각되여 마치나 까마귀를 쫓기라도 하듯이 ≪후여! 후여!≫하고 까치를 쫓았습니다. 그러나 까치들은 달아나기는커녕 되려 사랑채의 문어귀에 더 몰려들어 그냥 울어대는것이였답니다.

환자는 괴로운 가운데도 무슨 생각이 들었던지 맥없는 팔을 쳐들어 제지하며 겨우 말했습니다.

≪저, 저, 철없는 짐승일지라도 아마 까닭이 있어서 저럴것이니 쫓지 말고 창문을 열어놓소!≫

이리하여 곁에 앉아있던 사람들도 환자의 소원이라고 생각하면서 쌍미다지창문을 활짝 열어놓았습니다. 문밖에서 울어대던 까치들은 무리지어 일시에 날개를 퍼덕이면서 환자한테로 쓸어들더니 저저마다 그 부리로 환자의 퉁퉁 부어난 온몸을 어데라없이 쪼아대기 시작하였습니다.

이 뜻밖의 봉변에 깜짝 놀란 방안의 사람들은 환자를 념려하여 까치무리를 몰아내려고 하는데 참 이상도 하지요. 환자는 되려 아파하기는커녕 쪼아놓은 자리마다 툭툭 터지며 독물이 흘러나와 씨원하다고 하는것이였습니다.

까맣게 모여든 까치들이 저마다가 그 부리로 쪼아대니 환자의 일신은 그만 상처투성이로 되었고 상처에서 흘러내리는 독물에 요자리는 질펀하게 되었습니다. 그렇지만 환자는 고통이 덜리는지 신음소리도 없어지고 차츰 온몸의 부은 기운도 내리기 시작하는것이였습니다. 그러자 정신도 차츰 맑아지고 눈정기도 돌기 시작하였습니다.

얼마동안이나 쪼았던지 까치들은 기진맥진하여 하나하나 문밖으로 비칠거리며 나가더니만 독물을 토하면서 쓰러지기 시작하던것이 나중에는 온 마당에 다 쓰러지고말았습니다. 이 무리까치들은 환자의 독물에 중독되여 다 죽고만것입니다.

환자 한사람은 죽음의 고비에서 이렇게 살아나게 되었으나 그 많은 무리까치들은 한 환자를 구하기 이해 이처럼 죽고말았습니다.

까치들의 구원을 받아 구사일생으로 소생하게 된 사냥군은 새끼까치를 위하는 어시까치의 지극한 사랑에 대해 다시금 생각하게 되었더랍니다.

그것은 화살에 맞아죽은 구렝이는 그처럼 원쑤를 갚기 위해 죽은 다음에도 물고기로 다시 환생하여서까지 자기를 해치려고 하였지만 그와는 반대로 어시까치의 사랑은 제 새끼를 죽음의 위험에서 구해준 사냥군의 은혜를 갚기 위해 하나의 생명도 아닌 무리까치의 목숨을 다 바쳐가면서까지 그 은혜에 보답할수 있는 큰힘으로 되였다는것을 다시금 느끼게 된 그것입니다.

병을 털고 일어난 사냥군은

≪참, 저 까치들이야말로 철없는 짐승이기는하지만 사람에 못지 않은 령물이로다!≫

하고 감탄하면서 죽은 까치들을 한데 모아 매장해준 다음 전통에서 화살 한 대를 뽑아내여 까치의 무덤앞에 꽂아놓고 어시까치 사랑을 후손들에게까지 두고두고 이야기하여왔다 합니다.

말하는 남생이

옛날 어느 한곳에 마음씨 착하고 일손이 부지런한 한 로총각이 늙은 량친을 모시고 살아갔답니다. 때는 바로 단풍잎이 온 산을 곱게 물들인 가을이였습니다. 어느날 로총각은 지게를 지고 산에 가 나무를 하다가 개암나무숲에서 차돌같이 여문 개암들이 흩어져있는것을 보고 한알두알 줏기 시작했지요. 워낙 부모한테 효성이 지극한 로총각인지라 한알 주어 베적삼호주머니에 넣으면서 ≪이것은 아버님께 드리고≫또 한알 주어넣으면서 ≪이것은 어머님께 드리고≫라고 하였는데 웬 영문인지 메아리쳐오는 소리처럼 ≪이것은 아버님께 드리고≫ ≪이것은 어머님께 드리고≫라는 쩡쩡한 목소리가 개암나무숲속에서 들려오는것이였습니다. 로총각은 누가 이런 곳에 숨어 남의 말흉내를 내는가고 사방을 휘둘러보았지만 아무도 보이지 않았습니다. 그는 또 개암을 주어넣으면서 ≪이것은 아버님께 드리고≫ ≪이것은 어머님께 드리고≫라고 다시 외워보면서 사방을 두루 살펴보았습니다. 그랬더니 또 개암나무숲속에서 아까와 똑같은 말소리가 들려왔습니다. 그래서 그 소리나는 개암나무숲속을 헤치며 자세히 여겨볼라니 난데없는 남생이 한 마리가 앙기작앙기작 걸어나오는것이였습니다. 로총각은 남생이야 어찌 말하랴고 심드렁하게 생각하면서 말한 사람이 어디 보이나 하고 두리번두리번 살펴보았습니다. 아무리 살펴봐야 사람그림자도 보이지 않았습니다. 로총각은 생각을 바꾸어 개암은 줏지 않고 선자리에서 잘 살피면서 아까 그 말을 되풀이해봤습니다. 그런데 별일도 다 있지요. 다름아닌 그 남생이가 몽톡한 입을 짝짝 벌리며 말하는것이아니겠나요.

로총각이 말하는 남생이가 너무도 기특해서 점심밥 몇숟가락을 갈라내여 남생이의 주둥이앞에 가져갔더니 고놈은 고맙다고 고개를 까땍까땍하며 야물야물 먹기 시작했습니다.

나무 한지게를 푸짐히 해지고 나무짐우에다 남생이를 얹어가지고 돌아온 로총각은 이날부터 한집식구처럼 남생이와 살면서 밤이면 같이 말하며 재미나게 지냈습니다. 늙으신 아버지와 어머니께서도 말하는 신기한 남생이라고 앞에다 놓고 말을 시켜가면서 즐거운 나날을 보냈습니다.

날이 갈수록 남생이와 친해진 로총각은 장터로 나무팔러 갈 때도 동무삼아 남생이를 가지고 가서는 홍정꾼이 없는 때면 남생이를 앞에 놓고 말을 시키면서 놀았지요. 이것을 본 장군들은 신기한 남생이라고 한사람두사람 모여들다나니 담장처럼 남생이를 삥 둘러쌌습니다.

장군들은 로총각의 말을 받아 ≪이것은 아버님께 드리고≫ ≪이것은 어머님께 드리고≫라고 따라외우는 남생이를 보고는

≪허, 정말 말하는구나!≫

≪원, 남생이가 말하다니!≫

≪허허, 거참 묘한 남생이도 보는군!≫

하면서 앙기작앙기작 걸어다니는 남생이를 둘러싸고 손벽을 쳐가며 웃었습니다.

그러다가 한 장군이 자기도 말을 시키고싶어 돈 한잎을 남생이곁에 뿌리며 말을 시켰는데 남생이가 번번이 따라외우게 되니 그 재미에 모두들 이사람 한푼 저 사람 한푼 저마다가 엽전을 뿌리면서 말을 시켰습니다. 그러다보니 어느새 남생이의 두리에는 돈이 수북이 쌓였습니다.

해가 나불나불 질 무렵에야 나무를 팔고난 로총각은 장군들이 던져준 돈으로 쌀과 간 맞춘 눈치고기 몇두름을 사가지고 돌아오는길에 병환에 시달리고있는 외톨이령감 집에 절반 갈라주고 집으로 돌아왔습니다.

로총각은 그후 장에 갈 때마다 말하는 남생이를 가지고 다녔는데 그때마다 장군들이 모여들어 돈잎을 뿌리며 말을 시켰고 또 그때마다 남의 사정 잘 알아주는 로총각은 살림이 구차한 이웃들을 돌보아 의례 쌀되나 간 맞춘 고기를 사다주었는데 동네방네에서 로총각을 칭찬하지 않는 사람이 없었습

니다.

세상소문이란 이 입에서 저 입으로 떠돌기 마련이라 로총각이 말하는 남생이를 장에 가지고 갔다올 때마다 돈을 끌어온다는 소문은 욕심통 박첨지의 귀에도 들어갔지요. 박첨지는 워낙 잰내비상판인데다 그 마음씨 고약하고 심술이 많고 탐욕이 많아 공것이라면 양재물이라도 먹으려드는 위인인지라 누구나 권세있는 그의 앞에서는 마지못해 인사를 해도 돌아만 서면 침을 뱉었습니다.

어느날 남생이 소문을 들은 박첨지는 로총각의 집으로 어슬렁어슬렁 찾아왔습니다. 여태 남을 업신여기며 인사도 방정히 받지 않던 박첨지가 이처럼 루추한 집으로 찾아오니 로총각은 무엇인가 짚이는데가 있었습니다.

아니나 다를가 박첨지는 수수대마디에 기름칠하듯 로총각을 슬슬 구슬리며 수작을 붙였습니다.

≪참 들을라니 자네한테 묘한 남생이 한 마리가 있다면서? 내 자네한테 세상에 나서 처음이자 마지막 청을 드는건데…. 거, 남생이를 나한테 래일 하루만 빌려줄수 없겠나?≫

로총각은 그 집 빚을 지고 그 집 밭을 부치는 신세라 감히 막을수 없어 대답은 했으나 심보 고약한 두상의 수작이 걱정되여 마음을 놓을수 없었습니다.

장밤 자지 않고 숱한 닭알가리를 쌓은 박첨지는 이튿날 꼭두새벽에 깨자바람으로 서둘러 장보러 갈 차비를 하였지요. 오늘은 아침 일찍부터 해질녘까지 돈이 모아질 판이라 돈넣을 자루도 작아서는 안되겠으니 큼직한 것으로 마련해가지고 박첨지는 옷자락에 바람을 일구며 장으로 갔습니다.

너무도 일찍 간탓으로 장마당에는 장군 하나 보이지 않았지만 박첨지는 서둘러 널직한 자리를 잡고 남생이를 내려놓은 다음 장군들이 모여오기를 애타게 기다렸습니다. 한참후에 하나둘 장군들이 모여들기 시작하자 박첨지는 목주래가 빠지게 소리쳤습니다.

≪자, 세상에 처음 보는 말하는 남생이요. 한번 듣는데 두푼이요. 단 두푼!≫

장군들은 그러찮아도 먼 촌에서 말하는 남생이소문을 듣고 겸사겸사 온 사람이 적지 않은지라 어느새 몇겹이 되도록 박첨지를 뺑 둘러쌌습니다. 박첨지는 구경군이 많이 모이자 제김에 성수나서

≪자, 한번 듣는데 엽전 단 두푼, 두푼이요. 세상에 말하는 앵무새는 있지만 말하는 남생이란 이게 처음이지요, 자! 자!≫

하며 소리질렀습니다. 그러니 구경군들가운데서 어떤 사람은 ≪전일 남생이 구경은 돈내란 소리 없더니만 이 령감은 돈부터 내라는걸 보니 장사군이로군!≫하며 중얼거리고 어떤 사람은 ≪허, 이 령감은 한푼도 아니고 두푼을 내라네!≫라고 아니꼽게 말했습니다. 그러나 멀리에서 우정 구경온 장군들이 남생이의 말이나 얼른 들어보고 제 볼일이나 봐야겠다는 급급한 생각에 ≪자, 두푼!≫하며 엽전을 던져주기 시작하니 갑갑해난 다른 사람들도 더 참지 못해 련속 엽전을 던지게 되었습니다. 이렇게 저저마다 던져주다보니 잠간사이에 엽전이 수두룩이 쌓였습니다. 돈을 던져준 사람들이 이젠 어서 말을 시키라고 고아댔지만 욕심많은 박첨지는 다문 몇잎이라도 더 얻자고 그냥 고래고래 소리만 질렀습니다. 그러다가 장군들이 성이 나서 우아 떠들고 일어나서야 할수없이 남생이를 자기앞에 끌어다놓으며 말을 뗐지요.

≪이 개암은 부친한테 드리고, 이 개암은 모친께 드리고...≫

그러나 남생이는 들었는지 말았는지 아무 소리없었지요. 두 번 세 번 외워도 남생이는 그대로 잠잠했습니다. 네 번 다섯 번 외워도 남생이는 목을 쑥 움츠린채 아무 소리 없었습니다. 속이 막 답답해난 박첨지는 점점 목청을 돋우면서 외우고외웠지만 그래도 남생이는 그냥 잠자코있었습니다. 안달이 난 박첨지의 목소리는 이젠 울음섞인 소리로 변했습니다. 이렇게 되자 장군들속에는 어처구니없어 ≪허허!≫ ≪흐흐!≫웃어대는 사람들이 있는가 하면 어떤 사람은 ≪아니, 남생이가 말한다고 잔뜩 나발을 불어놓고 이럴참이우?≫라고 툭 쏘아붙이는 사람도 있고 ≪이 두상, 맑은 대낮에 사람을 속일테냐?≫고 반말로 욕하는 사람도 있었습니다. 한 억대우같은 젊은이가 참다못해 팔을 내저어 상앗대질하면서 ≪사람을 속이여 돈벌이하자는 저 두상을 혼내주어야지!≫라고 하자 ≪아니, 먼저 제 돈부터 찾아놓고 보세!≫하는 소

리와 함께 토담같이 둘러섰던 장군들이 허물어지듯 덮쳐들어 어느새 땅바닥의 돈을 빤빤히 되찾았습니다. 이때 그 억대우같은 사람이 사람들을 헤치고 들어오면서 낯색이 까맣게 질린 박첨지의 멱살을 틀어쥐고 흔들다가 콱 떠밀치니 박첨지는 뒤로 벌렁 나자빠졌습니다. 그러자 숱한 발길이 이리 차고 저리 차는바람에 박첨지는 그만 반죽음이 되어 늘어졌습니다.

박첨지가 정신을 차리고 일어났을 때는 돈도 장군도 하나 없고 빈 자루와 남생이만 그냥 남아있었습니다. 남생이를 보는 박첨지는 속에서 홍두깨같은 밸이 와락 치밀어 남생이를 곁에 있는 큰 돌에다 힘껏 동댕이쳤습니다. 그래도 부아가 삭지 않은 박첨지는 이발을 빠드득빠드득 갈면서 두세번이나 돌우에다 연송 동댕이쳤습니다. 이리하여 말하는 남생이는 그만 잔등이 터져 죽고말았습니다.

박첨지한테서 죽은 남생이를 받은 로총각은 죽은 남생이가 불쌍하여 비오듯 눈물을 쏟았습니다. 그리고 깊은 정을 못 잊어 말하는 남생이를 앞뜨락 양지바른 자리에다 고이 파묻어주었습니다.

그 이듬해 봄이였습니다. 남생이를 파묻은 자리에는 신기한 나무 한 대가 자라났습니다. 하루가고 이틀이 되니 이 나무는 큰 나무로 자랐습니다. 무성한 가지마다 송이송이 꽃이 피고 꽃이 지자마자 주렁주렁 가지 휘게 달린 열매는 샛노란 금빛으로 눈부시게 반짝이였습니다.

로총각은 이 나무가 남생이의 무덤에서 났으니 죽은 남생이가 되살아나기나 한것처럼 기뻐하며 매일 아침 나무밑에 가서 자기 키보다도 곱절이나 자란 나무를 쳐다보며 속삭이였습니다.

남생이야 남생이야
잊지못할 남생이야
몹쓸놈의 박첨지가
네목숨을 해쳤구나.
나무야! 나무야!
남생이는 어디갔나?

내마음을 네알거든
대답이나 하여다고.

그런데 하루아침에는 참 이상하게도 이 나무는 로총각의 말에 대답이나 하듯 몸을 와스스 떨었습니다. 그러더니 절렁절렁 그 열매를 땅바닥에 떨구는데 그것은 온통 금빛 반짝이는 돈열매였습니다. 로총각은 남생이가 죽은 후에도 자기를 돕는다고 생각하니 기쁜 눈물이 마구 쏟아지는것이였습니다.

이 돈열매는 매일 떨어질만큼 떨어지고는 더 떨어지지 않는데 나뭇가지에 주렁진 열매는 조금도 축나지 않고 그냥 그대로였습니다. 마음씨 착한 로총각은 이 많은 돈열매를 어찌 혼자 가지랴는 생각에 줏는족족 동네에서도 가난한 집들부터 찾아돌면서 나누어주군 하였습니다. 순박한 마을사람들은 로총각의 마음씨가 하도 착하기에 남생이는 죽어서도 총각을 돕는다고 하면서 로총각자랑을 무던히 하였습니다.

입에서 입으로 번져가며 퍼져간 이 소문이 또 박첨지의 귀에까지 들어갔습니다. 탐욕이 그지없는 박첨지는 배통이 쑤셔나서 또 로총각을 찾아갔지요. 박첨지는

≪지나간 일은 다 내 잘못이니 용서하게나. 듣자니 자네 집 그 신기한 나무열매는 동네사람들한테도 모두 나눠주었다더군! 그래 한몫 끼울수는 없나?≫

고 하면서 그 나무에서 한번 떨어진 열매를 자기한테 선심쓰라고 통사정을 하였습니다.

로총각은 그 사랑스러운 남생이를 죽여버린 일을 생각하니 괘씸해서 당장이라도 박첨지의 벗어진 대갈통을 까놓고싶었지만 늙으신 부모의 뒷일이 념려되여 마지못해 대답하였습니다.

박첨지는 하도 기뻐 춤추듯 돌아가더니 이튿날 아침 날이 푸름하자 큼직한 자루를 들고 나무밑에 와 오래동안 서서 열매 떨어지기만 목이 빠지도록 고대하였습니다. 때가 되니 아니나다를가 바람 한점 없는데 나뭇가지들이 와스스 흔들리더니 뚜덕뚜덕하는 소리와 함께 누런 열매가 박첨지의 골통과

어깨에 떨어졌다가 땅바닥에 가득 널렸습니다.

그런데 웬걸, 박첨지가 좋아라고 그 열매를 주어 자루에 넣으려고 하니 그것은 돈열매가 아니라 구린내나는 똥덩이였습니다. 혹시 잘못 쥐지나 않았나 해서 딴것들을 주어봤지만 모두 똥덩이가 틀림없었습니다.

일확천금을 꿈꾸다가 똥벼락을 맞은 박첨지는 성이 상투밑까지 올라 분김에 도끼를 들고 와서 이 나무를 찍어버리고 집으로 가버렸습니다.

밭에서 일하고 돌아온 로총각은 애지중지 키워오던 남생이나무가 도끼에 찍혀 넘어진것을 보고는 너무도 기가 막혀 한참동안 아무 말도 못하다가 넘어진 나무를 그러안고 엉엉 울었습니다.

한참 울고나서야 속이 좀 풀린 로총각은 남생이나무가 하도 아까와 그 나무밑둥을 잘라 절구를 만들어 죽은 남생이를 두고두고 생각하자고 마음먹었습니다. 이리하여 로총각은 아담진 절구하나를 만들었습니다.

그런데 신기한 일이 또 생겼습니다. 로총각이 절구에다 보리나 조를 넣고 찧으면 찧어져 나오는것은 모두가 백옥같은 흰쌀이였습니다. 한전만 부치는 이 마을 사람들은 이 절구를 돌려가며 빌어쓰다나니 어느 집이나 쌀밥 먹지 않는 집이 없게 되었습니다.

박첨지는 비록 이 마을의 으뜸가는 갑부라하지만 워낙 한전마을이여서 이밥을 못 먹는데 온 마을이 이밥을 먹는다는 소문을 들으니 배가 쑤셔나지 않을리 없었습니다. 그래서 ≪절 송사를 어데가 못하랴≫는 생각을 먹고 또 로총각네 집을 찾아갔지요.

≪이 사람 지난 일을 늙은 망녕으로 생각하고 제발 용서해주게. 그리고 우리 집 식솔들도 흰밥한끼 먹어보게 그 절구를 하루만 빌려주세.≫

로총각은 박첨지의 소행이 괘씸하기 그지없었으나 그가 권세를 가지고 앙갚음을 할가 걱정되여 한번 더 속을셈치고 오늘밤만 쓰고 래일 꼭 돌려야 한다고 말하면서 절구를 내주었습니다.

박첨지는 질 송사라고 생각했던 일이 뜻밖에도 이렇게 선선히 해결되니 로총각이 고맙다는 생각보다 제딴에는 으쓱하여 ≪아무렴 그렇지! 네깐놈이 나한테 빌려 안주고 배겨낼라구? 흥 그래도 박첨지라면 이 동네에서야 벌벌 떨기 마련이지!≫라고 속으로 생각하면서 절구를 받아들자 누가 볼세라 골목길로 도망치듯 돌아갔습니다.

집에 돌아간 박첨지는 싱글벙글 웃으면서 너무도 기뻐 집안식구들을 불러놓고 호령을 뺐습니다.

≪오늘밤은 하늘이 무너져도 우리 고간의 조를 다 찧어야겠다. 오늘저녁만 지나면 그 총각놈이 절구를 찾아갈텐데 뜬눈으로 새우더라도 어쨌으나 다 찧을 잡도리를 해야 하니라. 가난뱅이녀석들이 다 먹는 쌀밥을 우리가 못 먹는다는게 어디 될 말이냐?≫

박첨지도 그러하거니와 이집 식구들도 절구덕에 흰 쌀밥을 먹게 된다고 생각하니 새힘이 솟아 적삼들을 벗어젖히고 절구질에 달라붙었습니다.

그런데 웬걸, 하얀 옥백미는 고사하고 절구공이에 진득진득 묻어나는것은 틀림없는 똥이였습니다. 대체 이게 무슨 영문일가고 막 안달아나서 그것을 얼른 퍼내고 잘 가셔낸 다음 또 새로 넣고 찧었으나 흰 옥배미가 아니라 여전히 똥이 나오는것이였습니다. 이렇게 되고보니 박첨지의 더러운 밸통이 무사할리 만무하였습니다. 밸이 꼬일대로 꼬인 박첨지는 눈썹을 곤두세우고 ≪음≫소리를 한마디 지르더니 도끼를 들고 그 절구를 산산쪼각냈습니다.

이튿날 절구를 다 썼으려니만 생각한 로총각이 박첨지를 찾아갔더니 이런 기막힌 일이라고 어디 있겠습니까. 산산쪼각이 난 절구를 본 로총각은 울컥 솟는 부아를 더 참을수 없었습니다.

≪이놈의 령감을 잡지 못할바에는 이놈 집 기둥뿌리라도 동강낼테다!≫

로총각은 도끼를 들고 부엌문을 차고나가 기둥에 대고 텅텅 도끼질했습니다. 맹수같은 날쌘 힘에 몇 번 찍지 않아 기둥은 우지직 소리내며 동강이 나고말았습니다. 그제야 로총각은 ≪퉤!≫침을 탁 뱉고 절구통쪼각을 하나하나 주어안고서 휑하니 집으로 돌아왔습니다.

절구통쪼각을 가지고 돌아온 로총각은 이제 더 애석해하여도 쓸데 없다고 생각되여 아예 잊어버린셈 치고 그 쪼각들을 부엌에 서리워놓고 불때고말았습니다. 그런데 이튿날아침 그 재를 담아들고 뒤울안에 버리려 나갔더니 또 신기한 일이 생겼지요. 바람결에 날려간 재가루가 3년전에 고목이 되고만 나뭇가지에 가 닿으니 글쎄 고목에 뾰족뾰족 새움이 트는게 아니겠습니까.

≪아, 이런 일이로구나!≫

로총각은 부리나케 부엌으로 달려가 그 나머지 재를 싹싹 긁어내여 자루에다 넣은 다음 동구밖 늙은 고목이 있는데로 뛰여갔습니다. 이 고목은 몇해전부터 말라들기 시작한 천년 묵은 로목인데 동네사람은 물론이고 온 고을에서까지도 소중하게 여겨온 나무입니다. 이 로목은 꽃도 묘하거니와 그 열매도 묘하여 명약으로 쓰이는만큼 방방곡곡에서 이 로목구경 오는 사람이 일년치고도 헤아릴수없이 많았습니다.

로총각은 이 나무를 살린다면 만백성이 아쉬워하던 그 섭섭한 마음을 풀어줄수 있을것이라 여기고 재를 넣은 자루를 허리에 잘 처매고 그 나무우에 바라올라갔습니다. 로총각이 그 재가루를 한줌 쥐여 훌 뿌리니 재가루가 나뭇가지에 닿기 바쁘게 뾰족뾰족 새움이 트고 눈깜작새 또 푸른 이파리로 되어 바람결을 따라 하늘하늘 춤을 추는것이였습니다. 로총각은 눈앞에서 금시 푸르러가는 고목을 보니 지나간 일도 깡그리 잊어지고 새힘이 펄펄 솟는것만 같았습니다. 그래서 그는 이 가지에서 저 가지로 넘나들면서 재를 푹푹 끼얹었습니다.

이 소문을 들은 박첨지도 그렇게 미련한 위인은 아닌지라 혼자 생각했지요.

≪나도 이 좋은 기회에 한몫 끼여들어 덕을 보자!≫

음특한 마음을 먹은 박첨지는 로총각이 두고간 절구공이가 자기 집에 그냥 있다는 생각이 피뜩 떠오르자 그것을 태우고 재를 퍼낸 다음 원님의 행차가 올 때를 노렸습니다. 마침내 고을원님이 이 마을 고목나무가 다시 살아난다는 소문을 듣고 행차했습니다. 원님행차가 고목나무밑에 들어설 때 박첨지는 기회를 놓칠세라 아직 살아나지 못한 가지들에 연송 재를 끼얹었습니다. 그런데 그 재는 나뭇가지에 가 닿는것이 아니라 바람결에 날리면서 원님일행의 눈에 막 들어갔습니다. 원님일행은 봄을 다시 만난 고목을 바라볼 생각으로 이 나무밑에 들어섰는데 눈을 떠야 보지요. 모두들 눈을 비비다보니 벌겋게 눈에 피가 섰는지라 원님은 노발대발하여 ≪재를 뿌리는 저놈을 당장 잡아오너라!≫고 호통질하였습니다.

일이 이렇게 되자 동네 늙은이들은 큰맘 먹고 원님앞에 엎드려 낱낱이 상소했습니다.

로총각과 말하는 남생이의 이야기며 박첨지의 괘씸한 소행을 듣고난 고을 원님은 박첨지를 노려보며 불호령을 내렸습니다.

≪너 박첨지 듣거라, 한 마을의 갑부로 마을 사람들을 보살피기는 고사하고 온갖 행패 부린 그죄 릉지처참을 해야 마땅하리라, 얘들아, 이놈에게 오라를 지워라!≫

호령소리 떨어지기 바쁘게 ≪예이—!≫하고 사령들이 달려들어 낯빛이 똥빛이 된 박첨지에게 오라를 지웠습니다.

원님은 또 로총각을 불러내여 그도 대령하고 섰는데 그를 치하하여 말하기를

≪모두들 듣거라, 이 사람이 비록 가난해도 그새 행한 일은 만백성의 곤난을 돌봐주었기에 사심을 버린 모범으로 되었은즉 천자님께 아뢰여 후히 상을 받게 해야 할지니라!≫라고 하였습니다.

이로부터 이 동네의 우환거리로 되어오던 박첨지가 없어지고 ≪고목재봉춘≫이 된 이 동네사람들은 사람마다 로총각의 미덕을 칭송하면서 잘 살아가더랍니다.

승천한 옥이

옛날에 번대머리라 불리우는 한 지주집에서는 옥이라 하는 나어린 하녀가 있었습니다. 본시 그의 어머니 아버지도 번대머리 지주집에서 심한 고역의 머슴살이를 하였답니다. 궂은날 마른날 일년 내내 벌고벌었으나 번대머리 지주놈에게 뜯기우고 할퀴우다보니 해마다 섣달 그믐날에 청산하고보면 남는것이란 자라나는 빚더미뿐이였습니다. 그의 아버지는 그 빚더미에 깔려 시달리다못해 그만 시들고 병들어 끝내 약 한첩도 써 못보고 동지섣달 찬 랭돌방에서 원한 많은 세상을 떴고 이듬해엔 또 어머니가 애어린 외딸 옥이를 남기고 눈도 못 감은채 세상떴답니다.

이 소녀는 어머니 아버지의 빚더미를 혼다 떠이고 지주집 머슴으로 들어간 하녀였습니다. 나어린 소녀는 지주 마누라–마른소나기의 벼락같은 불호령밑에서 벌벌 떨면서 그 나이에 맞지 않는 고된 노역살이를 하지 않으면 안되였답니다. 워낙 지주마누라는 그의 별명 그대로 어찌나 감때사납게 떠들어댔던지 마른소나기라 불리우는데 이 소나기가 울기만 하면 소낙비가 아니라 이 집 하녀들의 눈물이 비오듯 쏟아진다는것입니다. 이 눈물속에는 소녀 옥이의 눈물도 그 얼마나 흐르고흘렀는지 모릅니다.

날에 날마다 불을 때며 물을 긷고 힘에 겨운 연자방아도 찧어야 하거니와 큰 절구와 작은 절구로 번대머리가 호강스레 먹어야 할 각가지 양념가루와 미시가루를 찧어야 하였으니 이 소녀에겐 낮도 밤도 없었답니다. 그러나 그뿐이 아니였지요. 추운 겨울마다 홑옷바람에 설한풍속에서 너털어야 하였거니와 지주집 그릇마다 먹을것은 많았으나 어린 소녀는 작은 배를 채울길 없어서 때로는 구정물속 밥찌꺼기를 고사리주먹으로 움켜먹어야하였습니다.

주림과 설음의 해와 달이 감에 따라 이 소녀한테 학대와 구박이 더욱 심해만 가던 어느해 겨울 추운 동지달이였습니다. 번대머리와 마른소나기가 용마루 들썽하게 다투었는데 성질이 표독하고 감때사나운 마른소나기는 부아김에 드러누워 일어나지 않았습니다. 번대머리 지주놈은 ≪시에미 역정에 개배때기를 찬다≫는 격으로 소녀한테 화풀이를 하던 끝에

≪이 눈치코치도 모르는 인정머리없는 계집애야, 네 배만 부르면 다냐? 마나님이 병이 나서 식음을 전폐하다가 잉어고기를 먹고싶다 하는데 그래 구해올념은 않고 말똥말똥 보고만 있을 차비냐? 어서 어데 가서나 구해오너라≫

고 불호령질하였습니다.

그야말로 마른 하늘의 벼락이였습니다. 잉어라니? 나어린 소녀는 하는수 없이 싸리광주리를 옆에 끼고 대문밖에 나섰습니다. 맵짠 눈보라는 기승을 부리는데 홑옷에다 발가락이 나오는 짚신을 신은 어린 몸은 오돌오돌 떨기만 하였지요.

≪글세 강물이 떵떵 언 이 겨울철에 어디 가서 잉어를 구해온단 말인가?≫ 고 걸어가고걸어가며 자꾸만 생각해도 기막힌 일이였습니다.

소녀는 저 샘치골 옥샘물은 겨울에도 얼지 않을것이라고 생각하였습니다.

≪옳지, 그리로나 가보자, 강얼음우에서보다 그래도 얼지 않은 물속에서 찾아봐야지!≫

샘치골은 이 마을에서 퍼그나 먼 산굽이를 돌아돌아 골짜기로 한참 들어가야만 되지요. 소녀는 눈보라를 무릅쓰고 사나운 바람에 밀릴듯 비칠걸음하면서도 두다리에 꽁꽁 힘주어 간신히 샘치골에 들어섰습니다.

옥샘터에 당도하자 바구니를 땅에 내려놓고 두 팔소매를 걷우고 물김이 서린 샘물의 돌밑을 하나하나 들추어보았으나 잉어는 고사하고 고기새끼 꼬랭이도 보이지 않았습니다. 소녀는 그만앞이 캄캄해났습니다.

≪옥샘에도 고기는 없으니 이를 어쩌나?≫

빈손으로 돌아가면 또 큰 봉변이 생길게고 그렇다고 엄동설한에 이 산골안에서 어찌 밤을 샌단말인가? 해는 서쪽으로 기울어졌고 산그림자는 벌써

옥샘터에까지 그늘져오는데 살을 에일듯한 바람은 점점 더 세차게 불었습니다. 얼어드는 손과 발은 빨갛게 되었습니다. 일은 안되고 날씨는 더 추워만오는데 소녀는 갈데도 올데도 없는 애타는 마음으로 어머니와 아버지를 생각하였습니다.

≪엄마 아버지가 계셨으면...≫

이런 생각을 하니 금시 돌아간 부모가 그리워 나면서 눈물이 쭉 쏟아졌습니다. 소녀는 더는 참을수 없어서 그만 ≪엄마!≫하고 목놓아 울기 시작하였습니다. 울수록 더욱 서러워나서 애통하게 우는 그 울음소리는 사람 하나 없는 산골안에서 애처롭게 메아리칠뿐이였습니다. 소녀는 내가 이러다가 여기서 얼어죽고마는가부다고 생각하면서 그래도 요행을 바라는 마음에 잉어가 옥샘에서 뛰여나왔으면 하고 옥샘을 다시 들여다보았습니다. 참 신기한 일도 있는것입니다. 김이 일던 옥샘물이 부글부글 끓어번지는듯하더니 기둥같은 김줄기가 콱 올리솟으면서 칠색의 무지개가 하늘우로 쭉 뻗어져오르며 무지개 다리가 놓여지는것이였습니다. 그러자 그우에서 한 소년이 피리를 불면서 유유히 내려오더니 어느새로 이 광경을 황홀하게 바라보고있는 소녀앞에 와섰습니다.

≪애, 너는 무슨 일로 여기서 혼자 울고있니?≫

소년은 다정스러운 목소리로 물었습니다.

소녀는 눈물을 닦으면서 자기 집 신세며 자기의 처지를 다 말하고나서

≪우리 주인 마나님이 병으로 앓는데 나더러 잉어를 구해오라고 하겠지. 이 옥샘물에나 있을가 해서 찾아왔더니 없구나! 이대로 돌아가면 매만 맞게 되니깐!≫

라고 걱정스럽게 말했습니다.

≪애, 그까짓 걱정말아, 내가 구해줄게!≫

라고 말하더니 소년은 손에 쥐였던 옥퉁소를 옥샘물우에 대고 휘저으면서 노래조로 중얼거렸습니다.

잉어야 나오너라

어서들 나오너라!

그러자 금시로 옥샘물에서 큰 잉어들이 팔닥거리고있지 않겠나요. 소녀는 정말 꿈같기도 하였습니다. 소녀가 너무도 반가와서 어쩔바를 모르고있는데 소년이 팔소매를 걷우고 잉어 세 마리를 잡아내더니 광주리에 담아 넘겨주었습니다.

≪어서 가지고 가거라. 다음 또 곤난한 일이 있으면 이 옥샘터에 와서 <소야, 소야, 옥퉁소야!>라고 부른 다음 네 이름을 말해라!≫

그리고는 소녀의 얼굴을 돌아보며 물었습니다.

≪그래 네 이름은 뭐라니?≫

≪내 이름… 옥이야!≫

하고 소녀는 대답하였습니다. 소년은 안심 안된듯

≪얘 옥아!≫

하고 불러놓고

≪소야, 소야, 옥퉁소야! 옥이 왔다! 이렇게 잊지 말고 잘 기억해둬라!≫

라고 말하였습니다.

≪응, 알만해!≫

하고 대답한 소녀가 잉어광주리를 들려고하는데

≪옥아, 잠간만….≫

하고 소년은 또 품에서 조약돌만큼한 조롱박 세 개를 꺼내주었습니다.

≪옥아, 너의 딱한 사정은 알만하다. 이 조롱박의 흰 약물은 죽은 사람 살이 살아나는거고 붉은 약물은 피가 돌아서는거고 푸른 약물은 숨이 돌아서는 약물이란다. 잘 품고 다니다가 쓸 일이 생기면 그리 알고 꼭 써야 한다!≫

소녀는 두근거리는 마음을 진정하면서

≪응, 알만해!≫

라고 대답하였지요.

≪됐다, 춥겠구나. 어서 돌아가거라!≫

소년은 무지개를 타고 승천하는데 그가 부는 옥퉁소 소리가 차츰 멀어져 가더니 다시 쳐다봤을 때는 소년도 무지개도 다 사라지고말았습니다.

꿈속에서 깨여난듯 그제야 자기를 생각하게 된 소녀는 돌아가서 매를 맞지 않게 된것이 너무도 기뻐서 추운 생각도 잊어버리고 정신없는 걸음으로 뛰여가서 주인앞에 잉어를 척 내놨습니다.

지주와 마누라는 뜻밖에도 펄펄 뛰는 잉어를 보더니 기뻐 어쩔바를 몰라하면서도 또 이상한 생각이 들었던지 어데서 잡았느냐고 따지는것이였습니다. 소녀는 옥샘물에서 잡았다고 말하였습니다.

이튿날아침 마누라는 또 소녀더러 잉어를 잡아오라고 하였습니다. 소녀는 하는수없이 바구니를 끼고 집을 나와 곧추 옥샘터를 향해 뒤도 돌아 안보고 부지런히 걸었습니다. 옥샘터에 당도한 소녀는 어제 그 소년이 시켜주던대로 말하였습니다.

≪소야, 소야, 옥퉁소야! 옥이 왔다!≫

소녀가 중얼거리자 옥샘물터에서 어제처럼 칠색무지개가 하늘로 올리뻗는데 소년이 무지개를 타고 여전히 퉁소를 불면서 내려왔습니다. 소녀의 앞에 와 선 소년은 두손 펼쳐 소녀의 언 손을 잡아주면서

≪얼마나 춥겠니, 홑옷바람으로 이런 추운 날씨에!≫

라고 하더니

≪어떻게 된 일이냐?≫

고 묻는것이였습니다.

≪주인이 또 잉어를 잡아오래서!≫

하고 소녀는 소침해지며 대답하였습니다. 소년은 또 어제하던 그대로 옥퉁소를 들고 옥샘터에 대고 휘저으면서 노래조로 중얼거렸습니다.

잉어야, 나오너라
어서들 나오너라!

잠잠하던 옥샘터에서 잉어들이 펄떡펄떡 뛰였습니다. 어느새 소년은 잉어

세마리를 붙잡더니 광주리에 담아주는것이였습니다.

소녀의 뒤를 살금살금 밟고 와서 옥샘터앞 바위뒤에서 이런 광경을 가만히 훔쳐보던 지주마누라는 놀랍기도 하고 신기하기도 하여 한참동안 멍청해졌습니다. 다시 정신을 돌려서야 이 일은 그저 일이 아니란 생각이 들면서 와락 겁이 나서 와들와들 떨었습니다. 그러면서도 앙큼한 그 속통에선 저놈이 어떤놈인지 뒤장을 마저 봐야겠다고 생각하며 덜덜 맞쪼이는 이발을 옹다문채 그들의 동정을 살폈습니다.

소년은 바구니에 담은 잉어를 소녀한테 넘겨주면서 ≪어서 가지고 가거라!≫고 하였습니다.

소녀는 근심스러운 낯색으로 소년을 보면서

≪나는 어쩐지 가고싶지 않구나. 자꾸만 주인마나님이 겁이 나….≫

라고 말하는것이였습니다. 소년은 친오빠의 살뜰한 손길처럼 근심하고 섰는 소녀의 헤쳐진 옷깃을 잘 여며주면서

≪걱정말고 돌아가거라. 네 고생도 오라지 않다. 너를 못 살게 구는 그 지주와 마누라는 하늘에서 옥황상제가 언녕부터 천벌을 주기로 되어있단다!≫

가만히 엿듣고있던 지주마누라는 어찌나 놀랐던지 그 추운 날씨에도 온몸에 식은땀이 쫙 내배이는것이였습니다.

≪저놈을…. 음! 저놈을 당장이라도…. 저놈은 어떤놈이길래 저년 계집애와 단짝이 되다니? 어서 저놈부터 요정내야지….≫

지주마누라는 두손을 불끈 쥐고 소년과 소녀모르게 제 정신없이 집으로 뛰여갔습니다.

부리나케 돌아온 지주마누라는 령감을 뒤방에 가만히 불러다놓고 숨이 차 헐떡거리며 방금 자기가 숨어서 보고들은 정경을 죄다 고해바쳤습니다.

≪그러니 그놈의 아이새깨부터 요정내야겠는데 령감이 어떻게 할셈이우?≫하고 로친이 말하니 령감도 울뚝울뚝 치솟는 그 밸통을 참지 못해 낯색이 붉으락푸르락하여 연신 앉은방아를 찧었습니다.

≪두말할것없이 그놈의 아이새끼부터 죽여버려야지! 이 일만은 머슴들 시

켜선 안돼. 이것은 집안의 비밀이니깐….≫라고 말한 지주령감은 또 마누라의 귀에다 그 두툼한 입을 대고 무엇인가 한참 쑤군쑤군 귀속공론을 하는것이였습니다.

바로 이때 소녀가 잉어바구니를 들고 들어섰습니다. 로친은 감때사나운 도끼눈을 부라리며

≪이년 뭘하노라고 인제야 돌아오는거냐? 엉.≫

하더니 무턱대고 소년의 언손을 와락 잡아당겨 바당 맞은켠의 고간에 떠밀어 처넣고는 철꺽 자물쇠를 잠가놓았습니다. 그리고는 번질나게 자기오래비 집을 찾아가서 한참 쑥덕공론질하고 휑하니 돌아왔습니다.

고간에 갇히운 소녀는 처음에는 겁도 났지만 인제 자기곁에도 어선이 있다는 생각을 하니 새힘과 용기가 생겨 발을 동동 구르면서

≪문 열어줘요! 문 열어줘요!≫

하고 새된 소리를 치다못해 작은 두주먹으로 고간문을 탕탕 두드렸습니다.

뒤방에서 령감과 쑤군덕거리고있던 지주마누라는 고간문을 향해

≪요 돼질년아, 왜 잠자코있지 못하고 행악질이냐?≫

하고 을러메는데 소녀는 여전히 고간문을 뚜드리며 발을 구르면서 ≪문 열어줘요! 문 열어줘요!≫하고 웨치다못해 그만 서럽고 분한 생각에 목놓아 울면서 ≪엄마! 아버지!≫하고 서럽게 울었습니다. 소녀의 울음소리에 이 집 하녀들도 그만 목이 메여 눈물만 흘릴따름이였습니다.

이때 지주마누라가 충동질하여 떠나보낸 오래비와 악패무리는 줄달음질로 옥샘터에 다달았습니다. 그들은 지주마누라가 시켜주던 그대로

≪소야, 소야, 옥퉁소야, 옥이 왔다!≫

고 외였습니다. 과연 김이 솟는 옥샘물이 끓어번지는듯하더니 기둥같은 김줄기가 곧추 올리 솟으면서 칠색의 눈부신 무지개가 하늘우로 쭉 뻗어올라가는것이였습니다. 찬란한 무지개다리가 놓여지자 번쩍번쩍 빛나는 금빛옷을 떨쳐입은 한 옥동자가 피리를 불면서 내려오는것이였습니다.

≪이거 원 별난놈의 애도 보는구나!≫하고 악패들이 어리둥절해 서있는데 소년은 어느새 옥샘물터에 내려와서 미간을 찌푸리면서

≪당신들은 무슨 일로 왔어요?≫

하고 물었습니다. 이때 노리고있던 한놈이 소년을 향해 주먹으로 냅다갈기자 소년은 찍소리도 못하고 그 자리에 코피를 흘리며 쓰러졌습니다. 그러자 곁의 놈들도 달려들어 발길로 차며 밟고 하여 소년을 죽여버렸습니다.

그 악패들이 자기들 할 일을 다했다고 시름놓고 돌아서려 할 때였습니다. 갑자기 사납게 불어오는 바람이 먹장같은 구름을 몰아오더니 맑은 하늘이 금시로 캄캄해지는것이였습니다. 그러자 검은 하늘이 두동강으로 갈라라도 지는듯 산천을 들었다놓는 으르릉 퉁탕하는 뇌성벽력과 함께 악패놈들은 모두 벼락을 맞아 그 자리에서 피를 토하고 느러져 죽고말았습니다. 그러자 하늘은 아무 일도 없는듯이 되 맑아졌습니다.

지주마누라는 한무리의 악패들을 옥샘터에 보내놓고는 안절부절 마음 놓을수 없었습니다.

그는 고간문 자물쇠를 열고 고함치고있는 소녀를 끌어내온 다음 서슬이 뎅뎅하여 을러댔습니다.

≪이 망할년 계집애야, 왜 울어대며 야단법석이냐, 저녁 감새가 없는데 얼른 가서 잉어나 잡아오너라!≫

소녀는 소녀대로 생각한바 있어 시키는대로 바구니를 끼고 대문을 나섰습니다.

옥샘물터에 다달은 소녀의 눈앞에는 이게 웬일일가요? 너무도 놀라운 정경이 펼처져있는것이아니겠습니까. 여러놈이 피를 토하고 죽어자빠졌는데 옥샘물가에는 온몸이 피흔적으로 랑자한 소년의 죽은 시체도 있는것이였습니다. 소녀는 그만 참지 못해 그 시체를 끄러안고 엉엉 슬프게 목놓아 울었습니다. 울고울던 소녀는 갑자기 떠오르는 생각이 있어 울음을 그치고 품속에 잘 간직해두었던 조롱박 세개를 꺼냈습니다. 먼저 흰 약물을 소년의 얼굴이며 온몸에다 고루 뿌렸습니다. 그랬더니 상처난 살들이 뽀얗게 되살아나는것이 아니겠나요. ≪옳지 그런 영문이였구나!≫소녀는 기뻐 어쩔바를 모르면 또 붉은 약물을 온몸에다 골고루 뿌렸습니다. 그랬더니 소년의 온몸에 피가 돌아가면서 그의 손바닥밑으로 소년의 심장이 높뛰는것이 알렸습니다.

≪됐다, 됐어!≫이어서 푸른 약물을 뿌렸더니 소년은 잠이라도 자다깬것처럼 부스스 몸을 움직이더니 늘어지게 기지개를 펴면서 눈을 살며시 뜨는것이였습니다. 소녀는 너무도 반갑고 기쁜김에 소년을 와락 끌어안아 일으켰습니다. 소년은 두리번두리번 주위를 살피면서 일어나더니 아무 일도 없는듯이 옷을 툭툭 털면서 말하였습니다.

≪잘됐다, 옥아, 인젠 너도 이 땅을 떠날 때가 왔다! 하늘의 옥황상제는 네가 오기를 기다리고계신단다. 그곳으로 가면 너를 때리고 구박하며 업신여기는 나쁜놈이 없는 세상을 보게 된단다….≫

이 말에 소녀는 믿어지지 않는듯이 소년을 똑바로 보면서 물었습니다.

≪정말? 그 말이 정말이냐?≫

≪정말이 아니고…. 그래 내가 너한테 거짓말하더니? 그곳에는 아름다운 꽃이 사시장철 향기를 피우고 각가지 고운 새들이 아름다운 노래를 부른단다. 또 그곳에선 맛있는 음식을 마음대로 먹을수 있고 각가지 화려한 꽃무늬로 만든 옷들을 마음대로 골라 입는단다.≫

소년은 이렇게 말하고 소녀의 손목을 잡고 옥샘물터로 갔습니다.

바로 이런 때였습니다. 멀리에서 요란스런 아우성소리가 들려오는것이였습니다. 돌아다보니 번대머리 지주놈과 그 마누라가 아들딸들을 앞세우고 허겁지겁 달려오는것이였습니다. 그것을 보자 소녀는 얼굴이 삽시에 파랗게 질려나며 소년의 팔목에 매달리는것이였습니다. 소년은 웃으면서 말했습니다.

≪걱정말아, 옥아! 네곁에 내가 있지 않니?≫

그들이 다그쳐 옥샘물터 가까이에 이르자 김이 이는 옥샘물터에서 물이 끓어번지듯하더니 기둥같은 김줄기가 확 솟으면서 칠색 무지개발이 하늘공중에 올리뻗으며 눈부신 황홀한 무지개다리가 놓여지는것이였습니다. 그러자 소년은 소녀의 손목을 이끌고 무지개다리우에 올라서더니 몸에서 주먹만한 조롱박을 꺼내여 옥샘물터에 다달은 지주와 그 마누라, 그 아들딸들이 아우성치는 한복판에 냅다 던졌습니다. 그 조롱박이 터지자 삼단같은 불길이 하늘로 타오르며 지주집의 온 식구들을 몽땅 태워죽이고말았습니다.

이 꼴을 바라보던 소녀는

≪참 쌍통이야, 쌍통이야!≫

하고 연신 웨쳐대며 너무도 기뻐서 손벽치며 좋아 날뛰였습니다.

소년은 마치 지상에선 아무런 일도 없었던듯이 태연하게 기뻐하는 소녀를 앞세우고 무지개다리우로 올라가면서 전과 다름없이 옥퉁소를 불고 불었습니다.

지주집에서 고생하던 옥이는 소년과 함께 무지개를 타고 승천하였습니다.

꽃신 한짝

옛날 어떤 산골에 살림은 매우 가난했으나 마음씨 비단같이 부드러운 두 량주가 살아가고있었습니다. 그런데 그들에겐 자식이 없어서 쓸쓸하게 지내던중에 늘그막에야 겨우 자식을 보게 되었는데 쌀자루처럼 길죽하게 생긴데다 눈도 코도 없이 뻔뻔하게 생긴 두리뭉시리였습니다. 두 량주는 섭섭한 마음에도 혈육이 그립던 처지였던지라 그 자식을 금싸락같이 끔찍이 여겨 남이 볼세라 안방에 감추어두고 키웠더랍니다.

세월이 물같이 흐르고흘러 십년이 지난 어느해 한식날이였습니다. 두 량주가 산소에 갔다와보니 두리뭉시리는 어디 갔는지 보이지 않고 빈쌀자루처럼 홀쭉해진 빈 껍질만 방바닥에 남아있더랍니다. 너무도 뜻밖의 기막힌 일에 두 량주는 부모들이 잘못 거둔탓으로 죽었는가부다고 한탄하면서 눈물로 세월을 보냈답니다. 그런데 몇해 지난 어느날이였습니다. 난데없이 밖에서 옥동자같은 청수한 한 어린 총각이 검은 머리태를 치렁치렁 늘이고 들어오더니 두 량주앞에 와 나부시 절을 하면서 ≪아버지! 어머니! 그새 안녕하셨습니까?≫고 인사하는것이 아니겠습니까.

이게 대체 웬 일인가고 한동안 어리둥절해서 서로 얼굴만 쳐다보던 두 량주는 나중에야 그것이 다름아닌 없어졌던 바로 그 아들이라는것을 알게 되었습니다. 이로부터 눈물로 지내오던 이 집안에는 기쁨으로 활기를 띤 새 생활이 활짝 피여나게 되었답니다.

두리뭉시리는 이날부터 아버지 어머니를 도와 집안 일을 보살피는 의젓한 초동으로 되어 산에 가서 나무도 해오고 활쏘는 재간도 있는지라 사냥도 해오게 되었습니다.

그런데 담대하고 슬기로운 이 초동은 활쏘는 솜씨가 어찌나 비범하였던지 날짐승이고 들짐승이고간에 쏘면 쏘는족족 면바로 눈통을 맞히는데 그야말로 백발백중이였더랍니다.

그의 나이가 어언간 열여섯살되던 어느날 한 밤중이였답니다. 하늘공중에서 들려오는 이상하고 요란한 소리에 그는 소스라쳐 잠을 깨였습니다. 그는 재빨리 활과 전통을 들고 나오던참으로 뜨락 담장옆 늙은 비술나무우에 올라가서 소리나는 방향을 더듬어 자세히 바라보았습니다. 그런데 끔찍스레 생긴 괴물이 아홉 개의 머리에서 시퍼런 칼끝같은 열여덟의 불줄기를 내쏘면서 하늘공중 둥둥 떠가고있었습니다. 그 불줄기는 바로 그 괴물의 눈에서 쏟아져나오는것이였습니다. 자세히 쳐다보니 괴물의 한팔에는 흰옷 입은 한 녀인 같은것이 안기여 들릴락말락한 가냘픈 비명소리를 지르고있었습니다. 괴물이 어찌 빨리 떠가는지 나풀거리는 녀인의 치맛자락이 보일락말락할만치 빨랐습니다.

때는 바로 쟁반같은 보름달이 걸려있는 교교한 밤인지라 재빠른 솜씨로 활시위에 화살을 메워든 초동은 괴물의 맨 첫 대갈통을 겨눠대고 활시위를 힘껏 당겼다가 놓았습니다. 부르릉 떠가는 화살은 하늘을 째듯한 쌩하는 소리와 함께 날아갔으나 웬걸 날아간 화살은 바위에라도 맞은듯이 도로 튕겨오는것이였습니다. 초동은 이상한 생각이 들었지만 늦추지 않고 다그쳐 번개같은 솜씨로 불줄기 쏟아지는 그 눈통들을 하나하나 겨눠가며 연거푸 줄화살을 쏘았습니다. 그러자 마치나 초롱불이 꺼지듯 시퍼런 불줄기가 껌벅껌벅 네 개가 꺼지는것입니다. 다섯번째 화살은 괴물이 화살에 맞은 고통으로 하여 몸을 획 비트는바람에 빗맞았던지 도로 튕겨와 땅에 떨어지고말았습니다. 괴물은 절벽이 허물어지는듯한 비명을 지르면서 멀리 구멍바위산너머로 그 형체를 감추고말았습니다.

≪참, 이상한 일이지! 틀림없이 화살에 맞아가지고도 그냥 떠가는 것으로 보아 만만치 않은 괴물이지!≫초동은 혼자 골똘한 생각에 잠긴채 뜬눈으로 밤을 새웠습니다. 이 근간에 사처에서 아름다운 각시와 처녀들이 없어진다는 소문이 자자하더니 그것은 필시 저 괴물이 앗아간 짓이로구나! 이렇게

생각하는 그의 마음은 잡혀간 그 녀인들과 부모들의 괴로워하는 모습들이 눈앞에 떠올라 한시도 가슴아픈 마음을 진정할수 없었습니다.

이튿날 초동은 흉악한 괴물을 처단하고 백성들의 화근을 뿌리빼야 하겠다는 결심을 내리고 늙은 부모한테 괴물을 잡으러 가겠다는 속심을 털어놓고 부모의 승낙을 간청하였습니다. 늘그막에 단 하나인 외자식이 위험한 괴물을 치러 가겠다는 간곡한 말에 부모들의 입에서는 얼른 대답이 나오지 않았습니다. 그러나 자식 잃은 그 부모들의 아픈 마음도 짐작되였고 또 아들이 나이는 어릴망정 통이 크고 용맹한데다 또 뛰여난 무술까지 겸한 그 사람됨에 적이 마음놓고 정녕 그렇다면 떠나가되 부디 매사에서 몸조심하라고 당부하였습니다. 초동은 괴나리보짐에 길량식을 장만해 진 다음 활을 메고 부모를 하직하였습니다.

그는 낮이면 날짐승과 벗을 삼고 밤이면 들짐승과 동무하면서 산을 넘고 물을 건느며 걸어 가노라니 어느 깊고깊은 심산유곡으로 들어가게 되었습니다. 갈수록 심산이요 걸을수록 유곡인데 하늘을 찌르는 청송 홍송들로 울울창창한 깊은 원시림을 꿰뚫고 그냥 가노라니 흰구름을 떠인 아찔한 절벽에서 명주필을 내리드리운듯한 폭포가 나타났습니다. 폭포수아래는 깊은 못이였는데 물은 남쪽으로 흘러내리고 동쪽 절벽밑에는 커다란 굴이 하나 있었습니다. 초동이 무시무시한 굴속을 더듬어 들어가면서 눈을 밝혀 어두컴컴한 굴속을 두리번두리번 살피노라니 난데 없는 꽃신 한짝이 눈에 띄였습니다. 꽃신을 집어든 초동은 마음속으로 이런 심산유곡의 굴속으로 꽃신 신은 녀인이 어떻게 올수 있을가고 생각하면서 이것은 틀림없이 그 괴물한테 잡혀온 녀인의 신발일것이라고 짐작하고 이 굴안에 괴물의 소굴이 있겠다는 판단을 내렸습니다. 꽃신 한짝을 몸에 잘 간직한 초동은 얼마 더듬어가지 않아 한 곳에서 깊숙한 큰 구멍을 찾아내였습니다. 그는 거기에 마련되여있는 버들광주리를 타고 한정없이 내려갔더니 넓은 땅이 나타나면서 흐리터분한 하늘이 멀리 보였습니다. 이곳은 흐린 날씨처럼 음산하기 그지없는 곳이였습니다. 멀리 바라보니 고성같이 겹겹으로 둘러싸인 튼튼한 토담속에 이끼 낀 낡은 기와집들이 우중충하게 솟아있었습니다.

초동의 으슥한 곳에 홀로 앉아서 담장안으로 들어갈 생각에 골똘하던중 비몽사몽간에 무술을 배워주던 산신령스승이 나타나더니 철갑목책을 내여주면서

≪이 목책을 잃지 말고 잘 간수했다가 뜻밖의 곤난이 생길 때면 펴보고 세 번 뚜드려라. 기특한 나의 제자야!≫

라고 일러주고나서 가뭇없이 연처럼 사라지고마는것이였습니다.

깨고보니 꿈인데 과연 꿈에 받은 철갑목책이 자기 손에 쥐여져있었던것입니다. 얼른 목책을 펼쳐보니 첫장에 쓰인것은 ≪제일 작게 변신하는데는 바늘의 조화이니라≫는것이였습니다.

초동은 대궐의 큰대문앞을 피해서 강역 수양버드나무우에 살며시 올라갔습니다. 그가 사방을 휘돌아보노라니 저쪽 큰대문켠으로부터 함지에 흰 빨래를 가득 담아인 한 젊은 녀인이 버드나무밑으로 와서 함지를 내려놓더니만 하늘을 우러러 보면서 합장하고

비나이다 비나이다
하느님께 비나이다
죽어가는 목숨들을
어서구해 주옵소서.

라고 슬픈 소리로 빌고나서야 빨래를 시작하는것이였습니다.

초동이 가만히 내려다보니 이 녀인이 괴물한테 잡혀온 사람임에 틀림없는지라 그제야 마음을 놓고 버들잎 한줌을 쭉 훑어서 그 녀인의 머리우로 내리뿌렸습니다. 그 녀인은 빨래를 하다말고 버들잎이 떨어지는 버드나무우를 흘끔 쳐다보더니 놀란 소리로

마굴속에 오신길손
사람이요 귀신이요
사람이면 내려오고

귀신이면 물러가소.

라고 중얼거는것이였습니다. 그제야 초동이 나무에서 내려가 단정한 몸자세로 인사하고난 다음 자기는 귀신이 아니라 인간세상 사람이니 안심하라고 잘 일러주고나서 이 마굴속을 찾아온 사연을 쭉 실토하였습니다. 그리고 나중에 꽃신 한짝을 꺼내보이면서 이것이 누구의 신인가고 물었습니다. 그 녀인은 자기 신이 아니라고 하면서 자기가 잡혀오게 된 딱한 신세를 죄다 실토하는것이였습니다. 그러더니 ≪저 퉤질 괴물을 어찌 잡아버릴가?≫고 한탄하였습니다. 그러면서 이 빨래는 구두(아홉 대가리)괴물이 화살에 다친 두목에다 감는 천인데 일백쉰자나 되는 천이 겨우 세벌씩밖에 감지 못한다고 하였습니다. 이렇게 큰 괴물이 날고뛰는 재간에다 또 황소 일백오십마리의 힘을 당하니 여간하지 않고는 잡아내지 못할것이라 하면서 애당초 건드리지 말고 위험한 마굴에서 피해 돌아가라는것이였습니다. ≪그런 걱정을 하지 말라≫고 말한 초동은 어떻게 해야 열두대문간에 들어가 괴물을 잡아낼것인가를 골똘히 생각하면서 철갑목책을 펼쳐 거기 씌인 그대로 바늘로 변신하여 빨래를 빨아가지고 들어가는 그 녀인의 옷섶에 꽂혀 들어가기로 하였습니다.

그들이 열두대문을 들어가는데 대문마다 험상궂고 감때사나운 문지기와 졸개들이 코끝을 벌름거리면서 어디서 사람내가 난다고 자꾸만 건성질을 부리는바람에 녀인은 조마조마하여 옷섶의 바늘귀가 보이지 않게 몇 번이나 바로 고쳐 꼽고서야 대문안으로 무사이 들어갈수 있었습니다. 이리하여 초동은 후원 별당에 있는 공주와 만나게 되었습니다. 밤이나 낮이나 그냥 울음으로 지내던 공주는 초동한테서 자상한 사연을 다 듣고나자 자기의 기막히는 신세를 쭉 실토하면서 너무도 기뻐서 어쩔바를 몰라하였습니다. 초동이 품속에 간직했던 꽃신 한짝을 꺼내여 공주한테 보이며 이 신 임자가 누구인가고 물었더니 공주는 웃으면서 이 꽃신은 자기가 잡혀오던 밤에 우정 떨군것인데 혹시나 찾아오는 사람들이 길찾는데 도움이 될가해서 떨군것이라고 하였습니다.

그는 구두괴물이 바로 사냥하러 나가고 없는 사이여서 일이 참 잘되였노라고 기뻐하였습니다. 구두괴물은 보름동안 사냥하고 보름동안은 집에서 자는데 이번에도 그는 사냥하러 떠나면서 울고만 있는 공주에게 자기가 돌아오기까지 마음 돌리라고 안정시키는 말을 남기고 나갔다는것입니다.

공주는 초동더러 괴물이 돌아오기전에 괴물이 매일 마시고 힘을 내는 령청수를 어떻게 해서나 많이 훔쳐 마시고 검술을 닦으라하면서 자기들은 괴물한테 먹일 닭똥술을 빚겠다고 하였습니다.

초동은 후원에 있는 령천수를 찾아나갔습니다. 그것은 후원 안뜨락 이름모를 나무들이 울창하게 들어선 향내 그윽하고 시원한 그늘속에 커다란 반석으로 덮이여있었습니다. 옥같이 맑은 샘은 여름이면 얼음같이 차고 겨울이면 김이 무럭무럭 이는 샘이였습니다. 이 샘물을 마시려면 덮은 반석을 들어 옮겨놓아야 하였는데 초동의 힘으로서는 도저히 들어옮길수 없었습니다. 그밑에 고인 옥샘은 그야말로 보고도 못 먹는 그림속의 떡마냥 어찌할 방법이 없었습니다. ≪참, 어쩌면 좋담?≫막 안달아나서 이리 궁리 저리 궁이하던 끝에 철갑목책이 생각나서 얼른 펴보았더니 거기에는 ≪좁은 구멍안의 물은 좁은 구멍으로 빨아낼지니라!≫고 씌여있었습니다. ≪옳지, 그렇지!≫하고 생각이 떠오른 초동은 속이 빈 풀대를 꺾어다 맞추어 빨대를 무어가지고 바위틈서리에 꽂아넣은 다음 빨대로 물을 빨아먹기 시작하였지요. 갈증이 몹시 나던참이라 한참 실컷 마시고나니 과연 말 그대로 령천수라 온몸에서 저도 모르게 새힘이 부쩍부쩍 솟아나는것이였습니다. 초동은 령천수를 마시고는 땅을 구르며 뛰고 솟구치면서 칼을 휘둘러 검술을 닦았습니다. 산신령도사가 가르쳐주시던 그 검술을 한가지한가지 돌이켜 더듬어가면서 며칠동안 무술 단련을 꾸준하게 계속 하였습니다. 그랬더니 무겁던 반석바위돌도 무게가 줄어들기나 한것처럼 차츰 가벼워지더니 인젠 자기 힘으로 척척 들어옮길만큼 새힘이 막 솟아나는것이였습니다. 그는 빨대를 팽개치고 령천수를 마음껏 먹을수 있었습니다. 그의 힘은 두손으로 반석 바위돌을 들어옮기던데로부터 차츰 한손으로, 다음부터는 두손가락으로 훌훌 옮겨놓게까지 되였습니다.

오누이로 꾸민 초동과 공주는 만단의 준비를 다해놓고 구두괴물이 돌아오기만 기다리고있었습니다. 드디여 괴물이 돌아올 날은 닥쳐왔지요. 올 때가 되자 하늘이 두쪽으로 갈라지는듯한 요란한 소리와 함께 먼 남쪽 하늘 구름새로 거뭇한 흑점 하나가 나타났습니다. 그것은 차츰 더 커지더니 어느새로 험상궂은 아홉개의 대가리를 추켜들고 강역 버드나무우를 홱 스쳐 큰대문앞에 와서 쿵하는 사나운 소리를 내며 땅우에 내려서는것이였습니다. 구두괴물은 마치나 북나들듯 열두대문을 거침없이 들어서는데 눈 뜨고도 볼새없이 빨랐습니다.

서슬이 뎅뎅하여 들어선 괴물의 왼팔 겨드랑이에는 흰옷 입은 한 젊은 녀인이 한사코 몸부림을 치고있었습니다.

대돌앞에 선 구두괴물의 키꼴은 마치나 하늘을 떠받들고 선듯한데 남색도포를 입은 그의 팔통은 기둥같았고 통나무같은 손가락들엔 송곳같은 검은 털이 꺼칠꺼칠 나있었습니다. 그는 팔에 끼였던 녀인을 살며시 내려놓으면서 대령하고 섰는 졸개들을 향해 고간에 갖다두라고 분부하고는 옷을 툭툭 털며 옷깃을 바로잡는데 그 큰 두손이 앞뒤로 분주히 움직일 때마다 아홉개의 대가리가 저마다 이리저리 기웃거리는것이였습니다.

구두괴물은 집에 들어서자 낯선 초동이 툇마루에 서있는것을 발견하고 미간을 찡그리였습니다. 그러자 아홉개의 얼굴이 일시에 초동을 향해 아래우를 뚫어지게 쏘아보고있는데 그 모양은 흡사 아홉사람이 한줄로 쭉 늘어서서 보는것만 같았습니다.

바로 이때 공주가 앞에 나부시 나서면서 만면에 웃음을 담뿍 띠우고

≪바깥세상의 친오빠가 불원천리하고 모처럼 <매부>를 찾아뵈러 왔습니다.≫

라고 한 다음 초동을 향해

≪어서 인사를 올려라. 나와 백년해로를 가약한 이 바로 이분이시다!≫

고 갖은 아양을 다 부려인사시켰습니다.

초동의 인사를 받고난 괴물은 한참동안 어안이 벙벙해서 초동과 공주를 번갈아볼뿐이였습니다. 그도 그럴것이 자기가 사냥하러 나갈 때까지만 해도

그냥 먹지도 않고 쿨쩍쿨쩍 울고만 있던 공주가 그상이 벌써 마음도 돌려잡고 자기를 그처럼 상냥하게 반겨 맞아주는데야 바위같은 그 마음도 흔들리지 않을수 없었지요. 들어설 때의 살기등등하던 그 기분도 어느새 풀려지고 말았던것입니다. 초동을 향한 아홉 개의 입들이 합창이나 한듯이

≪허! 바깥세상의 처남이 산굴속의 매부를 용케 찾아왔구만!≫라고 하는 것이였습니다. 그런데 그의 눈길에서는 떠보려는듯한 북잡한 빛이 쏟아지는 것이였습니다.

초동은 한걸음 나서며 능청스럽게 대답하였습니다.

≪거야 령험하신 우리 <매부님>의 <처남>인데 여기라고 못 찾아올라구요! 아무튼 우리 누님께서는 저런 <매부>를 만나신 덕에 호강하게 될거죠!≫

그러자 구두괴물의 그 숱한 입들이 커다란 배통이 들썽들썽하도록 너털웃음을 치는것이였습니다.

미구하여 대청에 커다란 주연상이 차려졌습니다. 초동은 ≪매부≫에게 권할 물동이만큼한 술잔 아홉개에다 닭똥술(독주)을 철철 넘치게 따른 다음 괴물을 향해 정중한 말로

≪매부님! 처남이 모처럼 불원천리하고 찾아와 권하는 술이오니 매부께서는 누님의 장래를 위해서 어서 잔을 드셔야겠습니다.≫

하며 공손히 권했습니다.

괴물이 앉은 키가 어찌나 크던지 초동이 일어서서 발돋움하여 들어도 술잔이 겨우 괴물의 배꼽언저리에 닿이나마나하였습니다. 괴물은 허리를 굽히고서야 한잔한잔 마시게 되었습니다. 아홉구멍의 입에다가 석잔씩 돌아가게 권하고보니 그 배통에는 삼구는 이십칠이라 스물일곱동이나 들어갔지요. 사냥갔다 돌아온 시장기와 갈증으로 입안이 말라들던참이라 독주를 지나치게 마신 괴물은 그만 만취하여 곤드라지지 않을수 없었지요.

바로 이때라고 생각한 초동은 벽상에 걸친 칠척장검을 벗기려고 하였습니다. 그러나 장검은 찌르릉 울면서 누워 자는 괴물의 머리우로 떠가서 세바퀴나 돌아가는것이였습니다. 곁에 섰던 시녀가 재빨리 그것을 나꿔채다 발로

꾹 밟고는 침을 탁 뱉으니 묘하게도 칼에서 나던 소리는 당장 멎어지고마는것이였습니다. 초동이 얼른 장검을 잡아들고 괴물의 목을 향해 막 내리치려는데 괴물은 숱한 퉁사발눈들을 부릅뜨고 초동을 쏘아보는것이였습니다. 내리치려다 말고 그만 주춤하는것을 보는 시녀는 괴물이 잠이 깊어질 때면 눈을 부릅뜬다고 얼른 귀띔해주었습니다. 그제야 초동은 마음놓고 탁탁 목 두개를 힘껏 내리쳤습니다. 뚝뚝 떨어져나간 목은 방바닥에서 펄떡펄떡 날뛰면서 되붙으려고 하였으나 이미 초동의 줄화살에 눈 먼 목인지라 제 붙을 자리를 찾지 못해 허우적이는것이였습니다. 이때 빨래하던 그 시녀가 키에 담은 재를 가져다 떨어진 목에다 콱콱 끼얹자 목은 그만 붙지 못하고말았습니다.

그러나 다음 순간 벽력같은 비명소리와 함께 ≪음??≫하며 괴물이 후닥닥 뛰여일어났습니다. 어느새 벽상에 걸린 다른 하나의 장검을 벗겨든 괴물은 살기 가득 찬 큰눈들을 지릅뜨면서

≪음!! 네년놈들의 꾀에 떨어졌구나!≫

라고 뇌까리고는 이발을 뿌드득 갈면서 초동한테로 사납게 덤벼드는것이였습니다. 괴물이 움직일 때마다 끊어진 목구멍에서는 검은 선지피가 울컥울컥 솟아나오는것이였습니다. 사태가 위급함을 짐작한 초동은 얼른 녀인들을 피하도록 눈짓하고나서 번개같이 문밖으로 빠져나가 승천술을 부려 하늘공중으로 솟아오르면서 괴물을 홀려내였습니다.

바깥은 이미 별이 총총한 밤이였습니다. 괴물과 하늘공중에서 맞다든 초동은 장검을 휘둘러 괴물의 목을 내리치려다 말고 쫓기는듯 피하여 땅우로 쑥 내려와선 재빨리 활시위에 화살을 메워들고 뒤쫓아 오는 괴물의 독살어린 눈통을 향해 줄화살을 련방 쏘았습니다. 화살이 면바로 불줄기를 퍼렇게 내쏘는 괴물의 눈통을 뚫을적마다 괴물이 ≪악—≫하는 비명소리가 천지를 뒤흔들면서 멀리 야밤의 공기를 깨뜨리며 높은 산중턱에 가서 쩌렁쩌렁 메아리쳤습니다.

초동은 또 한번 땅을 구르면서 솟구쳐 하늘공중으로 떠올라 화살이 꽂힌 눈을 슴벅이며 덮쳐드는 괴물의 다음 눈통을 향해 또 줄화살을 퍼부었습니

다. 그랬더니 이제 두눈만 남게 된 괴물은 초동의 꾀에 더는 속지 않을양으로 남은 두눈을 손으로 연신 가리우는데 손등에는 련속 날아가는 무수한 화살들이 덧꽂히군 하였습니다.

컴컴한 하늘에서는 푸른 불꽃이 번쩍이며 두칼날이 쩡쩡 맞부딪치는 날카로운 소리가 들려왔습니다. 초동과 괴물은 마치 육중한 바람개비처럼 한덩어리되여 돌아치다가는 공중으로 곧추 솟구쳐오르기도 하고 서로 갈라져 뜨락에 곧추 내리박히는듯하다가도 땅에 닫지 않고 다시 공중으로 솟구쳐올라가군 하였습니다.

번개치듯 날쌔게 휘두르는 초동의 장검끝에서 괴물의 목이 하나씩 떨어질 때마다 기다리고 있던 공주와 시녀들은 치마폭에 담은 재를 한줌씩 쥐여 펄떡펄떡 뛰고있는 괴물의 모가지에다 콱콱 끼얹군 하였습니다. 목이 떨어진 괴물의 목구멍에서 콸콸 솟는 피줄기는 컴컴한 땅우에 비발같이 쏟아졌습니다. 더는 어쩔수없이 기진맥진한 괴물은 끝내 마지막 목까지 다 잘리우고 산같이 둔한 몸뚱이를 땅우에 박으며 쾅하고 떨어지면서 연길 땅속에 꽂히고말았습니다.

초동은 땅우에 내려오자바람으로 서둘러 나쁜 졸개들까지도 피묻은 그 장검으로 죄다 처단해치운 다음 열쇠를 찾아 감옥과 창고문들을 하나하나 열어제꼈습니다. 감옥마다 문을 열면 시달림을 받던 녀인들이요, 창고마다 문을 열면 략탈해온 금은보화들인데 그 수는 이루 헤아릴수 없이 많고많았습니다. 사람들과 금은보화 모든 재물을 죄다 끌어낸 다음 피에 잠긴 마굴의 낡은 집에다는 불을 확 질렀습니다.

이럴 때 나라에서는 공주를 잃은 임금이 침식을 잃고 속을 썩이다못해 천하에 널리 방문을 내려 공주를 구해오는 사람이면 그 신분이 어떠함을 막론하고 부마로 맞는 동시에 그 어떤 요구든지 다 응해줄것이라고 하였습니다. 그러자 임금의 어명을 받은 한 사자가 많은 부하들을 거느리고 공주가 잃어진 방향을 찾아 산을 넘고 물을 건느며 쏘다니던 끝에 초동이 들어가던 그 굴어귀에까지 이르게 되었더랍니다.

바로 이때 굴속에서는 공주를 구한 초동이 한창 서둘러 많은 사람들과

짐승들이며 세상에 보기도 드문 금은보화 등 많은 짐들을 차례차례로 굴밖에 올리고있었습니다.

바로 이런 때에 굴밖에 다달은 사자놈은 하늘에서 떨어진 복주머니를 만났다고 기뻐 날뛰며서 공주가 올라온 광주리를 보자 공주를 놓칠세라 꽉 붙잡았습니다. 놈은 음험한 세모눈을 되록거리면서 굴속에 아직 초동이 있다는 말은 귀등으로 넘기고 검을 빼들더니 다짜고짜 버들광주리의 바줄을 썩 잘라버렸습니다. 그리고는 서둘러 부하들을 시켜서 공주를 빼돌리려고 하였습니다.

일이 잘못되였다는것을 알아차린 공주는 얼른 신었던 꽃신 한짝을 슬쩍 굴속에다 떨어뜨렸습니다. 빨래하던 시녀를 비롯한 많은 녀인들은 하늘같은 신세를 진 그 은혜로운 초동이 나오지 못했다고 울며불며 아우성쳤지만 음흉한 사자놈은 부하들을 시켜 공주가 나온 동굴구멍에다 커다란 바위돌들을 한참동안이나 마구 굴러넣은 다음 울고있는 공주를 억지로 끌고 그 자리를 떠났습니다.

산을 넘고 물을 건너 며칠만에야 공주를 데리고 궁성에 다달은 사자놈은 개선장군처럼 득의양양하여 임금앞에 나섰습니다. 놈은 마치 자기가 공주를 구하기라도 한것처럼 임금앞에서 침이 마르도록 제 공로를 잔뜩 자랑하였습니다.

잃은 공주 때문에 심화병으로 여윌대로 여윈 임금은 공주를 다시 만나게 된 기쁨으로하여 사자를 극구 칭찬하면서 당장에서 부마로 삼을것을 승낙하였습니다. 그리고는 말없이 울고만 있는 공주한테 그 사연을 알렸습니다. 그러나 공주는 부왕의 말에 아무 대답도 없이 울고만 있다가 부왕이 다그쳐 의향을 물으니

≪저는 꽃신 한짝을 잃었사온데 이 꽃신 한짝을 찾아오는분이라면 청혼에 응하겠나이다!≫

라고 딱 끊어 말했습니다.

임금의 땡땡 굳은 부마라고 자처하며 기뻐하던 사자놈은 천만뜻밖에도 꽃신 한짝이라는 말에 그만 락담하지 않을수 없었습니다. 그는 하는수없이

사람을 널리 뜨워 비슷한 꽃신들을 사처에서 끌어모와 공주한테 보이게 하였으나 그 꽃신들마다 공주의 도리질앞에서 퇴자를 맞았지요. 이렇게 되고 보니 나라에선 부마를 맞을 잔치준비를 굉장하게 해두었지만 공주가 응하지 않다보니 하루이틀 잔치날을 미루어야 하였습니다. 날이 갈수록 자기에게 불리하다고 생각된 사나놈은 조급해난 나머지 국왕한테 강박다짐으로 사자한테 약조하였다면 마땅히 그대로 해야 하지 않겠는가고 불평까지 부리게 되었습니다. 임금으로서도 인제 더는 날자를 미룰수 없는 막다른골목에 이르게 되어 공주야 승인하건말건 부득이 래일로 대사를치르기로 말을 떼였더랍니다.

동굴속에서 시녀들까지 다 올려보낸 초동은 맨 마지막으로 공주를 올려보내놓고 버들광주리가 다시 내려오기를 기다렸습니다. 그런데 천만뜻밖에도 기다리는 광주리는 내려오지 않고 공주의 꽃신 한짝이 떨어지는것이였습니다. 처음에는 공주가 실수하여 떨어뜨렸겠다고 생각하면서 얼른 주어 품에 간직하였습니다. 그런데 웬걸 굴밖으로부터 우당탕 퉁탕 벼락치듯 요란한 소리와 함께 큰 바위돌들이 서로 맞부딪치며 굴안이 까맣게 돌벼락이 쏟아지는것이였습니다.

얼른 곁은로 비껴선 초동은 필시 이 일은 굴밖으로 살아나간 어느 나쁜놈이 한 소행이겠다고 생각하니 치미는 분을 참을수 없었습니다.

당장 굴밖으로 나가지 못해 막 안달아하던 총동이 마음을 가라앉히자 산신령도사님이 주시던 철갑목책이 생각나서 얼른 펼쳐보니 그 책에는 ≪솟아오르기 쉬운것은 연기이니라!≫고 씌여있었습니다. 목책을 세번 두드리자 금시로 흰 연기가 백룡처럼 굼틀거리며 피여오르는데 초동은 어느새 연기속에 휩싸여 올라가고있었습니다.

감쪽같이 굴밖으로 나오니 거기에는 아무도 없었습니다. 초동은 한참 궁리하다가 공주와 녀인들이 남긴 발자취를 더듬어가며 산을 넘고 강을 건너 길을 떠났습니다.

이렇게 련며칠 다그쳐 멀리 궁성이 바라보이는데까지 이르렀습니다. 길가의 사람들마다 ≪임금의 사자가 괴물이 훔쳐간 공주를 빼앗아갔는데 그 사자는 임금의 부마로 된다≫ ≪그런데 공주는 잃어버린 꽃신 한짝을 찾아오는 사람에게 응하였다는구려!≫라고 수군거리는것이였습니다. ≪그렇지! 공주가 꽃신 한짝을 떨어뜨린것은 까닭이 있어 한 일이구나!≫라고 생각하니 복잡한 생각들은 구름처럼 흩어지는것이였습니다.

급급해난 초동은 멀리 궁성을 향해 걸음을 다그쳤습니다. 큰 궁궐문앞에 이른 초동은 파수병에게 자기의 자초지종을 자세히 이야기하고 궁궐안으로 들여보내달라고 하였으나 파수병들이 들은체도 하지 않았습니다. 사자놈의 흉계는 이미 물샐틈없이 파수병들한테까지도 미쳤던것입니다.

앞길이 막힌 초동은 막다른골목에서 생각하고 또 생각하였습니다. ≪어쩐담?≫ 초동의 마음은 막 안달아났습니다. 그러던차 문뜩 좋은 생각이 떠올랐습니다. 초동은 얼른 글쪽지를 하나 써서 닭털과 함께 동인 다음 화살에 매여 임금의 내실을 향해 만월형이 되도록 활시위를 힘껏 당기였다가 놓았습니다. 화살은 하늘을 째는듯한 부르릉 소리를 내면서 내실의 붉은 기둥에 가서 척 꽂히였습니다. 글쪽지는 재빨리 임금의 손에 들어갔습니다. 임금이 이상한 일이라 생각하면서 글쪽지를 받아들고 펴보니 그속에는

한컬레의 꽃갖신이
그한짝은 성안이요
다른짝은 성밖이라
어이짝이 맞으리오

라고 씌여있었습니다. 국왕이 보아하니 여기에 반드시 그 무슨 사연이 있겠다고 생각되는지라 즉시로 공주를 불러다 글쪽지를 보였습니다. 아니나다를가 매일 침식을 잃고 속만 태우며 울고 지내던 공주의 얼굴에는 금시로 희색이 만면하여 이름모를 초동이 괴물의 마굴로 찾아들어 와서 흉악한 괴물을 물리치고 자기를 구해주던 자초지종과 간악한 사자놈의 흉계로 하여 초동이 굴속에서 나오지 못한 사연을 쭉 이야기하였습니다. 이런 사연을 알게 된 부왕은 즉시로 사람을 띄워 초동을 불러들였습니다.

초동이 임금앞에서 공손히 읍하고나서 품에 고이 간직했던 꽃신 한짝을 량손에 받들어 임금앞에 바치자 뒤따라 공주가 자기의 꽃신 한짝을 내려놨는데 한데 놓으니 틀림없는 공주의 꽃신 한쌍이였습니다.

일이 이렇게 되고보니 임금의 기쁨이란 더 이를데 없었습니다. 부마로 될 초동의 모습을 이모저모로 훑어보는 임금의 마음은 더 말할수 없이 흡족하였습니다. 름름한 그 맵시가 어디 하나 빠진데 없는데다 검은 눈썹아래에 이글거리는 억실억실한 두눈은 천만리 앞길을 내다볼듯한 지혜와 총명으로 빛나는것이였습니다. 자못 흡족해진 임금은 한참 초동을 뚫어지게 보고나서 무릎을 툭 치면서 하는 말이

≪과연 뛰여난 인물임에 틀림없군!≫

하고 기쁨과 감탄으로 머리를 끄덕이였습니다.

두 꽃신짝이 한데 합쳐 한쌍으로 가지런히 놓인 바로 이날인즉 그 사자놈의 핍박에 마지못하여 성례하려고 약정했던 날이였습니다. 임금은 준비했던 그대로 날을 다시 받지 않고 만백성들이 춤과 노래로 축하하는 떠들썩한 기쁨속에서 초동과 공주의 잔치를 이루었습니다.

바로 이날에 임금은 간악한 사자놈을 옥에서 끌어내다가 마차에 싣고 온 장안을 조리돌림한 다음 만중이 다 모인 형장에서 사형에 처하였습니다.

이날 부마로 된 초동은 마굴에서 구해낸 그 시녀들을 비롯한 모든 재난민들을 한데 모여다 잘 대접한 다음 마굴속에서 털어온 금은보화들을 나누어 주어 각기 자기 집으로 돌아가도록 하였습니다.

이때부터 구두괴물한테 딸자식과 재물을 빼앗기고 가슴뜯던 백성들의 큰 시름이 영영 없어지고 말았다 합니다.

쥐와 꿀벌과 거미

옛날 어느 한곳에 두부장사하는 한 로총각이 홀로 난 어머니를 모시고 살아갔습니다. 부지런하고도 마음씨 무던한 로총각은 매일 초저녁부터 밤늦게까지 어머니와 함께 매돌에 콩을 갈아야 하였습니다. 어둑한 신새벽부터는 두부를 앗아야 하였고 아침 먹기 바쁘게 두부짐을 지고서 20리길의 장에 가서 팔아야만 하였습니다.

로총각이 매일 가고오는 20리길 중간에는 낡은 절간이 하나 있었습니다. 로총각은 두부짐을 지고 장으로 갈 때마다 이 절간 대문앞에 서있는 돌개곁에다 두부짐을 벗어놓고 한쉼씩 쉬군하였습니다. 비오는 날 눈오는 날 할것없이 로총각이 꼭 이 자리에서 쉬였다 가는것이 그만 버릇처럼 되다보니 매일 돌개를 보는것이 그한테는 한낱 위안거리로 되었더랍니다.

하루는 로총각이 돌개앞에다 두부짐을 내려 놓고 혼자말처럼 돌개와 고달픈 신세타령을 하게 되었지요. ≪야, 어쩌면 내 신세는 이리도 기박할가? 매일 허덕이며 죽도록 애를 써도 만날 이 꼴 그대로이니…. 허나 네 신세도 참 딱하구나! 그 자리에서 옴짝달싹 못하고 꼭 박혀만 있어야 하니 오죽이나 애타겠느냐? 자, 옛다, 이거나 받아먹어라!≫하고 두부 한모 내여 돌개 입에다 척 넣었습니다. 그런데 원 별일도 보겠지요. 돌개가 그 두부를 넓적 받아먹는것이 아니겠나요. 너무도 신기한 생각에 로총각은 또 한모 내여 척 넣었습니다. 허, 마치나 산개처럼 척척 받아먹고 입까지 가시는것이였습니다. 하도 맛나게 먹으니 로총각은 연신 자! 자! 하면서 한모한모 거듭 먹였습니다. 하, 그러고보니 두부 한모판을 다 먹이고말았습니다.

입가심을 하고난 돌개는 그제야 로총각을 보고 ≪여, 친구, 덕분에 오늘

참 세상에 났다 처음 두부를 만포식했네!≫라고 하는것이 아니겠나요. 원, 참, 세상에 별일도 다 있구나! 로총각은 놀라운 생각에 입을 헤벌린채 돌개를 바라보기만 하였습니다. 돌개는 매우 흡족해하면서 총각한테 또 말을 건늬였습니다.

≪로총각! 내 말 듣게, 나는 이 절간이 서자부터 이 대문앞에 박혀있게 되었는데 이미 몇백년이 잘되지! 허고보면 내가 겪은 풍운 세월이 임자보다 훨씬 더 길지 않겠나? 허니 우리 둘이 오늘부터 의형제를 뭇되 내가 형이 되는것이 어떤가?≫

로총각은 점점 더 신기한 일도 본다고 생각하면서 선뜻이 대답하였습니다.

≪아, 나이 많으시니 형님이 되어야지요. 저는 오늘부터 형님의 동생이 되오리다!≫

돌개는 또 말하기를

≪이보게 동생! 오늘 두부를 내가 다 먹었은즉 옹색한 동생 살림에 곤난이 더할거네. 래일 장으로 갈 때 내 목에 걸려있는 돈을 가져다 쓰도록 하세!≫

하고는 래일부터 매일 두부 세모씩만 먹여달라고 하면서 그 값은 다음날 자기 목에 걸려있을터이니 그리 알라고 하는것이였습니다.

로총각은 돌개가 하던 말이 다 믿어지진 않았지만 이튿날아침 두부짐을 지고 장으로 가는 길에 여느때와 마찬가지로 돌개한테 들리였습니다. 돌개의 목에는 과연 끈에 반질반질한 새 엽전이 걸려 광채를 내고있었습니다. 돈을 벗겨 세여보니 틀림없는 두부값 그대로였습니다.

이날부터 돌개한테 꼭꼭 두부 세모씩 먹이면서 지내오던 어느날 아침이였습니다. 두부 세모를 먹고난 돌개는 자기곁에 앉아있는 로총각을 돌아보며 말했습니다.

≪동생! 내 말 잘 듣게, 그새 동생 신세를 많이 졌네. 인젠 안도 신세를 갚아야지! 오라지 않아말일세, 하늘이 허물어질듯 큰비가 억수로 내려 산허리까지 칠 큰 홍수가 질거네! 그런즉 배 하나를 장만해 두었다가 어느때건 내 눈이 붉어지는 때면 지체말고 어머니를 태워가지고 그곳을 떠나야 해! 배를 타고 처처 가고가노라면 한 야산기슭에 닿게 될거네, 그곳에 내려 자리

를 잡고 밭을 일궈 씨뿌리고 살아가노라면 알게 될거네!≫

돌개는 이렇게 일러주면서 배타고 가는 길에 숨가진것은 만나는족족 다 구해주라고 하는것이였습니다.

이튿날도 총각은 장으로 가는 길에 두부 세모를 돌개한테 먹였습니다. 다 먹고난 돌개는 입가심을 하고나서

≪동생! 래일부터 나한테 두부를 더는 먹이지 말게, 내 말도 오늘로 끝이네!≫라고 하더니 더는 말이 없었습니다.

이로부터 로총각은 매일 장으로 갈 때마다 돌개한테 들려서는 그 눈부터 자세히 살펴보군 하였습니다. 그러던 어느날이였습니다. 돌개의 눈은 과연 말 그대로 붉어진것입니다. 이렇게 되었으니 돌개한테도 다시 올 기회가 없겠다고 생각한 로총각은 돌개와 하직인사를 하고 집에 돌아왔습니다. 그는 서둘러 세간살림을 하나하나 꿍져 배에 실을 차비를 하였습니다.

어느새 청청하던 맑은 하늘이 흐려져왔습니다. 몰아치는 사나운 바람에 밀려온 검은 구름이 삽시에 온 천지를 휘덮기 시작하더니 먹칠한듯 캄캄해졌습니다. 그러자 삼대같은 세찬 폭우가 막 쏟아지는데 쫙쫙 쏟아지는 비발은 마치나 폭포수같이 사나왔습니다. 거기다 하늘을 막 쪼갤듯한 뇌성벽력이 우르릉꽈르릉하며 천지를 삼킬듯이 울렸습니다. 사나운 폭풍은 아우성치며 삼림을 마구 휘저으면서 큰 나무는 허리를 툭툭 동강내고 잔 나무는 뿌리채로 막 뽑아갔습니다. 이렇게 하늘이 허물어지는듯한 사나운 폭풍우는 천지를 분간할수 없이 뒤흔들어놓는것이였습니다. 폭풍우는 종일 계속되더니 다음날에야 멎고 하늘은 청청하게 개였습니다.

강마다 흙탕물이 범람하고 호수와 늪은 죄다 강과 잇대여져 벌판은 온통 망망한 대해로 변하였습니다. 허리까지 물에 잠긴 산들은 겨우 봉우리만 보일 지경으로 되었습니다.

어머니를 배우에 모신 로총각은 사나운 파도를 헤가르며 정처없는 배길을 떠났습니다. 배는 망망한 바다우의 한이파리 나뭇잎처럼 떠가고있었습니다. 얼마를 가노라니 쥐 한 마리가 홍수에 밀려 떠가고있었습니다. 돌개의 당부를 명심했던 로총각은 살겠다고 허우적이는 그 쥐를 건져 배우에 올려놨습

니다. 구원을 받은 쥐는 너무도 고마워서 어쩔바를 몰라하였습니다. 계속 물길을 따라가고 가노라니 한 곳에서 꿀벌 한 마리가 가랑잎에 앉아 떠내려가고있었습니다. 로총각은 그것도 숨가진 미물이라고 생각하여 건져 배우에 올려놨습니다. 또 얼마를 갔던지 자꾸 가노라니 큰 거미 한 마리가 옥수수대에 붙어앉아 떠내려가고있었습니다. 로총각은 그 거미도 지체없이 배에 견져올렸습니다. 그들은 비록 말못하는 짐승이요, 벌레였지만 한데 모여앉아 마치나 살아나게 된 기쁨을 서로 속삭이는것만 같았습니다. 또 얼마를 가고 있는데 어디선가 모기소리만한 가냘픈 고함소리가 들려왔습니다. 귀를 강구고 자세히 들을라니 ≪사람 살려주시오!≫하는 소리였습니다. 소리나는쪽을 찬찬히 살펴보니 큰 대들보에 매여달린 한 젊은 총각이 물에 밀려오고있었습니다. 재빨리 그쪽으로 배를 몰아간 로총각은 젊은 그 총각을 부축하여 배우에 올렸습니다. 마음씨 고운 로총각은 동생같은 젊은 총각을 배안 한쪽 자리에 눕히고 잘 돌보아주었습니다.

그들이 해질녘이 되도록 가고가노라니 나무숲이 무성한 야산이 멀리 보였습니다. ≪됐다!≫하면서 로총각이 반가운 마음에 야산을 잘 살피였습니다. 아늑한 한 곳을 찾아 그곳에 배를 대고 거기다 자리를 잡기로 하였습니다. 야산에 오르자 구원을 받은 쥐며 꿀벌이며 거미네들은 말은 못하나 고맙다는 인사를 하고 제가끔 갈데로 갈라지게 되었습니다. 그러나 구원을 받은 젊은 총각만은 갈데가 없으니 같이 있기로 하였습니다.

세사람은 초막을 짓고 여기서 새살림을 시작하게 되었습니다. 젊은 총각은 한집에서 살게 되다보니 로총각을 형님으로 정하고 둘은 서로 형님 동생하고 지내게 되었지요.

어느날 로총각은 산으로 나무하러 갔습니다. 나무를 한창 하다가 으슥한 숲 그늘속을 바라볼라니 무엇인가 눈부신 빛을 뿌리고있지 않겠나요. 이상한 생각이 든 로총각은 나무를 헤치면서 그곳으로 살금살금 들어가 봤습니다. 원, 별것도 아닌 커다란 돌인데 눈부신 광채를 내고있는것이였습니다.

(이 돌을 집에 가져다 방안에 두면 컴컴한 밤에도 등잔없이 집안이 환해지겠지...)하고 생각하면서 그 돌은 지게곁에 갖다 두었다가 집에 돌아올 때

가지고 왔습니다. 의동생이 그 돌을 보더니 놀란 소리로 물었습니다.

≪형님, 이 돌은 어데서 났나요?≫

로총각은 나무밭에서 주어왔노라고 심드렁하게 대답하였습니다. 의동생이 돌을 들고 이모저모 깐깐히 살펴보더니

≪형님, 이 돌은 야광주라는 보석입니다. 값이 가는 돌인데 서울 갖다 팔면 돈이 될 겁니다!≫

고 하였습니다.

≪돌이면 돌이지, 돈이 될 돌이라니 원 별소리 다 듣겠다!≫

로총각의 대답은 여전히 심드렁했지요.

≪형님, 이게 정말 돈값이 가는 보석입니다. 서울 갖다 팝시다! 형님이 안 갈테면 내가 갔다오면 어때요?≫

하며 바싹 구미가 동하여 자원해 나서는것이였습니다.

≪갔다오려거든 갔다오려무나!≫

하는 형의 대답은 여전히 심드렁하였지요.

이튿날아침 일찍이 의동생은 야광주 팔러 서울로 간다고 부산하게 서둘러 길차비를 하고나섰습니다.

≪형님! 이걸 팔아가지고 꼭 돌아오겠으니 기다려주십시오!≫

하면서 부랴부랴 떠나가고말았습니다.

이렇게 떠나간 의동생은 한달이 지나 두달이 되어도 종무소식이였습니다. 매사에서 내맘처럼 남을 믿는 로총각의 순박한 성미인지라 의동생이 그때까지도 오지 않으니 불길한 생각만 들어 마음을 놓을수 없었습니다. (그 돌이 값이 가는 소중한 돌이라 하더니 혹시나 서울로 가는 도중에 잘못되지나 않았는가?) 하는 생각이 들어 어머니 앞에서 걱정하였습니다. 어머니도 이미 속으로 걱정해오던터라 아들더러 세상바람도 한번 쏘아볼겸 시원히 가보고 오는것이 좋겠다고 권하였습니다. 밤새 상론한 끝에 어머니는 길차비를 시켜 아들을 서울로 떠나보냈습니다.

집을 떠난 로총각은 여러날만에야 서울에 들어섰습니다. 로총각은 낯선 넓은 곳이라 행방없이 돌고돌았습니다. 그러던 어느날 문득 큰길에서 의동

생을 만나게 되었지요. 형은 너무도 기뻐서 어쩔바를 몰라하는데 의동생은

≪아니 형님이 어떻게 되어 오셨습니까?≫

하고 심드렁하게 묻더니 형을 집으로 가자고 끌었습니다.

로총각은 의동생을 따라가면서 그새 떠나간 동생 일이 근심되여 찾아왔다는 사연을 쭉 말하였습니다. 의동생집 문앞에 이르자 낯선 두 장정이 의동생이 하는 눈짓을 알아차리고 대뜸 다짜고짜 로총각을 끌고 갔습니다. 결국 로총각은 영문도 모르게 옥문속으로 들어가고말았습니다.

의동생이란 이놈은 워낙 어느 고을 원님의 작은아들이였습니다. 술과 도박에 미친 이놈은 자기 살던 고을이 큰 홍수에 잠기게 되자 집도 부모친척도 다 잃고 자기 혼자만이 구사일생으로 로총각의 구원을 받아 살아나게 된것입니다. 그가 야광주보석을 가지고 서울 갔을 때는 바로 나라에서 큰보석을 세상에서 널리 구하고있던 때 였습니다. 일조에 큰 부자가 된 의동생은 이미 장가까지 들어 서울 장안에서 의젓하게 살아가고 있었습니다. 그러나 자나깨나 걱정되는것이 로총각이라 뒷일 잡도리를 미리부터 해놓고있던 그 덫에 로총각이 그만 걸리고만것입니다.

무인산중 오돌막집에 외홀로 남은 어머니는 떠나간후 소식이 없는 아들때문에 자나깨나 근심걱정에 쌓여있었습니다. 한밤중에 바람이 나무가지를 흔드는 소리에도 소스라쳐 깼구요. 산짐승이 풀밭을 헤치고 지나가는 소리에도 혹여나 돌아오는 아들의 발자취 소린가 하여 귀를 강구기도 하였습니다. 그러나 한달이 지난후에도 소식이 감감했습니다. 어머니는 오만가지 궁리끝에 큰맘 먹고 아들을 찾아 길을 떠났습니다. 보따리 하나 꿍져 이고 배고픈 고생, 고달픈 고생 다 겪으면서 여러날만에야 서울에 들어섰습니다. 그러나 넓고도 생소한 곳에서 어데 가 아들을 찾겠습니까, 며칠을 문전걸식하면서 찾아다니다못해 그만 지치고 지친 어머니는 한 낡은 사당안에 들어가 쉬고있었습니다. 어머니는 홀로 앉아 고달픈 신세를 생각하노라니 눈물이 자꾸만 쏟아졌습니다. 끝내 어머니는 신세를 한탄하며 목놓아 울고울었습니다. 그런데 갑자기 사당문이 열리면서 억대우같은 장정 셋이 쓸어들어왔습니다. 그들은

≪어머니, 그새 안녕하셨습니까?≫

하고 제가끔 절을 하는것이 아니겠나요. 영문도 모를 절을 받고난 어머니는

≪이게 대체 웬 일인가?≫

하며 눈물을 닦고 찬찬히 그들을 바라보았습니다. 아무리 봐도 처음 보는 낯선 사람들이였지요.

≪이게 글쎄 꿈인가요? 절은 받았지만 어떤 이들이신지 알아볼수 없쉐다!≫

고 하였습니다. 세 장정들은 그제야 웃으면서

≪어머니, 그러실거웨다! 우리 셋은 큰 홍수때 어머니와 형님의 구원을 받아 살아나게 된 목숨들이웨다!≫

하고 그중의 한 장정이 앞에 나서며 하는 말이였습니다. 그제야 어머니는 이상하고도 반가운 생각에

≪어떻게 되어 이렇게들 여기 왔수?≫

하고 물었습니다.

그들은 자세한 사연을 말하는것이였습니다. 사실인즉 형님의 구원을 받아 살아나게 된 그 의동생놈이 형님을 옥에다 가두었다는 소문을 듣고 형님 구하러 왔다는것이였습니다. 깜짝 놀란 어머니가 그제야 그런 소문은 어찌들 알게 되었느냐고 묻는 말에

≪어머니, 우리는 언녕부터 알았어요. 낮말은 새가 듣고 밤말은 쥐가 듣는다고 안했어요. 새와 쥐들과 만날 접촉하는 우리들 귀에 무슨 소린들 들리지 않을라구요!≫

라고 하였습니다. 의동생놈이 하였다는 행실이 너무도 괘씸한 생각에 가슴 태우는 어머니를 안심시키고난 그들은 저희들끼리 의논을 하였습니다.

≪어째서나 먼저 형님부터 구해놓고 볼판이 아닌가?≫

고 한 장정이 말하자

≪암, 그렇지!≫

하며 쥐서방이 말을 받았습니다.

≪동생들, 념려말게, 그 일은 내가 장담코 해낼테니!≫

그러더니 두 장정의 귀가에 대고 무어라 소곤소곤 속삭였습니다. 듣고있던 두 장정이 무릎을 탁 치며 ≪그거 참 좋은 생각이야!≫하고 찬성하는것이였습니다. 그들의 의논이 끝나자 어머니한테 고기와 떡을 싼 보자기를 드리면서

≪어머니, 우리 래일새벽에 형님을 구해가지고 돌아올테우다! 걱정말고 기다리시우다!≫

하고는 욱 쓸어나갔습니다.

이날 저녁이였습니다. 쥐서방은 서울의 모든 장정쥐들을 다 불러왔습니다. 한밤중이 되자 로총각이 갇혀있는 감옥뒤에 가서 세 패로 나누었습니다. 한패의 작은 쥐들은 보초를 보게 하였고 또 다른 한패의 작은 쥐들은 옥졸이 있는 칸에 가서 싸다니며 옥졸이 자지 못하게 하는것이였지요. 나머지의 큰 패 쥐들은 감옥벽밑을 사람하나 나들만치 파놓고 뒤이어 감방바닥의 널판자를 썰기 시작했습니다. 숱한 쥐들이 이몸이 근질거려나던차라 삽시에 커다란 구멍을 썰어냈습니다. 그제야 쥐서방이 살금살금 감방안으로 들어가 어둠속에서 형님을 찾아보았습니다. 애매하게 감방에 갇히게 된 형님은 치미는 부아를 참지 못해 밤잠도 못자고 안절부절못하고있는판이였습니다. 쥐서방은 대뜸 그를 알아보고 냉큼 그곁에 다가가서 말없이 그의 옷깃을 끌어당겼습니다. 감방속의 모든 죄수들은 이미 단잠이 들어 드렁드렁 코를 골고있었습니다. 쥐서방은 형님을 구멍어구에까지 끌고 와서 나직한 소리로

≪형님! 아무 말씀 마시고 얼른 이 구멍으로 나를 따라 나오시우다!≫

라고 속삭였습니다. 로총각은 무슨 영문인지도 모르고 쥐서방의 뒤를 따라 나섰습니다. 허리를 굽히고 간신히 기여나가니 시원한 새벽공기가 확 안겨오는 바깥인데 하늘을 쳐다보니 별빛이 총총하였습니다.

밤새 쥐들의 성화에 애먹던 옥졸은 동틀무렵에야 쥐들이 조용해지자 잠에 곯아떨어지고말았습니다. 이 틈을 탄 쥐들이 감옥대문 열쇠를 훔쳐내다 문을 열었습니다. 로총각은 쥐서방을 따라 큰 대문을 통해 무사히 어머니가 계신 사당에 왔습니다. 어머니를 만난 로총각은 그제야 어찌된 영문을 알게

되었지요.

한자리에 모인 세 장정은 또 의논하였습니다. 그중의 한 장정이

≪형님을 구해냈으니 한시름 덜었소. 그러나 배은망덕하고 형님을 되려 옥에다 처넣은 그 악독한 의동생놈을 처단해야 하지 않겠소?≫

라고 하였습니다.

그러자 꿀벌생원이 격분해서 말했습니다. ≪그일은 나한테 맡기는게 어떠오?≫하고 두 장정의 귀가에 대고 무어라 소곤거렸습니다. 두 장정은 ≪그래, 그래, 그게 참 좋은 방법이군!≫라고 하면서 무릎을 치는것이였습니다. 그들은 의논이 끝나자 래일 다시 오겠노라 하면서 욱 쓸어나갔습니다.

이튿날 한낮이였습니다. 꿀벌생원이 붕붕 날아 고래등같이 큰 기와집앞에 가서 동정을 살피고있었습니다. 마침 낮잠시간이라 의동생은 화려한 사랑채의 창문을 열어놓고 비단요우에서 드렁드렁 낮잠을 자고있었습니다. 꿀벌생원은 ≪괘씸한놈! 너 죽어봐라!≫하고 의동생놈의 귀구멍에다 독한 침을 한대 놓았습니다. 독침에 쏘인 그놈은 ≪아이쿠!≫하고 바쁜 비명을 지르더니 쏘인 귀에 손을 대고 모가지 떨어진 파리처럼 제자리에서 때굴때굴 돌아갔습니다. 아우성소리를 들은 머슴들이 뛰여왔으나 그놈은 벌써 그 자리에 쭉 빼드러지더니 죽고말았습니다.

세 장정은 또 로총각 모자가 계신 사당에 모여앉아 의논하였습니다. 그중 한 장정이 말했습니다.

≪이보게들, 우리 형님을 구하고 그 나쁜 의동생까지도 처단했으니 인젠 단 한가지 일이 남았구려!≫

그 말에 다른 장정이 나앉으며

≪이제 남은 한가지 일이야 더 말치 않아도 빤한 일이지! 옹색한 살림이라 우리 형님께선 여태 로총각으로 지내는데 인젠 신세를 고쳐드려야지!≫

라고 하였습니다. 그러자 꿀벌생원이 썩 나서면서

≪여보게, 이 일도 나한테 맡기라니! 내가 장담코 성사할테니!≫

라고 하였습니다. 그는 자기를 의아쩍게 바라보는 두 장정의 귀에다가 무어라고 한참 소곤거렸습니다. 그들은 들으면서 연신 머리를 끄덕끄덕하더니

≪그래그래, 그렇지!≫하고 손벽치며 기뻐하였습니다. 의논들이 끝나자 전일처럼 어머니와 로총각한테 며칠후에 다시 오겠으니 꼭 기다리고있으라 일러놓고는 웅 쓸어나가버렸습니다.

이튿날 매우 화창한 날씨였습니다. 꿀벌생원은 붕붕 기분좋게 날아 궁성안으로 들어갔습니다. 사방을 돌아다니며 여기저기 살피노라니 정원 꽃밭이 나타났습니다. 임금의 총애를 받는 공주가 걸상에 앉아 꽃을 감상하고있었습니다. 소문에서 들은 그대로 한창 빛을 다투는 꽃들보다도 더 빛나는 한떨기 꽃송이 같았습니다. 꿀벌생원은 공주의 잔등에다 살며시 침 한대를 놓았습니다. 그러자 바쁜 비명을 치고 쓰러진 공주는 놀라 뛰여나온 시녀들의 부축을 받아 침상에 누운채로 일어나지 못하였습니다. 독이 퍼진 그의 온몸은 퉁퉁 부어났고 살색은 보기도 끔찍하게 검푸르게 되었습니다. 안달아난 임금은 문설주가 닳아떨어질 지경으로 궁의들을 불러다 보이고 천하의 명약은 다 썼지만 낫기는커녕 위급한 병세는 시간을 다툴뿐이였습니다. 임금은 궁의의 힘도 더 바랄수 없었는지라 천하의 명의를 널리 구하는 방을 내붙였습니다.

임금의 방이 나붙었다고 소문이 짜하게 퍼진 바로 그날이였습니다. 세 장정은 로총각을 찾아 왔습니다. 쥐생원이 형님한테 옷 한 벌 내여놓자 꿀벌생원이 나앉으며

≪형님, 일이 제대로 되어갑니다. 이 옷을 어서 갈아입고 내가 시키는대로만 하시우다!≫

라고 하였습니다. 그는 말을 계속하며 어데 가서 어떻게 어떻게 하라고 자상하게 말해주었습니다. 그리고나서 자기 품속에 손을 넣더니 묘하게 생긴 풀잎사귀와 붉은 열매 몇알이 들어있는 쌈지 하나를 내주었습니다.

갑자기 의사의 신분으로 변한 로총각이 비록 난생처음으로 말끔한 새옷을 갈아입었을망정 본래 막일에서 시달려온 일군인지라 어색하기 그지 없었습니다. 로총각은 세 장정이 시키는대로 임금을 찾아 궁성으로 들어갔습니다.

임금의 접대를 친히 받게 되는 로총각은 마음을 크게 다잡고 아뢰였습니다.

≪소인도 나라의 방을 보고 찾아왔소이다. 공주님의 병을 고치려하옵는데 먼저 임금님의 허락부터 받을가 하옵나이다!≫

생뚱같은 허락이란 무엇인가고 조급해난 임금이 묻는 말에 로총각은 침착한 말로 대답하였습니다.

≪참 외람하긴 하오나 공주님의 병은 소인이 장담코 고치겠나이다. 그런데 임금님께 아뢰올것은 공주님의 병을 고치면 소인을 부마로 맞아주신다는 허락을 하시는것이옵나이다. 만약 공주님의 병을 고치지 못할 땐 소인의 목을 내걸기로 약조하려 하옵나이다!≫

그 말을 들은 임금은 눈이 데꾼해져서 그제야 다시 로총각의 모습을 이모저모로 찬찬히 뜯어보았지요. 여태 로총각의 긴 머리태를 그냥 둘레머리로 틀어올리고 흰 무명수건으로 질끈 동인 그의 용모는 나무랄데 없이 쭉 빠진 인물이였습니다. 그러나 쩍 벌어진 투박한 두어깨며 북두갈구리같이 툭하게 생긴 그의 두손을 볼라치면 어느 모로 보나 막일에서 뼈가 굵어진 로총각이 분명했지요. 비록 정결한 옷은 몸에 걸쳤으나마 먹물 먹은 티라곤 전혀 보아낼수 없는 일군이였지요. 꼼꼼히 뜯어보고있던 임금은 그만 어이없단 생각도 들었습니다. 그러나 목숨이 경각에 달려있는 공주의 중병앞에서 먼저 병부터 돌려놓을 생각이라 그의 청에 응하지 않을수 없었습니다. 그제야 공주를 진맥하고난 로총각이 쌈지속에서 약초와 열매를 꺼내여 임금에게 올리면서 약재를 여차여차하게 쓰라고 일러드렸습니다. 이 약은 과연 령약이였지요. 병주고 약주는 묘약이라 약을 쓰자 공주의 병은 대답이라도 하듯이 이내 숙어들기 시작하였습니다. 한식경이 되자부터는 온몸이 부은것이 다 내리고 살색도 뽀얗게 돌아선것입니다.

죽음의 고비에서 구사일생으로 소생한 공주를 보는 임금은 막 날기라도 할듯이 기뻤습니다. 허나 일은 딱했습니다. 임금이 자기 입으로 로총각과 이미 언약한 일이 있는지라 그는 이러지도 저러지도 못할 진퇴량난의 딱한 처지에 떨어지고 말았지요. 임금이 다시 꼼꼼히 생각한 끝에 로총각을 돌아보며 말했습니다.

≪듣게! 내가 자네를 부마로 삼는다는 언약은 했으니 한가지 시험을 쳐봐

서 급제해야 그 언약대로 하겠네.≫

그 시험인즉 아무 날에 궁성대문으로 꽃가마 백대가 지나갈터인데 그중에서 공주가 탄 꽃가마를 단참에 짚어내라는것이였습니다.

꽃가마가 지나갈 날자를 알아둔 로총각은 임금앞을 떠나 어머니 계신 사당으로 맥없이 돌아왔습니다. 세 장정은 언녕부터 로총각을 기다리고있었지요. 그들은 다녀온 이야기를 다 듣고나더니 그 시험문제를 의논하기 시작하였습니다. 이때 거미생원이 쑥 나서며 말했습니다.

≪나도 형님 은공을 갚아야 하지 않겠소. 이 일만은 내게 맡겨주우다!≫

그는 두 장정을 돌아보며 자기가 공주의 옷자락에 매달려 꽃가마안에 들어가서 꽃가마 추녀밑에다 표식을 하겠다는것입니다. 그는 로총각을 보며 표식은 어떻게어떻게 하겠으니 형님은 어찌어찌하라고 일러주었습니다.

임금의 시험을 받게 되는 바로 그날이였습니다. 로총각이 궁성대문앞에서 기다리고있노라니 시간이 되자 과연 백대의 화려한 꽃가마들이 줄지어 나오고있었습니다. 꽃가마들은 신통히 모두 다 한본새인데 가마마다 주렴발을 내려 그안을 들여다볼수 없었습니다. 꽃가마를 하나하나 유심히 살피면서 지내보고있던 로총각이 한 가마앞에 와 썩 나서면서 척 붙잡았습니다. 그 가마에는 거미생원이 말하던대로 추녀밑에 늘여놓은 거미줄이 햇볕에 반짝이는것이 눈에 띄였던것입니다.

≪공주님은 바로 이 가마에 계십니다!≫

하고 큰소리로 웨친 로총각은 주저없이 주렴발을 걷어 올리면서 그안을 들여다보았습니다. 그안에는 앓던 공주가 앉아있는것이 보름달같이 환해보였습니다.

공주도 궁성대문을 나서면서 주렴발새로 밖을 련신 내다보았지요. 자기의 목숨을 구해준 은혜로운 로총각이 혹시나 딴 가마를 헛짚을가봐 마음이 조마조마하였습니다. 그러던차에 면바로 자기 탄 가마를 척 짚어내자 너무도 반가운김에 자기를 들여다보는 로총각을 보고 생긋 웃었습니다.

임금도 그제야 더는 딴 생각을 그만두고

≪과연 너희들은 하늘이 정한 한쌍 배필임에 틀림없구나!≫

하고 기뻐하면서 로총각을 향해 말을 툭 끊어 부마로 삼을것을 허락하고 말았습니다.

은혜를 갚은 세 장정은 그제야 마음을 훌 놓고 로총각 모자와 하직인사를 하고 떠났습니다.